SANDRO VERONESI

FLUCHTWEGE

ROMAN

Aus dem Italienischen von
Michael von Killisch-Horn

Klett-Cotta

Die Übersetzung auf S. 342, 343 aus *Bel-Ami* von Guy de Maupassant stammt von Hermann Lindner, München: dtv 2001, S. 5

Klett-Cotta
www.klett-cotta.de
Die Originalausgabe erschien unter dem Titel »Terre rare«

Printed in Germany
Umschlag: ANZINGER | WÜSCHNER | RASP, München
Unter Verwendung eines Bildes von © CSA Images/Getty Images
Gesetzt von Kösel Media GmbH, Krugzell
Gedruckt und gebunden von Friedrich Pustet GmbH & Co. KG, Regensburg
ISBN 978-3-608-98035-6

Für Zeno
inzwischen dazugekommen

ERSTER TEIL

Ein grauenhafter Tag

1

Die Welt ist abhängig von denen, die sie erzählen, und auch von denen, die der Erzählung zuhören und sie manchmal beeinflussen.
Javier Marías

Heute ist das Thema des Tages der Krebsalarm. Es steht in allen Zeitungen, nicht nur auf den römischen Lokalseiten, sondern auch auf den nationalen. Die Killerkrebse aus Louisiana. Alle sprechen mit großer Sorge darüber, da es sich um eine ganz besondere Spezies handelt, die vor fünfzehn Jahren von einem Züchter vom Lago di Bracciano aus Louisiana eingeführt worden war und die sich aufgrund ihrer ungeheuren Fähigkeit zur Vermehrung, wie sie sagen, über ganz Latium verbreitet hat. Von Graben zu Graben, von Kanal zu Kanal sind sie zur Mülldeponie von Malagrotta gewandert, und von dort aus haben sie, immer den Zeitungsberichten zufolge, zum Angriff auf Rom geblasen, indem sie die Via Aurelia auf der Höhe von Kilometer dreizehn überquerten und beträchtliche Probleme bereiteten. Eine Massenkarambolage von Autos, die auf dem Asphalt, das von diesen roten Monstern bedeckt war, nicht mehr bremsen konnten. Laut den Zeitungen bereitet die Provinz eindrucksvolle Einzäunungen vor, die Verkehrspolizei ist vor Ort, und die Umweltschützer sind um das Gleichgewicht des Ökosystems besorgt, während weitere Angriffe in den nächsten Tagen befürchtet werden. Soweit die Zeitungen.

Nun will der Zufall, dass ich an genau diesem Kilometer dreizehn der Aurelia draußen vor meinem Büro sitze. Es ist ein wunderschöner sonniger Morgen, die Schwalben kreischen am Himmel, und ein lauer Wind streichelt die Haare auf meinen Armen, während ich die Arbeiter in ihrer orangefarbenen Kleidung beobachte, die tatsächlich an der Straße hundert Meter von mir entfernt eine Einzäunung aufstellen – die, offen gesagt, alles andere als eindrucksvoll ist. Vor allem aber, ich war auch gestern morgen um halb sechs hier – ich wollte nach einer durchfeierten Nacht meine Hausschlüssel holen – und habe mit meinen eigenen Augen *gesehen*, wie ein Lieferwagen mit ausländischem Kennzeichen – rumänisch vielleicht, vielleicht polnisch – ins Schleudern geriet und mit der Seite an der Leitplanke entlangschrammte, die Hecktür sich plötzlich öffnete und eine Lawine von Krebsen auf den Asphalt schwappte. Ja, genau, Krebse, Riesengarnelen sogar – unzählige; keine Kästen aus Styropor oder irgendwelche anderen Behälter, dieser Lieferwagen war, weiß der Teufel warum, randvoll mit losen Krebsen und zerstoßenem Eis und ergoss praktisch seine gesamte Ladung auf die Straße hier vor mir und fuhr einfach weiter, ohne langsamer zu werden. Es stimmt also, dass gestern im Morgengrauen hier an Kilometer dreizehn die Aurelia von einem absurden Mantel aus Riesengarnelen bedeckt wurde, die von den Autos, die unmittelbar nach dem Lieferwagen vorbeifuhren, rasch zu Brei zerquetscht wurden; und ebenso stimmt es, dass, obwohl die Herkunft jetzt nicht mehr mit Sicherheit festzustellen ist, dieser Matsch verantwortlich war für einen Unfall zweier Autos, die etwas zu schnell angefahren kamen – ein uralter grauer Clio und ein weißer Punto –, und dass sie sich, als sie bremsten, um die eigene Achse drehten und mit einer gewissen Grazie ineinander verkeilten und gemeinsam in einem, wie die kinematische Physik sagt, »perfekt anelastischen Aufprall« gegen die Leitplanke knallten – ich weiß das, weil meine Tochter soeben in Physik durchgefallen ist und sie gerade in diesen Tagen zur Nachhilfe geht. Es ist wahr, weil ich gesehen habe, wie es geschah. Aber der Rest ist nicht wahr. Es hat keinerlei Invasion gegeben.

Kurz und gut, ich war gestern früh in Gedanken versunken und hatte es auch ein bisschen eilig, aber ich habe, ich schwöre es, gewartet, bevor ich nach Hause ging, um zu sehen, ob meine Hilfe und/oder Zeugenaussage für notwendig oder wichtig erachtet würden. Da ich jedoch sah, dass die Fahrer der beiden Wagen unverletzt ausgestiegen waren, um nachzuschauen, was passiert war, und die anderen Autos halten oder bremsen konnten, ohne ins Schleudern zu geraten und das Ausmaß des Unfalls noch zu verschlimmern, und da ich das Kennzeichen des Lieferwagens nicht notiert hatte und mir nicht vorstellen konnte, dass ich der Einzige sei, der wüsste, was passiert war, und wirklich, glaubt mir, wirklich hundemüde war und eine Dusche brauchte und ein Minimum an Ruhe und vor allem zu Hause meine Tochter sehen und beim Frühstück ein paar Worte mit ihr wechseln wollte, bevor ich wieder in dieses Büro zurückkehrte, kam ich zu dem Schluss, dass ich gehen konnte, ohne mich einzumischen. Es war nicht mir passiert, dachte ich, wenn ihr versteht, was ich meine – wenn auch ihr an den entscheidenden Unterschied glaubt, der zwischen *vor meinen Augen passiert* und *mir passiert* besteht. Und so bin ich gegangen. Als ich vier Stunden später zurückkam, lagen noch ein paar zerquetschte Riesengarnelen auf dem Asphalt, und auf dem Seitenstreifen stand ein Polizeiwagen, doch die Beamten waren untätig, und es sah nicht so aus, als ob sie ermittelten, während die Straße nass und sauber war und niemand mehr an diesen merkwürdigen Unfall zu denken schien. Und so verschwand auch der letzte Rest von Zweifel, ob meine Zeugenaussage ohne notiertes Kennzeichen dazu beitragen könnte, den Lieferwagen ausfindig zu machen für den Fall, dass jemand für den durch den Zusammenstoß verursachten Schaden verantwortlich gemacht werden müsste, oder um einfach nur eine Erklärung zu verlangen für diese ungewöhnliche Art und Weise, Krustentiere zu transportieren, unverpackt und ohne Hygienevorkehrungen, und ich dachte nicht mehr an die Angelegenheit. Und dann schlage ich heute Morgen den *Corriere della Sera* auf und lese die Geschichte von den Krebsen aus Louisiana. Eine kurze Meldung auf der Lokalseite, ziemlich knapp. Daraufhin kaufe ich *Il Messaggero*, dessen Lokalteil unschlagbar ist, und finde einen Artikel auf den Seiten der landesweiten

Berichterstattung und sogar eine Seite im Lokalteil; die ganze Geschichte, die ich von den Killerkrebsen aus Louisiana erzählt habe, von ihrem Import und ihrer Vermehrung und ihrer Eroberung des Territoriums bis hin zur Überquerung der Aurelia, und dazu ein Interview mit dem Züchter aus Bracciano sowie je eines mit einem Umweltschützer und dem Sprecher der Verkehrspolizei und sogar einen augenzwinkernden eingerahmten Kommentar zu *Forrest Gump* mit einem Foto von Tom Hanks, das allerdings nicht aus dem Film zu stammen scheint, denn er trägt eine Brille.

Und so lässt der Gedanke, ich könnte der einzige Mensch auf der Welt sein, der weiß, was tatsächlich gestern in aller Frühe hier vor meinem Büro geschehen ist, jetzt den Verdacht in mir aufkeimen, dass diese Sache mich doch betrifft; dass diese Sache, anders als ich dachte, doch *mir* passiert ist. Und jetzt bin ich hier, um zu versuchen, dieser Verlockung zu widerstehen, denn mich nicht betroffen zu fühlen von den Dingen, die mich nicht betreffen, ist genau das, was ich mir mit den Jahren verdient zu haben glaubte. Ich muss mich nach und nach all der Fragen entledigen, die in meinem Kopf aufgetaucht sind, und das ist eine ziemlich anstrengende Übung.

Wer hat die Geschichte von der Invasion der Krebse aus Louisiana aufgebracht?

Das ist nicht wichtig.

Warum?

Das ist nicht wichtig.

Ist das eine Großstadtlegende?

Vermutlich.

Kann es sein, dass sich alle Zeitungen (ich habe auch in *La Repubblica* und in *Il Tempo* nachgeschaut) die Großstadtlegende haben aufbinden lassen, ohne sie nachzuprüfen?

Ja.

Und einmal angenommen, die Krebse, die sich auf die Aurelia ergossen haben, gehörten tatsächlich dieser Spezies an, wie ist es möglich, dass niemand bemerkt hat, dass sie tot waren?

Oder waren sie lebendig?

Das ist nicht wichtig.

Und warum hat niemand das Eis erwähnt, das zusammen mit den Krebsen aus dem Lieferwagen gefallen ist und das logischerweise zu der Annahme hätte führen müssen, dass ein Lieferwagen seine Ladung verloren hat, und nicht, dass es sich um eine Invasion hungriger Krustentiere handelt?

Ist es so schnell im Morgengrauen geschmolzen, wo doch die Temperatur achtzehn Grad nicht überschreitet?

Und selbst wenn es so wäre, wieso hat sich niemand gewundert, dass an einem heiteren und sonnigen Morgen dieser Abschnitt der Fahrbahn nass war, *bevor* die Feuerwehr kam, um sie zu reinigen?

Das ist nicht wichtig.

Doch.

Oberflächliches Denken.

Sollte ich mich nicht melden und sagen, was ich gesehen habe, um wenigstens ein Minimum an Wahrheit wiederherzustellen?

Nein.

Und hat es Sinn, das Wort »Wahrheit« in einer solchen Geschichte zu bemühen?

Nein.

Und würde man mir glauben, wenn ich mich entschlösse zu reden, obwohl selbst der Züchter, der in gewisser Weise als Erster für die abnorme Vermehrung verantwortlich gemacht wird, von der die Zeitungen sprechen, die Hypothese bestätigt, dass die Krebse auf ihren verdammten Beinchen von Bracciano bis hierher vorgedrungen sind?

Wahrscheinlich nicht.

Und wie auch immer, wohin wollte, verflucht noch mal, ein Lieferwagen voller nicht verpackter Krebse um diese Uhrzeit?

Die Klingel ertönt, jemand ist hereingekommen.

2

Die Anziehungen sind proportional zu den Bestimmungen.
Charles Fourier

Jürgen ist bei der Schweizergarde. Er ist Hauptmann in der Schweizergarde. Es gibt nur vier Offiziere in der Päpstlichen Schweizergarde, die einen höheren Dienstgrad haben: ein Oberst, der der Kommandant der Garnison ist, ein Oberstleutnant, ein Kaplan, der dem Oberstleutnant gleichgestellt ist, aber ohne wirkliche Befehlsbefugnisse, und ein Major. So hat es mir Jürgen zumindest erzählt – und mir ziemlich deutlich zu verstehen gegeben, dass er im Grunde ein hohes Tier sei. Er erzählte mir auch einen Haufen anderer Dinge über seine Arbeit, befriedigte sozusagen voll und ganz meine Neugier, und ein Römer kann gar nicht anders, als sich sehr für die Schweizer Gardisten zu interessieren – vor allem wenn er einen als Kunde in seinem Autohaus hat. Ein Schweizer Gardist, der sich einen Gebrauchtwagen kauft, ihr werdet zugeben, dass so etwas nicht alle Tage vorkommt. Abgesehen davon, dass unser Autohaus kein alltägliches Autohaus ist, da man manche Preise nur bei uns findet wegen des Entzugs von geleasten Wagen, wenn es zu Rechtsstreitigkeiten kommt; doch davon wissen nur wenige, und daher hat mich allein schon die Tatsache, dass Jürgen von uns erfahren hat, neugierig gemacht. Er sagt, ein anderer Kunde von uns habe ihn auf uns aufmerksam gemacht, doch der Name, den er genannt hat, Cociani, hat mir absolut nichts gesagt. Offensichtlich handelt es sich um einen der wenigen Käufer, die Lello, mein Partner, an Land gezogen hat, der sich normalerweise um die Entzugsfälle und nicht um die Verkäufe kümmert. Jedenfalls ist Jürgen vor zwei Wochen hier aufgetaucht, er sagte, er wolle sich mal umsehen, und hat sofort das edelste Stück unseres aktuellen Sortiments ins Visier genommen, den König unseres Autohauses: ein Jeep Grand Cherokee 2.7 CRD Turbodiesel mit 163 PS und Overland-Ausstattung – was bedeutet Ledersitze, Vordersitze belüftet und elektrisch verstellbar, Vorder- und Rücksitze beheizbar, beheizbares Lenkrad aus Wurzelholz und Leder, Navigationssystem mit Touchscreen und 30-GB-Speicher, Bluetooth-Freisprecheinrichtung, CD/DVD-Anlage mit Audison-Soundsystem, Panoramadach und natürlich Leichtmetallfelgen, zugelassen vor genau elf Monaten. Einer der von Lello erst kürzlich entzogenen Wagen, mit Sicherheit der luxuriöseste in diesem Jahr und vermutlich auch der gewinnbringendste, was mich nicht gerade an einen Käufer wie Jürgen denken ließ. Denn, und das ist der springende Punkt, meiner Meinung nach kann Jürgen sich diesen Wagen gar nicht leisten. Ich übe diesen Beruf noch nicht lange aus, doch eins habe ich gelernt: Autos bringen die Leute immer noch zum Träumen, und wenn die Leute von Dingen träumen, die sie kaufen können, kaufen sie sie früher oder später, auch auf die Gefahr hin, einen schweren Fehler zu machen. Das habe ich gelernt, und ich habe gelernt, dass Autos *sprechen*; sie sprechen zu ihren Besitzern, vor allem aber sprechen sie über sie zu all denen, die sie vorbeifahren sehen. Viele sind zurückhaltend und sprechen im Flüsterton von einem Besitzer, der sich, auch wenn er Träume hat, mit dem zufrieden gibt, was er sich leisten kann. Natürlich werden diese am wenigsten gehört. Und dann gibt es andere, die mit kräftiger Stimme von gewissen Vorlieben, Ansprüchen, Wunschvorstellungen erzählen. Wieder andere berichten, dass ihr Besitzer ein Lump oder ein Proll oder ein Zwanghafter oder ein Schurke ist. Andere, dass er ein Wüstling, ein Verwegener, ein Manipulator ist. Und wieder andere, dass er ein guter Familienvater ist, ein Steuerhinterzieher – und es gibt auch welche, die, wie besagter Wagen, behaupten, dass der Besitzer trotz der Krise stinkreich ist. Eben deshalb ist er nichts für Jürgen. Denn was wird ein Hauptmann der Schweizergarde schon verdienen? Warum sollte er sich einen so teuren Wagen wünschen? Nur weil er bei uns etwas weniger dafür bezahlen kann? Und warum sollte er damit herumfahren und eine so falsche Botschaft hinausschreien – *Seht her, ich bin reich!* –, wäre das nicht geradezu schädlich bei seinem Beruf? Doch nein, Jürgen hat ihn sich in den Kopf gesetzt, *er will ihn kaufen, er will ihn kaufen, er will ihn kaufen ...*

Er ist seitdem schon zweimal wiedergekommen und hat jedes Mal so getan, als würde er die weniger teuren Alternativen in Erwägung ziehen, die wir zurzeit im gehobenen Segment dahaben – einen Alfa 159 1.9 Turbodiesel vom letzten Jahr, einen Croma 1.9 16V von 2011 und einen BMW 316d 2.0 Touring ebenfalls von 2011, metallic und mit einem Haufen äußerst kostspieliger Extras –, aber nur, um sie unter irgendeinem kindischen Vorwand auszuschließen und sich auf ein radikales Entweder-Oder zu versteifen – entweder *dieser* oder keiner –, das ihn zwingen wird, sich zu übernehmen. Und das Schönste ist, dass ich nichts tun muss: Er ist der Fisch, der von ganz allein ins Netz geht. Trotz seiner Versuche, um den Preis zu feilschen, habe ich ihm von dem Preis, den ich ihm beim ersten Mal genannt habe, keinen Cent nachgelassen – und trotzdem trabt er nun schon zum vierten Mal an und kann es gar nicht abwarten, erneut den Wagen seiner Träume zu berühren, ihn zu bewundern und sich vorzustellen, wie er am Steuer sitzt, umgeben von seiner ganzen Familie. Er ist zu einem Dämon für ihn geworden, und man bräuchte einen Exorzisten, damit er seine Meinung ändert.

Jürgen ist kleiner als ich, und das hat mich überrascht, weil ich immer dachte, man müsse ein Schrankkoffer sein, um in die Schweizergarde aufgenommen zu werden. Doch dem ist nicht so, die erforderliche Mindestgröße ist ein Meter vierundsiebzig, das heißt weniger als die Durchschnittsgröße der erwachsenen Schweizer Männer – denn Schweizer muss man immerhin sein, Schweizer und männlich. Er hat ein eigenartig klares und offenes Gesicht, auf fast unanständige Weise teutonisch, mit schütterem strohblondem Haar, das an den Schläfen auf Augenhöhe zurückweicht, kleinen wässrigen, feuchten Augen, leicht geöffnetem Mund fast ohne Lippen und einem Hauch von Sommersprossen auf der rötlichen Haut. Sein Italienisch ist sicher und flüssig, beeinträchtigt allerdings durch einen harten deutschen Akzent, der dem des Papstes ähnelt, den zu beschützen seine Aufgabe war, bevor dieser zurücktrat. Er hat großen Wert darauf gelegt, mir zu sagen, dass er dreißig sei, offensichtlich weil er sich bewusst ist, älter auszusehen, aber auch weil die Tatsache, dass er vor seinem vierzigsten Lebensjahr Hauptmann geworden ist, wohl eine seltene und außerordentliche Ausnahme ist. Jürgen ist ein Mensch, der sich für unfehlbar hält, doch auf mich macht er den Eindruck, das Opfer einer dekadenten Schwäche zu sein, sodass ich fast ein bisschen Mitleid mit ihm habe. Jetzt steigt er erneut in den SUV, den die drei Moiren in seinen Augen seinem Schicksal eingeschrieben haben, und prüft die Details eines objektiv gesehen perfekten Innenraums, der in einem sehr guten Zustand, vor allem aber sehr wenig benutzt worden ist, da dieser Wagen nur neunzehntausend Kilometer gefahren wurde. Denn es handelt sich um ein typisches Beispiel einer der beiden Kategorien von Fahrzeugen, die wir entziehen: diejenigen, die gekauft werden, obwohl man von Anfang an weiß, dass man sie nicht bezahlen wird – größter Luxus mit allen nur denkbaren Ausstattungsextras, nur die erste und zweite Leasingrate bezahlt und schwuppdiwupp verschwunden in der Undurchsichtigkeit der Welt. (Die andere Kategorie sind in jüngerer Zeit aufgrund der Krise auch Lieferwagen, Lkws und Anhänger, die der Käufer vollständig zu bezahlen beabsichtigte, dann aber, weil er Konkurs anmelden musste, nicht mehr bezahlen konnte, wie der Croma, der sozusagen unmittelbar daneben parkt, den Jürgen trotz seines Preises – weniger als die Hälfte dessen, was der Jeep kostet – hartnäckig verschmäht und der genau der richtige Wagen für ihn wäre.) Jetzt schaltet er erneut das Armaturenbrett an, um …

Ich glaube es nicht.

Er hat eine DVD mitgebracht und will die eingebaute Anlage ausprobieren. *La carica dei 101*. Auf Deutsch *101 Dalmatiner*. Er bittet mich, sie in den Player einzulegen und ihm zu zeigen, wie er funktioniert, mit und ohne Fernbedienung – er traut sich nicht, es selbst zu tun. In der Tat hatte er sich beim letzten Mal lange mit diesem serienmäßigen Extra beschäftigt – weniger mit der Serienmäßigkeit des DVD-Players als vielmehr mit der unverhältnismäßig starken Leistung des Verstärkers und der vier im Innenraum verteilten Lautsprecherboxen von Audison –, aber ich hatte nicht begriffen, dass es so wichtig, ja entscheidend für ihn war. Ich lege die DVD ein, und plötzlich erinnere ich mich, dass der DVD-Player nicht überprüft worden ist. Und wenn er kaputt ist? Tatsächlich geschieht ein paar Sekunden lang überhaupt nichts, und Jürgen steht die Verzweiflung deutlich ins Gesicht geschrieben. Das wär's, Jürgen, du bist gerettet: Der DVD-Player ist kaputt, und da er offensichtlich das ist, was dich am meisten interessiert, wirst du diesen Wagen, den du dir nicht leisten kannst, nicht kaufen. So könnte es enden. Doch dann fällt mir ein, dass ich auf der Fernbedienung die Einstellung DVD wählen muss (sie war auf CD eingestellt), und sofort erscheint auf dem Display des Navigationssystems ein Trailer für *Tarzan* auf Deutsch. Ein breites Lächeln erscheint auf Jürgens Gesicht, und er bittet mich, die Fernbedienung benutzen zu dürfen. Es handelt sich um eine stinknormale Fernbedienung, aber er behandelt sie mit großer Ehrfurcht, als sei sie ein heiliger Gegenstand; er stellt den Ton lauter und leiser, lässt die Szenen schnell vorlaufen, lässt die DVD zurücklaufen, hält das Bild an und lässt es weiterlaufen – mit einem Mal ist er der von der Technik geblendete Affe. Allerdings hat seine Verzückung ihren Höhepunkt noch nicht erreicht; ich bemerke es, als er mich fragt, mit welcher Taste man die Bildschirme auf der Rückseite der vorderen Kopfstützen einschaltet. Es handelt sich um aktive Kopfstützen, mit einem automatischen Sicherheitsmechanismus, der dafür sorgt, dass sie sich bei einem Auffahrunfall nach vorn neigen, um die Gefahr eines Schleudertraumas zu verhindern, und *außerdem* ist in dieser Position, auf die aufmerksam zu machen ich vergessen hatte, ihre Rückseite in Wirklichkeit ein – ratet mal – Sechs-Zoll-Bildschirm, der mit dem DVD-Player verbunden ist. Anscheinend hat er es nun selbst festgestellt. Ich drücke eine der beiden Tasten der Fernbedienung, deren Funktion er nicht kennt, und siehe da: Der Film verschwindet vom Display des Navigationssystems und erscheint auf den Bildschirmen der Kopfstützen. Jürgen ist begeistert. Er setzt sich auf den Rücksitz und betrachtet verträumt den Film (wir sind an der Stelle, wo Cruella wütend wird, weil Roger ihr den Wurf nicht verkaufen will, und auf Deutsch ist die Sache wohl noch viel ernster), mit Sicherheit versetzt er sich in seine beiden blonden, sommersprossigen Kinder, deren Fotos er mir gezeigt hat, die ganz verblasst und labbrig in seiner Brieftasche steckten und die ihm vermutlich, auf Veranlassung der Mutter, seine Kinder zu Weihnachten geschenkt haben; Kinder, die die eigentlichen Nutznießer dieses Wunderwagens sein werden während der langen Reisen zurück in die Schweiz in ihren Sommer- und Winterferien und endlich aufhören werden, ihm auf die Nerven zu gehen und ihn alle fünf Minuten zu fragen, wie lange dauert es noch, wann kommen wir an, wann halten wir an der Autobahnraststätte, benebelt auch im Auto von der hypnotischen Macht des – denn um nichts anderes handelt es sich letztlich – Fernsehens.

Das also ist Jürgen und seine Schwäche. Im Grunde hat es etwas Zärtliches, dass er so von seinen Kindern träumt – und nicht, zumindest in diesem Augenblick, daran denkt, was er mit diesem Statussymbol alles anstellen kann und wie viel Freude es ihm machen wird. Doch nein, es gelingt mir nicht, Zärtlichkeit für ihn zu empfinden. Viel eher habe ich immer mehr Mitleid mit ihm, was mir nicht oft mit einem Kunden passiert – und um die Wahrheit zu sagen, das ist auch nicht gut, da es einen in den Verhandlungen zu nachgiebig machen und die Gewinnspanne schmälern kann. Und jetzt wacht er auch tatsächlich aus seiner Träumerei auf und bittet mich erneut um einen Preisnachlass. Doch es ist offensichtlich, dass er mich darum bittet, weil man es eben so macht – alle bitten darum und erhalten ihn sogar, da ein kleiner Preisnachlass viel weniger kostet, als einen Wagen im Autohaus stehen zu haben, wo er mit jedem weiteren Monat an Wert verliert; nein, er bittet mich *in aller Freundschaft* darum, als ginge es darum, ihm einen persönlichen Gefallen zu tun, im Namen seiner Kinder, seiner Frau, des Familienfriedens – warum zum Teufel sollten diese Dinge mich interessieren? Nur dass in diesem Fall angesichts der Situation das Mitleid die gegenteilige Wirkung hat, und das veranlasst mich, unnachgiebig zu bleiben und ihm auch nicht einen Euro vom Preis nachzulassen oder ihm ein Angebot für den Passat Station Wagon Turbodiesel aus dem Jahr 2007 zu machen, der viele Kilometer auf dem Buckel hat und mit dem er im Augenblick herumkutschiert und den ich, wie ich ihm gleich gesagt habe, nur in Kommission nehmen kann – all das in der Hoffnung, Jürgen würde in einer plötzlichen Anwandlung von Besonnenheit oder auch nur Stolz erkennen, dass meine Unnachgiebigkeit unerhört und nicht hinnehmbar ist, besonders in der heutigen Zeit (bei vierundzwanzig Prozent weniger Zulassungen sind wir im letzten Monat zu dem Verkaufsniveau von 1979 zurückgekehrt), und dass er für immer geht und den Grand Cherokee vergisst, der ihm nichts nutzt, und sich entschließt, für sehr viel weniger Geld einen funkelnagelneuen Scénic bei einem Vertragshändler zu kaufen (oder einen Qashqai, wenn es denn unbedingt ein SUV sein muss), bei dem er von der zu hohen Schätzung von Gebrauchtwagen, vom Ökobonus, vom zusätzlichen Skonto bei Kauf bis spätestens zum Monatsende und von der Null-Prozent-Finanzierung mit der ersten Rate im Januar profitieren kann. Es ist unmöglich, denke ich, dass in irgendeinem dunklen Eckchen seines Geistes nicht der Gedanke an diese so überaus banale Alternative überlebt hat, und in der Härte, mit der ich ihm alles verweigere, worum er mich bittet, versuche ich ihm die Laterne zu reichen, mit der er dieses Eckchen erleuchten und diesen Gedanken in Erwägung ziehen und sich von diesem ungesunden Bedürfnis nach Luxus befreien kann, das ihn im Augenblick bedroht. Und ich tue das nicht für ihn, sondern, ich wiederhole es, aufgrund des *Mitleids*, das ich empfinde, wenn ich sehe, wie sehr er im Strudel einer derart blödsinnigen Versuchung kämpft – ein Mitleid, das immer stärker wird und mich immer unwilliger macht, den Preis auch nur symbolisch zu reduzieren, und das sich, sollte er darauf beharren, die Gelegenheit nicht beim Schopf zu ergreifen, die ich ihm biete, und nachgibt, weil er denkt, ich sei ein zu harter Brocken für ihn, aufbäumt und sich auf seine Frau, seine Kinder und all jene ausdehnt, die Vertrauen und Hoffnung in ihn setzen, weil sie ihn für einen starken und intelligenten und zuverlässigen Menschen halten, als der er so gern gelten möchte, während er nur ein armer kleinbürgerlicher Hauptmann ist, unfähig, seinen materiellen Träumen Grenzen zu setzen.

Und schließlich gibt er mit einem Mal nach und akzeptiert meinen inakzeptablen Preis, als hätte er nie versucht zu feilschen. Und so ist er glücklich, beschäftigt mit den Formalitäten des Kaufs, mit der Festlegung der Höhe der Anzahlung, der Garantiedauer, der Lieferzeit. Nächsten Dienstag nenne ich ihm als Übergabetermin. Garantiedauer ein Jahr. Die Höhe der Anzahlung lasse ich ihn bestimmen, und jetzt überrascht er mich: Sind fünftausend okay?, fragt er. Aber noch mehr überrascht er mich gleich darauf, als er weiterfragt, ob ich etwas dagegen hätte, dass er sie mir in bar gibt. Das geht nicht, antworte ich ihm, es gibt ein Gesetz, dass Bartransaktionen bei Beträgen über tausend Euro verbietet. Doch offensichtlich kam es nicht sehr überzeugend rüber, denn er holt, als hätte ich nichts gesagt, ein Bündel Fünfhundert-Euro-Scheine aus der Tasche, die von einem Gummiband zusammengehalten werden, und während er zehn Scheine abzählt, nacheinander herauszieht und auf der Fläche meines Schreibtischs glattstreicht – es bleiben ihm noch mindestens ebenso viele, schätze ich, das Bündel ist noch immer recht ansehnlich –, sagt er, er habe sein Scheckheft aufgebraucht, er habe nur noch diese Scheine, und diese Regel könne doch leicht umgangen werden, indem man von einer Ratenzahlung ausgehe, bei der der Vorschuss den ersten fünf Raten von je 999,99 Euro entspräche. Mir kommt das wie ein billiger Trick vor, doch es geschieht etwas Eigenartiges, das ich nicht unerwähnt lassen darf: Beim Anblick der zehn Geldscheine – echtes Geld, Banknoten, halb zerknittert in all ihrer unwiderstehlichen Vulgarität – überkommt mich eine starke Lust, sie zu nehmen, sie an mich zu reißen, *sie mir anzueignen*, und die zusätzliche Vulgarität der List, die mir vorgeschlagen wird, verstärkt diesen Drang noch. Ich betrachte die Banknoten auf meinem Schreibtisch: lila, mit dem Sternenkranz, der sich über die Glasfassade eines anonymen Wolkenkratzers legt, oder, auf der Rückseite – denn zwei oder drei liegen auf der anderen Seite – mit der Europakarte und dieser hässlichen Hängebrücke, die wohl – glaube ich – die Modernität symbolisieren soll, und ich denke, sie könnten falsch sein und ich würde es nicht bemerken, und ich denke an die drei oder vier Reisen, die ich werde machen müssen, um sie auf die Bank zu bringen, ohne dass der Kassierer Schwierigkeiten macht, oder an die Zeit, die ich werde verlieren müssen, um jemanden zu finden, der sie wechselt, kurz, ich denke, dass ich sie nicht annehmen sollte und dass diese Weigerung die Sache abkürzt und einen Verkauf über den Haufen wirft, den ich nach wie vor für hirnrissig halte; doch ich bin eine solche Verlockung nicht gewohnt, ich, der ich mit Bargeld wenig zu tun habe, und plötzlich haben sich die Rollen umgekehrt, ich bin derjenige, der begehrt, und er ist derjenige, der gibt, und ich begehre, begehre, begehre diese Banknoten, wie ich etwas Absurdes und Vulgäres und Unwiderstehliches begehren könnte – einen Sattel mit Nieten, ein Neonschild, eine Frau mit aufgespritzten Lippen –, und er bemerkt es wohl, oder vielleicht weiß er es und wusste es schon von Anfang an, denn während ich angesichts einer Versuchung zaudere, der so schwer zu widerstehen ist, setzt er, anstatt alles zu tun, um mich dazu zu bringen, das Geld zu akzeptieren, als selbstverständlich voraus, dass ich es akzeptiere, und spielt den Trumpf aus, den er die ganze Zeit für diesen Augenblick im

Ärmel hatte: Die Kosten für die Ummeldung, sagt er, zumindest die bezahlen doch Sie, okay? Verdammter Hauptmann: diese ganze Inszenierung, um die sechshundert Euro für die Eigentumsübertragung zu sparen, obwohl der Kauf ihn fast hundertmal so viel kostet. Dieser Mann heckt etwas aus, glaubt mir. Dieser Familienvater, dieser Offizier ... Aber es ist auch wahr, dass nach Verhandlungen, in denen ich das Gefühl hatte, die Situation ständig unter Kontrolle gehabt zu haben, ich derjenige bin, der macht, was er will, denn ich verkaufe ihm den Wagen, ich habe die Geldscheine angenommen und ich händige ihm auch die Quittungen für die vorgebliche Ratenzahlung aus, die mich seiner Meinung nach berechtigt, das Bargeld zu akzeptieren – und daher, wer ist nun nach diesem ganzen Zirkus derjenige, der der Versuchung nicht widersteht, er oder ich?

3

Alles, was wir tun, beschwört einen Dämon.
Dylan Thomas

Beiß rein und bereue.

Ich habe getan, was Lello mir gesagt hat, ich bin auf die Twitter-Seite des Mädchens gegangen. Sie ist wunderschön – das Mädchen, meine ich. *Beiß rein und bereue* ist die Botschaft, die das Foto auf ihrem Profil begleitet – eine Großaufnahme von Augen, Nase und Mund im Dreiviertelprofil, mit Wogen tiefschwarzen Haars, die ihre Backenknochen berühren, und einem strahlenden, frechen Blick direkt in die Kamera, ohne auch nur einen Hauch von Schminke. Sie hat Dutzende von Followern, fast alle junge Männer, die ihr ihre Bewunderung für ihre lang zurückliegenden, aber offensichtlich nicht vergessenen Fernsehauftritte in *Big Brother* vor etlichen Jahren und – sagt Lello, der ein eifriger »Zuschauer« der Kanäle von Mediaset ist – in ein paar von ihm als Kult bezeichneten Nachtsendungen auf Italia 1 ausdrücken, deren Titel ich eine Sekunde, nachdem er sie ausgesprochen hat, schon wieder vergessen habe. Die Fans schreiben ihr, sie sei wunderschön, phantastisch, ein Naturwunder et cetera, und sie dankt ihnen mit lächelnden oder augenzwinkernden Gesichtchen oder einem Herzchen. Und dann hat sie Freunde, mit denen sie kryptische Nachrichten austauscht, voller At-Zeichen, Doppelkreuze, anderer weiblicher Vornamen, Klammern, Gedankenstriche, Doppelpunkte, Strichpunkte, Auslassungspunkte, Ausrufezeichen und erneut Gesichtchen, die allerhöchstens zwei oder drei richtige Wörter enthalten, von denen eines fast immer »ciaooooo« ist, dessen o bis an die Grenze der hundertvierzig Zeichen wiederholt wird. Ich schwöre, dass man nie versteht, wovon sie reden. Doch vor allem gibt es Fotos, unzählige. Es ist ein ständiges Posten und Kommentieren mit ihren Freundinnen: Kätzchen und Hündchen, Strände mit schiefen Horizonten, Details von Tattoos, Handtaschen, Schuhe, Fitnessgeräte, Nutella-Gläser, Eis, Keksdosen, Teller voller Austern, Obst, Pasta, gekochtes Gemüse, kleine Kinder im Kinderwagen, nackte Beine, ausgestreckt unterm Armaturenbrett, tätowierte Knöchel, und vor allem nackte Füße mit in verschiedenen Farben lackierten Nägeln oder in ganz offensichtlich teuren Schuhen mit Absätzen. Aber es gibt auch Fotos, die Aufschluss geben über ihren fortbestehenden, wenn auch vielleicht etwas verblassten Status als *Celebrity:* Modenschauen, Backstage-Bereich von Fernsehstudios, Bühnen von sommerlichen Open-Air-Veranstaltungen, Dessouswerbung. Es sind Fotos, auf denen ihre Schönheit aggressiver wird und die banale und alles in allem beruhigende Botschaft, die in den anderen enthalten ist, über den Haufen wirft und das zweideutige Selbstporträt perfekt macht, von dem Lello mich, indem er mir vorschlug, mir diese Seiten anzuschauen, ganz offensichtlich in Kenntnis setzen wollte. Und er wollte es, weil die Notiz, die er mir dagelassen hat, eindeutig die Absicht verrät, mir einen Dämon einzureden – *seinen* Dämon. Andererseits ist Lello eben so: Er hofft immer, dass sich die anderen in der Praxis wie er verhalten. Und jetzt, da ich zum ersten Mal seine Aufgabe übernehmen muss, versucht er mich dazu zu bringen, sie so zu erledigen, wie er sie erledigen würde. So, wie er sagt, dass er sie erledigt hat.

Beiß rein und bereue.

Lello und ich sind sehr verschieden. Wir ergänzen uns, ist der richtige Ausdruck. Unsere Gesellschaft funktioniert so: Er entzieht – besser holt zurück, das ist das Verb, das er benutzt, *zurückholen* – die geleasten Wagen, die die Leute nicht mehr bezahlen, und ich verkaufe sie. Seit wir Teilhaber sind, ist es sehr selten vorgekommen, dass er sich um einen Verkauf gekümmert hat, während ich nur an einem einzigen Entzug teilgenommen habe, natürlich zusammen mit ihm: ein Range Rover, zugelassen auf ein in Konkurs gegangenes Unternehmen in Brescia, das der Besitzer an der Costa Smeralda im Wald versteckt hatte und das Lello aufgestöbert hatte, indem er eine Reihe von Bußgeldbescheiden der Gemeinde Arzachena abgefangen hatte. Es war ein Freitag im Mai, warm und voller Düfte. Wir nahmen zusammen den Nachmittagsflug nach Olbia, liehen uns am Flugplatz einen Punto und fuhren direkt zu der Adresse, wo wir, wie Lello wusste, Wagen und Schlitzohr in angenehmer Gesellschaft antreffen würden – eine Familienvilla. Ich war aufgeregt, ich war auf etwas Abenteuerliches gefasst, ein Handgemenge, Streit, Widerstand, doch stattdessen lief alles genauso ab, wie laut Lello alle Entzugsfälle ablaufen: Das Schlitzohr (klein, fast bucklig, Brille mit dicken Gläsern) nahm seinen Kram aus dem Straßenkreuzer und händigte uns die Schlüssel aus, ohne mit der Wimper zu zucken – eine Unterschrift auf dem Formular, ein Händedruck, und das war's. Ja, er hat uns sogar gedankt, weil wir ihn, anstatt ins Haus zu kommen, gebeten hatten rauszukommen, und dort haben wir ihm die Entzugsmaßnahme erklärt und ihm so erspart, sich vor dem Mädchen zu blamieren, das er dabeihatte. Man muss allerdings dazusagen, dass auf dem Platz vor der Villa zu Füßen eines üppig blühenden Gartens, der ein prächtiges Domizil aus sardischem Stein umgab, auf dem der Widerschein des Swimmingpools zitterte, noch zwei weitere Autos standen, ein Golf GTD und ein Smart – dies für den Fall, dass ihr euch Sorgen macht, der arme Mann müsse jetzt zu Fuß gehen. Nachdem wir den Punto am Flughafen von Olbia zurückgegeben hatten, aßen wir Pasta mit Sardellensauce in der Osteria del Mare und fuhren dann mit der Nachtfähre zurück auf den Kontinent. Das war der einzige Entzug, an dem ich in fast sechs Jahren teilgenommen habe; ich habe Ausflüge nach Fregene gemacht, die sehr viel unangenehmer waren. Na ja, Lello behauptet, dass die Entzüge immer so ablaufen. Denn die Schlitzohren, sagt er, wissen, auch wenn sie keine Wichser sind wie der mit dem

Range Rover, auch wenn sie kräftig und arrogant sind und zur Gewalt neigen, sehr genau, dass das einzig Vernünftige, wenn sie es mit Lello zu tun haben oder mit irgendeinem anderen, der seine Arbeit tut, ist, die Schlüssel auszuhändigen, ohne Schwierigkeiten zu machen. Der Trick besteht darin, sich so spät wie möglich ausfindig machen zu lassen, indem man den Wagen an Orten versteckt, die nichts mit der Adresse zu tun haben, die im Leasingvertrag steht, und zu hoffen, dass niemand die Zeit, die Gelegenheit und Gründe findet, nach ihm zu suchen; doch sobald der Wagen gefunden ist, ist das Spielchen vorbei, und niemand hat Interesse daran, eine Straftat (unrechtmäßige Aneignung) zu begehen, um die Sache in die Länge zu ziehen. Die Herausgabe ist wirklich das Vernünftigste; monate-, manchmal jahrelang sind sie mit Luxuswagen herumgefahren, für die sie lediglich die Anzahlung und erste Leasingraten bezahlt haben (im Durchschnitt, sagt Lello, zwei Komma dreiundsiebzig Raten), und wenn sie beim Entzug keine Schwierigkeiten machen, ist die Sache für sie damit erledigt. Und so können sie nach ein paar Monaten von vorn anfangen, indem sie das Unternehmen und vor allem die Bank wechseln. Denn Lello entzieht die Wagen im Auftrag der Banken. Im weitesten Sinne arbeitet er für die Banken. Und in einem noch weiteren Sinne arbeite ebenfalls ich für die Banken, auch wenn ich nicht glaube, dass mein Nachname nach dem Scherz, den mein Bruder sich erlaubt hat, auf große Sympathie stößt.

Kurz und gut, heute ist der Tag meines zweiten Entzugs. Allein, da Lello sich weiß der Teufel wo – in Treviso vermutlich – von einem Ass, das mit seiner Frau verwandt ist, an der Bandscheibe operieren lässt. Der Wagen ist ein Audi Q3 Advanced 2.0 TDI 4 × 4 Automatic metallicgrau, zugelassen im Juni 2011 auf den Namen eines Unternehmens aus Savona namens Wega-T, das ein Jahr danach Konkurs angemeldet hat. Von da an sind die Leasingraten nicht mehr bezahlt worden, wodurch eine Schuldsumme aufgelaufen ist, die sich heute, das heißt zwei Jahre später, auf achtundzwanzigtausend Euro beläuft, und es gibt keinen Anlass zu glauben, dass sie den gesamten Restwert des Wagens deckt, der sich auf weitere einundzwanzigtausend Euro beläuft. Und hier sind wir ins Spiel gekommen – das heißt Lello. Der, da der Angestellte, der für den Leasingvertrag zuständig war, die Bank gewechselt hat, ganz allein hat herausfinden müssen, dass das Unternehmen in Savona auf einen Staatssekretär der vorigen Regierung zurückzuführen ist und dass die dazwischengeschaltete Bank keinen Finger gerührt hat, solange die Regierung im Amt war, doch als sie im Herbst 2011 stürzte, ist sie sofort tätig geworden, um die Schuld einzutreiben. Nur war der Wagen inzwischen spurlos verschwunden. Doch Lello ist es gewohnt, verschwundene Wagen aufzuspüren, und in diesem Fall hat er sich auf zwei Elemente gestützt: 1) die eindeutig weibliche Botschaft des Wagens (»Ich bin eine schöne und glückliche Frau; nicht unbedingt reich von Haus aus, aber in diesem Fall gibt es einen, der für mich bezahlt«); 2) die bekannte Neigung des betreffenden Staatssekretärs, mit seinem pausbäckigen, stets braungebrannten Gesicht in den Klatschspalten aufzutauchen. Dadurch kam zutage (durch eine geniale Recherche in allen Skandalblättern, an der auch ich mich beteiligt habe – wobei ich allerdings entdeckt habe, wie wenig vertraut mir die Namen all der Jetset-Berühmtheiten sind), dass kurz vor der Einstellung der Zahlung der Leasingraten ein Starlet namens Rosy Malaparte, mit bürgerlichem Namen Rossana Bonavolontà, mit der der Staatssekretär eine offensichtlich nicht genügend geheim gehaltene Beziehung hatte, von einem Paparazzo in Begleitung eines jungen Tänzers irgendeiner Fernsehsendung überrascht worden war. Der Bildbericht präsentierte die Beweise des Techtelmechtels mit den üblichen Küssen im Restaurant und der üblichen Flucht mit verdecktem Gesicht, nachdem sie den Fotografen entdeckt hatten, bestätigte aber auch das Wiederauftauchen des *verschwundenen* Q3, in dem der Scoop das Paar bei der Flucht in die Nacht verewigte, mit dem Mädchen am Steuer. Bingo. Von da an war es für Lello ein Kinderspiel, sodass er schon vor Monaten den Entzug vorzunehmen versucht hatte; allerdings, hatte er mir damals erzählt, war etwas schiefgegangen, das Mädchen wohnte nicht mehr unter der Adresse, die er ermittelt hatte, und er musste weitere Nachforschungen anstellen. Ehrlich gesagt kam mir das im ersten Augenblick gar nicht merkwürdig vor – es kommt schon mal vor, dass auch Lello danebentrifft –, doch jetzt bin ich gezwungen, die Sache in einem anderen Licht zu sehen.

Lello hat mir sehr klare schriftliche Anweisungen dagelassen, die ab einer bestimmten Stelle in eine Art Brief übergehen; denn nachdem er mir die Adresse gegeben hat, unter der ich das Mädchen antreffen würde, vertraut er mir an, dass er vor zwei Monaten nicht Pech gehabt hatte, sondern dass er das Mädchen sehr wohl angetroffen, aber *beschlossen hatte, ihr einen Aufschub zu gewähren*, und indem er mir rät, es ebenfalls zu tun, lädt er mich ein, auf ihre Twitter-Seite zu gehen. »Beiß rein und bereue auch du«, endet seine Nachricht, »und dann schnappen wir sie uns, wenn wir die Zeit für gekommen halten.«

Wie gesagt, ich habe mir das Mädchen auf Twitter angeschaut, und ich kann nicht leugnen, dass mich die ganze Sache, so wie Lello sie aufgezogen hat, letztlich verwirrte. Ich rief ihn sofort an; ich hoffte, wenn ich mit ihm redete, würde sich diese Verwirrung in dem üblichen Spielchen zwischen uns auflösen – er zieht mich mit meiner Korrektheit auf, und ich ihn mit seiner Unverfrorenheit –, und während des Gesprächs würde sich in aller Klarheit herausstellen, dass die Sache mit dem Aufschub ein Scherz war. Doch ich konnte ihn nicht erreichen, was nicht weiter verwunderlich war, da er sich ja zu diesem Zeitpunkt vermutlich unter dem Messer des unglückseligen Rückenspezialisten befand. Ich machte mich also im Firmen-Yaris – wie wir ihn nennen – auf den Weg zu der in Lellos Nachricht angegebenen Adresse in der mir unbekannten kleinen Ortschaft an der römischen Küste namens Passoscuro, wo ich Mädchen und Wagen vorfinden sollte – und schon das ist, obwohl es auf dem Terminkalender für heute steht, symptomatisch; ich hätte es auch sein lassen und warten können, bis Lello wieder da ist. Wie er selbst sagt, wir schnappen sie uns, wenn wir die Zeit für gekommen halten. Trotzdem bin ich losgefahren – ich mache mich auf den Weg. Ich bin unterwegs zu dem zweiten Entzug meines Lebens, ich habe die Papiere der Bank dabei, den Gerichtsbeschluss, alle nötigen Informationen, und doch denke ich statt über den Entzug – *Beiß rein und bereue* – über den Aufschub nach.

4

Die Physiker lieben es, an all das zu denken,
was getan werden muss, und zu sagen:
»Das sind die Bedingungen; und was wird jetzt geschehen?«
Richard Phillips Feynman

Vielleicht sollte ich mich näher vorstellen. Ich heiße Pietro Paladini, ich bin einundfünfzig und – ja, ich bin der Bruder des Paladini der Firma Barrie – ich lebe in Rom. Ich bin durch und durch Römer, doch bevor meine Frau starb – vor acht Jahren, ganz plötzlich, an einem Aneurysma –, wohnte ich in Mailand und hatte eine typische Mailänder Arbeit, die ich damals sehr mochte: Direktor eines Pay-TV-Senders. Nach dem Tod meiner Frau, aber nicht zwangsläufig als Folge davon, sind Dinge passiert, die ich nicht erzählen will, und am Ende habe ich alles hingeschmissen und bin nach Rom zurückgekehrt. Ich war ein Jahr arbeitslos, bis ich einen alten Studienkollegen, Raffaele Pica, genannt Lello, wiedertraf und mit fünfzig Prozent in sein Autohaus für Neu- und Gebrauchtwagen Super Car (ein alberner Name, ich weiß, ihn zu ändern wäre jedoch zu kompliziert) eintrat, das seinen Sitz bei Kilometer dreizehn der Via Aurelia hat, in dem Vorort, der tatsächlich Tredicesimo heißt, wo wir, eingezwängt zwischen einem Centro Moda Carabetta und der Città Toyota, unser schönes Gelände voller Autos haben, mit einem Fertighaus aus Holz in der Mitte und einer kleinen Werkstatt.

Ich habe eine achtzehnjährige Tochter, Claudia, die dieses Jahr das vorletzte Schuljahr im naturwissenschaftlichen Gymnasium hinter sich gebracht hat und in Physik durchgefallen ist. Und ich habe seit vier Jahren eine Beziehung mit einer Frau, die ich im Augenblick nur D. nennen werde – ich bitte euch, mir zu glauben, dass ich gute Gründe dafür habe; blond, geschieden, Mutter zweier Kinder, lebt sie in einem merkwürdigen Bezirk nicht weit von meiner Arbeitsstätte, der den Namen Residenza Aurelia trägt. Diese Frau ist sehr viel mehr, als ich in den letzten acht Jahren jemals erwartet oder verdient hätte. Sie ist jung und schön und sympathisch und, für mich, auf unwiderstehliche Weise römisch; ich werde gerade jetzt, da sich in meinem Kopf die Phantasie festgesetzt hat, sie zu betrügen, nicht darauf insistieren, aber – vertraut mir – sie ist ein ungeheures Geschenk, das in mein Leben geplatzt ist, ein ungeheures. Und doch, obwohl ich Zärtlichkeit, Wertschätzung, das Bedürfnis, sie zu beschützen, Verbundenheit, Respekt für sie empfinde, ganz abgesehen von ihrer unglaublichen Attraktivität, muss ich doch sagen, dass diese Dinge sich nie zu einem leuchtenden Ganzen zusammengefügt haben. Ich glaube nicht, dass ich sie liebe, nun ist es heraus, zumindest nicht in der traditionellen Bedeutung des Wortes, und ich glaube auch nicht, dass sie mich liebt. Wir sind lediglich verbunden, und diese Bindung schützt uns vor der Gefahr, uns hinter viel schlimmeren Personen zu verlieren – aus Langeweile, Verwirrtheit, Einsamkeit. Das gilt vor allem für sie, da sie, im Gegensatz zu mir, noch jung ist und alle Zeit der Welt hat, immer wieder ein anderes Leben anzufangen. Was ich hingegen schon mehr als genug getan habe.

Mit all dem will ich sagen, dass ich in diesen vier Jahren treu gewesen bin, und obwohl ich woanders mit meiner Tochter gewohnt habe, habe ich mich um sie gekümmert, um ihre Kinder, um ihren Garten, der vom Roten Palmenrüsselkäfer *(Rhynchophorus ferrugineus)* heimgesucht wurde, und sogar um das, was von ihrem Exmann noch übrig war (Kokain); doch obwohl der Gedanke an den Aufschub des Entzugs dieses Wagens, den Lello entfacht hat, durch meinen Kopf schwirrt, bedroht er nicht eine tiefe und unauflösbare Verbindung und beeinträchtigt nicht einen wohlüberlegten Lebensplan; und gestärkt durch diese Rechtfertigung spiele ich, während ich im Yaris über die Aurelia fahre, mit dem Gedanken, mich zu verhalten, wie Lello sich verhalten hat – wie Lello sagt, dass er sich verhalten hat. Aber zunächst einmal: Wird es mir gelingen? Habe ich genügend Unverfrorenheit, um einen solchen Tauschhandel vorzuschlagen oder auch nur anzudeuten? Nein, ich würde sagen, ich habe sie nicht – doch ich habe gelernt, dass man bei manchen Dingen stets bereit sein muss, sich überraschen zu lassen, wenn die berühmte konkrete Umsetzung an die Stelle der theoretischen Tüfteleien tritt. Ich habe angesichts des Dröhnens der galoppierenden Realität vollkommen unerwartete Ressourcen und Lücken in mir entdeckt – und daher fühle ich mich befugt, mich von nichts mehr überraschen zu lassen.

Um die Vorstellung abzuschließen, ich besitze eine Wohnung an der Piazza di San Saba, in dem Viertel also, in dem ich in meiner Kindheit gelebt habe. Meine Eltern sind beide tot, und der Kontakt zu meinem Bruder ist ziemlich schwierig geworden, seit er nach Südamerika abgehauen ist. Ach, ich habe eine Schwägerin in Mailand, die Schwester meiner Frau, doch auch sie sehe ich nicht. Meine wirtschaftlichen Verhältnisse sind trotz der Krise stabil, doch gesundheitlich habe ich Probleme mit meinem Cholesterinspiegel, den ich mit der Einnahme von Atorvastatin und Tennisspielen zweimal pro Woche in einem kleinen Klub in der Nähe des Büros mit einem Lehrer namens Ettore und samstags mit irgendeinem anderen Partner zu senken versuche. Ich bin ein leidlicher Netzspieler und sehr schlecht im Rückfeld, insgesamt eher eine Niete – und obendrein seit über einem Monat vom Pech verfolgt und daher zum Pausieren gezwungen wegen einer Synovialitis an der Sehne des linken Handgelenks, die keine Anstalten macht zu heilen, und das ist der Grund dafür, dass ich, wenn ich am Steuer sitze wie jetzt oder irgendetwas anderes tue, woran das Handgelenk beteiligt ist, eine Stretchorthese trage, die bis zur Mitte des Unterarms reicht. Ich liebe Federer, wie alle.

Im Augenblick fahre ich wie gesagt in dem Yaris der Firma über die Aurelia und warte darauf, dass die Abzweigung nach Passoscuro kommt. Ich habe fünftausend Euro in der Brieftasche und einen zerknitterten *Tuttocittà*-Plan auf dem Sitz neben mir, dem zufolge meine Abzweigung nicht mehr weit sein kann. Die fünftausend habe ich mitnehmen müssen, weil ich mich weder an die Kombination des Safes im Büro noch an den fiktiven Namen im Notizbuch erinnern konnte, mit dem sie verbunden ist – mit einer 335 davor, damit sie wie eine Handynummer aussieht. Ich bin sogar alle Namen des Telefonverzeichnisses durchgegangen in der Hoffnung, mich an sie zu erinnern, wenn ich auf sie stoßen würde – doch nichts, absolute Leere. Cinzia, unsere Sekretärin, weiß sie sicher noch, doch heute kommt sie erst nachmittags ins Büro, und als ich sie anrief, um sie danach zu fragen, war ihr Handy ausgeschaltet, weswegen ich das Bündel Scheine mitnehmen musste. Und da ist meine Abzweigung, glaube ich – die allerdings keine Abzweigung ist, sondern eine *Ausfahrt*; ein großes blaues Schild fordert auf, rechts nach Passoscuro, Bracciano, Palidoro, Ospedale Bambino Gesù abzubiegen. Ja, das hat Lello in seinen Anweisungen geschrieben: Für eine Weile soll ich der Wegbeschreibung zur pädiatrischen Erste-Hilfe-Station der Außenstelle des Ospedale Bambino Gesù am Stadtrand folgen. Ich verlasse die Aurelia, fahre unter ihr durch, nehme den Kreisverkehr und folge weiter den Hinweisen nach Passoscuro. Ich kenne mich in dieser Gegend nicht aus – ich bin nie hier gewesen. Eine Überführung, die über ein verwahrlostes Eisenbahngleis führt. Eine weitere Abzweigung. Jetzt die Via San Carlo in Palidoro, und das ist gut: immer geradeaus durch die Landschaft auf einer Straße mit einer neuen Asphaltdecke, schwarz und glatt wie Lakritze. Und da kommt das Schild von Passoscuro – sehr früh, das Meer ist noch fern, und das Mädchen wohnt an der Strandpromenade. Die Straße verläuft geradeaus zwischen zwei Reihen von Kiefern und Eukalyptusbäumen, die vom Wind ganz krumm sind und die sie von unermesslich weiten, frisch gemähten Weizenfeldern trennen. Große urbar gemachte Erdschollen, hingeworfene zylindrische Garben, die darauf warten, eingesammelt zu werden – und die für

Claudia, als sie klein war, Grasballen waren. Und da ist die Ampel an der Abzweigung zum Krankenhaus, aber ich muss geradeaus weiterfahren. Laternenpfähle, die Kabel außen, wie in Amerika. Ein paar Bauernhöfe. Hier ist man wirklich auf dem Land, doch in der Ferne taucht bereits ein Klumpen aus kubischen Gebäuden auf, die sich am falschen Ort zu befinden scheinen, weil sie die Sicht auf das Meer versperren.

Da ist das Willkommensschild von Passo Oscuro (plötzlich ist der Name in zwei Wörtern geschrieben und bekommt etwas Beunruhigendes) und daneben eine kleine Madonna in einem Tabernakel und ein Obsthändler, der Wassermelonen unter einem Schutzdach verkauft. Und jetzt beginnt das bewohnte Zentrum, mit dem ersten Kreisverkehr und den Schildern mit den Hinweisen: Eisenwaren, Parapharmazeutika, Campingplätze, Hotels, Badeanstalten – ich fahre weiter geradeaus zum Meer. Die ersten kleinen Villen rauschen vorbei, ganz einfache Häuschen, dass wir uns recht verstehen, sehr beliebt, mit diesem stets ein wenig schäbigen, unfertigen Aussehen, das diese Vororthäuser an der Küste auszeichnet. Ein weiterer Kreisverkehr, ich fahre weiter geradeaus, die Strandpromenade muss vor mir sein. Nein, falsch, hier kommt man nicht weiter. Ein Campingplatz zwischen den Dünen, der auch noch *Marina di Roma* heißt, unterbricht die Straße plötzlich. Ich kehre um, ein barfüßiger Junge sieht mich an, lacht – in genau diesem Moment habe ich das Gefühl, mich in Guatemala zu befinden statt in Marina di Roma. Ich fahre zum Kreisverkehr zurück, nehme die Ausfahrt nach links, biege dann, wie es auch in Lellos Notizen steht, erneut links ab – und auf diese Weise gelange ich direkt zur Strandpromenade. Die allerdings alles andere als eine Strandpromenade ist, das heißt eine Allee mit Palmen und Agaven, breitem Bürgersteig und Geschäften und Parkplätzen und Fahrradweg und flanierenden Menschen und Fahnen, die an Masten mitten auf dem Strand im Wind flattern, sondern ein mickriges, vier Meter breites Sträßchen eingezwängt zwischen den Badeanstalten auf der einen Seite und den Einfriedungsmauern der Mehrfamilienhäuser auf der anderen. Ich fahre an der Hausnummer vorbei, wo das Mädchen wohnen soll, und da steht tatsächlich gegenüber der Q3; er ist es, ohne jeden Zweifel, ich muss das Nummernschild gar nicht überprüfen. Er ist ganz schön schmutzig, und die Karosserie macht einen ziemlich kaputten Eindruck. Plötzlich sehe ich mich Motorhaube an Motorhaube einem Skoda gegenüber. Es klingt unglaublich, doch diese Straße ist tatsächlich zweispurig. Der Skoda, an dessen Steuer ein Typ in einem ärmellosen schwarzen Unterhemd sitzt, der den Rückwärtsgang einlegt, fährt zehn Meter rückwärts bis zu einem Schotterparkplatz, an dem die Straße überraschend endet. Dort findet der Typ Platz genug, um vorbeizufahren, ich danke ihm mit einer Handbewegung, die er nicht erwidert. Der Parkplatz ist gerammelt voll mit Kleinwagen, die in der Sonne schmoren (zwei C3, drei oder vier Puntos, ein paar Clios, Pandas, kleine Peugeots und Hondas), aber ich habe Glück, einer der Puntos fährt weg, und ich kann mich auf seinen Platz stellen. Es ist sehr heiß. Ein Wasserlauf unterbricht die Strandpromenade, mit grünem, fauligem, vom Wind gekräuseltem Wasser, das stockend ins Meer fließt, und nur eine kleine Holzbrücke führt über ihn. Auf die Brücke ist vor kurzem geschrieben worden: »Teufelchen liebt dich du bist mein Leben«, daneben ein leuchtend rotes Herz. All die hier geparkten Wagen sind, obwohl sie keinen großen Wert haben, durch auffällige Lenkradkrallen mit Pedalhaken geschützt, die aus den reflektierenden Armaturenbrettabdeckungen ragen. Auf die schmutzige Heckscheibe eines Pandas aus dem Jahr 2000 hat jemand mit dem Finger WISH MY WIFE WAS SO DIRTY geschrieben. Bevor ich die Wagentür zuschlage, beschließe ich, die Orthese abzunehmen, und werfe sie auf den Sitz.

Ich kehre zu Fuß zur Straße zurück, an der das Haus des Mädchens liegt. Da ist es. Ein Fertighaus, das gerade noch so zu der Familie der Villen zu gehören scheint, mit einem Garten, der von einer hohen Betonmauer und einem großen weißen Gittertor aus Holz umschlossen wird, mit einer Überdachung, von der der Lack abblättert. Am Tor befinden sich drei Schilder. Auf einem, blau und schwarz, steht VILLA ZU VERMIETEN. Auf einem anderen, orangefarbenen, steht lediglich ZU VERKAUFEN, und auf dem dritten, das mit dem Computer geschrieben worden ist, »Vorsicht, bissiger Hund ... und Herrchen«. Die Einfriedungsmauer ist blind, ebenso wie das Tor, weshalb man das Haus nicht sehen kann. Von hier erkenne ich nur das Dach, das aus Metall zu sein und ein Dach aus Tonziegeln zu imitieren scheint. Es gibt nur eine Klingel, ohne Namen. Ich läute nicht, ich bin noch nicht bereit.

Ich gehe zu Fuß weiter und zünde mir eine Zigarette an. Aus dem Gefängnis der Orthese befreit, fühlt das Handgelenk sich merkwürdig kühl an, obwohl es bestimmt mehr als dreißig Grad sind. Es tut allerdings auch weh. Ich überquere die Straße und schaue mir den Q3 genauer an. Die Karosserie ist nichts Besonderes: eine große Beule an der rechten hinteren Autotür, beide Kotflügel ramponiert, mehrere Kratzer. Im Inneren herrscht eine irrsinnige Unordnung, doch die Lederbezüge wirken unbeschädigt. Auf dem Rücksitz ist ein Kindersitz angebracht, voller Crackerkrümel. Ein Kind. Ich bin noch nicht bereit.

Gegenüber gibt es eine Badeanstalt mit dem Namen *Naut In Club*, mit einem englischen Garten und einem Gartenpavillon im Kolonialstil – allzu prätentiös für meinen Geschmack, und der Barbereich wird von Hecken und weißen Vorhängen geschützt, sodass man das Haus nicht sehen kann. Gleich daneben jedoch befindet sich eine zweite, *Le Sirene*, mit Bar-Ristorante, Holzpfählen, Hütten aus Rohrgeflecht, Sechziger-Jahre-Tischchen und Plastikstühlen mit Motta-Werbung – perfekt. Ich setze mich an ein Tischchen, von dem aus ich sowohl das Tor der Villa als auch den davor parkenden Wagen im Auge behalten kann, und bestelle einen Kaffee. In der Nähe sitzen zwei Jungen, die Pommes frites essen, deren Geruch in der Luft steht, als wären wir in einem geschlossenen Raum. Es ist tatsächlich Mittagessenzeit, aber ich habe keinen Hunger, ich bin zu aufgeregt. In meinem Kopf sitzt dieser Dämon, doch so sehr ich mich auch bemühe, ihn zu vertreiben, er verschwindet nicht. Ich kann nicht bei dem Mädchen auftauchen, ohne zu wissen, was ich will. Will ich den Wagen? Ich bin lediglich der kaltblütige Vollstrecker der Rache ihres mächtigen betrogenen Liebhabers, der, sobald er von dem Techtelmechtel mit dem Tänzer erfahren hatte, das Unternehmen in die Pleite getrieben hatte, das er ausdrücklich gegründet hatte, um ihr den Wagen zu bezahlen – und vermutlich auch das Haus, die Kreditkarte bei derselben Bank, die den Leasingvertrag gebilligt hat und vielleicht auch die Pläne für Fernsehfilme finanzieren wollte, die, den Verträgen zufolge, einen Star aus ihr hätten machen sollen. Bin ich nur das? Und die Antwort lautet: *Ja, natürlich* – was für eine Frage, natürlich will ich nur den Wagen. Natürlich bin ich hergekommen, um ihn ihr wegzunehmen. Ich bin gekommen, um meine Arbeit zu machen, ich mache meine Arbeit, und meine Arbeit besteht darin, die Wagen zu entziehen (in diesem besonderen Fall, normalerweise verkaufe ich sie), die die Leute nicht mehr bezahlen. Und damit Schluss. An dem Tischchen neben mir isst ein Mann mit Tarnkappe, Tarnhemd und schwarzen Haaren, die ihm bis zu den Schultern reichen, eine Schüssel Muscheln. Er hat phantastische Tattoos auf seinen Bizepsen, doch ich kann sie nicht betrachten, wie ich möchte, weil er es bemerken würde. Vielleicht sollte ich auch Muscheln essen, ein bisschen Hunger habe ich doch. Sie sehen frisch, gut aus. Ein schönes Muschelgericht. Nach dem Kaffee? Ja, nach dem Kaffee. *Im Magen ist es dunkel*, pflegte der Wächter in Roccamare zu sagen, derjenige, der gestorben ist – wie hieß er noch gleich? – und eine Stute hatte, die er besser als seine Frau behandelte. Wie hieß er noch? Derjenige, der immer sagte: »*Würde ich doch* blind.« Nichts, ich verliere das Gedächtnis. Ich erinnere mich, wie die Stute hieß – Roma –, seine Frau – Liliana –, aber ich erinnere mich nicht, wie er hieß – dabei habe ich so viele Nächte dort am Schlagbaum mit meinem Bruder rumgehangen. Ja, Carlo, ich werde ihn fragen. Schließlich habe ich ja diese absurde Handynummer in Uruguay – geheim natürlich, da Carlo immer schon vor dem Gesetz auf der Flucht war, und ich habe sie tatsächlich nie benutzt, wir kommunizieren nur über Skype, und auch nur selten, denn was kann ich einem Bruder sagen, der in jene Welt abgehauen ist? Dass alles in Ordnung ist? Kurz und gut, ich frage ihn jetzt per SMS, da meine Nummer nicht überwacht wird – warum sollte sie? Weil ich sein Bruder bin? Nach dreieinhalb Jahren? Pfui. Da ist er ja, ich habe ihn ins Telefonverzeichnis unter dem Namen »Peter Pan« eingetragen. »Wie hieß der Wächter in Roccamare, der die Stute hatte und bei dem Unfall gestorben ist?« Einfach, kurz und bündig, ohne jeden Gruß, als sei nichts geschehen. Ich sende sie. Wird er mich für verrückt halten? Wird er ausrasten? Vielleicht schläft er ja, wie spät ist es in Uruguay? Der Kellner fragt mich, ob ich noch einen Wunsch habe. Die Muscheln? Nein, ich bin im Dienst, da bleibe ich besser nüchtern. Der Fernseher an der Wand ist eingeschaltet. Eine Telenovela. »Bitte erspar mir deine Kommentare, dass ich eine Rabenmutter bin«, sagt sie. »Ich will nur an dieses verfluchte Erbe kommen, und er ist ein Hindernis auf meinem Weg«, sagt er. Oje, wozu wir doch fähig sind in der fünfhundertsten Folge, aber jetzt weiß auch ich, was der springende Punkt ist. Und was würde geschehen, wenn *sie* den Aufschub vorschlagen würde? Wenn sie die Initiative übernähme und mir zu verstehen gäbe, dass sie als Gegenleistung für einen Aufschub bereit wäre, mich, nun ja, reinbeißen zu lassen, wie würde ich reagieren? Ich weiß nicht, was ich machen würde, ich bin ein Idiot, so laufen die Dinge nie, das ist nur eine Pornophantasie – und doch, da ich gerade eine solche Phantasie gehabt habe, was würde geschehen, wenn ich eine weitere hätte, wenn ich vor ihr stehe und *glauben würde*, verstanden zu haben, dass sie mir den Tauschhandel vorschlägt, während ich ihn nicht vorschlage? Was würde ich tun? Würde ich mich auf sie stürzen? Und sie, wie würde sie reagieren? Würde sie den Hund auf mich hetzen, vor dem auf dem Schild gewarnt wird? Und das Kind? Und wenn sie nicht allein ist, wenn plötzlich ein Mann auftaucht – der Tänzer, ein anderer Liebhaber, ein Bademeister? *Signore, ich bitte um Entschuldigung, aber ich war nicht ganz bei mir?* Ich muss mich beruhigen, verdammt, das alles wird nicht geschehen. Ich werde es nicht geschehen lassen. Ich werde den Wagen entziehen, ihn zur Firma fahren und am Nachmittag mit Virginio zurückkommen, um den Yaris zu holen. Ende der Geschichte. Es wird alles gutgehen. Lello ist ein großer Kindskopf, das darf man nicht vergessen. Vor allem wenn es um Frauen geht, markiert er den dicken Max, erzählt Blödsinn, sagt nie die Wahrheit. Ich dagegen bin seriös, zuverlässig, aufrichtig. Glaubst du etwa, ich mache mir das Leben schwer wegen einer Art Edelnutte? Denn nichts anderes ist sie letzten Endes, auch wenn die Grenze auf diesem Gebiet heutzutage unsichtbar geworden ist. Ich habe allen Sex, den ich mir wünsche, mit einer jungen Frau, schön und voller Tattoos, die mich bei sich zu Hause erwartet. Die Muscheln werde ich heute Abend mit ihr essen. Und auch mit meiner Tochter. Ich werde mit ihnen nach Fiumicino fahren, zum Fischessen, ja, mit beiden. Meine beiden Frauen, ja. Wir werden einen wunderschönen Abend verbringen, und von da an werden die beiden Freundinnen sein. Trrr-trrr. Das Handy vibriert.

Eine Nachricht.

Von Peter Pan.

»Ernesto«, schreibt er.

5

Die Erfahrung zeigt, dass nie jemand vor der Tür steht, wenn es klingelt.
Eugène Ionesco

Vorsicht, bissiger Hund … und Herrchen.

»Wer ist da?«

»Guten Tag, ich heiße Paladini, ich suche Signorina Bonavolontà.«

»Was wünschen Sie?«

»Ich bin gekommen, um den Wagen mitzunehmen. Den Audi, wissen Sie, den Q3, der vor dem Haus steht, wegen …«

Der Türöffner summt. Ich drücke leicht das Gittertor, das sich quietschend dreht und den Blick auf einen trostlosen Garten freigibt, mit einer vertrockneten Wiese und wild wucherndem Unkraut, wo Hecken und Blumen sein sollten. Ein alter Ritmo ohne Nummernschild steht unter einer kaputten Überdachung. Ein Wagen zum Ziehen des Schlauchboots, völlig verrostet. Eine umgestürzte Schaukel. Sogar ein Swimmingpool, dermaßen leer und abgeblättert, dass man sich nicht vorstellen kann, er sei jemals gefüllt gewesen. Kein Hund bis jetzt, und ich bin schon fast an der Eingangstür. Der einzige lebendige Gegenstand – wenn man so will: ein blaues Plastikdreirad mit roten Rädern – *das Kind* –, das von einem anderen Planeten herabgefallen zu sein scheint, so neu ist es. Das Handy klingelt in meiner Tasche; ich schaue auf das Display, es ist Marta, meine Schwägerin. Das ist jetzt nicht der richtige Zeitpunkt, ich gehe nicht ran. Mehr noch, ich stelle das Klingeln ab und stecke das Handy wieder in die Tasche, während es weitervibriert.

Die Eingangstür ist geschlossen. Ich klingele erneut. Wieder summt der Türöffner. Und wieder mache ich mich, bevor ich eintrete, auf den Angriff des Hundes gefasst, öffne die Tür nur einen Spalt, spähe ins Innere: nichts. Ich gehe einen Schritt hinein und schließe die Tür. Alle Rollläden sind geschlossen, es ist fast dunkel. Ein merkwürdiger Geruch liegt in der Luft. Eine Stimme ist zu hören, aber es ist schwer zu erkennen, woher sie kommt.

»Hallo?«, sage ich laut.

»Hier oben«, sagt eine Frauenstimme.

Da ist in der Tat eine Treppe, von der das einzige Licht herkommt. Ich gehe die Stufen hinauf, eine nach der anderen – zu langsam, würde ich sagen, als wäre ich ein alter Mann oder ein Mörder. Das Handy fängt schon wieder in der Tasche zu vibrieren an. Essiggeruch – ja, das ist es, Essig –, der irgendwie nicht hierhergehört, aber beharrlich stärker wird. Die Frauenstimme spricht immer noch, und jetzt kann ich sogar verstehen, was sie sagt.

»Hör zu, ich glaube das nicht«, sagt sie. »Schon deswegen nicht, weil sie ihn nie persönlich getroffen hat. Sie kennt ihn nicht einmal, verstehst du?«

Ende der Treppe. Ein Vorraum, drei geschlossene Türen, eine offene Tür, durch die Licht und Stimme dringen.

»… Aber nicht einmal im Traum, das hätte gerade noch gefehlt …«

Ich trete ein. Ein großes Wohnzimmer voller Fenster und Sofas. Die junge Frau steht mitten im Zimmer, mit dem Rücken zu mir, im Gegenlicht, das Handy am Ohr. Keine Hunde. Keine Kinder.

»Hör zu, meinetwegen kann auch er sich verpissen, das ist nicht das Problem. Das Problem ist diese Idiotin …«

Ich bleibe stehen und trete einen Schritt zurück. Da dreht sie sich um, sieht mich und macht mir ein Zeichen reinzukommen.

Sie ist kleiner, als ich dachte. Sie ist zierlich. Sie trägt ein schwarzes ärmelloses Top und ausgefranste superkurze Jeansshorts. Ein sehr komplexes Tattoo blitzt zwischen den Rändern des Tops und der Shorts auf dem Hintern hervor. Ein weiteres rankt sich auf der

Wade des rechten Beins empor – ein Drache. Sie hat nasses tiefschwarzes Haar. Sie lächelt mir zu.

»Hör zu, Schatz, ich muss jetzt Schluss machen«, sagt sie zum Handy. »Wegen der Massagen ruf ich dich wieder an, sobald ich es überprüft habe, okay? Ja, ja. Ciao, Schatz. Ciao, ciao, ciao.«

Die Fingernägel sind violett lackiert. Die der Füße, die in Flip-Flops stecken, ebenfalls.

»Rossella Bonavolontà?«

»Rossana.«

Ach ja.

»Rossana, Entschuldigung.«

Sie gibt mir die Hand. Sie trägt eine Rolex am rechten Handgelenk und zahlreiche Armbänder am linken, die klingeln wie Windglockenspiele.

»Freut mich, Pietro Paladini.«

»Wenn ich dir sagen würde, ich bin die Putzfrau, würdest du mir nicht glauben.«

Der Händedruck ist energisch – er tut richtig weh am verletzten Handgelenk. Sie hat eine dunkle, gebräunte Haut, übersät von Sommersprossen. Der Essiggeruch kommt von ihr, von ihren pechschwarzen Haaren – was sie sofort hübscher macht.

»Ich fürchte nicht. Ich hätte dich erkannt.«

Die vom Top plattgedrückten Brüste wirken übermäßig groß für den zierlichen Körper. Kein Büstenhalter. Die Armbänder geben immer noch bei jeder Bewegung silbrige Klänge von sich; sie scheinen *gestimmt* zu sein.

»Und wenn ich mich für die Unordnung entschuldige, glaubst du mir?«

Es herrscht tatsächlich ein ziemliches Chaos. Zahlreiche Hinweise auf die Anwesenheit eines kleinen Kindes. Ein Fotoapparat auf einem Stativ. Ein *halber* Pingpongtisch an die Wand gelehnt. Auf der Erde ein Haufen Zeitschriften. Ein umgestürztes Puppenhaus. Unzählige Puzzleteile auf dem Fußboden verstreut. Es ist ein unbeschreibliches Durcheinander.

»Nein«, sage ich. »Das heißt ja.«

»Ja oder nein?«

Das radiale Licht dringt schonungslos ins Zimmer und trifft ihre glänzenden Schultern. Das nasse, *flüssige* Haar saugt es vollständig auf und verwandelt es in ein unbeschreibliches Schwarz.

»Ja.«

»Also dann Entschuldigung für die Unordnung.«

Wilder, wachsamer Blick, wie der eines Mustangs.

»Und wenn ich nein sagen würde?«

»Dann würde ich dir was zu trinken anbieten.«

Eine kühle, unvergleichliche Schönheit, wenn auch auf geheimnisvolle Weise zugänglich, das ist die Botschaft, die um sie herum, in ihren Augen, auf ihrem Körper vibriert. Beiß rein und bereue, ernsthaft.

»Ich biete dir trotzdem was zu trinken an«, sagt sie. »An Alkohol habe ich das hier, bedien dich. Und im Kühlschrank habe ich Coca-Cola und Eistee.«

»Nein, danke, ist schon okay.«

Dabei habe ich Durst.

»Hast du es eilig?«

»Ich? Nein.«

Dabei habe ich es eilig.

»Dann hol ich mir eine Cola. Setz dich.«

Sie geht diagonal und ruhig durchs Zimmer, als würde sie auf Rollschuhen dahingleiten, bis sie hinter einer Wand verschwindet. Das Geräusch des Kühlschranks, der geöffnet wird.

»Sicher, dass du nichts willst?«

»Ja.«

Jetzt, da sie aus meinem Blickfeld verschwunden ist, jetzt, da ich mich darauf beschränken muss, *mich an sie zu erinnern*, wird der eklatante Unterschied zu D., meiner Lebensgefährtin, deutlich – deren sanguinische, schmelzende, stets überhitzte Schönheit ein echtes Ideal für mich darstellt. Kurz, wenn ich in wenigen Worten umreißen sollte, welche Art von Schönheit für mich unwiderstehlich ist, welche mich theoretisch dazu bringen könnte, mich auf eine Frau zu stürzen, um mich danach zu rechtfertigen, indem ich behaupte, ich hätte mich nicht beherrschen können, würde ich sagen: diese; und doch sitze ich jetzt hier und empfinde heftigen Widerstand dagegen, einfach nur meine Pflicht zu erfüllen und diesen verdammten Wagen zu entziehen, ohne diese so ganz andere und unbekannte junge Frau zu begrapschen – ohne sie zu beschnuppern, zu umarmen, anzuknabbern, aufs Sofa zu drücken ...

Und da kommt sie zurück, mit einer Flasche Coca-Cola in der Hand. Sie stellt sich vor mich. Setzt sich nicht. Trinkt einen Schluck. Blickt mich an.

»Kannst du nicht aufhören, so auf meine Titten zu starren?«, sagt sie.

»Wie bitte?«

»Du starrst auf meine Titten, als wolltest du sie verschlingen«, sagt sie und trinkt erneut einen Schluck. »Das ist peinlich, weißt du«, fügt sie mit einem breiten Lächeln hinzu.

Das ist ein gutes Beispiel für das, was die Psychologin meiner Tochter Doublebind nennt: Form und Inhalt der Botschaft stimmen nicht überein, ja bilden einen heftigen Kontrast, und für den Empfänger ist es unmöglich zu erkennen, welche der beiden Ebenen er für die gültige halten soll. Denn ihre Worte drücken eine deutliche Drohung, Ärger und vielleicht sogar Mitgefühl aus. Doch die Art und Weise, wie sie sie gesagt hat, und das Lächeln, das sie mir gleich darauf geschenkt hat, haben auch etwas Ermutigendes.

»Entschuldigung«, murmele ich. »Das habe ich gar nicht bemerkt.«

Sie lässt sich auf den Sessel neben dem Sofa sinken, bleibt aber auf der Hut, steif, als wäre sie bereit, jeden Augenblick wieder aufzuspringen. Erneut zwei Botschaften: Ich bin ganz locker, ich bin nicht locker.

»Nein, entschuldige du ...« – sie lächelt erneut – »... ich bin zu direkt, nicht wahr?«

Das Problem ist, dass die Psychologin meiner Tochter mit mir über dieses Doublebind redet, als wäre ich stets der einzige Sender solcher Botschaften, und mir rät, darauf zu achten, niemals welche auszusenden. Es ist noch nicht in Erwägung gezogen worden, dass sie der Empfänger sein könnte.

»Was sagst du?«

Das Handy vibriert erneut in meiner Tasche. Wer mag es sein? Ich kann jetzt nicht rangehen.

»Ich bin zu direkt«, sagt die junge Frau. »Das ist mein Problem, das sagen alle. Na ja, ich könnte auch vermeiden … Na, du hast schon kapiert.«

Außerdem, jetzt im Sitzen, liegt das Handy in der Hosentasche plötzlich direkt auf meinem, wie soll ich sagen … tja, also auf meinem Schwanz – und vibriert immer weiter, und es ist unvermeidlich, dass nach einer Weile, durch den Kontakt, das soll um Himmelswillen keine Entschuldigung sein, aber kurz und gut, angesichts der Situation ist es fast unvermeidlich, durch all diese Stimuli …

»Nein, du hast recht«, sagt meine Stimme. »Tatsache ist …«

»Tatsache ist?«

Sie blickt mir wieder direkt ins Gesicht, intensiv. Die steife Haltung auf dem Sessel wird zu einem Signal, und es ist leicht zu interpretieren: der durchgebogene Rücken, die angespannten Muskeln, die herausgestreckte Brust …

»Tatsache ist, dass ich nicht anders kann, als dich anzuschauen, und …«

Der Essiggeruch. Die Art und Weise, wie sie den Hals der Flasche zum Mund führt und trinkt.

»Und?«

Ich werde nicht so unverschämt sein zu sagen, was ich gerne sagen möchte, hoffe ich.

»Und wenn ich dich so anschaue, habe ich Angst, mich in einen Hirsch zu verwandeln.«

Ich hab's gesagt. Ich bin ein mieser Kerl.

»Was?«

»Das nennt man das Atteone-Syndrom.« Das Handy hört auf zu vibrieren. »Apropos, streunt der Hund herum? Ich habe ihn nicht gesehen.«

»Welcher Hund?«

»Der von dem Schild.«

»Es gibt keinen Hund. Apropos was?«

Noch kann ich aufhören, noch kann ich es ihr nicht sagen. Vielleicht schläft da drüben ein Kind.

»Ah, ich verstehe, eine Abschreckung. Und das Herrchen gibt es ebenfalls nicht?«

»Das Herrchen bin ich. Apropos was?«

»Du bist das Herrchen eines Hundes, den es nicht gibt?«

Jetzt fängt auch ihr Handy an zu klingeln – mit dem gleichen Klingelton wie das meiner Tochter, nebenbei bemerkt. Schön, wenn sie rangeht, kann ich die Gelegenheit nutzen, um aufzustehen und diese Komödie zu beenden.

»Ich bin das Herrchen, vor dem man sich in Acht nehmen muss«, sagt sie. »Apropos was?«

Doch nein, das Handy klingelt weiter, ins Leere – sie blickt es nicht einmal an. Sie blickt weiterhin mich an.

»Apropos was *was*?« Für den Fall, dass ich den Faden verloren habe.

»Du hast gesagt, dass du unter einer Krankheit leidest, und dann hast du gesagt ›apropos‹ und hast mich nach dem Hund gefragt. Apropos was?«

Da ist sie, die Unverfrorenheit, die glühende Unverfrorenheit auf dem Foto auf Twitter: Ihre Schönheit wird plötzlich trüber, düsterer – und verleiht ihr, wenn man bedenkt, wie wenig Grund dieses Geschöpf in Wirklichkeit hat, unverfroren zu sein, denn das, weswegen ich hergekommen bin, lässt nichts Gutes für ihre Zukunft erwarten, unvermeidlich ein verhängnisvolles – falsches, ich weiß, aber das spielt jetzt keine Rolle – Stigma von Unschuld.

»Apropos Atteone-Syndrom.«

»Ja, das hab ich kapiert, aber was für eine Krankheit ist das? Was hat der Hund damit zu tun?«

»Das ist keine Krankheit ...«

Die rosa Lippen. Die Augen, die sich nicht von mir abwenden. Der Atem, der die vom Top plattgedrückten Brüste hebt und senkt.

»Das war lediglich ein Kompliment ...«

Sie ist schon bereit. Ihr kleiner weicher Körper wartet schon auf mich ...

»Und was für ein Kompliment soll das sein?«

Ich hingegen bin ein mieser Kerl, und ich erkläre euch warum. Als vor vier Jahren, nach einer langen Periode der Gleichgültigkeit Frauen gegenüber, der Moment kam, in dem ich mich erneut von einer Person angezogen fühlte, kratzte ich auf dem Grund meines persönlichen Wortfasses, um die richtigen Worte zu finden, mit denen ich das der betreffenden Person mitteilen könnte – als ich mich also mit D. in einer ganz ähnlichen Situation befand, auf dem Sofarand sitzend, wie betäubt von ihrer Schönheit und festgenagelt von einem ebenso trüben Blick, der mich anspornte, mein Bestes zu geben in dem Versuch, das Wunder herbeizuführen, ihr zu gefallen –, in dem Augenblick gab mir eine glückliche Inspiration ein Kompliment ein, das hervorragend ankam. Tatsache ist, dass der Name, unter dem ich D. damals kannte, Diana war (in der Folge erfuhr ich, dass ihr Name leicht, aber nicht unerheblich anders ist), und der Zufall wollte es, dass ich kurz zuvor mit meiner Tochter eine Tizianausstellung in den Scuderie del Quirinale besucht hatte, in der ich unter anderem das Gemälde *Diana e Atteone* bewundert hatte; daher war mir der entsprechende Mythos noch frisch im Gedächtnis, und ich bediente mich seiner. Ihr könnt es überprüfen: Das Atteone-Syndrom gibt es nicht. Ich habe das Atteone-Syndrom in jenem Augenblick erfunden, um Diana – ihren eigenen Worten zufolge – das schärfste und originellste Kompliment zu machen, das sie je erhalten habe. Das gleiche, das ich jetzt dieser jungen Frau mache, die ich nicht einmal kenne, die nicht Diana heißt und der gegenüber nicht die geringste Notwendigkeit besteht …

Ach, zum Teufel. Beiß rein, vorwärts. Beiß rein und bereue.

»Atteone war ein Jäger«, sage ich. »Eines Tages sah er am Ufer eines Flusses zufällig Diana, die nackt badete. Diana war die Göttin der Jagd, *seine* Göttin, doch ihre Schönheit war ihm, dem Sterblichen, verboten. Dennoch beobachtete Atteone sie beim Bad und zog den Zorn der Göttin auf sich, die ihn …«

Ein Schrei. Schrill, gellend. Das ist ein Kind – *ich wusste es* –, ein Kind, das aus Leibeskräften schreit. Die junge Frau springt auf, mit einer Promptheit, die glauben lässt, sie hätte es erwartet.

»Viola!«, schreit sie.

Mit zwei Sätzen verschwindet sie hinter einer Tür.

6

Wenn ihr nie geweint habt und weinen wollt, macht ein Kind.
David Foster Wallace

Also: Die Szene ist eher statisch …

Das kleine Mädchen ist wohl mehr oder weniger zwei und befindet sich auf der Schwelle seines Zimmers mit einer Prinzessinnenkrone auf dem Kopf und einem Händchen in der Tür (zerquetscht? zerbrochen? zermalmt?). Sie schreit ohne Pause, als hätte sie es nicht nötig, Atem zu holen, während sie mit dem Zeigefinger der freien Hand auf die eingeklemmte zeigt. Die Mutter kniet neben ihr und scheint ebenfalls schreien zu wollen, doch die Stimme bleibt ihr im Hals stecken, wie es in Albträumen geschieht. Sie umarmt sie und wiederholt hysterisch immer wieder: »Viola! Viola!«, während sie mich mit flehendem Blick anschaut. Ich versuche die Sirene zu vergessen, die in meinen Ohren gellt, und analysiere die Situation. Das kleine Mädchen hat vier Finger in dem Spalt zwischen Tür und Türpfosten, auf der Innenseite, derjenigen der Türangeln. Ebendiese Türangeln bilden den Spalt, deren Breite sich natürlich durch das Drehen der Tür verändert. Die Finger sind auf Höhe des ersten Fingerglieds eingeklemmt, und die Sache sieht weniger schlimm aus, als ich fürchtete. Kein Blut, die Hand ist ganz, und die Finger sind wohl nur leicht gequetscht. Die Tür steht halb offen, was bedeutet – ich versuche nachzudenken –, dass man den Spalt nur ein paar Millimeter erweitern muss, um die Hand zu befreien – das heißt, man braucht die Tür nur … Weiter kann ich nicht denken, denn die Schreie des kleinen Mädchens sind wirklich herzzerreißend und machen jedes klare Denken unmöglich – und deswegen bewege ich die Tür mit unendlicher Behutsamkeit nach innen, um sie ganz zu öffnen, ohne die theoretische Gewissheit – sagen wir es so – erlangt zu haben, dass dies das Richtige ist. Im Gegenteil, da die Schreie des Mädchens bei dem ersten winzigen Druck, den ich ausübe, noch lauter werden – zumindest kommt es mir so vor –, höre ich sofort wieder auf, gequält von dem furchtbaren Verdacht, der Spalt könnte durch das Öffnen der Tür in Wirklichkeit schmaler werden und ihre Finger abtrennen. Das ergibt eigentlich keinen Sinn, doch der Zweifel setzt sich in meinem Kopf fest und lähmt mich. Das Handy vibriert erneut in meiner Tasche. Die Mutter wiederholt jetzt nicht mehr, nach Luft schnappend, den Namen des Mädchens, sondern ständig die gleiche Frage: »Was soll ich machen? Was soll ich machen? Was soll ich machen?« »Mach nichts«, sage ich, um ihr den Eindruck zu vermitteln, dass ich die Situation unter Kontrolle habe – während ich genauso überfragt bin. Ich bin mir nicht mehr sicher, in welche Richtung ich die Tür drehen muss, um die Hand zu befreien – eins jedoch steht fest: Wenn ich sie in die falsche Richtung schiebe, werden die Finger zerbrechen wie Grissini. Noch ist es nicht zu spät, nicht diesen Fehler zu begehen, denke ich, und daher lasse ich mir Zeit und wiederhole mir immer wieder: »Nur ja nicht die Tür bewegen, nichts machen«, als wäre das Teil der Hilfsmaßnahme. Das kleine Mädchen schreit. Das Handy vibriert. Ich versuche die Überlegung zu beenden, die ich vorhin unterbrochen habe, aber es gelingt mir nicht. Es ist grotesk: Ein kleines Mädchen hat die Hand in einer Tür eingeklemmt, und ich lasse es in dieser Lage, *weil ich überlegen muss*. Ich müsste diese verdammte Tür öffnen, und zwar schnell – das Wort selbst sagt es, »öffnen« bedeutet »befreien« –, eine kleine Bewegung nach innen würde schon reichen, richtig? Warum lähmt mich dann der Verdacht, der Spalt könnte schmaler werden, wenn ich die Tür öffne? Es ist klar, dass man angesichts eines solchen Verdachts nichts unternimmt. Warum ist er mir gekommen? Weil ich das Gefühl hatte, dass das Mädchen, als ich die Tür öffnete, noch lauter gebrüllt hat?

Dabei hatte ich in Wirklichkeit noch gar nicht angefangen, die Tür zu bewegen, es war nur eine minimale Bewegung – und wie kann ich überhaupt die Lautstärke der Schreie dieses Mädchens beurteilen? Sie schreit aus Leibeskräften, Punktum – mit aller Kraft, von Anfang an, ohne Pause, und es ist lächerlich anzunehmen, ich hätte bemerkt, dass die Schreie an Lautstärke zunahmen. Die Mutter ist unfähig, mir zu helfen. Wie betäubt, hilflos, schaut sie mich noch immer mit diesem flehenden Blick an, als wäre sie nicht die Mutter, sondern ein im Internet gefundener Babysitter, und ihre Hilflosigkeit verschlimmert die Situation noch. »Noch eine Sekunde, ich habe es gleich«, lauten meine erbärmlichen Worte, als würde ich eine lange und komplizierte Operation beenden. Und während die Schreie ihrer Tochter Teil des Hauses zu werden scheinen – eine Art klingender Einrichtungsgegenstand –, sagt sie, die Mutter, nicht zu mir, geh zur Seite, unfähiger Mann, und handelt nicht mit dem hinreißenden Instinkt, den Mütter in solchen Fällen haben sollten, indem sie die Tür ein paar Zentimeter in die richtige Richtung bewegt und dadurch ihre Tochter von dem quälenden Schmerz befreit, sondern vertraut ganz und gar meinem Versprechen: *noch eine Sekunde*. Ich habe also nur eine Sekunde, um meine Bewegung zu machen. Oh, aber ich weiß nicht mehr, wie ich die Zeit messen soll: Wie lang ist eine Sekunde? Ich weiß es nicht mehr. Wie lange schreit das kleine Mädchen schon? Eine Minute? Anderthalb Minuten? Zwei? Mir kommt es vor, als wäre ich schon seit Stunden hier, mit den Schreien des Mädchens, die mein Gehirn quälen, und dem Verdacht, dass die Welt verkehrt herum funktioniert. Ich muss eine Entscheidung treffen, ich muss *handeln* – innerhalb einer Sekunde. Einer Sekunde, von der ich mir wünschte, sie wäre bereits vorbei. Ich muss mich entscheiden: die Tür öffnen oder schließen, die Hand des Mädchens befreien oder zerquetschen. In Wirklichkeit weiß ich sehr genau, dass die Tür geöffnet werden muss, verdammt noch mal, doch ich kann es nicht tun, ohne dass sich der absurde Verdacht meldet, dass das Funktionieren *dieser* Tür aus irgendeinem

Grund nicht so einfach ist, sondern viel komplizierter und heimtückischer, entschlüsselbar nur, nachdem ich es sehr aufmerksam studiert habe. Aber ich brauche Gewissheiten, keine Zweifel. Gewissheiten. Äpfel fallen nach unten, Vögel fliegen. So etwas. Das Öl wird eines Tages zu Ende sein. Tote kehren nicht zurück …

Die Tür öffnet sich, die Spalte verbreitert sich, und die Hand des kleinen Mädchens wird aus dem Schraubstock befreit. Es war also, wie ich dachte, und der Zweifel, der mich gepackt hatte, war in Wirklichkeit Panik. Die Tür öffnet sich, doch – und das ist wirklich seltsam – *nicht ich habe sie geöffnet*. Ich war jetzt so weit, es zu tun, ich war im Begriff, es zu tun, aber noch hatte ich keine Kraft auf die Tür ausgeübt; und trotzdem hatte die Tür sich geöffnet. Von allein. Zumindest kommt es mir so vor. Ich habe nicht das Gefühl, sie bewegt zu haben – nur wenn ich es nicht war, wer dann? Die Mutter? Nein, sie hat ihre Arme nach wie vor um ihre Tochter geschlungen, in dieser banalen Umarmung – der am wenigsten schützenden Umarmung in der Geschichte der Umarmungen. Das Mädchen selbst? Auch das ist unmöglich, das andere Händchen schwebt weiter in der Luft, und der Zeigefinger deutet auf den gemeinen und bösen Kiefer aus Holz, der vier ihrer Finger verschlingt. Was also ist passiert? Wer hat diese Tür geöffnet? Doch gerade ist eindeutig nicht der richtige Moment, um die Sache zu vertiefen; so statisch die Szene vor einem Augenblick noch war, so hektisch ist sie jetzt: Die Mutter hat das Mädchen am Kragen gepackt, und beide sind aufgesprungen, ins Wohnzimmer gestürzt, sie hat die Brieftasche und die Wagenschlüssel genommen, und ich habe Wohnungstür, Eingangstür, Gartentor und Wagentüren geöffnet, und jetzt sind wir auf der Straße, jetzt sitzen wir im Q3, die beiden hinten, es ist keine Zeit gewesen, das Mädchen auf dem Kindersitz festzuschnallen, und ich lasse den Motor an, und in voller Lautstärke dröhnt Gianna Nannini, *Da principio era la neevee, non è stata colpa miiiaaa*, und ich drücke auf Pause und fahre los und komme auf den Wendeplatz, um umzudrehen, und ich tue es und brause schnell wie ein Pfeil zum Kinderkrankenhaus, an dem ich kurz zuvor vorbeigekommen bin – und all das machen wir mit einer Effizienz, die das genaue Gegenteil der Hilflosigkeit von eben ist, ohne dass Worte oder Überlegungen nötig sind, als wären wir darauf gedrillt, gemeinsam eine solche Situation zu meistern. Das kleine Mädchen weint immer noch, aber es schreit nicht mehr. »Sing ihr ein Lied«, sage ich zur Mutter, »beruhige es«, und die Mutter beginnt mit fast zu gut geschulter Stimme zu singen *Passa la carovana, e gli indiani in fila indiana, inseguendo stan la traccia coi colori sulla faccia* (Der Wagentreck fährt vorbei, und die Indianer folgen im Gänsemarsch der Spur mit den Farben im Gesicht)... Es ist absurd, das ist Claudias Schlaflied; ich musste ihr unbedingt dieses Lied vorsingen, um sie zum Einschlafen zu bringen – und wie lange haben Lara und ich gebraucht, um zu begreifen, wie viele schlaflose Nächte wir verbracht hatten aus dem einfachen Grund, dass wir ihr die falschen Lieder vorgesungen hatten... *Con le penne nelle trecce, con la scure, con le frecce, e con l'arco nella mano, in silenzio, pian piano* (Mit den Federn in den Zöpfen, mit dem Kriegsbeil, mit den Pfeilen und dem Bogen in der Hand, geräuschlos, langsam)... *Bum, bum, bum, bum, bum, bum, bum, bum, bum*... Ohne Orthese und den Vibrationen des Lenkrads ausgesetzt, tut mein Handgelenk weh. Ich fahre ziemlich schnell, aber ich bin äußerst vorsichtig, die Straße sieht gefährlich aus mit all den Schlaglöchern und vor allem den Bäumen, die sie säumen – und den Blumensträußen, die ab und zu an den Stämmen befestigt sind. Andererseits gibt es keinen Grund mehr zur Eile, und die Sekunden, die verstreichen, sind keine feindliche Attacke mehr. Wir sind gleich im Krankenhaus, es hat keinen Sinn, etwas zu riskieren. *Naviga il galeone, dei pirati sul pennone, muove il vento l'Ombra Nera, la terribile bandiera* (Es segelt die Galione, Piraten auf der Rahe, der Wind bewegt den Schwarzen Schatten, die furchtbare Flagge)... Ich drehe mich um und begegne dem Blick der jungen Frau, die leichenblass ist. Ihre Schönheit ist wie verschwunden, wie weggewischt, wie Schminke, wenn die Feier vorbei ist. *E sul ponte l'equipaggio, dopo l'ultimo arembaggio* (Und auf Deck die Mannschaft, nach dem letzten Entern) ... Während sie weitersingt, zeigt sie mir das zerquetschte Händchen ihrer Tochter, dessen Finger geschwollen und auf beunruhigende Weise blau angelaufen sind. *Sta contando tutto l'oro, della cassa del tesoro* (Sie zählt all das Gold aus der Schatzkiste) ... Ich lächle ihr zu – ein Lächeln, das sagen soll: Mach dir keine Sorgen, du wirst sehen, es ist nichts, obwohl sicherlich zu erkennen ist, dass ich das nicht wirklich denke. *Bum, bum, bum, bum, bum, bum, bum, bum, bum* ... Da kommt die Ampel an der Abzweigung zum Krankenhaus, sie steht auf Rot, doch da keiner kommt, überfahre ich sie und biege nach links ab. Das kleine Mädchen weint nach wie vor, aber wenn man die Schreie von vorhin gehört hat, ist es nicht verboten zu glauben, dass es nicht mehr vor Schmerz weint. Ich stelle fest, dass ich ihr bislang nicht wirklich ins Gesicht geschaut habe, und drehe mich erneut um, um sie zu betrachten. Sie kommt mir schön vor, wunderschön – und im Unterschied zu ihrer Mutter ist ihr diese Schönheit auch im Schmerz geblieben und nicht verschwunden. *Esce dalla foresta a cvavallo, lancia in resta, un guerriero in armatura, con la spada alla cintura* (Er kommt aus dem Wald auf seinem Pferd, kampfbereit, ein Krieger in Rüstung, das Schwert im Gürtel) ... Sie hat immer noch die Prinzessinnenkrone auf dem Kopf, die, ich weiß nicht warum, den Gedanken, dass sie vier gebrochene Finger hat, noch schrecklicher macht. *Elmo e scudo son d'argento, corre forte come il vento* (Helm und Schild sind aus Silber, er reitet schnell wie der Wind) ... Jetzt sind wir da. Das große Gebäude, das dort irgendwie unpassend vor dem zitternden Horizont aus dem Ackerland ragt, kann nur das Krankenhaus sein. Ja. Bambino Gesù – Pädiatrische Erste-Hilfe-Station. Ich fahre auf den kleinen Platz, der zum Eingang führt, und halte auf der gelben Parkzone, die für die Krankenwagen reserviert ist. Ich steige aus, öffne die hintere Wagentür, lasse Mutter und Tochter aussteigen, folge ihnen ins Krankenhaus und lasse den Wagen, wo er nicht stehen darf. Zum Teufel, sollen sie ihn doch abschleppen. Die Erste-Hilfe-Station ist überfüllt, zahlreiche afrikanische Mütter mit kleinen

Jungen und Mädchen auf dem Arm oder im Kinderwagen – bandagiert, krank, leidend, einen Verband über dem Auge –, aber kein Fall ist so ernst wie unserer, weshalb wir der Krankenschwester am Empfang sofort erklären, was vorgefallen ist. Das Mädchen hat wieder angefangen, heftig zu weinen, die vier eingequetschten Finger sind geschwollen und schwarz – schlimmer als vorhin im Wagen. Als die Krankenschwester sie sieht, macht sie ein besorgtes Gesicht und beeilt sich, Mutter und Tochter zu einer Tür zu führen, auf der »Zugang verboten« steht. Ich will ihnen folgen, doch die Krankenschwester fragt mich unvermittelt, ob ich der Vater sei. Ein verzeihlicher Zweifel, da ich vom Alter her ihr Großvater sein könnte, und er überrumpelt mich, weil ich ihn in einer solchen Situation nicht erwartet habe. Deswegen antworte ich blöderweise nein – und die Konsequenz ist, dass ich leider nicht mit hineingehen darf, wie die Krankenschwester sagt, und mich in den Warteraum zu den afrikanischen Mamas und Kindern setzen muss. Es ist überdeutlich, dass die ganze Strenge, die dem italienischen Gesundheitssystem fehlt, plötzlich mich trifft. »Tut mir leid«, sagt sie, während sie die Panikstange herunterdrückt, um Mutter und Kind eintreten zu lassen. Der Blick, den das kleine Mädchen mir zuwirft, ist voller Angst: die zitternden Lippen zusammengepresst, das Gesicht mitgenommen, der kleine Körper überragt von dem recht ansehnlichen der Krankenschwester – was immer zu tun sein wird, es sieht so aus, als wäre sie nicht imstande, es zu tun.

»Ich bleibe hier«, sage ich zu ihr. »Hast du verstanden? Ich bleibe hier und warte. Mach dir keine Sorgen. Es wird alles gut.«

1

Entia non sunt multiplicanda praeter necessitatem.
Wilhelm von Ockham

D. hat zwei Kinder, Kevin, elf, und Eden, sieben. Da ihr Vater ein ziemlich unzuverlässiger Kerl ist, haben D. und ich, als wir uns zusammengetan haben, nicht lange Verstecken gespielt. Ich bin sofort in ihrem Leben aufgetaucht, und die Kinder haben mich sofort liebgewonnen – auch wenn ich, wie ich bereits gesagt habe, weiterhin allein mit meiner Tochter lebe. Eines Tages, als Kevin acht war und ich mit seiner Mutter seit einem Jahr zusammen war, machte seine Klasse einen Ausflug zum Königspalast von Caserta. An dem Morgen hatte D. hohes Fieber, und deswegen begleitete ich den Jungen zur Grundschule, wo der Treffpunkt für die Abfahrt war. Seine Mutter hatte ihm einen kleinen Rucksack mit dem Picknick und eine kleine Digitalkamera mitgegeben. Es war ein scheußlicher Wintermorgen, grau und feucht, wie sie in Rom ziemlich selten sind, und es war sicher kein idealer Tag für einen Ausflug. Eine der begleitenden Lehrerinnen fragte mich nach einer Telefonnummer für den Fall, dass etwas sein sollte, und ich gab ihr meine, weil ich mich nicht an die von D. erinnerte, auch jetzt nicht erinnere. Es ist die Nummer, die ich am häufigsten anrufe, aber ich mache es immer vom Handy aus, und das Ergebnis ist, dass ich sie nie auswendig gelernt habe.

Mein Tag war voller Termine, keiner davon besonders aufregend – Autoverkäufe, Zahnarzt, Gespräch mit den Lehrern meiner Tochter –, doch weil D. mit Grippe im Bett lag, hatte ich mir auch noch Edens Schwimmkurs aufgehalst und versprochen, Kevin abzuholen, wenn er um halb sieben von seinem Ausflug zurückkommen würde. Da Claudia nie besonders begeistert war, wenn D. bei uns ist, hatten diese zusätzlichen Verpflichtungen zur Folge, dass sie zum Abendessen zu ihrer Freundin Fabiola ging, und ich eine ermüdende Verhandlung mit ihr führte, weil sie gleich auch noch dort übernachten wollte, während ich wünschte, dass sie nach Hause zurückkehrte. Ich habe es nie gern gesehen, wenn Claudia bei Freundinnen übernachtet, vor allem nicht bei solchen wie Fabiola, deren Eltern sie oft allein lassen; doch an dem Tag gab ich nach, er war mit all diesen Verpflichtungen schon kompliziert genug. Außerdem würde ich dadurch bei D., die krank war, schlafen und mich um sie kümmern können.

Während ich Eden nach dem Schwimmen nach Hause fuhr, erhielt ich einen Anruf von einer unbekannten Nummer. Eine männliche Stimme fragte mich, ob ich der Vater von Negretti Kevin sei, und ich antwortete instinktiv mit ja. Tatsache ist, dass die Verbindung zwischen der unbekannten Nummer und dem auf diese Weise, mit dem Nachnamen zuerst, ausgesprochenen Namen des Jungen das ausgelöst hatte, was man gewöhnlich eine böse Vorahnung nennt, verbunden mit der blitzartigen Erkenntnis, dass, da die Mutter krank im Bett lag und der echte Vater sich in dem Zustand befand, von dem ich Kenntnis hatte (ein paar Tage zuvor hatte er nämlich versucht, mit dem Wagen in die Filiale der Steuereinzugsgesellschaft Equitalia in Ostia zu fahren), das, was zu sagen war, mir gesagt werden musste. Und was zu sagen war, war, dass der Pullman, in dem Kevin unterwegs war, einen Unfall gehabt hatte und dass ich gebeten wurde, so schnell wie möglich ins Krankenhaus in Valmontone, ein paar hundert Meter von der gleichnamigen Ausfahrt der Autobahn A1, zu kommen. Ich versuchte, nähere Informationen zu bekommen, doch da Eden neben mir saß, die ein sehr aufgewecktes Mädchen ist, vermied ich, die Worte auszusprechen, denen sie hätte entnehmen können, worum es sich handelte – und dadurch, dass ich lediglich ein paar neutrale Fragen stellte, bekam ich nicht eine Antwort, die mir hätte helfen können, mir ein Bild vom Ernst der Situation zu machen. Mir blieb also nichts anderes übrig, als in aller Eile zum Krankenhaus zu fahren, dort würde ich alles erfahren, was ich wissen wollte. Ich fuhr Eden nach Hause und bemühte mich, mir nicht die Angst anmerken zu lassen, die mich quälte. D. hatte noch immer neununddreißig Grad Fieber und war mit Sicherheit nicht in der Lage, mich zu begleiten, und für den Augenblick sah ich auch keinen Grund, ihr etwas zu sagen. Signora Rita, die den Haushalt besorgte und sich um die Kinder kümmerte, wenn wir ausgingen, war noch da, und ich schärfte ihr ein, sie nicht aus dem Bett zu lassen, und dann sagte ich, ich würde Kevin abholen – was ja in gewisser Weise auch stimmte –, und brauste wie ein Wahnsinniger zum Krankenhaus in Valmontone. Ich schaltete das Radio ein, und während ich Slalom fuhr in dem Verkehr, der um diese Zeit den Grande Raccordo Anulare, den Großen Außenring Roms, verstopft, meldeten die Regionalnachrichten, dass ein Pullman voller Kinder vor den Toren Roms die Straße verlassen hatte und umgestürzt war; mindestens *zehn* seien tot und *etwa dreißig* verletzt – so hieß es, und mir kam das obszön vor –, aber man habe noch keine genaueren Zahlen; die am schwersten Verletzten waren mit Hubschraubern in verschiedene Krankenhäuser Roms transportiert worden; die Autobahn A1 war bei der Mautstelle von Colleferro im Norden und bei der von Valmontone im Süden gesperrt worden. Ende. Während ich nach weiteren Informationen auf den Lokalsendern oder dem der Società Autostrade suchte, begann mein Gehirn fieberhaft nach einem akzeptablen Abschluss der ganzen Sache zu suchen – das heißt nach einer Hoffnung, einfach nur nach einer Hoffnung. Da sie mich nach Valmontone bestellt hatten, dachte ich, dass Kevin sich nicht unter den Verletzten befinden könnte, die nach Rom transportiert worden waren. Ich versuchte mich zu erinnern, wie viele Kinder am Morgen in den Pullman gestiegen waren und ihren Eltern zugewinkt hatten; je mehr es waren, desto größer die Hoffnung. Doch ein Pullman kann nicht mehr als sechzig Personen befördern, dachte ich, wenn er nicht zweistöckig ist – und dieser war leider nicht zweistöckig. *Zehn* plus *dreißig* macht *vierzig*, wenn also sechzig Kinder in dem Pullman gesessen hatten, müsste es *zwanzig* Überlebende geben … Und immer so weiter, in einem Wirbel von Gedanken und Hintergedanken, der nur unterbrochen wurde, wenn ich im Autoradio auf Nachrichten stieß. Aber die weniger wichtigen Nachrichten kommen immer spät, und alles, was ich bestenfalls zu hören bekam, war ein kurzer Hinweis am Ende auf die »Tragödie von Valmontone«, zu der die Rundfunknachrichten weitere Informationen versprachen, sobald sie sich ein Bild vor Ort gemacht hätten. Und während ich mich auf die Suche nach weiteren Nachrichten auf einem anderen Sender machte, begannen auch die Gedanken wieder zu wirbeln, in dem Versuch, optimistisch zu bleiben. Da Kevin nicht unter den Schwerverletzten war, dachte ich bei mir, dass angesichts dessen, was als Tragödie bezeichnet worden war, letztlich selbst leichte Verletzungen hinnehmbar wären. Insofern es überhaupt Leichtverletzte gab. Und was hatte man unter »schwerer« und »leichter« Verletzung zu verstehen? Ist ein gebrochener Arm eine schwere Verletzung? Nein. Und *zwei* gebrochene Arme? Während der Verkehr immer dichter wurde und all meine Gedankenspiele weiterhin genau das Gegenteil von dem hervorbrachten, was ich mir wünschte, nämlich ein Gefühl der Hoffnungslosigkeit, tauchte plötzlich ein Gedanke von entwaffnender Obszönität in meinem Kopf auf und – es war tatsächlich so – beruhigte mich: *Kevin war nicht mein Sohn.* Ich bemerkte, dass das, was ich empfand, wenn ich an das dachte, was ihm zugestoßen sein könnte, und obwohl ich ihm, seiner Mutter und seiner Schwester nur das Beste wünschte, kein Schmerz war, sondern Mitleid, unendliches Mitleid, zweifellos, mit unendlichen Verästelungen bis in die Zukunft hinein, die sie im schlimmsten Fall plastisch verformten – und gewiss auch mich mit einbezogen, ohne jedoch die Fähigkeit, diese Zukunft zu ersinnen, zu rauben, wie es der Fall gewesen wäre, wenn es statt meiner D. oder statt Kevin Claudia gewesen wäre. Ich rief sofort

Claudia an, und die einfache Tatsache, ihre zerstreute Stimme zu hören, die einsilbig antwortete, weil sie sich vermutlich auf Facebook mit ihrer Freundin amüsierte, erleichterte mich ungemein. Die wohltätige Wirkung dieser Feststellung schockierte mich, weil sie einen inakzeptablen Egoismus offenbarte, doch ich konnte sie nicht leugnen, da ich mich schlagartig, verängstigt wie ich war, dadurch sehr viel besser fühlte.

Und so – besorgt, bang, aber nicht mehr verstört – kam ich in die Erste-Hilfe-Station des Krankenhauses, wo sich eine kleine Gruppe von Eltern drängte – die sehr wohl verstört waren. Die Mutter von Sebastian, einem Freund von Kevin, mit der ich am Morgen ein paar Worte über den seltsamen Einfall gewechselt hatte, einen Ausflug im Winter statt im Frühling zu organisieren, kam mir sofort entgegen und beklagte sich, dass sie sie hätten kommen lassen und ihr jetzt nichts sagten. Sie war eine kleine Frau, jung und ziemlich mollig, die D. gut kannte und die auch ich ein paar Mal gesehen hatte. Ich wusste, dass sie seit vielen Jahren geschieden und Anwältin war – aus diesem Grund, nehme ich an, war sie stets geschminkt und trug ein enganliegendes Kostüm und Schuhe mit Absatz. Ich ging zu der Stelle, wo die anderen Eltern sich drängten, während sie neben mir hertrottete und immer wieder sagte, es sei sinnlos zu fragen, sie würden keine Auskunft geben, und das sei ein Skandal. Das Gefühl, ein Glückspilz zu sein, nahm zu, als es mir, nicht auf ihre Worte achtend, gelang, zu einer Krankenschwester vorzudringen, die vor den Eltern stand. Sie hielt ein Blatt in der Hand, und die Eltern wollten wissen, was darauf stand, oder bombardierten sie mit den Namen ihrer Kinder, was jedoch nicht die geringste Reaktion bei ihr auslöste. Hinter ihr standen zwei blutjunge Carabinieri, die sehr verlegen waren und den Mund nicht aufmachten. Ich packte die erste Gelegenheit für Sichtkontakt mit der Krankenschwester beim Schopf, um sie nach Kevin zu fragen, während Sebastians Mutter mir weiterhin durch Zeichen bedeutete, das sei sinnlos, weil sie mir nichts sagen würde. Doch kaum hatte ich den Namen des

Jungen ausgesprochen – Negretti Kevin, mit dem Familiennamen zuerst, wie es, dachte ich mir, auf dem Blatt stehen müsste, was immer es auch bedeuten mochte, auf diesem Blatt zu stehen –, blickte die Krankenschwester mich an und sagte, ich solle ihr folgen. Ich ließ die anderen protestieren und ging mit ihr. Sebastians Mama war fassungslos, und das letzte Bild, das ich von ihr habe, zeigt sie mit der Hand vor dem Mund, verdattert, aber auch erschüttert, als hätte sie plötzlich begriffen, was das Schweigen bedeutete. Die Krankenschwester begleitete mich in den Raum der Staatspolizei, in dem ich als Erstes Kevin sah, der dort mit einem Pflaster auf dem Jochbein saß, ansonsten aber anscheinend unverletzt war. Dann sah ich drei andere Kinder, die ich nicht kannte, zwei Jungs und ein Mädchen, ebenfalls unverletzt. Und schließlich einen Polizisten, eine Polizistin, einen Arzt, der ein Stethoskop um den Hals trug, und einen zweiten mit offenem Kittel. Sobald Kevin mich sah, stürzte er auf mich zu und begann zu weinen, während der Arzt mit dem Stethoskop mir sagte, dem Jungen gehe es gut, abgesehen natürlich von dem Schock und dem Schnitt auf dem Jochbein, der jedoch nicht habe genäht werden müssen. Auch wenn er dachte, dass er einem Menschen den Lebenswillen zurückgab – so wie übrigens auch die Krankenschwester am Empfang geglaubt hatte, ich sei Kevins Vater –, wirkte er alles andere als glücklich, und das machte mir erst richtig das Ausmaß der Tragödie deutlich, die sich ereignet hatte. Ich begriff, dass diese vier Kinder die einzigen waren, die an diesem Abend nach Hause zurückkehren würden. »Sie haben Glück gehabt«, murmelte er, und es gelang mir, ihm ohne Scham in die Augen zu blicken, die ich vermutlich empfunden hätte, zusammen mit dem Glücksgefühl, wenn ich tatsächlich Kevins Vater gewesen wäre – sie hatte ich kurz zuvor bereits im Wagen empfunden, als der Gedanke, dass ich es nicht war, mich erleichtert hatte. Mir wurden Papiere gegeben, die ich für die Entlassung unterschreiben musste, und der Arzt mit dem offenen Kittel, der sich als der diensthabende Psychologe zu erkennen gab, nahm mich beiseite und riet mir, gleich am nächsten Tag mit dem Jungen zum Kinderarzt zu gehen, um mit ihm die Einrichtung zu bestimmen, in der er psychiatrische Unterstützung erhalten müsse, um das schwere Trauma zu überwinden, das er erlitten habe. Er sagte das mehrmals mit einem Ernst, der mich begreifen ließ, dass es sich um eine wirkliche Verschreibung handelte, und zeigte mir auf einem der Blätter, die ich unterschrieben hatte, wo es dort in aller Klarheit vermerkt stand. Er schärfte mir auch ein, dem Jungen keine Fragen zu stellen über das, was geschehen war, und um ihm zu ersparen, von den Eltern seiner Freunde, die weniger Glück gehabt hatten – auch er drückte sich so aus –, bedrängt zu werden, die in der Ersten-Hilfe-Station auf Nachrichten warteten, wurden wir von der Polizistin zu einem Nebenausgang geführt, durch den wir hinausgingen, ohne jemandem zu begegnen.

Es war halb zehn; Sebastian war schon seit drei Stunden tot, und mit ihm waren weitere acht Kinder gestorben oder lagen im Sterben, während die anderen achtundzwanzig – insgesamt waren es einundvierzig – bereits alle in die großen Krankenhäuser Roms transportiert worden waren. Auch der Fahrer und die beiden begleitenden Lehrerinnen – einschließlich der, die am Morgen meine Telefonnummer notiert hatte – waren gestorben. Mich an die Empfehlung haltend, die ich erhalten hatte, stellte ich dem Jungen, der immer noch weinte, auf der Fahrt nach Hause keine Fragen. Doch da ich der Meinung war, dass Schweigen auch nicht wirklich sinnvoll sei, versuchte ich ihn abzulenken, indem ich ihm von dem schönsten und glücklichsten Augenblick in meinem Leben erzählte, der für mich in diesem Moment – ich weiß nicht warum, auch ich war durcheinander – die Erinnerung an einen fernen Sommerabend war, den ich mit meiner Tochter im Vergnügungspark von Castiglione della Pescaia verbracht hatte, wo wir aus irgendeinem Grund ständig auf dem Teufelsrad gewannen, zwei-, drei-, fünf-, zehnmal hintereinander, immer wir beide im warmen Wind, während alle anderen einer nach dem anderen umfielen, sodass wir es schließlich satt hatten und das Rad verließen, ohne ein einziges Mal verloren zu haben. Ich glaube nicht, dass Kevin von meiner Erzählung angetan war, aber wenigstens hörte er auf zu weinen – um dann umso heftiger wieder anzufangen, als wir zu Hause ankamen. Es stellte sich heraus, dass er so verzweifelt war, weil er seinen Rucksack mit der Digitalkamera verloren hatte, wegen der es am Tag zuvor eine lange Diskussion mit seiner Mutter gegeben hatte – er hatte sie mitnehmen wollen, aber sie hatte das nicht gewollt, weil sie überzeugt war, er würde sie verlieren –, und am Morgen hatte er die Tatsache, dass D. mit Fieber im Bett lag und ich nicht Bescheid wusste, ausgenutzt und sie heimlich in den Rucksack gesteckt. Es war eine monatelange Therapie notwendig, damit Kevin aufhörte, von diesem Fotoapparat zu reden, und über den Unfall sprechen konnte, ohne dass wir allerdings jemals herausbekommen konnten, an was er sich erinnerte und was er verdrängte.

Doch das ist nicht der springende Punkt. Für mich ist der springende Punkt die Erleichterung, die ich im falschen Augenblick empfunden habe, nämlich nicht, als der Arzt mir Kevin unverletzt übergab, sondern eine Stunde vorher, als ich noch im Wagen gesessen und alles darauf hingedeutet hatte, dass eine Tragödie ihn dahingerafft haben könnte, und der Gedanke, dass er nicht mein Sohn war, mich glücklich gemacht hatte. Ein kleines furchtbares Geheimnis, das mich begleitet, um mich zu erinnern, wie übertrieben heftig die Liebe von Eltern zu ihren Kindern werden kann – ohne dass dies zu mehr Glück führt, wenn alles gut geht, während sie unverhältnismäßig großen Schmerz verursacht, wenn es nicht gut geht. Etwas, das mit dem Bedürfnis zu tun hat, eine vernünftige Grenze für die Dinge – für alle Dinge – zu suchen, worüber ich mich seit fünfzig Jahren und mit einer aufs Minimum reduzierten Familie nachzudenken bemühe.

8

Seht meine Werke, Mächt'ge, und erbebt.
Percy Bysshe Shelley

Doch nicht jetzt …

Jetzt habe ich anderes zu tun. Oder besser, ich muss jetzt einen Weg finden, etwas zu tun. Seit fast einer Stunde warte ich untätig, während die junge Frau und ihre kleine Tochter in diesem Krankenhaus sind. Ich habe versucht, die Krankenschwester am Empfang zu fragen, doch sie sagt mir immer nur, dass ich warten muss. Es wäre der passende Zeitpunkt, mich um all die Anrufe zu kümmern, die ich nicht beantwortet habe: zwei von Marta, meiner Schwägerin – ziemlich überraschend; zwei von D. – voraussehbar, da ich ihr sagen sollte, was ich heute Abend zu tun beabsichtige, ob ich zum Essen bei ihr bleibe oder nicht; zwei von Cinzia, die offensichtlich meinen Anruf von heute Morgen gesehen hat; und zwei Nummern, die nicht in meinem Adressbuch stehen. Ich habe auch zwei SMS bekommen, von Marta und von D., in denen ich gebeten werde anzurufen, sobald es mir möglich sei, und jetzt wäre es möglich, doch der Zufall will, dass mein Handy hier drin keinen Empfang hat. Nur meines, wie es aussieht, denn viele der afrikanischen Mütter, die mit ihren Kindern warten, telefonieren seelenruhig; mit ihren supergünstigen Handys und superermäßigten Tarifen machen und erhalten sie Anrufe, dass es eine Freude ist, während ich mit meinem Scheißsmartphone, obwohl ich kreuz und quer durch den Raum gehe, keinen Empfang bekomme. Ich bin hinausgegangen, aber auch draußen habe ich kein Netz. Der Q3 steht noch auf seinem Platz, auf der Parkzone für die Krankenwagen, und niemand beschwert sich. Ich müsste wohl wer weiß wohin gehen, in das Nichts längs der Straße, die die Landschaft zerschneidet – ohne die Erste-Hilfe-Station im Auge behalten zu können, aber genau das will ich nicht, denn falls die junge Frau herauskommt oder etwas braucht, will ich da sein. Ich habe die Wagenschlüssel, sie hat meine Telefonnummer nicht, und es könnte die Dinge kompliziert machen, wenn wir uns verlieren. Deswegen bleibe ich hier sitzen und versuche mir an der übermenschlichen Geduld der afrikanischen Mütter ein Beispiel zu nehmen – was sinnlos ist, meine Nerven waren schon bis zum Zerreißen gespannt, als ich ankam, dieses Schlamassel mit dem Handy hat meine Laune noch verschlechtert, und ich kann einfach nicht ruhig bleiben wie sie. Und tatsächlich stehe ich jetzt auf und stelle mich wieder in die Schlange, um erneut mit der Krankenschwester zu reden – in der Absicht diesmal, mich nicht mit dem Nichts zu begnügen, mit dem sie mich bis jetzt abgespeist hat, und vielleicht sogar Rabatz zu machen vor allen (Ausbrüche wie »Ich bringe Sie vor Gericht«, »Gehen Sie zum Teufel« etc.), denn obwohl ich nicht der Vater des kleinen Mädchens bin, so habe ich trotzdem das Recht zu erfahren, was da drin vor sich geht, oder wenigstens informiert zu werden, wie lange ich noch warten muss –, sodass ich mich darauf einrichten kann und gegebenenfalls zu den glühend heißen Kofferhauben längs der Straße hinausgehen und eine Stelle suchen kann, wo es für dieses verdammte Handy wenigstens ein Minimum an …

Da kommen sie. Sie sind es. Sie kommen durch dieselbe Tür heraus, durch die sie hineingegangen sind. Die Mama hat das Mädchen auf dem Arm und Papiere in der Hand. Ein junger Frauenheld im weißen Kittel hält sie auf der Schwelle fest und überschüttet das kleine Mädchen mit Grimassen und Komplimenten, die immer das Gleiche zu sagen scheinen – nämlich: Du hast aber eine hübsche Mama! Es ist nicht zu übersehen, dass die Schönheit, die während des Notfalls verschwunden war, vollständig zurückgekehrt ist, und der kleine Körper von Rosy Malaparte ist erneut fähig, den Raum zu dominieren, der ihn umgibt. Lächelnd, wild, aber auch strahlend jetzt und dankbar hört sie sich an, was der junge Arzt zu sagen hat, und lässt währenddessen den Blick durch den Raum schweifen auf der Suche – möchte ich hoffen – nach mir. Und das kleine Mädchen? Sie hat immer noch die Prinzessinnenkrone auf dem Kopf und lächelt ebenfalls. Ich suche den weißen Glanz des Gipses oder des Verbands auf ihrem Arm, finde ihn aber nicht. Ich zeige mich, lasse den jungen Arzt jedoch seine Schmeicheleien beenden, bevor ich zu ihnen gehe.

»Nichts«, sagt sie. »Es ist alles in Ordnung.«

Wie nichts? Ich schaue auf die Hand des Mädchens, und es ist absurd: Die Finger sind nicht geschwollen und auch nicht mehr schwarz.

»Das ist unglaublich«, bemerke ich.

Als wäre nichts geschehen.

»Sie sind aus Gummi in diesem Alter«, sagt sie.

Und mit dieser schönen Erklärung gehen wir aus dem Krankenhaus in die Schwüle hinaus, die die Landschaft niederdrückt. Wir steigen in den Wagen, der zu einem Brutofen geworden ist, und niemand sagt etwas, weil ich ihn die ganze Zeit dort habe stehen lassen, wo er nicht stehen durfte, nicht einmal die beiden Krankenwagenfahrer in ihren reflektierenden Uniformen, die eine Zigarette rauchen im Schattenstreifen in der Nähe der Tür. Ich lasse den Motor an, Gianni Nannini ertönt wieder volle Pulle, *siamo andati in culo al mondooo, ma ci sei finito dentrooo*, ich drücke erneut auf Pause, drehe die Klimaanlage voll auf, doch die junge Frau auf dem Rücksitz öffnet lieber die Wagenfenster, wodurch die Klimaanlage nutzlos wird. Wieder schnallt sie das Mädchen nicht auf dem Kindersitz fest, hält es aber in den Armen.

»Sie haben angefangen abzuschwellen, während sie sie untersuchten«, sagt sie und küsst die Finger des Mädchens, »und ich war sicher, sie waren gebrochen, so auf den ersten Blick.«

Ich verlasse das Krankenhausgelände.

»Und dann haben sie sie geröntgt, diese große Pistole, die dir solche Angst gemacht hat, hm, Süße? Aber sie ist ganz tapfer gewesen, sie hat überhaupt nicht geweint, stimmt's? Und die Mama wird dir ein Eis kaufen, du hast es dir verdient, also, es ist nichts gebrochen und auch sonst nichts.«

Ich betrachte Mutter und Tochter im Rückspiegel, lächelnd, wunderschön, die Gesichter ganz dicht aneinander, ihre Haare vermischen sich zu einer schwarzen Wolke, die im Wind flattert.

»Und jetzt ist alles wieder gut. Schau!«

Sie drückt die Finger, die vor einer Stunde gebrochen zu sein schienen, und das Mädchen verzieht keine Miene.

»Sie sind aus Gummi«, wiederholt sie und gibt ihr einen Schmatz auf den Hals.

Ich weiß nicht, was ich sagen soll, ernsthaft, weil das, was ich sehe, keinen Sinn ergibt, und daher schweige ich und fahre. Die Felder flimmern in der Hitze, Schwärme von Möwen fliegen über den weißen Himmel auf einer Route, die vom Meer ins Landesinnere führt. Die Mülldeponie von Malagrotta liegt auf dieser Seite. Auf der Straße fährt ein riesiger Traktor, der drei Viertel der Fahrbahn einnimmt, es ist fast nicht möglich, ihn zu überholen. Schon zur Seite zu fahren, um zu prüfen, ob jemand in der Gegenrichtung kommt, ist gefährlich.

»Ich erinnere mich nicht an deinen Namen«, sagt Rosy Malaparte.

»Pietro.«

Sie beugt sich vor und drückt auch mir einen Kuss aufs Jochbein.

»Also danke, Pietro«, sagt sie.

Ein Kuss, über den ich mich nicht freue, er überrascht mich, während ich in einem kühnen Manöver den Traktor überhole.

»Und wofür?«

»Wenn du nicht gewesen wärst, ich weiß wirklich nicht, was passiert wäre. Ich habe wirklich auf dem Schlauch gestanden, ich war völlig überfragt. Ich habe nicht mal mehr kapiert, dass man die Tür öffnen musste, um die Hand zu befreien.«

»Denk nicht mehr dran«, sage ich. »Es ist vorbei.«

Ich habe vielleicht etwas zu viel darüber nachgedacht, aber am Schluss habe ich die Situation gerettet.

»Ja, nur …« – sie senkt plötzlich die Stimme – »… was wäre passiert, wenn ich allein gewesen wäre?«

Ich drehe mich etwas um und begreife, warum sie die Stimme gesenkt hat: Das kleine Mädchen ist eingeschlafen, die Krone immer noch schief auf der Stirn. Ich spreche ebenfalls leise.

»Wenn du allein gewesen wärst, hättest du nicht auf dem Schlauch gestanden. So funktioniert das.«

»Was sagst du?«

»Hab Vertrauen.«

»Na schön, aber du warst da und hast die Hand meiner Tochter gerettet.«

Sie gibt mir einen zweiten Kuss, unter das Ohr diesmal, was mich verlegen macht, denn auch wenn ich die Tür geöffnet habe, sind die vier Finger des Mädchens trotzdem schwarz geworden und angeschwollen wie Würste, das habe ich mit meinen eigenen Augen gesehen; dass sie glaubt, ich sei ein patenter Kerl und es sei mein Verdienst, dass das Mädchen sich nichts getan hat, während es nur eine Art – ich weiß nicht, wie ich es sonst nennen soll – *Wunder* gewesen ist, führt dazu, dass ich mich wie ein Hochstapler fühle. Daher mache ich mir ihr Schweigen zunutze und konzentriere mich auf das Lenken dieses Wagens, den ich ihr in Kürze wegnehmen werde und der ab morgen ein Schmuckstück auf dem Gelände der Super Car sein wird. Die Ausstattung ist wirklich eindrucksvoll: elektrisch verstellbare Nappasitze mit Rückenstütze, bequem und kühl trotz der Hitze; multifunktionales Lenkrad mit drei Speichen und Griff aus durchbrochenem Leder; der berühmte Side Assist, der dich mit der LED-Warnanzeige im Außenspiegel warnt, sobald sich ein anderer Wagen auf der linken Seite nähert; Fahrer-Informationssystem mit farbigem Display; Navigationssystem mit integriertem MMI und CD/DVD-Player und iPod-Anschluss; superstarke Bose-Surround-Sound-Lautsprecher … Dieser Wagen ist ein Buch, er erzählt eine Menge Dinge. Es ist ein im Wesentlichen weiblicher Wagen – man sieht ihn nur äußerst selten von Männern gefahren –, doch diese Ausstattung, insbesondere mit der Wahl des Sportlenkrads und der aufgerüsteten Verstärkeranlage, ist ein eindeutiges Zeichen, dass er von einem Mann bestellt worden war. Die ganze Prahlerei mit grundsätzlich sinnlosen Extras weist darauf hin, dass dieser Mann nicht mit seinem Geld bezahlt hat. Und der erbärmliche Zustand der Karosserie sowie das Chaos der im Wagen verstreuten Dinge – Schuhschachteln, Zeitschriften, CDs, Umschläge, Rechnungen, Mineralwasserflaschen – lassen vermuten, dass auch die Frau, der er ihn überlassen hat, nie daran gedacht hat, auch nur einen Cent …

»Hast du Kinder?«, fragt sie mich plötzlich.

»Eine Tochter«, erwidere ich. »Schon groß.«

Die ich übrigens unbedingt anrufen muss, unter anderem, um sie zu überreden, heute Abend mit mir und D. ins Restaurant zu gehen. Diese Geschichte, dass sie sie nicht sehen will, ist unsinnig.

»Wie groß?«

»Achtzehn.«

»Ah. Und lebst du mit ihrer Mutter oder seid ihr getrennt?«

»Ich bin Witwer.«

»Oh …«

Das hätte ich ihr auch ersparen können, doch wenn man bestimmte Fragen stellt, ist es nur billig, dass man auch die entsprechenden Antworten kriegt. Es stimmt, sie ist zu direkt. Jetzt ist sie verlegen; sie wollte sich unterhalten, und jetzt weiß sie nicht mehr, was sie sagen soll. Na, umso besser, wir sind angekommen. Allerdings ist der Parkplatz vor dem Haus weg, und daher fahre ich weiter zu dem kleinen Parkplatz, muss aber feststellen, dass es auch dort keinen Platz gibt.

»Können wir ihn nicht in den Garten stellen?«, frage ich.

»Nein, das lohnt sich nicht. Stell ihn vors Gartentor. Wenn du nah genug ranfährst, kommen sie vorbei.«

Im Grunde hat sie recht, denn in ein paar Minuten werde ich

wieder einsteigen, um ihn mitzunehmen. Daher parke ich so dicht wie möglich am Gartentor, steige aus und öffne ihr die Wagentür, weil sie ihre schlafende Tochter auf dem Arm hat. Ich wirke mehr wie ein Galan als wie ein Pfänder. Bevor sie aussteigt, versucht sie mit dem Hintern die Krankenhauspapiere herauszuschieben – eine absurde pornographische Bewegung, die die Blätter natürlich zu Boden fallen lässt, die in mir allerdings augenblicklich den Dämon weckt, der in meinen Lenden schläft. Zumal sie sich, sobald sie ausgestiegen ist, bückt und die Blätter aufhebt, immer noch das schlafende kleine Mädchen auf dem Arm, das hin und her schwankt, wobei der schmale Streifen nackter Haut zwischen dem Saum des Tops und den Shorts sich plötzlich verbreitert und fast die ganze Tätowierung sichtbar macht, die auf ihrem Hintern prangt – ein weiterer Drache, wie der, den sie auf der Wade hat, dieser allerdings hat die Flügel ausgebreitet –, und auch das schwarze Band des Tangas, der sich in der Furche zwischen ihren Arschbacken verliert. Es dauert nur einen Augenblick, schon hat sie sich wieder aufgerichtet mit den Blättern in der Hand, und Shorts und Hemd bedecken wieder, was sie gerade zuvor noch entblößt hatten, doch es genügt, um mich zu erinnern, dass die Sache mit dem Aufschub keineswegs abgeschlossen war, bevor das kleine Mädchen sich in der Tür eingeklemmt hatte. Mit dem Kinn deutet sie auf die Handtasche, die von ihrer Schulter herabhängt.

»Nimmst du bitte die Schlüssel? Der Schlüsselanhänger mit dem Buddha.«

Auch das noch: Wie allgemein bekannt, ist es für einen Mann ein sehr sinnliches Privileg, Zugang zur Privatheit einer Handtasche zu bekommen. Und in ihr herrscht wirklich ein unbeschreibliches Durcheinander: eine kleine Wasserflasche, ein iPod, verstreute Pillen, duftende Taschentücher, ein Feuerzeug, Karamellbonbons, eine CD von Nina Zilli, eine Sonnenbrille, ein Handy, eine Haarbürste, ein Zehnerpäckchen Marlboro Light, Haargummis – und diese Gegenstände brauchen gar nicht von sich aus intim oder unkonventionell zu sein und man braucht auch gar nicht eine Schachtel mit Kondomen oder Handschellen für Bondagespiele zu finden, sie erwecken jedenfalls den sehnlichen Wunsch, in die Welt aus Fleisch und Gedanken einzudringen, der sie angehören. In die Handtasche einer Frau blickt man immer heimlich, will ich damit sagen – wenn ihr versteht, was ich meine. Und wenn ihr es nicht versteht, nur Geduld, solange klar ist, dass sich meine Sinne erregen, während ich all diese unschuldigen Dinge offenbare, als würde ich das Haar, die Ohren, Lippen, Wimpern und Augen berühren und streicheln, für die sie bestimmt sind. Zumal der Schlüsselanhänger mit dem Buddha nicht auftaucht, sodass die Suche zu einer Bestandsaufnahme wird – Ohrhörer, Kugelschreiber, Kajalstifte, verschiedene Kosmetikartikel, Zigarettenpapier, Lederbrieftasche, Leopardenetui –, und da die Tasche über ihrer Schulter hängt, geschieht dies außerdem in einer unnatürlichen körperlichen Nähe, in einer gezwungenen Verletzung der konventionellerweise respektierten Grenzen. Das bedeutet, dass der Essiggeruch, den ihr Haar ausströmt, stärker ist, ebenso wie das Klingeln der Armbänder et cetera …

»Schau in die Tasche mit dem Reißverschluss!«, sagt sie.

Ich öffne die Innentasche, die mit einem Reißverschluss verschlossen ist, und tatsächlich, zwischen einem zylindrischen Tampon und einem Tütchen mit – tja, wirklich – Marihuana befindet sich der Schlüsselanhänger mit dem Buddha. (Schön, übrigens, der Buddha, aus fein gedrechseltem Elfenbein macht er einen wertvollen Eindruck.) Daher ist, als ich wieder die Aufgaben eines Galans übernehme – einen Schlüssel probieren, der nicht passt, den richtigen finden, das Gartentor öffnen, sie vorbeilassen, und so weiter und so fort –, die Situation eine entschieden andere als vor einer Minute, nachdem ich sie unterbrochen hatte. Und als wir wieder in den Raum im ersten Stock gehen – Rollläden halb heruntergelassen, Lichtklingen, die das Halbdunkel zerschneiden, Staub, der in der Luft schwebt –, bin ich sofort wieder in der aufreizenden erotischen Phantasie, die ich dort zurückgelassen hatte.

»Warte auf mich!«, flüstert sie und verschwindet mit ihrer Tochter auf dem Arm im Schlafbereich.

Warte auf mich! Natürlich warte ich auf dich – wozu sagst du mir das? Wozu sonst, als den Gedanken zu bestärken, dass das Warten belohnt wird? Und es geht schon wieder los, ich kann nichts dagegen tun. Trotz der Anwesenheit des kleinen Mädchens, trotz der gewiss nicht gerade aphrodisierenden Erfahrung, die wir eben gemacht haben, trotz der Banalität, der Unsinnigkeit, der Erbärmlichkeit einer solchen Phantasie kann ich an nichts anderes denken. *Das Warten wird belohnt werden:* Das ist etwas, das mir Schwierigkeiten bereitet, ernsthaft. Ich darf mich nicht von den Phantasien der anderen beherrschen lassen – denn das ist Lellos Phantasie, nicht meine. Ich muss mich beruhigen, ich muss in Ruhe nachdenken. Durchatmen. Mich entspannen. Mir vielleicht einen Whisky einschenken – warum nicht? Sie hatte mich aufgefordert, mich zu bedienen, und jetzt bediene ich mich. Zwei Fingerbreit Whisky – sie werden mir sicher nicht schaden, zwei Fingerbreit Whisky. Ballentine's, fast leer. Wer mag ihn trinken? Sie? Der Tänzer? Jetzt ist es passiert, auch wenn es *drei* Fingerbreit sind. Auf nüchternen Magen ist das ziemlich leichtsinnig, aber …

Und da taucht sie aus dem Flur auf.

Und jetzt?

Sie bleibt in der Tür stehen.

»Entschuldigung«, sagt sie, »kannst du noch fünf Minuten warten? Ich muss einen wichtigen Anruf machen.«

»Natürlich.«

Sie sieht das Glas in meiner Hand und lächelt.

»Gut so, trink etwas. Fünf Minuten, und ich gehöre ganz dir …«

Ihr Lächeln ist schelmisch und doch nicht schelmisch; da haben wir wieder das Doublebind. Sie verschwindet erneut – apropos, vielleicht sollte ich die Gelegenheit nutzen, ebenfalls einen Anruf zu machen, da das Handy hier Empfang hat. Ich habe zwei weitere Anrufe in Abwesenheit erhalten, erneut von D. und von meiner Schwägerin. Die beiden versuchen mich mit einer gewissen Hartnäckigkeit zu erreichen. Ich kann sie jetzt nicht zurückrufen, das geht jetzt wirklich nicht. Ich schicke beiden besser eine SMS, während ich meinen Whisky austrinke: »Entschuldigung, ich kann gerade nicht rangehen, ich ruf dich an, sobald ich kann.« Kopieren und einfügen, und weg damit – es ist immer ein bisschen erbärmlich, auf diese Weise Kopieren und einfügen zu benutzen, aber in diesem Fall ist es das wenigste, was ich tun kann. Wirklich erbärmlich ist ganz etwas anderes, denn der Dämon hat wieder angefangen, sich in meinen Lenden zu regen, und drängt mich, die Teile in einer bestimmten Weise zusammenzusetzen, zu interpretieren, zu unterstellen, zu entschlüsseln – um mich zu der Schlussfolgerung zu verleiten, dass die Situation im Grunde ganz klar ist. Vorhin im Wagen hat sie mir zwei Küsse gegeben, aus Dankbarkeit, okay, aber man kann davon ausgehen, dass eine wie sie weiß, welche Wirkung ein Kuss auf das Jochbein oder unter das Ohr eines Mannes hat. Und Dankbarkeit ist tatsächlich im Spiel, ihre Tochter hatte sich die Hand in der Tür eingeklemmt, sie wusste nicht, was sie tun sollte, und ich habe das Problem gelöst – und das ist von großer Bedeutung. Diese Bewegung mit dem Hintern im Wagen, um die Krankenhauspapiere auf den Boden zu werfen, und dieses Bücken mit dem Kind auf dem Arm, um sie aufzuheben. Die Art und Weise, wie sie mit mir spricht: *Warte auf mich, mach es dir bequem, ich gehöre ganz dir* … Und außerdem haben wir gerade den Beweis bekommen, dass sie jetzt auf der Stelle nicht auf den Wagen verzichten kann; mit einem kleinen Kind, das überall die Hände hineinstecken und sich weh tun kann, kann sie nicht ohne Wagen sein – finde mal ein Taxi in Passoscuro. Es ist eine Tatsache, dass sie einen Wagen – es ist schrecklich, was ich da sage – *braucht*. Ja. Also los: Beiß rein und bereue. Auch mit dem Kind nebenan? Sicher, sie bringt es ins Bett und los, wo ist das Problem? Ja, ja, ja, es ist so, sie hat vorher daran gedacht, und sie denkt jetzt daran. Sie setzt es sozusagen als selbstverständlich voraus. Sie hat es mit Lello gemacht, und es ist selbstverständlich für sie, es auch mit mir zu machen. Warum sollte ich mich weigern?

Ich bin ein Mann – *sie hat mich gefragt, ob ich Kinder habe, um auszuschließen, dass ich schwul bin* –, und sie ist überzeugt, dass die Männer in manchen Dingen wirklich alle gleich sind – was übrigens auch D. immer wieder sagt, was ich natürlich leugne, weil es nicht stimmt, wir sind nicht alle gleich, auch wenn es gerade so aussieht, doch was letztlich zählt, ist, dass diese junge Frau davon überzeugt ist und daher versuchen wird, das Geschäft, das sie mit Lello gemacht hat, auch mit mir zu machen, indem sie die gleiche Tauschwährung benutzt – ihren Körper, ihren wertvollen Körper, also genau das, was ihr zufolge und auch D. zufolge alle Männer gleich macht. Moment mal, was sage ich da? *Geschäft gemacht, wertvoller Körper, Tauschwährung*, wie kann ich so etwas nur denken? Ich bin nie so gewesen, nie; wie ist es möglich, dass ich plötzlich so bin? Doch ich bin nicht so, diese Gedanken taugen nichts, sie kennt sie nicht, niemand kennt sie, weg damit, sie zählen nicht. Nur die Taten zählen, das, was man tut – aber weiß ich, was ich tue? Ich werde ihr zeigen, wer Pietro Paladini ist, das werde ich tun. Das Letzte, was die Welt braucht, ist ein weiterer Mann, der die Macht, die er über eine Frau hat, ausnutzt, um sie zu ficken – und deswegen gewähre ich ihr den Aufschub, ohne von ihr etwas dafür zu verlangen. Ja. *Ich schenke ihn ihr*. Ich verblüffe sie, rühre sie, *helfe* ihr; wie viele Menschen mögen ihr in ihrem Leben schon geholfen haben – uneigennützig, meine ich? Sie wird sich für immer an mich erinnern, eben nicht beiß rein und bereue. Ich rette die Hand ihrer Tochter, fahre sie ins Krankenhaus, warte auf sie, fahre sie wieder nach Hause und zum Schluss, nach ihrem wichtigen Telefonat, wenn sie *ganz mir* gehört, sage ich zu ihr: Hör zu, Kleine, ich sehe, dass du dich im Augenblick in Schwierigkeiten befindest, und deswegen habe ich beschlossen, dir Zeit zu lassen, dich zu organisieren, bevor ich dir den Wagen wegnehme … Ja, so werde ich es machen, denn wir sind eben nicht alle gleich, und das kann ich ihr jetzt beweisen. Allerdings, Moment mal! Wer ist diese Madonna mit Kind, die da durch den Garten schleicht? Etwa *sie*? Ich bemerke es zufällig, aus dem

Augenwinkel, durch das Fenster, während ich den letzten Schluck Whisky trinke und mich an meiner schönen Geste berausche. Ja, sie ist es, verdammte Scheiße, mit raschem Schritt, die Tochter auf dem Arm – die jetzt nicht mehr schläft, sondern gerade auf ihrem Arm sitzt. Wie ist sie hinausgekommen? Wo will sie hin, verdammt?

Ich reiße das Fenster auf.

»He!«, rufe ich.

Sie hebt kaum den Kopf und wirft mir einen blitzschnellen, animalischen Blick zu, wie es ein Mungo tun würde, dann senkt sie den Kopf wieder und öffnet das Gartentor. Sie haut ab, kein Witz – und der Q3 parkt direkt vor dem Gartentor! O nein, so nicht, lauf, Pietro, renn die Treppe runter, immer vier Stufen auf einmal, raus, los, in den Garten, renne, los, mach hin, hol sie ein, sie hat das Kind auf dem Arm, das behindert sie, lass dich nicht so verarschen! Einen Augenblick, die Schlüssel hab ich doch, oder? Und trotzdem – *bi-bip* – ist das nicht die Funkfernbedienung für die Zentralverriegelung mit volumetrischem Ultraschall-Alarmsystem und Abschleppschutz mit elektronischer Wegfahrsperre? Und ist das nicht die mit ultraresistenten Stahlstäben mit erhöhtem Härtestandard verstärkte Wagentür? Der *Zweitschlüssel*, Scheiße, sie benutzt den Zweitschlüssel. Jetzt beeil dich, Pietro, noch zwei Sätze, und du bist am Gartentor, du kannst sie noch aufhalten, los, renne, ja, du hast es geschafft – verdammt, wo ist der Türöffner?

Wrooom – der Vierzylindermotor TFSI mit Benzin-Direkteinspritzung und Abgasturbokompressor des Q3 …

9

Ich habe die falschen Fehler gemacht.
Thelonious Monk

Eine Heuschrecke geht im Gras am Straßenrand. Sie lässt sich in die Hand nehmen, ohne zu erschrecken. Es ist heiß. Sie schaut mich mit einem Auge an, dann mit dem anderen. Sie sieht einen Vollidioten, einen gewaltigen Vollidioten, und springt davon …

Es heißt, das, was dir zustößt, ist immer schon jemand anderem zugestoßen, aber das glaube ich nicht, nicht diesmal. Ich glaube, dass dies, genau dies, noch nie jemand anderem zugestoßen ist. Ich glaube, dass es für das, was mir gerade zugestoßen ist – was mir zustößt –, keine Vorbilder gibt.

Die gedroschenen Felder, die bräunlichen Stoppeln, die Furchen der Traktorenräder, die zylindrischen Garben. Die Autos, die vorbeifahren und mit dem Luftzug mein Haar zerzausen. Oh, wie sehr würde ich es zu schätzen wissen, wenn der Fahrer einer dieser Autos begreifen würde, dass ich in Schwierigkeiten bin, und anhalten und aussteigen und mir eine Hand auf die Schulter legen und mich beruhigen würde. Wie sehr würde ich es zu schätzen wissen, wenn er mich in seinen Wagen einsteigen und mich nach Rom mitnehmen und an der Straße anhalten und mich zu einem Kaffee einladen würde. Ein kräftiger Mann mit Schnurrbart und Geheimratsecken, älter als ich, mit heiserer Stimme und beruhigendem Lächeln, in einem Leinenanzug, mit im Wind flatterndem grauem, dünnem Haar, ein Kettenraucher dünner Zigaretten, ein präziser und geduldiger Fliegenfischer, der keine Uhr trägt und nie weiß, wie spät es ist, wie mein Vater es war – eine Art *Gesandter* meines Vaters –, der mich überreden würde, ihm zu erzählen, was mir zugestoßen ist – was mir wirklich zugestoßen ist. Und wie sehr würde ich es zu schätzen wissen, wenn er mir danach ein beschämendes Missgeschick erzählen würde, das ihn getroffen hat, und man dann die beruhigende Banalität aller Missgeschicke einräumen würde, das heißt, dass die fünf Minuten des Vollidioten jedem zustoßen können, dass jeder über etwas stolpern kann, dass es jedoch darauf ankommt, wieder aufzustehen und nicht mehr daran zu denken … Ja, aber so funktioniert es nicht. Es ist vollkommen unmöglich, dass das geschieht, und deswegen sollte ich besser nicht mehr daran denken.

Die Strahlen der Bewässerungsanlagen in der Ferne auf tiefgrünen Parzellen unter dem zitternden Horizont. Die vom Wind gekrümmten Bäume – nicht elastisch gebogen von diesem Wind, sondern *plastisch* gekrümmt, durch jahrzehntelangen Wind, der immer nur in eine Richtung bläst und Tag für Tag die Welt mit seiner unauslöschlichen Kraft biegt, krümmt und modelliert.

Nein, es ist jetzt keiner da für mich – ich muss mir allein helfen. Und auch danach werde ich allein sein, ich werde immer allein sein, denn wenn ich es auf irgendeine Art geschafft haben werde, nach Hause zu kommen, und ich Claudia oder D. werde erzählen müssen, was ich angestellt habe, werde ich lügen. Ich werde keine Wahl haben. Ich kann die Wahrheit nicht sagen. Ich werde sagen, dass sie mir den Führerschein weggenommen haben, weil sie mich erwischt haben, während ich hinter einem Dämon her war, der mit dem Auto abgehauen ist, das ich einziehen sollte, und dass ich das Handy verloren habe, als ich in den Wagen sprang, um ihn zu verfolgen. Stopp. Mehr werde ich nicht sagen. Mehr kann ich den Menschen, die an mich glauben, nicht sagen. Dass mir der Führerschein praktisch dreimal weggenommen worden ist – wegen überhöhter Geschwindigkeit (138 km/h, das heißt achtundsechzig mehr, als auf dieser Straße erlaubt ist), wegen gefährlichen Überholens (trotz durchgehender Mittellinie und kurz vor einer Kurve) und wegen zu hohen Alkoholspiegels (0,71 Promille beim

Blasen ins Röhrchen wegen dieses verdammten Whiskys) –, das kann ich nicht erzählen. Und die wahnsinnige Geldstrafe, die sie mir aufgebrummt haben, fünftausenddreihundertsieben Euro, also der Höchstbetrag, der für jedes der drei Verkehrsdelikte, die ich begangen habe, vorgesehen ist? Ich werde auch diesbezüglich lügen, werde sie natürlich heruntersetzen, auf zweitausend, auf fünfzehnhundert, auf tausend – doch so sehr ich sie auch herabsetze, es bleibt immer noch eine abartig hohe, demütigende Geldstrafe. Aber die Wahrheit, die ich diesem fiktiven Typen erzählen würde, der nie vorbeikommen wird, weil es ihn nicht gibt, die kann ich niemandem erzählen. Ich werde schwindeln. Ich werde ihnen weismachen, dass die Streife mich angehalten hat, während ich eine Person verfolgte, die die gleichen Verkehrsdelikte begangen hat wie ich, aber, da sie nicht anhielt, ungestraft davongekommen ist; ich werde erklären, dass das Protokoll, das die Polizisten für den Q3 angefertigt haben, dazu führen wird, dass diese Verkehrsdelikte von einer *retractable company* bestritten werden, die vor einem Jahr Pleite gemacht hat und dessen ehemaliger Geschäftsführer sich als ein mittelloser Pensionär herausstellen wird, und dass sie, wenn sie absurderweise doch den wirklichen Eigentümer identifizieren sollten, wie wir es gemacht haben, auf einen ehemaligen Staatssekretär stoßen würden, der die Geldstrafe mit einem Telefonanruf aus der Welt schaffen würde. Wie auch immer, die Person am Steuer wird nicht zur Rechenschaft gezogen werden, und ich werde sagen, dass es ein Mann war, keine Frau, und falls ich gebeten werden sollte, sie zu beschreiben (aber warum sollten meine Tochter oder D. mich um eine Beschreibung bitten? Sie werden mir glauben, sie *vertrauen* mir), werde ich den Wichser beschreiben, dessen Wagen ich mit Lello an der Costa Smeralda eingezogen habe, eine Aktion, die wie geschmiert gelaufen ist.

Lello dagegen werde ich nicht so leicht belügen können. Er weiß, wer die Person ist, die mir entwischt ist. Ihm werde ich sagen müssen, dass ihre Schönheit mich betäubt hat, dass ich abgelenkt wurde. Ihm werde ich auch die Geschichte mit dem kleinen Mädchen und der Hand in der Tür erzählen, um von vornherein, angesichts der Anwesenheit der Kleinen, jeden Gedanken auszuräumen, der mit dem Beiß rein und bereue zu tun haben könnte. Ich werde ihm lieber sagen, dass dieses Mädchen der *Teufel* ist, ja, genau so, der Dämon in Person, da sie es tatsächlich fertiggebracht hat, mit hundertvierzig Stundenkilometern in dem Q3 über diese schmale und gefährliche Straße zu brettern, obwohl sie ihre kleine Tochter dabeihatte. Vielleicht schaffe ich es sogar, ihm zu sagen, dass ich das Handy auf der Bar im Wohnzimmer ihres Hauses liegen gelassen habe, das ebenso wenig ihr gehört wie alles andere, worüber sie verfügt – doch niemals, wirklich nie werde ich von den wollüstigen Gedanken erzählen, mit denen ich gerungen habe aufgrund des Samens, den er in meinem Kopf gesät hat. Das werde ich wirklich niemals jemandem erzählen können …

Eine weitere Heuschrecke. Oder ist es dieselbe? Nein, es ist nicht dieselbe. Diese ist viel größer. Riesig.

Ich sollte mich beruhigen, nachdenken – aber wie soll ich das machen? Das Adrenalin, die Wut, die Scham, das plötzliche abgrundtiefe Bewusstsein meines Elends – wie kann ich dieses Gebrüll besänftigen? Und selbst wenn es mir gelänge, was würde es ändern? Es ist alles verloren. Nicht einmal mit dem Mofa darf ich jetzt noch fahren. Was soll ich tun? Wie soll ich es anstellen, diese Geldstrafe zu bezahlen? Wie soll ich es schaffen zu arbeiten und mich den ganzen Tag die Aurelia, die Olimpica, die Cristoforo Colombo, den Raccordo rauf und runter abzuhetzen – wie soll ich das machen? Und auch nur Claudia und D. zu benachrichtigen – wie soll ich das anstellen? Ohne Handy, und ich kann mich ja nicht einmal an ihre Nummern erinnern.

Es muss irgendetwas in diesem Stückchen Welt geben, das das Interesse dieser Heuschrecken weckt. Da ist noch eine. Sie spaziert zwischen der Gemeinen Wegwarte herum, erforscht, prüft, probiert, urteilt. Ich berühre sie mit dem Finger, und sie macht sich sofort aus dem Staub, fliegt fort, verschwindet in dem verdorrten Stoppelfeld. Schon phantastisch, wie leicht es für eine Heuschrecke ist, sich aus der Bedrängnis zu befreien – während hingegen für mich alles verloren ist …

Nein, Augenblick mal, übertreiben wir nicht. Ich habe doch bloß Scheiß gebaut. Gewaltigen Scheiß, sicher; den *perfekten Scheiß*, okay. Aber es ist nicht alles verloren. Ich kann es wiedergutmachen, mit Engagement und Opfer, mühevoll, langsam, ich kann versuchen, mich daraus zu befreien, so wie man versuchen kann, eine riesige Schuld abzutragen. Ein Schritt nach dem anderen, ganz langsam – und der erste Schritt besteht, wie man sagt, darin festzulegen, welches die nächsten Schritte sind. Ich stehe auf einer Landstraße, ohne Führerschein und ohne Handy. Als Erstes muss ich in mein Büro. Dann muss ich versuchen, mir die wichtigsten Telefonnummern im Computer wiederzubeschaffen – ich erinnere mich, sie dort gespeichert zu haben –, und diejenigen, die nicht dort sind, werde ich mir per E-Mail noch einmal geben lassen, wie diese Unglücksraben, die von Zeit zu Zeit eine Nachricht an ihr ganzes Adressbuch schicken – entschuldigt, ich habe mein Handy verloren –, und nach und nach mein elektronisches Notizbuch rekonstruieren. Im Grunde ist das ziemlich einfach. Und dann muss ich mir ein Elektrofahrrad besorgen, mit dem ich noch fahren darf, zwei schöne Taschen darauf befestigen, um Dinge mitzunehmen, und los geht's …

Alles, was ich von nun an für wer weiß wie lange Zeit tun werde, wird mich an die Schande erinnern, mit der ich mich heute bedeckt habe – aber ich habe keine Wahl und muss es tun, einen Schritt, und dann den nächsten, und danach wieder einen –, ich muss handeln und mich den Konsequenzen meiner gewaltigen Dämlichkeit stellen. Bis eines Tages, auch wenn es mir zu diesem Zeitpunkt unmöglich vorkommt, diese Konsequenzen ausgestanden sind, und auch die Scham vergessen ist, und ich nicht mehr daran denke …

Und ich sollte vielleicht aufpassen, mich nicht von den Autos über den Haufen fahren zu lassen, die viel zu dicht am Straßenrand vorbeifahren – und nebenbei bemerkt, hier rasen alle wie die Wahnsinnigen, wieso nehmen sie nur mir den Führerschein weg? Das Mädchen ist ungeschoren davongekommen, und auch sie kommen ungeschoren davon – dieser Giulietta, wie schnell mag er fahren? Hundert, mindestens. Und auch der Lieferwagen da, dessen lose Plane im Wind flattert, erzählt mir nicht, dass er die Geschwindigkeitsbeschränkung respektiert. Doch die Polizisten sind verschwunden. Hochzufrieden mit meinen Verkehrsdelikten, haben sie ihren schönen Geschwindigkeitsmesser – regelmäßig geprüft und geeicht, wie sie mir unter die Nase reiben mussten, für den Fall, dass es mir einfallen solle, rückfällig zu werden – abgebaut und sind glücklich in ihre Kaserne zurückgekehrt. Wie ist es gelaufen, Freunde? Gut, wir haben einen Wahnsinnigen, der mit hundertvierzig über die Straße von Passoscuro gebrettert ist, so richtig abgezockt. Der Hammer …

Ein Autobus der Cotral. Also muss hier irgendwo eine Haltestelle sein. Ich muss nur ein, zwei Kilometer gehen, in der Sonne, bei dieser Hitze, und früher oder später werde ich eine Haltestelle finden. Irgendwo wird er hinfahren, und dort wird ein Münzfernsprecher sein, um ein Taxi zu rufen. Das ist der erste Schritt, den ich tun muss, das Lager der Niederlage verlassen und ins eigene Lager zurückkehren …

Ein Falke, vielleicht auch ein Bussard kreist träge über mir. Mir fällt Tardioli ein, das australische Epos, das er mir erzählt hat – als er, wie er sagte, »ein Mann geworden ist«. Das ist ein gutes Vorbild für das, was vor mir liegt. Tardioli, ein Held unserer Zeit. Ich muss es wie er machen.

10

Glücklich, wer den Punkt erreicht hat,
von dem es keine Rückkehr mehr gibt, und es weiß,
denn er kann das Leben genießen.
W. C. Bennett

Florenz. Diese Geschichte beginnt in Florenz. Marco Tardioli war achtundzwanzig und hatte gerade den Abschluss in Philosophie gemacht, als seine Verlobte, eine Architekturstudentin, die er zu heiraten beabsichtigte, ihn verließ. Sie verließ ihn genau einen Tag nach der Abschlussprüfung, an einem schönen Nachmittag im Juni, in der Bar neben ihrer Fakultät, in der sie sich mit ihm verabredet hatte. Ich bin nicht mehr sicher, ob ich dich liebe, ich muss ein bisschen allein sein, et cetera. Und das Konzert von Coldplay? Und der Griechenlandurlaub? Vergessen wir es besser …

Dieser Schlag löste bei Tardioli einen sofortigen und ziemlich schlimmen Schock aus, denn er begann, ganze Tage in einem Liegestuhl auf dem Grund des leeren Swimmingpools seines Hauses zu verbringen (seine Mutter war reich, sie lebte in einer schönen Villa in Pian dei Giullari mit Park und Swimmingpool, doch der Swimmingpool in dieser Geschichte ist leer, weiß der Himmel warum), den Haarschopf mit einer Wäscheklammer zurückgehalten, und starrte in den Himmel. Auf diese Weise verbrachte er den Sommer, unter den bestürzten Blicken seiner Mutter, die darauf verzichtete, in Urlaub zu fahren, um ihn nicht allein zu lassen. (Vielleicht sollte ich auch erwähnen, dass Tardioli ein Einzelkind war, dass sein Vater starb, als er sechzehn war, und dass die Mutter nicht wieder geheiratet hatte.) Im September fasste Tardioli sich wieder etwas und führte ein paar Bewerbungsgespräche, um Arbeit zu finden, fand aber keine, was ihn noch niedergeschlagener machte. Die Freunde versuchten ihn abzulenken, trotzdem litt er wie am ersten Tag. Das Ausmaß des Schmerzes, den Tardioli in dieser Phase seines Lebens durchlebte, ist unvorstellbar. Schließlich kam der Jahreswechsel, seine Freunde nahmen ihn mit in die Berge, nach Courmayeur, zum Skilaufen, doch Tardioli hing weiterhin nur herum, deprimiert, wie betäubt, abwesend. Ostern kam, und nichts hatte sich geändert. Doch dann, ganz plötzlich, im Mai, fast ein Jahr nach dem schweren Schlag, gab Tardioli ein Lebenszeichen von sich. Er ging zu seiner Mutter und bat sie um Geld für eine Reise nach Australien. Die Frau war erleichtert und glücklich, ihrem Sohn den Wunsch zu erfüllen, aber sie stellte eine Bedingung, nämlich dass er nicht allein fahre. Da keiner von Tardiolis Freunden sich eine solche Reise leisten konnte, wandte die Mutter sich an eine Freundin, die ein Reisebüro im Zentrum von Florenz hatte und ihr eine vierzehntägige Reise mit einer kleinen Gruppe vorschlug, die direkt von ihr ausgewählt würde, lauter brillante und abenteuerlustige Leute. Tardioli hatte nicht die Absicht, an einer organisierten Reise teilzunehmen, war jedoch bereit, sich mit der Freundin seiner Mutter zu treffen, die ihm persönlich die Schönheiten dieses Pakets schmackhaft machen wollte – und wie es oft bei reinen Seelen und verwirrten Geistern der Fall ist, änderte er im Laufe des Gesprächs seine Meinung und stimmte zu, an dieser organisierten Reise teilzunehmen. Und so brach er an einem klaren Junimorgen, fast genau zwölf Monate, nachdem er von seiner Verlobten verlassen worden war, und einen Tag, nachdem er in einem Bewerbungsgespräch mit mir großen Eindruck auf mich gemacht hatte (da diese Reise von Mailand ausging, war dieser Termin von einer Freundin vereinbart worden, deren Vater der Cousin meiner Sekretärin war), mit seiner Gruppe nach Australien auf. Während des langen Flugs mit mehreren Zwischenlandungen, der ihn nach Perth brachte, lernte er all seine Mitreisenden kennen, und leider fand er niemanden, der ihm gefiel, weder ein Mädchen, in das er sich hätte verlieben können, noch einen jungen Mann, dessen Freund er hätte werden können. Die meisten waren fünfunddreißig-/vierzigjährige Paare, die auf Abenteuerreisen standen und dazu neigten, all ihre vorangegangenen Unternehmungen zu erzählen, auch ohne dass er sie darum gebeten hatte. Nach der ersten Aufgeregtheit begann sich seine Stimmung rasch erneut zu verdüstern, und als die Reisegruppe in Adelaide ankam, folgte Tardioli nicht den anderen zu dem im Programm vorgesehenen Ausflug in die Wüste, sondern blieb zwei Tage allein in Adelaide. Allein nahm er den Zug nach Melbourne, wo er zwei weitere Tage wartete, bis seine Reisegefährten aus der Wüste zurückkamen, mit neuen Erzählungen von Abenteuern, Erkundungen und Übernachtungen im Mondschein. In seiner Verzweiflung sonderte Tardioli sich noch mehr ab, und als sie in Sydney eintrafen, gab es eine Auseinandersetzung in der Hotelhalle mit zwei Paaren, die ihn unbedingt auf den touristischen Rundgang mitnehmen wollten, den sie sich zurechtgelegt hatten. »Lassen Sie mich in Ruhe, Herrgott noch mal!«, schrie er und machte sich allein auf den Weg.

Es war herrliches Wetter, der Himmel war wolkenlos, und die Stadt glitzerte. Es herrschte Winter dort, ein Bilderbuchwinter. Tardioli stieg in ein Taxi und ließ sich zur Oper fahren, dem einzigen Ort in Sydney, der ihm ohne Blick in den Führer einfiel. Der Hafen, die Bucht, der Botanische Garten, die prächtige Konstruktion mit ihren gekrümmten Dachschalen, die im blauen Himmel weiß leuchtete: Die Schönheit dieses Ortes blendete ihn, war aber auch schmerzlich für ihn, weil er nicht die Person an seiner Seite hatte, mit der er et cetera. Tardioli betrat das Theater. Vor der Kasse war eine Schlange, und am Ende dieser Schlange stand eine wunderschöne junge Frau, die mit dem Handy telefonierte. Sie war allein, und Tardioli stellte sich hinter sie. Sein Englisch war nicht gut, und deswegen verstand er nicht, was sie sagte, doch auch ohne zu verstehen dachte er, wie phantastisch und nicht düster und trostlos sein Leben wäre, wenn dieses Mädchen mit ihm spräche. Er sah sie sich genau an: blondes, zu einem Pferdeschwanz zusammengebundenes Haar, zarter Hals, fröhliche Augen voller Leben, athletische Schultern. Doch als die junge Frau ihr Telefonat beendete und seinem Blick begegnete, senkte Tardioli den Kopf und starrte zu Boden, während die Schlange sich vorwärtsbewegte und sich hinter ihm weitere Personen anstellten; bis sie ihn schließlich ansprach. Einfach so. Die junge Frau, die Marlene hieß und Kunststudentin war, hatte aus seinen Schuhen geschlossen, dass Tardioli Italiener sei, und sprach ihn an. Sie sprach Italienisch, schlecht, offen gesagt, aber das kümmerte sie nicht – weil sie sich für Italien begeisterte, wegen der Kunst, der Renaissance, der Oper, des Essens, der Mode, Valentino Rossi et cetera – und Tardioli war geistesgegenwärtig genug, um ihr zu sagen, was für sie das Nonplusultra war, nämlich dass er aus Florenz sei. Oh, my God! Florenz! Marlene war nie dort gewesen – sie war nur in Rom und in Venedig gewesen, auf einer unvergesslichen Reise mit ihren Eltern – doch sie plane, wenn das Semester zu Ende sei, für eine Weile genau dorthin zu gehen, nach Florenz, um sich zu spezialisieren. Was für ein unglaublicher Zufall – et cetera.

Die Schlange galt dem Requiem von Giuseppe Verdi, gesungen vom Chor der Römischen Oper, in zwei Tagen, und Marlene hatte keine Zweifel, dass Tardioli, Italiener und daher gewiss ein leidenschaftlicher Opernfan, seinen Besuch in Sydney auf dieses Ereignis abgestimmt hatte. In Wirklichkeit erfuhr Tardioli – der ein mäßig begeisterter Fan von Coldplay war und von Oper keine Ahnung hatte –, dass es sich um Verdi handelte, erst als er am Schalter war und achtundachtzig australische Dollar für zwei Karten ausgab – denn da er inzwischen festgestellt hatte, dass Marlene wie durch ein Wunder allein war (und das nicht nur für ihren geplanten Konzertbesuch, sondern auch im Leben, also keinen Verlobten hatte), hatte er sich trotz ihrer Proteste durchgesetzt und sie eingeladen. Sie gingen einen Kaffee trinken, lernten sich kennen, fanden weitere Übereinstimmungen et cetera. Und so war Tardioli nicht einmal zwei Stunden nach der Szene in der

Hotelhalle mit diesem wunderschönen Mädchen durch einen Haufen wunderbarer Pläne verbunden, die die ganze Zeit seines Aufenthalts in Anspruch nahmen. Für den Rest des Tages hatte Marlene Verpflichtungen, doch am nächsten Tag würde sie ihn in das älteste Museum Sydneys begleiten, das Australian, um ihm die Wunder der Naturgeschichte und der Kultur der Aborigines zu zeigen, und in den folgenden Tagen ins Museum für zeitgenössische Kunst, und dann ins Nicholson und natürlich auch zu den traditionelleren Touristenattraktionen – denselben, zu denen, nebenbei gesagt, die Reisegefährten ihn hatten schleppen wollen, mit denen er sich im Hotel gestritten hatte: die Blue Mountains, eine Schiffsfahrt in der Bucht im Sonnenuntergang, das atemberaubende Panorama von der Spitze des Sydney Tower, die Harbour Bridge, die Strände, der Zoo, das Aquarium …

Tardioli konnte es nicht fassen. So schnell hatte er noch nie einer Person gefallen, und diese Person war ein wunderschönes australisches Mädchen, das von Italien begeistert war und die ganze Herrlichkeit, die sie mit seinem Land assoziierte, auf ihn übertrug. Mit zwei Küssen, die sie ihm auf die Wangen drückte, und ihrer Handynummer in der Tasche – »Ruf mich an, wann immer du willst, wenn du mich brauchst« – sah Tardioli ihr nach, wie sie auf einer feuerroten Vespa im Stadtverkehr verschwand, beruhigt von dem Gedanken, dass er sie während seines gesamten Aufenthalts in Sydney – der ihm jetzt plötzlich viel zu kurz vorkam – jeden Tag wiedersehen würde. Doch das war kein Problem, dachte er; er konnte den Abflug verschieben, seine Mutter wäre glücklich, noch mehr Geld auszugeben, wenn er ihr sagen würde, dass es ihm gut gehe – und außerdem würde Marlene, wenn ihr Semester vorbei war, mit ihm nach Florenz kommen, und sie würden zusammenleben, würden sich verloben, heiraten, sich nie mehr trennen …

Aber es war ein Problem. Denn es kam der Augenblick, da diese Geschichte sich notwendigerweise um etwas kümmern muss, das die Geschichten gewöhnlich vernachlässigen. Der geeignetste

Wortschatz, um das Gemeinte auszudrücken, ist der medizinische, und deswegen sage ich, dass Tardioli, als er die betrübte Gleichgültigkeit, die er bis dahin seinem Körper entgegengebracht hatte, abschüttelte, feststellte, dass er sich in einem Zustand hochgradiger Verstopfung befand – die letzte Entleerung hatte tatsächlich vor seinem Abflug nach Australien stattgefunden. Tardioli hatte schon immer an dieser Störung gelitten. Reisen, Aufenthalte bei seinen Freunden, sogar die Urlaube mit seiner Exverlobten waren für ihn stets kritisch gewesen, und er hatte gelernt, damit zurechtzukommen. Doch diesmal meldete sich das Ausmaß des Problems – *neun Tage* – in seiner ganzen Dringlichkeit, und Tardioli kam zu dem Schluss, dass er die herrliche Zeit, die vor ihm lag, nur genießen konnte, wenn er sich vorher von der, sagen wir es so, Last befreite, die ihn bedrückte. Aus diesem Grund ging er geradewegs in einen Drugstore, wandte sich an den Verkäufer der Apothekenabteilung und verlangte, nachdem er das Taschenwörterbuch konsultiert hatte, ein »product against constipation« (leider enthielt das Wörterbuch nicht den Eintrag »Abführmittel«), mit dem Hinweis, dass »the effect« »quick« und »strong« sein müsse. Der Verkäufer gab ihm eine Schachtel zum Preis von 13,95 australischen Dollar und erklärte ihm, wie der Inhalt anzuwenden sei.

Tardioli kehrte ins Hotel zurück. Er hatte mehr als einen Tag, um das Problem zu lösen. Das Medikament war nichts anderes als in Einzeldosen abgepackte Mikroklistiere auf der Basis von Glycerol à 12,5 mg zur rektalen Einführung, und die Verordnung des Apothekers – die sich, soweit Tardioli verstehen konnte, mit derjenigen auf dem Beipackzettel deckte – lautete, innerhalb von vierundzwanzig Stunden ein oder zwei Mikroklistiere einzuführen. Tardioli führte eines ein, doch das Ergebnis war gleich null. Nach einer Viertelstunde drückte er lediglich das gerade eingeführte Glycerin heraus, und nichts anderes. Er las den Waschzettel aufmerksamer und erfuhr, dass man, um ein wirksameres Ergebnis zu erzielen, die Einführung mit angezogenen Beinen vornehmen müsse und dass man diese Position auch danach bis zum

Augenblick der Ausscheidung beibehalten müsse. Außerdem erfuhr er etwas, das der Verkäufer ihm nicht gesagt hatte, nämlich dass empfohlen wurde, die Einführung des Produkts in den Nachtstunden vorzunehmen.

Und so legte Tardioli sich aufs Bett und wartete, während er von Marlene träumte, bis er einschlief. Als er aufwachte, war es schon eine Weile dunkel, und er widmete sich wieder seinem Problem. Er führte die zweite Dosis Glycerin ein und blieb in der empfohlenen Position, bis der Stimulus für die Ausscheidung kam, doch erneut kam nur die eben eingeführte Flüssigkeit heraus. Ratlos wartete er lange auf eine eventuell mit Verspätung einsetzende Wirkung, die allerdings ausblieb. In diesem Augenblick war er versucht, seine Mutter in Italien anzurufen, wo es wegen der Zeitverschiebung noch früher Nachmittag war, um sie um Rat zu fragen. Er hätte sich nicht geschämt, mit seiner Mutter über dieses Problem zu reden (sie kannte es, seit er ein Kind gewesen war), und möglicherweise hätte sie ihm den entscheidenden Rat geben können. Außerdem wäre es ein guter Vorwand gewesen, ihr zu sagen, dass dies nach so vielen schrecklichen Tagen einer der schönsten und glücklichsten Tage seines Lebens war, und ihr von Marlene zu erzählen und vorzufühlen, ob sie bereit wäre, ihm eine Verlängerung des Aufenthalts in Sydney zu finanzieren. Aber dann kam er zu dem Schluss, dass das alles entschieden zu früh sei. Er rief sie nicht an und führte sich ein weiteres Klistier mit Glycerin ein. (Hätte er sie angerufen, hätte er den Beweis bekommen, dass dies wirklich sein Glückstag war, weil er erfahren hätte, dass ich ihn soeben aus mehr als sechzig Kandidaten für ein sechzehnwöchiges bezahltes Praktikum ab September ausgewählt hatte.)

Inzwischen herrschte tiefe Nacht. Diesmal war ein gewisses Ergebnis zu verzeichnen, insgesamt aber doch eher dürftig, absolut ungenügend für seine Bedürfnisse. Bis zum Treffen mit Marlene waren es noch zehn Stunden, und Tardioli hatte keine Ahnung, was er tun sollte. Er fühlte sich schlapp, war müde, und während er überlegte, was zu tun sei, schlief er wieder ein. Er schlief fünf Stunden am Stück, und dadurch hatte sich, als er aufwachte, die Zeit, die er noch zur Verfügung hatte, halbiert, doch er schätzte, dass fünf Stunden ausreichend seien, um die Lösung zu finden, und verabreichte sich ein weiteres Klistier – das vierte. Erneut nichts, trotz des langen Wartens in der empfohlenen Position. Abgesehen von den Auswirkungen auf seine Verabredung am Vormittag, nahm die Sache jetzt die Ausmaße eines echten Notfalls an, und Tardioli machte sich allmählich ernsthafte Sorgen. Er versuchte allerdings, einen klaren Kopf zu bewahren, und beschloss, dass er die Verabredung notgedrungen absagen und sich noch einen ganzen Tag Zeit nehmen müsse, um mit dem Problem fertig zu werden. In der Gruppe, zu der er die Beziehung abgebrochen hatte, gab es einen Arzt; wenn er sich für sein Verhalten an dem Morgen entschuldigen würde, könnte er ihm vielleicht helfen. Oder, besser, er könnte im Hotel um Hilfe bitten und sich an einen lokalen Arzt wenden, den ihm das Personal ohne Zweifel nennen würde. Doch bevor er die Rezeption anrief oder Marlene, um die Verabredung abzusagen, führte er sich in einem kindischen Anfall von Optimismus ein fünftes Mikroklistier Glycerin ein. Obwohl er einen klaren Kopf hatte bewahren wollen, hielt sich in ihm die naive Hoffnung, dass es, obwohl es bis jetzt nicht funktioniert hatte, letztlich doch noch funktionieren könnte, und deshalb sei es nicht notwendig, auf die Verabredung mit Marlene zu verzichten. Aber auch nach dem fünften Klistier und weiterem langem Warten mit angewinkelten Beinen schied sein Körper nichts anderes aus als das Glycerin. Tardioli wollte daher den Zettel mit Marlenes Handynummer holen, in der Tasche der Jacke allerdings, in die er sie, dessen war er sich sicher, gesteckt hatte, war sie nicht mehr. Und sie war auch nicht in der Tasche der Hose, nicht in der Tasche des Hemds und auch nicht in der Brieftasche. Er durchsuchte drei-, vier-, fünfmal alle denkbaren Taschen, aber der Zettel kam nicht zum Vorschein – und da wurde Tardioli plötzlich von Panik gepackt. Er konnte keinen Arzt suchen, um sein Problem wissenschaftlicher anzugehen; und da er Marlene nicht gesagt hatte, in welchem Hotel er wohnte, und ohne ihre Telefonnummer nicht absagen konnte, würde die verpasste Verabredung bedeuten, dass er sie für immer verlieren würde. Daher blieb er bis zum Schluss im Badezimmer und wartete auf ein Wunder, das nicht eintraf, und schließlich rannte er aus dem Hotel, um im Taxi zum vereinbarten Treffpunkt zu fahren.

Anders als am Vortag herrschte scheußliches Wetter. Heftiger Regen färbte die Stadt grau, und der Verkehr stockte. Tardioli fühlte sich während der Fahrt absolut nicht gut, und um sich zu beruhigen, sagte er sich immer wieder, dass er nur hinfuhr, damit er sich noch einmal die Telefonnummer geben lassen könne, wonach er ins Hotel zurückkehren würde, um sich bis zum Äußersten der Lösung seines Problems zu widmen. Marlene würde er sagen, er habe Fieber, und sie würde zu schätzen wissen, dass er heldenhaft die Stadt durchquert hatte, da er den Kontakt zu ihr nicht hatte verlieren wollen. In der für seine »Genesung« notwendigen Zeit würden sie miteinander telefonieren, sie würde auf ihn warten, und er würde sich auf das Wiedersehen freuen. Das war der Plan.

Marlene wartete vor dem Museum auf ihn, fröhlich und lächelnd, unter einem rosa Regenschirm. Als Tardioli ihr sagte, dass er sich nicht wohlfühle und nur gekommen sei, weil er ihre Telefonnummer verloren habe, ließ sie ihn nicht mit dem Taxi, das auf ihn wartete, zurückfahren, sondern versprach, sich persönlich um sein Unwohlsein zu kümmern. Sie führte ihn in die Cafeteria des Museums, im Erdgeschoss des nüchternen Gebäudes, und dort fragte sie ihn aus über die Symptome und Beschwerden. Sie sei die Tochter eines Arztes, sagte sie, und habe eine gewisse Erfahrung mit Krankheiten und Medikamenten. Tardioli antwortete ihr ausweichend, achtete sorgfältig darauf, ihr nicht die Wahrheit zu sagen, und versuchte nur, eine Entschuldigung zu finden, um sich aus dem Staub zu machen – bis er, während das Mädchen ihm erst einmal eine ordentliche Dosis Parecetamol empfahl, merkte, wie sich etwas in seinem Bauch bewegte. Etwas Großes. Etwas Enormes. Er begann zu schwitzen, mühsam zu atmen, und spürte deutlich, dass, was auch immer mit ihm geschehen würde, sehr bald geschehen würde und ohne dass er es kontrollieren könnte. Daher stand er abrupt auf und rannte los, ohne eine Erklärung zu geben. Ein heftiger Schmerz wütete in seinem Bauch, in dem er die Wut buchstäblich grollen hörte, die sich in den letzten vierundzwanzig Stunden durch die Einfuhr von fünf Mikroklistieren Glycerin aufgestaut hatte. Seine Beine zitterten, und er musste dagegen ankämpfen, ohnmächtig zu werden, während er jeden, der ihm begegnete, fragte, wo eine Toilette sei. Allerdings war seine gesamte Konzentration darauf gerichtet, dem Tornado zu widerstehen, der in ihm tobte, sodass er die Antworten nicht verstand und herumirrte. Er trat in einen Raum, in dem ein Vortrag stattfand, dann in eine Abstellkammer voller Besen und Schrubber, bis er endlich durch reinen Zufall vor der Tür mit dem blauen Symbol für die Toilette stand. Doch durch den einfachen Anblick dieses Symbols brach sein Widerstand schlagartig zusammen, und Tardioli verlor die Kontrolle, die er bis dahin über seine Eingeweide bewahrt hatte – weswegen die Situation, als er sich in die saubere Toilette des Museum einschloss, bereits mehr als brenzlig war; nichtsdestoweniger gelang es ihr, sobald Tardioli auch den Widerstand aufgab, der sich soeben als unzureichend erwiesen hatte, und dem Druck nachgab, sich beträchtlich zu verschlimmern, und wurde nachgerade fürchterlich.

Es lohnt sich nicht, sich mit dem aufzuhalten, was in dieser Toilette geschah. Es genügt festzustellen, dass es das wütendste und ungestümste biologische Ereignis war, mit dem er sich in seinem Leben jemals hatte auseinandersetzen müssen – und das seine Art der Auseinandersetzung in Wirklichkeit darin bestand, ihm ganz und gar ohnmächtig ausgeliefert zu sein. Verweilen wir lieber noch etwas bei den Konsequenzen, denn als Tardioli, nachdem er eine nicht enden wollende Zeit dieser Explosion ausgesetzt war, wieder zu sich kam, war alles um ihn herum, *einschließlich ihm selbst*, bis in eine Höhe von einem Meter mit Scheiße bespritzt.

Der Aufruhr in seinem Bauch schien jetzt ein Ende gefunden zu haben, aber er war eine Maus in der Falle; es gab keinen ehrenhaften Weg aus der Situation, in der er sich befand, zumindest sah er keinen. Eine mitleidige Hand klopfte an die Tür und bot sich ihm an: »Are you okay, in there?«, fragte eine männliche Stimme, und in dem Augenblick hätte Tardioli antworten sollen, nein, es ist überhaupt nichts okay, und den Mann bitten sollen, einen Krankenwagen zu rufen. Danach trüge alles, was folgen würde, so peinlich es auch sein mochte, das Stigma des Missgeschicks, und sein bemitleidenswerter Zustand wäre in den Händen von Personal in Uniform, dem nichts fremd war. Bahre mit Rädern, Decke, Krankenwagen, Einlieferung: Tardioli hätte sich in die edle Unschuld der Eingelieferten flüchten können. Doch das war ihm nicht bewusst, und stammelnd antwortete er, es sei alles in Ordnung, es gebe keinen Grund, sich Sorgen zu machen, danke. Daraufhin sagte der Mann, seine Freundin sei beunruhigt, und fragte ihn, was er ihr sagen solle, da sie vor der Männertoilette stehe und ihn gebeten habe, so freundlich zu sein, sich nach ihm zu erkundigen. Diese Nachricht verschlug Tardioli den Atem. »Tell her to go home«, stotterte er. »Please«, wiederholte er, »tell her to go home.« Der Mann sagte etwas, das er nicht verstand, und dann hörte Tardioli nichts mehr. Es ging ihm jetzt gut, ja, körperlich ging es ihm sogar ausgezeichnet, er fühlte sich befreit und leer wie nie zuvor. Und trotzdem war er verzweifelt, da er sich in einem abscheulichen Zustand befand, und das, was er notgedrungen tun musste – hinausgehen und sich den Blicken der anderen aussetzen –, war undenkbar für ihn. Er blieb weitere zehn Minuten in der Toilette eingeschlossen, in der Hoffnung, dass ihm die Gnade einer Erleuchtung zuteilwürde, die jedoch ausblieb, oder dass wenigstens Marlene seine Bitte erfüllen und gehen würde. Dann nahm er all seinen Mut zusammen und beschloss hinauszugehen. Er war verschwitzt, verstört und verdreckt bis zum Hals. Er rannte aus der Toilette, und auf die ersten Blicke, die sich auf ihn richteten, reagierte er, indem er wie ein Orang-Utan schrie, darauf vertrauend, Angst einzujagen anstatt Ekel zu erregen. Es funktionierte – zumindest kam es ihm so vor –, und deshalb machte er so weiter bis zur Tür der Toilette, schreiend und rennend, ohne sich um die Reaktionen der anderen zu kümmern. Er glaubte, dass es ihm, wenn er rannte und jedem, dem er begegnete, ins Gesicht schrie, vielleicht gelingen würde, den Ausgang zu erreichen, ohne dass jemand seinen Zustand bemerken würde – und wenn er erst einmal draußen wäre, wäre das Schlimmste vorbei. Vorausgesetzt, Marlene wäre nicht immer noch draußen und wartete auf ihn; wenn Marlene draußen stehen und auf ihn warten würde, wäre das für ihn das Ende.

Marlene stand draußen und wartete auf ihn. Sie tauchte vor ihm auf und wirkte ganz so, als wollte sie ihm helfen. Tardioli brachte es nicht fertig, auch sie anzuschreien, auch nicht weiterzurennen, aber er blieb auch nicht stehen. Er ging zügig weiter, ohne sie anzublicken, und sagte immer wieder: »Go home, please. Go home« – auf Englisch, warum auch immer. Aber das Mädchen folgte ihm und sagte Dinge, die er nicht hören wollte und die er nicht verstand. Sie kamen zum Ausgang, Tardioli ging hinaus, ohne sie anzusehen, und sie ging ihm hinterher. Es regnete jetzt heftig, und Tardioli segnete jeden Tropfen, der ihn traf – doch auch in diesem reinigenden Regen fühlte er sich nach wie vor – und war es auch – als der schmutzigste und ekelhafteste Mensch, der in dieser Stadt unterwegs war. Er blieb stehen, Marlene holte ihn ein, und zum ersten Mal sah Tardioli zu ihr auf; sie hatte ihren rosa Regenschirm nicht geöffnet und war daher wie er klatschnass und ohne Schutz im Regen. Nur dass sie das schönste und strahlendste Geschöpf von der Welt war, und allein schon ihr in die Augen zu blicken – diese kleinen wunderschönen haselnussbraunen Augen –, war in dem Zustand, in dem er sich befand, eine Beleidigung. Tardioli spürte, wie ihm die Tränen kamen, doch es gelang ihm mit den Tränen, was ihm vorhin mit der schmutzigen Materie, die seine Kleidung verunreinigt hatte, nicht gelungen war – er schaffte es, sie zurückzuhalten. »Please«, flehte er sie an, immer noch auf Englisch, »don't follow me. Go home, Marlene. Go away. *Please.*« Beeindruckt sagte Marlene kein Wort, senkte den Blick und starrte auf ihre Schuhspitzen – und als sie wieder aufschaute, war er nicht mehr da.

Gegenüber war ein Park, und dorthin war Tardioli gegangen wie ein scheues Waldgeschöpf, das von Raubtieren gehetzt wird. Ein Park im Regen, dachte er, war der beste Ort, wohin ein Mensch in seinem Zustand flüchten kann, niemand geht im Park spazieren, wenn es regnet, dachte er. Doch als er im Park war, stellte er fest, dass er sich geirrt hatte; auch dort waren Leute, die mit geöffnetem Regenschirm spazieren gingen oder mit flatternder Windjacke joggten – und ihm begegneten, ihn sahen, über ihn urteilten. Er fing wieder an zu rennen. Seine Verzweiflung verwandelte sich in Wut. Ein Hund verfolgte ihn bellend, gewiss angelockt vom Geruch, und er versuchte ihn loszuwerden, indem er nach hinten trat, während er weiterrannte. Der Hund ließ sich nicht beirren, wie vorhin Marlene, und Tardioli musste ihm einen Tritt gegen die Schnauze versetzen, damit er das Weite suchte und ihn in Ruhe ließ. Jemand rief ihm hinterher: »Hey!«, dem eine Reihe von Schmähungen folgte, aber Tardioli kümmerte sich nicht darum und rannte weiter.

Nachdem er durch den ganzen Park gerannt war, fand Tardioli sich auf dem Gehsteig einer großen Straße wieder. Er war vollkommen durchnässt, und das gab ihm ein bisschen Mut, denn wenn der Regen die Scheiße, die ihn bedeckte, auch nicht hatte abwaschen können, so hatte er sie doch ein wenig verdünnt; anders als noch ein paar Minuten zuvor, als er mit der Wut eines Piraten beim Entern aus der Toilette gestürmt war, fühlte er sich jetzt schon wieder etwas menschlicher, etwas gesellschaftsfähiger. Und daher gelang es Tardioli, als ein Taxi an ihm vorbeifuhr, das *Ungeheuerliche* zu tun, es anzuhalten und hineinzuspringen. Er nannte den Namen seines Hotels, und das Taxi fuhr los. Er hatte keine Ahnung, wo er sich befand, doch das Hotel war mit Sicherheit nicht in der Nähe, da er mehr als zwanzig Minuten durch den

Park gerannt war. Außerdem herrschte aufgrund des Regens dichter Verkehr, das Taxi kam nur langsam voran, und die Zeit arbeitete gegen ihn.

Nach kaum zwei Häuserblocks merkte der Taxifahrer, dass irgendetwas nicht stimmte. Er begann intensiv zu schnuppern, und als er sich an einer roten Ampel umdrehte, fand er seinen Verdacht bestätigt. Die Substanz, die die Kleidung seines Fahrgasts bedeckte und den Überzug des Sitzes beschmutzte, auf dem er saß, war unverkennbar, und der Blick, den er auf Tardioli warf, war voll von wütendem Entsetzen. Tardioli versuchte ihn zu beruhigen: »Please, don't worry«, stammelte er, »I will pay you double, I will pay everything, don't worry ...« – aber der Mann stieg aus, ging um den Wagen herum, riss die hintere Wagentür auf und schrie Tardioli an, er solle sofort aus seinem Taxi aussteigen. Er traute sich nicht, ihn zu berühren, das nicht, doch er prügelte mit so heftigen und wütenden Worten auf ihn ein, dass der junge Mann, ohne zu verstehen, erschrocken war. Daher stieg er aus dem Taxi aus und lief davon, verfolgt von den Beschimpfungen des Taxifahrers und den neugierigen Blicken der Passanten. Er rannte einen weiteren Häuserblock durch den Regen und blieb an einer Kreuzung stehen, ging auf dem Gehsteig in die Knie und brach in Tränen aus.

Da kniete er also, Tardioli, ein sensibler, brillanter und herzensguter Junge, verlassen und hilflos in einer Pfütze aus Scheiße auf einem Gehsteig in Sydney – allein, gedemütigt, weit weg von zu Hause und verhöhnt vom Schicksal, und heulte seinen Schmerz hinaus: Die Menschen betrachteten ihn, bemitleideten ihn, gingen ihm aus dem Weg, während er hemmungslos schluchzte, wie er es nie, nicht einmal als Kind, getan hatte. Nichts, absolut nichts konnte sein Weinen besänftigen – kein Gedanke, keine Hoffnung, keine Selbstachtung –, und sein Weinen stieg in den australischen Himmel empor mit der tragischen Kraft eines Gebets. Auf seinem Mund bildete sich eine Blase aus Spucke. Der Regen durchnässte sie, konnte sie aber nicht wegwaschen. Alles war verloren für ihn.

Doch nein, dieses Weinen, das kein Ende nahm, hörte plötzlich auf; die Spuckeblase platzte; die Zukunft, die verschwunden schien, tauchte wieder auf; die verlorene Scham kehrte zurück – und vor allem die Kräfte, die erschöpft waren, kehrten aus irgendeiner unbekannten Tiefe zurück. Das geschah in einem einzigen magischen Augenblick, und plötzlich wurde das, was ihm undenkbar vorkam, zwingend erforderlich. Nein, dachte Tardioli, ich gebe nicht auf. Er hob den Kopf und stand auf. Eine *Idee* – nennen wir sie so – bahnte sich ihren Weg in seinen Kopf: die Lösung seines Problems, der Plan, der ihn retten würde. Es ging darum, *x* Taxis zu nehmen, so wie er das erste genommen hatte, und in jedem so viele Häuserblocks wie möglich zu schaffen, bevor er hinausgeschmissen würde, und am Ende würden alle zurückgelegten *x* Strecken zusammengenommen ihn unfehlbar zu seinem Hotel führen. Nichts von dem, was ihm jetzt noch zustoßen konnte, könnte schlimmer sein, als das, was ihm bereits zugestoßen war, und diese Feststellung führte dazu, dass er sich stark fühlte, mutig und entschlossen, sein Ziel zu verwirklichen.

Weitere vier Taxis waren nötig. In einem Fall – dem vorletzten – packte ihn der Taxifahrer, der ganz offensichtlich wenig zimperlich war, am Kragen, zog ihn aus dem Taxi und versetzte ihm eine ganze Weile Fußtritte in den Hintern, vor allen, mitten auf der Straße, doch schließlich erlahmten seine Kräfte, und – was konnte er sonst schon tun? – er ließ ihn gehen. Der Letzte fuhr ihn direkt vor sein Hotel, und Tardioli gönnte sich die Genugtuung, die Fahrt zu bezahlen, bevor der Fahrer seinen Zustand bemerken und anfangen würde zu brüllen. Er betrat triumphierend die Hotelhalle und eilte geradewegs zum Lift, da er die Schlüsselkarte in der Tasche hatte. Im Lift befand sich eine Gruppe japanischer Studenten, doch diesmal sah er jedem von ihnen nacheinander stolz in die Augen und zwang sie so, den Blick zu senken. Die Tür zu seinem Zimmer stand offen, und drinnen war das Zimmermädchen beim Aufräumen. »Zieh Leine!«, donnerte er, während er den Wagen mit den Handtüchern auf den Flur beförderte. Und dann, endlich, zog er sich aus, drehte das heiße Wasser an und genoss die angenehmste und verdienteste Dusche seines Lebens.

Von dem Tag an war Tardioli nicht mehr der verletzliche junge Mann, der er bis dahin gewesen war. Dieses Abenteuer hatte ihn hart gemacht. Da er am nächsten Tag nicht zur Oper gekommen war, zur *Messa di Requiem*, sah er Marlene nie wieder. Zurück in Italien, absolvierte er das Praktikum bei mir, und nach diesen vier Monaten wurde er mit einem unbefristeten Vertrag angestellt und zog endgültig nach Mailand, wo er eine Physiotherapeutin mit grünen Augen namens Irma kennenlernte, die er ein Jahr später heiratete. Was bedeutet, dass die Reise sein Leben wirklich verändert hat. Er verarbeitete seine australische Heldentat mit Hilfe der Psychoanalyse, dank derer es ihm gelang, sich nie allzu sehr von dem außergewöhnlichen Augenblick zu distanzieren, in dem sein Leben mit der Metapher zusammenfiel, die es hätte definieren können, und er in sich diese unbezwingbare Fähigkeit zur Reinigung entdeckte, die ihn heute zu einem der saubersten Menschen auf der Welt macht. Und wenn ich jemanden nennen müsste, den ich vermisse, jetzt, da ich Mailand verlassen habe, würde ich zweifellos Marco Tardioli nennen, den Jungen, der – wie er selbst sagt, wenn er es seinen Freunden erzählt – ein Mann geworden ist, indem er sich in einem Museum angeschissen hat.

11

Gram springt, wo er fällt, zurück,
durch sein Gewicht, nicht durch hohle Leerheit.
William Shakespeare

Als ich ins Büro komme, ist es sechs. Die Sonne steht noch hoch, es ist warm, der Wind wirbelt Staub über das Gelände – ein Problem für uns, weil es uns zwingt, alle Wagen neu zu polieren. Cinzia ist im Büro, ihr Panda steht da, und ich werde ihr nicht verbergen, dass ich mich darüber freue, denn ich bin es leid, allein zu sein. Nach Stunden mit feindseligen oder gleichgültigen Menschen habe ich das Bedürfnis nach jemandem, der mich mag – der mir zum Beispiel hilft, die Telefonnummern im Computer zu finden, oder der mir einfach nur zuhört. Merkwürdigerweise habe ich Lust zu reden, die Lügen zu erproben, mit denen ich von jetzt an erzählen werde, was mir heute passiert ist – und Cinzia ist perfekt, sie ist Lellos langjährige Sekretärin, sie ist bei ihm, seit er mit dem Geschäft angefangen hat, lange bevor ich kam, und die Hingabe, mit der sie sich der Firma widmet, für tausend Euro im Monat, macht sie zu einer Art Engel. Genau das, was ich jetzt brauche.

Ich betrete das Fertighaus und habe sofort das Gefühl, das die Dinge nicht so sind, wie sie sein sollten. Vor allem der Geruch ist anders. Das Fertighaus ist aus Holz, mit schrägem Dach, in einem irrealen Bergchaletstil – auch dies ein Entzug von Lello, von einem Vermieter von Skiausrüstung in Ovindoli, der vor vielen Jahren auf die Schnauze gefallen ist; ich könnte gar nicht genau sagen, wie der Geruch hier normalerweise ist (nach Holz, nehme ich an), doch gewiss nicht der, den ich jetzt rieche. Es ist ein Geruch nach schlechter Luft, mit einer deutlichen Note von menschlichem Schweiß, vermischt mit dem Duft des Kölnisch Wasser, das benutzt wurde, um ihn zu überdecken, die mich, ich weiß nicht, an die überfüllten Kabuffs eines Einwohnermeldeamts erinnert. Ein Geruch nach Bürokratie, wenn man so sagen kann, nach Warten, nach schäbigen Karteien und ruppigen menschlichen Beziehungen, die nur widerwillig aufrechterhalten werden – auch wenn ich, wie ich feststelle, bis eben niemals gesagt hätte, dass all diese Dinge einen Geruch haben.

Doch im Büro ist niemand, außer natürlich Cinzia, die in diesem Fall an ihrem ausladenden Gesäß erkennbar ist, das sie in die Höhe reckt, da sie mir aus irgendeinem Grund hinter ihrem Schreibtisch den Rücken zuwendet, gebückt, um mit irgendetwas auf dem Fußboden zu hantieren.

»Uh!«, sagt sie, während sie sich jäh aufrichtet, als sie die Tür zuschlagen hört – zu laut wegen des alten Yale-Türschließers. Sie schaut mich an, und ihr Blick verrät im ersten Moment Bestürzung. Dann Erleichterung.

»Ciao«, sage ich. »Was machst du hier noch?«

»Oh, Pietro. Du hast mir Angst gemacht.«

Und außerdem ist es zu heiß; man kommt sich vor wie in der Sauna.

»Warum ist der Ventilator ausgeschaltet?«

»Das Finanzamt war da.«

»Was?«

»Das Finanzamt war da und hat alles beschlagnahmt.«

Sie senkt den Blick, während sie das sagt, fast als fühlte sie sich verantwortlich.

»Wann?«

»Sie sind vor einer Stunde gegangen. Mit den Computern, der Buchführung, den Akten, alles.«

Auch ich senke den Blick und sehe die Kabel, die flehend aus den Kabelkanälen ragen, Stromversorgung, ADSL, Drucker …

»Scheiße – deswegen der Geruch? Und warum?«

»Sie hatten eine richterliche Anordnung.«

»Das glaube ich gern. Haben sie sie dir gezeigt?«

»Ja.«

»Und was stand drin?«

Cinzia setzt sich auf ihren Platz und beginnt mit einem Kugelschreiber zu spielen.

»Das weiß ich nicht. Es war eine Beschlagnahmeanordnung, unterschrieben und gestempelt, aber es stand nicht drin, warum, oder wenn es doch drinstand, habe ich es nicht verstanden.«

»Haben sie nach Lello und nach mir gefragt?«

»Nur nach Lello. Ich habe ihnen gesagt, dass er nicht in Rom ist, und sie haben keine weiteren Fragen gestellt.«

Nach und nach bemerke ich, dass das Büro tatsächlich ausgeräumt ist. Eine leere Schale.

»Das wird eine Außenprüfung sein, was soll ich dir sagen«, sage ich.

»Aber ist es nicht seltsam, dass sie die Computer mitgenommen haben? Normalerweise machen sie bei einer Außenprüfung eine Kopie der Festplatte und lassen die Computer da. Wie sollen wir jetzt arbeiten? Sie haben sogar den Safe versiegelt.«

Tatsächlich. Diese beiden roten Flecken, die wie Blut aussehen, auf der Tür. Ich gehe zum Safe, berühre ihn. Es ist Siegellack.

»Weiß Lello Bescheid?«

»Nein. Er ist nicht erreichbar.«

»Ja. Heute war seine Operation. Hast du mit Oscar gesprochen?«

Oscar ist unser Steuerberater. Eine Grille. In weniger als drei Stunden läuft er einen Marathon.

»Sein Handy ist ebenfalls ausgeschaltet, und in der Kanzlei geht niemand ran.«

»Okay, wir werden morgen mit ihm und Lello reden, und ich werde sehen, dass alles in Ordnung kommt. Aber jetzt habe ich ein dringenderes Problem. Ich habe mein Handy verloren und erinnere mich an keine einzige Nummer.«

»Ach, deswegen bist du nicht rangegangen. Ich rufe den ganzen Tag Leute an, die nicht rangehen.«

»Tja, ich habe es verloren. Du musst mir helfen, sie wiederzu… Neeiiin! Wir haben ja keine Computer mehr! Und wo finde ich die Nummern jetzt?«

Ich lasse mich auf meinen Schreibtischstuhl fallen. Ich glaube nicht, dass ich die Kraft habe, noch mehr schlechte Nachrichten zu ertragen.

»Welche Nummern brauchst du denn?«, fragt sie.

»Von meiner Tochter, meiner Schwägerin, alle. Ich kann mich an keine erinnern. Was soll ich tun, Cinzia?«

In Wirklichkeit heißt sie Cynthia, mit y und th, was bedeutet, dass ihr Name amerikanisch ausgesprochen wird, »Sintia«; doch Lello und ich weigern uns, auch wenn sie es gern hätte.

Mir kommt eine Idee. Die *letzte*, dessen bin ich sicher, des Tages.

»Die Kaufverträge. Letztes Jahr habe ich Diana einen Wagen verkauft, und einen meiner Schwägerin. In den Kaufverträgen steht zwangsläufig die Telefonnummer.«

»Die haben sie ebenfalls beschlagnahmt.«

»Okay«, sage ich, »das ist dann das Ende.«

Ich habe nicht einmal mehr die Kraft, mich aufzuregen. Tardioli, schön und gut, aber da ist auch noch Enoch, der alte Enoch, der mir, bevor er Arbeit, Gehalt, Wohnung, Handy, Mailand, Italien, alles aufgab, um sich seinem Bruder, der als Missionar in Afrika arbeitete, anzuschließen, sagte – ich erinnere mich, als wäre es gestern: »Sobald du spürst, dass du es nicht schaffst, gib auf. Wehre dich nicht, niemals.« Vielleicht hat er ja recht. Vielleicht ist der Augenblick gekommen, alles hinzuschmeißen. Einen Bruder in der Ferne habe ich schließlich ebenfalls, auch wenn er kein Missionar ist, auch wenn er nur ein Flüchtling ist, ja, und immer noch ein …

»Moment mal!«, sagt Cinzia. »Vielleicht gibt es eine Möglichkeit. Wir haben die beiden Wagen doch bei Marcello versichert, oder?«

»Ja, alle beide.«

»Wie spät ist es? Halb sieben. Wenn Jessica noch nicht gegangen ist ...«

Sie geht zum Telefon und wählt auswendig eine Nummer. Sie gehört zu denen, die die Nummern auswendig wissen.

»Hallo, Jessica?«

Sie nickt und erstrahlt in einem elektrisierenden Lächeln, an dem ihr ganzer Körper beteiligt zu sein scheint.

»Ein Glück, dass du noch da bist. Gut, danke. Hör mal. Du musst mir einen Gefallen tun ...«

Ein mütterlicher und üppiger Körper, den sie keineswegs verhüllt; keine Kaftans oder langen Röcke, damit wir uns recht verstehen, sondern elastische Jeans, eng anliegende ärmellose Hemdchen, sonst nichts – wie jetzt, obwohl sie ein ziemliches Dickerchen ist. Vor einem Dutzend Jahren und Kilos muss sie sexy gewesen sein, heute ist sie eine strahlende, körperbetonte pummelige Frau, die ihrer Vergangenheit nicht im Geringsten nachweint und die Widrigkeiten nimmt wie ein Kind, das nicht baden will. Sie lebt allein in einer kleinen Wohnung in Settecamini, auf der anderen Seite der Stadt – was bedeutet, dass sie jeden Tag eine Stunde auf dem Grande Raccordo Anulare auf sich nimmt, um herzukommen, und eine weitere, um nach Hause zu fahren. Über Männer in ihrem Leben ist nichts bekannt. Lello zufolge ist sie lesbisch, meiner Meinung nach, die viel banaler ist, ist sie in Lello verliebt.

Sie legt auf. Sie strahlt.

»Sie sucht sie heraus und gibt sie uns.«

»Phantastisch.« Ich stehe auf und werfe ihr einen Kuss zu. »Auf die Versicherung wäre ich nie gekommen.«

Sie steht ebenfalls auf.

»Pietro, ich muss dir etwas geben.«

»Ja? Und was?«

»Eine Nachricht. Von Lello.«

»Aber hast du nicht gesagt, er sei nicht erreichbar?«

»Das stimmt auch. Ich muss dir eine Nachricht geben, die er mir schon vor einiger Zeit gegeben hat.«

»Und wann?«

»Wann wird es gewesen sein? Vor einem Monat?«

Sie führt die Hand zum Mund und starrt an die Decke. Es gibt Menschen, die, wenn sie nachdenken, nach oben blicken, und andere, die nach unten blicken. Cinzia blickt nach oben.

»Ja, vor einem Monat«, bestätigt sie. »Eines Morgens, du warst nicht da, hat Lello eine Nachricht in das Regal da hinten gelegt und mir gesagt, sie dir zu geben, falls er plötzlich fernbleiben würde.«

»Aber er ist nicht plötzlich ferngeblieben. Er hat sich am Rücken operieren lassen.«

»Er hat mir gesagt, hm, sie dir auch zu geben, wenn wir Besuch vom Finanzamt bekommen, während er abwesend ist.«

»Dann gib sie mir!«

»Tatsache ist, dass ich nicht an sie herankomme«, sagt sie. »Das Regal da hinten ist zusammengebaut. Die Dinger, wie heißen sie noch, werden ineinandergesteckt. Die Module. Und auf der Höhe der Steckverbindung befindet sich ein kleiner leerer Raum, ich weiß nicht, wie ich es dir erklären soll, eine Art Loch zwischen zwei Modulen, im Innern, dort, wo das eine in das andere gesteckt wird ... Kurz und gut, er hat den Zettel da hineingesteckt, doch jetzt schaffe ich es nicht, das Regal vorzuziehen. Ich war gerade dabei, es zu versuchen, als du gekommen bist, aber es bewegt sich nicht. Vielleicht, wenn du mir hilfst ...«

Sie kniet sich erneut in der Position hin, in der ich sie angetroffen habe. Sie versucht, zwei Seiten des Plastikregals, auf dem sich normalerweise die Mappen der aktuellen Kaufverträge stapeln, das jetzt aber leer ist, horizontal zu bewegen. Es handelt sich ganz offensichtlich, doch das weiß ich erst jetzt, um zwei zusammengesteckte Elemente. Ich bücke mich ebenfalls, ohne recht zu wissen, was ich eigentlich machen soll, und versuche ihr zu helfen. Sie sagt mir, wo ich kräftig in meine Richtung ziehen soll, während sie das andere Teil mit dem Knie gegen die Wand drückt.

»Er hatte auch Mühe, sie zu trennen«, sagt sie. »Versuchen wir es noch mal.«

Es ist eine unbequeme Position, um Kraft anzuwenden, weil das Regal sehr niedrig ist, und wir befinden uns nur wenige Zentimeter über dem Boden. Ich versuche es von der Wand wegzubewegen und von hinten mit der Hand dagegenzuschlagen, und es bewegt sich tatsächlich ein ganz klein wenig, doch mein Handgelenk tut mir weh, und ich kann nicht kräftig draufhauen.

»Hör mal«, sage ich, »bitte versuch du es. Mein Handgelenk tut höllisch weh.«

»Ja. Entschuldige, ich hab nicht dran gedacht. Hast du nicht eine Orthese getragen?«

»Ich erklär dir nachher, wo die Orthese ist. Tauschen wir den Platz, komm. Ich denke, wenn du mit der Hand dagegenschlägst, bewegt es sich nach vorn.«

Wir tauschen die Positionen. Wir sind uns so nahe, dass ich den Geruch ihres Körpers wahrnehme, stark und frisch – angenehm, trotz der absurden Hitze hier drin und des Schweißes, der ihr vom Hals tropft.

»Der Ventilator?«, frage ich. »Warum funktioniert er nicht?«

»Keine Ahnung. Er hat aufgehört zu funktionieren, kurz nachdem die Leute vom Finanzamt hereingekommen waren, und sich seitdem nicht mehr bewegt.«

Ich frage mich, ob sie auch meinen Geruch wahrnimmt und ob er genauso angenehm ist oder neutral, oder ob ich stinke – nach all den unangenehmen, demütigenden und gemeinen Dingen, denen mein Gerippe in den letzten Stunden ausgesetzt war. Zum Teufel, denke ich, selbst wenn es so wäre, Cinzia ist keine, die an so etwas Anstoß nimmt.

»Jetzt«, sage ich, »es kommt.«

In der Tat, durch die Schläge gleitet das Modul aus der Steckverbindung, die es mit dem anderen verbindet, gegen das ich mit aller Kraft drücke, um es festzuhalten. Auch dabei tut mir das Handgelenk weh. Dann trennen sich die beiden Elemente mit einem Ruck, der mich nach vorne kippen lässt – und in dem Schlitz, in dem sich vor einer Sekunde noch der Zapfen dieser Steckverbindung befand, ist tatsächlich ein Stückchen Papier.

»Da ist es«, sagt Cinzia, »es steckte dazwischen, deswegen ging es so schwer raus.«

Allerdings steckt der Zettel *in* dem Loch, und ich bekomme ihn mit meinem dicken Finger nicht heraus. Cinzia bemerkt es, schiebt ihren Zeigefinger hinein und zieht den Zettel mit dem langen scharlachroten Nagel heraus. Sie gibt ihn mir. Er ist winzig, mehrfach gefaltet. Er stammt von dem kleinen Schreibtischblock mit dem Logo von Super Car, doch das Blatt wurde in der Mitte durchgerissen. Ich stehe auf, um ihn zu lesen. Cinzia bleibt unten, um die beiden Module des Regals wieder zusammenzustecken.

Auf dem Zettel steht in Lellos Blockschrift: USER: scansamose@gmail.com ... PASSWORT: lomamelda. GEH IN DIESEN ACCOUNT UND SCHAU IN ENTWÜRFE ... SOBALD DU KANNST, ABER NICHT VOM COMPUTER IM BÜRO AUS ... UND AUCH NICHT VOM HANDY ODER VON ZU HAUSE AUS ...

Ende.

Das Telefon klingelt. Cinzia steht auf und geht zum Telefon. Sie weicht meinem Blick aus, vermutlich, um mir Zeit zu lassen zu entscheiden, ob ich ihr sage oder nicht sage, was da steht, und den entsprechenden Gesichtsausdruck zu machen.

Cinzia hebt ab.

»Hallo, Jessica? Was sagst du?«

Sie blickt mich noch immer nicht an, und sie hat recht, weil ich noch nicht entschieden habe, ob ich ihr den Inhalt der Nachricht zeigen soll oder nicht. Ich würde sagen, nein; es handelt sich um eine mysteriöse Mitteilung meines Partners, es scheint etwas Vertrauliches zu sein – und etwas Ernstes, fürchte ich, angesichts der Situation ...

»Nein, ich glaube nicht«, sagt Cinzia. »Ich glaube, das Handy reicht ...«

Endlich sieht sie mich an, aber es ist ein beruflicher Blick, um eine Bestätigung zu bekommen. Ich gebe sie ihr, indem ich nicke.

»Ja, das Handy reicht. Warte, ich hole mir einen Stift.«

Sie streckt sich von der anderen Seite des Schreibtischs nach einem Kugelschreiber – den, mit dem sie vorhin gespielt hat –, und schreibt die Nummern auf den Schreibtischblock – den, von dem Lello das Blatt gerissen hat, um die Nachricht für mich zu schreiben.

»Perfekt. Ganz herzlichen Dank, Jessica. Du bist ein Schatz.«

Sie legt auf.

»Da.«

Sie reicht mir auch diesen Zettel, und da sind sie. Als ich sie geschrieben sehe, wirken diese Nummern vertraut, vor allem die von D. (Ich vermeide es immer noch, sie Diana zu nennen, wenn ich kann, denn sie heißt nicht Diana, und die Geschichte mit ihrem Namen ist kompliziert), aber ich hätte mich im Leben nicht an sie erinnert, auch wenn ich einen ganzen Tag nachgedacht hätte.

»Danke, Cinzia. Du weißt gar nicht, was für einen Gefallen du mir getan hast.«

Mit diesen Nummern kann ich neu anfangen. Was heißt, dass ich bei einer anderen Gelegenheit aufgeben werde.

»Also«, sagt sie, »wir haben ganz schön Schwein gehabt. Jessica ist sonst um diese Zeit nie im Büro. Wie geht es dem Handgelenk?«

»Schlecht.«

»Leg ein bisschen Eis drauf.«

Sie geht geradewegs zum Kühlschrank und nimmt einen Gel-Eisbeutel heraus – »Sixtus Polaris« steht darauf – »Wiederverwendbar« –, von dessen Existenz ich nichts gewusst hatte.

»Ich habe es letzten Monat benutzt«, sagt sie. »Für das angestoßene Knie.«

Aus einer Schublade in der Kochnische nimmt sie ein sauberes Geschirrtuch und wickelt den Eisbeutel darin ein. Sie kommt zu mir.

»Nimm diesen Lappen«, sagt sie, »sonst tut es dir weh.«

»Lust auf einen Kaffee?«

»Ja, danke.«

Und jetzt geht sie zur Kaffeemaschine. Ich sage doch, diese Frau ist ein Engel.

»Ich musste einen Wagen entziehen«, sage ich.

»Richtig«, sagt sie, ohne sich umzudrehen, während sie die Maschine füllt. »Der Wega-T, oder?«

»Ja. Aber es ist danebengegangen.«

Sie dreht sich um.

»Wie, danebengegangen?«

Sie bringt mir den Kaffee. Schon mit Zucker, da sie weiß, dass ich drei Viertel von einem Zuckertütchen nehme.

»Es ist voll danebengegangen, Cinzia.«

»Was ist passiert?«

Ich sehe, wie die Besorgnis die Neugier überlagert auf ihrem schönen Mondgesicht. Es ist soweit. Das ist der Augenblick, es auszuprobieren.

»Diese Schlange ist mit dem Wagen abgehauen.«

»Abgehauen? Das ist ja noch nie passiert!«

»Heute ist es passiert.«

Der Kaffee ist hervorragend. Wenn ich ihn mache, ist er nicht zu trinken.

»Na ja«, sagt sie, »davon geht die Welt nicht unter. Ihr werdet sie wiederfinden. War es eine Frau?«

Schon vermasselt. Ich hätte sagen sollen, dass es ein Mann war ...

»Ja, es war eine Frau. Sie ist abgehauen, ich bin ihr hinterher, und als sie in den Wagen gesprungen ist, habe ich das Handy verloren. Ich bin ihr mit Vollgas auf der Straße von Passoscuro nachgefahren, aber eine Patrouille, die eine halbe Stunde zuvor noch nicht da gewesen war, hat mich angehalten, und schließlich hat es doch noch einen Entzug gegeben, mein Führerschein ist futsch.«

»Was? Sie haben dir den Führerschein weggenommen?«
»Richtig. Und dazu eine absurde Geldstrafe.«
»Wie viel?«
»Zweitausend.«
»Verdammt! Und die Schlampe?«
»Sie ist nicht mal langsamer geworden. Sie ist mit hundertvierzig Stundenkilometern an den Polizisten, die ihre Kelle erhoben hatten, vorbeigezischt, und weg war sie.«
Was, wie sie genau weiß, eine noch gesalzenere Geldstrafe nach sich zieht, die sich aber im unsichtbaren Italien verlieren wird.
Cinzia nimmt den leeren Becher und wirft ihn in den Eimer.
»Und der Wagen?«, fragt sie.
»Ich bezweifle, dass wir ihn wiederfinden werden.«
»Nein, ich meine den, den du gefahren hast. Was für ein Wagen war das, da deiner ja hier ist?«
»Der Yaris.«
»Beschlagnahmt?«
»Nein, weil er auf die Firma zugelassen ist und ich nicht ihr gesetzlicher Vertreter bin. Er steht am Straßenrand, kurz vor der Ampel der Abzweigung zum Bambino Gesù. Virginio muss morgen ein Taxi nehmen und ihn abholen. Hier sind die Schlüssel.«
Ich lege sie auf den Schreibtisch.
»Die Orthese liegt drin«, füge ich hinzu.
Ich werfe den Kopf zurück, schließe die Augen und ändere die Position der Eiskompresse. Auf diese Weise erzählt, klingt mein Missgeschick einigermaßen salonfähig.
»Dann fahr ich dich nach Hause«, sagt sie.
»O nein, danke. Ich bleibe noch ein bisschen. Ich weiß nicht einmal, wohin ich gehen soll. Ich mache meine Anrufe, entspann mich, und dann nehme ich ein Taxi. Du gehst jetzt. Du hast schon mehr als genug getan.«
Sie protestiert nicht. Sie nimmt das Handy und andere Dinge und steckt sie in die Tasche. Es ist halb sieben vorbei. Wenn sie nach Hause kommt, wird es halb acht sein, und sie wird vom

Geheimnis ihres Privatlebens verschluckt werden. Wird sie allein zu Abend essen? Was wird sie essen? Ob sie eine Diät macht?

Sie kommt zu mir. Legt mir die Hand auf die Schulter. Lächelt mir zu.

»Tut mir leid, Pietro«, sagt sie. »An solchen Tagen muss ich immer an meinen Großvater denken. Er pflegte zu sagen: Wenn der heutige Tag ein Fisch wäre, würde ich ihn ins Meer zurückwerfen.«

12

So tragen alle Dinge hinkend zu dem einzig Möglichen bei.
Samuel Beckett

»Hallo?«

»Ciao, ich bin's.«

»Endlich. Was ist passiert?«

»Alles. Ich habe das Handy verloren. Ich habe einen Entzug verpatzt. Sie haben mir den Führerschein weggenommen. Das Finanzamt ist ins Büro gekommen und hat alles beschlagnahmt.«

»Scheiße. Toller Tag.«

»Ja. Wäre er ein Fisch, würde ich ihn ins Wasser zurückwerfen, aber ich muss ihn behalten. Und du? Was ist los?«

»Tja, ich habe dich gesucht, weil Patrick wieder angefangen hat, verrückt zu spielen.«

»Schon wieder! Ich dachte, er würde uns nach neulich Nacht für eine Weile in Ruhe lassen.«

»Im Gegenteil, er ist heute zur Mittagessenzeit zurückgekommen, hat sich wie ein Arschloch aufgeführt, und ich habe beschlossen, die Wohnung zu verlassen.«

»Tatsächlich. Und was hat er gemacht?«

»Das Übliche: Er hat im Garten kampiert, ist auf die Palme geklettert und ist runtergefallen, er hat angefangen zu schreien, wollte, dass ich ihm aufmache, wollte die Kinder …«

»Und du?«

»Ich kann nicht mehr, Pietro. Du sagst, ich soll nicht die Polizei rufen, und ich weiß ja, du hast recht, wegen der Kinder und so, aber ich ertrag es nicht mehr, und deswegen habe ich gewartet, dass er geht, ganz ruhig und brav, wie du gesagt hast, im Haus verbarrikadiert, ohne zu reagieren. Und als er nach zwei Stunden gegangen ist, verfluchte Scheiße, da habe ich die Kinder ins Auto gesetzt und bin ebenfalls gegangen, denn ich kann einfach nicht mehr. Magalì hat mich bei sich in Fregene aufgenommen, und jetzt werde ich ein paar Tage …«

»Wer?«

»Die mit den kurzen roten Haaren, die Yogalehrerin. Die Mutter von Alexia und Vanessa. Magalì, du kennst sie …«

»Ja, hab schon verstanden. Und wo wohnt sie? Wo in Fregene?«

»Bei ihren Eltern, mit den Kindern. Ihre Eltern haben ein Häuschen in Fregene, eine Menge Zimmer, eine Pflegerin, und Magalì ist jetzt im Juli da, da sie nicht eine Lira hat und sich keine Ferien leisten kann. Sie hat mir schon vor einer Weile angeboten, mit den Kindern zu kommen, um ein bisschen Urlaub am Meer zu machen. Ich hatte es dir übrigens erzählt.«

»Ja, stimmt. Und jetzt seid ihr da?«

»Ja.«

»Das hast du richtig gemacht. Und wie geht es dir?«

»Gut. Allerdings kann ich heute Abend nicht mit dir und Claudia zu Abend essen. Ich will Magalì nicht gleich am ersten Abend mit den Kindern allein lassen.«

»Das versteh ich. Mach dir keine Sorgen.«

»Wie geht es Claudia? Wäre sie wirklich gekommen?«

»Ich weiß nicht, wie es ihr geht. Ich habe seit gestern Abend nichts von ihr gehört. Ach, gib mir doch bitte ihre Nummer. Ich hatte sie im Handy, und ich weiß sie nicht auswendig.«

»Ich schick dir eine SMS, weil ich, während ich telefoniere, nicht ins Telefonverzeichnis gucken kann.«

»Nein, Schatz. Keine SMS. Ich sagte doch, ich habe mein Handy verloren. Ich rufe dich gerade vom Büro aus an.«

»Ach ja, du hast recht.«

»Ich rufe dich in fünf Minuten noch mal an, okay? Dann gibst du mir die Nummer.«

»Okay. Ciao.«

»Ciao.«

*

»Hallo?«

»Ciao, Marta. Ich bin's, Pietro.«

»Oh, halleluja. Was ist los mit dir?«

»Ach, das ist eine lange Geschichte. Zuerst konnte ich dir nicht antworten, dann habe ich mein Handy verloren, und dann habe ich Probleme gehabt.«

»Ernste?«

»Nein, nur allen möglichen Scheiß. Warum wolltest du mich sprechen?«

»Es ist wegen Claudia.«

»Wegen Claudia?«

»Sie ist hier bei mir.«

»Bei dir *in Mailand*?«

»Ja.«

»Wie ja? Und was will sie bei dir? Warum hat sie mir nichts gesagt? Gib sie mir bitte mal ...«

»Nein, Pietro ...«

»Nein? Du willst sie mir nicht geben?«

»Ich würde sie dir schon geben, aber sie will nicht mit dir reden.«

»Sie will nicht mit mir reden? Und warum?«

»Wenn du es nicht weißt ...«

»Was soll das heißen, ›wenn du es nicht weißt‹? Ich weiß es nicht, warum sollte ich es wissen?«

»Ihr habt nicht gestritten?«

»Nein. Wieso gestritten?«

»Hör zu, Pietro, nicht schon wieder, du leugnest immer, was offensichtlich ist, und fällst dann aus allen Wolken. Claudia ist hergekommen, und sie will nicht mit dir reden, also gibt es wohl ein Problem, was sagst du?«

»Ich sage, dass das Problem nichts mit mir zu tun hat. Sie wird eins mit ihrem Freund haben.«

»Schau mal, es ist doch nichts Schlimmes, wenn du ein Problem mit deiner Tochter hast. Das passiert dauernd, jedem. Das ist normal …«

»Ja, nur habe ich keins. Gestern haben wir ganz zivilisiert miteinander diskutiert, weil ich heute Abend mit ihr und Diana essen gehen wollte, aber es steht ihr vollkommen frei, nicht mitzukommen, wie immer. Gib sie mir, komm schon …«

»Pietro, sie will nicht mit dir reden.«

»Aber warum? Was habe ich ihr getan?«

»Frag nicht mich.«

»Was hat sie dir erzählt?«

»Nichts. Sie hat mir nichts erzählt. Sie hat mich nur gefragt, ob sie eine Weile bei mir bleiben kann, weil ihr gestritten hättet.«

»Und du hast nichts dagegen?«

»Ich versuche dich schon den ganzen Tag zu erreichen, Pietro. Nicht, dass ich etwas dagegen hätte, aber ich mach auch kein Drama daraus. Das sind Dinge, die vorkommen in einer Familie. Und in eurer, wenn man bedenkt, was passiert ist …«

»Sie geht zu einer Psychologin, Marta. Ich bin immer für sie da, ich tu alles, was ich kann, damit es ihr gut geht. Ich richte mich auch nach den Empfehlungen der Therapeutin. Seit Jahren bin ich nur für sie da, und wenn ich jetzt eine Frau habe, denke ich, dass ich auch das Recht habe …«

»Warum sprichst du von Diana? Sie hat Diana mit keinem Wort erwähnt.«

»Weil sie Diana nicht leiden kann, deswegen. Sie erträgt sie nicht. Natürlich ohne Grund, denn Diana mag sie sehr und wünscht sich wenigstens ein Mindestmaß an Kontakt mit ihr. Und wenn sie sagt, es gibt ein Problem, *auch wenn sie es mir nie gesagt hat, damit das klar ist,* dann kann es nur das sein.«

»Hör zu, Pietro, machen wir es so: Sie bleibt bei mir und ihren Cousins, die sich übrigens alle drei sehr freuen, dass sie da ist, ich lasse sie in Ruhe, und bei der ersten Gelegenheit rede ich mit ihr und lasse mir erklären, was ihr Problem ist. Und du kommst in der Zwischenzeit runter, entspannst dich, bleibst ruhig, und du wirst sehen, dass wir das Problem, was immer es ist, lösen werden. Wenn sie jetzt nicht reden will, ist es besser zu warten. Solange sie bei mir ist, kann ihr nichts passieren.«

»Das ist doch absurd.«

»Was ist daran absurd, Pietro? Es ist vernünftig.«

»Es ist absurd, dass *du* vernünftig bist.«

»Haha, sehr witzig.«

»Nichts für ungut.«

»Ich bin sehr vernünftig geworden, mein Schatz. Sehr vernünftig.«

»Ach ja, die isländische Wende …«

»Bravo, spiel du nur den Geistreichen. Aber hör auf mich, negiere die Probleme nicht, rede dir nicht immer ein, dass alles in Ordnung ist. Es ist nie alles in Ordnung.«

»Okay, danke für den Rat.«

»Beruhig dich, Pietro, und hab Geduld. Ich ruf dich morgen wieder an, vielleicht konnte ich bis dahin mit ihr reden und kann dir sagen, was das Problem ist.«

»Ja, aber ich ruf dich an. Ich sagte ja, dass ich mein Handy verloren habe.«

»Pietro, wie lange braucht man, um sich ein Handy zu kaufen? Und um die alte SIM sperren und sich eine neue mit der gleichen Nummer geben zu lassen? Eine Viertelstunde?«

»Ich weiß, dass du dich mit solchen Dingen auskennst, aber ich bin nicht sicher, ob ich die Viertelstunde morgen haben werde. Es ist besser, wenn ich dich anrufe.«

»Okay, wie du willst. Du bist ganz schön gestresst.«

»Das geht schnell wieder vorüber. Und dir geht es gut?«

»Ja, mir geht es gut.«

»Und den Kindern auch?«

»Den Kindern auch. Es geht uns allen gut.«

»Dann also bis morgen.«

»Bis morgen, Pietro. Und entspann dich.«

*

»Hallo?«

»Ja, ich bin da.«

»Ja. Ich gebe dir die Nummer. Hast du was zum Schreiben?«

»Ja.«

»349 1667178.«

»Danke.«

»Geht's dir nicht gut? Deine Stimme klingt seltsam.«

»Nein, nein, nur … Der Ventilator ist kaputt hier im Büro, es herrscht eine Affenhitze.«

»Dir bleibt heute auch nichts erspart.«

»Ja, ich sagte es ja. Ein Scheißtag.«

»Und bist du allein?«

»Ja.«

»Ich habe große Lust, dich zu sehen, weißt du.«

»Ich auch.«

»Dich zu küssen.«

»Ich auch.«

»Dir einen zu blasen.«

»Ich auch.«

»Du hast Lust, mir einen zu blasen?«

»Nein, ich möchte, dass du mir einen bläst.«

»Das tut gut. Das würde deine Lebensgeister wieder wecken, weißt du.«

»Tja …«

»Hör zu, wir machen es so: Du gehst heute Abend mit Claudia essen, und du wirst sehen, dass dieser Scheißtag gut endet, du und sie allein an einem romantischen Ort. Morgen Vormittag nimmst du dir frei und kommst her. Wir schicken die Kinder mit Magalì an den Strand und bleiben ein bisschen allein. Okay?«

»Aber hast du nicht gesagt, dass die Eltern auch da sind?«

»Sie gehen alle an den Strand. Sie werden dich nicht sehen.«

»Hm. Vielleicht bestell ich mir schon jetzt ein Taxi.«

»Taxi?«

»Ich habe dir doch gesagt, dass sie mir den Führerschein weggenommen haben.«

»Ach ja. Wie ist das passiert?«

»Na ja, ich bin wie ein Wahnsinniger gerast, um den Wagen zu verfolgen, den ich entziehen sollte, und sie haben mich erwischt.«

»Okay, denk nicht weiter darüber nach, und morgen kommst du im Taxi her. Ich garantiere dir, dass das, was dich erwartet, den Fahrpreis wert ist.«

»Daran zweifle ich nicht.«

»Also ruf mich morgen früh an. Und ein schönes Abendessen.«

»Bis morgen.«

»He! Ich bin doch noch deine Puppe, oder?«

»Ja, du bist meine Puppe.«

»Dann nenn mich auch Puppe.«

»Bis morgen, Puppe.«

»So ist es gut. Kopf hoch. Ciao.«

»Ciao.«

*

»Hallo?«

»Claudia, ich bin's, Papa. Bitte, nein … Claudia? Hallo? *Claudia?*«

13

Das Wichtigste ist, alles zu tun,
dass das Wichtigste das Wichtigste bleibt.
Stephen Richard Covey

Ein Mann, der über die Leitplanke einer Schnellstraße klettert, ist ein Mann in Schwierigkeiten …

Ich überquere die Aurelia *zu Fuß*, etwas, woran ich bis heute nicht im Entferntesten gedacht habe, doch jetzt bin ich dazu gezwungen. Ich habe keinen Führerschein mehr, und zu Fuß bis zur Straßenüberführung zu gehen, einen Kilometer entfernt, um dann noch mal einen Kilometer hierher zurückzukehren, ist etwas, das ich mir im Augenblick beim besten Willen nicht vorstellen kann. Bis vor kurzem hatten wir ein Elektrofahrrad auf dem Gelände, ein Entzug außer der Reihe bei einer Lieferservicefirma, die die Raten für sämtliche Dienstfahrzeuge nicht mehr bezahlte; jetzt könnte ich es gut gebrauchen, aber ich habe es erst kürzlich an einen jungen Anwalt verkauft, dem ebenfalls der Führerschein entzogen worden war. Ich müsste ihn eigentlich anrufen, um mich zu erkundigen, was man tun muss, um den Führerschein wiederzubekommen – angeblich muss man Kurse machen. Ja, aber wie soll ich das machen? Seine Nummer ist in dem Handy, das ich im Haus dieser Schlampe vergessen habe, und der Kaufvertrag wird vom Finanzamt beschlagnahmt worden sein wie alle anderen. Was für ein Chaos …

Abgesehen von der Leitplanke muss ich auch über die – lächerlichen, darf ich das sagen? – Einzäunungen steigen, die gestern aufgestellt worden sind, um die Invasion der Krabben einzudämmen.

Wirklich, wenn ich eine Krabbe aus Louisiana wäre, würden mich diese lächerlichen Dinger sicher nicht aufhalten – wenn die Gefahr der Louisiana-Krabben überhaupt bestünde, aber sie existiert nicht, die Krabben waren bereits tot, sie sind aus einem rumänischen Lieferwagen gefallen, auch wenn ich anscheinend der Einzige bin, der das weiß. Aber ich muss auf der Hut sein, es hätte zum Beispiel nicht viel gefehlt, und dieser Doblò hätte mich überfahren. Es ist äußerst gefährlich, die Aurelia hier zu überqueren, wir befinden uns in einer Kurve, die Autos fahren schnell, und die Fahrer benehmen sich immer noch so, als befänden sie sich auf der Autobahn. Der Gedanke, dass ein Fußgänger die Straße überquert, kommt ihnen erst gar nicht. Ich muss mich konzentrieren, mich beruhigen. Für heute habe ich schon genug angestellt. So, gerade scheint niemand zu kommen, ich kann es riskieren. Aber im Laufschritt, los! – und auch das Laufen tut meinem Handgelenk weh.

Jetzt bin ich auf dem Mäuerchen in der Mitte. Da ist es einfacher, die Sicht in die andere Fahrtrichtung ist besser. Nach diesem Taxi, nach diesem Lieferwagen, nach diesem Panda für den Bluttransport – jetzt. Vier Sätze, und ich bin auf der anderen Seite. Die letzte Leitplanke, über die ich klettern muss. Auf dieser Seite haben sie keine Einzäunungen aufgestellt. Eine alte Frau schaut mir zu, während ich hinüberklettere. Sie geht langsam, mit zwei Supermarkttüten, die sehr schwer aussehen. Selbst nachdem sie an mir vorbeigegangen ist, dreht sie noch einmal den Kopf und blickt mich an. Ich bin ganz plötzlich hinter der Leitplanke vor ihr aufgetaucht, ich bin eine Bedrohung. Wenn sie wüsste, wie ich mich fühle; ich bin noch nie so harmlos gewesen.

In Wirklichkeit ist es schon kein schlechtes Ergebnis, dass ich mich hier befinde, mit einem genauen Ziel und einem Vorhaben, denn es ist nicht einfach gewesen. Ich musste mich ganz schön anstrengen, um in der Hitze meines vom Finanzamt ausgeräumten Büros nicht wegzuschmelzen – um aufzustehen, hinauszugehen, zu handeln. Die Menge unvorhergesehener Umstände, die sich aufgestaut hat, hat mich gelähmt: die Gedanken, die Sorgen, die Fragen, die Angst. Claudia ist von zu Hause weggelaufen und will nicht mit mir reden. Warum? Das Finanzamt ist ins Büro gekommen und hat alles beschlagnahmt. Warum? Lello hat mir einen Kassiber dagelassen, versteckt im Regal, und mir eine E-Mail-Adresse gegeben. Warum? Und dann der vermasselte Entzug des Q3, der entzogene Führerschein, die irrsinnige Geldstrafe, der kaputte Ventilator, die Müdigkeit – um ein Haar wäre ich mit dem Gesicht auf dem Schreibtisch eingeschlafen, um mitten in der Nacht aufzuwachen – ich weiß, wie das ist –, schweißgebadet, angeekelt vom Leben und angstgepeinigt. Und deswegen bin ich abrupt aufgestanden und habe beschlossen – instinktiv, ohne groß nachzudenken –, dass in dem Knäuel dringender Angelegenheiten, die auf mich eindringen, die am wenigsten Aufschub duldende Lellos Kassiber wäre. Und deswegen sah ich mich vor dem Problem, die Aurelia zu überqueren; denn auf dieser Seite der Aurelia befindet sich der Vorort mit dem Namen Tredicesimo, in dem sich der Internet Point befindet, zu dem ich unterwegs bin. Von der Existenz dieses Internet Point hatte ich nicht die geringste Ahnung, bis ich ihn vor zwei Nächten bemerkt habe, als ich in Begleitung von Patrick, D.s Exmann, war, nachdem ich seinen x-ten Überfall auf das abgewehrt hatte, was in seiner Wahrnehmung immer noch sein Haus ist – obwohl es vollständig D. gehört und die beiden seit mehr als fünf Jahren geschieden sind –, und mehrere Stunden damit verbracht hatte, ihn zu beschwichtigen, zu besänftigen, zu beruhigen, da ich anscheinend der Einzige auf der Welt bin, der dazu imstande ist. Es ist absurd, aber es ist so, ich habe seinen Platz in der Familie eingenommen, bei seinen Kindern und vor allem an der Seite der Frau, in die er, wie er behauptet, nach wie vor schrecklich verliebt ist – und trotz alledem, was mich zur idealen Zielscheibe seiner ganzen Wut, zu diesem labilen, vorbestraften, drogensüchtigen, gescheiterten Großmaul ohne Zukunft machen müsste, hängt er buchstäblich an meinen Lippen. Es ist nicht zu begreifen warum, doch ich bin der Einzige, der ihn beruhigen kann. Und so rief D. mich vor zwei Nächten, wie schon so oft, gegen Mitternacht an und sagte mir, er sei erneut in den Garten eingedrungen, vollkommen high, habe mit Steinen eine Fensterscheibe eingeschlagen und gebrüllt, er wolle seinen Kindern gute Nacht sagen, und da bin ich aufgestanden, habe Claudia allein gelassen, bin in aller Eile hingefahren, habe ihn beruhigt und davon abgehalten, vor den verschlafenen Blicken seiner Kinder weiter seine Show abzuziehen und Straftaten zu begehen. Drei Stunden redete ich in seinem stinkenden Golf mit ihm, bis er, als die Wirkung des Kokains verflogen war, das heißt gegen vier, losfuhr, um mit mir warme Croissants in einer Bäckerei am Ende der Straße, in die ich jetzt einbiege – Via Giuseppe Vanni –, zu essen, die Il Cornetto della Notte heißt. Patrick stammt von hier, nicht direkt aus Tredicesimo, sondern aus dem Nachbarort, einen Kilometer weiter, der Ildebrando heißt nach der Via Ildebrando della Giovanna, seiner Hauptstraße. Nachdem er Tobsuchtsanfälle bekommen, D. bedroht, zum x-ten Mal seine Kinder traumatisiert und es dann bereut und um Entschuldigung gebeten hatte, nachdem er in der Gegend von Castel di Guido herumgekurvt war und mir gestanden hatte, dass er wieder angefangen hat zu dealen, und nachdem er zweimal am Straßenrand angehalten hatte, einmal, um heiße Tränen der Ohnmacht an meiner Schulter zu vergießen, und das zweite Mal, um auszusteigen, weil er »schiffen« müsse, wie er sich ausdrückte – bekam er Hunger. Er erinnerte sich an die Bäckerei, in die er als Jugendlicher gegangen war, wenn er seine Joints geraucht hatte, und fuhr mit mir dorthin – einfach so, als wäre nichts gewesen. Und als ich Il Cornetto della Notte verließ, habe ich den Internet Point bemerkt, zwei Türen weiter. Ich habe ihn bemerkt, nicht weil ich dachte, ich müsste ihn mal in Anspruch nehmen, vor zwei Tagen war ich noch ein anderer Mensch, ich hatte alle Verbindungen, die ich mir wünschte, zu Hause, im Büro, auf dem Smartphone – ich hatte ein Büro, ich hatte ein Smartphone –, sondern weil er *geöffnet* hatte morgens um halb fünf, etwas, das mir die Zeit ins Gedächtnis zurückgerufen hat, in der D. und ich noch nicht lange zusammen waren, als Patrick im Gefängnis saß und wir uns mehr oder weniger heimlich trafen und sie ihre Kinder einmal im Monat bei seiner Mutter ließ, während ich Claudia bei einer ihrer Freundinnen ließ, und wir es schafften, das ganze Wochenende miteinander zu verbringen, praktisch die ganze Zeit mit ficken beschäftigt, um beide nach langer Abstinenz wieder in Übung zu kommen, ich überwältigt von ihrer so reinen Schönheit, sie von der Tatsache, dass sie es zum ersten Mal in ihrem Leben mit einem netten, friedlichen Mann zu tun hatte, der zudem noch *Akademiker* war – mein Universitätsabschluss machte ihr großen Eindruck –, und nicht mit einem ungebildeten Drogensüchtigen, der sie misshandelte und einschlief, während sie ihm einen blies. Das einzige Thema, über das wir in jenen Tagen sprachen und das sie mehr als alles andere auf der Welt zu interessieren schien, war, was die Stände von Pakistani hier zu suchen haben, die in allen Vierteln Roms die ganze Nacht hindurch Blumen verkaufen. Es ist doch so: In jedem Viertel, selbst am äußersten Stadtrand, stößt man in der Trostlosigkeit der tiefsten Nacht an jedem Tag des Jahres und bei jedem Wetter früher oder später auf einen dieser Stände, die alle gleich aussehen, grün, glänzend, festlich erleuchtet und mit ein oder zwei Pakistani, immer bereit, einen zu bedienen. Es ist offensichtlich, dass es sich um eine Tarnung handelt, denn Leute, die um vier Uhr morgens in Boccea oder Garbatella einen Blumenstrauß brauchen, dürfte es wahrlich nur sehr wenige geben; doch was damit getarnt wird, ist ein Geheimnis, und dieses Geheimnis war praktisch das einzige Realitätselement, mit dem D. und ich uns in jenen Tagen in den wenigen Momenten, in denen wir keinen Sex hatten, beschäftigten. Wir waren beide in einem schlimmen Zustand. Wie zwei Schwachsinnige dachten wir in diesen seltenen Momenten des Gesprächs nicht an die Milliarden Probleme, mit denen wir uns hatten herumschlagen müssen, nur um eine Nacht miteinander verbringen zu können, sondern schufen uns unsere eigenartige Intimität, indem wir über das Geheimnis der pakistanischen Blumenverkäufer sprachen, als wäre es ein

Sutra, der Ersatz für alle Zukunftshoffnungen, die zu formulieren wir in dem Augenblick nicht den Mut hatten. Zumindest ich nicht. Und deswegen erinnere ich mich nicht an die Telefonnummern der Menschen, die mir lieb und teuer sind, doch wenn ihr mir einen Ort zeigt, der zu Zeiten geöffnet hat, zu denen er geschlossen sein müsste, dann werde ich ihn nie vergessen. Deswegen habe ich diesen Internet Point bemerkt, der jetzt, was für ein Zufall, meine Rettung ist.

Er befindet sich etwas weiter oben in dieser Straße, hinter der Verbreiterung, wo sich die meisten Geschäfte des Ortes konzentrieren, durch den ich jetzt gehe. Eine Bäckerei. Eine Boutique. Ein Lebensmittelgeschäft. Eine Frittenbude. Ein Copyshop. Ein Maklerbüro. Die Macelleria della Transilvania (es gibt hier viele Rumänen). Tredicesimo ist ein ziemlich heterogenes Konglomerat, uneindeutig und fegefeuerhaft, wie so viele Orte in der Peripherie Roms. Dichtgedrängte Mehrfamilienhäuser im Wechsel mit Doppelhaushälften und Vierfamilienhäusern, die sich von der Aurelia aus in Richtung des Vororts Massimina schieben, in einem Auf und Ab extrem schmaler Gassen, fast immer ohne Hintergrund, die sich auf ein paar Hundert Metern nach Kräften bemühen, einen sicheren und blühenden Eindruck zu machen (Seekiefern, blühende Hecken, Fernsehkameras, elektrische Gartentore), und dann plötzlich in trostlose Erdaushübe münden, die recht wenig tugendhafte Verwendungen suggerieren; im besten Fall sind sie der Vorplatz irgendeines Lagers für Baumaterialien, wobei diese Lager die wahre Metonymie dieser Bezirke am Grande Raccordo sind; im schlimmsten Fall sind sie nichts – dieses unergründliche Heideggersche Nichts, an das ich mich aus Universitätszeiten erinnere, subsumiert als Ursprung und nicht als Ergebnis der Negation, das heißt als strukturiertes Seiendes und nicht als »leere Nichtigkeit«. Und welchen gotischen Gebrauch die Bewohner der Peripherie Roma Ovest vom Heideggerschen Nichts machen mögen, kann man sich leicht vorstellen, wenn man über ein Minimum an Phantasie verfügt.

Kurz, Tredicesimo ist kein schöner Ort, doch an Abenden wie diesem wird in Rom alles großartig – die Schwalben, der Duft des Grases, der Ponentino –, und je länger ich die Straße hinuntergehe, desto besser fühle ich mich. Sicher, es ist alles sehr bescheiden, aber die parkenden Autos erzählen von einer Zeit, in der es auch hier eine Illusion von Reichtum gegeben hat. Denn abgesehen von Kleinwagen ohne Katalysator aus dem vorigen Jahrhundert – Fiesta und Ka und Panda, verbeult und rostig mit weißen Plaketten und Sitzbezügen aus Frottee –, die hier in Rom immer noch sehr zahlreich sind, parken vor diesen Häuschen viele anspruchsvollere Fahrzeuge: Großraumlimousinen von Chrysler und Renault, hochrangige Station Wagon, Landrover, Rexton und andere ziemlich kostspielige SUV, deren gemeinsames Merkmal jedoch darin besteht, dass sie alle eine Plakette B oder C haben, das heißt, zwischen 2000 und 2004 zugelassen worden sind. Sicher, manche sind gebraucht gekauft worden – den einen oder anderen habe bestimmt ich verkauft –, aber einige nicht, sie sind funkelnagelneu hergekommen, zusammen mit den Besitzern, die in diese Häuschen zogen mit hohen Krediten, dem Stolz, es endlich geschafft zu haben, ein paar Stockwerke in dem berühmten sozialen Aufzug hinaufgefahren zu sein, und der naiven Hoffnung, noch weiter aufzusteigen. In Wirklichkeit stammen diese Wagen aus einer Zeit, die mittlerweise so fern ist wie eine andere Galaxie, und sie erzählen besser als jede Statistik, wie und wann der Aufzug endgültig stehen geblieben ist; mit dem Saugnapf des TomTom neben dem Rückspiegel, den Aufklebern »Baby an Bord« auf der Heckscheibe und dem Haken für Anhänger (zum Transportieren von Schlauchbooten, kleinen Booten, Rennmotorrädern) hatten sie alles, was nötig war, um sich, wenn man sie durch das Fenster betrachtet, zu sagen: »Wir haben es geschafft« – doch gerade jetzt, da sie vollständig abbezahlt sind, können ihre Besitzer sie sich schon nicht mehr leisten, die Reifen sind abgefahren, dass man Angst bekommt, die Bordtechnologie ist hoffnungslos veraltet, die Bremsscheiben sind abgenutzt, und die drei oder vier TÜV-Plaketten auf der Windschutzscheibe entwerten sie dramatisch. Und wie viele dieser verhinderten Neureichen kommen zu mir und versuchen, sie mir anzudrehen, und erzählen immer die gleiche Geschichte eines Starlets, das endlich angefangen hat zu leuchten, dann aber sofort wieder ganz plötzlich erloschen ist, *woran nicht sie schuld seien*, jammern über variable Zinssätze, über Banken, die ihnen kein Geld leihen, Ersparnisse, die aufgebraucht sind, und Geschäfte, die keine Rendite abwerfen, in der Hoffnung, mich dazu zu bringen, ihre geldfressenden Luxuskutschen gegen ein kleines, sparsameres und neueres Auto einzutauschen –, und ich versuche ihnen zu erklären, dass wir kein Gebrauchtwarenhändler sind, dass wir keine Tauschgeschäfte machen, dass wir nur Wagen entziehen, die Gegenstand von Rechtsstreitigkeiten sind, und dass wir Gebrauchtwagen nur in Konzession nehmen können, wenn wir Platz auf dem Gelände haben …

Ich bin am Ziel. Il Cornetto della Notte ist noch geschlossen, aber der Internet Point, zwei Türen weiter, hat geöffnet. Auf der Glastür, die voller Aufkleber ist, steht, dass er um Mitternacht schließt, doch wie ich bereits sagte, stimmt das nicht, sonst wüsste ich nicht, dass er existiert. Ich trete ein. An der Kasse sitzt ein junger Inder, dessen milchiges Lächeln in der Fast-Dunkelheit des Raums flackert. Ich wähle die billigste Option, vier Euro für eine halbe Stunde, und begebe mich zu dem Arbeitsplatz, den der junge Mann mir anweist. Neben mir sitzt eine junge Afrikanerin mit einem Kopfhörer, der in den Extensions ihrer Zöpfchen verschwindet. Sie spricht nicht, sondern lauscht schweigend den Worten eines Mannes, den ich auf dem ruckelnden Bild der Skype-Verbindung nicht deutlich erkennen kann. Sonst ist keiner da.

Ich bin bereit. Der Bildschirm zeigt schon die Google-Seite. Ich klicke auf Gmail, und es erscheint die Startseite. Zu meiner Überraschung sind die Felder für den Usernamen und das Passwort bereits ausgefüllt: nadiastefanescu909 lautet der Name, dazu die Reihe schwarzer Punkte für das Passwort. Der Grund ist, wie ich feststelle, dass die Angabe »Angemeldet bleiben« eingeschaltet ist.

Das bedeutet, dass ich, wenn ich auf »Weiter« klicke, auf die Seite dieser rumänischen Frau oder dieses rumänischen Mädchens gelangen könnte, die diesen Arbeitsplatz ganz offensichtlich vor mir benutzt hat – und das Absurde ist, dass ich eine starke Versuchung spüre, es zu tun; ernsthaft, ich muss mich wirklich zwingen, nicht in ihre Privatsphäre einzudringen, und angesichts meiner gegenwärtigen Situation, die geprägt ist von Schwierigkeiten, Kummer und der Gleichzeitigkeit von, wie man zu sagen pflegt, Scheißschwulitäten, ist dies eine so absurde Versuchung, dass sie schon wieder die Lebensgeister wecken könnte. Wie auch immer, ich lösche alles und gleich auch das Häkchen neben »Angemeldet bleiben«, um dem nächsten User zu ersparen, mit der gleichen Versuchung hinsichtlich meiner Person kämpfen zu müssen. Ich hole Lellos Nachricht hervor und schreibe sorgfältig das Wort ab, das in das Feld des Usernamens geschrieben werden muss: *scansamose*. Dann mache ich das Gleiche mit dem Passwort: *lomamelda*. Ich klicke. Der Account lädt ein paar Sekunden, und dann erscheint die Nachricht: »Willkommen, Olindo Stupazzoni«, und ich bin drin. Olindo Stupazzoni. Das ist der Name, den Lello immer benutzt, um den Mann von der Straße zu bezeichnen. Während die anderen Tizio, Caio, Sempronio, Pinco Pallino oder il signor Rossi sagen, sagt er Olindo Stupazzoni – und obwohl ich seine Angewohnheit seltsam finde und nur allzu gern wissen würde, wie er darauf gekommen ist, habe ich ihn nie nach einer Erklärung gefragt. Mir war ja klar, was gemeint ist, und so hat mir das immer gereicht. Das prägt übrigens meine Beziehung zu ihm: Überzeugt wie ich bin – wie ich war –, dass ich ihn gut kenne, weil wir schon seit Kindertagen Freunde sind, habe ich nie vorgegeben, mehr über ihn zu wissen, als ich vor dreißig Jahren wusste. Doch angesichts der Situation könnte jetzt der Augenblick gekommen sein, das zu bereuen …

Im Postfach befinden sich vier gelesene Nachrichten und eine ungelesene. Zwei von »Das Team von Google+« und drei von »Das Team von Google«. Die vier gelesenen Nachrichten stammen alle vom 31. Mai, während die ungelesene von heute ist. In der Betreffzeile heißt es: »Ciao, Olindo! Hier die 3 Einträge, die man diese Woche nicht verpassen darf auf Go…« Ich muss zu Entwürfe gehen, ich weiß, doch diesmal kann ich der Versuchung einfach nicht widerstehen und öffne die Nachricht. »Ciao, Olindo! Hier die 3 Einträge, die man diese Woche nicht verpassen darf auf Google+.« Darunter, in Rot: »Die heißesten Inhalte von Google+« und ein ebenfalls rotes Feld mit der Anweisung: »Visualisiere die heißen Themen.« Erneut rufe ich, anstatt links auf »Entwürfe (1)« zu klicken, die heißen Themen auf. Der Computer lädt eine Seite mit der Überschrift »Entdecke die empfohlenen heißen Themen«, und ich sehe das Foto des Gesichts eines Kätzchens mit einem gelben und einem blauen Auge. Ich gehe nach unten und finde das Foto eines Bären, der eine alte Frau umarmt, eines, das die Rückseite der Kathedrale Notre-Dame in der Dämmerung zeigt, und das einer Mondfinsternis über einer Lagunenlandschaft… Ich beginne mich schlecht zu fühlen, wie immer, wenn ich im Internet surfe. Der Gedanke an die ungeheure Verschwendung (meiner Zeit, meiner Aufmerksamkeit, meiner Fähigkeit, meine Gesten zu kontrollieren), die mich eine Minute zuvor getrieben hat, in dieses Wespennest zu stechen, raubt mir jetzt den Atem. Ich kehre zurück. »Ciao, Olindo! Hier die 3 Einträge, die man diese Woche nicht verpassen darf auf Goggle+.« Der Reiter »Entwürfe« ist immer noch da, links, mit der Zahl 1 in Klammern, die der einzige Grund ist, warum ich in diesem Account bin in diesem Internet Point in diesem Augenblick dieses katastrophalen Tags, der sich jeder Prophezeiung entzogen hat – doch erneut habe ich bereits auf den ersten dieser drei Einträge geklickt, die man nicht verpassen darf, neugierig geworden durch die Überschrift: »Ist es besser, im Regen zu laufen oder zu gehen?«, und betrachte einen einfach gezeichneten Zeichentrickfilm, in dem eine Hand mit einem Filzstift zwei Personen zeichnet, die mit heftigem Regen kämpfen – die eine steht reglos da, während die andere rennt. Eine sich überschlagende amerikanisch klingende Stimme erklärt die verschiedenen Phasen der Demonstration, die ich mir aufmerksam bis zum Schluss anschaue, auch wenn ich letztlich nicht das Gefühl habe, die Schlussfolgerung wirklich verstanden zu haben, dass man nämlich, wenn man ruhig dasteht, weniger nass wird, als wenn man sich bewegt, doch wenn man von A nach B muss, wird man dann weniger nass, wenn man so schnell wie möglich rennt? *Möglich?* Eine Erinnerung überfällt mich plötzlich, eine Komödie von Gilberto Govi, die ich im Fernseher in der Küche gesehen habe, als ich ein Kind war und wir in der Viale Bruno Buozzi wohnten. Mama kam aus Genua und liebte die Komödien von Gilberto Govi. Ich verstand nicht viel, aber es gefiel mir, sie lachen zu sehen. Ich dachte, ich hätte nicht viel von diesen Komödien mitbekommen, doch jetzt bemerke ich, dass etwas haften geblieben sein muss, denn dieses Rennen durch den Regen hat dieses Mondgesicht von Gilberto Govi in Schwarzweiß aus meinem Gedächtnis geholt – ich hätte nie gedacht, dass ich mich daran noch erinnern könnte –, das in seinem genuesischen Singsang spricht, und vor allem das feine und unaussprechliche süße Gesichtchen meiner Mutter, die in glockenhelles Lachen ausbricht. Es ist eine winterliche Erinnerung. Weihnachten ist nicht mehr fern. Die Fensterscheiben sind beschlagen. Vielleicht habe ich mit dem Finger etwas draufgeschrieben. Vielleicht ist es später Nachmittag. Vielleicht mache ich Hausaufgaben. Vielleicht rollt Mama den Blätterteig, während sie die Komödie anschaut, denn sie hat Mehl im Gesicht. Ich bekomme einen Kloß im Hals, als ich an meine Mutter denke. Sie ist tot seit – es war '99, wie lang ist das her? Vierzehn Jahre inzwischen, und sie fehlt mir, sie fehlt mir schrecklich – jetzt, hier. Mir fällt das Video *Nothing Compares 2 u* von Sinéad O'Connor ein, in dem sie über den Tod ihrer Mutter trauert – und weil ich gerade im Internet surfe, öffne ich eine andere Google-Seite und gehe direkt auf YouTube. Ich tippe den Titel des Songs ein, und da ist er. Schneller getan als gesagt. Eine Werbung beginnt. Aber es ist möglich, sie zu überspringen. Und jetzt beginnt das Lied. Da ist der Park von Saint-Cloud mit der Statue. Und Sinéad O'Connor geht im schwarzen Wintermantel. Und jetzt die Großaufnahme, während sie anfängt zu singen. Sie ist noch jung und wunderschön. Ich stelle den Ton leiser, um das schwarze Mädchen nicht zu stören, auch wenn es Kopfhörer trägt. Den Song hatte Prince auf den Tod seines Vaters geschrieben, doch sie hat ihn bearbeitet, als ihre Mutter starb, und sie singt ihn zornig, voller Wut, und irgendwann weint sie. Nicht jetzt, später. Zuerst kommen die beiden Strophen, in denen sie stinksauer ist, als man ihr sagt, sie solle sich zerstreuen, ausgehen, das erträgt sie nicht. Dann kommt die instrumentale Passage, da ist sie, und erneut sie im Park von Saint-Cloud, zwischen den Statuen, den Terrassen, dem Wasserfall und den kahlen Bäumen. Und als sie dann wieder in Großaufnahme erscheint, ist sie nicht mehr wütend, sondern traurig. Da ist sie. Zutiefst traurig. Und kurz darauf weint sie. Sie scheint sich zusammenzunehmen, erinnere ich mich, doch dann füllen ihre Augen sich mit Tränen, und gleich darauf rinnen die Tränen ihr über die Wangen. An der Stelle – gleich kommt sie – weine auch ich gewöhnlich. Jetzt, als sie sagt, sie wünschte sich, es gäbe eine andere Möglichkeit, muss auch ich weinen, es ist unabwendbar, wie immer, jetzt weine ich. Ich weine. Versuche mich zusammenzureißen, aber ich kann nichts dagegen machen, ich kann nicht anders. Das schwarze Mädchen neben mir bemerkt nichts, Sinéad O'Connor hat bereits aufgehört, doch ich weine bis zum Ende des Songs. Und auch danach noch. O Gott, ich kann einfach nicht aufhören, es ist wunderbar. Ich weine, wie ich als Kind geweint habe – hemmungslos, wie man sagt –, und jetzt bemerkt es auch das schwarze Mädchen, sie hat sich umgedreht und mich gesehen, hat gesehen, dass ich weine, und hat sich sofort wieder abgewendet, um meinem Blick nicht zu begegnen, das heißt, sie schämt sich, dass sie mich hat weinen sehen, und diese Demütigung gibt mir einen Vorwand aufzuhören, in Erwägung zu ziehen aufzuhören. Ich atme. Ein, aus. Ein, aus. Ich trockne mir die Augen. Ziehe die Nase hoch. Noch ein paar Schluchzer. Ich atme erneut. So, jetzt habe ich aufgehört.

Das ist das Internet für mich, das ist das Netz. Ich fange mit etwas an und mache dann viele andere Dinge, die nichts damit zu tun haben – wie gehirnamputiert, zwanghaft. Dadurch, dass im Internet alles auf der gleichen Ebene und gleich weit weg ist, hat man das Gefühl, man habe die Gelegenheit, sein Leben zu ändern, dem zum Trotz, was man eigentlich tun muss. Ich will Fred Astaire sehen, ich sehe Fred Astaire. Ich will den Artikel 33 der Verfassung lesen, ich lese den Artikel 33 der Verfassung. Ich will eine Frau sehen, die sich von einem Hund ficken lässt, ich sehe eine Frau, die sich von einem Hund ficken lässt. Die Gelegenheit weckt die Wünsche, es ist das Ende des selektiven Denkens, die Entropie. Es ist das, was meine französischen Freunde, als ich beim Fernsehen arbeitete, den *n'importequoisisme* nannten – und ich bekämpfte ihn, weil ich ihn für obszön hielt. Und er ist obszön, natürlich – aber es gibt ein Aber: Diese Gleichwertigkeit zwischen dem, was man tun muss, und allem anderen, ist obszön, so wie es obszön ist, sich nicht entscheiden zu können zwischen dem, was wichtig ist, und dem, was irrelevant ist; doch es ist andererseits auch ganz und gar nicht obszön – manchmal kann es sogar ein Schutz sein, intelligent zu sein – die *Entscheidung* für das Irrelevante anstelle des Wichtigen.

Sagen wir so: Wäre ich ein kluger Mensch, würde ich jetzt gehen – und es gab eine Zeit, die noch gar nicht so lange her ist, da war ich klug und wäre gegangen.

Aber ich bin nicht klug.

Ich bin es nicht mehr.

Entwürfe (1).

Klick …

14

Ich habe keine Lösung, aber ich bewundere das Problem.
Ashleigh Ellwood Brilliant

LIEBER PIETRO ... DU BIST EIN FREUND ... EIN WERTVOLLER MENSCH ... ES TUT MIR LEID ABER ES IST AN DER ZEIT DASS DU EIN PAAR DINGE ERFÄHRST ... UM SIE ZU ERFAHREN TU WAS ICH DIR SAGE ... RUF VON EINER KABINE DIESE NUMMER AN ... 0624788 ... AUF KEINEN FALL VOM HANDY ... FRAG NACH MAURO ... SAG IHM DASS DU AUS EINER KABINE ANRUFST UND DASS DEINE WOHNUNG UNTER WASSER STEHT ... ER WIRD DICH FRAGEN OB ES WEISSES ODER SCHWARZES WASSER IST ... DU SAGST IHM DASS ES SCHWARZES WASSER IST ... MAURO WIRD EINEN TERMIN MIT DIR VEREINBAREN UND DIR ALLES ERKLÄREN ... NENN NICHT MEINEN NAMEN AM TELEFON UND DEINEN AUCH NICHT ... DIESER ACCOUNT IST SICHER UM MIT MIR IN VERBINDUNG ZU TRETEN ... LÖSCH DIESE NACHRICHT UND SCHREIB DEINE ... SCHICK SIE AUF KEINEN FALL AB LASS SIE IN ENTWÜRFE UND VERLASS DEN ACCOUNT ... LOG DICH AM NÄCHSTEN TAG EIN UM MEINE ANTWORT ZU LESEN ... WIEDERUM IN ENTWÜRFE ... UND IMMER SO WEITER ... NIEMAND DARF VON DIESEM ACCOUNT WISSEN AUSSER UNS BEIDEN ... TU WAS ICH DIR SAGE UND DU WIRST ERFAHREN WAS DU WISSEN MUSST ... UND DANN TRIFF DEINE ENTSCHEIDUNGEN ... TUT MIR LEID ... BIS BALD ...

Das war's. Mein Herz schlägt wie wild, meine Hände zittern. Was hat dieser Blödmann ausgeheckt? Wäre es möglich – wäre es auch nur andeutungsweise denkbar, dass es nicht etwas Ernstes ist, das mein anständiges Leben, meine Gelassenheit (die ich, um die Wahrheit zu sagen, seit heute verloren habe), meine Zukunft gefährdet?

Nein, verdammt noch mal.

Verdammt. Verdammt. Verdammt ...

Ich muss mich beruhigen, muss nachdenken. Atmen, erneut: ein, aus, ein, aus. Dass die Nachricht von Lello stammt, daran besteht kein Zweifel; all diese Auslassungspunkte, die Großbuchstaben. Ich habe Lello nie ein Komma oder einen Punkt benutzen sehen. Wenn er schreibt, ist er wie ein Motor mit nur einem Gang, er überdreht sich sofort (die Großbuchstaben) und muss sofort aufgeben (die Auslassungspunkte), und wenn er weiterschreibt, überdreht er sich sofort wieder und muss erneut aufgeben, und immer so weiter. Und dann dieses Adjektiv, *wertvoll*, er benutzt es ständig – alles ist wertvoll für ihn, oder es ist nicht wertvoll. Die Nachricht ist mit Sicherheit von ihm. Es ist, als wären seine Fingerabdrücke darauf. Verdammt ...

Es tut ihm leid, sagt er. Was tut ihm leid? Ein, aus. Das afrikanische Mädchen ist gegangen, ich bin allein – abgesehen vom Inhaber. Ganz ruhig. Ich muss die Ruhe bewahren, das ist das Wichtigste. Im Augenblick habe ich nur eine Karte in der Hand, ich habe keine Ahnung, was passiert ist, ich kann mir nicht erlauben, nichts zu tun. Ein, aus. Ich habe keine Alternative, ich muss tun, was er mir sagt – diesen Anruf. Von hier aus, da ich schon mal da bin. Hier gibt es auch Telefone. Aber ich muss seine Nachricht löschen, ihm antworten und den Account verlassen. Doch bevor ich sie lösche, muss ich mir die Nummer aufschreiben. Ja, hier, auf dem Zettel von Super Car. Und ich muss meine kleine Rolle auswendig lernen. Nach Mauro fragen. Sagen, dass ich aus einer Kabine anrufe. Keine Namen. Ihm sagen, dass meine Wohnung unter Wasser steht. Ihm sagen, dass es schwarzes Wasser ist. Wiederholen: Mauro. Kabine. Keine Namen. Wohnung unter Wasser. Schwarzes Wasser. Okay. Jetzt kann ich Lellos Nachricht löschen. Er sagt: Antworte mir in Entwürfe (ziemlich raffiniert, nebenbei gesagt, diese Methode, es ist unmöglich, abgefangen zu werden, glaube ich, da die Nachrichten nicht abgeschickt werden). Und was antworte ich ihm? Was kann ich ihm antworten, nach der terroristischen, aber auch kryptischen, beunruhigenden, lächerlichen Nachricht, die er mir geschrieben hat?

FUCK, das werde ich ihm antworten. Das ist wirklich das Einzige, was mir einfällt – und das schreibe ich ihm in Entwürfe, in Großbuchstaben, wie er es mag. Kein Absender. Kein »Senden«. Zurück zu »Eingang« und von dort aus rausgehen. Das war's. Ich bin raus. Auch aus Gmail. Gehen wir …

Ich frage den jungen Pakistani, ob ich einen Anruf machen kann. Er fragt mich, in welches Land. Italien, sage ich, nach Rom. Er schaut mich seltsam an, kein Wunder, hier telefoniert man nach Bangladesch, auf die Philippinen, in die Ukraine, nach Rumänien. Ob ich eine Prepaidkarte habe? Nein. Einen Euro verlangt er für ein Stadtgespräch. Okay, sage ich und gebe ihm den Euro zurück, den er mir herausgegeben hatte. Er zeigt mir die Kabine Nummer eins. Ein Mann kommt, ebenfalls Inder oder Pakistani, und er kehrt hinter den Tresen zurück. Ich betrete die Kabine Nummer eins.

Es stinkt nach Bratfett hier drin – nach dem, was in den Kleidern hängt, wenn man an schlecht gelüfteten Orten isst, und es ist sehr schwierig, es herauszubekommen. Ich nehme den Hörer ab, er ist feucht, eklig. Schweiß, würde ich sagen. Ich wische ihn mit dem Jackenärmel ab. Die Nummer: gewählt. Also los.

Es läutet ein-, zwei-, dreimal. Und wenn keiner rangeht?

»I Papaveri, guten Abend.«

Eine Frau, slawischer Akzent. Und wenn Mauro nicht da ist?

»Guten Abend. Ich möchte mit Mauro sprechen.«

Und wenn sie mich jetzt fragt, wer ich bin? Hätte ich ihr sagen sollen, dass ich aus einer Kabine anrufe?

»Ein Momentchen«, sagt die Frau.

»Bumm!«, sage ich.

»Wie bitte?«

Nichts, es ist mir so herausgerutscht. Das ist ein Spiel, das ich mit Claudia erfunden hatte, als sie klein war und wir noch nicht lange in Rom wohnten: die Momentchen erschießen, sie alle auslöschen. Einmal bestellte ihre Italienischlehrerin mich zu sich – es war in der ersten Klasse der Mittelschule, ich erinnere mich –, um mir zu sagen, dass meine Tochter den Unterricht störe. Mitten in ihren Erklärungen hatte sie mit der Hand eine Pistole gebildet und geschossen. Sie war sehr wütend, weil Claudia nicht damit aufhörte und sich weigerte, ihr Verhalten zu erklären, obwohl sie mit ihr geschimpft hatte. Während ihres Ausbruchs benutzte sie mindestens zwei- oder dreimal das Wort »Momentchen«, und ich sagte ihr die Wahrheit: Sie erschießt die Momentchen, erklärte ich. Natürlich entschuldigte ich mich, nahm die Schuld auf mich, versicherte ihr, dass das nicht mehr vorkommen würde – aber dennoch sagte ich es ihr. Verdammte Scheiße, so darf ein Lehrer nicht reden, vor allem nicht, wenn er Italienischlehrer ist. Und wenn es stimmte, was Claudia mir in der Folge erzählte, hörte sie auf, Momentchen zu sagen. Claudia und ich waren damals noch unzertrennlich. Ihre Mutter war ein Jahr zuvor gestorben, und wir waren immer zusammen, Carlo war noch da, und wenn er nicht auf Reisen war, war er immer bei uns und half mir, sie zu unterhalten, zu interessieren, zum Lachen zu bringen, zu verhätscheln, Dinge mit ihr zu unternehmen, sie zu den Turnwettbewerben zu begleiten, sodass sie so wenig wie möglich an das dachte, was geschehen war, und gemeinsam erfanden wir ständig neuen Blödsinn, um die Traurigkeit fernzuhalten, und wir lachten tatsächlich, amüsierten uns wirklich und hatten nicht das Gefühl, dass es eine schlimme Leere in unserem Leben gab. Ich fühlte mich damals im Gleichgewicht, stark und im Gleichgewicht; mein Tag war ganz auf sie ausgerichtet und schien achtundvierzig Stunden zu haben. Laras Tod hatte mich erschüttert, natürlich, aber meine

Art des Erschüttertseins äußerte sich darin, dass ich mich als Vater fühlte – meiner Aufgabe gewachsen, unabhängig, gewieft, fähig, mich der Situation zu stellen, indem ich den Schmerz aus unserem Leben verbannte. Wie viel Liebe gab es damals zwischen uns, wie viel Zärtlichkeit ...

»Nichts«, sage ich. »Mit ist das Telefon runtergefallen.«

»Oh. Ich gebe ihn Ihnen.«

Zeitsprung – und wir sind im Heute: Claudia ist abgehauen nach Mailand zu ihrer Tante. Sie will nicht mehr bei mir sein, sie will nicht einmal mit mir reden. Was ist in der Zwischenzeit passiert?

»Hallo?«

Und vor allem, *wann* ist es passiert?

»Guten Abend. Spreche ich mit Mauro?«

»Ja. Was wünschen Sie?«

Als dieses Besondere, das es zwischen uns gab, anfing, kaputtzugehen?

»Ich rufe aus einer Kabine an. Meine Wohnung steht unter Wasser.«

»Hm. Weißes Wasser oder schwarzes Wasser?«

Es passierte, als ich mich in D. verliebt habe, war es das?

»Schwarz.«

»Können Sie sich jetzt mit mir treffen?«

»Ja. Wo?«

Oder schon vorher, als sie in die Pubertät kam und begann, die Dinge im Alleingang zu machen? Geschah es damals?

»Testa di Lepre, sagt Ihnen das was?«

»Nein, tut mir leid, das sagt mir nichts.«

»Ich gebe Ihnen die Adresse. Wenn Sie GPS haben, vergessen Sie nicht, dass die Hausnummer nicht angezeigt wird.«

Oder noch früher, als Carlo abgehauen ist?

»Ich komme nicht mit dem Auto. Ich komme mit dem Taxi.«

»Ah. Wo sind Sie jetzt?«

»In Tredicesimo.«

»Das Tredicesimo an der Aurelia?«

Oder als wir Mailand verlassen haben und nach Rom gezogen sind? Geschah es damals?

»Ja.«

»Dann ist es in der Nähe. Sie brauchen eine Viertelstunde. Haben Sie was zu schreiben?«

»Ja.«

»Agriturismo I Papaveri, Via Emilio Pasquini 157 bis, Testa di Lepre di Sopra. 157 bis, das ist wichtig. Unmittelbar vor der ehemaligen Milchgenossenschaft ...«

Wir lasen abends *Pinocchio,* jeden Abend, bevor sie einschlief, wir lasen *Harry Potter.* Wir gingen zum Abendessen aus, nur wir beide, in die Est Est Est, ihre Lieblingspizzeria. Wir machten Reisen ... Wann ist das alles zum Teufel gegangen?

»Ja. Ich komme sofort.«

Oder ganz banal, trotz aller Bemühungen, trotz aller Zärtlichkeit, Fürsorge, Gesellschaft, Güte, Ablenkung, die ich ihr zu geben versucht habe, geschah es, als Lara starb? Hat damals alles geendet, hat es niemals etwas Besonderes zwischen uns gegeben, und habe ich mir all das Gute, das ich Tag für Tag für mich, vor allem aber für sie, dem Schmerz, der Leere, der Trauer abzutrotzen geglaubt hatte, *nur eingebildet*?

»Dann erwarte ich Sie zum Abendessen. Bitte wiederholen Sie die Adresse.«

»Via Emilio Pasquini 157 bis, Testa di Lepre di Sopra. Ich bin gleich da.«

»Wenn Sie Probleme haben, die Adresse zu finden, rufen Sie mich bitte nicht vom Handy an.«

»Da besteht keine Gefahr. Ich habe keins.«

»Oh, schön.«

Und die Klugheit, die ich besaß, die mich nie an den Punkt hätte kommen lassen, an dem ich jetzt bin, wann habe ich sie verloren?

15

Es gibt einen Unterschied zwischen vergessen haben und erinnern.
Alessandro Morandotti

Ein Mann trifft nach langer Zeit einen Freund. Sie unterhalten sich und entdecken, dass sie beide große Probleme mit dem Gedächtnis haben. Sie können sich nicht mehr an die Dinge erinnern. Allerdings sagt der Freund, er habe einen Arzt gefunden, dem es dank der Assoziationsmethode gelungen sei, das Problem zu lösen. »Und wie heißt dieser Arzt?«, fragt der Mann. »Damit ich auch zu ihm gehen kann?« »Das ist es ja«, sagt der Freund, »ich erinnere mich nicht an seinen Namen. Aber jetzt zeige ich dir, wie die Assoziationsmethode funktioniert. Sag mir den Namen einer Blume.« Der Mann versteht nicht. »Ich habe den Arzt mit dem Namen einer Blume assoziiert«, sagt der Freund. »Wenn ich die Blume gefunden habe, habe ich den Arzt gefunden. Los, sag mir den Namen einer Blume.« »Erinnerst du dich denn auch nicht an die Blume?«, fragt der Mann. »Nein«, erwidert der Freund, »doch ich erinnere mich, dass es ein einfacher Name ist. Komm, hilf mir, eine einfache Blume.« »Margerite?«, versucht es der Mann auf gut Glück. »Einfacher«, erwidert der Freund. »Tulpe?« »Aber nein, noch einfacher. Die einfachste von allen, komm schon. Einfach und sehr stark duftend …« »Die Rose?« »Jaaa!«, jubelt der Freund. Dann dreht er sich um zur Tür der Küche und ruft: »Rosa! Wie heißt dieser Gedächtnisdoktor?«

Dieser alte Witz spricht von mir, er zeigt, wie es um mich steht. Dieses Schild zum Beispiel. Als ich es sehe, während das Taxi die Aurelia verlässt und in die Stadt abbiegt, *erinnere ich mich* ganz automatisch daran: Testa di Lepre. Eines dieser blauen Schilder mit weißem Rand, pfeilförmig, aus den sechziger Jahren. Ich sehe es, ich erinnere mich daran, und blitzartig erinnere ich mich auch an alle Gedanken, die es ausgelöst hat in all den Jahren, jedes Mal, wenn ich daran vorbeigefahren bin. Als ich ein Kind war, fuhren wir nach Roccamare, auf dieser Straße, und auch danach, als junger Mann, wenn ich fuhr, und auch in jüngerer Zeit, mit Claudia, bis vor fünf Jahren, bevor ich das Haus verkaufte; Gedanken, die diesem seltsamen Namen einen Sinn zu geben versuchten oder Witze darüber machten – vielleicht auch der eine oder andere Austausch geistreicher Bemerkungen mit Carlo, Mama, Papa – und einen halben Kilometer dauerten, bis ein anderes Zeichen oder irgendetwas anderes, das am Wagenfenster vorbeirauschte, sie verscheuchte. Alles vergessen – und so war es auch, nachdem mir der Name als Ziel meiner Taxifahrt genannt worden war. Erst der Anblick des Schilds, *dieses* Schilds hat alles wieder zutage gebracht. Wie funktioniert das Gedächtnis? Meins zumindest funktioniert nicht besonders.

Vor allem funktioniert es nicht, was die praktischen Dinge betrifft, und das ist ein echtes Problem. Die PIN des Geldautomaten zum Beispiel, vor einer halben Stunde wurde mir bewusst, dass ich mich nicht an sie erinnere. Da ich ein Taxi nehmen musste und nur wenige Euro in der Tasche hatte, abgesehen von den Fünfhundert-Euro-Scheinen, die ich nicht benutzen kann – die ich übrigens, weil das heute mein Unglückstag zu sein scheint, vorsichtshalber in meine Unterhose gesteckt habe –, und da ich keine anderen aus dem Safe nehmen kann, nicht wegen der Kombination, weil ich diesmal Cinzia angerufen und sie (Rosa!) danach gefragt hätte, sondern weil er vom Finanzamt versiegelt wurde – bin ich zur Filiale der Unicredit in Tredicesimo gegangen, um Bargeld abzuheben, und es ist mir nicht gelungen. Ich dachte, ich würde mich an die PIN erinnern, doch nichts: Nach zwei gescheiterten Versuchen musste ich aufgeben, sonst hätte der Automat meine Karte eingezogen. Dabei erinnere ich mich gewöhnlich an sie – doch gewöhnlich habe ich mein Handy bei mir und weiß, dass ich sie, sollte ich mich nicht daran erinnern, im Verzeichnis gespeichert fände. Aber ohne Handy: nichts. Könnte es sein, dass mein Gedächtnis so emotional ist? Wenn ich weiß, dass ich Dinge vergessen könnte, erinnere ich mich an sie, wenn ich mich dagegen an sie erinnern muss, gelingt es mir ums Verrecken nicht. Funktioniert es tatsächlich so? Indessen fährt das Taxi die Hügel hinauf. Die Sonne beginnt hinter den Gebirgskämmen unterzugehen und taucht eine Landschaft in ein sensationelles goldenes Licht, in der ich nie in meinem Leben gewesen bin und die überraschend schön ist: Olivenhaine, Weinberge, Kiefern, weidende Pferde, Häuschen, Palmen, Kakteen, Trauerweiden. Ein Wald unten im Tal, schon im Dunkeln. Eine Reihe von Schildern, die einen Schießstand ankündigen. Ein Straßenwärterhäuschen, auf dessen Mauer in riesigen Buchstaben aus weißer Tünche steht: DRECKSKERL VON POLIZIST. Ein Rudel streunender Hunde. Eine kleine Kirche.

Das Taxi fährt langsamer und hält.

»Das ist die 157«, sagt der Taxifahrer. »Die 157 bis gibt es nicht.«

In der Tat, hinter dem geschlossenen Gittertor eines Häuschens, auf dem die Nummer 157 steht, ist nichts mehr. Oder besser, die weite und goldene Landschaft mit ihren Schönheiten, aber kein weiteres Gebäude. Zumindest nicht bis zum Ende der langen geraden Strecke vor uns, nach der die Straße hinunterzuführen beginnt, ohne etwas anderes erkennen zu lassen als eine feierliche Reihe von Kiefern.

»Fahren Sie weiter«, sage ich. Es ist nur logisch, die 157 bis ist zwangsläufig die nächste Hausnummer, und es spielt keine Rolle, wie weit sie von der 157 entfernt ist. Dennoch bemerke auch ich die Ratlosigkeit in den Augen des Taxifahrers, die ich im Rückspiegel sehe. Fakt ist, dass der Ausblick, der sich vor uns bietet, ich weiß nicht warum, diese Möglichkeit auszuschließen scheint. Als würde die bewohnte Welt hier enden und jenseits des Gebirgskamms gäbe es nichts mehr. Das Taxi fährt sehr langsam die gerade Strecke entlang. Rechts und links ist tatsächlich nichts, nur Felder, Baumgruppen, ferne Einzäunungen, weiße Fumarolen, aber kein Gebäude. Wir kommen ans Ende, wo die Straße hinunterzuführen beginnt, und sofort öffnet sich wieder das Panorama, goldener denn je, während die Sonne den zerklüfteten Horizont in Flammen setzt – und die Tatsache, dass auf beiden Seiten der Straße wieder Gebäude und Gittertore beginnen, ist eine geheimnisvolle Überraschung. Die ersten tauchen auf der anderen Seite auf, derjenigen mit den geraden Nummern: ein einstöckiges Backsteinhäuschen, überragt von einer – glaube ich – Libanonzeder; ein größeres Haus hundert Meter weiter vorn, zweistöckig, zu dem eine Privatstraße führt; gleich daneben ein weiteres niedriges Haus, halb verdeckt von einem dichten Olivenhain. Auf der linken Seite dagegen setzen sich die Seekiefern fort, hoch und üppig, alle mit der gleichen leichten Krümmung zur Straße geneigt, bis wir zu einem großen Schutzdach kommen – und dahinter ein niedriges heruntergekommenes Gebäude, das verlassen wirkt. Auf dem Dach steht in weißer Schrift: COOPERATIVA PRODUZIONE LATTE FIUMICINO. Neben dem Gittertor steht allerdings keine Hausnummer.

»Nichts«, wiederholt der Taxifahrer und hält an. »Es sei denn, es ist das da.«

Nein, ist es nicht, aber dieser Mauro hat am Telefon gesagt, dass die Nummer 157 bis sich unmittelbar vor der ehemaligen Milchgenossenschaft befindet. Wir sind also zu weit gefahren, und ich bitte den Taxifahrer umzudrehen. Aus reiner Logik, auch hier, denn wir sind diese Strecke gerade abgefahren und haben nichts gesehen, weder er noch ich. Der Taxifahrer gehorcht, immer ratloser, fährt langsam zurück, und da sehe ich, nach ein paar Metern, am Straßenrand etwas, das mir vorher entgangen ist: umgeben von einer Gruppe von Kakteen ein niedriges Holzschild, halb kaputt, und darauf steht: 157 bis. I PAPAVERI. Unmittelbar dahinter eine Art Pfad, überwuchert von hohem Gras – ihn Straße zu nennen wäre zu viel der Ehre –, der schnurgerade in die Landschaft führt, und in der Ferne ein großes rosa Gebäude – sogar zwei, wenn man den merkwürdigen kompakten und fensterlosen Turm dazuzählt, der sich daneben erhebt. Allerdings lässt die Entfernung zwischen den beiden Gebäuden vermuten, dass nicht diese Straße zu ihnen führt, sondern dass es eine andere weiter entfernt geben muss, parallel zu dieser.

»Halt!«, sage ich. »Es ist hier.«

Der Taxifahrer hält an.

»Muss ich da langfahren?«, fragt er und deutet auf den Pfad.

»Ja. Es ist das Gebäude da hinten.«

»Damit mach ich mir die Radaufhängung kaputt. Können Sie nicht hier aussteigen?«

Und jetzt bin ich mit dem letzten Problem konfrontiert, das ich bis jetzt verdrängt hatte. Das Taxameter zeigt 34.80 an, zu viel angesichts der drei Zehn-Euro-Scheine, die ich in der Brieftasche habe. Heute ist eben alles schwierig.

»Könnte ich«, erwidere ich, »wenn Sie das hier wechseln können.«

Und ich hole aus der Unterhose einen der Fünfhundert-Euro-Scheine von Jürgens Vorschuss. Der Taxifahrer starrt ihn entgeistert an.

»Sie machen Witze«, sagt er.

»Ja, genau«, sage ich. »Deswegen sollten Sie so freundlich sein, mich dorthin zu fahren, wo ich ihn mir wechseln lassen kann, um die Fahrt zu bezahlen.«

»Aber ich ruinier mir die Achswelle«, protestiert er.

»Übertreiben Sie nicht«, entgegne ich. »Er ist schmal, und das Gras ist hoch, aber es gibt nicht viele Löcher.«

»Und woher wissen Sie, dass es nicht viele Löcher gibt?«

»Eine andere Lösung könnte so aussehen«, sage ich. »Sie lassen mir vier Euro achtzig nach, ich gebe Ihnen die dreißig Euro, die ich in der Brieftasche habe, und jeder geht seiner Wege.«

Der Taxifahrer überlegt. Ich habe Glück, viele seiner Kollegen wären wütend geworden, denn auf große Scheine nicht herausgeben zu können, ist wirklich eine fixe Idee unter den Taxifahrern. Selbst wenn sie könnten, geben sie dir nicht heraus, aufgrund eines Prinzips, dessen Grundlage ich nie wirklich verstanden habe: »Wenn ich Ihnen jetzt herausgebe, kann ich dem nächsten nicht mehr herausgeben« – und du fragst dich, was der Unterschied ist zwischen dir nicht herausgeben und dem nächsten nicht herausgeben. Doch gewöhnlich handelt es sich um Hundert-Euro-Scheine, und in diesem Fall ist es wirklich unmöglich, dass er vierhundertsechzig und ein paar Zerquetschte in der Tasche hat, die er mir herausgeben müsste, und das könnte ihn aggressiv machen. Stattdessen beschränkt er sich darauf zu überlegen: Ist es schlimmer zu riskieren, die Hardware zu beschädigen, oder auf fünf Euro zu verzichten?

»Wenn Sie mich dorthin fahren, gebe ich Ihnen natürlich zusätzlich fünfzehn Euro. Für die Umstände. Fünfzig aufgerundet.«

Problem gelöst.

»Okay«, sagt der Taxifahrer und fährt ganz langsam den Pfad entlang auf das Haus zu. Löcher gibt es tatsächlich keine; man hört nur das Geräusch des Grases, das von unten gegen den Wagen streift. Wir fahren praktisch mitten durch ein Feld – das übrigens sehr gut den Namen des Anwesens erklärt, da es buchstäblich von Klatschmohn übersät ist; mit dem Haus im Hintergrund und der Baumreihe vor dem Kamm des Hügels hat man das Gefühl, sich in einem Bild von Monet zu befinden.

Wir kommen zu dem, was man eine Tenne nennt, in deren Mitte eine große jahrhundertealte Kiefer thront. Das Haus nimmt eine Seite ein, der Turm eine andere, und die dritte Seite wird von merkwürdigen niedrigen Gebäuden begrenzt, die fast ganz von einer dichten Vegetation verdeckt werden; sie scheinen aus Holz zu sein und haben nichts mit der Umgebung zu tun. Auf dieser Seite gibt es ein halbes Dutzend parkender Wagen – alle mit ausländischen Kennzeichen. Ich steige aus, und während das Taxi sich einen Platz sucht, gehe ich zur Eingangstür. Auf einem Holzschild an der Mauer neben der Tür lese ich, dass I Papaveri ein

Agrotourismusbetrieb ist, der 2008 gegründet wurde, während eine Flut von Aufklebern auf der Glasscheibe der Tür mir mitteilt, dass das Restaurant hier richtig berühmt ist: *Espresso, Gambero Rosso, Touring, Michelin, Repubblica, Il Sole 24 Ore, Accademia Italiana della Cucina, La gola a tavola, Bibenda, Spagnoguida, I Ristoranti Italiani, I Ristoranti di Roma, Roma nel Piatto*, aber auch *Zagat, Gault&Millau, Télérama, TripAdvisor* – ab 2009 haben sie regelmäßig darauf hingewiesen. Ich betrete einen ziemlich kleinen Vorraum, in den verlockende Düfte dringen. Eine leere Rezeption befindet sich vor einer Wand, die mit Fotos von Gerichten und Auflaufformen aus Aluminium bedeckt ist: Braten, Frikassee, Pasta Asciutta, ein Foto neben dem anderen; alle im gleichen Format im gleichen nussbraunen Rahmen, wirken sie wie ein Werk der Konzeptkunst. Ein Holzkasten mit den Zimmerschlüsseln hängt an einem Nagel. Eine Rezeptionsklingel. Ich klingele. Sofort erscheint eine Frau, so eilig, dass man glauben könnte, sie stünde hinter der Ecke auf der Lauer. Sie ist jung, blond, heiter, nicht schön – mit einem schmalen spitzen Gesicht und einem Hals, der zu dick ist, um es zu tragen.

»Guten Abend. Sie wünschen?«

Slawischer Akzent. Das muss Momentchenova sein.

»Guten Abend. Ich suche Mauro. Ich habe vorhin angerufen.«

»Ein Momentchen.« Sie ist es, und sie verschwindet, wo sie hergekommen war. Immer noch sehr in Eile, sie ist wirklich superschnell, scheint unter Hochdruck zu stehen.

Ich betrachte erneut die Fotos an der Wand. Roastbeef, Fagioli all'uccelletto (weiße Bohnen mit Salbei), Minestrone, Spiegeleier, Hackbraten, Kartoffeltopf, das sieht alles nach solider Hausmannskost aus, meilenweit entfernt von den Extravaganzen der Haute Cuisine, die auf allen Fernsehkanälen zelebriert wird. Das gefällt mir …

»Guten Abend«, sagt eine wohlklingende Stimme.

Ich drehe mich um und sehe einen Hünen vor mir, mit kahlem Kopf, dafür mit dichtem schwarzem Haar an den Schläfen, das nach unten hin verblasst und zu einem phantastischen grauen Bart wird. Er ist wirklich atemberaubend dick – der Bauch vor allem, aber auch der ganze übrige Körper wirkt größer als normal, als wären es anderthalb Körper. Er trägt eine Jeanslatzhose und darunter ein T-Shirt – vermutlich die einzige Kleidung, die ihm passt.

»Guten Abend«, sage ich. »Ich bin Paladini, wir haben vorhin telefoniert. Wegen ...«

»... des Wassers in der Wohnung, ja.« Er nickt.

Er reicht mir die Hand, ich drücke sie. Sie ist groß, hart, doch der Händedruck ist weich.

»Mauro, freut mich.« Er lächelt. »Möchten Sie einen Happen essen?«

»Gern«, erwidere ich. »Aber vorher muss ich Sie um einen Gefallen bitten. Draußen steht das Taxi, der Fahrer kann mir nicht herausgeben, weil ich nur das da habe.« Ich zeige ihm den Fünfhundert-Euro-Schein. »Ich weiß, das ist ein bisschen überfallartig, und Sie können vielleicht nicht ...«

»Zeigen Sie mal her«, unterbricht er mich stirnrunzelnd. Ich gebe ihm den Schein. Er nimmt ihn in seine dicken Wurstfinger, zieht eine Brille aus der Tasche seiner Latzhose – klein, das Gestell ist fast unsichtbar – und betrachtet ihn aus der Nähe, aus der Ferne, im Gegenlicht.

»Entschuldigen Sie mich einen Augenblick?«, sagt er.

»Bitte.«

Er geht hinter die Rezeption, öffnet eine Tür und verschwindet. Wohin ist er gegangen? Was hat er vor? Er wird ihn auf seine Echtheit prüfen. Das hätte heute gerade noch gefehlt, auch noch von Jürgen über den Tisch gezogen worden zu sein. Ich habe mich tatsächlich nicht gefragt, ob es nicht sehr gut sein könnte, dass ...

Da ist er wieder.

»Ist er falsch?«, frage ich.

»Nein, nein«, erwidert er lächelnd. »Er ist echt.«

»Ein Glück. Aber ich habe das Problem, dass der Taxifahrer nicht herausgeben kann.«

»*Claro*«, sagt der Dicke. »Kommen Sie, ich streck es Ihnen vor. Wie hoch ist der Fahrpreis?«

Er gibt mir den Schein zurück und kehrt hinter den Tresen zurück.

»Fünfzig«, sage ich.

»Fünfzig Euro von Tredicesimo hierher?«

»Ja.«

»Aber das ist Wucher.«

»In Wirklichkeit sind es fünfunddreißig, ich habe ihm nur fünfzehn Euro mehr angeboten, wenn er mich bis zu dieser Tenne fährt. Er wollte mich an der Straße absetzen, er hatte Angst, sich die Achswelle zu ruinieren.«

»So ein Blödsinn, der Weg ist in Ordnung. Lassen Sie sich nicht übers Ohr hauen ...«

Während er das sagt, nimmt er Scheine aus der Schublade, zählt fünfunddreißig Euro ab und gibt sie mir.

»Fünfunddreißig sind immer noch zu viel, glauben Sie mir«, erklärt er. Er nimmt die Brille ab und steckt sie wieder in die Tasche der Latzhose.

Verdammt noch mal. Heute ist wirklich alles schwierig.

»Danke«, sage ich, und während ich wieder in die Tenne hinausgehe, nehme ich zwei Zehn-Euro-Scheine aus meiner Brieftasche und stecke den Fünf-Euro-Schein hinein. Ich habe fünfzig versprochen, und fünfzig gebe ich; ich habe nicht mehr die Kraft, um über so eine Sache mit einem Taxifahrer zu diskutieren. Ich gebe ihm das Geld durch das Wagenfenster und verabschiede mich, doch als ich mich umdrehe, um zurückzugehen, steht der Dicke in der Tür und sieht, wie ich die Brieftasche zurückstecke. Er hat sicher mitbekommen, dass ich die fünfzehn Euro hinzugefügt habe. Aber wo ist das Problem? Es ist mein Geld, ich mache damit, was ich will – und jetzt geschieht etwas Unerwartetes: Plötzlich, in einem kurzen, überaus angenehmen Augenblick – nicht länger als ein Lidschlag, würde ich sagen, da ich nicht einmal zur geringsten Reaktion fähig bin, während ich trotzdem in der Lage bin, blitzartig all die anderen Male noch einmal zu erleben, in denen mir das Gleiche passiert ist – während der Gymnasialzeit, als ich mich von dem erholte, was, wie ich in der Folge erfahren sollte, eine heftige allergische Reaktion auf ein Mittel gegen Warzen namens Tiola war, während ich versuchte, eine Mücke mit dem Pantoffel an der Decke zu zerquetschen, im Badezimmer des Hauses in Roccamare, zweimal, während ich mitten in der Nacht pissen gehe, einmal, als ich mit meinem Freund Unberto dort bin, um für das Abitur zu lernen, das andere Mal lange danach, mit Lara, die im Nebenzimmer schläft und durch den Lärm aufwacht; am Rand eines Swimmingpools, in Villasimius auf Sardinien, während der Ferien mit Lara und Claudia, aufgrund eines Sonnenstichs; außerhalb des Flughafens JFK in New York, als das Display des digitalen Thermometers dreiundzwanzig Grad Fahrenheit anzeigt, was minus fünf Grad Celsius entspricht, und ich nach der langen Abstinenz während der Überfahrt gerade den ersten Zug an einer roten Marlboro gemacht habe; im Verwaltungssitz des Wahlkreises in Gorgonzola, wenige Wochen nach Laras Tod, vor hundert Personen, als ich eine Frau sehe, die Nasenbluten bekommt während des Vortrags einer Psychotherapeutin mit einem Doppelnamen, die darüber spricht, wie man mit Kindern über den Tod redet; und Lara selbst, auch wenn es nicht mir passiert ist und ich sie nicht habe hinfallen sehen, niedergestreckt vom Aneurysma, während sie bei Tisch Melone mit Schinken serviert; und wenn das nicht der Beweis ist, dass mein Gedächtnis die Dinge nicht verliert, sondern lediglich Mühe hat, sie wiederzufinden, ich wüsste nicht, was es sonst sein sollte –, werde ich ohnmächtig.

16

*Der beste Weg herauszufinden, ob man jemandem vertrauen kann,
ist, ihm zu vertrauen.*
Ernest Hemingway

Ein Pfiff. Nein, kein Pfiff, ein Zischen. Leise, vertraut. Das Zischen der Luft, die durch die Nasenlöcher meines Vaters strömt, sein mühsames Atmen, wenn er sich auf etwas Schwieriges konzentriert.

Ich öffne die Augen.

Ein blauer Vorhang.

Die Latzhose des Hünen mit dem Hünen drin. Das Zischen ist sein Atem.

»Wie geht's?«, fragt er mich lächelnd.

Halbdunkel. Ich liege auf einem Bett in einem großen Zimmer. Holz. Eine Glaswand gibt den Blick frei auf die Landschaft, die immer noch von dem nicht enden wollenden Sommerlicht beleuchtet wird.

»Gut«, sage ich, denn es ist so, ich fühle mich gut.

»Darf ich?«

Der Hüne hat erneut die Brille auf. Er beugt sich fast bedrohlich über mich – aber er lächelt. Er will meinen Blutdruck mit einem Blutdruckmesser messen.

»Bitte.«

Der Hüne krempelt meinen Hemdärmel hoch, legt die Manschette um meinen Arm und beginnt zu pumpen. Dann hört er auf und konzentriert sich auf das Instrument. Pumpt erneut, vielleicht zu sehr, der Druck auf meinen Arm wird unerträglich, und hört gleich darauf wieder auf, der Druck lässt nach, das Zischen seines Atems scheint lauter zu werden …

»Siebzig zu hundertzwanzig«, erklärt er. »Der untere Wert ist ein bisschen niedrig, aber ich dachte, es wäre schlimmer. Wollen Sie einen Schluck Wasser?«

»Nein, danke«, erwidere ich.

»Sie sind ohnmächtig geworden, wissen Sie das?«

»Ja, ich weiß. Aber wo bin ich?«

Er zieht meine Augenlider auseinander und mustert mein Auge.

»Das heißt«, fahre ich fort, »wo ich bin, weiß ich, ich erinnere mich an alles, aber wo sind wir hier?«

»Das ist eines unserer Zimmer«, sagt er lächelnd. »Keine Angst, Sie müssen es nicht bezahlen.«

Er lächelt noch immer, während er den Blutdruckmesser in eine Hülle tut. Es ist schwer zu glauben, dass er, riesig wie er ist, mit so empfindlichen Gegenständen umgehen kann, ohne sie zu zerbrechen. Die Glatze ist schweißnass. Das schwarze Haar an den Schläfen, der graue Bart, der vom Rauch blonde Schnurrbart, ganz wie Papa …

»Und wer hat mich hergebracht?«, frage ich.

»Ich und der Taxifahrer«, erwidert er. »Apropos …« – er reicht mir einen Zwanzig-Euro-Schein – »… er hat mir das für Sie gegeben.«

»Warum?«

Er drückt ihn mir buchstäblich in die Hand.

»Er hat den Fahrpreis noch mal überdacht. Was meinen Sie, schaffen Sie es, sich aufzurichten?«

Ich setze mich auf und atme tief durch. Alles in Ordnung. Ich stecke die zwanzig Euro in die Tasche, und mein Handgelenk schmerzt mehr als vorher.

»Langsam«, sagt der Hüne. »Ist Ihnen schwindlig?«

»Nein.«

Ich will aufstehen, doch er hält mich mit der Hand zurück.

»Warten Sie. Bleiben Sie noch ein bisschen sitzen.«

Er hat enorme Kräfte. Mit einer Hand lähmt er mich.

»Hören Sie«, sagt er, »man darf diese Dinge nicht unterschätzen. Wenn Sie wollen, kann ich einen Arzt rufen, aber ich kann nicht garantieren, dass er gleich kommt. Oder ich kann Sie zu einer Erste-Hilfe-Station fahren. Einen Krankenwagen würde ich ehrlich gesagt lieber nicht rufen.«

»Nein, keinen Krankenwagen. Ich fühle mich gut, wirklich.«

»Keine Übelkeit oder sonst etwas?«

»Nein, im Gegenteil.« Ich bemerke plötzlich, dass ich einen Riesenhunger habe. »Sie hatten mir etwas zum Essen angeboten, wenn ich mich nicht irre. Ich glaube, das brauche ich jetzt.«

»Wirklich? Haben Sie Appetit?«

»Großen, ja.«

»Gut. Hunger ist immer ein gutes Zeichen. Ich lasse Ihnen was bringen. Passt es Ihnen hier?«

»Ja, danke.«

Ein Rabbiner, so wirkt er auf mich. Ein jüdischer Patriarch, gekleidet wie ein Mechaniker. Er nimmt den Hörer des Zimmertelefons, tippt eine Nummer und wartet.

»Schatz, ich bin's. Kannst du bitte etwas auf die 107 bringen?« Er schweigt einen Augenblick, dann wendet er sich an mich. »Haben Sie einen besonderen Wunsch, oder überlassen Sie es uns?«

»Ich überlasse es Ihnen.«

»Dann entscheide du …« – erneut in den Hörer – »… Ja, sicher. Und etwas von dem Rollbraten vielleicht.«

Er legt auf. Er erinnert mich an meinen Vater, er erinnert an einen Rabbiner, aber wer ist er?

»Es kommt in fünf Minuten«, sagt er. »Versuchen wir es mit dem Aufstehen?«

»Okay.«

Ich erhebe mich. Er steht einen Schritt von mir entfernt, bereit, mich zu stützen, aber das ist nicht nötig, ich stehe fest auf meinen Beinen.

»Geht es?«

Ich mache zwei Schritte. Kein Problem.

»Als wäre nichts geschehen.«

»Gut …«

Jetzt im Stehen bemerke ich, dass die Zimmerdecke sehr niedrig ist. Holzwände. Einfache, traditionelle Möbel, ohne Designschnickschnack. Eine Kochnische. Eine Halogenstehlampe in einer Ecke, auf sehr schwach gedimmt. Eine große Glaswand mit Einfassungen aus Holz. Viel Platz. Es ist ein schönes Zimmer. Ich muss mich in einem der Gebäude befinden, die ich undeutlich gesehen habe, als ich in die Tenne kam, gegenüber dem rosa Haus, neben dem Turm – diejenigen, die mit dem Rest nichts zu tun haben schienen.

»Darf ich Sie um einen Gefallen bitten?«, sagt der Hüne. »Sie müssen das Handy ausschalten und wenn möglich den Akku herausnehmen.«

Er lächelt erneut, und wieder lächeln mein Vater, der Rabbiner und alle anderen, die in seiner Physiognomie miteinander verschmelzen – denn dieser Mann scheint eine ganze Menge zu enthalten –, mit ihm.

»Ich habe kein Handy.«

»Ach, stimmt ja, Sie hatten es mir gesagt. Und wieso haben Sie keins, wenn die Frage nicht zu indiskret ist?«

»Ich habe es heute Vormittag verloren.«

»Gut, umso besser«, sagt er mit einem Augenzwinkern. »Ich bin der Feind Nummer eins dieser Dinger.«

Er öffnet eine Anrichte voller Geschirr und Gläser und zögert einen Moment. Er blickt nach draußen.

»Was halten Sie davon, im Garten zu essen?«

»Einverstanden.«

Er nimmt Teller, Sets, Gläser und ein Weidenkörbchen aus der Anrichte und geht zu der Glaswand.

»Würde es Ihnen etwas ausmachen, sie zu öffnen? Sie müssen sie nur zur Seite schieben.«

Ich schiebe die Glaswand zur Seite, und sofort schlagen uns von draußen die Hitze und ein intensiver Landgeruch entgegen. Da er die Arme nicht frei hat, schaltet der Mann die Außenlampen mit dem Ellbogen ein und geht hinaus. Ich folge ihm.

»Machen Sie sie wieder zu«, sagt er. »Sonst kommen die Mücken hinein.«

Es herrscht Dämmerung. Ein Schwarm von Insekten und Schmetterlingen umflattert die gerade eingeschalteten Gartenlampions, während wir dieses – wie ich bemerke – wunderschöne Eckchen der Schöpfung betreten. Ein großer weißer Sonnenschirm mit Holzgestell bedeckt einen Tisch und vier Stühle aus Teak. Zwei Sonnenliegen mit weißen Matratzen – weiter vorn, außerhalb des Schutzes des Sonnenschirms. Hohes Gras, durchsetzt von Klatschmohn, ein paar alte Olivenbäume mit knorrigen Stämmen, Jasminhecken an den Seiten und eine überraschende Aussicht, denn der Garten geht unmittelbar in die Landschaft über – ohne Hecken, ohne Netze, ohne Einzäunungen – und wird praktisch Horizont. Da wir hoch sind, reicht der Blick über andere, tiefere Horizonte hinweg bis hin zu fernen Lichtklumpen, die zu meiner Verblüffung, denn ich hätte geschworen, wir würden in die entgegengesetzte Richtung blicken, die Küstenlinie beschreiben. Und was für Orte sind das dann? Fiumicino? Fregene? *Passoscuro?* Der letzte Horizont dort hinten, der des Meeres, wird vom bereits dunklen Himmel von einem eindrucksvollen Purpurstreifen getrennt.

»Helfen Sie mir bitte?«, sagt der Mann, der die Dinge für den Tisch gegen seine breite vorgewölbte Brust drückt und keinen Handlungsspielraum hat. Er atmet schwer vor Anstrengung. Ich nehme ihm Sets, Teller und Gläser ab und lasse ihm den Rest, und wir decken gemeinsam den Tisch, schweigend, sorgfältig, als würden wir es jeden Tag tun.

»Sie sind also der Freund von Raffaele Pica«, sagt der Hüne. »Ja sogar sein Partner. Richtig?«

»Ja. Woher wissen Sie das?«

»Er hat es mir gesagt, als er sich die Sache mit dem weißen und schwarzen Wasser ausgedacht hat.«

»Und was hat er genau gesagt?«

Ich habe meine Aufgabe mittlerweile beendet, während er den Tisch weiter deckt mit den Gegenständen, die er aus dem Weidenkörbchen nimmt, das an seinem Arm hängt: Öl- und Essigständer, Salzstreuer, Pfeffermühle, und sie mit einer gewissen Anmut auf den Tisch stellt.

»Dass er, für den Fall, dass die Notwendigkeit besteht, für eine Weile, sagen wir es so, zu verschwinden, einen Weg gefunden hat, Sie zu mir zu schicken, und dass dies die Parole ist. Apropos: Wie hat er Ihnen meine Nummer gegeben? Nicht per SMS oder per E-Mail, hoffe ich ...«

»Nein. Er hat die Nachricht unter Entwürfe in einem Gmail-Account gespeichert.«

»Gut, das ist die richtige Methode. Das ist diejenige, die al-Qaida benutzt, wissen Sie. Es gibt keine Möglichkeit, sie abzufangen. Man muss die Leute foltern, um es herauszukriegen.«

Er zündet zwei orangefarbene Kerzen an, die ebenfalls in dem Weidenkörbchen lagen, und stellt sie ein paar Meter vom Tisch entfernt ins Gras, während er weiterspricht.

»Etwas, das natürlich die Amerikaner in Guantánamo gemacht haben, und von da an hatten sie einen enormen Vorteil, weil es ihnen gelungen war, die Absichten der Terroristen in Echtzeit zu erfahren. Und dann hat dieses Genie Petraeus alles zunichtegemacht.«

»Wer?«

»General Petraeus, der Kriegsheld, der Direktor der CIA. Erinnern Sie sich? Die Petraeus-Affäre im letzten Jahr.«

»Der, der seine Frau betrogen hat?«

»Genau.«

»Warum hat er alles zunichtegemacht?«

»Weil er die geniale Idee gehabt hat, das gleiche System zu benutzen, um die Schweinereien mit der Geliebten auszutauschen. Die Geliebte hat Scherereien gemacht, sie hat angefangen, Drohmails an eine andere zu schicken, die sie für eine Rivalin hielt, und diese hat sie wegen Stalking angezeigt, woraufhin das FBI ihre IP-Adressen, die der Geliebten meine ich, überprüft hat, die eines schönen Tages einen Fehler gemacht hat, indem sie die Nachricht, die in Entwürfe hätte bleiben sollen, abgeschickt hat. Das FBI hat die Nachricht abgefangen, und das Verhältnis ist herausgekommen. Petraeus musste zurücktreten, schlimmer aber ist, dass die Associated Press von dem Trick mit den Entwürfen erfahren und es in die Welt hinausposaunt hat. Schluss mit dem Vorteil von al-Qaida.«

Er schlägt sich auf den linken Unterarm, der fest und behaart ist wie die Pranke eines Bären.

»Aber die Methode ist trotzdem gut«, sage ich. »Wer foltert uns schon?«

Das Bimbam einer Klingel dringt fast unhörbar aus dem Zimmer. Der Hüne lässt mich im Garten zurück und geht hinein. Durch die Glasscheibe sehe ich undeutlich, wie er im Halbdunkel die Tür öffnet, Momentchenova ein Tablett abnimmt und ihr einen Kuss auf die Stirn gibt, bevor sie wieder geht. Sie mag nicht schön sein, aber sie ist mindestens dreißig Jahre jünger als er. Und schon kehrt er mit dem Tablett in den Garten zurück. Er stellt es auf den Tisch. Auf dem Tablett befinden sich drei Teller mit Deckel und einer ohne, mit Tomaten. Eine Flasche Wasser und eine Flasche Wein. Bei dem Gedanken, dass dieses Tablett für mich ist, läuft mir das Wasser im Mund zusammen, wie damals, als ich ein Kind war. Der Hüne nimmt die drei Deckel ab.

»Also, schauen wir mal, was wir hier haben«, sagt er. »Fasanenrollbraten, Caponata, eine Frittata mit Zucchiniblüten und … Sie wollten nicht zufällig Pasta? Die hat sie nämlich nicht gebracht.«

»Nein, nein, das ist sehr gut so.«

»Wie Sie wollen, aber Sie müssen damit beginnen«, sagt der Hüne und deutet auf die Tomaten. »Die sind eine unserer Spezialitäten.«

Ich setze mich und lege mir die Tomaten auf den Teller. Es sind ganz normale Salattomaten, halbiert und mit, wie es aussieht, auch wenn es ein bisschen merkwürdig klingt, Tomatensauce.

»Tomaten mit Tomate«, erklärt der Hüne. »Probieren Sie.«

Ich probiere, und sie sind köstlich – nicht zu glauben. Ein Gedicht, das augenblicklich ins Gehirn geht, beim ersten Bissen, wie ein Rausch. Erst im zweiten Augenblick wird durch den unvermuteten Genuss hindurch klarer, was man da isst: Tomaten und Sauce sind lauwarm, beide haben die gleiche Temperatur, als gehörten sie einem lebenden Organismus an. Die Schnittseite ist ein paar Millimeter ausgehöhlt worden, um die Sauce hineingeben zu können, sodass man überhaupt nicht das Gefühl hat, sie sei getrennt zubereitet und dann eingefüllt worden, sondern sei Teil der Tomate – sozusagen ihr schmelzender Kern. Und dann die Abstimmung der Aromen: süß und sauer verbinden sich perfekt miteinander, ein paar geheimnisvolle Kräuter, wahrnehmbar, aber zugleich unbestimmt wie eine Idee, die Kombination von zwei unterschiedlichen Konsistenzen – fest, aber trotzdem nachgiebig die Tomate, weich und dickflüssig die Sauce …

»Sie sind köstlich …«, schwärme ich.

Der Hüne – der fest wie eine Eiche dasteht – lächelt.

»Gut, nicht wahr?«, freut er sich. »Und wissen Sie, was das Geheimnis ist? Die Tomaten müssen direkt aus dem Garten kommen, sie müssen warm von der Sonne sein. Wenn sie mehr als eine halbe Stunde von der Pflanze getrennt waren, funktioniert es nicht mehr.«

Nachdem ich dieses Wunder weggeputzt habe, wende ich mich der Frittata zu, und auch sie – vermutlich ist es der Hunger – kommt mir phantastisch vor, absolut perfekt. Als hätte ich zuvor noch nie eine Frittata gegessen.

»Hier ist Wein«, sagt der Hüne, »von …« – er setzt die Brille auf und betrachtet die Flasche – »… Cesanese di Affile. Ein ausgezeichneter Rotwein aus der Ciociaria, kennen sie ihn?«

»Nein. Aber Wein bekommt mir nicht, danke.«

Das stimmt nicht, ich würde ihn nur zu gern trinken. Doch ich will nicht noch benebelter werden.

»Richtig. Besser nicht. Stilles Wasser, ist das okay?«

»Ja, danke.«

Er schenkt mir Wasser ein, als wäre er ein Butler, und ich trinke gierig. Denn ich habe auch schrecklichen Durst, der Hunger hatte sich nur stärker bemerkbar gemacht und ihn in den Hintergrund gedrängt. Eine Weile redet jetzt keiner von uns, und ich tue nichts anderes als essen: den Rollbraten, die Caponata, das warme Brot – alles von überraschender Qualität. Die Lichter eines Flugzeugs durchschneiden den immer noch violett gefärbten tieferen Streifen des Himmels vor uns in der Ferne. Es befindet sich im Landeanflug – dann ist das hier vor uns tatsächlich Fiumicino, und hinter diesem Flugzeug müssen noch weitere sein, höher, weiter nördlich, die Reihe von unaufhörlich landenden Flugzeugen, die mich als Kind verzaubert hat, weil sie mir bewiesen, dass Rom eine riesige und sehr wichtige Stadt ist. Und da kommen sie auch schon, ich sehe zwei weitere, mit blinkenden Lichtern …

»Geht's besser?«, fragt der Hüne.

»Ich würde sagen, ja. Dieses Abendessen ist wahrhaft köstlich.« Ich schlucke den letzten Bissen hinunter. »All diese Aufkleber auf der Tür sind wirklich verdient.«

»Danke, sehr freundlich«, sagt er. »Wir arbeiten mit Leidenschaft. Sind Sie sicher, dass Sie den Wein nicht probieren wollen? Er ist gut, wissen Sie.«

Mir ist jetzt klar, dass er, wenn ich nicht endlich auf den Punkt komme, weiterhin den Gastgeber spielen und mich wie einen Gast behandeln wird, der zum Abendessen in seine Taverne gekommen ist.

»Hören Sie«, sage ich, »ich weiß nicht, wie ich Ihnen dafür danken soll, dass Sie sich so nett um mich gekümmert haben, aber ich denke, Sie werden viel zu tun haben, und ich will Ihnen nicht die Zeit stehlen. Darf ich Sie fragen, was Lello noch gesagt hat?«

Er setzt sich neben mich, und diese einfache Geste – einfach bis zu einem gewissen Punkt, angesichts seines Umfangs – macht mir vollends bewusst, dass er, während seine Speisen wieder meine Lebensgeister weckten, die ganze Zeit gestanden hat.

»Worüber?«
»Über mich. Lello sagt, dass Sie mir etwas sagen sollen.«
»Ihnen etwas sagen? Ich? Inwiefern?«
»Insofern, als ich nicht weiß, was los ist. Was ist mit Lello? Ist er abgehauen?«
»Da Sie hier sind, würde ich sagen, ja.«
»Und wohin ist er abgehauen?«
Er hört zwar nicht auf zu lächeln, aber sein Lächeln hat sich verändert. Es hat jetzt etwas Starres, Aufgesetztes.
»Tja also, das kann ich Ihnen nicht sagen.«
»Und warum können Sie es mir nicht sagen?«
»Weil man solche Dinge nicht sagt.«
»Was heißt das, dass man sie nicht sagt? Lello hat mich hierhergeschickt, er hat mir gesagt, dass Sie mir alles erklären würden.«
»Nur was alles?«
»Alles, was ich wissen muss. Was hat er getan? Warum geht er nicht ans Telefon? *Warum bin ich hier?*«
Jetzt verschwindet sein Lächeln, und sein Gesichtsausdruck wird plötzlich hart und angespannt, wie ich es noch nicht gesehen hatte.
»Entschuldigung, aber so werden wir uns nicht verstehen«, sagt er. »Sie wissen nicht, warum Sie hergekommen sind?«
»Genau. Lello hat mich geschickt, ohne dass ich weiß warum.«
»Sie sind nicht in die Dinge verwickelt, wegen der Ihr Partner abgehauen ist?«
»Nein. Was für Dinge?«
»Sie sind also nicht gekommen, um ebenfalls abzuhauen?«
»Ich? Machen Sie Witze?«
Das Gesicht des Hünen vereist jetzt, und sein Gesichtsausdruck wird endgültig streng, fast bedrohlich.
»Tut mir leid, dann handelt es sich wohl um ein Missverständnis«, sagt er.
»Wie, ein Missverständnis? Was für ein Missverständnis?«
Er steht auf. Mit einem Mal ist er eine andere Person geworden.

Eine autoritäre, argwöhnische und, wenn es nicht so lächerlich klänge, *erschrockene* Person.

»Hören Sie«, zischt er, »das gefällt mir nicht. Das gefällt mir ganz und gar nicht. Ich muss Sie bitten, sofort zu gehen.«

»Was? Und warum?«

»Weil es sich um ein Missverständnis handelt. Gehen Sie, seien Sie so freundlich.«

Seine Stirn ist gerunzelt. Seine kleinen Augen bohren sich in meine.

»Aber warum?«

»Weil Sie gefährlich sind. Bitte.«

»Ich gefährlich? Wie kommen Sie darauf?«

»Gehen Sie, ich bitte Sie. Ich kann Ihnen nicht helfen. Tut mir leid. Ich rufe Ihnen ein Taxi.«

Und jetzt bekomme ich eine weitere Demonstration – die x-te heute –, wie die Dinge sich von einer Sekunde zur nächsten ändern können in dieser absurden Welt: Bis vor einer Minute stand dieser Mann neben mir und bediente mich mit einer solchen Herzlichkeit, dass ich tatsächlich glaubte, ich hätte es verdient – als wüsste er, dass ich ein anständiger Mensch bin, der unschuldig in irgendeine dunkle Affäre hineingeraten ist, die meinen Partner betrifft, und als wäre es seine Aufgabe, mich ein wenig zu beruhigen, indem er mir erklärt, was los ist, und mir klarmacht, dass ich trotz der gerade erfahrenen Unannehmlichkeiten und weiterer, die mich in den nächsten Tagen vielleicht noch erwarten, nichts zu befürchten habe, weil ich nichts Schlimmes gemacht habe. Er steht immer noch neben mir, aber starr wie ein Fels und darauf wartend, dass ich von meinem Stuhl aufstehe, um zu gehen. Hätte ich die Welt erfunden, wären die Dinge sehr viel beständiger, das steht außer Zweifel – ja mehr noch, da ich nicht mehr bereit bin, mich herumschubsen zu lassen, erfinde ich sie jetzt und mache sie beständig. Schluss jetzt, ich bin es leid, ich bin nicht der Wagen einer Achterbahn. Wenn dieser Mann mich hinauswerfen will, fehlt es ihm gewiss nicht an Kraft, es zu tun – doch er wird zumindest kämpfen müssen, er wird sich anstrengen müssen, denn ich werde ihm nicht gehorchen. Die Flugzeuge landen nach wie vor eines nach dem anderen, und ich sehe ihnen immer noch zu, weil sie schön sind und mich an meine Kindheit erinnern – und auch deswegen habe ich nicht die Absicht, mich von hier fortzubewegen. Und ich stehe auch nicht von meinem Stuhl auf, geschehe, was da wolle.

»Einen Augenblick«, sage ich. »Setzen Sie sich bitte wieder. Ich habe einen Tag gehabt, den Sie sich im Traum nicht vorstellen können, ich bin hundemüde, seien Sie also so freundlich, mich nicht aufstehen zu lassen ...«

Der Hüne setzt sich. Er ist immer noch steif, streng et cetera – Lichtjahre entfernt von der brüderlichen Herzlichkeit, mit der er mich bis eben behandelt hat –, aber er gehorcht mir, während ich mich weigere, den Befehl auszuführen, den er mir erteilt hat, und das ist ein gutes Zeichen. Hätte er beschlossen, seine körperliche Überlegenheit auszuspielen, sähe es anders aus, und ich würde jetzt vermutlich einen Meter über dem Boden in Richtung Glaswand fliegen.

»Jetzt werde ich Ihnen sagen, was ich tun werde, wenn Sie mich von hier verjagen«, fahre ich fort und beobachte weiter die Flugzeuge. »Ich werde schnurstracks zu den Carabinieri gehen, das werde ich tun, und ihnen alles erzählen, was mir in den letzten Stunden passiert ist, einschließlich des Besuchs an diesem Ort und der Modalitäten, unter denen Lello mich hergeschickt hat. Ich weiß nicht, wer Sie sind, und ich habe nicht die leiseste Ahnung, wozu Sie fähig sind, aber ich sage Ihnen eins: Sie machen mir keine Angst, weil Sie mich zufällig an meinen Vater erinnern, und ich habe schon in meiner Jugend gelernt, keine Angst vor Hünen wie Ihnen zu haben. Und nun hören Sie bitte gut zu: Um mich daran zu hindern, das zu tun, was ich zu tun beabsichtige, haben Sie zwei Möglichkeiten: Erstens, Sie vertrauen mir, lassen mich hierbleiben und sagen mir, was Sie von dieser Geschichte wissen, warum Lello abgehauen ist, warum auch ich abhauen sollte, et cetera, und vor allem helfen Sie mir um Gottes willen, *helfen Sie mir*, mein Leben wieder in den Griff zu bekommen, natürlich nur, soweit es Ihnen möglich ist, denn ich befinde mich in Schwierigkeiten und es gibt gerade niemand anderen, der mir helfen könnte. Zweitens, Sie töten mich jetzt und hier, auf der Stelle. In diesem Fall sollten Sie allerdings bedenken, dass morgen jemand mein Verschwinden melden wird und es Ermittlungen geben wird, und Cinzia, meine Sekretärin, die vermutlich Alarm schlagen wird, ist darüber informiert, dass ich keinen Führerschein mehr habe, weil er mir heute wegen überhöhter Geschwindigkeit und verschiedener anderer Verkehrsdelikte, die ich hier nicht aufzählen will, abgenommen worden ist, und dieses Detail wird, zusammen mit meinem Wagen, der vor dem Büro steht, die Ermittler zu dem Schluss führen, dass ich mit aller Wahrscheinlichkeit ein Taxi genommen habe. Und wie der Zufall so will, wird sich in Rom ein Taxifahrer finden, der mich vor weniger als einer Stunde hierhergefahren hat und sich ausgezeichnet an mich erinnern wird, weil ich auf denkwürdige Weise vor seiner Nase in Ohnmacht gefallen bin. Sie haben also die Wahl, und lassen Sie sich so viel Zeit, wie Sie wollen, denn ich bewege mich nicht von hier fort.«

Schweigen. Meine Tirade hat die Luft gleichsam gereinigt, sie wirkt jetzt glänzender, märchenhafter. Die Grillen. Die landenden Flugzeuge. Die fernen Lichter. Es ist eine klare und bewegende Nacht, wie diejenigen meiner Kindheit auf dem Land, in Sacrofano, als Carlo und ich die Glühwürmchen fingen – ja, sie fehlen –, während Papa und Mama bis spät in die Nacht mit ihren Freunden, den Bonardis, plauderten und die Luft so weich war, dass sie einen todmüde machte. Deswegen, selbst wenn es ein Fehler gewesen sein sollte, diesem Mann zu vertrauen, selbst wenn er mich wirklich töten würde – nun, zum Teufel, immer noch besser hier und jetzt, mit vollem Bauch, während ich mich in dieser so einfachen und archaischen Schönheit verliere, als zu einem anderen Zeitpunkt und an einem anderen Ort.

»Halten Sie mich für so alt?«, fragt der Hüne.

Ich drehe mich zu ihm und blicke ihn an. Er lächelt nicht, aber er ist auch nicht mehr so angespannt wie eben noch. Ich bemerke erst jetzt, dass er unglaublich buschige, tiefschwarze, irgendwie dämonische Augenbrauen hat.

»Bitte?«

»Sie haben gesagt, ich sähe Ihrem Vater ähnlich …«

»Ich habe gesagt, Sie *erinnern mich* an meinen Vater.«

»Und warum?«

»Weil er so groß und dick war wie Sie, mit grauem Bart wie Sie, und zischendem Atem wie Sie …«

Natürlich war er weniger dick – er war sogar überhaupt nicht dick, er war lediglich groß und eindrucksvoll.

»Und ist er gestorben?«

»Ja. Vor fünf Jahren.«

»Tut mir leid. Und was für einen Beruf hatte er?«

»Anwalt.«

»Und Ihre Mutter? Lebt Ihre Mutter noch?«

Was stellt er mir da für Fragen? Wieso interessiert ihn das? Und wenn ich ihm jetzt sagte, ja, sie lebt? Was würde das für ihn ändern? Und vor allem, wäre Mama etwas weniger tot, wenn ich sagen würde, dass sie lebt? Vielleicht würde er mich fragen, wie alt sie ist, und ich würde antworten, einundachtzig, er würde mich fragen, wo sie wohnt, und ich würde ihm sagen, in Rom, in dem alten Haus im Viale Giotto, zusammen mit einer Pflegerin, und ich würde ihm sagen, dass ich sie fast jeden Tag besuche, dass ich einmal in der Woche abends zum Essen zu ihr gehe und dass ich sie sonntags zum Essen ausführe an Orte wie diesen zusammen mit meiner Tochter, weil es ihr für ihr Alter sehr gut geht und sie gutes Essen mag und Ausflüge in die Vorstadt, wie wir sie mit Papa machten, als wir jung waren, und dass sie mir, würde ich sagen, so sehr geholfen hat, als Lara starb, um Claudia Wärme und Aufmerksamkeit zu schenken, damit sie sich geschützt und geliebt fühlte … Wäre sie etwas weniger tot, wenn ich all das sagen würde? Und wie hätten die Dinge sich entwickelt, wenn der Krebs rechtzeitig diagnostiziert worden wäre, anstatt ihn mit einer

Divertikulitis zu verwechseln? Würde sie das auch nur für einen Augenblick aus dem dunklen Schlund hervorholen, der sie verschlungen hat, würde ich dadurch erneut ihren warmen Körper neben mir spüren in dieser letztlich sinnlosen Schönheit, die mich jetzt umgibt und die ihr so gefallen würde, so leuchtend, betäubend, überwältigend?

»Nein«, erwidere ich. »Meine Mutter ist nicht mehr da. Mein Vater ist nicht mehr da. Meine Frau ist nicht mehr da, sie ist ebenfalls gestorben, vor acht Jahren, an einem Aneurysma. Mein Hund ist nicht mehr da, ich musste ihn vor sechs Monaten einschläfern lassen. Und mein Bruder ist sozusagen auch nicht mehr da, er musste tatsächlich abhauen. Meine Tochter, denn ich habe eine Tochter, achtzehn, ist heute Morgen von zu Hause abgehauen und zu ihrer Tante gegangen, keiner weiß warum, und daher ist jetzt auch sie nicht mehr da. Ich habe eine Frau, eine *Lebensgefährtin*, wie man so schön sagt, aber auch sie musste abhauen, denn ihr Exmann verfolgt sie, und deswegen ist sie nicht mehr da. Mein Partner ist nicht mehr da. Mein Führerschein ist nicht mehr da. Mein Handy ist nicht mehr da. Der Computer in meinem Büro ist nicht mehr da. Es ist nichts mehr da in meinem Leben.«

Das wär's, du Hüne. Jetzt weißt du, wie es um mich steht. Töte mich ruhig, während ich die Lichter der Küste betrachte, ich habe dir vertraut.

Schweigen.

Grillen.

Flugzeuge.

Der Hüne sitzt da, die Hände im Schoß, den Kopf gesenkt, als würde er nachdenken.

»Entschuldigen Sie«, sagt er, »mir ist klar, dass ich Ihnen sehr intime Fragen stelle. Stört Sie das?«

»Überhaupt nicht«, erwidere ich. »Im Gegenteil, angesichts der Alternative, die ich Ihnen angeboten habe, finde ich das ziemlich beruhigend. Mörder interessieren sich in der Regel nicht für die persönlichen Angelegenheiten ihrer Opfer.«

Jetzt erscheint wieder das Lächeln auf seinem Gesicht.

»Darf ich weiterfragen?«

»Tun Sie sich keinen Zwang an.«

»Darf ich fragen, warum Sie sagen, dass Ihr Bruder abhauen musste?«

»Betrügerischer Bankrott. Sie haben sicher davon gehört. Mein Bruder ist Carlo Paladini, sagt Ihnen das was? Von der Firma Barrie.«

»Der? Tatsächlich?«

»Ja.«

»Und wie ist das passiert?«

»Tja, wie ist das passiert ... Er war steinreich, er hatte Läden in der ganzen Welt, irrsinnige Umsätze, Gewinne, Bankkredite, Frauen ... Und dann ist plötzlich alles den Bach runtergegangen. Selbst ich habe nicht verstanden warum, anscheinend lag es daran, dass er nie an die Börse gehen wollte und dass er zu viele Läden zum Zeitpunkt der großen Immobilienblase gekauft hat, als die Preise extrem hoch waren. Als die Blase dann platzte, Hypothekendarlehen mit geringer Bonität, Lehman Brothers, die Island-Pleite, die ganze Krise 2008, verlangten die Banken von ihm, alle Schulden auf einmal zu bezahlen. Er versuchte, einen Plan auszuhandeln, doch die Banken machten ihm keine Zugeständnisse, weil er nicht an der Börse notiert war und keine Aktionäre hatte, die er hätte ›schröpfen‹ können, wie man so schön sagt. Daraufhin hat er, ich weiß nicht wie, ich habe keine Ahnung, wie er das geschafft hat, jeden einzelnen Lieferanten ausbezahlt, jeden Angestellten bis auf den letzten Cent bezahlt, seinen Hut genommen und ist abgehauen, ohne den Banken auch nur einen Euro zurückzubezahlen. Das ist das, was ich weiß, und es stimmt mit dem überein, was allgemein bekannt ist, da Carlo bekanntlich zu einer Art Idol der Antagonisten der Großfinanz, Occupy Wall Street, No Global und Konsorten geworden ist, weil er das Bankensystem verhöhnt hat. Denn es ist einfach so, Carlo ist der geborene Erfolgsmensch, selbst wenn er Pleite macht, hat er noch Erfolg.

Jetzt befindet er sich an irgendeinem abgelegenen Ort in Uruguay, und die wenigen Male, in denen wir über Skype miteinander reden, sagt er mir, dass es ihm gut gehe, dass ich mir keine Sorgen machen müsse und basta. Ist das für Sie jemand, der *da ist*?«

Es ist merkwürdig, mir wird erst jetzt bewusst, dass ich *das* von Carlo – wohin er abgehauen ist, meine ich, nicht wie es gekommen ist, dass er Pleite gemacht hat – nie jemandem so deutlich erzählt habe. Nicht einmal Claudia. Und auch nicht D. oder Marta. Und es zu erzählen hat mir gut getan, ohne Zweifel, ich fühle mich gleichsam entspannt. Ganz zu schweigen davon, dass die Vorstellung, dass wenigstens mein Bruder eine offene Rechnung mit der Justiz hat, den Hünen beruhigt zu haben scheint.

»Ich würde Sie gerne noch etwas fragen«, sagt er. »Wo haben Sie den Fünfhundert-Euro-Schein her, den Sie mir gezeigt haben?«

»Den hat mir ein Kunde heute Vormittag gegeben. Warum?«

»Haben Sie noch mehr?«

»Aber hallo. Die Mörder neigen dazu, ihre Opfer zu berauben.«

»Ja, aber sie müssen nicht um Erlaubnis bitten. Zuerst morden sie, und dann durchsuchen sie in aller Ruhe die Taschen. Das ist praktischer. Wissen Sie, dass der Geldschein markiert ist?«

»Markiert? Was bedeutet das?«

»Das bedeutet, dass das Finanzamt oder die Polizei Zeichen auf dem Schein angebracht hat, in Ihrem Fall mit einem Füller mit fluoreszierender Tinte, um ihn wiedererkennen zu können.«

»Füller mit fluoreszierender Tinte?«

»Ein Filzstift, um genau zu sein, wie dieser.«

Er nimmt einen Filzstift aus der Tasche seiner Latzhose, in der er auch die Brille hat, und reicht ihn mir. Anscheinend ein ganz normaler Filzstift, lila, aus Plastik, mit einer etwas überdimensionalen Kappe vielleicht, was das Gewicht und die Größe betrifft, aber im Grunde ein ganz gewöhnlicher Gegenstand. Er nimmt ihn wieder an sich, entfernt die Kappe und steckt sie auf das Ende des Filzstiftes. Dann zeigt er mir die gelbe, ziemlich dicke Spitze, eine, wie ich sie immer gemocht habe, weil sie dicke Striche macht.

»Das ist eine sehr einfache Methode«, erklärt er. »Man schreibt mit diesem Filzstift etwas auf den Geldschein, den man markieren will. Im normalen Licht sind die Zeichen unsichtbar, aber sie treten deutlich hervor, wenn sie ultraviolettem Licht ausgesetzt werden.«

Er dreht die Kappe. Klick. Aus der Spitze der Kappe kommt ein helles, sehr konzentriertes Licht, das weit in die Dunkelheit der Nacht dringt, wie die Laser, die in den Stadien benutzt werden, um die Torwarte zu irritieren. Nur dass die grün sind, und dies hier ist violett.

»Haben Sie noch mehr, ja oder nein?«

»Ja. Ich habe noch neun. Ich weiß, dass es ein Gesetz gibt, das den Gebrauch von Bargeld bei Transaktionen über tausend Euro verbietet, aber ...«

»Haben Sie sie dabei?«

»Ja.«

»Das heißt, Sie laufen mit fünftausend Euro in der Tasche herum?

»Ich hätte sie heute Vormittag in den Safe gelegt, wenn ich mich an die Kombination erinnert hätte. Aber ich verliere mein Gedächtnis.«

»Zeigen Sie mal her.«

Ich ziehe die Scheine aus der Unterhose und gebe sie ihm. Ich habe beschlossen, ihm zu vertrauen. Der Hüne setzt die Brille auf und beginnt die Geldscheine zu prüfen, einen nach dem anderen, auf beiden Seiten, indem er den ultravioletten Lichtkegel darauf richtet. Sein Atem geht schwerer.

»Schauen Sie mal«, sagt er.

Ich stehe auf und nähere mich, um über seine Schultern zu blicken. Das ultraviolette Licht tanzt auf dem weißen Teil an der linken Seite des Geldscheins und macht die fluoreszierende Aufschrift E0026 sichtbar.

»Sehen Sie sie?«

»Ja.«

Ich nehme den Schein und betrachte ihn aufmerksam im normalen Licht: nichts. Im Gegenlicht: nichts. Unter dem ultravioletten Lichtstrahl: E0026.

»Na toll«, sage ich. »Markierte Geldscheine haben mir gerade noch gefehlt.«

Der Hüne wiederholt die Operation mit den anderen Geldscheinen und macht jeweils an mehr oder weniger der gleichen Stelle E0015 sichtbar, dann E0009, dann E0020, dann E0025 und so weiter und so fort ...

»Sie sind alle markiert«, sagt der Hüne. Er knipst das ultraviolette Licht aus, steckt die Kappe auf die Spitze, steckt den Filzstift in die Tasche der Latzhose und gibt mir die Scheine zurück.

»Und was bedeutet das?«

»Tja, das bedeutet, dass der Kunde, der sie Ihnen gegeben hat, in Schwierigkeiten steckt. Wer ist er?«

Ich setze mich wieder auf meinen Stuhl.

»Sie werden es nicht glauben, aber es ist ein Offizier der Schweizergarde.«

»Warum sollte ich das nicht glauben?« Er nimmt die Brille ab. »Der Vatikan ist ein wahres Schlangennest. Warum, glauben Sie, wohnt und vor allem isst Papst Francesco in der Casa di Santa Maria?«

»Um ein bescheidenes und genügsames Leben zu führen?«

»Ja, natürlich ... Aber vor allem, um zu versuchen, am Leben zu bleiben. Wenn sie dir Fettucine mit Strychnin servieren, wird es schwierig, genügsam zu sein.«

Er lacht hämisch.

»Okay«, sage ich, »nur was mag dieser Schweizer Gardist getan haben? Warum sind die Geldscheine markiert?«

»Oh, das weiß ich nicht. Gewöhnlich bedeuten markierte Geldscheine, dass das Finanzamt oder die Carabinieri oder die Polizei einem illegalen Handel auf die Spur gekommen sind. Mit Waffen zum Beispiel. Oder mit Drogen. Oder Organen. Oder Affen.«

»Affen?«

»Wenn Sie wüssten, wie viele Affen illegal jede Woche in Fiumicino ankommen, wären Sie überrascht.«

»Und was machen sie mit illegalen Affen?«

»Oh, viele Dinge. Vivisektionen, Kosmetik, wissenschaftliche Experimente …«

»Die Affen würde ich ausschließen«, sage ich. »Und auch Drogen und Organe. Vielleicht Waffen …«

»Oder eine Erpressung. Nehmen Sie einmal an, Ihr Schweizer Gardist hat, keine Ahnung, einen Kardinal erpresst, und dieser Kardinal hat sich an die Polizei gewandt. Die Polizei markiert das Geld, der Kardinal bezahlt, und die Polizei verhaftet den Schweizer Gardisten, findet das markierte Geld, und er ist dran.«

»Nur habe ich jetzt das Geld.«

»Diese fünftausend. Aber vielleicht ist es sehr viel mehr Geld, was wissen wir schon?«

»Er hatte mindestens noch mal so viel«, sage ich.

»Eben. Es reicht, dass sie nur einen einzigen Schein bei ihm finden, und er ist geliefert. Vorausgesetzt, er hat die Erpressung begangen.«

»Wie auch immer, ich muss dieses Geld loswerden, sonst finden sie es bei mir.«

»›Loswerden‹ scheint mir übertrieben. Es ist gutes Geld, Sie müssen es sich nur wechseln lassen.«

»Und wer wechselt es mir? Ich kann doch nicht in eine Bank spazieren und mir zehn markierte Geldscheine wechseln lassen.«

»In einer Bank nicht, aber in einem Kasino zum Beispiel, das wäre ziemlich einfach.«

»Es wimmelt hier ja auch nur so von Kasinos.«

Der Hüne macht sich an die schwierige Aufgabe aufzustehen, wobei er schwer atmet.

»Da ich beschlossen habe, Ihnen zu helfen«, sagt er, als er aufgestanden ist, »machen wir es so: Wenn es für Sie ein Problem ist, nach Sanremo zu fahren, werde ich sie für Sie wechseln.«

»Tja, auf der Straße wäre es wohl ein Problem.«

Lächeln. Sein Wohlwollen ist endgültig zurückgekehrt.

»Das wird Sie eine Kleinigkeit kosten, das ist ja klar«, sagt er.

»Wie viel?«

»Normalerweise würde ich zwanzig Prozent nehmen, aber da ich beschlossen habe, Ihnen zu helfen, sagen wir, zehn Prozent.«

»Fünfhundert Euro, um mir fünftausend zu wechseln?«

»Genau.«

Verdammte Scheiße. Andererseits, wenn die Dinge sind, wie sie sind, habe ich keine große Wahl; er nimmt mir fünf Hunderter ab, aber auch ein großes Problem.

»Und wann können Sie sie für mich wechseln?«

»Jetzt, wenn Sie wollen.«

»Jetzt gleich?«

»Ich muss nur das Bargeld aus dem Safe holen.«

»Gut, also abgemacht.«

Ich stehe ebenfalls auf, und für einen Augenblick – vielleicht bin ich zu abrupt aufgestanden – dreht sich mir alles, und ich habe Angst, erneut ohnmächtig zu werden. Es ist sofort wieder vorbei, auch der Hüne hat nichts bemerkt.

»Dann hole ich sie jetzt«, sagt er. »Sind Ihnen Hunderter und Fünfziger recht?«

»Wunderbar.«

»Ich bin gleich wieder da.«

Und er geht, mit dem breiten Schritt der Fettleibigen, der dennoch etwas Majestätisches, Mächtiges hat, vor allem von hinten, und lässt die Reste des Abendessens auf dem kleinen Tisch – zu Recht, denn er ist sicher kein Kellner und letzten Endes vermutlich auch kein Gastwirt. Wer ist er? In wessen Hände habe ich mich da begeben? Hätte ich vorsichtiger, klüger handeln sollen? Ich weiß es nicht, ich habe nicht die Kraft, um nachzudenken, ich bin wirklich erledigt. Ich mache ein paar Schritte, wenigstens die Beine funktionieren. Ich gehe zu der Sonnenliege und strecke mich darauf aus. Der Anblick der Nacht ist mörderisch, er gibt einem das Gefühl, alles sei schön, alles sei perfekt, und ich muss mich sehr bemühen, nicht zu vergessen, dass es nicht so ist, dass ich bis zum Hals in Schwierigkeiten stecke. Ich weiß nach wie vor nicht das Geringste und warte darauf, dass der Hüne mir schmutziges Geld wechselt. Wäre es besser gewesen zu gehen, als er es mir befohlen hat? Und ihm zu sagen, dass meine Mutter noch lebt? Zum Teufel, zum Teufel, zum Teufel. Die Sonntagabende in Sacrofano waren phantastisch, wirklich. Wie lange ist das her? Vierzig Jahre, zweiundvierzig? Der Geruch war der gleiche, die Dunkelheit auch, die Klänge, die angenehme Wärme – aber es gab Glühwürmchen. Um sie zu fangen, hatte Carlo sich eine seiner Meta-Lösungen ausgedacht; anstatt sie zu verfolgen und im Flug zwischen seinen Händen einzuschließen, betäubte er sie mit einer Ohrfeige und sammelte sie dann in aller Ruhe vom Boden auf – eine Methode, die ich unehrlich fand, die ich aber letztlich ebenfalls übernahm, weil es immer so zwischen uns war, das war einfach so, und es gibt keinen Blödsinn, den er gemacht hat, den ich, nachdem ich darüber geschimpft hatte, letzten Endes nicht auch gemacht habe …

11

Der Meister sagte: Ich will nichts mit dem zu tun haben,
der sich nicht fragt: Was soll ich tun, was soll ich tun?
Konfuzius

»Alles okay?«, plötzlich.

Erneut der Hüne. Erneut groß wie ein Berg. Neben der Liege.

»Ja«, sage ich. »Entschuldigung, aber ich hatte mich …«

Wie viel Zeit ist vergangen?

»Nein, ich muss mich entschuldigen. Ich bin im Restaurant aufgehalten worden, das hat eine Weile gedauert.«

Er hat wieder die Hände voll. In einer hält er eine Flasche und zwei Cognacgläser. In der anderen einen …? Ja, einen Laptop. Wenn man ihn so im Liegen betrachtet, ist seine Größe unerträglich. Ich setze mich auf. Wie ist er hereingekommen?

»Ich habe den Generalschlüssel benutzt«, sagt er, als hätte er meine Gedanken gelesen. »Ich habe geklingelt, aber Sie haben mir nicht geöffnet. Ich hatte Angst, Sie wären erneut ohnmächtig geworden.«

Er stellt den Computer auf die andere Liege.

»Oh, nein, nein. Es geht mir gut«, erwidere ich. »Mir sind nur die Augen zugefallen …«

Ich gähne, zur Bekräftigung.

»Na, umso besser. Ich habe das hier mitgebracht …«

Er zeigt mir die Flasche. Eine von denen, die schon von der Form und vom Etikett her teuer aussehen.

»Armagnac«, sagt er. »Janneau. Doppelt gebrannt. Achtzehn Jahre alt. Was meinen Sie?«

Er stellt auch die Flasche und die Gläser auf die Liege.

»Aber zuerst das Geschäft«, fügt er hinzu.

Er zieht ein dickes Bündel Geldscheine aus der Tasche.

»Also, das sind viertausendfünfhundert Euro. Ich habe sie gezählt, zählen Sie bitte noch einmal nach.«

Er gibt sie mir in die Hand. Ich beginne die Scheine zu zählen, doch es sind zu viele, ich bin zu zerstreut, zu überrascht, und vertue mich sofort. Trotzdem mache ich weiter, tue so, als zählte ich diesen Haufen Geld bis zum Ende. Ich bemerke nur, dass sie sehr unterschiedlich sind, die Hundert-Euro-Scheine sind funkelnagelneu, die Fünfzig-Euro-Scheine sehr abgenutzt.

»Perfekt«, sage ich. »Danke.«

»Wollen Sie sie nicht mit meinem Filzstift überprüfen? Vertrauen Sie mir?«

»Ich vertraue Ihnen.«

Ich sitze reglos da mit dem Geld in der Hand und warte auf eine Geste von ihm. Doch er bleibt eigenartig passiv. Er lächelt mich weiterhin an, rührt sich aber nicht. Plötzlich fällt es mir wie Schuppen von den Augen.

»Ja«, sage ich. »Ich habe Ihnen meine nicht gegeben ...«

Ich finde sie in der Hosentasche, denn ich habe sie nicht wieder in die Unterhose gesteckt. Ich zähle sie vor seiner Nase. Es sind neun. Ich zähle sie noch einmal. Neun. Mir stockt das Herz. Ich stecke die Hand in die Tasche. Leer. In die Unterhose. Nichts.

»Scheiße«, sage ich.

Doch dann begreife ich. Es fehlt der, den ich im gezeigt hatte, bevor ich ohnmächtig wurde. Ich finde ihn in der anderen Tasche und gebe ihn ihm.

»Gut«, sagt er. »Und genehmigen wir uns jetzt einen Schluck?«

»Tun Sie so, als hätte ich ja gesagt«, sage ich.

»Ich verstehe. Macht es Ihnen was aus, wenn ich ...?«

»Das fehlte noch.«

Wind ist aufgekommen, warm und weich. Der Hüne schenkt sich drei Fingerbreit ein, schwenkt ihn sanft im Glas. Betrachtet den Armagnac. Schnuppert daran. Trinkt einen Schluck und stößt dann einen tiefen Seufzer aus.

»Sie wissen also nicht, warum Ihr Partner abgehauen ist«, sagt er lächelnd. »Sie wissen nicht, wer ich bin, und Sie wissen nicht, warum Sie hergeschickt worden sind. Ist es so?«

»Ja. *Ich weiß nichts.*«

»Dann gehe ich ein hohes Risiko ein, wenn ich hier bei Ihnen bin. Verstehen Sie das?«

Er trinkt einen weiteren Schluck.

»Nicht wirklich.«

»Gewöhnlich kommt man zu mir, um abzuhauen, man weiß, was man getan hat und was man will. Sie dagegen wollen nicht abhauen und wissen auch nicht, warum Sie gekommen sind. Wenn jemand Sie verhören sollte, könnten Sie ihm nichts Interessantes sagen, außer dass Sie hier gewesen sind. Er hat Sie selbst gefährdet.«

»Ich werde alles tun, dass mich niemand verhört, was soll ich Ihnen sagen.«

»Das beruhigt mich. So wie es mich beruhigt, dass wir gerade gemeinsam eine Straftat begangen haben. Zwischen vier und zwölf Jahren Gefängnis, da wir beide wussten, dass es sich um markiertes Geld handelt.«

»Das scheint mir ein bisschen viel.«

Ein weiterer Schluck. Sinnlicher diesmal, schmachtender.

»Na ja, das ist theoretisch gesprochen. Im Prozess, vielleicht in der Berufung, könnten wir nach ein paar Monaten Untersuchungshaft und einer Verurteilung in erster Instanz auch mit zwei, zweieinhalb Jahren davonkommen. Straferlass, und wir sind frei.«

»Gott sei Dank. Und deswegen bin ich für Sie jetzt etwas weniger gefährlich, richtig?«

»Richtig.«

»Dann können Sie mir ja jetzt auch sagen, warum Lello abgehauen ist und was ich riskiere. Das würde mir reichen, wissen Sie.

Ich würde für immer aus Ihrem Leben verschwinden und werde keine Bedrohung mehr sein, das schwöre ich Ihnen.«

Er trinkt den Rest des Armagnacs in einem langen Schluck und mit einem Schnalzen mit der Zunge gegen den Gaumen, genießt noch ein paar Sekunden die Nachwirkung und seufzt geräuschvoll. Er ist sicher Alkoholiker, der sehnsüchtige Blick, nachdem er den Alkohol getrunken hat, spricht Bände.

Er sieht mich an.

»Hören Sie«, sagt er, »warum fragen Sie das nicht Ihren Partner?« Er nennt ihn nie Lello, fällt mir auf. »Sie haben doch diese Methode, oder? Sie stehen doch in Kontakt.«

»Ich habe es ihn gefragt«, erwidere ich. Das ist nicht wahr, ich weiß nicht, warum ich das sage, aber jetzt ist es heraus.

»Wann?«

»Als ich auf seine erste Nachricht geantwortet habe.«

»Und warum sehen Sie dann nicht nach, ob er Ihnen geantwortet hat?«

Er nimmt den Laptop, den ich vollkommen vergessen hatte, öffnet ihn und gibt ihn mir. Er ist bereits eingeschaltet.

»Von hier?«, frage ich.

»Sicher. Wir haben drahtloses Internet im Zimmer. Es müsste funktionieren.« Er überprüft das Display, indem er es so weit wie möglich von seinen Augen entfernt, doch es geht nicht, er muss wieder seine Brille aufsetzen.

»Ja, wir haben Empfang«, sagt er. »Das Passwort lautet papaveri07.«

Er gibt mir den Computer zurück, und diesmal nehme ich ihn. Wir sind bereits auf der Homepage von Google.

»Ist das nicht gefährlich?«, frage ich.

»Was?«

»Sich von hier einzuloggen?«

»Gefährlich? Warum?«

»Na ja, wenn sie die Bewegungen von diesem Anschluss überprüfen, können sie dann nicht ...«

»Was?«

»Na ja, man ergreift all diese Vorsichtsmaßnahmen, keine Handys, geheime Sprachregelung, und dann geht man ins Internet, als wäre nichts?«

»Na na, übertreiben wir es nicht mit der Paranoia. Das hier ist ein Agrotourismusbetrieb, die Verbindung steht jedem Gast zur Verfügung. Wenn die Postpolizei diese Adresse beobachten würde, und ich bin sicher, ich wiederhole, *sicher*, dass dem nicht so ist, dann wüsste sie nur, dass jemand in diesem Augenblick auf Google gegangen ist wie achthundert Millionen andere Personen auf der Welt. Ich bitte Sie, was für eine Entdeckung.«

»Das heißt, weiter können sie nicht gehen?«

»Nein, können sie nicht.«

»Aber warum dann die Methode von al-Qaida benutzen? Es heißt doch, dass sie nicht ...«

»Die gesendete Post können sie abfangen, wie jeden Informationsaustausch, Telefonate, SMS, Gespräche, sogar verschlüsselte Nachrichten. Nur wenn man nichts schickt, wenn der Text den Server nicht verlässt, was sollen sie dann abfangen? Überprüfen Sie ruhig diesen Account. Keine Angst.«

»Vielleicht später.«

»Tun Sie es jetzt! Vielleicht hat er Ihnen ja geantwortet.«

Mir bleibt heute auch nichts erspart. *Mir bleibt nichts erspart.*

»Tatsache ist, dass ich Sie belogen habe«, gestehe ich. »Ich habe ihn nicht gefragt.«

Jetzt ist der Hüne überrascht. Das hatte er nicht erwartet.

»Sie haben ihn nicht gefragt, was los ist?«

»Noch nicht.«

»Aber, entschuldigen Sie, Sie haben seine Nachricht beantwortet, oder nicht?«

»Ja, nur hatte er mir gesagt, dass Sie mir alles erklären würden, und ich war ziemlich wütend.«

»Und?«

»Und ich habe ihm als Antwort ...«

»Als Antwort?«

»Na ja, ich habe ihm als Antwort einen Fluch geschickt.«

»Einen Fluch?«

»Genau, um ihm meine ganze, sagen wir, Enttäuschung mitzuteilen. Das ist eigentlich nicht mein Stil, aber es hat mich einfach …«

»Das heißt, er hat Ihnen gesagt, Sie sollen zu mir gehen, und anstatt ihn zu fragen warum, haben Sie geflucht?«

Die Sache scheint ihn zu amüsieren.

»Ich sagte ja schon«, erkläre ich, »dass er mir in der Nachricht sagte, Sie würden mir alles erklären. Wie sollte ich wissen, dass Sie es mir nicht erklären?«

Doch der Hüne scheint meine Worte nicht gehört zu haben. Er steht da und starrt ins Leere – träumerisch, hingerissen, amüsiert. Jetzt bin ich vielleicht high, das ist sehr gut möglich, aber ich habe wirklich das Gefühl, dass Wertschätzung in seinem Blick liegt. Bewunderung.

»Sie sind ein merkwürdiger Mensch, Signor Paladini. Wissen Sie das?«

»Ich?«

»Ja, Sie.« Er schüttelt den Kopf und lacht leise, während er sich einen zweiten Armagnac einschenkt. Ja, das ist eine wunderbare Entschuldigung, noch einen zu trinken: ein Toast auf den Fluch.

»Ich sage Ihnen nicht ohne Grund, dass er mir nicht geantwortet haben kann«, erkläre ich.

Er trinkt erneut, und erneut schmeckt er dem Alkohol genießerisch nach. Dann fasst er sich wieder und nimmt abermals das gutmütige Aussehen des Rabbiner-Mechanikers an – das mein Vater, um ehrlich zu sein, nie gehabt hat.

»Hören Sie auf mich«, sagt er, »schauen Sie trotzdem nach.«

»Aber ich habe doch gerade …«

»Schauen Sie nach!«

Ich habe verstanden. *Er weiß*, dass Lello mir eine Nachricht geschrieben hat, um mir zu erklären, was passiert ist. Ja, natürlich. Seine Augen leuchten diabolisch, was nicht auf den Alkohol zurückzuführen ist. Er ist vorhin nicht im Restaurant aufgehalten worden, er hat einen anderen Account wie meinen, um mit Lello zu kommunizieren, und während er dort war, hat er ihn benutzt, um ihm zu befehlen, mir alles zu erklären. Vielleicht hat er auch mit ihm geschimpft, dass er mich völlig ahnungslos zu ihm geschickt und ihn der *Gefahr* ausgesetzt hat, die ich darstelle. Ganz klar. Es sei denn, der Account ist sogar genau der gleiche und er hat gesehen, dass Lello bereits … Aber nein, in diesem Fall hätte der Fluch ihn nicht überrascht, er hätte davon gewusst, er hätte ihn gesehen. Übertreiben wir die Paranoia nicht, das hat er selbst gesagt. Jedenfalls ist die Sache klar: Dieser Mann weiß Bescheid, er will jedoch nicht derjenige sein, der es mir sagt.

Und bald werde auch ich Bescheid wissen.

»Okay«, sage ich.

Papaveri07. Jetzt bin ich eingeloggt. Ich gehe auf Gmail. Ich suche in der Tasche nach Lellos Kassiber. Ich finde ihn. Ich beginne die Koordinaten abzuschreiben. *Scansa…*

»He, Sie sollten es nicht in der Tasche aufbewahren«, sagt der Hüne.

Ich halte inne. Sehe ihn an: der Kopf leicht nach unten geneigt, drei Falten auf der Stirn, kleine Äuglein. Er wirkt mutlos, würde ich sagen.

»Sonst ist es sinnlos, meinen Sie nicht?«, fügt er hinzu.

»Und wo soll ich es aufbewahren?«

Er berührt mit dem Finger die Glatze.

»Hier.«

Was soll ich sagen? Er hat recht. Wie soll ich ihm erklären, dass ich mich nie an etwas erinnere, vor allem nicht an solche Dinge – Passworte, Kombinationen, Telefonnummern?

»Natürlich«, sage ich. »Ich habe noch keine Zeit gehabt, sie mir einzuprägen, es ist alles so schnell gegangen, aber ich werde es selbstverständlich tun.«

»Gut.« Er lässt nicht locker. »Wenn sie Sie verhaften, durchsuchen sie Sie, was glauben Sie?«

Ein weiterer Schluck.

»Falls sie mich verhaften.« Warum sollten sie mich verhaften? Jedenfalls wird es ganz schön mühsam sein, sich die Koordinaten einzuprägen: *scansamose, lomamelda.* Was für Scheißwörter hat dieser Blödmann sich da nur ausgedacht? Wie soll man sich die merken? Assoziationsmethode, wie in dem Witz: Womit kann man sie assoziieren? *Scansamose* mit scansiamoci. Natürlich: scansiamoci auf Römisch. Aber *lomamelda*?

Willkommen, Olindo Stupazzoni …

In der Vorschau von Entwürfe keine Spur mehr von dem Fluch: LIEBER PIETRO … SEIT ZWEI JAH…

Ich blicke auf, der Hüne sieht mich an, das Glas in der Hand.

Ich gehe in Entwürfe.

LIEBER PIETRO … SEIT ZWEI JAHREN VERKAUFEN WIR GEKLAUTE AUTOS … NICHT NUR ABER VOR ALLEM GEKLAUTE AUTOS … TUT MIR LEID ABER ICH BIN IN SCHLECHTE GESELLSCHAFT GERATEN … RUMÄNEN … GEFÄHRLICHE LEUTE … ICH HABE ES NIE GESCHAFFT ES DIR ZU SAGEN UND DESWEGEN STECKST AUCH DU MIT DRIN TUT MIR LEID … DENK JETZT DARAN DICH ZU SCHÜTZEN … WENDE DICH AN MAURO DER EIN FREUND IST … ER KANN DIR HELFEN ABZUHAUEN DICH VERSTECKEN DIR IN VIELER HINSICHT HELFEN … MEHR KANN ICH JETZT NICHT TUN … ABER WIR BLEIBEN IN KONTAKT … ICH BIN IMMER ERREICHBAR … TUT MIR LEID …

Das ist alles …

Geklaute Autos. *Geklaute Autos.* Und die Gerichtsdokumente? Und die Quittungen für die Banken, die Kfz-Scheine – all der Papierkram, den sie heute beschlagnahmt haben? Alles falsch? Und Oscar, der Steuerberater, der den ganzen Tag nicht ans Telefon gegangen ist? Abgehauen auch er? Verhaftet? Und was bedeutet »schlechte Gesellschaft«? »Rumänen, gefährliche Leute«, was bedeutet das?

»Verdammte Scheiße«, sage ich.

Der Hüne kichert erneut.

»Nicht schon wieder fluchen«, sagt er.

Er scheint sich wirklich königlich zu amüsieren. Und er trinkt. Ich müsste eigentlich wütend auf ihn sein, doch jetzt muss ich Lello antworten, das ist wichtiger. Text löschen – Klick. »Lello, was bedeutet, dass auch ich mit drinstecke? Ich habe nichts damit zu tun, das weißt du. Warum soll ich abhauen? Was hast du getan? Was hast du mir angetan? Was bedeutet ›schlechte Gesellschaft‹, ›gefährliche Leute‹? Muss ich verschwinden, weil sie mich sonst verhaften oder weil sie mich sonst umbringen? Sag es mir sofort, denn andernfalls gehe ich zu den Carabinieri und erzähle alles.«

Am liebsten würde ich da und dort ein »Arschloch« hinzufügen, doch der Gedanke an das Gelächter des Hünen, wenn er es erführe, hält mich davon ab. Und um ein Haar hätte ich auf »Senden« gedrückt und alles zunichtegemacht wie die Geliebte dieses Generals. Ich muss Ruhe bewahren. Ruhe und einen klaren Kopf. Ich verlasse Entwürfe, ich verlasse den Account. Ich lege den Laptop auf die Liege und betrachte wieder die Schönheit der Nacht, die unversehrt geblieben ist – die Lichter der Küste, das Methylenblau am Horizont, die landenden Flugzeuge, der dunkle Tümpel der Landschaft …

»Zufrieden?«, fragt der Hüne.

Ich drehe mich nicht um.

»Zufrieden?«, sage ich. »Vor allem geliefert.«

Zischendes Atmen.

»Tut mir leid.«

Ach, tut ihm leid …

Schweigen.

Grillen.

Geklaute Autos.

Rumänen.

Schlechte Gesellschaft.

Wie viel Zeit mag vergangen sein? Hat er schon geantwortet, dieser Verbrecher?

Ich nehme den Computer und gehe wieder zu dem Account. *Scansamose* und *lomamelda* auswendig. Willkommen, Olindo Stupazzoni. Entwürfe (1) »Lello, was bedeu…« Es wird gerade mal eine Minute vergangen sein. Ich verlasse den Account und lege den Computer wieder auf die Liege.

Gefährliche Leute …

Der Hüne verlustiert sich mit seinem Göttertrank – ruhig jetzt, gedankenverloren. Er ist mit Sicherheit Alkoholiker, einer von denen, die es sich nicht anmerken lassen, die so tun, als wären sie lediglich starke Esser – und unter dem Vorwand des Essens konsumieren sie einen Liter Alkohol am Tag. Dennoch ist es beruhigend, dass er hier bei mir ist. Nicht auszudenken die Angst, wenn ich allein wäre; so ist wenigstens er hier, und vor allem hat er eine beruhigende Wirkung auf mich, wenn er nicht gerade höhnisch über meine Missgeschicke lacht. Was soll ich tun, soll ich ihm erzählen, in was für einen Schlamassel mein Freund mich geritten hat? Da ich ihm jetzt vertraue, kann er mir vielleicht wirklich helfen, denn so richtig kann ich mir die Scheiße, in der ich stecke, noch immer nicht vorstellen. Rumänen? Was für Rumänen? Tredicesimo wimmelt von Rumänen. *Was für Rumänen?* Er weiß es bereits, natürlich weiß er es. Er tut so, als wüsste er nichts, aber er weiß alles. Er spielt den Zurückhaltenden, den Profi, und vor allem will er nicht derjenige sein, der mir sagt, was los ist – aus gutem Grund, schließlich betrifft ihn das Problem nicht, trotzdem weiß er Bescheid. Und er weiß auch, dass ich weiß, dass er Bescheid weiß, deswegen muss ich ihm nichts sagen, ich kann ihn direkt um Rat fragen. Und dass er hierbleibt, bedeutet, dass er nur darauf wartet …

»Haben Sie irgendeinen Rat für mich?«, frage ich.

Ich blicke ihn nach wie vor nicht an, betrachte den Horizont. Doch er ist so dermaßen groß, dass ich das Gefühl habe, ihn dennoch zu sehen.

»Tja«, antwortet er. »Wenn ich nicht weiß, worum es geht, wird das nicht so einfach sein.«

Da haben wir's.

Dabei ist ganz klar, dass er Bescheid weiß, dass er nur so tut. Er spielt Theater, das ist offensichtlich, aber er weiß Bescheid. Er will, dass ich es ihm sage, aber er weiß Bescheid.

»Geklaute Autos«, sage ich, den Blick immer noch auf den Horizont gerichtet.

Ein Flugzeug, das in die entgegengesetzte Richtung fliegt, viel höher als die anderen, ein Flugzeug, das nicht landet. Wohin mag es fliegen? Wie viele Menschen mögen in ihm sitzen? Wie groß ist die Wahrscheinlichkeit, dass es in genau diesem Augenblick explodiert?

»Und zwangsläufig gefälschte Gerichtsakten«, fahre ich fort, »und sicher auch Steuerhinterziehung, Betrug, Hehlerei, kriminelle Vereinigung ...«

Das sind vertraute Worte, er wird sie Tausende Male gehört haben, doch jetzt, da sie mich betreffen, klingen sie ungeheuerlich.

»Und auch Rumänen«, fahre ich fort. »Schlechte Gesellschaft. Gefährliche Leute ...«

Ich drehe mich um, er sieht mich an. Vielleicht hat er mich die ganze Zeit angesehen. Er lächelt nicht, grinst nicht. Er hat verstanden, dass das eine sehr ernste Sache für mich ist.

»Ich nehme auch einen Schluck«, sage ich und greife nach Flasche und Glas. Er lächelt.

»Bitte«, sagt er. »Zwei Fingerbreit Armagnac haben noch keinen umgebracht.«

»Das Gleiche habe ich mir heute Nachmittag auch beim Whisky gesagt«, sage ich, während ich mir einschenke. »Und es hat mich den Führerschein gekostet ...«

Wir trinken gemeinsam, er hebt leicht das Glas, wie zu einem Toast, auf den ich nicht antworte. Der Armagnac brennt wie Feuer in der Kehle. Gut, aber wie Feuer in der Kehle.

»Was soll ich tun?«

Diesmal holt der Hüne eine Zigarre aus der Tasche seiner Latzhose. Es gibt dort drin alles ...

»Wollen Sie?«

Auch Papa rauchte Zigarre. Bevor Mama krank wurde. Danach hat er aufgehört.

»Nein, danke.«

»Stört es Sie, wenn ich ...?«

»Nein, rauchen Sie ruhig. Ich werde eine Zigarette rauchen.«

Während ich mir eine Zigarette nehme, taucht aus der Tasche der Latzhose auch das Feuerzeug auf. Der Hüne gibt zuerst mir Feuer, dann widmet er sich seiner Zigarre – eine Toscanello –, eine aufwendigere Angelegenheit. Als sie endlich brennt, nimmt er einen tiefen Zug, behält ihn lange im Mund, so lange, dass es fast scheint, er würde ihn inhalieren, und stößt ihn dann aus. Schlagartig überdeckt der Geruch der Zigarre alle anderen Gerüche.

»Sie wussten wirklich von nichts?«, fragt er. »Sie hatten keinen Verdacht, nichts?«

»Ich wäre nicht im Traum darauf gekommen.«

Ich trinke einen weiteren Schluck Armagnac, und dann den Rest.

»Aber die Autos habe ich verkauft«, sage ich. »Auf allen Papieren, die das Finanzamt beschlagnahmt hat, steht meine Unterschrift. Deswegen habe ich es Ihnen nicht gesagt, heute Nachmittag kam das Finanzamt ins Büro, während mir dort ...« – ich deute auf die Lichter der Küste, auf der rechten Seite, wo ich Passoscuro vermute – »... der Führerschein weggenommen wurde.«

Der Hüne zieht an seiner Zigarre. Er scheint nachzudenken.

»Heute Nachmittag?«, fragt er.

»Ja.«

»Merkwürdig«, sagt er. »Normalerweise werden diese Blitzüberfälle vormittags durchgeführt.«

»Dazu kann ich nichts sagen. Sie sind nachmittags da gewesen.«

Zigarrenzug.

»Und was haben sie beschlagnahmt?«

»Computer, Rechnungsbücher, Kaufverträge, Kopien der Gerichtsakten, Safe versiegelt. Alles.«

Armagnac.

»Wirklich. Dann sind Sie ein Glückspilz.«

»Und warum?«

»Sie haben gesagt, Sie hätten die fünftausend mitgenommen, weil Sie sich nicht an die Kombination des Safes erinnert haben, richtig?«

»Richtig.«

»Tja, also wenn Sie sich an sie erinnert hätten, dann hätten die Ermittlungsbeamten, als sie den Safe öffneten, die markierten Geldscheine darin gefunden. Das hätte sich mit Sicherheit nicht strafmildernd ausgewirkt.«

»Scheiße, das stimmt.«

»Wer weiß, was der Schweizer Gardist angestellt hat ...«

»Okay, ich gebe zu, ich habe Glück gehabt. Ein Blümchen in einem Berg Scheiße.«

Er lacht. Zieht an seiner Toscanello.

»Und das Finanzamt hat nichts für Sie und Pica dagelassen? Ich weiß nicht, eine Vorladung ...«

»Nein. Meine Sekretärin hat mir nichts gegeben.«

»Und Ihre Sekretärin weiß auch nichts?«

»Nein.«

»Sind Sie sicher?«

»Ja.«

»Ganz sicher?«

»Nein.«

Der letzte Schluck Armagnac. Langsam, aber ohne das geringste Zögern nimmt der Hüne die Flasche und schenkt sich nach. Sogleich will er auch mir nachschenken, doch ich mache eine verneinende Geste. Er stellt die Flasche auf die Liege zurück. Zieht erneut an seiner Zigarre.

»Und dann ist da diese Sache mit der ›schlechten Gesellschaft‹«, fahre ich fort. »Lello empfiehlt mir, mich zu schützen, mich Ihnen anzuvertrauen, nachdem er diese Rumänen erwähnt hat, diese gefährlichen Leute, als wäre das die wirkliche Gefahr. Was mag dieser Arsch nur angestellt haben?«

»Haben Sie ihn diesmal gefragt?«

»Ja, ich habe ihn gefragt. Und dann habe ich sofort nachgeschaut, ob er mir geantwortet hat, aber es war zu früh.«

»Schauen Sie noch einmal nach …«

Ich nehme den Computer. In drei Sekunden bin ich im Account. Seine Augen beobachten mich über den Glasrand hinweg.

In Entwürfe befindet sich noch immer meine Nachricht.

»Nichts. Er hat nicht geantwortet.«

Ich spüre den Drang, noch etwas zu trinken, mir eine weitere Zigarette anzuzünden, doch da ich mich kenne und weiß, wie das endet, zwinge ich mich gewaltsam – und bleibe standhaft.

»Ich weiß nicht, was ich tun soll«, klage ich. »Ich weiß wirklich nicht, was ich tun soll.«

Patt. Jetzt blickt er zum Horizont, seine Hände umklammern die Wölbung seines Bauchs, er atmet leise, und seine Unterlippe bewegt sich unmerklich wie bei Nero Wolfe, wenn er nachdenkt. Ja, Nero Wolfe. Eine weitere Ähnlichkeit, die ihn vertraut erscheinen lässt: der Nero Wolfe mit dem Bart aus der Paramount-Fernsehserie, die ursprünglich für Orson Welles geschrieben worden war, der jedoch im letzten Augenblick wie üblich abgesprungen ist, sodass die Rolle Bill Conrad anvertraut worden war, sozusagen seinem Doppelgänger, der berühmt geworden ist als Privatdetektiv Cannon. Was, aufgrund der Kraft der Übertragung, bedeutet, dass der Hüne auch – ja, daran besteht kein Zweifel – Orson Welles ähnelt.

Er schweigt indessen immer noch und denkt nach, während ich feststelle, dass ich mich an all diesen Serien- und Fernsehscheiß, der aus meinem früheren Leben stammt, in dem ich in Mailand lebte und einen Pay-TV-Sender leitete und das ich aufgegeben und verdrängt habe, einwandfrei erinnere – aber nicht an die Telefonnummer meiner Tochter …

»Wie es aussieht«, sagt der Hüne, »haben Sie zwei verschiedene Probleme. Das eine ist das Verbrechen, in das Sie hineingezogen wurden, ja sogar die Verbrechen, und die gerichtliche Untersuchung, die daraus resultieren wird. Was das betrifft, gebe ich Ihnen einen ganz banalen Rat: Wenden Sie sich an einen Anwalt, vielleicht an einen, der gute Beziehungen zu den Gerichten hat, und bitten Sie ihn, sich über Ihre Lage zu informieren. Ob es eine Untersuchung gibt oder nicht, welches die Anklagepunkte sind, ob Sie riskieren, verhaftet zu werden, oder nicht, oder ob auch die Ermittler zu dem Ergebnis kommen, dass Sie mit der Sache nichts zu tun haben, was ja der Fall ist. Das sind Dinge, die man *unter der Hand* herausbekommen kann, wenn man den richtigen Anwalt fragt. Haben Sie so einen Anwalt?«

»Nein. Ich habe überhaupt keinen Anwalt.«

Mir wird bewusst, dass das in meinem Alter eine trostlose Antwort ist, aber es ist so. Als ich mit den Mächtigen Umgang hatte, hatte ich eine ganze Rechtsabteilung zur Verfügung, doch jetzt, bei dem Leben, das ich führe – führte –, brauchte ich keinen Anwalt, und ich hielt das sogar für einen Vorteil. Da wäre Giuliano – wie lautet noch sein Familienname? Satti heißt er –, mit dem ich samstags Tennis spiele. Er scheint tüchtig zu sein. Doch ich kenne ihn kaum, kann ich ihm eine so heikle Aufgabe anvertrauen? Und wenn er ein Stümper ist? Was weiß ich schon von ihm? Nichts, und auch seine Telefonnummer ist in diesem verdammten Handy, also …

»Ich hatte einen«, fährt er fort, »aber ich habe ihn Pica empfohlen, und ich denke, er wird für ihn arbeiten …« – Er nennt ihn nach wie vor nicht Lello; also sind sie keine Freunde – »… und für Sie ist es besser, nicht mit Ihrem Partner verbunden zu bleiben, wenn ich das richtig verstanden habe. Einen Anwalt, der imstande ist, sich ein Bild von Ihrer Lage zu machen, werden Sie mit Sicherheit finden. Mir macht eher das zweite Problem Sorge.«

»Das heißt die Rumänen …«

Die Toscanello ist ausgegangen. Er muss sie wieder anzünden.

»Ich weiß nicht, was er Ihnen geschrieben hat«, brummt er, während er die Zigarre wieder entzündet, »aber wenn er Ihnen gegenüber eine gefährliche Gesellschaft erwähnt hat, dann muss er irgendeine Dummheit gemacht haben, und man sollte besser vorsichtig sein. Kennen Sie zufällig Diebe? Verbrecher?«

Kennen Sie Verbrecher: Was für Fragen muss ich mir heute Abend anhören?

»Außer Lello nein.«

»Dass wir uns recht verstehen«, sagt er, »es ist gut möglich, dass sie nichts von Ihnen wissen, das ist sogar die vernünftigste Annahme. Solche Leute stellen gewöhnlich keine langen Nachforschungen an, sie fackeln nicht lange, wenn sie jemand übers Ohr gehauen hat. Allerdings ...«

»Allerdings?«

Nichts, er befindet sich jetzt in einem Kurzschluss: Alkohol verlangt Zigarre, Zigarre verlangt Alkohol. Weitere drei Fingerbreit Armagnac im Glas, hoffen wir, dass er sich nicht betrinkt.

»Kurz und gut, wenn Ihr Partner Sie gewarnt hat, bedeutet das, dass es vielleicht eine Gefahr gibt. Das hängt davon ab, was er angestellt hat. Wollen Sie nicht noch mal nachschauen, vielleicht hat er Ihnen ja geantwortet.«

Ich blicke ihn unverwandt, eindringlich an. Wenn er bis jetzt Theater gespielt hat, ist nun der Moment gekommen, damit aufzuhören.

»Wissen Sie es wirklich nicht?«, frage ich unvermittelt.

Nichts, er verzieht keine Miene. Er ist zu Hause, hat seine Zigarre, seinen Armagnac und den Vorteil, dass ich ihn nicht kenne; er hat alles, was er braucht, um einem Verhör standzuhalten.

»Ob ich es nun weiß oder nicht«, sagt er, mit deutlicher Betonung auf jeder Silbe, »ich frage nie nach den Geschäften meiner Kunden. Bei Ihnen mache ich eine Ausnahme, weil ich versuchen will, Ihnen zu helfen.«

»Und warum«, bohre ich nach, »hat Lello mir dann gesagt, Sie würden mir alles erklären?«

Er macht eine herrische Handbewegung, wie ich sie noch nie gesehen habe und die vermutlich bedeutet: Ich habe keine Ahnung, oder: Das ist nicht wichtig, oder: Fragen Sie ihn. Sie könnte aber auch bedeuten: Selbst wenn ich es wüsste, würde ich es nie zugeben.

»Schauen Sie nach, ich bitte Sie«, insistiert er.

Eins, zwei, drei. Olindo Stupazzoni. Entwürfe. Lello hat nicht geantwortet.

»Nichts«, flüstere ich. »Was soll ich tun? Bitte helfen Sie mir.«

Er trinkt. Raucht seine Zigarre. Seufzt.

»Was ich tun kann«, sagt er, »ist, Ihnen gültige Papiere zu besorgen, Reisetickets, Unterstützung, Telefonkarten, Geld für Sie wechseln, es in die Schweiz, nach Luxemburg und natürlich auch nach Uruguay transferieren. Das kann ich tun ...«

»Hören Sie, ich kann nicht nach Uruguay gehen. Ich habe eine Tochter, ich muss herausfinden, was sie geritten hat, denn sie ist von zu Hause weggelaufen. Und Geld in der Schweiz habe ich bereits, da mein Vater dort gestorben ist, nachdem er die letzten zehn Jahre seines Lebens dort gelebt hatte, und was er mir hinterlassen hat, liegt bei einer Bank in Luzern.«

Bei meinen letzten Worten leuchtet sein Gesicht vor Überraschung auf.

»Sie haben Geld in der Schweiz?«, fragt er.

»Ja.«

»Viel oder wenig?«

»Ich weiß es nicht genau. Bis jetzt habe ich es nicht angerührt, weil ich es nicht brauchte, aber es ist mein Erbteil.«

»Schwarz oder offiziell?«

»Schwarz. Mein Vater war ein Italiener des 20. Jahrhunderts.«

Erneut diese Wertschätzung in seinen Augen. Diese Bewunderung.

»Sie sind wirklich perfekt, um abzuhauen. Glauben Sie mir, ich habe viele gesehen, aber ich bin noch niemandem begegnet, der für die Flucht geeigneter wäre. Sie sind bereit. Sie fragen mich, was Sie tun sollen? Ich sage Ihnen, *hauen Sie ab*. Das müssen Sie tun: abhauen, verschwinden, sich aus dem Staub machen. Wenn sie niemanden finden, können sie Ihnen nichts tun. Übrigens sind ja, wie Sie mir gesagt haben, in Ihrer Umgebung schon alle abgehauen. Das scheint mir ein ziemlich eindeutiges Zeichen zu sein. Ignorieren Sie es nicht ...«

Das ist das entscheidende Argument, das die Situation vollkommen ändert, den Knoten löst. All diese Fluchten um mich herum, all dieses Nicht-mehr-da-Sein. Natürlich. Das ist es, was alle mir sagen: dass auch ich abhauen soll. Also gut; die Dinge, die ich tun muss, kann ich auch tun, wenn ich abgehauen bin – vielleicht sogar besser. Er hat recht, wenn sie dich nicht finden, können sie dir auch nichts antun. Und mit der nötigen Ruhe und gebotenen Umsicht werde ich schon herausfinden, wie die Dinge stehen, was ich riskiere und warum – und dann werde ich sehen, was ich tun kann; und in der Zwischenzeit bin ich in Sicherheit und derjenige, der entscheidet.

»Sie haben mich überzeugt«, sage ich. »Ist Mailand okay?«

»Es ist alles okay, vorausgesetzt, Sie wissen, wohin Sie gehen, und sind nicht orientierungslos und haben dort, wo Sie hingehen, kein Haus oder enge Verwandte oder Interessen. Vorausgesetzt, Sie fliegen nicht mit einem Ticket auf Ihren Namen oder nehmen das Auto mit einem Telepass, der mit einem Nummernschild verbunden ist, das auf Sie zurückgeführt werden kann, oder den Zug mit einem elektronischen Ticket, vorausgesetzt, Sie benutzen dort keine Handys, Kreditkarten oder Geldautomaten und geben, wenn Sie im Hotel übernachten, Ihre Personalien nicht preis, und vorausgesetzt, und das ist wichtig, Sie vermeiden es stets, soweit es Ihnen möglich ist, zweimal denselben Ort aufzusuchen.«

Scheiße, dann ist Mailand nicht okay ...

Gut, aber das ist die Theorie. Das gilt für Leute wie Carlo. Doch ich glaube nicht, dass die Rumänen vor Martas Haus in Mailand auf mich warten. Und das Finanzamt ebenfalls nicht. Dort ist Claudia, dorthin ist sie abgehauen. Er sagt, ich soll die Zeichen nicht ignorieren, und dies ist groß wie ein Scheunentor. Ich haue ab, ja, aber ich haue nach Mailand ab, wohin meine Tochter abgehauen ist. Im Übrigen habe ich noch zahlreiche Freunde in Mailand, einflussreiche, intelligente Leute, denen ich Gutes getan habe. Enrico Valiani. Tardioli. Jede Menge Anwälte …

Es ist immer das Gleiche: Wie finde ich sie? Wie mache ich sie ausfindig?

Eine Idee.

Ich blicke auf die Uhr. Zehn vor elf. Es ist noch früh. Man könnte …

»Haben Sie den Führerschein?«, frage ich.

Der Hüne sieht mich fragend an.

»Natürlich. Warum?«

»Weil ich Sie noch um eine letzte Hilfe bitten müsste.«

»Ich höre.«

Es ist wahr, ich bin ohnmächtig geworden, die Augen fallen mir zu vor Müdigkeit, ich bin hundemüde – doch wenn ich spüre, dass es wirklich notwendig ist, wenn *ich es will*, dann wird es einen Grund dafür geben.

»Ein weiteres Verbrechen, das wir gemeinsam begehen.«

Sein überraschtes Mondgesicht: das Schauspiel der Runzeln unter der schweißnassen Glatze.

»Was für ein Verbrechen?«

Ich könnte es auch allein tun, aber ich will diesen Mann dabeihaben.

»Hier in der Nähe. Und jetzt, sofort. Ich gebe Ihnen weitere fünfhundert Euro.«

»Was für ein Verbrechen?«, wiederholt er.

Ich hole das Geld aus der Tasche, das, das er mir gerade gegeben hat. Ich zähle fünfhundert Euro ab. Ich gebe sie ihm. Ich habe so viel Geld, wie ich will – wenn ich will. Mein Vater hat mir so viel hinterlassen, es stimmt nicht, dass ich nicht weiß, wie viel es ist. Carlo hat es nicht gewollt, er ist nicht zur Beerdigung gekommen, hat nie mehr mit ihm gesprochen und hat ihm auch nach seinem

Tod nicht verziehen. Ich bin zu ihm gegangen, als sein Zustand sich verschlechtert hat, ich bin rechtzeitig da gewesen, um ihn vor seinem Tod noch zu sehen, ich war auf der Beerdigung, ich habe den Friedhof von Luzern gesehen, auf dem er bestattet worden ist, ich habe zugelassen, dass Chantal mir von dem Geld erzählte, das er für uns versteckt hatte – sie hätte es nicht zu tun brauchen, sie hätte alles für sich behalten können –, dass sie mir die Adresse der Bank gab, die Namen der Ansprechpartner, die Kontonummern – die übrigens im Handy gespeichert sind, auch sie, es ist alles *da drin* –, aber ich habe es nie genommen, denn es ist eine Sache, unentgeltlich zu verzeihen, und eine andere, es gegen Bezahlung zu tun. Doch das Geld ist da, und wenn ich mich in Not befinde oder wenn ich fünfhundert Euro aus dem Fenster werfe, nachdem ich bereits fünfhundert Euro aus dem Fenster geworfen habe und eine Geldstrafe von fünftausend bekommen habe, alles am selben Tag, ist es sogar noch mehr da. Das ist der Unterschied zwischen Carlo und mir. Für ihn wird dieses Geld niemals da sein.

»Hausfriedensbruch«, sage ich.

Der Hüne starrt mich mit diesen Äuglein an, die wie Knöpfe aussehen und jetzt ein bisschen trüb vom Alkohol sind – er starrt mich an, ohne etwas zu sagen. Komm schon, Rabbiner, Mechaniker, Nero Wolfe, Orson Welles, *Papa*: nicht schwanken, nicht nachdenken. Nimm dieses Geld, los. Nimm es und Schluss. Sieh mir in die Augen, ich befehle es dir: Nimm es!

18

Wenn man gründlich in eine Richtung blickt,
sieht man auch alle anderen.
Yamamoto Jinuemon, Vater von Tsunetomo

Toyota Tundra Platinum aus dem Jahr 2008 mit Doppelkabine in der Version CrewMax sechssitzig, sechs Meter lang und zwei Meter breit, Motor iForce 5,7 Liter V8 380 PS, Allradantrieb und Zweistoffbetrieb mit Benzin und Flüssiggas und automatischer Sechsgangschaltung – das einzige Serienfahrzeug der Welt, das eine Raumfähre auf der Straße gezogen hat, in diesem Fall das Space Shuttle *Endeavour*, im vergangenen Oktober, über die Straßenüberführung über den San Diego Freeway, genannt Manchester Boulevard Bridge, auf dem schwierigsten Abschnitt seiner letzten Reise vom internationalen Flughafen von Los Angeles zum California Science Center, wo es für immer bleiben wird. Nur wenige Menschen auf der Welt sind imstande, sich diesem Mastodon zu nähern, ohne wie ein Insekt zu wirken, und der Hüne ist einer von ihnen. Als er auf das Trittbrett stieg, senkte sich das Fahrzeug buchstäblich auf seine Stoßdämpfer, wie ein Bison, der sich in einer Geste der Unterwerfung verneigt, und er passte perfekt in die Kabine, die mir wie ein Exerzierplatz vorkommt. Es ist eine Frage des Maßstabs: anderthalb Männer in anderthalb Pick-ups.

Die Fahrt war kurz, wir sind fast da, denn Testa di Lepre und Passoscuro sind gar nicht weit voneinander entfernt, was ich bis heute nie gedacht hätte – und vor allem ohne den heutigen Tag niemals herausgefunden hätte, was mich vermuten lässt, dass sich im Chaos meines heutigen Tages möglicherweise geheime

Regeln verbergen, und selbst wenn es mir niemals gelingen wird, sie zu entdecken, bestärkt mich dieser einfache Verdacht in dem Glauben, dass die Idee zurückzukehren richtig sein muss. Und außerdem sitzt er neben mir: der Hüne und ich im Krieg gegen alle. Sicher, ich hatte Mühe, ihn zu überzeugen, da Handys für ihn Teufelszeug sind; ja, er hat sogar versucht, mich davon abzubringen, weil – wie er sagt – alles, was im Adressbuch eines Handys steht, auch woanders steht und wiedergefunden und, wenn es wichtig ist, auswendig gelernt werden kann, und wenn es nicht wichtig ist, braucht man es nicht bei sich zu tragen. Ich weiß das alles, verdammt noch mal, ich weiß es nur zu gut, aber ich brauche jetzt *sofort* Informationen, die in diesem Handy enthalten sind, und ich habe keine Zeit, sie mir eine nach der anderen wiederzubeschaffen, außerdem fehlen mir die Geduld, die Kaltblütigkeit und vor allem die Ruhe, um es zu tun – kurz und gut, am Ende habe ich mich durchgesetzt. Ich habe ihm die fünf Scheine in die Hand gedrückt, und er hat mich begleitet. Doch ich musste ihm versprechen, sofort die SIM-Karte herauszunehmen, vor seinen Augen die Telefonnummern, Kontonummern und Adressen abzuschreiben, die ich brauche – ich habe auch die Adressen darin –, und dann zu gehen und es zurückzulassen, weil diese Geräte die Position verraten und selbst ausgeschaltet deine Bewegungen nachzeichnen und blablabla ...

Natürlich musste ich ihm auch erzählen, wie es kam, dass ich das Handy zurückgelassen habe, und ihm den Grund nennen, warum ich sicher bin, dass sich niemand in dem Haus befindet. Ich habe auf die gleiche Version zurückgegriffen, die ich am Nachmittag Cinzia erzählt hatte, mit der unumgänglichen – und wahrheitsgetreuen – Variante, dass ich das Handy im Haus zurückgelassen hatte und es mir nicht aus der Tasche gefallen war, während ich die Flüchtige verfolgt hatte. Sie bleibt die beste Version, denke ich; sie enthält genügend Wahrheit, um plausibel zu sein, aber auch genügend Schande, um mich zu schämen, und letztlich löst sie beim Gesprächspartner ein gesundes Solidaritätsgefühl aus, weil es sich um einen Scheiß handelt, den jeder bauen kann. Die Wahrheit verblasst bereits in meinem Kopf, und das ist ein weiteres Ergebnis dieses unglaublichen Tages: Gegen meine Natur fange ich an, mich viel besser zu fühlen, wenn ich lüge, als wenn ich aufrichtig bin, und lügen beginnt ganz natürlich für mich zu werden. Nicht nur in Bezug auf mein heutiges Missgeschick, meine ich – sondern in Bezug auf alles. So bin ich zum Beispiel keineswegs sicher, dass ich mein Versprechen halten werde, das Handy nicht mitzunehmen, aus dem einfachen Grund, weil ich im Augenblick nicht über genügend klaren Verstand verfüge, einfach so, aus dem Stand, vorherzusehen, was mir in den nächsten Tagen nützlich sein könnte, und ich könnte vergessen, wichtige Nummern abzuschreiben. Doch anstatt endlos zu diskutieren, habe ich den Hünen lieber glauben lassen, dass ich auf ihn hören werde, obwohl ich nicht die Absicht habe, es zu tun. Was, nebenbei gesagt, mein Bruder zu tun pflegte: lügen, ja und amen sagen und dann tun, was ihm beliebte – der Grund, warum er sich beispielsweise bis zu dem unseligen Krach viel besser mit Papa verstand als ich. Und nun verhalte ich mich genau so dieser vergrößerten Kopie von Papa gegenüber …

Dieser lenkt schweigend seinen Katafalk – mit breiten Armen wie ein Lkw-Fahrer und mit einem Alkoholspiegel im Blut, der mit Sicherheit höher ist als der, der mich am Nachmittag auf dieser Straße den Führerschein gekostet hat. Er fährt langsam. In der Kabine staut sich eine Mischung aus Gerüchen, die jeder für sich genommen vermutlich ziemlich übel wären – Zigarre, Staub, Plastik, Schweiß –, zusammen jedoch ein überraschend angenehmes Gemisch ergeben. Über den Wipfeln der Kiefern, in nördlicher Richtung, tauchen die Leuchtgarben von Feuerwerken auf – in der Ferne und daher geräuschlos. Aus der vorsintflutlichen Stereoanlage – *Musikkassetten* – dringt Countrymusik, doch ich habe in den Ohren noch das Zirpen der Grillen, das ich bis vorhin gehört habe und das mich an meine Kindheit erinnert. Eine wahnsinnige Sehnsucht quält mich. Erneut die Schönheit. Erneut das Gefühl, dass diese Nacht alles von mir weiß. Die Rückkehr nach Hause nach den berühmten Abenden in Sacrofano, mit Carlo, der an meiner Schulter schläft, Mama, die aus dem Wagenfenster schaut, und Papa, der seinen Gedanken nachhängt. Die Pappeln längs des Bachs, den es dort gab, das Gurgeln des Wassers, das Rascheln des Laubs im Wind. Die Bratkartoffeln der Bäuerin – Lola hieß sie –, fettig und knusprig in der Auflaufform aus Aluminium. Welches Adjektiv beschreibt mein damaliges Leben? Glücklich? Unbekümmert? Und welches mein jetziges? Flüssig? Oder, im Gegenteil, ausgetrocknet? Ich möchte den Kopf nach hinten werfen und in den Schlaf gleiten, wie ich es damals machte, aber ich kann nicht. Da kommt die Abzweigung zum Kinderkrankenhaus. Da steht mein Yaris verlassen am Straßenrand. Das Feuerwerk ist vorbei. In Kürze bin ich wieder vor dem Haus, klettere über das Gartentor, gehe durch den Garten, öffne gewaltsam einen Rollladen, schlage ein Fenster ein und hole mir das Scheißhandy, in dem mein ganzes Leben aufbewahrt ist, welches Adjektiv es auch immer beschreiben mag. In diesem gespenstischen Wohnzimmer im ersten Stock. Auf der Bar. Dort habe ich es hingelegt, als ich mir den Whisky eingeschenkt habe. Ich erinnere mich ganz genau – in der Hoffnung, dass dieser Teil der Geschichte bald vergessen sein wird.

Als wir im Dorf sind, folgt der Hüne schweigend meinen Anweisungen, bis wir die elende Gasse erreichen, die mein feiger und verräterischer Partner kühn Strandpromenade genannt hat. Wir sind da. Hier gibt es alte Männer in Unterhemden, Leute mit einem Eis in der Hand, Mopeds, was unseren Ozeanriesen zwingt, in Schrittgeschwindigkeit zu fahren, während er die Rückspiegel der parkenden Wagen streift. Ich hätte nie gedacht, dass um diese Zeit so viel los sein würde in Passoscuro; zu viel, offen gesagt, für jemanden, der einen Einbruch begehen will. Ich sage dem Hünen, er soll weiterfahren bis zu dem kleinen Platz und dort parken, falls Platz ist – doch da es keinen geben wird, füge ich gleich hinzu, besser sei es, umzudrehen und mit eingeschaltetem Motor irgendwo in der Nähe auf mich warten. Er sieht mich an, holt Luft und sagt etwas, das ich allerdings nicht höre, weil ich innerhalb einer Sekunde zwei Dinge sehe, die die Situation radikal ändern. Zum Ersten: der Q3, der vor dem Gartentor der Villa parkt. Zum Zweiten: das Licht, das hinter den Fenstern des Wohnzimmers im ersten Stock brennt. Sofort löst die Überraschung, aufgrund eines dieser Phänomene, die man *Erleuchtung* nennen kann, keine Verwirrung aus, sondern das genaue Gegenteil, mit anderen Worten, ich weiß genau, was ich tun muss, weil ich innerhalb eines einzigen Augenblicks und in aller Klarheit jeden einzelnen Zug, den ich machen muss, in der richtigen Reihenfolge sehe. Unnötig, Zeit damit zu verschwenden, verblüfft zu sein. Genies passiert das andauernd, Menschen wie mir nur äußerst selten im Leben, und dies ist ganz klar ein solcher Augenblick.

»Kommando zurück«, sage ich. »Wir begehen keinen Hausfriedensbruch mehr.«

Der Hüne sieht mich neugierig an.

»Nein?«

»Nein.«

»Und was tun wir?«

»Wir klingeln.«

Er starrt mich an, ohne zu begreifen.

»Was heißt das?«, fragt er.

»Das heißt«, erkläre ich, »dass das Mädchen so verrückt gewesen ist, hierher zurückzukehren. Sehen Sie? Das ist das Haus ...« – ich deute auf die erleuchteten Fenster und dann auf den Q3 vor dem Gartentor – »... und das da ist der Wagen. Deswegen klingeln wir jetzt, lassen uns das Handy zurückgeben, und da wir schon mal hier sind, entziehen wir gleich auch den Wagen, der mir heute Nachmittag entgangen ist. Geil, hm?«

Der Hüne ist verwirrt. Vielleicht ist er müde, vielleicht muss er einen Schluck trinken.

»Aber, Entschuldigung«, sagt er, »wie wollen Sie den Wagen von hier wegbekommen ohne Führerschein?«

»Sie haben, um herzufahren, Hände und Füße benutzt. Ich kann nicht erkennen, dass der Führerschein Ihnen von irgendeinem Nutzen gewesen ist.«

Er lächelt. Immer wenn sich die Möglichkeit eines Verbrechens abzeichnet, leuchtet sein Gesicht auf.

»Wenn Sie sie erwischen, sagen Sie ihnen das dann auch?«

»Sie werden mich nicht erwischen. Ah, da wird ein Platz frei.«

Ein alter Mini Minor aus den Siebzigerjahren mit dem orangefarbenen Namen Roma auf dem Nummernschild fährt gerade weg. Es ist keineswegs bewiesen, dass der Tundra in die Lücke passt, doch der Hüne legt sofort den Rückwärtsgang ein, um sich auf seinen Platz zu stellen.

Er passt mit Mühe und Not in die Lücke. Nur wie will er jetzt ...

»Soll ich auch aussteigen?«, fragt er, denn das ist genau das Problem.

»Das wäre besser, ja.«

»Würde es Ihnen dann was ausmachen, auf meiner Seite auszusteigen? Ich muss auf Ihrer Seite ganz nah ranfahren, sonst komme ich nicht hinaus.«

»Bitte.«

Er beendet das Manöver mit großer Geschicklichkeit, wenn man bedenkt, dass er sich auf meiner Seite nicht mehr als zwei Fingerbreit vom Nachbarwagen – ein Panda – entfernt plaziert. Auf seiner Seite bleibt dagegen genug Platz für ihn zum Aussteigen – mit großer Mühe, indem er seinen überdimensionalen Bauch einzieht und sich, vermutlich mit angehaltenem Atem, durch die Wagentür quetscht, aber er schafft es. Ich durchquere die Kabine und steige ebenfalls aus, ohne Mühe.

»Okay, gehen wir.«

»Was soll ich tun?«

»Nichts. Es reicht, wenn Sie nicht lächeln.«

Wir machen uns auf den Weg. Mit einem Mal sieht es so aus, als ginge ein Fest zu Ende, zwei, drei, vier weitere Wagen verlassen den Parkplatz, und die Straße hat sich geleert.

»Sie machen einen besorgten Eindruck«, sage ich.

»Nein«, erwidert er. »Es ist nur so, dass Programmänderungen …«

»Keine Angst, ich werde Sie nicht in Schwierigkeiten bringen.«

Ich hole die Gerichtsdokumente für den Entzug hervor, die ich noch in der Jackentasche habe.

»Ich lasse sie die hier unterschreiben«, sage ich, »und das war's schon.«

So, jetzt stehen wir vor dem Gartentor. Die Fenster im ersten Stock sind noch immer alle erleuchtet. Man sieht keine Gestalten im Gegenlicht. Die Motorhaube des Q3 ist warm, und die Wegfahrsperre ist nicht aktiviert. Zug Nummer eins: Ich hole die Schlüssel des Q3 aus der Tasche und öffne ihn mit der Fernbedienung.

»Was machen Sie?«, fragt der Hüne.

»Ich sichere mich ab.«

Ich schließe den Wagen wieder mit der Fernbedienung, doch die Wegfahrsperre schaltet sich nicht ein. Daher versuche ich die Schließtaste ein paar Sekunden gedrückt zu halten, und tatsächlich leuchtet das rote Licht der Wegfahrsperre auf.

»Okay«, sage ich.

Ich stecke die Schlüssel wieder in die Tasche und lächle. Ich fühle mich jetzt wirklich gut.

»Da sie eine Verrückte ist«, sage ich, »kann es sein, dass sie wieder versucht abzuhauen. Das Haus hat einen zweiten Ausgang, und sie hat den Zweitschlüssel. Auf diese Weise hat sie mich heute reingelegt. Ich habe gerade die elektronische Wegfahrsperre aktiviert, und das weiß das Mädchen nicht, wenn es also wieder versucht abzuhauen, wird sich der Wagen nicht in Bewegung setzen.«

Der Hüne öffnet den Mund, findet jedoch ganz offensichtlich keine Worte.

»Und dann«, fahre ich fort, »gibt es die Möglichkeit, dass sie nicht aufmacht. Dass Sie dabei sind, hilft mir, sie glauben zu lassen, einen Zeugen zu haben. Natürlich werde ich davon keinen Gebrauch machen, keine Angst, aber auch das weiß das Mädchen nicht, ebenso wenig wie es weiß, dass die Weigerung, mir die

Schlüssel auszuhändigen, der Straftat der unrechtmäßigen Besitznahme gleichkommt, worüber ich es informieren werde. Vertrauen Sie mir, es wird alles gutgehen.«

Die Luft ist warm und weich, ohne den geringsten Windhauch. Der Himmel ist hell vor Lichtern, man sieht kaum Sterne. Kein Mond. Ich hole tief Luft und klingle.

Eine, zwei, drei, vier, fünf Sekunden …

Eine Silhouette lugt hinter dem Fenster hervor und blickt hinunter, aber wir sind so sehr im Dunkeln, dass man nichts anderes sehen kann als zweieinhalb Männer vor dem Gartentor. Sie kann mich nicht erkennen. Und es scheint auch nicht sie zu sein, sondern die Gestalt eines Mannes.

Ich klingle erneut.

Eine, zwei, drei …

»Wer ist da?« Die Stimme der jungen Frau. Sie ist also nicht allein, hinter dem Fenster steht ein Mann.

»Guten Abend«, sage ich. »Ich bin Paladini, ich war heute Nachmittag schon mal da. Wie geht es Viola?«

Da die Version, die ich ihm gegeben habe und die jetzt die offizielle ist, das Kuddelmuddel mit dem kleinen Mädchen und der in der Tür eingeklemmten Hand nicht enthält, erstarrt der Hüne vor Überraschung. Ich mache eine beruhigende Handbewegung, die bedeutet: »Ich werde es Ihnen erklären.«

»Gehen Sie weg«, krächzt die Stimme in der Sprechanlage, »oder ich rufe die Polizei.«

Die Gestalt am Fenster bewegt sich, als begäbe sie sich dorthin, wo sich die junge Frau befindet.

»Ja, genau, die Polizei«, sage ich, jede Silbe betonend. »Wenn Sie sie rufen, tun Sie mir einen Gefallen, denn ich bin ohne Handy.«

Der Hüne erschrickt und macht verneinende Zeichen mit den Händen, keine Polizei, auf gar keinen Fall, et cetera. Ich bedeute ihm, sich nicht aufzuregen, mich machen zu lassen, und meine Geste ist wohl so gebieterisch und überzeugend, dass er sich tatsächlich beruhigt.

»Hören Sie mich?«, sage ich in die Sprechanlage.

»Ja.«

»Ich erkläre Ihnen die Situation«, fahre ich fort. »Der Wagen, der vor dem Haus steht, gehört einer Bank. Wenn Sie das Dokument unterschreiben, das ich in der Tasche habe, und mir den Schlüssel aushändigen, vergesse ich alles, was heute passiert ist, und das war's. Wenn Sie es nicht tun, nehme ich trotzdem den Wagen mit, da ich noch den Zweitschüssel in der Tasche habe, aber Sie machen sich dann der unrechtmäßigen Besitznahme und des Widerstands gegen die Staatsgewalt strafbar, die in diesem Fall ich verkörpere, weil ich sie durch den gerichtlichen Beschluss, über den ich verfüge, vertrete.«

Ich bedeute dem Hünen, dass ich noch eins drauflege, um ihr richtig Druck zu machen.

»Ich habe einen Zeugen mitgebracht«, fahre ich fort, »der hier neben mir steht. Ich bin sicher, dass die Person, die dort oben hinter dem Fenster steht, ihn sehen kann.«

Der Schatten hinter dem Fenster verschwindet, und ich freue mich wie ein Schneekönig, da ich die Situation voll im Griff habe. Endlich einmal habe ich gute Karten; genau das brauchte ich.

»Sie sollten besser aufmachen, hören Sie auf mich«, sage ich abschließend, »zumal Sie mit diesem Streitverfahren nichts zu tun haben. Der Verantwortliche ist Ihr Freund, der Ihnen den Wagen geschenkt und dann aufgehört hat, die Leasingraten zu bezahlen. Wollen Sie sich Ihr Führungszeugnis wegen ihm verderben?«

Das reicht. Wenn sie jetzt nicht begriffen hat, wird sie es nie begreifen. Und außerdem stinkt diese Sprechanlage nach Gas, dass einem ganz übel wird. Ich trete einen Schritt zurück.

Schweigen.

Der Türöffner summt. Ich will hineingehen, doch der Hüne hält mich am Arm zurück und deutet mit dem Kinn auf das Schild mit der Aufschrift »Vorsicht bissiger Hund … und Herrchen«.

»Keine Angst«, sage ich. »Es gibt keinen Hund.«

Der Hüne entspannt sich und folgt mir. Schon komisch, ihn so ängstlich zu sehen, derjenige zu sein, der ihn beruhigt. Komisch und schön. Mit meinem Vater ist das nie vorgekommen, weil ich nie etwas zu sagen hatte, wenn ich mit ihm zusammen war.

Wir gehen durch den Garten, der in der Dunkelheit noch trostloser wirkt. Die Eingangstür ist geschlossen, man braucht allerdings nur zu drücken, und sie öffnet sich brav. Sollte die junge Frau beschließen, durch den anderen Ausgang abzuhauen, müsste sie es jetzt tun, während wir eintreten. Wir gehen rasch die Treppe hinauf, die kaum von dem Licht beleuchtet wird, das aus dem Erdgeschoss dringt. Der Hüne hat Mühe beim Hinaufgehen, sein Atem beginnt wieder zu zischen; doch jetzt sind wir oben und im Wohnzimmer. Rosy Malaparte ist nicht abgehauen, sie wartet mitten im Zimmer auf uns.

»Guten Abend«, sage ich.

»Abend«, erwidert sie. Ihr Blick ist von eindrucksvoller Eindringlichkeit. Sie muss wirklich ein Flittchen sein, dass sie es mit diesem Blick nicht geschafft hat, Schauspielerin zu werden – auch wenn mir bewusst ist, dass ich der Grund für diese Eindringlichkeit bin: Ich habe sie festgenagelt. Die Wut und die Frustration, die mir aus ihrem Blick entgegenschlagen, sind mit Sicherheit nicht gespielt.

»Mein Kollege, Doktor Stupazzoni«, sage ich und deute auf den Hünen, aber *das passt irgendwie nicht*, das ist Wichtigtuerei, und es steht mir nicht zu, mich wichtig zu machen, ich stecke bis zum Hals in der Scheiße, es besteht kein Grund, sich wichtig zu machen.

Der Hüne bewegt kaum wahrnehmbar den Kopf, ohne etwas zu sagen. Das Mädchen ignoriert ihn. Tatsache ist, dass sie mich sofort, auf den ersten Blick wieder in Verwirrung gebracht hat, denn sie erstrahlt in einer Schönheit, die noch betörender ist als am Nachmittag. Sie trägt dieselbe Jeansshorts, darüber jedoch ein schwarzes T-Shirt voller Schnitte und Risse, die einen großen Teil ihres aufreizenden Oberkörpers sichtbar machen – als wäre sie gerade einem Überfall entkommen. Das Haar ist noch flüssiger und schwärzer. Essiggeruch. Und dieser Ausdruck der Niederlage in ihrem Blick …

Im Zimmer ist auch ein Mann. Jung, groß, vermutlich bereit, sich zu schlagen; doch so sehr ich mich auch bemühe, ihn im Auge zu behalten, mein Blick kehrt immer wieder zu Rosy Malaparte zurück, und daher geht es mir mit ihm so, wie es mir immer mit Ginger Rogers gegangen ist: Dadurch dass es mir nicht gelingt, die Augen von Fred Astaire und seinem wundervollen Geflatter abzuwenden, könnte ich gar nicht sagen, wie Ginger Rogers aussieht. Und nicht anders ist es mit diesem Mann: Wie sieht er aus? Welche Farbe haben seine Augen? Ich weiß es nicht, aber ich weiß, dass Rosy Malapartes Ohren klein und vollkommen symmetrisch sind mit festen, fleischigen Ohrläppchen, von denen Ohrringe aus poliertem Stahl hängen, die dicht mit kleinen rosa Brillanten besetzt sind, die im Licht glitzern. Doch obwohl ich erneut wie betäubt bin von dieser Teufelin, fühle ich mich jetzt sicher, denn ich habe den Hünen bei mir. Ich hole die Papiere aus der Tasche und reiche sie ihr zusammen mit einem Kugelschreiber.

»Bitte zwei Unterschriften dort, wo die Kreuze sind«, sage ich. »Das zweite Exemplar ist für Sie.«

Die junge Frau nimmt die Blätter und den Kugelschreiber, macht zwei Schritte und legt die Blätter auf den Tisch, der übersät ist mit Dosen. Auf dem Boden liegen Trolleys und Rucksäcke – ein Zeichen, dass die beiden sich verdrücken wollten –, aber anstatt sie zu sehen, spüre ich sie eher, so wie ich die Anwesenheit von Ginger Rogers hinten im Zimmer spüre, die sphinxhafte Riesengestalt des Hünen hinter mir, das Zischen seines Atems, das Kratzen des Kugelschreibers auf dem Blatt. Ich habe nur Augen für den Drachen mit ausgebreiteten Flügeln, der auf ihrem Hintern tätowiert ist und hervorblitzt, sobald sie sich über den Tisch beugt, um zu unterschreiben, und der Saum des T-Shirts ein paar Zentimeter nach oben rutscht …

Sie hat unterschrieben. Der Drache verschwindet.

Das Klacken der Absätze auf dem Fußboden. Das Klingeln der

zahlreichen Armbänder. Sie reicht mir die unterschriebenen Blätter und den Zweitschlüssel.

»Danke.« Ich nehme Blätter und Schüssel und lächle. »Alles okay mit der Kleinen?«

»Ja.«

Die Titten. Am Nachmittag waren sie vom Top zusammengedrückt, jetzt tanzen sie frei unter dem T-Shirt.

»Gibt es etwas, das Sie aus dem Wagen holen müssen?«

»Nein.«

»Sicher?«

»Ja.«

»Auf dem Sitz liegt die Krone Ihrer Tochter.«

»Sie hat noch eine.«

»Wie Sie wollen.«

So hätte ich heute handeln sollen. Ich sage nicht, dass es leicht ist mit diesem Beiß rein und bereue, das mir nicht aus dem Kopf geht, aber wenn es mir beim zweiten Mal gelingt, hätte es mir auch beim ersten Mal gelingen können. Ich hätte mir nicht diese absurde Geldstrafe eingehandelt. Ich hätte noch meinen Führerschein. Ich wäre im Büro gewesen, als das Finanzamt gekommen ist ...

»Noch eine letzte Sache«, sage ich. »Heute Nachmittag habe ich mein Handy hier vergessen.« Ich deute auf die Bar. »Dort, neben den Flaschen. Sie haben es nicht zufällig gefunden?«

»Nein.«

Da ist er wieder, dieser freche Blick von heute Nachmittag. Da ist wieder dieses Doublebind.

»Sind Sie sicher?«

»Ja.«

Ha! Ich hatte nicht damit gerechnet, dass sie es mir klauen könnte. Ich sehe den Hünen an, der zu Boden schaut, um meinem Blick auszuweichen, als wäre er verlegen oder müsste lachen.

»Kann ich bitte nachschauen?«

»Natürlich«, sagt sie und lächelt zum ersten Mal.

Ich gehe zur Bar, wo ich es, dessen bin ich mir absolut sicher, liegen gelassen habe, aber es ist klar, dass ich es nicht finden werde. Und es liegt tatsächlich nicht da, weder obendrauf noch zwischen den Flaschen noch darunter. Ich sehe das Mädchen an. Sie schüttelt den Pferdeschwanz, ein letzter Versuch, sich an mir zu rächen. Wo mag sie es hingetan haben? Ich glaube nicht, dass sie es geplant hat, ich glaube, es ist lediglich eine plötzliche Anwandlung von Bosheit, einfach so, unvorbereitet. Ich glaube, sie hat es nicht ausgeschaltet und es befindet sich hier irgendwo.

Ich gehe zu Ginger Rogers, der mich stumpfsinnig ansieht.

»Entschuldigung, könnten Sie mir Ihres leihen?«

Überrascht wechselt er einen Blick mit dem Mädchen, holt dann ein iPhone aus der Tasche und reicht es mir. Er hat als Hintergrund ein Foto von ihr – das nur, um etwas zu sagen, das nicht wichtig ist.

»Danke.«

Ich tippe meine Nummer – wenigstens sie weiß ich auswendig – und spitze die Ohren. Ich hatte es stumm geschaltet, daran erinnere ich mich genau, ich muss also ganz genau hinhören, um das Geräusch der Vibration wahrzunehmen. Wenn sie es ausgeschaltet oder in ein anderes Zimmer gelegt hat, hat sie mich reingelegt. Aber noch einmal, ich glaube, dass es eingeschaltet ist und sich hier in diesem Zimmer befindet.

Es ist eingeschaltet, es ertönt das Freizeichen. Allerdings höre ich jetzt das Tuten im Lautsprecher des Geräts, von dem ich angerufen habe, was mich daran hindert, mich auf das Vibrieren zu konzentrieren. Ich lege das iPhone auf die Bar und gehe ein paar Schritte in die Mitte des Zimmers.

»Psst!«, befehle ich.

Es wird schlagartig still. Irgendwo in diesem Raum vibriert mein Handy, aber ich höre nichts. Wo mag sie es hingelegt haben? Ganz ruhig, ich habe alle Zeit der Welt. Ich hasse Anrufbeantworter, ich schalte sie immer aus. Ich hebe den Arm, um diese dramatische Stille, wie in einem Film von Sergio Leone, in diesem Zimmer aufrechtzuerhalten. Ich höre immer noch ganz leise das Tuten des iPhones hinter mir. Ich höre den zischenden Atem des Hünen. Und es kommt mir auch so vor, als hörte ich eine Art leises, ersticktes Stöhnen – regelmäßig, elektrisch, nicht menschlich, fast wie unter Wasser. Doch es gelingt mir verdammt noch mal nicht zu erkennen, woher es kommt. Es liegt mit Sicherheit nicht auf einer harten Fläche, denn in diesem Fall wäre das Vibrieren lauter. Es klingt, als vibrierte es in Verbindung mit einer dicken, aber auch flüssigen Substanz, wie Zahnpasta oder Joghurt oder Gelatine …

Wo mag sie es hingelegt haben?

Ich blicke mich um und versuche, die ganze Aufmerksamkeit aufzubringen, derer ich fähig bin.

Die offene Handtasche auf dem Sofa.

Die auf dem Boden verstreuten, sorgfältig geschlossenen Rucksäcke und Trolleys.

Der kleine Rucksack von Peppa Pig auf dem Tisch.

Die Kissen, die kunterbunt durcheinander auf die Sessel geworfen sind.

»Gehen Sie ran!« Die Stimme des Hünen zerreißt die Stille wie ein Kanonenschuss.

»Entschuldigung?«, sagt das Mädchen, denn er hat zu ihr gesprochen.

»Gehen Sie ran!«, wiederholt er. »Ihr Handy klingelt.«

Ich hatte einmal einen Traum. Ich war im Zug, alle Sitzplätze waren besetzt und ich musste die Reise im Stehen machen. Im Zweite-Klasse-Abteil vor mir saß Berlusconi, ein besiegter, ruinierter, erledigter Berlusconi, nicht mehr reich und nicht mehr mächtig, von dem man seit geraumer Weile nichts mehr hörte. Ich weiß nicht wieso, aber als ich ihn sah, war ich mir sofort sicher, dass er ohne Fahrkarte reiste. Er erzählte Witze, die Leute im Abteil hörten ihm lachend zu, doch dann war plötzlich die Stimme des Schaffners, der die Fahrkarten der Passagiere kontrollierte, aus dem vorderen Teil des Waggons zu hören. Berlusconi hielt inne und sah mich an, dann lächelte er und sagte zu mir: »Signora, bitte, setzen Sie sich auf meinen Platz« und stand auf. *Signora.* Zu mir. Er kam zu mir, nahm meine Hände und sagte honigsüß, parfümiert und geschminkt wie ein Pfau: »Bitte entschuldigen Sie tausendmal, Signora, ich hatte Sie nicht bemerkt. Setzen Sie sich, setzen Sie sich auf meinen Platz«, und während er das sagte, spähte er aus dem Augenwinkel nach dem Schaffner vorne im Waggon. Die anderen Reisenden im Abteil zogen die Beine an und forderten mich auf einzutreten. Eine junge Frau stützte mich sogar mit dem Arm, als wäre ich wirklich alt und gebrechlich. Ich hatte begriffen, ich wusste, dass das ein Trick war, um nicht ohne Fahrschein erwischt zu werden, aber ich brachte es nicht fertig, es ihm zu sagen, und benahm mich genau so, als wäre ich diese Alte; ich ließ mich stützen und setzte mich. Und Berlusconi blickte mich, bevor er verschwand, triumphierend an, voller Stolz und Stärke, mit dem Ausdruck dessen, der nie sterben wird, weil er in jedem von uns weiterleben wird. Und als ich jetzt sah, wie sich auf Rosy Malapartes frechem Gesicht ein strahlendes, samtiges, *unschuldiges* Lächeln ausbreitete, während sie mit der Hand mein Handy aus der Gesäßtasche ihrer Shorts zog, erinnerte ich mich an genau diesen Ausdruck; nicht an die Hunderte analoger Gesichtsausdrücke, die Berlusconi in diesen zwanzig Jahren tatsächlich aufgesetzt hat, sondern an den aus meinem Traum, den des Berlusconi, der in mir ist.

»Ein Scherz!«, sagt sie und reicht mir das Handy.

Und angesichts dieses Gesichtsausdrucks begreife ich, dass mein Glück für diesen Abend hier endet, dass ich sofort gehen muss, denn jede Fortsetzung, die ich dieser Angelegenheit nur zu gern geben würde, würde mich wieder zu einem Verlierer machen – ich wäre erneut Wachs in den Händen dieses Geschöpfs. Aber ich begreife auch, dass, wäre der Hüne nicht hier bei mir, wäre ich allein, ich, obwohl ich begriffen habe, dass dies der Augenblick ist, sich aus dem Staub zu machen, es nicht tun, ihr antworten, mich wichtig machen würde und dadurch wehrlos ihren Spielchen ausgeliefert wäre und erneut alles verlieren würde, was ich bis jetzt zurückzuerobern vermochte – den Wagen, das Handy, meine Würde –, und das begreife ich aus dem einfachen Grund, weil mir inzwischen klar geworden ist, dass die undefinierbare Substanz, an der mein Handy vibrierte, nicht mehr und nicht weniger war als – genau, aufgrund des schrägen Schnitts, den die Gesäßtaschen ihrer Shorts haben – ihre Leiste, und ich mich erinnere, dass ebendieses Handy am Nachmittag in der Tasche meiner Jeans, die ebenfalls schräg ist, lange an *meiner* Leiste vibrierte und die äußere Stimulation bewirkte, die, zusammen mit dem Beiß rein und bereue, Lellos Rat, ihr einen Aufschub zu gewähren, und der Hinterlist, mit der sie mich mit ihrer berüchtigten Schönheit provoziert hat, meinen Schwanz zwangsläufig hart werden ließ; und diese Tatsachen veranlassen mich zu dem Schluss, dass über dieses Vibrieren meines Handys das Vorspiel einer sexuellen Beziehung zwischen uns beiden bereits stattgefunden hat und ich versucht sein könnte, zusammen mit ihr einen Plan auszuhecken, um Ginger Rogers wegzuschicken und allein mit ihr zu bleiben, um einen Akt zu vollziehen, der mit einer verhängnisvollen karmischen Unausweichlichkeit ummäntelt werden könnte, et cetera, abgesehen davon, dass ich, während wir im schönsten Gange sind, einen verdienten Schlag zwischen Kopf und Hals von Ginger Rogers erhalte, der keineswegs gegangen ist, und anschließend, während ich bewusstlos bin, nicht nur der Güter beraubt werde, die ich mir soeben zurückgeholt habe, sondern auch der viertausend Euro in Scheinen, die ich bei mir habe, und vielleicht auch, aus reiner Lust an der Demütigung – warum nicht? –, auch der Hose, sodass ich mich am Ende metaphorisch aber auch buchstäblich in Unterhosen wiederfinde …

In Wirklichkeit – das möchte ich ausdrücklich betonen – dauern diese Träumereien lediglich ein paar Sekunden und finden nur statt, weil ich fünfzig bin und meine Schwächen inzwischen ziemlich gut kenne – was bekanntlich nicht bedeutet, dass man imstande ist, ihnen zu widerstehen, sie aber immerhin vorherzusehen. Zum Glück habe ich den Hünen an meiner Seite, und seine

Gegenwart macht heute Abend aus mir einen, der am Ende als Sieger dasteht.

»Danke«, sage ich und nehme das Handy, das immer noch vibriert. Ich schalte es aus und stecke es in die Tasche.

»Tja, also entschuldigen Sie die Störung und weiterhin alles Gute.«

Der Hüne macht ein Zeichen mit dem Kopf, mehr die Geste eines Rinds als eines Menschen. Weder das Mädchen noch Ginger Rogers erwidern unseren Gruß, und wir gehen die Treppe hinunter, in den Garten hinaus und auf die Straße, ohne ein Wort zu sagen. Jetzt müssen noch die beiden letzten Züge gemacht werden.

»Steigen Sie ruhig in den Wagen«, sage ich. »Ich fahre den hier weg und komme dann zurück.«

Ich öffne den Q3 mit der Fernbedienung, schalte die Wegfahrsperre aus und lasse den Motor an. Erneut ertönt Gianna Nannini in voller Lautstärke – immer noch das Lied vom Nachmittag: *Non c'è nessuna grazia / è un ago dritto al cuore* ... Ich drücke auf Pause und fahre im Rückwärtsgang zu dem kleinen Platz, der jetzt vollkommen leer ist. Ich parke neben dem Tundra, stelle den Motor ab, lasse die Scheinwerfer eingeschaltet und bedeute dem Hünen, auszusteigen und sich neben mich zu setzen. Auch der Q3 geht natürlich unter seinem Gewicht in die Knie. Der Hüne lächelt, er macht einen zufriedenen Eindruck.

»Sie sind ganz schön auf Draht, Paladini«, sagt er.

»Danke«, erwidere ich. »Aber wenn Sie nicht da gewesen wären, hätte sie mein Handy einkassiert. Ich hätte nie herausgefunden, wo es war.«

»Das war ganz leicht. Es war an genau der Stelle, auf die ich meine Aufmerksamkeit konzentriert hatte.«

Für einen Augenblick versucht das Bild von ihm, der seinem Verlangen nach ihrem Körper freien Lauf lässt, in meinen Kopf einzudringen; doch es ist dermaßen riesig, dass es einfach nicht hineinpasst. Umso besser, es ist Zeit für den letzten Zug.

»Hören Sie«, sage ich, »ich nehme das Handy mit. Ich garantiere

Ihnen, dass ich mir die Dinge aufschreiben werde, die ich brauche, und es dann wegwerfe, aber ich muss es in Ruhe machen, morgen. Jetzt habe ich nicht den Kopf für …«

»Tun Sie das«, unterbricht er mich. »Nachdem ich Sie bei der Arbeit gesehen habe, bin ich sehr viel beruhigter.«

»Wenn Sie mich heute Nachmittag gesehen hätten, würden Sie nicht so denken.«

»Möglich, aber wie heißt es doch? Die Hauptsache ist, nicht wieder reinzutreten.«

»In was?«

»In die Scheiße. Das ist ein altes Bauernsprichwort.« Er nickt. »Eine tiefe Wahrheit.«

Er seufzt laut und blickt mich an.

»Ist es eigentlich sicher, dass dieser Wagen nicht geklaut ist?«

»Der hier? Ja, er ist sauber. Ich bin mir deswegen so sicher, weil ich den Vorgang des Entzugs von Anfang an verfolgt habe. Ich weiß, wo er gekauft wurde, von wem, wann und wie viel bezahlt wurde. Der Entzugsbeschluss ist echt, und nebenbei gesagt, er macht mich zu der einzigen Person, die das Recht hat, ihn zu fahren. Im Grunde ist es, als gehörte er mir, aber er gehört mir nicht, und es gibt nichts, was ihn mit mir in Verbindung bringen könnte. Wenn ich es recht bedenke, ist er ideal, um damit als Flüchtling herumzukutschieren.«

Er sieht mich perplex an.

»Ohne Führerschein …«

»Es steht doch nicht auf der Windschutzscheibe geschrieben, dass ich keinen habe.«

Perplex und voller Mitgefühl.

»Vergessen Sie nicht, wenn sie Sie erwischen, kriegen Sie ernste Probleme.«

»Kommen Sie«, erwidere ich, »ich bin mit hundertvierzig Sachen über die Landstraße gefahren, deswegen haben sie mich angehalten. In den nächsten zwanzig Jahren werden sie mich bestimmt nicht mehr anhalten.«

Er verzieht den Mund, ist nicht überzeugt.

»Und selbst wenn sie mich anhalten«, fahre ich fort, »beim ersten Mal gibt es keine Strafe. Ein weiteres hohes Bußgeld, das war's.«

Er schüttelt den Kopf. Das kann ich nicht auf mir sitzen lassen.

»Na ja, vermeiden wir, dass sie mich anhalten«, sage ich.

Er sieht mich an – besser sollte ich sagen, starrt mich an.

»Sie sind verrückt, wissen Sie das?«, sagt er.

»Mag sein«, entgegne ich, »aber Sie haben ja selbst gesehen, in was für einem Schlamassel ich mich befinde. Was immer ich auch tue, ist riskant, und deswegen ziehe ich das Risiko eines statistisch gesehen unwahrscheinlichen Falles vor, um mich frei bewegen zu können.«

Der Hüne dreht den Kopf und sieht durch das Wagenfenster zu dem riesigen Tundra hinüber, als stünde darauf seine Meinung zu diesem Thema.

»Vielleicht haben Sie recht«, sagt er und wiederholt: »Vielleicht haben Sie recht.«

Dann blickt er wieder zu mir und klatscht in die Hände.

»Und jetzt? Was sieht Ihr Plan vor?«

»Für Sie nichts. Ihre Aufgabe ist beendet. Sie sind frei.«

»Wollen Sie nicht heute Nacht bei mir schlafen? Da sind Sie in Sicherheit.«

»Ich danke Ihnen, aber ich kehre niemals zweimal an denselben Ort zurück.«

Er nickt lächelnd, und sein Mondgesicht erstrahlt erneut in seiner ganzen alttestamentarischen Herrlichkeit.

»Fahren Sie bitte nicht jetzt, hören Sie auf mich. Ihr Körper hat Zeichen von Müdigkeit gezeigt. Sie müssen schlafen.«

»Keine Angst, ich werde schlafen. Ich habe einen sicheren Ort, an dem ich die Nacht verbringen kann. Es ist nicht bei mir zu Hause und auch kein Hotel, es ist auch nicht weit von hier. Und morgen früh, frisch wie eine Rose …«

Ich mache mit den Händen die Bewegung einer Person, die

weggeht – eine uralte Geste, die man jetzt nicht mehr benutzt und die ich vermutlich nie zuvor gemacht habe. Mein Großvater machte sie, und der Ausdruck, mit dem er sie begleitete, lautete: »sich auf und davon machen«.

»Tja, also ich danke Ihnen für alles«, sage ich und reiche ihm die Hand. Er drückt sie, gar nicht mal allzu kräftig, doch mein Handgelenk meldet sich mit einem stechenden Schmerz.

»Nichts zu danken.«

»Wenigstens über Sie hat Lello mir die Wahrheit gesagt. Sie haben mir wirklich geholfen.«

»Und Sie haben mich gut bezahlt.« Er drückt immer noch meine Hand.

»Auf Wiedersehen, Mauro.«

»Auf Wiedersehen, Paladini.« Endlich lässt er sie los. »Und möge das schwarze Wasser wieder weiß werden.«

Ich brauche ein paar Sekunden, um die Anspielung auf unsere Parole zu verstehen.

»Das beste wäre, wenn es überhaupt kein Wasser gäbe«, erwidere ich.

»*Claro.*«

Er steigt aus dem Q3 aus, der, befreit von seinem Gewicht, wieder auflebt, und steigt in den Tundra mit ausholenden und kraftvollen Bewegungen, die dieses Mordsbrockens würdig sind. Er lässt den Motor an – das Geräusch eines Fischkutters –, schaltet die Scheinwerfer ein und fährt los. Ich lasse ihn fahren und sehe ihm nach, während er sich auf der angeblichen Strandpromenade entfernt, ohne kleiner zu werden – ein Verb, das weder er noch sein Wagen je werden konjugieren können –, bis er in der Kurve nach rechts verschwindet, die ihn zur Landstraße führen wird.

Ich zünde mir eine Zigarette an, öffne das Wagenfenster und rauche mit tiefen Zügen. Ich bin euphorisch, euphorisch. Ich setze mir die Prinzessinnenkrone auf den Kopf, betrachte mich im Rückspiegel und lache. Als die Zigarette aufgeraucht ist, schnippe ich sie mit dem Finger nach draußen, lasse den Motor an und fahre los, während ich sofort den Song von Gianna Nannini abstelle, der seit dem Nachmittag versucht, gehört zu werden. Übrigens war D. ein Fan der Nannini, sie hat mich sogar in eines ihrer Konzerte geschleppt, doch jetzt bin ich, wie ich schon sagte, euphorisch und habe keine Lust, Musik zu hören, kein Bedürfnis, die Energie anderer zu tanken; im Gegenteil, ich bin eigentlich derjenige, der singen, schreien, sich austoben müsste, weil ich von einer beängstigenden Energie überfließe, die ebenso unerwartet wie verrückt ist – und deswegen noch beängstigender. Mit einem Mal gefällt es mir zu sein, was ich bin, gefällt es mir, getan zu haben, was ich getan habe, und besonders gefällt es mir, was ich von nun an tun werde. Ich bin stolz darauf, dass ich mein Schiff so fabelhaft zwischen den Klippen hindurchgesteuert habe, an denen ich noch vor ein paar Stunden Schiffbruch erlitten hatte, und vor allem, dabei beobachtet worden zu sein. Das, was ich, wie ich in meinem tiefsten Innern weiß, nicht bin – entschlossen, ausgekocht, bestimmt, geduldig –, bin ich plötzlich vor drei Zeugen geworden, und auch wenn es sich um Betrug handelt, oder gerade deswegen, erfüllt mich das mit großer Befriedigung. Wie in dem Traum, an den ich mich vorhin erinnert habe – und mir drängt sich der Gedanke auf, dass es nicht zufällig geschah –, bin ich geworden, was ich nicht bin, und das macht mich mitschuldig, aber auch unsichtbar und damit unverwundbar. Ich haue ab, und niemand weiß es. Die Undurchsichtigkeit der Welt, und insbesondere die meines Landes, die so oft in einem ganzen Leben von der Vernunft getadelt wurde, wird jetzt, da ich auf die Seite des Unrechts gewechselt bin, zu einer freundschaftlichen Hand, die mich beschützt. Wer soll mich schon finden, wo ich doch beschlossen habe, nicht da zu sein? Wer wird mich verurteilen können für das, was ich bin, wenn niemand weiß, was ich bin? Vielleicht hat die Besiegelung dieser plötzlichen Bruderschaft mit meinem Volk, die Rechtfertigung meines Eintritts in das Heer der Lügner, der Flüchtlinge, der Geldwäscher, der Fahrer ohne Führerschein, der Diebe, der Hehler, der Erpresser, der Protegés, der Steuerhinterzieher, der Bestochenen und der Bestecher, der Hurenböcke, derer, die die Not anderer ausnutzen, der sympathischen Kanaillen und all derer, die innerlich verdorben und äußerlich sauber sind und mit entwaffnender Unverfrorenheit weiterhin verlangen, dass man sie für respektable Leute hält, damit zu tun, dass ich letztendlich nichts Böses getan habe, dass ich nur hineingezogen worden bin, dass ich *unschuldig* bin.

Es geht mir gut, das ist eine Tatsache. Und wenn sie mich aus absurden statistischen Gründen in einer Verkehrskontrolle anhalten sollten, werde ich es wie Patrick machen, als er in das Schaufenster der Filiale der Equitalia in Ostia fuhr: »Bitte den Führerschein« – und er: »Schon wieder! Sie haben doch meinen Führerschein! Sie haben ihn doch, Sie haben ihn mir ja weggenommen! Sie sind wahnsinnig, Sie sind besessen von meinem Führerschein! Sie sollten sich behandeln lassen!« Das werde ich sagen, das werde ich brüllen. Zumindest werde ich mich austoben, tüchtig auf den Putz hauen, mich amüsieren …

Es geht mir gut, und ich bin auch nicht müde – lediglich mein Handgelenk tut höllisch weh. Ich habe diesen Schmerz den ganzen Tag über ertragen, und den ganzen Tag schon sehne ich mich nach meiner Orthese, die ihn lindern könnte – doch die Orthese liegt im Yaris. Okay, jetzt werde ich ihn lindern: Seht her, denn ich nähere mich auf der Straße dem Yaris, den ich zwischen den Kiefern stehen gelassen habe. Seht her! Ich krame im Handschuhfach dieses unverschämt luxuriösen Wagens. Wonach suche ich? Ich suche nach etwas, womit ich – ja, das ist perfekt: der Lebensretter-Hammer von Michelin, ein Werbegeschenk, das bei den Vertragshändlern groß in Mode gekommen ist, auch wir von Super Car schenken ihn unseren Kunden. In einem einzelnen Gegenstand Taschenlampe, Digitalmanometer, Gurtmesser und natürlich einen Hammer zum Einschlagen von Autofenstern kombinierend, kann er in besonderen Gefahrensituationen – Unfälle, blockierte Wagentüren, blockierte Sicherheitsgurte, Austreten von Treibstoff aus dem Tank, Brand- oder Explosionsgefahr – Leben retten, aber er kann sich auch in vielen anderen Fällen als nützlich erweisen, wie ich nun beweisen werde. Seht her, ich steige aus dem Q3 mit diesem Werkzeug in der Hand; es ist dunkel, die Straße ist leer, es fährt keiner vorbei, und selbst wenn, würde er mich nicht sehen – aber versucht ihr, mich zu sehen. Die Schlüssel des Yaris habe ich nicht bei mir, sie liegen auf dem Schreibtisch in meinem Büro – erinnert ihr euch? – und warten darauf, dass Virginio, der Rentner, der schwarz für uns arbeitet, sie morgen nimmt und den Wagen abholt. Doch ich habe den Michelin-Lebensretter-Hammer – der in meiner derzeitigen Situation technisch gesehen das Gleiche ist. Jetzt befinde ich mich auf der rechten Seite des Yaris, derjenigen, die von der Straße abgewandt ist; und jetzt hebe ich den Arm, um mir selbst Schaden zuzufügen und mich zu beklauen, mit der Sicherheit, nicht für die Folgen aufkommen zu müssen, da das Fahrzeug gegen Diebstahl, Einbruch und Vandalismus versichert ist. Alles ist ruhig um mich herum. Ein paar Scheinwerfer tauchen in der Ferne auf, nähern sich schnell und brausen an mir vorbei mit einer Geschwindigkeit, die annähernd der entspricht, mit der ich heute Nachmittag aufgegriffen worden bin. Werden Sie ungeschoren davonkommen, Vettel? Positiv, niemand hat ihn gesehen, es ist passiert und nicht passiert. Und glaubt ihr etwa, er hätte mich gesehen, hätte mich bemerkt? Negativ, er hat mich nicht gesehen – und selbst wenn er mich gesehen hätte, hätte er nur meine Fassade gesehen; eine Person, die am Straßenrand steht und die ihm herzlich egal ist. Und jetzt also erneut Dunkelheit, erneut die blinde Ruhe auf dem Land. Seht also her und bewundert die außerordentliche Symbolkraft eines Mannes, der die Waffe gegen sich selbst erhebt, um seinen Schmerz zu lindern; seht diese Tat und hört dieses Geständnis, da ihr schon mal da seid: *Ich habe mir immer schon gewünscht, ein Wagenfenster einzuschlagen.*

Crash!

Es ist passiert. Die Welt ist ein Obstgarten; um seinen Appetit zu stillen, muss man nur die Hand ausstrecken und eine Frucht pflücken. Da ist die Orthese. Ich lege sie an und schließe sie fest mit dem Stretch; das Handgelenk wird steif, und es tritt sofort Erleichterung ein. Die Splitter der zerbrochenen Scheibe bilden eine Schrift auf dem Sitz des Yaris, eine nette Nachricht, die für mich funkelt: *Willkommen im unsichtbaren Italien.*

ZWEITER TEIL

Seltene Erden

1

Post coitum omne animal triste est, sive gallus et mulier.
Unbekannter Autor

Dianette. So lautet ihr wahrer Name: Dianette. Das ist der Name der Antibabypille, die nicht funktioniert hat, als ihre Mutter schwanger wurde. Zwei Drittel ihres Lebens hat D. ihn stolz getragen, und dann hat sie sich plötzlich geschämt und ihn in Diana geändert. Beim Standesamt, in den Papieren, überall: Diana Sallustri. Natürlich gibt es immer noch Leute, die sie Dianette nennen (die Eltern, Patrick, ein paar alte Freundinnen), weil es sehr viel komplizierter ist, seinen Namen zu ändern, als sich eine neue Nase machen zu lassen, und das Ergebnis ist, dass D. dazu neigt, diese Personen so wenig wie möglich oder gar nicht mehr zu sehen. Als ich vor erst vier Jahren in ihr Leben trat, durfte ich sie nicht anders als Diana nennen, doch seit ich von der Geschichte mit ihrem Namen erfahren habe, gelingt es mir nicht mehr, ohne ein gewisses Unbehagen zu empfinden, und so helfe ich mir damit, dass ich sie D. nenne - *Di'*, auf römische Art, wenn ich sie direkt anrede.

Zum Beispiel:

»Wie geht's, Di'?«

Denn sie ist hier, bei mir …

»Gut«, erwidert sie, ohne den Blick von der Straße abzuwenden.

… am Steuer des Q3, der mit hundertvierzig Sachen über die Straße von Rom nach Civitavecchia brettert, und schweigt, konzentriert der CD von Gianna Nannini lauschend, die voll aufgedreht ist, um das Dröhnen des Windes zu übertönen, der durch das halb offene Wagenfenster hereinfegt und ihre blonden Locken zerzaust; und wenn man sie so sieht und wenn ihre Schultern bedeckt wären, würde sie ganz und gar wie eine wunderschöne großbürgerliche Milf wirken, jung, braungebrannt, gewöhnt an Luxusschlitten und lange Sommer in Saus und Braus, abgesichert durch ein gut angelegtes Vermögen, dem keine Krise je etwas wird anhaben können. Aber ihre Schultern sind nackt …

»Und dir, Schatz?«, fügt sie hinzu.

… doch entschieden nein, D. ist keine großbürgerliche Milf, absolut nicht, nicht einmal ein klein wenig. Sie ist eine reinrassige Vorstadtpflanze, zu hundert Prozent, was bedeutet, Tochter, Enkelin und Urenkelin von Vorstädtern aus der römischen Peripherie des vergangenen Jahrhunderts, mit denen es samt und sonders ein mehr oder weniger schlechtes Ende genommen hat. Die Eltern, beide aus Massimina, beschlossen, sie zu behalten trotz des absehbaren Konflikts mit ihrem Interesse für Drogen und Straßenpiraterie, zu dem die Fortpflanzung führen würde, und voller Stolz nannten sie sie just nach der Pille, die, wie sie behaupteten, versagt hatte – auch wenn es sehr viel wahrscheinlicher ist, dass die Mutter sie nicht regelmäßig eingenommen hatte. »Das waren damals phantastische Jahre in Rom«, erklärte der Vater diesbezüglich, während des einzigen Gesprächs, das wir miteinander führten. »Da gab es Bruno Conti, da gab es Falcão, da gab es Er Califfo; es war der richtige Augenblick, ein Geschöpf zur Welt zu bringen.« Und so erblickte D. am 29. Juni 1981 das Licht der Welt, mehr oder weniger im selben Augenblick, in dem Lady Spencer, fast gleichen Namens, und Prinz Charles von England in London in der St. Paul's Cathedral heirateten. Anderthalb Jahre später wurde auch ihr Bruder Bruno Miguel geboren, der jedoch auf wissenschaftliche Weise im Rausch der Feiern zum Sieg Italiens bei der Fußballweltmeisterschaft 1982 gezeugt worden war und so genannt wurde zu Ehren des obengenannten Bruno Conti von Seiten des Vaters und von Seiten der Mutter zu Ehren von Miguel Bosé in Erinnerung an sein Lied, von dem sich in jenen Jahren alle in den fünfziger Jahren geborenen Vorstädter gefeiert fühlten. Damals hatte ich dieses Lied eindeutig unterschätzt, es ging mir ziemlich auf die Nerven, weil es einem überall entgegendröhnte, aus dem Radio, aus dem Fernseher, aus der Jukebox, und erst seit ich mit D. zusammen bin, habe ich es als das erkannt, was es ist, eine tragische Hymne auf das Martyrium der Großstädte, das kurz darauf fast allen Vorstädtern jener Zeit den Tod bringen, sie mit AIDS infizieren oder ins Gefängnis bringen sollte. Ich kenne den Text auswendig, er lautet: *Gute Kinder sind wir, meine Freunde, Dichter alle, geboren '56, in einer Welt, die dahinsiecht, das Leben ist halsbrecherisch. Wir gehen auf dem Seil am Himmel, mehr als hundert Meter über dem Asphalt, wir sind ein Punkt dort oben, Fahnen im Wind der Stadt. Nicht herunterfallen ist fast Zauberei, zwischen so viel Betrügerei, so viel Heuchelei gehen wir vorwärts, ohne nach unten zu blicken, umkehren ist nicht mehr möglich.* Kapiert? Nicht gerade ein harmloses Liedchen. Und er fährt fort: *Wir gehen orientierungslos in einer Welt, die kurz davor ist, ihren Tiefpunkt zu erreichen, gefangen in der Zeit und seit Ewigkeiten in der Krise. Ich lebe, wie ich kann, meine Freundin, ich weiß weder wer ich bin noch was aus mir werden wird, meine Zukunft ist nur ein paar Meter entfernt, ich folge nur meinem Weg. Wir gehen auf dem Seil am Himmel, man kann jeden Augenblick herunterfallen, gefangen in der Zeit, fortbewegt im Wind der Stadt.* Und er endet mit der Apotheose der Vorstadtrhetorik, die wie eine hochtrabende Prophezeiung klingt: *Wir sind woanders, weit weg, wer weiß wo, aus einem langen Winter direkt in die Hölle gekommen. Wir guten Kinder, wir alle, die wir jetzt fix und fertig sind, auf diesen Straßen so viele Menschen, Straßen, die nirgendwo hinführen. Halb beschwipst, halb traurig, all wir armen Christen, in diesen herzlosen Jahren, in diesem immer gleichen Leben, all wir guten Kinder, wir alle, die wir fix und fertig sind.* Und so weiter. Ich habe es vollständig wiedergegeben, weil dies der *genius temporis* ist, in dem D. aufgewachsen ist – dies sind die Werte. Die Geschichte, die sie in ihrer vorzeitigen Jugend hat aufblühen lassen, hat ihr ein Trauma zugefügt, und auch wenn ich es nicht vollständig erzählen kann, weil ich es nur in Teilen kenne, weiß ich doch, dass es Drogen enthält, Alkohol, verschiedene Straftaten, einen Vater im Gefängnis, einen Stiefvater, der seinen Platz einnimmt, weitere Drogen, weitere Straftaten, weitere Verhaftungen, Verkehrsunfälle, Brände, Entwurzelungen, wahrscheinliche Belästigungen (das ist meine Vermutung, sie hat es nie gesagt) von Seiten des obengenannten Stiefvaters, ständigen Streit mit der Mutter und Sozialarbeiter und Aggressivität und Wut und Rebellion und Weglaufen von zu Hause mit sechzehn zusammen mit Kocis, einem wilden Fohlen aus dem Vorort Ildebrando, der sie in eine schwindelerregende Liebesgeschichte außerhalb des Gesetzes hineinzog. Es sind die Jahre, in denen sie noch Dianette ist und von denen ich nur weiß, dass sie ihnen mit einer übermütigen Leichtsinnigkeit begegnet ist, indem sie ihre Schönheit spazieren fuhr, als wäre sie ein Motorrad, und die nicht verhängnisvoll für sie waren, weil die Natur sie mit einem segensreichen Antikörper gegen Drogen ausgestattet hat. Das heißt, wie sie mir erzählt hat – und ich glaube ihr –, jedes Mal, wenn etwas gemacht wurde, und sei es nur ein Joint, wurde sie von einer so heftigen und schmerzhaften Paranoia überwältigt, dass sie *gezwungen* war, keine Drogen zu nehmen. Was verhindert hat, dass sie zusammen mit Kocis in die Drogenabhängigkeit abrutschte, aber nicht, ihm in der anderen Obsession zu folgen, die er damals auslebte, nämlich die Indianer Amerikas, mit denen er sich auf eigenartige Weise identifizierte. (Übrigens vermählte der Kriegername, den er wählte, perfekt seine beiden Leidenschaften, da er ebenso auf den großen Apachenhäuptling anspielte wie auf den mir völlig unbekannten Namen für Kokain, der in den Kreisen, in denen er damals verkehrte, üblich war, nämlich *Koci*.)

»Ausgezeichnet«, sage ich, und es ist nicht wahr.

Es ist nur allzu begreiflich, dass D. nicht gern von dieser Zeit spricht, aber es fällt nicht schwer, sie sich in Begleitung dieses Arschlochs vorzustellen, schön wie ein Goldnugget, verwandelt in eine junge Vorstadtsquaw, die ihren Krieger bei seinen Heldentaten begleitet, ihm die Friedenspfeife vorbereitet, ohne ihn unterstützen zu können, und ihn nachts, im Tipi, für den Mut belohnt, den er den Bisons und Bleichgesichtern gegenüber bewiesen hat. Es behagt mir gar nicht, mir diese Dinge vorzustellen, ich tue es nur, weil es unmöglich ist, es nicht zu tun, da sie die Zeichen auf ihrem ganzen Körper trägt. Insbesondere, in diesem Augenblick, auf ihren Schultern, die, wie ich schon sagte, das schwarze Top mit der Aufschrift VOGLIO TUTTO (ICH WILL ALLES) auf der Brust freilässt: zwei glatte, glänzende Schultern, auf denen sich die Ausläufer der eindrucksvollen Traumfängertätowierung ausbreiten, die ihren ganzen Rücken schmückt. Es ist eine wirklich phantastische Tätowierung, ausgeführt in der alten, äußerst schmerzhaften Technik der Ojibwe-Tradition von irgendeinem Tätowiermeister aus Torpignattara. Sie besteht aus fünf großen Kreisen, die traubenförmig zusammengehalten werden, zwei auf den Schulterblättern und drei entlang der Wirbelsäule, gefüllt mit Blumenmotiven und extrem feinmaschigen Netzen und, außerhalb dieser Netze, großen blauen Federn, die an dünnen Schnüren hängen. Ihre Funktion besteht laut der Tradition der Indianerstämme Nordamerikas darin, die Träume zu beschützen, indem sie die Albträume in ihren Windungen fängt, bis am Morgen das Sonnenlicht sie wie Schnee zum Schmelzen bringt. Sie ist wirklich wunderschön, aber mir wird bewusst, dass der Versuch, sie mit Worten zu beschreiben, ein vergebliches Unterfangen ist, und dass auch eine Zeichnung oder ein Foto ihr nicht gerecht würde; man muss sie auf D.s nackter Haut sehen, die Einheit, die sie mit ihrem Körper bildet, macht sie unvergesslich. Als D. sie mir zum ersten Mal zeigte, als sie sich vor mir auszog, raubte mir die Verbindung ihres florentinischen Rückens mit diesem unglaublichen farbigen Geschnörkel buchstäblich den Atem – und so ist es, ehrlich gesagt, immer noch, zuletzt vor einer Stunde, als wir im Haus ihrer Freundin gevögelt haben, sie bleibt eines der schönsten Dinge, die ich in meinem Leben gesehen habe. Dennoch stellt diese Tätowierung (zusammen mit den anderen sechs, die ebenfalls schön, wenn auch sehr viel kleiner und über ihren ganzen Körper verteilt sind) auch ein unauslöschliches Zeichen dar, das sie für immer mit diesen blödsinnigen Jahren verbindet, von denen D. sich niemals so wird distanzieren können, wie sie es gern täte. Denn, wie der eine oder andere sicher ahnt, ist Kocis niemand anderer als – bingo – *Patrick Negretti*, das heißt, das menschliche Wrack, das der Vater ihrer Kinder ist und sie nach wie vor quält; und der Augenblick, in dem er von seinem ruhmreichen Kriegernamen zu dem zurückkehrt, der im Standesamt registriert ist, fällt mit dem Augenblick zusammen, in dem Dianette das Gegenteil getan hat, indem sie Diana wurde; und all das fällt zusammen mit einem schweren Autounfall, den sie verursacht hat und durch den sie erfuhr, dass sie farbenblind ist. Die Verwechslung einer roten mit einer grünen Ampel, der Zusammenprall mit einem Lieferwagen, und die schöne Vorstädterin, die auf dem Seil ging wie Miguel Bosé, wie Kocis, wie ihre Mutter und ihr Vater, wachte plötzlich auf und fand sich als klarsichtige Person wieder – verängstigt und klarsichtig. In Umkehrung der normalen Reihenfolge der Ereignisse überlagert eine übermäßig große Narbe die Zeichnung des Tattoos auf ihrer rechten Schulter – die ich gerade streichle –, doch diese so überraschende Diagnose, *Farbenblindheit*, versetzte ihr den Schock, der Dianettes Abenteuern ein Ende setzte. Aus der Art und Weise, wie sie stets darüber gesprochen hat, glaube ich verstanden zu haben, dass D. die Entdeckung dieser Behinderung als eine Art Aufforderung zu einem verantwortungsbewussten Leben auffasste, das sie bis dahin auf so aggressive Art verachtet hatte, und sollte sich erweisen, dass ihre Bewunderung für den Film *Rumble Fish* eine Rolle bei ihrer Bekehrung gespielt hat, würde ich mir wünschen, dass niemand darüber lacht. Sie war neunzehn; eine genetische Krankheit, die sie mit dem Motorcycle Boy verband, war für sie in dem Augenblick ein mehr als ausreichendes Zeichen, um zu begreifen, dass es Zeit war, ihr Schicksal zu ändern.

Die Dummheit, die D. damals beging, bestand darin, dass sie sich nicht damit begnügte, ihr eigenes Schicksal zu ändern, sondern sich in den Kopf setzte, auch dasjenige von Patrick zu ändern.

Sie behauptet, dass sie damals nach dem Imperativ gehandelt habe, ihrer beider Leben zu befreien, weil sie immer noch von dem Indianerkitsch ihrer Jahre auf der Straße durchdrungen war, dem zufolge der echte Krieger nicht der ist, der dem Feind das Leben nimmt, sondern derjenige, der sich opfert, um das Leben des Gefährten zu retten. Kocis zu verlassen wäre nach D.s damaliger Sicht der Dinge abscheulich gewesen, wohingegen das einzig Richtige, das sie tun konnte, darin bestand, ihn in Patrick Negretti zu verwandeln und aus ihm einen Mann zu machen, den sie wirklich lieben könnte.

Mit diesen edlen Vorsätzen also und der Absicht, für sie beide ein normales Leben zu erkämpfen, entwickelte sie mit zwanzig eine spartanische Stärke, die zwei- oder dreimal so stark war wie diejenige, die sie bis dahin aufgebracht hatte, um ihm zu entfliehen. Und sie scheiterte. Während sie alle Ziele, die sie sich vorgenommen hatte, eines nach dem anderen realisierte (Namensänderung, Einschreibung in Abendschulen, Ausbildung zur geprüften Buchhalterin, befristete Arbeit in einer Firma für Gartenartikel in Casal Palocco, Mieten einer Zweizimmerwohnung in Infernetto, neue Arbeit mit projektgebundenem Arbeitsvertrag in einer Gärtnereikooperative in Acilia, Geburt des Sohnes, Einschreibung in der naturwissenschaftlichen Fakultät der Universität Roma 3, unbefristeter Arbeitsvertrag in einer großen Gärtnerei in Castel di Guido, Hochzeit, erfolgreiche Überredung des Stiefvaters, mit ihrer Mutter nach Velletri zu ziehen und ihr und Patrick das Häuschen in der Residenza Aurelia zu überlassen, wo sie noch immer wohnt, elf Universitätsprüfungen mit einem Durchschnitt von siebenundzwanzig von dreißig und Geburt der Tochter), bewegte sich Patrick nicht von der Stelle. Nicht, dass er etwas zurückgeblieben gewesen wäre, wie sie glaubte, verlangsamt durch den Kampf gegen die Drogenabhängigkeit, nein, er kam einfach nicht vom Fleck, war wie angewurzelt, unfähig, den ersten Schritt zu tun. D. bemerkte es sofort, als eine leichte postpartale Depression sie veranlasste, etwas zu tun, was sie neun Jahre lang nie getan hatte;

sie musste nur ein einziges Mal dort nachsehen, wo sie mehr als dreitausend Tage nie nachgesehen hatte – in Patricks Taschen, im Handschuhfach seines Wagens, in seinem Handy –, um die grausame Wahrheit herauszufinden. Dieser Unglückselige hatte nichts von all dem gemacht, was er ihr versprochen und zu tun geschworen hatte. Er war schlicht und ergreifend vor die Hunde gegangen, indem er sich vom ersten Tag an der tröstenden Umarmung der besten Freundin aller Drogenabhängigen überlassen hatte – der Lüge. Nicht einmal die gescheiterten Versuche waren wahr, auch nicht die Fehlschläge, die er gestanden und die sie stoisch hingenommen und verziehen hatte. Nichts war wahr von dem Leben, das sie zu führen geglaubt hatte, außer dass sie eine Familie gegründet hatte mit einem Drogensüchtigen Dealer Verbrecher Parasiten Heuchler Lügner Hurensohn. Nun könnte man sich fragen: Wie kann es sein, dass sie nichts davon gewusst hat? Hatte sie in neun Jahren nie etwas bemerkt? Hatte sie nicht bemerkt, dass er in dem täglichen Kampf um Normalität nicht an ihrer Seite gewesen war, dass sie ihn hinter sich hergezogen hatte wie einen am Chassis festgebundenen Kanister? Und die Antwort lautet, nein, sie hatte es nicht bemerkt, und nicht, weil sie eine Idiotin war, sondern weil sie anständig geblieben war, er aber nicht, er war verdorben und belog sie jeden Tag, systematisch, in Bezug auf alles – und diese ganz banale Tatsache hatte sie nicht bedacht, und daher war sie unfähig, sie sich vorzustellen.

Sie konfrontierte ihn mit seiner Schwäche, und Patrick gab alles zu. Sie forderte ihn auf, zwischen ihr und dem Kokain zu wählen, und Patrick wählte sie. Sie befahl ihm, eine Entziehungskur in einer Gemeinschaft zu machen, und Patrick willigte ein. Sie warnte ihn, dass dies die letzte Chance sei, die sie ihm gebe, und Patrick schwor, dass er sie nutzen werde. All das gab ihr zwar nicht den leisesten Hauch einer Hoffnung zurück, die wie eine Seifenblase zerplatzt war, aber sie nahm ihr zumindest die postpartale Depression. Und Patrick ging zu den Priestern.

Das, was D. unmittelbar nach seiner Rückkehr vier Monate später entdeckte, als sie sofort wieder begann, sein Handy zu kontrollieren, erschütterte sie. Patrick betrog sie jetzt – und das nicht mit irgendeiner Schlampe, sondern mit Lucy, dem *Flittchen* von Ildebrando, die er vor fünfzehn Jahren verlassen hatte, um sich mit ihr zusammenzutun. D. nahm es ihm krumm. Sie fand es nicht nur schäbig, hundserbärmlich und vor allem ziemlich vorhersehbar, dass Patrick sich aus dem Scheitern, in das sie ihn hineingetrieben hatte, in die Arme der Exfreundin flüchtete, der er das Herz gebrochen hatte, als er Kocis gewesen war, sie fand es schlicht unerträglich. Sie warf ihn kurzerhand hinaus, ihre kleine Tochter auf dem Arm und ein Messer in der Hand – und sie warf es sogar nach ihm, das Messer, verfehlte ihn aber, als er protestierte und behauptete, das Ultimatum beträfe nur die Drogen, und seit vier Monaten nähme er keine mehr. Hau ab, du verdammter Hund, hau ab, *du Scheißkerl*, verschwinde aus diesem Haus, zieh Leine – und bums!

Nach nicht einmal einem Monat – seine Sachen stapelten sich immer noch in der Abstellkammer – wurde Patrick verhaftet. Nach einem Jahr, während er die Haftstrafe für Drogenhandel absaß, begannen D. und ich eine Beziehung. Nach einem weiteren Jahr kam Patrick dank eines Straferlasses frei, und es begann der aktuelle Zirkus aus Belagerungen, Szenen, Anschuldigungen und Flehen um Verzeihung; um ihm ein Ende zu setzen, hätte eine erneute Strafanzeige vermutlich ausgereicht – die ich jedoch nicht befürworte. Denn ich sehe es so: Da ich mit meiner übermächtigen Normalität im Leben von D. und ihren Kindern aufgetaucht bin und da ich zu meiner großen Überraschung festgestellt habe, dass ich eine eigenartige Macht über ihn habe – um ihn zu beruhigen, zu besänftigen, zum Nachdenken zu bringen –, bin ich der Meinung, dass der Schutz ihres Nestes vor seinen Angriffen in meiner Verantwortung liegt. Ich habe mir nie Illusionen gemacht, dass er sich in Zukunft sehr viel besser verhalten wird, als er sich bis jetzt verhalten hat, doch im Grunde ist er ein armer Teufel, er ist nicht gewalttätig und immer noch der Vater ihrer Kinder – und Vatersein ist ein Schicksal, und ihn in den Abgrund stürzen zu lassen oder ihm sogar den endgültigen Stoß zu versetzen, scheint mir nicht richtig zu sein. Viel besser wäre es, ihn auf den Beinen zu halten und zu stützen und ihm die Zeit zu geben, sich wenigstens andeutungsweise bewusst zu werden, wie sehr seine Kinder ihn brauchen, und sollte das nicht geschehen – und es wird nicht geschehen angesichts der jüngsten Entwicklungen und vor allem der allerjüngsten, das heißt dessen, was er in der vergangenen Nacht angestellt hat und was ich D. noch gar nicht erzählt habe –, es ihnen zu überlassen, ihm, wenn sie groß sind, eventuell den Fußtritt in den Arsch zu versetzen, den er verdient. Doch wenn D. es täte, wäre es so, als täte ich es selbst – und täte ich es, würde es sehr stark einem Mord gleichkommen. Und es sind die Kinder, die den Vater töten müssen, sage ich, und nicht die Freunde der Mutter.

»Zündest du mir bitte eine Zigarette an?«, bittet mich D.

Ich zünde sie an und reiche sie ihr. Sie dankt mir, nimmt sie, macht einen tiefen Zug und schließt das Fenster, um zu verhindern, dass der Wind die glühende Asche durch die Kabine wirbelt. Sie wirft mir einen strahlenden Blick zu und konzentriert sich wieder auf die Straße. Im Hintergrund sieht man das Tyrrhenische Meer, blau und vom Wind gekräuselt, und es ist wieder einer dieser Tage, die alles wunderschön aussehen lassen. Wir sind in Civitavecchia, aber man hat das Gefühl, in Sorrent zu sein. Mit geschlossenem Fenster wird die Musik zu laut, trotzdem wird sie sie mit Sicherheit nicht leiser stellen, sie hört *Sei nell'anima*, ihr Lieblingslied.

Doch sie stellt sie leiser und blickt mich erneut an.

»Was hast du?«, fragt sie mich.

»Nichts«, erwidere ich, und es ist nicht wahr.

»Machst du dir Sorgen?«

»Nein«, und es ist nicht wahr.

Sie hat die Zigarette immer noch zwischen den Lippen, obwohl ihr der Rauch in die Augen dringt.

»Du hast doch irgendwas«, sagt sie. »Komm schon, was ist es?«

»Mein Handgelenk tut weh«, sage ich, und es ist nicht wahr.

»Du Armer«, sagt sie. »Du hast es überanstrengt.«

Sie glaubt mir also. Sie spürt, dass irgendetwas nicht in Ordnung ist, sie sagt es, sie fragt, und sie glaubt die erste Antwort, die sie erhält – die falsche, die beschwichtigende. Sie begeht den gleichen Fehler …

Ich versuche mich in sie hineinzuversetzen, versuche, auf meiner Haut ihre Energie zu spüren, ihren naiven Optimismus. Ich bin eine junge und schöne Frau und begleite meinen Mann, der nicht fahren darf, weil man ihm den Führerschein entzogen hat, nach Mailand. Ich habe es instinktiv beschlossen, nachdem ich einen Orgasmus in dem kleinen Schlafzimmer im Haus meiner Freundin in Fregene gehabt habe. Ich habe ganz praktisch und schnell gehandelt: Ich habe Magalì angerufen, die bereits mit allen Kindern am Meer war, und ihr die Wahrheit gesagt – dass sie Pietro den Führerschein weggenommen haben und ich ihn nach Mailand fahren muss. Ich habe sie daran erinnert, Eden mit der Creme mit Sonnenschutzfaktor 50 einzucremen, Kevin vor dem Abendessen den Multivitaminsaft zu geben, habe ihr herzlich gedankt und mich ganz meinem Mann zur Verfügung gestellt. Ich habe ein unschuldiges Gefühl der Befreiung empfunden angesichts der Aussicht, ein, zwei Tage allein mit ihm zu verbringen, über die Autobahn zu fahren, im Restaurant zu essen, im Hotel zu vögeln, ohne auf die Kinder Rücksicht nehmen zu müssen, zum ersten Mal Mailand zu sehen – am meisten erregt hat mich jedoch ganz gewiss, endlich einmal für ihn tun zu können, was sonst immer er für mich tut, nämlich die Dinge zu normalisieren. Er hat mir unbedingt einreden wollen, das sei nicht nötig, sie würden ihn nicht anhalten, hat argumentiert, die Kinder würden enttäuscht sein, aber ich habe nicht auf ihn gehört. Ich weiß, wie das läuft, ich habe es erlebt: Am Anfang unterschätzt man die Gefahr, man übertritt ein Gesetz, dann ein zweites und dann noch eins, und schon findet man sich unehrenhaft, schuldig *auf der anderen Seite* wieder. Er ist der anständigste Mensch, den ich in meinem

Leben kennengelernt habe, und wie es aussieht, hat sein Partner ihn in einen ganz schönen Schlamassel hineingeritten, weswegen er in großer Gefahr ist; ich kann ihn nicht allein und Verbrechen begehen lassen, gerade ihn nicht. Ich habe Erfahrung mit Männern, die mit dem Gesetz in Konflikt gekommen sind, ich fahre ihn nach Mailand, das ist beschlossene Sache, Ende der Diskussion …

Und als ich sah, was für einen prachtvollen Wagen ich da zu fahren hätte, ein phantastisches Auto, das ich mit meiner Leidenschaft für Pferdestärken, die mir aus meinen wilden Jahren geblieben ist, zwar schätzen kann, mir aber nicht im Entferntesten leisten könnte, platzte ich fast vor Glück und hatte die glasklare Gewissheit, dass die Zeit, die ich mir für ihn genommen habe, in Wirklichkeit ein Geschenk ist, das das Schicksal mir macht, ein Becher guten Weins nach so vielen bitteren Kelchen, die ich geleert habe.

Das ist das, was sie gerade empfindet – zumindest glaube ich das – und was sie so strahlend und selbstsicher, so überwältigend schön macht. Und dann ist da noch das, was ich empfinde – und das ist etwas ganz anderes. Zunächst einmal sind die Dinge keineswegs so, wie sie glaubt. Ich habe ihr nur mehr oder weniger ein Viertel der Geschichte erzählt; ich habe ihr nichts von Rosy Malaparte erzählt, nichts vom dem kleinen Mädchen, dessen Hand in der Tür eingeklemmt war, ich habe ihr nichts von dem Glas Whisky und von den Gedanken erzählt, die ich hatte, während ich es trank – und das ist okay, da all dies *nicht passiert ist*; ich habe ihr nichts von den Rumänen und den gefährlichen Leuten erzählt, aber ich habe ihr auch nichts von Jürgen und von den markierten Geldscheinen erzählt, mit denen er mir den Vorschuss bezahlt hat, ich habe ihr nicht erzählt, dass ich sie gegen die Scheine des Hünen eingetauscht und begonnen habe, sie zu verwenden, was vollkommen illegal ist, da Jürgen am nächsten Dienstag den Cherokee nicht wird abholen können; ich habe ihr nicht erzählt, dass ich mir das Handy zurückgeholt habe, ich habe ihr nicht erzählt, dass Claudia abgehauen ist, und ich habe ihr auch nicht erzählt, dass ich ebenfalls abgehauen bin. Ich habe sie sicher nicht belogen, um sie zu beschützen; ich habe sie belogen, weil sie der in Flammen stehenden Welt angehört, aus der ich fliehe, ich habe sie belogen, weil sie die Blume ist, die aus der Erde sprießt, die mir unter den Füßen wegrutscht. Und so, wie die Dinge sich augenblicklich entwickeln, fürchte ich, dass dies das Ende für uns bedeutet.

Denn es ist doch so: Solange ich mich um sie, um ihre Kinder, um ihre Familienprobleme und um ihre kranken Dattelpalmen gekümmert habe, ging alles gut. Es ging alles gut, solange ich solide und sie flatterhaft war. Doch jetzt, da ich den Ärger habe, funktioniert der umgekehrte Fall keineswegs ebenso gut, ja sogar überhaupt nicht – nur dass sie es nicht weiß und vor allem nicht ahnt, dass ich unter diesem Druck überraschenderweise zum Lügner geworden bin wie ihr Exmann. Dass ich sie belogen habe, ist natürlich verwerflich, aber ebenso verwerflich scheint mir, dass sie mir so blind glaubt und gerade jetzt diese Anstrengung unternimmt, die sie bis heute nie unternommen hatte, um zu versuchen, unserer Beziehung ein wenig Balance, ein wenig Stabilität zu geben, was letztlich nur beweist, dass unsere Beziehung niemals stabil oder ausgeglichen, ja sogar nie eine echte Beziehung wird sein können, wie sie es sich vorstellt, weil in dem Augenblick, in dem der eine anfängt zu lügen, der andere es nicht merkt; dass sie meinen Lügen glaubt, ist sehr schlimm, da es mich verachtenswert und sie bejammernswert macht. Es ist der gleiche Mechanismus, der dazu geführt hat, dass sie mit Patrick Negretti fünfzehn Jahre ihres Lebens weggeworfen hat, und der in Kürze dazu führen wird, dass sie entdeckt, dass sie weitere vier Jahre mit mir weggeworfen hat; der Mechanismus, der sie stets zu einem Opfer macht und ihren Mann stets zu einem Arschloch. Dagegen ist einfach kein Kraut gewachsen.

Sie dürfte nicht hier sein, das ist alles. Die richtige Art und Weise, mir zu vertrauen, wäre jetzt, mich alles aufs Spiel setzen zu lassen und außen vor zu bleiben, in Angst, tagelang ohne Nachrichten, und darauf zu warten, dass geschieht, was geschehen muss. Das hätte sie tun müssen – und nicht versuchen, sich nützlich zu machen. Und wenn ich schließlich zu ihr zurückgekehrt wäre – nachdem ich all meine Angelegenheiten zum Besten geregelt hätte oder es mir nicht gelungen und ich im Gefängnis gelandet oder blutig geschlagen oder an den Bettelstab gebracht worden wäre oder alles drei und dann irgendwie davongekommen wäre –, dann wäre die Beziehung, die sie sich vorstellt, möglich, und wir könnten wirklich zusammen sein. Aber nicht vorher. Jetzt können wir nicht zusammen sein.

Doch mein Problem ist: Wie soll ich ihr das sagen?

Und doch …

Und doch muss ich ihr irgendetwas sagen, ich muss es tun, weil es völlig ausgeschlossen ist, dass sie mit mir kommt. Ich muss sie jetzt aufhalten, und ich habe nur zwei Möglichkeiten: Die eine könnte die Dinge zwischen uns theoretisch immer noch retten, könnte uns immer noch erlauben, den Staub unter den Teppich zu kehren und vorwärtszugehen, getrennt, jeder seines Wegs, sich die Zeit zu nehmen, die nötig ist, und zu sehen, ob das, was geschehen wird, uns Gutes bringen wird oder nicht. Und ich werde es versuchen, natürlich, aber ich bin sicher, dass es nicht funktionieren wird – denn ich kenne sie und weiß, dass es nicht funktionieren wird.

»Doch«, sage ich, »es gibt etwas.«

»Was?«

»Die Kinder. Je länger ich darüber nachdenke, umso überzeugter bin ich, dass es nicht gut ist, sie einfach so allein zu lassen, ohne ihnen etwas gesagt zu haben. Du musst zu ihnen zurückkehren, hör auf mich!«

Sie dreht sich zu mir und sieht mich an, den Mund bereits gekräuselt in einem angespannten, defensiven Lächeln, das aber immer noch gutwillig ist.

»Schon wieder!«, ruft sie. »Es geht ihnen ausgezeichnet, Pie'.

Magalì ist ein Schatz, sie behandelt sie, als wären sie ihre eigenen Kinder.«

Es funktioniert nicht, ich wusste es. Dabei spreche ich nur eine ganz elementare Wahrheit aus, und sie weiß es. Ein bisschen guter Wille würde schon reichen, ein Minimum an geistiger Beweglichkeit, seine Meinung zu ändern. Es ist sinnlos, seinen Namen zu ändern, wenn man nicht fähig ist, seine Meinung zu ändern ...

»Es geht ihnen keineswegs ausgezeichnet«, sage ich. »Es geht ihnen nie ausgezeichnet, und es wird ihnen bestimmt nicht ausgezeichnet gehen, wenn sie vom Strand zurückkommen und entdecken, dass die Mama plötzlich weggefahren ist, ohne sich von ihnen zu verabschieden. Das sind sehr schwierige Augenblicke für sie, man kümmert sich um sie mit äußerster ...«

»Hör mal, jetzt komm mir nicht so!« Pech gehabt, sie unterbricht mich, fällt ins Römische, wird wütend. »Bin ich etwa ständig weg? Ich geh nicht mal ins Kino. Ich bin immer bei ihnen.«

»Es geht ihnen nicht gut, Di.« Ich lasse nicht locker. »Du musst zu ihnen zurückkehren, sofort.«

»Ich denke überhaupt nicht daran. Sie brauchen mich nicht. Du brauchst mich. Ich lasse dich nicht ohne Führerschein fahren, hast du verstanden?«

Der Versuch ist schon gescheitert. Doch da die Tatsache, dass sie wütend wird, auch mich wütend macht und weil ich gerade immer noch recht habe und ihre Argumentation zwar vernünftig wirkt, im Wesentlichen jedoch nichts als die Unfähigkeit ist zu begreifen, dass sie mich allein lassen soll, muss ich ihr verdammt noch mal die Idee, *gebraucht* zu werden, ausreden.

»Hör zu«, sage ich, »machen wir es doch so: Du verlässt bei Civitavecchia Nord die Autobahn, fährst mich zum Bahnhof, und ich fahre mit dem Zug nach Mailand, das ändert für mich nichts« – und auch das ist nicht wahr, es ändert natürlich etwas. »Du behältst den Wagen und bist rechtzeitig zum Mittagessen wieder in Fregene. Was meinst du?«

Jetzt habe ich wirklich recht, das wäre auch für sie das Richtige, viel besser, als die Kinder mit Leuten allein zu lassen, die sie kaum kennen. Was in der vergangenen Nacht geschehen ist und was ich ihr noch nicht habe erzählen können, würde heute Nacht geschehen, und ich würde meinem Schicksal entgegengehen, während sie fleißig zu Hause bleiben würde und nicht die Fetzen fliegen würden.

Doch es ist sinnlos. Man darf sich keine Illusionen machen, nur weil sie nicht sofort geantwortet hat und darüber nachzudenken scheint. Sie denkt nicht darüber nach. Sie fragt sich, was verdammt noch mal los ist, weil ich so darauf beharre. Vielleicht erwägt sie die Möglichkeit, dass ich eine andere habe, vielleicht weckt ein verräterisches Beben in ihr den Verdacht, dass die Männer tatsächlich alle gleich sind – Lügner, Schweine, treulos –, wie sie übrigens selbst immer sagt, lachend allerdings, als würde sie es nicht wirklich glauben, als wäre es nur eine Beschwörung. Oder vielleicht ist ihr lediglich der Verdacht gekommen, dass ich ihr nicht alles erzählt habe. Nein, sie wird nicht das Richtige tun. Es ist nur noch eine Frage der Zeit, dass die Welt erneut über ihr zusammenbricht, und sie wird alles tun, dass sie über ihr zusammenbricht. Und um ihr dabei zu helfen, gibt es nichts Besseres als die zweite Lösung.

2

Wo ist der Adler? Verschwunden.
Sealth, Häuptling des Stammes der Duwamish

Tatsache ist, dass ich gestern Nacht, als ich zu ihrem Haus kam, wo ich zu schlafen beschlossen hatte, weil das eine Adresse ist, die außer Claudia niemand mit mir in Verbindung bringen kann, das Haus ausgeraubt vorfand, und ich bin sicher, dass Patrick es ausgeraubt hat, denn es herrschte eine schreckliche Unordnung, und es fehlte der große Fernseher und der neue in der Küche und der DVD-Player, den ich ihr letztes Weihnachen geschenkt hatte, und im Schlafzimmer lagen die Reste eines Banketts zwischen ihrem Schmuck, als wäre der Einbruch von einem Gelegenheitsdieb begangen worden, doch es war zum Beispiel auch das Gemälde im Eingang verschwunden, das sie »Die Zinsen« nannte (vor etlichen Jahren hatte D. einem Freund von Patrick ein paar Tausend Euro geliehen, und er hatte ihr versprochen, sie ihr mit vier Prozent Zinsen zurückzuzahlen, aber weil er sie ihr nie zurückgezahlt hatte, hatte er ihr statt der Zinsen diesen Schinken gegeben, der eindeutig nichts wert war, allerdings für einen Tanzio da Varallo ausgegeben worden war, der restauriert werden müsse, und Patrick hatte behauptet, er würde ihm glauben), und der Laptop, den er von weiß der Teufel welchem Geld Kevin letztes Jahr geschenkt hatte, war nicht angerührt worden, und vor allem fehlten sämtliche Fotos der Kinder in den Silberrahmen, während diejenigen von D. auf den Boden geworfen worden waren, das Glas zerbrochen war und die Abzüge zerrissen worden waren, kurz und gut, er hatte seine Unterschrift hinterlassen, in den Aggressionsmodus geschaltet und dieses Gemetzel angerichtet, doch ich konnte den Einbruch gestern Nacht natürlich nicht anzeigen – das wäre der Gipfel gewesen, einer beschließt abzuhauen, und dann ruft er als Erstes aus seinem Versteck die 113 an, um einen Diebstahl anzuzeigen –, auch wenn ich es, um ehrlich zu sein, sowieso nicht getan hätte, weil ich wirklich erledigt war und nicht die Kraft dazu gehabt hätte, und so habe ich gehandelt wie ein Tier auf der Flucht, dieses Tier, das zu werden ich gerade entschieden hatte, aus purer Notwendigkeit, und da das Tier müde war, habe ich in diesem wüsten Durcheinander genächtigt, bin ich eingeschlafen auf dem zerwühlten Bett inmitten all der verstreuten Dinge; ich schlief sieben Stunden am Stück, und als ich heute Morgen aufwachte, dachte ich, ich müsste sie anrufen, um es ihr zu sagen, und würde dann nach Mailand fahren, und ich habe es auch getan, ich meine, sie angerufen, doch der Gedanke, mich zu sehen, hatte sie so erregt, und mich erregte, ehrlich gesagt, ebenfalls der Gedanke, sie zu sehen, dass ich beschloss, nach Fregene zu fahren und es ihr persönlich zu sagen, und das warf meinen Plan über den Haufen, und als ich in Fregene ankam, war das Haus leer, und sie fiel sofort über mich her, wie sie es versprochen hatte, und zog mich ins Schlafzimmer, und da sagte ich mir, okay, dann sag ich's ihr hinterher, aber nachdem wir gevögelt hatten, fühlte ich mich wie ein Stück Scheiße und habe es ihr wieder nicht gesagt, weil ich sie kenne und weiß, dass sie wütend geworden wäre, und ich war in dem Augenblick überzeugt, dass wir uns wer weiß wie lang, vielleicht sogar Monate, nicht mehr sehen würden, und wollte nicht, dass wir im Krach auseinandergehen, und – tja – auch weil dieser x-te Scheiß, den Patrick gebaut hatte, der endgültige Beweis dafür war, dass es ein Fehler von mir war, ihr zu sagen, sie solle ihn machen lassen, ihn nicht anzeigen, und dafür zu bürgen, dass er keinen Scheiß mehr bauen würde, und um da irgendwie herauszukommen, tat ich etwas *Ungeheuerliches*, wie ich zugeben muss, was ich in diesem Moment aber für vollkommen vernünftig hielt, ein Beweis dafür, dass ich bereits die Grenze überschritten habe und schon auf der anderen Seite bin, ich dachte mir, dass Rita, die Frau, die bei D. die Hausarbeit erledigt, heute nicht kommen würde, da Donnerstag ist, und donnerstags kommt sie nie, und ich daher nur eine weitere Nacht vergehen lassen müsste, und morgen würde sie kommen und das Haus ausgeraubt finden und D. anrufen, um sie zu informieren, und alles hätte sich um einen Tag verschoben, und letztendlich hätte das nichts geändert, außer dass ich bereits in Mailand sein würde, geflohen, unerreichbar, und zumindest diese Sache wäre mir erspart geblieben, allerdings ist mir bewusst, dass das die Überlegung eines Verantwortungslosen, ja eines Drogensüchtigen ist, die typische Logik von Patrick Negretti, aber ich hatte den richtigen Zeitpunkt verpasst, um es ihr zu sagen, und es ist mir nicht mehr gelungen, es ihr doch noch zu sagen, so etwas passiert, verdammt, so etwas kann passieren, vor allem wenn man so unter Druck steht wie ich, und dann ist plötzlich geschehen, was geschehen ist, D. hat beschlossen, einfach so, von jetzt auf gleich, dort oben in ihrem warmen Bett, noch nackt und schweißgebadet und außer Atem, dass sie mich auf keinen Fall ohne Führerschein fahren lassen und mich daher begleiten wolle. Wo müsse ich hin? Nach Mailand? Sie würde mitkommen nach Mailand, und sie würde fahren – womit sie auf einen Schlag sämtliche Gründe vom Tisch fegte, die es für gewöhnlich so kompliziert für uns machen, einfach nur zum Abendessen auszugehen, denn was sie gesagt hat, stimmt, sie ist immer bei den Kindern und bemuttert sie weit mehr, als es die anderen Mütter tun, und aus genau diesem Grund hatte ich auch nicht die Möglichkeit in Erwägung gezogen, es könnte ihr einfallen, sie allein zu lassen und mir ein solches Angebot zu machen, und daher überlagerte jetzt eine weitere dringende Notwendigkeit die erste, weil ich über das, was ich zu tun beschlossen hatte, nur zwei Dinge wusste, ich wusste, dass man das Flucht nennt und dass ich allein sein musste, und ich konzentrierte mich auf den Versuch, sie von ihrer Idee abzubringen, ohne daran zu denken, dass *dies* verdammt noch mal der letzte Augenblick war, um ihr die Sache mit dem ausgeraubten Haus zu sagen, dass bis jetzt mein Versäumnis im Grunde noch erklärbar war, verzeihlich und zu rechtfertigen mit meinem Wunsch, es ihr persönlich zu sagen, und auch mit der Geilheit, mit der wir uns umklammert hatten, ohne ein Hallo, wie geht's zu sagen, aber ich habe es nicht gemacht, ich habe gegen ihren Entschluss gekämpft, mich zu begleiten, und ich habe verloren, und wir fuhren zusammen weg, und sie war so schön, so heiter und so falsch gepolt, dass ich es erneut nicht fertigbrachte, es ihr zu sagen, Kilometer um Kilometer auf der Autobahn, während dagegen die Notwendigkeit, sie zu stoppen und zur Umkehr zu veranlassen, immer dringender wurde, bis ich es ihr unbedingt sagen musste, hier, auf dem Parkplatz der Autobahnraststätte Tolfa Est, so, jetzt habe ich es ihr gerade gesagt, und natürlich wird sie sofort wütend, stinksauer, so ist sie eben, sie wird unausstehlich, du bist ein Arschloch, was hast du eigentlich im Kopf, et cetera, der Mechanismus ist wieder in Gang gekommen, sie ist das Opfer und ihr Mann ein Hurensohn, und du willst ihr sagen, na komm, übertreib nicht, schließlich habe nicht ich das Haus ausgeraubt, und das macht sie noch wütender, und es hagelt Beschimpfungen, Beleidigungen, auf Römisch, ihre Vorstadtseele kommt wieder zum Vorschein, und *ich soll nicht übertreiben, sonst noch was* und *es passiert immer mir* und *es ist nicht zu glauben,* und das Déjà-vu, der amor vacui, der cupio dissolvi, und ab jetzt macht sie alles, setzt alles in Brand, man braucht nicht einmal aufs Feuer zu blasen, macht dir die schrecklichsten Szenen und setzt sich ins denkbar schlechteste Licht, das heißt das beste, um sich von ihr zu trennen, denn dies ist ein Abschied, es gibt keine Alternative, und von allen möglichen Abschiedsszenen ist diese die hässlichste, das heißt die beste, ich wiederhole es, um ihr nicht nachzuweinen, ihr müsst hören, was sie mir alles vorwirft, mein behutsamer Umgang mit Patrick, den sie völlig zu Unrecht *beschissen* findet, Claudias ablehnende Haltung ihr gegenüber, an der ganz allein ich schuld sei, die Tatsache, dass ich mich um jede Verantwortung herumdrücke, ihr müsst hören, wie sie mich angreift, dabei weiß sie noch gar nichts, sie hat keine Ahnung, wie viele Lügen ich ihr erzählt habe, aber das macht keinen Unterschied, denn der Mechanismus ist in Gang gekommen, und eine Lüge ist so gut wie tausend Lügen, und deswegen hat sie zugleich recht und unrecht, und ich kann nicht den Mund halten und sie sich abreagieren lassen, wie ich es wollte, denn es schmeckt mir überhaupt nicht, dass sie recht hat, ohne es zu wissen, und deswegen werde auch ich wütend, fange auch ich zu schreien an und mache sie darauf aufmerksam, dass der Diebstahl von ein paar Habseligkeiten plötzlich wichtiger geworden sei als meine Probleme und ihre Kinder, die sie dieser Magalì überlassen habe, die sie – ich erinnerte sie mit der ganzen Boshaftigkeit daran, zu der ich fähig bin – einmal eine Stadtviertelhure genannt habe, und jetzt vertraue sie ihr zwei traumatisierte Kinder an, und als ich dieses Wort ausspreche, *traumatisiert*, verliert sie den Kopf und verpasst mir eine Ohrfeige, mit dem Handrücken, direkt ins Gesicht, dass es richtig weh tut, und ich muss ihren Arm festhalten, sonst würde sie mir noch mehr verpassen, und wir kämpfen, und sie brüllt wie eine Besessene, lass mich, fass mich nicht an, und sieht mich keuchend an, und Flammen schlagen aus ihren Augen, und dann wird sie plötzlich ruhig, das heißt, sie ist immer noch wütend, sie keucht, aber sie hört auf, sich zu winden und mich mit aller Kraft schlagen zu wollen, und blickt mich unverwandt an, und ich merke, dass meine Lippe blutet, weil sie sie mir mit diesem Scheißbrillantring gespalten hat, und das ist der Grund, warum sie innehält, *ich blute*, und ich lasse sie los, und sie begreift vermutlich, dass sie übertrieben hat, und vielleicht bereut sie es und steht reglos da, doch das ist ein Fehler, denn jetzt ist ihr schönes wütendes Gesicht wie auf dem Präsentierteller, und ich habe einen lichten Moment, um etwas zu tun, das ich noch nie getan habe, das ich mir nie hätte vorstellen können und wozu ich mich im Traum nicht für fähig gehalten hätte und was für mich immer etwas sehr Schlimmes, Gemeines, Barbarisches, Unverzeihliches gewesen ist und so weiter und so fort, das heißt, ich versetze ihr mit voller Wucht eine heftige Backpfeife – sie würde es eine *Watsche* nennen –, und während meine Hand auf ihrem Weg in der Luft pfeift, ist es, als würden alle heftigen Impulse freigesetzt, die ich in meinem Leben unterdrückt habe, die schändlichen Impulse, die ich, der sanfte, friedliche Witwer und Familienvater, in der Vergangenheit durchaus verspürt und die ich unterdrückt und verdrängt habe, und bis vor einem Augenblick hätte ich tatsächlich niemals zugegeben, dass ich sie verspürt habe, doch ich habe sie verspürt, heftige und schändliche Impulse wehrlosen Geschöpfen gegenüber, wie Claudia, wenn sie in den ersten sechs Monaten ihres Lebens in der Nacht nie schlief und weinte und ich sie im Kinderwagen durch die Wohnung schob und sie immer weiter weinte und nicht aufhörte und ich sie auf den Arm nahm und sie wiegte und ihr das Liedchen vorsang und es ein paar Minuten lang so schien, als hätte sie sich beruhigt, doch dann fing sie plötzlich erneut zu weinen und zu schreien an, und da verspürte ich den Impuls, sie gegen die Wand zu schleudern, oder Dylan, mein Hund, alt, blind und inkontinent wegen eines Darmtumors, wenn ich mit ihm Gassi ging und ich x Beutel für das Einsammeln der Exkremente mitgenommen hatte und er es immer schaffte, $x + 1$ Male auf den Gehsteig zu kacken und ich mich zurückhalten musste, ihm nicht einen Fußtritt in den Arsch zu versetzen, und mir dann die Moralpredigt der diensthabenden Nervensäge anhören musste, der sah, dass mein Hund kackte und ich die Scheiße nicht einsammelte, und mich voller Abscheu ansah, manchmal auch ansprach, mich sogar duzte, bravo, wenn alle es so machen würden wie du, solche Dinge, und da musste ich schon den Impuls unterdrücken, ihm zwei, drei, vier der Beutel voller Scheiße in den Mund zu stopfen, die in meiner Hand baumelten, und jetzt brechen sich diese und alle anderen gewalttätigen Akte, die ich in meinem Leben nicht begangen habe, in der brutalen Ohrfeige Bahn, die D.s Gesicht mit einem dumpfen Schlachtergeräusch trifft (wie wenn der Schlachter das Stück Fleisch aus der Kühlvitrine holt, um Scheiben abzuschneiden, und es, anstatt es auf das Hackbrett zu legen, fallen lässt, und das Fleisch fällt auf das Holz und macht dieses Geräusch), mit der flachen Hand, die Lippen, Nase und Wange gleichzeitig trifft, so heftig, dass auch ich trotz der Orthese starke Schmerzen im Handgelenk spüre, und D. kriegt sie voll ab, weil sie sie nicht erwartet hat und sich bis vor einer Sekunde nicht vorstellen konnte, dass ich sie schlagen könnte, und erst recht nicht auf so gemeine Weise, und doch habe ich es getan, ja, ich habe es getan, ich bin ein Mann, der Frauen schlägt, auch in dieser Hinsicht bin ich auf die andere Seite gewechselt, und ihr Kopf kippt nach hinten, und sie legt die Hand auf den Mund und lässt sie dort, wegen des Schmerzes natürlich, aber vor allem vor Verblüffung, und sieht mich entgeistert an, die Hand auf den Mund gepresst, mit fassungslosem Blick, den Tränen nahe, und dem bestürzten Gesichtsausdruck dessen, der mit etwas konfrontiert ist, das nicht wiedergutzumachen ist, denn trotz der Beschimpfungen hatte sie nicht die geringste Absicht, mich zu verlassen, ja nicht einmal, mir weh zu tun, trotz der Ohrfeige, sie hatte lediglich die Kontrolle verloren, was vorkommt, wenn man wütend ist, und hat mir schlimme Vorwürfe gemacht, aber nicht so schlimm, dass man sich gleich für immer trennt, während ihr jetzt, nachdem ich sie geschlagen habe, bewusst wird, dass es zwischen uns aus ist, das ist völlig klar, das ist unvermeidlich, und sie ist aufgewühlt, und auch ich bin aufgewühlt, gepackt von augenblicklicher quälender Reue, weil ich das nicht wollte, ich weiß nicht, was mich geritten hat, und ich würde das Wenige, was mir geblieben ist, geben, um es ungeschehen zu machen, aber ich habe es getan, ich habe sie *geschlagen*, um die Mittagszeit, auf dem Parkplatz der Autobahnraststätte Tolfa Est, und das ist wirklich der schlechteste aller Abschiede, viel schlechter, als ich vorhin glaubte, als ich sagte, es sei in Wirklichkeit der beste, weil ich sie geschlagen und ihr weh getan habe, und nun bedaure ich es, bereue es, fühle mich schuldig und verabscheue mich selbst, für immer, und jetzt nimmt sie die Hand weg, und ihr Mund ist bereits geschwollen, Scheiße, und ganz rot, ja violett, was habe ich getan, was habe ich verdammt noch mal getan, und sofort möchte ich sie umarmen, fest an mich drücken, sie streicheln, *sie beschützen* – hah –, und ich stehe vor ihr, mit herunterhängenden Armen, hilflos, und wünsche mir so sehr, dass sie mich erneut schlägt und schlägt und schlägt, doch sie tut es nicht, weil es zu spät ist, weil alles vorbei ist, und sie wirft mir einen letzten Quecksilberblick zu und tritt zur Seite und öffnet die Wagentür des Q3 und nimmt ihre Tasche heraus und geht, und ich werde sie nicht mehr sehen – leb wohl –, ich sehe sie schon nicht mehr, da ist nur ein perfekter Rücken, der sich im Laufschritt entfernt, und Adieu, meine Diana, Adieu, weicher Mund, den ich gerade verletzt habe, Adieu, heisere Stimme, die alles lustig erscheinen lässt, Adieu, weizenblondes Haar, schwarze unergründliche Augen, energischer Körper, der den Raum beherrscht, Titten, die das Herz brechen, die linke größer als die rechte, Adieu, wunderschöne Traumfängertätowierung auf dem Rücken, und auch die anderen, mein Lieblingstattoo ist der kleine Adlerkopf unter dem Ohr, Adieu, Hals weich wie eine Torte, in den meine Zähne sich nie mehr graben werden, Adieu, Vergangenheit, die einem keine Ruhe lässt, Härte, Stolz, Leidenschaft, Eifersucht, Adieu, Weißweinräusche und Gelächter und Mutlosigkeit und Hingabe in meinen Armen, Adieu, ihr armen Kinder, die ihr mich gernhabt, Kevin, der Ruhige, Eden, die Draufgängerische, Adieu, Patrick, Arschloch, der Einzige, den ich nicht vermissen werde, es endet alles auf die schlimmste Weise, in Schuld und Reue, und was macht sie jetzt, die Verrückte? Sie klettert über die Leitplanke? Und wohin will sie? *Sie überquert die Autobahn?* Diana! Was tust du verdammt noch mal? Bleib stehen! Doch nein, vier Sätze zwischen den Autos, die dahinbrausen, und sie ist auf der anderen Seite, denn sie ist immer noch Kocis' Squaw, sie ist immer noch das wilde Geschöpf, das sie nicht mehr sein möchte, und diese Bravourstücke fallen ihr leicht, das liegt ihr im Blut, und nun liegen bereits vier Autobahnfahrspuren zwischen uns, und sie klettert über die andere Leitplanke, und danach fällt das Gelände ab, und sie verschwindet – Adieu –, aber nach ein paar Sekunden taucht sie wieder auf, in der Ferne, jetzt läuft sie über den Parkplatz der anderen Autobahnraststätte, Tamoil, während diese Erg heißt, und läuft direkt auf einen schwarzen Volvo zu, der tankt, besser gesagt, auf den Mann, der neben der Wagentür steht und gerade bezahlt, und sie scheint ihn nicht einmal anzusprechen oder um Erlaubnis zu bitten, sie geht um die Motorhaube herum und steigt ein, und gleich darauf steigt auch er ein, es ist unglaublich, wie schnell er losfährt – Adieu –, nicht einmal Zeit für eine Frage, verdammt, eine Erklärung, er fährt einfach los, mit ihr neben sich, nimmt sie mit, als wäre er bereits einverstanden, als wäre er ihr Mann und nicht ich – Adieu –, als würde sie fliehen und nicht ich – Adieu, Adieu, Adieu.

3

Oh come to me again as once in May.
Malcolm Lowry

Mama …

Als du Papa kennengelernt hast, warst du ein schönes rothaariges Mädchen, das gerade sein Studium der englischen Sprache und Literatur abgeschlossen hatte und an einem Gymnasium in Genua, deiner Stadt, unterrichtete, in der Absicht, eine Universitätslaufbahn einzuschlagen. Doch dann hast du geheiratet, bist nach Rom gezogen, und deine Prioritäten haben sich geändert. Um gleich zum Ende der Geschichte zu springen, du warst neununddreißig Jahre mit Papa verheiratet, du hast ihn geliebt, ihm geholfen, ihn verstanden, ihn unterstützt, und seit der Geburt des ersten Kindes, ich, hast du aufgehört zu arbeiten und dich wie so viele Frauen deiner Generation ganz der Familie gewidmet und im Schatten deines Mannes gelebt, ohne jemals den Eindruck zu erwecken, es handele sich um ein Opfer. Und es ist auch wahr, dass Papa es dir vergolten hat: Er hat dich zärtlich geliebt, er ist dir treu gewesen, er hat dich amüsiert, dir zugehört, dir geschmeichelt, und auch wenn er *derjenige war, der das Geld nach Hause gebracht hat*, hat er dich nie vernachlässigt und ist ganz in der Rolle des Ehemanns und Vaters im Sinne des Familienmodells des italienischen Wirtschaftsbooms aufgegangen, was bedeutet, dass laut der offiziellen Version, die du immer bestätigt hast, letztlich er einen Teil seiner Karriere für uns geopfert hat – doch da wir von den sechziger, siebziger, achtziger, neunziger Jahren sprechen, bedeutet es auch, dass er trotzdem sehr viel mehr als jeder Anwalt verdient hat, der heute sechzehn Stunden am Tag schuftet und alles Übrige opfert. Jedenfalls bist du, wie man auch jetzt sieht, da ich von dir spreche, eine dieser Frauen gewesen, deren Leben man nicht erzählen kann, ohne zwangsläufig auch das ihres Mannes zu erzählen. Deine Entscheidung hat jedoch die Ergebnisse gezeitigt, die du dir gewünscht hast, und als du, zu früh, 1999 gestorben bist, mit siebenundsechzig, war unsere Familie so, wie du sie wolltest. Wenn wir statt einer Familie ein an der Börse notiertes Wertpapier gewesen wären, könnte man sagen, dass wir 1999 den historisch höchsten Kurswert erreicht hatten, und deswegen hast du ein wirklich eigenartiges Schicksal gehabt; du bist im besten Augenblick gegangen und hast zusammen mit uns allen der künftigen Erfüllung nachgetrauert, die der Tod dir versagt hat, aber in Wirklichkeit ist dir nur das Unglück erspart geblieben, das uns ohne dich sofort getroffen hat. Das Symbol dieses Unglücks ist dein Grab, an dem ich jetzt knie und das ursprünglich als ein Symbol des Gegenteils gedacht war – des Erfolgs, der Vereinigung und des Glücks.

Denn eine ganze Weile, bevor du krank wurdest, hattet ihr, du und Papa, beschlossen, euch nebeneinander auf dem kleinen Dorffriedhof in der Maremma beerdigen zu lassen, ein paar Kilometer von dem Haus am Meer entfernt, das ihr Ende der sechziger Jahre gekauft hattet. Ich erinnere mich noch ganz genau daran, wie ihr uns beiden Kindern eure Entscheidung mitgeteilt habt. Du und Papa, ihr hattet mehr oder weniger das Alter, das ich jetzt habe, und ich war so alt wie Claudia heute. Jeden Sommer war das Haus in Roccamare mehr zum Sinnbild eurer Verbindung geworden, und deswegen hattet ihr beschlossen, hier euren letzten Wohnsitz als glückliche Eheleute zu wählen, in dem kleinen Friedhof von Castiglione della Pescaia. Ein ganz neuer Flecken Welt, außerhalb der Traditionen beider Familienzweige und außerdem – aber das war ein Zufall – in etwa gleich weit entfernt von den beiden Friedhöfen, auf denen die Familie bis dahin bestattet worden war, nämlich Staglieno in Genua und Verano in Rom. An dem

Tag – es war im Sommer ’83 – habt ihr uns hierher mitgenommen, wo wir noch nie gewesen waren, und uns die Entscheidung mitgeteilt, auf diesem Friedhof gemeinsam beerdigt zu werden, und ihr habt uns das Stück Erde gezeigt, das ihr im oberen Teil ausgesucht hattet, von dem aus man das Tyrrhenische Meer mit allen Inseln des Toskanischen Archipels am Horizont sehen kann – ich betrachte es gerade: Elba, Montecristo, Giglio, das Vorgebirge des Monte Argentario, das ebenfalls eine Insel zu sein scheint wegen der unsichtbaren Landenge, die es mit dem Festland verbindet, und manchmal, nur nicht heute, auch Korsika dort hinten, mit den bläulichen Gipfeln der wilden Berge. Auf der anderen Seite sieht man, ebenso schön, das urbar gemachte Land von Padule mit seinen Teichen, Obstgärten, Sonnenblumenfeldern, Weinbergen und Gestüten. *Ein bezauberndes Fleckchen*, wie du es nanntest. Ihr hattet bereits die Nutzungsrechte für dreißig Jahre bezahlt, und da ihr euch beide bester Gesundheit erfreutet und euch gewünscht hattet, uralt zu sterben, wart ihr sicher, dass sie vor eurem Tod ablaufen würden; aber ihr habt uns das Versprechen abgenommen, euren Willen zu respektieren und die Nutzungsrechte zu erneuern, wenn ihr es aus irgendeinem Grund nicht mehr tun könnt. Nachdem wir es versprochen hatten und ihr über alle Maßen davon geschwärmt hattet, was für eine Freude es für Kinder und Enkelkinder wäre, wenn sie euer Grab an einem so schönen Ort besuchen würden, seid ihr nach Hause zurückgekehrt und habt nie mehr darüber gesprochen – mit einer Ausnahme, ungefähr zwei Jahre später, als Italo Calvino ein Gehirnschlag traf in seinem Haus zweihundert Meter von unserem entfernt, er im Krankenhaus in Siena starb und hier nebenan in einem einfachen Grab mit einem Grabstein aus weißem Marmor begraben wurde, der mitten in einem Beet aus duftendem Rosmarin steht. Damals war es unvermeidlich, darauf zurückzukommen, doch danach wurde der Schatten des Todes erneut aus unseren Leben verbannt und dieses Fleckchen Erde – *dieses* Fleckchen Erde – wurde gelassen, wo es war, und nicht mehr besucht, wie ein Notgroschen, den man beiseitelegt für schlechte Zeiten, die, obwohl die Jahre vergingen, weiterhin fernblieben.

Du bist, wie gesagt, 1999 gestorben, viele Jahre vor dem Ablauf der Nutzungsrechte. Du warst bereits seit geraumer Zeit krank, allerdings hatten die Ärzte nicht begriffen, dass du einen Tumor hattest. Eine Reihe sonderbarer Hypothesen wurden aufgestellt, um dein leichtes Fieber, deine Unterleibsschmerzen und dein ständiges Abnehmen zu erklären, bis zu derjenigen, die übereinstimmend für die richtige Diagnose gehalten wurde: Divertikulitis. Du wurdest monatelang auf diese Krankheit hin behandelt (Antibiotika, Diät auf der Grundlage unlöslicher Fasern), aber dein Zustand verschlechterte sich immer mehr, bis zwei Ärzte, die dich behandelten, die Hausärztin und der Internist, sich entschlossen, die maschinelle Diagnostik zu bemühen, wie TC und MRT. Das führte zu dem Befund, dass sich in deinem Uterus, dort wo Carlo und ich et cetera et cetera, eine Geschwulst von der Größe einer Melone befand, die das Aussehen eines Sarkoms hatte. Biopsie. Sarkom. Allerdings konnte es aufgrund seiner Größe nicht mehr mit dem kompletten Uterus, der es enthielt, entfernt werden; es war inoperabel und damit unheilbar. Um diese Größe erreichen zu können, muss es allerdings schon mindestens zwei Jahre da gewesen sein, vielleicht sogar drei – und wie ist es möglich, Entschuldigung, Professor, dass niemand es bemerkt hat, obwohl die Mama doch immer, jedes Jahr diszipliniert den Pap-Test hat machen lassen, dessen Ergebnis jedes mögliche Problem ausgeschlossen hat? Ja, aber der Pap-Test stellt nur Infektionen am Gebärmutter*hals* fest, und leider war bei Ihrer Mutter der Gebärmutter*körper* betroffen. Ich mache Ihnen eine Zeichnung, dadurch verstehen Sie es besser: Das hier ist die Gebärmutter; das ist der Hals, auch Zervix genannt; und das hier ist der Körper. Mit dem Pap-Test kann nur dieser untere Bereich erreicht werden, nicht jedoch der Körper. Haben Sie verstanden? Ich habe verstanden, aber warum macht man dann den Pap-Test? Was ist das für eine Vorsorge? Sehen Sie, Tatsache ist, dass die korrekte Vorsorge bei Tumoren der Gebärmutter vorsieht, den Pap-Test durch eine Ultraschalluntersuchung durch die Vagina zu ergänzen, mit der das Sarkom Ihrer Mutter viel früher entdeckt worden wäre, zu einem Zeitpunkt, zu dem das Problem durch die Entfernung der Gebärmutter hätte gelöst werden können. Ich zeichne es Ihnen auf, damit Sie es verstehen: Man führt eine Sonde in die Vagina ein und führt eine Sonographie mittels der Aussendung von Ultraschallwellen durch. Und ist das eine sehr komplexe Untersuchung, Professor, oder schmerzhaft, oder teuer? Braucht man dafür sehr komplizierte Apparaturen? Nein, es ist eine ganz einfache Sonographie, alle Frauen lassen sie in den ersten zwei Monaten der Schwangerschaft machen. Und warum hat meine Mutter sie dann nie machen lassen, und nicht nur das, warum hat sie nichts gewusst von der Existenz dieser Sonographie durch die Vagina? Ah, das weiß ich nicht, da müssen Sie ihren Hausarzt fragen. Frau Doktor, der Pap-Test, den meine Mutter machen ließ, war nicht ausreichend, warum hat sie nicht auch eine Sonographie durch die Vagina machen lassen? Ah, das weiß ich nicht, das müssen Sie ihren Gynäkologen fragen. Herr Gynäkologe, warum haben Sie nie eine Sonographie durch die Vagina gemacht, zusammen mit dem Pap-Test? Weil keine Verschreibung vorlag. Aber, entschuldigen Sie, lag die gynäkologische Vorsorge für meine Mutter nicht in Ihrer Zuständigkeit? Schon, nur müssen die diagnostischen Untersuchungen vom Hausarzt verschrieben werden; ihr war der Pap-Test verschrieben worden, also habe ich den Pap-Test gemacht. Wäre ihr auch die Sonographie durch die Vagina verschrieben worden, hätte ich sie ebenfalls gemacht …

Und so weiter. Tatsache ist, dass von der Entdeckung des Sarkoms bis zu deinem Tod nur vier Monate vergangen sind – in denen wir gekämpft haben, und wie, wir haben dich mit Chemie bombardiert und uns eine Menge Zeichnungen anschauen müssen, und so verstanden wir; aber in Wirklichkeit war nicht viel zu verstehen, du warst nicht mehr zu retten. Du hast, um die Wahrheit zu sagen, alles mit stoischer Ruhe ertragen und hast das makabre Hin und Her, das Carlo und ich dir zugemutet haben, nach Rom, dann nach Mailand, dann wieder nach Rom, widerstandslos akzeptiert, so wie du auch, ohne Erklärungen zu verlangen, den plötzlichen Sinneswandel akzeptiert hast, als wir resignierten und zur Palliativpflege wechselten. Das Problem in diesen Monaten war Papa, der sich der ganzen Sache von Anfang an schlicht verweigert hatte, in ein anderes Zimmer umgezogen war und wie ein Wolf im Käfig durch das Haus strich, wütend, todunglücklich, verbittert und frustriert, vor allem aber voller Angst – so sehr, dass Chantal, die Schweizer Krankenschwester, die wir eingestellt hatten, um dich zu pflegen, viel mehr Zeit mit ihm verbrachte, um zu versuchen, ihn zu trösten, als mit dir, die du wegen der Schmerzmittel fast die ganze Zeit geschlafen hast. Und damals, in den letzten klaren Augenblicken, die dir noch blieben, als der Schmerz dir eine Pause gönnte und die Gabe von Morphinsulfat herabgesetzt werden konnte, wurde wieder von diesem Grab gesprochen. Beruhigt durch die Tatsache, dass dieses bezaubernde Fleckchen auf dich wartete, hast du in einem alten Heft nach den Worten für den Grabstein gesucht, bis du dich schließlich, eine Passage aus *Unter dem Vulkan*, deinem Lieblingsbuch, etwas abwandelnd (nicht ohne es zu gestehen – um zu sagen, wie ehrlich du warst –, obwohl keiner von uns jemals imstande gewesen wäre, es zu bemerken), für den Satz entschieden hast, den ich jetzt vor Augen habe: »Kehre zu mir zurück wie jener Apriltag.« Du wolltest mit Carlo und mir darüber reden, wolltest beruhigt werden, dass Papa ihn nicht als böses Omen verstehen würde, da er bis zum Schluss unerschütterlich daran glaubte, dass alles so laufen würde, wie es geplant war – während mein Bruder und ich bereits spürten, dass etwas nicht stimmte.

Als wir dich beerdigten, war der Grabstein noch nicht fertig, und Papa sah ihn nicht – und er hat ihn nie gesehen, da er niemals hierhergekommen ist. Durch eines der Wunder des schlechten Geschmacks, zu denen die menschliche Psyche unter Druck fähig ist, tat er sich mit Chantal zusammen; innerhalb von zwei Monaten schloss er die Anwaltskanzlei, verkaufte das Haus in Rom und zog mit ihr nach Luzern. Mein Bruder brach endgültig die Beziehung zu ihm ab, während ich weiterhin zwischen Krankenhäusern und Diagnosezentren pendelte, weil in der Zwischenzeit auch Laras Eltern krank geworden waren und ich erneut in den Zirkus der Untersuchungen, Behandlungen und kleinen Zeichnungen hineingeraten war, der auch bei ihnen dazu führte, dass sie innerhalb der folgenden sechs Monate mit einem Abstand von zwanzig Tagen an Krebs starben. Und so existierte, als alles vorbei war und auch dieses verdammte Jahr endete und auch das Jahrhundert und das Jahrtausend, die Familie Paladini nicht mehr. Mein empörter Bruder verdiente Milliarden auf der ganzen Welt, ich war, erschüttert über die dreifache Trauer, mit Lara in Mailand, Papa wurde in der Schweiz von Chantal gepflegt, während eine gnädige Form von Alzheimer langsam sein Gehirn zu verwirren begann, und du ruhst hier, an deinem bezaubernden Fleckchen, unter dieser rührenden in Stein gemeißelten Liebeserklärung.

Jahrelang verbrachten wir weiterhin die Ferien in dem Haus in Roccamare, ich mit meiner Familie und Carlo mit seinen ständig neuen Freundinnen, doch hier herauf zu dir kamen wir immer heimlich, allein, ohne etwas zu sagen, so groß war der Kummer über deinen ungehörten Ruf. Aus Angst, deswegen zu streiten, haben wir uns der Situation nie gestellt, haben wir nicht einmal darüber diskutiert, ob man beispielsweise überlegen sollte, die Inschrift zu entfernen oder nicht, oder deine sterblichen Überreste vielleicht sogar nach Genua zu überführen oder irgendetwas anderes zu tun, das auch nur vage wie eine Lösung des Problems aussehen würde; dieser Ort der Welt war zu einem Schandfleck geworden, doch wir ließen ihn, wie er war. Lediglich als wir uns das letzte Mal sahen, sprachen wir darüber, genau hier, vor dreieinhalb Jahren, einen Tag, bevor Carlo Italien verließ, als er eigentlich schon abgehauen war, aber noch nicht gesucht wurde, und wir trafen uns auf diesem Friedhof, zweieinhalb Stunden von Rom entfernt, weil die Gefahr, gesehen oder gehört zu werden, hier geringer war. Das Haus in Roccamare war bereits vor einiger Zeit verkauft worden, und wir hatten dieses Grab von Rom aus weiterhin getrennt besucht, ohne es dem anderen zu sagen, wie immer, ohne jemals gemeinsam herzukommen, und jeder von uns bemerkte den Besuch des anderen daran, dass die Blumen in der Plastikvase ausgewechselt worden waren; ich fand seine weißen, inzwischen verwelkten Tuberosen und tauschte sie gegen einen Strauß Feldblumen aus, und wenn ich zurückkam, ganz egal ob ein Jahr oder einen Monat später, fand ich erneut die weißen Tuberosen vor und tauschte sie erneut gegen Feldblumen aus. Einfach so, ohne je etwas zu sagen.

An dem Tag dagegen sprachen wir miteinander – und das war das erste und einzige Mal nach der Beerdigung, dass wir zusammen an diesem Ort waren. Nachdem Carlo mir die wenigen Dinge gesagt hatte, die er mir über seine Flucht am nächsten Tag sagen konnte (er hatte noch keinen endgültigen Plan, und es war sowieso besser, dass ich so wenig wie möglich wusste), sprachen wir endlich über dieses Grab, stellten uns dem Problem, was unvermeidlich geworden war durch die unterschiedlichen Blumen, die wir in all den Jahren mitgebracht hatten. Natürlich wussten wir beide sehr gut, was dieser Unterschied bedeutete, doch da wir uns wer weiß wie lange nicht mehr sehen würden, sprachen wir an diesem Tag darüber und nannten die Dinge beim Namen – und die Dinge verhielten sich so: Ich brachte Feldblumen mit, weil der Apriltag, von dem in der Inschrift die Rede ist, der Tag des ersten Rendezvous zwischen dir und Papa in Genua 1959 ist und Papa mit einem Strauß Feldblumen zu der Verabredung kam. Die Details hattet ihr uns nie erzählt, und wir haben euch auch nie danach gefragt (warum Papa in Genua war, wie lange vorher ihr euch kennengelernt hattet, durch wen, et cetera), doch Tatsache ist, dass Papa dir jedes Jahr am 28. April einen Strauß Feldblumen mitbrachte und dass dieser Tag und nicht der Hochzeitstag, an den ich mich nicht einmal erinnere, euer eigentlicher Jahrestag war. Die Bedeutung meiner Feldblumen war daher klar: Sowohl zu Papas Lebzeiten, als er mit der Krankenschwester in der Schweiz wohnte und klar war, dass er nie wieder herkommen würde, als auch später nach seinem Tod, als er absurderweise auf dem Friedhof von Luzern beerdigt worden war, gehörtest du für mich weiterhin zu der Geschichte, die dich mit ihm verbunden hatte, und das Symbol für diese Geschichte waren eben diese Feldblumen. Carlo dagegen brachte die weißen Tuberosen mit, weil sie deine Lieblingsblumen waren, und auch ihre Bedeutung war klar: Kein Papa mehr, keine Geschichte mehr, die dich mit ihm verbunden hatte, keine Symbole mehr; für Carlo warst du einfach nur eine Frau, der man den Hof machen, die man verführen, lieben und beschützen musste, und zwar *besser*, als unser Vater es getan hatte.

All dies wussten Carlo und ich wie gesagt nur zu gut, so wie wir auch wussten, dass sich in dem Unterschied zwischen den Blumen, die wir unserer Mutter mitbrachten, der ganze alte, unabänderliche und auch gefährliche Unterschied zwischen uns beiden konzentrierte, der in den Jahren unserer Jugend zu denkwürdigen Krächen zwischen uns geführt hatte und der es, um weitere zu vermeiden, rechtfertigte, dass wir das Grabproblem verdrängten; doch an dem Tag sprachen wir darüber. Und wir sprachen darüber, was wir tun wollten, um es zu lösen – was wir wirklich wollten. Ich gestand ihm, dass ich nie den Gedanken aufgegeben hatte, eines Tages Papas Leichnam auf diesem verdammten Schweizer Friedhof exhumieren und hierher überführen zu lassen, an den Ort, der für mich nach wie vor sein Ort war – das heißt, euch gewaltsam, verdammt noch mal, hier wiederzuvereinen, wie ihr es beschlossen hattet, als ihr jung und bei klarem Verstand und lebendig wart und an jedem 28. April eure erste Verabredung mit einem Strauß Feldblumen gefeiert habt. Und Carlo bat mich, ihm zu schwören, dass ich seine Abwesenheit nicht ausnutzen würde, um das zu tun, denn er hatte eine andere Lösung gefunden: *Er* würde sich hier beerdigen lassen, neben dir, und den Platz einnehmen, den Papa auf so schändliche Weise leer zu lassen beschlossen hatte. Die Tuberosen waren daher nichts anderes als die Ankündigung seiner Ankunft. Unterschwellig bedeutete das, dass wir beide immer unsterblich in dich verliebt gewesen waren und aus diesem Grund die Dinge letztlich das Gegenteil dessen waren, was wir immer wahrgenommen hatten, das heißt, dass nicht du von reflektiertem Licht gelebt hast, sondern Papa. Nicht nur: Unterschwellig bedeutete das auch, dass Papa, zuerst durch seine Präsenz und dann durch seine Abwesenheit, das heißt durch all das Gute und Schlechte, das er getan hatte, unsere extremsten Gefühle auf sich gezogen, uns vor allem aber von dem extremsten von allen abgelenkt hatte, nämlich unserer Liebe für seine Frau und damit verbunden der Versuchung, uns bis aufs Messer zu bekämpfen in der Absicht, sie uns gegenseitig wegzunehmen. Das sagten wir uns nur deshalb nicht, weil man so etwas nicht sagen kann; trotzdem bin ich sicher, dass wir es ganz klar und gleichzeitig hier während unseres letzen Treffens dachten. Ich beschränkte mich darauf, ihn darauf hinzuweisen, dass trotz seiner Entscheidung, sich anstelle von Papa hier beerdigen zu lassen, die Inschrift auf dem Grabstein weiterhin bluten würde, da er im Juni geboren worden sei und mit dem April nichts zu tun habe; er beschränkte sich darauf, mir zu erwidern, dass ihm das völlig egal sei. Am nächsten Tag verließ er Italien, und zwei Monate später ließ er mich wissen, dass er in Sicherheit sei in einer kleinen Stadt in Uruguay, und seitdem haben wir nur sehr selten etwas voneinander gehört, über Skype, aus Furcht, die Ermittler könnten mich abhören, um zu erfahren, wo er sich versteckt hatte. Doch was wirklich merkwürdig ist und was viel mehr über mich aussagt als jedes Geständnis, ist, dass, da auch er gegangen ist und nicht mehr herkommen kann, um meine Feldblumen gegen seine weißen Tuberosen auszutauschen, ich es seitdem tue – das heißt, ich habe die Gewohnheit angenommen, einmal Feldblumen mitzubringen und das nächste Mal weiße Tuberosen. Heute beispielsweise waren die Tuberosen dran, die ich gerade in die Vase anstelle des Feldblumenstraußes vom letzten Mal gestellt habe, der inzwischen verwelkt ist. Warum ich das mache, *für wen*, was für einen

Sinn das hat, ob es bedeutet, dass ich krank, verrückt, blöd bin oder nicht, das sind Fragen, die ich mir nicht stelle. Ich erfülle eine Aufgabe, das ist alles – und dass es sich nicht um meine handelt, bedeutet nichts für mich.

Heute jedoch ist es anders. Heute war es nicht vorgesehen, dass ich hier bin, und ich bin nicht gekommen, um die Aufgabe zu erfüllen, auch wenn ich es soeben getan habe; heute ist der Tag, an dem du, Mama, dich für mich geschämt hättest, weil ich eine Frau geschlagen habe, die mich gern hatte und die mir zu helfen versuchte in dem Meer von Scheiße, in dem ich schwimme, ohne dass sie wusste, wie groß es ist, weil ich es ihr nicht gesagt habe. Heute bin ich gekommen, um um Verzeihung zu bitten, tatsächlich knie ich hier; ich bin gekommen, um zu beschließen, was ich tun soll, und ich habe deine Klugheit nötig, deine Sanftmut, deine Nachsicht. Was würdest du tun, wenn du an meiner Stelle wärst? Nein, unmöglich, du hättest dich nie in einer solchen Situation befunden. Besser sollte ich mich fragen: Was würdest du mir raten? Wenn du leben würdest, wie du es müsstest, und ich zu dir kommen und dir alles erzählen würde, was mir passiert ist, alles, was ich getan und nicht getan habe, um so weit zu kommen – ohne zu lügen, verdammt, ohne etwas auszulassen oder zu verheimlichen oder zu verdrängen –, was würdest du mir zu tun *befehlen*? D. hinterherzulaufen und mich zu entschuldigen, sie mit meiner Reue zu rühren und ihr zu erzählen, wie die Dinge wirklich liegen, und sie um die Hilfe zu bitten, die ich vor zwei Stunden abgelehnt habe, weil der Gedanke, dass ich allein sein muss, vielleicht falsch, vielleicht nur Selbstgefälligkeit ist, Hochmut, ein Täuschungsmanöver, zu dem ich gegriffen habe, als Lara starb, dass ich es allein schaffe, dass ich allein damit zurechtkomme, immer, und sieh dir an, mit welchem Ergebnis, ich muss abhauen wie Papa, wie Carlo – würdest du mir das befehlen? Und vielleicht sogar, nachdem ich D. um Verzeihung gebeten hätte, nachdem ich ihr gesagt hätte, dass ich nicht mehr allein sein möchte, dass sie wichtig für mich ist und dass ich sie nicht verlieren will, nachdem ich sie geküsst und umarmt und vielleicht zum ersten Mal hätte spüren lassen, dass sie meine Frau ist, zu den Carbinieri zu gehen und alles zu erzählen und meine Flucht abzubrechen, solange noch Zeit ist, da ich angefangen habe, Schlimmes zu tun, *nachdem* ich beschlossen habe zu fliehen, und nicht vorher? Würdest du mir das befehlen? Oder würdest du mir eher befehlen, an Claudia zu denken, zu ihr nach Mailand zu eilen, mit ihr zu reden, ihr zuzuhören, sie zu verstehen, ohne an D. zu denken und an das, was ich getan habe, weil sie nicht die richtige Frau für mich ist und dies der wahre Grund ist, warum ich etwas so Schändliches getan habe, und jetzt, da ich es getan habe, umkehren nur der x-te Fehler wäre? Würdest du mir also befehlen weiterzufahren, das Schlimme, das ich getan habe, zu ertragen und für immer die Illusion aufzugeben, gut, unschuldig, allein und ohne Schuld zu sein und vorwärtszugehen und die wichtigen Nummern aus dem Adressbuch abzuschreiben und dann das Handy liegen zu lassen, hier, auf deinem Grab, zwischen den weißen Tuberosen, und die Flucht fortzusetzen und weiterzukämpfen und zu versuchen zu retten, was noch zu retten ist? Was ist das Richtige? Was ist meine Pflicht? Was würdest du mir antworten? Was würdest du mir sagen?

Ich senke den Kopf und beginne nachzudenken. Ich konzentriere mich. Ich gehe in mich. Wenn mich jemand sähe, er würde denken, ich bete. Aber es ist niemand da, niemand sieht mich, und ich bete nicht.

Ich erinnere mich.

Carlo und ich sagten uns an dem Tag noch etwas anderes, bevor wir uns trennten. Du, sagte Carlo zu mir, und es war ein Vorwurf, hast Papa immer bewundert, du wolltest immer er sein. Und du, sagte ich zu ihm, und das war ebenfalls ein Vorwurf, hast ihn immer gehasst und wolltest immer seinen Platz einnehmen.

Das sagten wir uns. An dem Tag. Hier.

Ich blicke auf, ohne den Kopf zu heben, und betrachte zum

x-ten Mal die Inschrift auf dem Grabstein: »Kehre zu mir zurück wie jener Apriltag.«

Es gibt Zikaden auf diesem Friedhof. Die Stille ist nichts anderes als ein einziges Zirpen von Zikaden. Calvinos Grab nebenan ist fast ganz von Rosmarin überwuchert. Es gibt auch Mücken und ein Gewimmel anderer Insekten. Die Sonne ist so stark und heiß, dass sie einen zu berühren scheint.

Als Carlo und ich uns diese Dinge sagten, bei diesem letzten Mal, war es ein dunkler und windiger Herbstnachmittag gewesen, einer von denen, an denen die Welt jeden Augenblick unterzugehen scheint.

Sei ehrlich zu dir selbst, das würdest du mir sagen – nur dies. Sei ehrlich zu dir selbst wie an jenem Oktobertag.

4

So tragen alle Dinge Schritt für Schritt zu dem einzig Möglichen bei.
Samuel Beckett

»Hallo?«

»Ciao, Cinzia.«

»Oh, Gott sei Dank, wo bist du?«

»Ich bin draußen. Wie geht's?«

»Hast du von dem Schlamassel gehört?«

»Nein. Was für ein Schlamassel?«

»Sie haben Oscar eingebuchtet.«

»Wann?«

»Gestern Morgen. Sie haben ihn zusammen mit zwei anderen Steuerberatern und einem Haufen Rumänen verhaftet.«

»Und warum?«

»Kriminelle Vereinigung, Hehlerei, Geldwäsche. *Il Messaggero* spricht von einem internationalen Autoschieberring und nennt Oscar als einen der Köpfe der Bande.«

»Es fällt mir schwer zu glauben, dass Oscar der Kopf von irgendetwas sein könnte.«

»Mir auch. Doch fürs Erste ist er in Regina Coeli. Und dann ist da das Problem Lello.«

»Das heißt?«

»Er hat sich nicht operieren lassen, Pietro. Ich habe ihn in der Klinik in Treviso gesucht, und man hat mir gesagt, er sei dort nicht Patient und es sei keine Operation vorgesehen. Zu Hause geht keiner ran, und das Handy seiner Frau ist ausgeschaltet wie seins. Was ist da los?«

»Ich habe keine Ahnung, Cinzia.«

»Diese Nachricht von gestern, Pietro. Sag mir nicht, dass sie mit dieser Geschichte nichts zu tun hast, denn ich glaube dir nicht.«

»Sie hat damit zu tun, aber Lello hat mir nur mitgeteilt, dass er abhaut, ohne mir zu erklären, was los ist.«

»Das heißt, er ist geflohen.«

»Ja.«

»Dann stecken wir auch mit drin.«

»Na ja, das muss man sehen. Was sagen die Zeitungen? Nennen sie seinen Namen?«

»Nein. Ich habe in allen nachgeschaut, sie sagen alle das Gleiche. Am ausführlichsten ist die Online-Ausgabe von *Il Sole 24 Ore*, aber Lellos Name wird nicht genannt. Aber etwas anderes ist komisch …«

»Was?«

»Die Operation heißt ›Supercar‹.«

»Was sagst du?«

»Du weißt doch, dass die Polizeioperationen immer einen Namen bekommen, oder? Nun ja, diese haben sie ›Supercar‹ genannt. Was hat das zu bedeuten?«

»Keine Ahnung. Vielleicht ist das ein Zufall. Zusammengeschrieben oder auseinander?«

»Was?«

»›Supercar‹ in einem Wort oder ›Super Car‹, auseinandergeschrieben, wie wir es tun?«

»Ich erinnere mich nicht, und ich kann jetzt auch nicht nachschauen, weil hier keine Computer mehr sind.«

»Das heißt, du bist im Büro?«

»Ja. Ich habe den Techniker angerufen, damit er den Ventilator repariert. Aber was für einen Unterschied macht es, ob es zusammen- oder auseinandergeschrieben ist?«

»Wenn es zusammengeschrieben ist, ist es sicher ein Zufall, weil es der Titel einer Fernsehserie ist. Wenn es dagegen auseinandergeschrieben ist …«

»Wenn es auseinandergeschrieben ist? Denn ich glaube, es ist auseinandergeschrieben …«

»Ich weiß es nicht. Vielleicht ist es einfach ein Zufall.«

»Komisch ist es aber schon.«

»Ja, es ist komisch.«

»Was sollen wir jetzt machen, Pietro? Was soll ich machen?«

»Hör zu, schließ alles ab und leg die Schlüssel der Autos in den Safe … Nein, nimm sie mit. Nimm die Schlüssel der Wagen auf dem Gelände mit, alle, nimm Urlaub und geh nicht mehr ins Büro, bis wir wissen, wie es weitergeht. Okay?«

»Alle Schlüssel? Auch die der Kombis?«

»Alle, Cinzia. Nimm sie mit nach Hause. Und sag Virginio, er soll jeden Tag das Gelände kontrollieren, bis wir zurückkehren.«

»Ach, apropos. Da Virginio heute nicht gekommen und nicht ans Handy gegangen ist, habe ich den Yaris geholt, und rat mal: Das Wagenfenster war eingeschlagen.«

»Perfekt.«

»Es fehlt allerdings nichts. Außer deiner Orthese, du hast ja gesagt, du hättest sie im Wagen gelassen, aber sie war nicht da. Der Kraftfahrzeugschein, die Autobahnvignette, der Versicherungsschein und die Viacard-Karte hingegen schon. Sie haben die Scheibe eingeschlagen, um dir die Orthese zu klauen.«

»Na ja, umso besser. Ich kann mir eine neue Orthese kaufen.«

»Also geh ich jetzt. Und morgen geh ich nicht ins Büro?«

»Auf keinen Fall. Bleib zu Hause, und mach, wozu du Lust hast.«

»Und du?«

»Ich muss mich um meine Tochter kümmern, ich wäre sowieso bis Montag weggeblieben.«

»Und wo bist du?«

»In Neapel.«

»Ach. Und wie machst du das ohne Führerschein?«

»Zug und Taxi.«

»Richtig. Oh, ruf aber an und halt mich auf dem Laufenden. Bitte denk dran.«

»Keine Angst. Sobald ich was weiß, sag ich dir Bescheid.«
»Und wenn sie mich verhören, was sage ich?«
»Was willst du schon sagen? Dass du nichts weißt.«
»Sie werden mich doch nicht auch verhaften?«
»Dann hätten sie dich gestern schon verhaftet.«
»Du hast recht.«
»Keine Angst, Cinzia. Das wird schon alles wieder.«
»Hoffen wir es.«
»Ciao.«
»Ciao.«

*

»Hallo?«
»Ciao, Marta.«
»Hallo, Pietro. Wie geht's?«
»Gut, gut. Und euch?«
»Gut. Wir sind in Gattico, im Kühlen. Hast du dein Handy nicht wieder? Es wird immer noch Nummer unbekannt angezeigt.«
»Ich habe keine Zeit gehabt. Wo seid ihr?«
»In Gattico, in den Voralpen, in der Nähe des Lago d'Orta, im Haus einer Freundin. In Mailand war es zu heiß.«
»Claudia auch?«
»Alle. Außer Marietto, der ist mit seinem Vater am Meer.«
»Ah. Und wann kommt ihr zurück?«
»Keine Ahnung. Wir fühlen uns wohl hier. Es ist schön kühl. Wir schlagen uns mittags und abends tüchtig den Bauch voll.«
»Nein, denn ich bin in Mailand.«
»Was?«
»Ich bin in Mailand.«
»Ah. Und du wolltest Claudia sehen?«
»Ja.«
»Bist du extra deswegen gekommen?«
»Nein, extra deswegen nicht. Ich habe Dinge zu erledigen. Aber

ich möchte die Gelegenheit nutzen, um sie zu sehen. Um zu begreifen, was sie geritten hat.«

»Sie hat nichts geritten, Pietro.«

»Ach nein? Man haut von zu Hause ab, und es hat einen nichts geritten?«

»Sie ist nicht von zu Hause abgehauen. Sie wollte ihre Cousins sehen.«

»Habt ihr miteinander geredet?«

»Noch nicht.«

»Verdammt.«

»Es hat sich keine Gelegenheit ergeben, Pietro, und ich will sie nicht bedrängen.«

»Okay. Ihr seid also dort. Und wie lange bleibt ihr?«

»Ich weiß nicht. Ein paar Tage.«

»Ich habe verstanden. Dann erledige ich also meine Dinge, und bevor ich wieder fahre, ruf ich dich an. Vielleicht können wir uns ja sehen. Zumindest du und ich.«

»Okay. Ich versuche in der Zwischenzeit mit ihr zu reden, mach dir keine Sorgen. Sie ist ein großartiges Mädchen, und selbst wenn sie ein bisschen verwirrt ist, muss man daraus kein Drama machen. Sie vertraut mir. Vertrau du mir auch.«

»Ich habe keine Wahl.«

»Ist ja reizend.«

»Das war ein Scherz. Ich danke dir für das, was du tust. Und ich vertraue dir.«

»Gut.«

»Gib den Kindern einen Kuss.«

»Mach ich. Ciao, Pietro.«

»Ciao.«

*

»Hallo?«

»Enrico?«

»Ja. Wer ist da?«

»Ich bin's, Pietro Paladini.«

»Ich glaub's nicht. Wie geht's dir?«

»Gut. Und dir?«

»Ausgezeichnet. Und jetzt, da du mich anrufst, noch besser. Was machst du?«

»Oh, das Übliche.«

»Verkaufst du immer noch gestohlene Autos in Rom?«

»Was sagst du?«

»Diese Sache mit den unbezahlten Leasingraten, das ist doch ein bisschen wie stehlen, oder nicht?«

»Na ja, es ist schon ein Unterschied. Und du? Machst du immer noch diesen Triathlon-Wahnsinn?«

»Ich reise, dass es eine wahre Freude ist, Pietro. Besser als vor fünfzehn Jahren.«

»Phantastisch. Und Chiara? Und die Kinder?«

»Denen geht es gut. Aber vielleicht kennst du die letzten Entwicklungen nicht.«

»Nein. Welche Entwicklungen?«

»Wir haben uns getrennt.«

»Oh, das tut mir leid.«

»Na ja, so ist das Leben, Pietro.«

»Und wie lange wart ihr zusammen?«

»Zweiundzwanzig Jahre. Irre, nicht wahr? Aber was soll man machen, das ist der Lauf der Welt.«

»Tja.«

»Und wir beide sehen uns nicht mehr, weil du nie deine alten Freunde besuchst.«

»Tja, das stimmt. Allerdings bin ich jetzt gerade in Mailand, und wenn du in der Kanzlei bist, dachte ich, ich komme vorbei, auch weil ich dich um Rat fragen muss wegen einer ...«

»Neeiiiin, ist ja irre! Pietro Paladini taucht aus der Vergangenheit auf, um mich um Rat zu fragen, und ich bin nicht da!«

»Du bist nicht da?«

»Nein. Ich bin auf Sardinien. Ich habe Urlaub genommen. Zu viel Stress, Pietro, ein irrer Druck. Ich musste etwas Abstand gewinnen.«

»Das hast du richtig gemacht.«

»Weißt du, ich habe vor drei Monaten ein Kind bekommen, und da habe ich mir gesagt: Zum Teufel, das sind die wertvollen Dinge in meinem Alter. Und deswegen verbringe ich ein paar Tage mit ihm und seiner Mutter.«

»Sag bloß, ein weiteres Kind. Glückwunsch. Ein Junge?«

»Ja, ein Junge.«

»Und wie heißt er?«

»Lucifero.«

»Wie bitte?«

»Lucifero.«

»Oh. Originell.«

»Das bedeutet Lichtträger.«

»Richtig. Und die Mutter? Wer ist sie? Kenn ich sie?«

»Ich glaube nicht. Eine junge Anwältin meiner Kanzlei, sie heißt Lucilla Giustiniani. Vielleicht hast du von ihrer Familie gehört.«

»Giustiniani Giustiniani?«

»Ja.«

»*Dosio Dosio, cazzi cazzi.*«

»Was sagst du?«

»Nichts. Das sagt Mastroianni in diesem Film.«

»In welchem Film?«

»Ich erinnere mich nicht. Ich erinnere mich nur, dass er sagt – aber das hat keine Bedeutung, das war eine Dialogzeile. Dann bist du also am Meer und erfreust dich an dem Kleinen. Schön. Ist er ruhig?«

»Ein kleiner Engel. Er isst und schläft, du legst ihn hin und vergisst, dass er da ist. Und hier ist es herrlich. Lucilla hat ein irres Haus direkt am Meer, in Liscia di Vacca, kennst du das? Hinter Porto Cervo. Außerhalb der Saison ist es wirklich ein Paradies.

Wir gehen fischen, kleine Restaurants, Sonnenuntergänge über dem Meer ...«

»Herrlich.«

»Ich denke, ich habe es mir verdient, Pietro. Ich denke wirklich, dass ich es verdient habe.«

»Daran zweifle ich nicht.«

»Wie lange bleibst du in Mailand?«

»Nicht lange. Ein paar Tage ...«

»Oh, schade. Ich komme Mitte Juli zurück. Ich würde mich wirklich freuen, dich zu sehen. Ich habe dir eine Menge zu erzählen. Und deine Nummer ist immer noch die gleiche? Auf dem Display steht nämlich Nummer unbekannt.«

»Ja. Ich habe die Nummer gewechselt, gestern habe ich mein Handy verloren, deswegen habe ich jetzt keins. Aber ich ruf dich an.«

»Tu es auch wirklich, Pietro. Nicht, dass du dich wieder drei Jahre nicht meldest.«

»Nein, nein. Ich ruf dich an.«

»Ich habe eine Idee. Du könntest ein Wochenende mit Claudia herkommen, im Juli. Lucilla ist den ganzen Monat hier, und ich werde hin- und herpendeln. Es ist ein irrer Ort, glaube mir.«

»Ich glaube dir. Ich habe einiges zu tun, aber wenn ich's mir richtig einteile ...«

»Hör zu, ich verlass mich darauf. Übrigens, der Rat, um den du mich bitten wolltest, hast du Ärger? Ist es dringend?«

»Nein, nein, nein, es ist nichts Dringendes. Es war nur ein ...«

»Denn wenn es dringend ist, in der Kanzlei ist Gianluca, mein Partner. Er ist ein Arbeitstier, immer unermüdlich bei der Arbeit, macht nie eine Pause. Ich ruf ihn an und vereinbare einen Termin für dich.«

»Nein, nein, Enrico, danke. Es ist nicht wichtig.«

»Tu dir keinen Zwang an, wirklich. Es macht mir nichts aus. Gianluca ist irre, viel tüchtiger als ich.«

»Nein, wirklich, das ist nicht nötig. Es war nur ein Vorwand, um dich wiederzusehen. Wir sehen uns eben ein andermal.«

»Du weißt nicht, wie leid mir das tut. Aber wir sehen uns bald, versprochen?«

»Ja, versprochen.«

»Und sobald du ein Handy hast, schick mir bitte deine neue Nummer.«

»Natürlich.«

»Dann kann ich dich auch anrufen. Von Zeit zu Zeit komme ich nach Rom.«

»Okay. Ciao, Enrico.«

»Ach, hör mal, noch was …«

»Ja?«

»Nichts, aber solltest du in Mailand Chiara sehen, sag ihr nicht, dass ich auf Sardinien bin. Und sag ihr auch nicht, dass wir miteinander gesprochen haben. Weißt du, es geht ihr nicht besonders, seit wir uns getrennt haben.«

»Tut mir leid.«

»Das zwingt mich, die Geschichte mit Lucilla zu verheimlichen.«

»Was? Chiara weiß nicht, dass du eine andere hast?«

»Nein, sie weiß es nicht.«

»Und auch nicht, dass du noch mal ein Kind bekommen hast?«

»Natürlich nicht. Sie würde endgültig überschnappen. Deswegen bitte ich dich, ihr nichts zu sagen, wenn du sie siehst.«

»Ich werde sie nicht sehen. Warum sollte ich sie sehen?«

»Ich weiß nicht, zufällig …«

»Wie, zufällig?

»Auf der Straße, keine Ahnung. Man geht so vor sich hin, spricht am Handy, ist in Gedanken versunken, und zack: Chiara.«

»Na ja, das scheint mir ziemlich unwahrschein…«

»Pietro, wenn es um Chiara geht, kann der Zufall ziemlich erbarmungslos sein. Ich sage nicht ohne Grund, dass ich dir irre Dinge zu erzählen habe. Du hast ja keine Ahnung, was mir aufgrund des Zufalls passiert ist. Ein ganzer Roman.«

»Mach dir mal keine Sorgen. Ich glaube nicht, dass ich ihr begegnen werde, und sollte ich sie doch treffen, werde ich ihr nichts sagen.«

»Sie hat nämlich eine besondere Fähigkeit, Zufälle herbeizuführen. Du brauchst nur intensiv an etwas Schlimmes zu denken, und es dauert nicht lange und sie beschwört es herauf.«

»Und in diesem Fall bin ich wohl das Schlimme?«

»Nein, Dummkopf, du nicht. Aber wenn du ihr auf der Straße begegnen solltest und dir, wenn ihr euch unterhaltet, herausrutschen sollte, dass wir miteinander gesprochen haben und dass ich auf Sardinien bin, das, Pietro, wäre für sie in der Tat schlimm. Verstehst du?«

»Ich verstehe.«

»Also wenn wir uns sehen, erzähle ich dir alles, es ist wirklich eine irre Geschichte. Für den Augenblick sage ich dir nur, dass du die Möglichkeit, dass ihr euch zufällig begegnet, nicht unterschätzen solltest.«

»Okay, Enrico. Ich werde sie nicht unterschätzen.«

»Danke. Dann sehen wir uns also bald.«

»Ja, bald.«

»Ciao, Pietro.«

»Ciao.«

*

»Hallo?«

»Guten Abend.«

»Guten Abend. Wer ist am Apparat?«

»Tja, also, ich suche einen Freund, Marco Tardioli. Ich habe diese Handynummer, aber offensichtlich ist sie nicht mehr …«

»Die Nummer ist richtig, ich bin seine Assistentin. Doktor Tardioli ist im Augenblick beschäftigt. Sobald er Zeit hat, sage ich ihm, er soll Sie zurückrufen. Sie sind Signor …?«

»Paladini. Pietro Paladini. Allerdings kann er mich nicht zurückrufen, weil ich aus einer Kabine anrufe. Wenn Sie so freundlich wären, mir zu sagen, wann ich wieder an...«

»Da kommt er, Signor Paladini. Ich gebe ihn Ihnen. Guten Abend.«

»Guten Abend. Und danke.«

»Hallo?«

»Marco? Ich bin's, Pietro.«

»Pietro! Was für eine Freude! Wie geht's dir?«

»Na ja, wie's mir geht ... Entschuldige, wenn ich die Förmlichkeiten überspringe, aber ich habe ein Problem.«

»Ein Problem? Was für ein Problem?«

»Ich bin in Mailand, und ich brauche einen Anwalt. Einen Strafrechtler, tüchtig, wenn möglich. Wir treffen uns, und ich erkläre dir alles. Ich habe Enrico Valiani angerufen, erinnerst du dich? Meinen Freund, der das Haus neben meinem in Roccamare hatte, das, in dem Lara gestorben ist. Ihr habt euch dort kennengelernt, damals, als du mit Irma vorbeigekommen bist, vor endlos vielen Jahren.«

»Und ob ich mich erinnere. Der Triathlet. Er hat deine Abfindung ausgehandelt.«

»Richtig. Genau der. Er ist ein alter Freund. Ich habe gerade mit ihm telefoniert, aber abgesehen davon, dass er im Urlaub ist, klang er für mich irgendwie nicht ganz echt, ich weiß nicht, jedenfalls schien es mir besser zu sein, ihm nicht von meinem Problem zu erzählen.«

»Tja, das hast du richtig gemacht.«

»Warum? Was ist los mit ihm?«

»Na ja, sagen wir, er ist in letzter Zeit ein bisschen vom Weg abgekommen.

»Inwiefern?«

»Er hat ziemlichen Mist gebaut.«

»Mit seiner Frau, oder?«

»Mit seiner Frau und auch mit der Arbeit. Die Anwaltskammer hat ihn der Untreue verdächtigt. Anscheinend hat er sich um den

Verstand gebracht mit diesem Zeug, das diejenigen nehmen, die um jeden Preis nach Höchstleistung streben, Steroide, Amphetamine.«

»Oh … Er kam mir in der Tat ein wenig seltsam vor. Er hat bestimmt zwanzigmal ›irre‹ gesagt.«

»Tja, er ist ganz schön bekloppt. Lass ihn besser in Ruhe. Was für ein Problem hast du denn? Etwas Ernstes?«

»Ja, kann man so sagen. Vielleicht komme ich, wie ich schon sagte, während ich in Mailand bin, in den nächsten Tagen bei dir vorbei und erzähl dir alles, aber jetzt brauche ich ziemlich dringend einen Anwalt. Ich weiß nicht, hast du noch Kontakt mit denen in der Rechtsabteilung, erinnerst du dich? Wie hießen sie noch? Innaco, Pieralisi, vielleicht einer von ihnen …«

»Nein, von denen habe ich nichts mehr gehört, seit ich die Firma verlassen habe. Und sie sind auch keine Strafrechtler.«

»Das dachte ich mir schon. Aber vielleicht könnten sie mich zu einem Kollegen schicken, keine Ahnung. Oder habt ihr in der Firma, in der du jetzt arbeitest, eine Rechtsabteilung, die mir weiterhelfen könnte?«

»Nein, hier nicht. Wir sind klein, zum Glück, keine Rechtsabteilung, keine Rechtsstreitigkeiten. Aber, entschuldige, warum fragst du nicht Annalisa?«

»Annalisa wer?«

»Annalisa, deine ehemalige Sekretärin. Besser als sie …«

»Wie besser als sie? Warum?«

»Sag mir nicht, du weißt es nicht.«

»Was soll ich wissen?«

»Entschuldige, habt ihr denn keinen Kontakt mehr? Ist sie nicht zu dir nach Rom gekommen?«

»Doch, im ersten Jahr. Sie kam, um mir nach dem Umzug zu helfen, meine Angelegenheiten zu ordnen. Aber dann haben wir uns aus den Augen verloren, du weißt ja, wie das ist. Wir haben bestimmt seit fünf oder sechs Jahren nichts mehr voneinander gehört. Was hat sie gemacht?«

»Nichts. Nur, sie ist jetzt mit der Falk Belgrado zusammen. Deswegen sagte ich ›besser als sie‹.«

»*Die* Falk Belgrado?

»Die Falk Belgrado. Genügt sie dir nicht als Anwältin?«

»Doch, natürlich, aber Annalisa ist Sekretärin, und mein Fall ist ziemlich dringend und außerdem heikel. Ich bräuchte einen Termin morgen, heute Abend, sofort, und ich denke nicht, dass …«

»Pietro, ich habe nicht gesagt, dass Annalisa für die Falk Belgrado arbeitet. Ich habe gesagt, dass sie mit der Falk Belgrado *zusammen ist*.«

»Inwiefern *zusammen*?«

»Weißt du es denn wirklich nicht?«

»Was soll ich wissen?«

»Deine ehemalige Sekretärin lebt mit der mächtigsten Anwältin Italiens zusammen, die ihren Lebensgefährten und ihre Kinder für sie verlassen hat.«

»Was verdammt noch mal erzählst du da? Annalisa?«

»Ja, Annalisa.«

»Und wann ist das passiert?«

»Na ja, vor einem knappen Jahr.«

»Ich kann es nicht glauben. Bist du sicher?«

»Ja, ich bin sicher. Es war der Skandal des Jahres.«

»Annalisa …«

»Annalisa.«

»Aber, entschuldige, wie alt ist die Falk Belgrado?«

»Bestimmt über sechzig.«

»Verdammte Scheiße.«

»Annalisa wird fünfunddreißig sein, richtig? Sechsunddreißig?«

»Eher jünger. Als ich sie eingestellt habe, war sie blutjung. Wie ist das passiert?«

»Tja, das weiß ich nicht. Ich weiß nur, dass sie vor ein paar Jahren von ihrer Kanzlei eingestellt worden ist, und danach, so ganz allmählich …«

»Ja, natürlich! Ich hatte es völlig vergessen, ich habe ihr ja noch das Zeugnis geschrieben. Wie lange ist das her? Vier Jahre?«

»Ja.«

»Sie hat mir nicht gesagt, für welche Stelle, sie hat mir nur gesagt, sie habe ein gutes Angebot bekommen und brauche ein Zeugnis. Ich habe sie in den höchsten Tönen gelobt, sie war ja wirklich eine ausgezeichnete Sekretärin. Sie hat mir überschwänglich gedankt. Das war das letzte Mal, dass ich von ihr gehört habe.«

»Na ja, jetzt weißt du Bescheid. Ruf sie an und bitte sie, dir einen Termin mit der Alten zu besorgen, dringend. Anscheinend hängt sie an ihren Lippen.«

»Aber das geht doch nicht. Vielleicht ist das ja nur Getratsch.«

»Pietro, sie leben zusammen in einer Neunzimmerwohnung am Corso Como. Sie gehen zusammen abendessen, in die Scala, *ins Gericht*. Die Falk Belgrado rührt keinen Finger ohne Annalisa, das wissen alle. Das ist kein Getratsch, das ist die Realität. Wenn du Getratsch willst, also es heißt, sie hätten diesen Winter in New York geheiratet und die Alte hätte ihr ein Chalet in Crans-Montana überschrieben.«

»Das sieht ganz danach aus, als hätte sie auch den Verstand verloren.«

»Das stimmt, nur hat das, im Unterschied zu Valiani, keine negativen Auswirkungen auf ihre Arbeit gehabt, falls dir das Sorgen macht. Im Gegenteil, sie ist noch tüchtiger, noch ausgebuffter geworden. Ich weiß nicht, warum du einen Strafrechtler brauchst, aber mehr Glück könntest du gar nicht haben, glaube mir. Ruf Annalisa an, hör auf mich!«

»Okay, danke. Ich werde es tun. Und ob ich es tun werde.«

»Und dann nimmst du dir einen halben Tag und erzählst mir, was geschehen ist, okay?«

»Okay.«

»Spielst du zufällig Golf?«

»Golf? Nein.«

»Ich dagegen bin ganz verrückt danach. Bis letztes Jahr habe ich mich immer dagegen gewehrt, und schließlich habe ich nachgegeben. Okay, lass uns doch einen Ausflug machen, irgendwas, aber wag es ja nicht, nach Rom zurückzufahren, ohne mir erzählt zu haben, was mit dir los ist. Ich werde mich nie für das revanchieren können, was du für mich getan hast, und wenn ich dir auch nur ein bisschen bei der Lösung eines Problems helfen kann …«

»Ich bitte dich, was habe ich schon für dich getan, ich habe den besten Kandidaten für ein Praktikum ausgewählt. Das habe ich getan. Apropos, hat nicht Annalisa dir das Bewerbungsgespräch vermittelt? Wart ihr nicht irgendwie verwandt, da wir gerade davon sprechen?«

»Verwandt nicht. Annalisa ist so etwas wie die Cousine des Vaters eines Freundes von mir aus Florenz. Jemand, den man jahrelang nicht sieht, wie übrigens auch dich, obwohl ihr mir mit dem Bewerbungsgespräch praktisch das Leben gerettet habt.«

»Hör zu, Marco: Niemand hat dir das Leben gerettet. Du warst einfach nur gut, das ist alles.«

»Okay, Pietro. Denk, was du willst. Was ich dir noch sagen will, am Wochenende rühre ich mich nicht vom Fleck, weil meine Tochter an einem Reitturnier teilnimmt. Überleg dir, wann du Zeit hast, und ruf mich an, ich will wissen, was mit dir los ist. Hilft es dir irgendwie, wenn ich dir sage, dass ich mir Sorgen mache? Steckst du in irgendeinem Schlamassel?«

»Nein, es ist kein wirklicher Schlamassel. Sagen wir, eine etwas unklare Situation, aber wenn es mir gelingt, mit der Falk Belgrado zu reden, ist das schon ein großer Schritt vorwärts.«

»Gut, hoffen wir es.«

»Da fällt mir ein, ich habe Annalisas Nummer nicht mehr. Kannst du sie mir geben?«

»Natürlich. Ich habe sie im Adressbuch. Warte kurz, ich versuche sie dir gleich zu geben. Allerdings bin ich nicht sicher, ob ich das schaffe, während ich telefoniere. Sollte die Verbindung unterbrochen werden, ruf mich wieder an.«

»Versuch es!«

»Ich öffne das Adressbuch. Hörst du?«

»Ja.«

»Annalisa, Annalisa. Das ist sie. Annalisa. Bereit?«

»Bereit.«

»Hast du was zu schreiben?«

»Ja.«

»348...«

»Ja ...«

»8704...«

»Okay ...«

»087. Wiederhole.«

»3488704087.«

»Perfekt.«

»Dann danke ich dir, Marco. Ich melde mich in den nächsten Tagen.«

»Bitte, unbedingt. Ciao.«

»Ciao.«

*

»Hallo?«

»Annalisa?«

»Ja. Wer ist da?«

»Ich bin's, Annalisa, Pietro.«

»Pietro *Paladini*?«

»Ja. Wie geht's dir?«

»Oh, was für eine Überraschung. Mir geht's gut. Und Ihnen?«

»Gut, gut. Es ist eine Weile her, hm?«

»Das kann man laut sagen. Verdammt lang. Wie geht es Claudia? Ich möchte nicht wissen, wie groß sie geworden ist. Wie alt ist sie?«

»Sie ist achtzehn, und es geht ihr ausgezeichnet.«

»Sind Sie immer noch in Rom?«

»Ja. Das heißt nein. Na ja, doch, grundsätzlich sind wir in Rom. Allerdings ...«

»Ja?«

»Allerdings bin ich gerade in Mailand, und ich habe ein Problem. Entschuldige, wenn ich gleich zur Sache komme, aber ich muss mit der Anwältin Falk Belgrado sprechen.«

»Ist es dringend?«

»Annalisa, es ist sehr dringend. Ich stecke in Schwierigkeiten.«

»Sie in Schwierigkeiten? Wie ist das möglich?«

»Das weiß ich noch nicht, ich habe es nicht so richtig begriffen. Doch bevor ich irgendetwas unternehme, muss ich mit einem Strafrechtler sprechen, und ich dachte mir, na ja, dich um diesen Gefallen zu bitten. Wenn du kannst.«

»Ist es dringend im Sinne von *sofort*?«

»Je früher, desto besser.«

»Hören Sie, wenn Sie mir sagen, dass es so dringend ist, dann ist es am besten, wenn Sie in die Kanzlei kommen, und sobald sie Zeit hat, bitte ich sie, Sie zu empfangen. Allerdings werden Sie vielleicht etwas warten müssen. Ist das okay?«

»Annalisa, du bist immer noch der Engel, der du warst. Wo muss ich hinkommen?«

»Via Monte di Pietà 1A. An der Ecke zur Via Brera.«

»Perfekt. In einer halben Stunde bin ich da.«

»Ich erwarte Sie.«

»Ich fliege.«

*

»Hallo?«

»Marco, sie hat gesagt, ich soll sofort kommen!«

»Siehst du? Sie befiehlt, ich hatte es dir ja gesagt.«

»Das ist wirklich eine Wende. Vor einer Viertelstunde wusste ich nicht, wo mir der Kopf steht, und jetzt habe ich die Falk Belgrado. Ich weiß nicht, wie ich dir danken kann.«

»Wofür? Danke Annalisa.«

»Ich werde ihr auch danken, aber wenn du nicht gewesen wärst …«

»Das ist das Mindeste, Pietro. Nach all dem, was du für mich getan hast.«

»Nicht schon wieder. Was habe ich denn schon getan. Sagen wir, wir sind jetzt quitt, okay?«

»Nein, wir werden nie quitt sein.«

»Okay, ich danke dir trotzdem, darf ich?«

»Ja, darfst du. Aber vor allem, ruf mich an, okay?«

»Ja, ich ruf dich an.«

»Ciao, Pietro.«

»Ciao.«

5

Wenn sich alles ändert, ist es nicht merkwürdig,
wenn ich mich ändere.
Julio Numhauser

Parkett, Holztäfelung, Halogenlampen, Randleisten und Rosetten an der Decke, alte Stiche an den Wänden. Zwei Sekretärinnen hinter dem Empfang aus Palisander, die eine, älter und mit lila Brille, in die Lektüre eines Aktenordners vertieft, die andere, jüngere, mit hellen Augen und sehr dünnem Haar, die sich mir zuwendet.

»Ich bin verabredet mit Annalisa ...«

Ich kann mich nicht an ihren Nachnamen erinnern. Mir fällt Peluso ein, aber das gehört nicht hierher.

»Nehmen Sie Platz«, sagt die Sekretärin, ohne mich zu fragen, wer ich bin, ein Zeichen, dass sie über mein Kommen informiert wurde. Sie kommt zu mir und bedeutet mir, in einem Wartezimmer Platz zu nehmen, das sich plötzlich zu meiner Rechten öffnet, wohin ich noch nicht geblickt hatte. Dann kehrt sie hinter den Tresen zurück und greift zum Hörer.

»Dottoressa Calone?«, sagte sie, und Calone ist in der Tat ihr Nachname. »Ja, er ist da.«

Die Neuigkeit ist, dass Annalisa Dottoressa geworden ist.

»Können Sie einen Augenblick warten?«

»Natürlich. Danke.«

Ich setze mich. Betrachte die Zeitschriften, die auf dem kleinen Tisch liegen. Als Annalisa für mich arbeitete, hatte sie die präzise Anweisung zu kontrollieren, dass die Zeitschriften in meinem Wartezimmer immer ganz neu waren, denn wenn es etwas gab, das ich in Wartezimmern hasste, waren das Stapel zerlesener Zeitschriften, Monate alt, zerrissen, fleckig, deren Titelbilder Skandale und Intrigen ausposaunten, die in der Zwischenzeit längst überholt waren. Erklärt es mir, dachte ich, ihr angesehenen Inhaber von Diagnosezentren, Arzt- und Zahnarztpraxen, Anwaltskanzleien: Ihr kauft all diese Zeitschriften, *nehmt sie mit nach Hause*, lest sie auf dem Klo, gebt sie eurer Familie zum Lesen, und dann, wenn sie zerlesen, zerrissen, zerknittert und die Nachrichten, die sie enthalten, veraltet sind, bringt ihr sie mit ins Büro für mich? Oder kauft ihr sie gar nicht, sondern besorgt sie euch direkt in den Altpapiersammlungen? Es war eine fixe Idee von mir, und Annalisa war die Verkörperung meiner Besessenheit. Und obwohl mir das alles inzwischen völlig egal ist und wir im Büro in Tredicesimo nicht nur keine Zeitschriften haben, sondern nicht einmal ein Wartezimmer, stelle ich jetzt erfreut fest, dass Annalisa meinen alten Kampf weiterführt, denn auf den Tischchen liegen *l'Espresso, Vanity Fair, Internazionale, Focus, Io Donna, Sette, il Venerdi, Marie Claire* – alle wie es sich gehört in der aktuellen Ausgabe.

»Dottor Paladini!«

Da ist sie, Annalisa, sie kommt auf mich zu. Sie nennt mich immer noch Dottor Paladini, aber das ist wirklich das Einzige an ihr, was sich nicht verändert hat. Sie bietet einen radikal anderen Anblick. Während sie früher schüchtern, knochig und fast unsichtbar in ihrer Unsicherheit war, ist sie jetzt eine auffällige Erscheinung, selbstsicher und auch schön, ja – von dieser runden und beruhigenden Schönheit, die ihr, als sie für mich arbeitete, vollkommen fehlte.

»Annalisa«, sage ich, »wie geht's?«

»Gut, danke. Und Ihnen? Was ist passiert?«

»Nichts Schlimmes.« Ich bewege das von der Orthese umschlossene Handgelenk. »Eine Sehnenscheidenentzündung, die sich hinzieht.«

»Nein, an der Lippe …«

Ach ja, die Lippe. Verdammt, die hatte ich ganz vergessen. Wie lange habe ich mich schon nicht mehr im Spiegel gesehen?

»Oh«, stammele ich, »ich habe mich gestoßen. Ich habe mich abrupt umgedreht und ... Ist sie noch geschwollen?«

»Ein wenig.«

Außer bei Laras Tod, in der Aufbahrungshalle, in der mich alle umarmten, haben wir uns niemals umarmt. Der körperliche Kontakt zwischen uns war immer verkrampft gewesen, streng, steif, auch als sie die Wochenenden bei mir verbrachte, nachdem ich nach Rom gezogen war, um mir bei all den praktischen Dingen zu helfen, um die sie sich immer gekümmert hatte – und ich war überzeugt gewesen, dass diese Steifheit von ihr ausging, dass sie sich weigerte, unserer Beziehung etwas mehr Herzlichkeit zu verleihen. Doch jetzt hätten wir uns tatsächlich um ein Haar umarmt, und diesmal wehre ich mich dagegen. Wir schütteln uns die Hand, und auch ihr Händedruck hat sich verändert. Früher hatte man das Gefühl, einen kalten Fisch zu drücken, doch jetzt ist ihr Händedruck, auch wenn sie wegen der Orthese vorsichtig ist, herzlich und kräftig ...

»Aber es tut nicht mehr weh, keine Angst.«

Sie lächelt, und es ist ein strahlendes Lächeln. Auch ihr Parfüm ist anders; es riecht nach Meer, nach Meereswind, wie dasjenige, das Lara benutzte. Sie hat auch ein paar Kilo zugenommen, was ihr sehr gut steht. Sie trägt ein elektrischblaues Kleid aus diesem ganz dünnen, sündteuren Kaschmir – wie heißt noch die Marke? Lara mochte es sehr – es schmiegt sich den Hüften und den Brüsten an. Und ihre Brüste wirken – ja, tatsächlich – entschieden größer.

»Gehen wir in mein Büro. Ich gehe vor.«

Ich folge ihr durch einen eleganten, breiten und hell erleuchteten Flur. Ich habe das Gefühl, dass sie auch anders geht; sie lässt die Arme schwingen, bewegt den Körper – früher schien sie sich einfach von einem Punkt zum nächsten zu bewegen wie eine fremdgesteuerte Partikel. Außerdem beschreibt jeder Schritt, den sie macht, die Entfernung, die sie zwischen sich und den Tresen der Sekretärinnen zu legen vermocht hat; es ist purer sozialer Aufstieg, pure Ökonomie.

Wir betreten ihr Büro, das groß, luxuriös, sehr mailändisch ist. Wertvoller Parkettboden, auf Hochglanz poliert, bernsteinfarben. Ein großer Schreibtisch aus Palisander mit Dauben, darauf ein iMac. Ein Sofa und zwei Poltrona-Frau-Sessel, ein Glastischchen, ein Bücherregal aus Holz mit gebundenen Büchern. Auf die perfekte Temperatur eingestellte Klimaanlage. Pflanzen, Halogenlampen, ein Flachbildschirm an der Wand. Eine weitere Tür, die mit Sicherheit zum Büro der ...

»Nehmen Sie Platz.« Sie deutet auf das Sofa. »Wollen Sie einen Kaffee, einen Tee oder lieber etwas Kühles?«

Sie lächelt, Herrin des Raums, der sie umgibt, anscheinend hat sie die Belanglosigkeit vergessen, aufgrund derer sie sich, als sie bei mir war, stets unbehaglich gefühlt hat. Diese Frau hat sich nicht nur verändert, sie hat es auch geschafft zu vergessen, wie sie war.

»Vielleicht ein Glas Wasser, danke«, erwidere ich, nicht so sehr, weil ich es wirklich will, sondern um ihr die Genugtuung zu geben, zum Hörer zu greifen und es bei der Sekretärin zu bestellen, wie ich es mit ihr machte. Etwas, das sie mit größter Natürlichkeit tut, als würde sie es schon immer tun. Ihre Sekretärin heißt Debora.

Ich setze mich auf das Sofa, sie setzt sich in den Sessel. Vielleicht sollte ich etwas über ihre Veränderung sagen, mich überrascht zeigen oder sie bewundern – was ich ganz sicher täte, wenn Tardioli mir nicht gesagt hätte, was er mir gesagt hat; aber er hat es mir gesagt, und deswegen bekomme ich kein Wort heraus. Was, nebenbei gesagt, ganz automatisch verrät, dass ich *Bescheid weiß*, was gar nicht so schlecht ist.

»Sie hat einen Mandanten«, sagt Annalisa und deutet mit dem Kinn auf die geschlossene Tür. »Allerdings ist er schon eine ganze Weile drin. Sobald er geht, bringe ich Sie zu ihr.«

»Danke, Annalisa«, sage ich. »Weißt du, ich habe festgestellt, dass mein Partner ziemlichen Mist gebaut hat, und fürchte, ebenfalls mit drinzustecken. Ich hätte dich nicht belästigt, wenn es nicht …«

Und hier halte ich, weiß der Henker warum, inne. Vielleicht, weil ich mich plötzlich erinnert habe, wie die Firma heißt, die diese wunderschönen Kleider macht: Annapurna. Oder vielleicht, weil Annalisa die Beine übereinandergeschlagen hat und die Bewegung ein Stück Haut ihres Schenkels entblößt hat – alabastern, glänzend, schockierend.

»Entspannen Sie sich«, sagt sie. »Die Professoressa wird Ihnen helfen.«

Ah ja, die *Professoressa*. Ich habe mich schon gefragt, wie sie sie nennen würde, Anwalt, Anwältin, Dottoressa, Miriam. Professoressa löst das Problem insofern, als sie an der Università Commerciale Luigi Bocconi lehrt.

Es klopft, es ist die Sekretärin – Debora – mit dem Mineralwasser. Annalisa schenkt mir ein Glas ein, reicht es mir, und ich trinke. *Entspannen Sie sich*, man sieht mir also an, dass ich aufgeregt bin. Nur wie soll ich mich entspannen? Und warum stellt sie mir keine Fragen? Will sie nicht wissen, was mir passiert ist? Ich will es ihr gern erzählen, doch wenn sie mir nicht hilft, kann ich es nicht.

»Brauchen Sie irgendetwas, während Sie warten?«

Letzten Endes – Doublebind auch sie – behandelt sie mich, obwohl sie sich vollkommen verändert hat, immer noch, als wäre ich ihr Chef. Und dies könnte auch die Hilfe sein, die ich brauche, um über meinen Schlamassel zu reden, um ihr zu erzählen, wie es um mich steht. Doch es ist klar, dass sie dabei sein wird, wenn ich mit der *Professoressa* sprechen werde, und deswegen lohnt es sich nicht. Aber der Computer …

»Ja, da gibt es etwas«, sage ich und stelle das Glas auf das Tischchen. »Darf ich einen Augenblick deinen Computer benutzen? Ich müsste ein paar Dinge im Internet nachschauen.«

»Natürlich.« Sie steht auf. »Bedienen Sie sich.«

Sie begleitet mich zu ihrem Platz. Der iMac hat einen riesigen Bildschirm, den größten, den ich jemals gesehen habe. Der Bildschirmschoner zeigt eine graue Kartäuserkatze mit gelben Augen und heraushängender Zunge. Sie öffnet den Browser, tritt zur Seite und bedeutet mir, sich auf ihren Stuhl zu setzen, der kein normaler Stuhl ist, sondern ein Chefsessel aus schwarzem Leder mit Massagefunktion – und da liegt auch die Fernbedienung –, einer von denen, die ein kleines Vermögen kosten.

Ich setze mich. Annalisa lässt mich allein und kehrt zu ihrem Sessel zurück. Ihr Parfüm bleibt jedoch.

»Danke«, sage ich. »Ich beeile mich.«

»Machen Sie sich keine Sorgen.«

Also. Cinzia hat gesagt, der beste Artikel stehe in der Online-Ausgabe von *Il Sole 24 Ore*. Ich tippe Oscar + Sbriccoli + Sole 24 Ore, und da ist er schon, *Gestohlene Autos: italienisch-rumänische Bande zerschlagen*, vor acht Stunden eingestellt. Mein Herz beginnt wie wild zu schlagen. Ich blicke auf und begegne dem samtigen Blick von Annalisa, die mich vom Sessel aus beobachtet. Ich lächle ihr zu und öffne die Datei:

Gestohlene Autos: italienisch-rumänische Bande zerschlagen

Die Co.Pi., die führende Inkassogesellschaft, und die Autosalonkette Easy & Safe, die den Verkauf von Neuwagen in Latium, der Emilia-Romagna und im Veneto betreibt, stehen auf der Liste der Firmen, deren Räume gestern von der römischen Finanzpolizei im Rahmen der »Supercar« genannten Operation gegen den internationalen Handel mit gestohlenen Autos durchsucht worden sind. Sechzehn Haftbefehle (7 in Form von Untersuchungshaft, 6 in Form von Hausarrest und 3 in Form von regelmäßigem Erscheinen bei der Polizei), ausgestellt von der Untersuchungsrichterin Maria Luisa Pireddu, ergingen gegen Organisatoren, Initiatoren und Mitglieder einer kriminellen Organisation, die sich auf den Handel mit gestohlenen Autos spezialisiert hat; sie werden der Zugehörigkeit zu einer kriminellen Vereinigung, des Autodiebstahls, der Hehlerei, der Geldwäsche und der Fälschung von Gerichtsakten angeklagt. Circa 15 Millionen Euro beträgt der Umsatz der Bande, die beschuldigt wird, seit Anfang 2012 über 500 gestohlene Fahrzeuge aus Deutschland und Slowenien in Italien verkauft zu haben. Auslöser für die Ermittlungen, die von Staatsanwalt Marzio Di Molfetta koordiniert und von der stellvertretenden Staatsanwältin Anna Barbara Savino geleitet werden, waren die Aussagen von Nicodim Rotariu, der bereits wegen Erpressung im Gefängnis sitzt und als Chef des rumänischen Zweigs der Organisation gilt. Seine Aussagen haben die Ermittler zu dem Anwalt Giangiacomo Trane und den beiden Steuerberatern Nereo Faiella und Oscar Sbriccoli, alle drei in Rom tätig, geführt, die als die Köpfe der Bande angesehen werden. Die drei sollen das komplexe System entworfen haben, das auf vielfältigen Umwandlungen von Gesellschaften und Änderungen von Firmennamen beruht, die den Import und Verkauf gestohlener Luxusautos durch eine feste Gruppe rumänischer Krimineller und Strohmänner verschleierten. Die in Deutschland und Slowenien gestohlenen Autos wurden in Rumänien als neu umgemeldet oder in Italien als Firmenwagen oder Neuwagen von sympathisierenden Verkäufern und Vertragshändlern verkauft. Unter ihnen der Chef der Wiederverkaufskette Easy & Safe, Germano Provoleri, der unter Hausarrest steht. Die Ermittlungen laufen noch.

Mamma mia. *Mamma mia.* Die Hände zittern mir, der Atem bleibt mir weg. Und Cinzia hat recht: Zu lesen, dass die Operation wie wir heißt, kann einen ganz schön erschrecken, auch wenn es sich mit Sicherheit um einen Zufall handelt, denn »Supercar« ist in einem Wort geschrieben. Es könnte sich im Gegenteil auch um ein gutes Zeichen handeln, denn es wäre doch nur logisch, dass sie einen anderen Namen gewählt hätten, wenn unsere Super Car darin verwickelt wäre, oder nicht? Und außerdem, wer zum Teufel wählt eigentlich die Namen der Polizeioperationen? Und nach welcher Logik? Und welche Logik schreibt vor, dass die Polizeioperationen Namen haben müssen? Wozu muss die Operation, die meinen Steuerberater in den Knast bringt, einen Namen haben? Denn Oscar ist auch mein persönlicher Steuerberater, er hat gerade erst meine Einkommenssteuererklärung gemacht. Und warum habe ich ihn genommen, warum habe ich nicht Bussa hier in Mailand behalten? Weil es verdammt noch mal bequem gewesen ist; er arbeitete bereits für die Firma, Lello vertraute ihm, und es war bequemer, ihm ebenfalls zu vertrauen. Und was Lello betrifft, sein Name steht zwar nicht in dem Artikel, okay, aber wie viele Namen nennen sie schon? Drei, vier, fünf mit dem Rumänen – sie nennen nur fünf Namen, obwohl von sechzehn Haftbefehlen die Rede ist. Er steckt zwangsläufig mit drin. Warum sollte er abgehauen sein, wenn er nicht darin verwickelt wäre? Und wenn er darin verwickelt ist, wie kann ich verhindern, nicht auch mit drinzustecken? Mamma mia …

Die Ermittlungen laufen noch.

Annalisa ist mit ihrem Handy beschäftigt. Das Halogenlicht im Zimmer liebkost ihren weichen Körper, verleiht ihrem Haar Glanz. Sie ist wirklich ein anderer Mensch geworden. Sie war eines dieser Wintermädchen, deren Nasenspitze sofort rot wird, die den Saum der Ärmel stets mit der Faust festhalten; sie hatte eine milchige Haut, die man nur leicht zu berühren brauchte, und schon sah man den Abdruck; sie war ein Mädchen ohne jeden Glanz. Und jetzt ist sie eine strahlende Erscheinung; und auch wenn die Haut schneeweiß geblieben ist – denn sie ist schneeweiß, obwohl wir Sommer haben –, handelt es sich jetzt um eine leuchtende, lebendige Blässe. Ihre Knie sind wie Lampen. Und jetzt blickt sie auf, sieht, dass ich sie anschaue, und lächelt …

»Noch eine Minute«, sage ich.

»Lassen Sie sich ruhig Zeit«, erwidert sie.

Okay. Mir Zeit lassen. Gmail. Scansamose. Lomamelda. Willkommen, Olindo Stupazzoni. Entwürfe (1).

ES BEDEUTET DASS DU GESTOHLENE AUTOS VERKAUFT HAST PIETRO ... UND JETZT IST DIE EITERBEULE GEPLATZT ... GEH NICHT ZU DEN CARABINIERI HÖR AUF MICH ... NICHT JETZT DENN ES GIBT EIN PROBLEM ...

Das Telefon auf dem Schreibtisch läutet. Neben dem Sofa steht ein weiterer Apparat, und Annalisa geht dort ran.

»Ja?«, sagt sie.

... UND DAS PROBLEM IST DASS ICH MIST GEBAUT HABE ... UND VOR AL...

»Sie hat jetzt Zeit«, sagt sie.

»Ich komme.«

»Keine Eile.«

»Nein, nein, ich komme.«

... UND VOR ALLEM DARÜBER MUSST DU BESCHEID WISSEN ...

Gott weiß, wie gern ich den Rest lesen möchte, aber ich kann die Professoressa nicht warten lassen. Ich werde es später lesen, dort, mit ihr – mit ihnen.

Ich gehe raus.

Kehre zu Google zurück.

»Da bin ich ...«

Er hat Mist gebaut, sagt er. Ach, wirklich ...

6

Sich zu schämen tut gut, denn es lehrt uns Demut.
Papst Franziskus

»Annalisa, nehmen wir mal Einsicht in den Fall«, sagt die Anwältin.

Sie hat die geschmirgelte Stimme einer Raucherin und diesen Sprachfehler – ich glaube, man nennt es Lispeln –, aufgrund dessen sie »l« und »r« auf die gleiche Weise ausspricht, mit einem gutturalen und wilden Laut, der nicht das weiche R ist, sondern eher wie ein weiches G klingt. *Annaghisa*, nehmen *wigh magh* Einsicht in den *Fagh*. Zu Beginn der Karriere dürfte das ein nicht unbeträchtliches Handicap gewesen sein. *Euegh Eghen, ich möchten den Angekghagten veghhöghen.* Trotzdem hat es sie nicht daran gehindert, dorthin zu gelangen, wo sie jetzt ist. Im Übrigen ist sie die personifizierte Entschlossenheit: klein, untersetzt, um die sechzig, Stupsnase, in Würde faltig gewordenes Gesicht, kurzes Haar, das auf dem Hals eine undefinierbare Rostfarbe hat, passend zur Farbe der Haut, die aus Eisen zu sein scheint; Perlenkette, Brillantring, strahlend braune Augen und ein stets furchterregendes, raubkatzenhaftes Aussehen, als wäre alles, was sie umgibt, Beute – man begreift sofort, dass man besser vermeidet, sie gegen sich zu haben, schuldig oder unschuldig.

Ich habe ihr alles erzählt, ganz ruhig – eine Ruhe, die sie mir mit ihrem kriegerischen Aussehen selbst nahelegte –, während sie aufmerksam zuhörte und sich von Zeit zu Zeit mit einem Montblanc-Füller Notizen machte. Ich erzählte ihr das Erzählbare, wohlgemerkt, das heißt alles, was sie wissen muss, um mir zu helfen; genug, um mich vor Annalisa zu schämen, die mich klug und einflussreich in Erinnerung hat, und doch recht wenig im Vergleich zu dem, was ich in den letzten sechsunddreißig Stunden angestellt habe. In Wirklichkeit habe ich bemerkt, dass die Unannehmlichkeiten, in die Lello mich gebracht hat, für sich genommen eine Lappalie sind verglichen mit den Gemeinheiten und Straftaten, die ich selber in den letzten zwei Tagen begangen und die ich verschwiegen habe. Ich bin kein Opfer, will ich damit sagen; bis gestern Morgen hätte ich es sein oder zumindest behaupten können, es zu sein, doch seit gestern Morgen habe ich eine Reihe derart ruchloser Taten begangen, die mich zu einem … zu einer Art …

Annalisa kommt mit einem Laptop, stellt ihn vor die Falk Belgrado und bleibt neben ihr stehen, nach vorn gebeugt, um ihn zu bedienen. Ihre Position ist eine unerwartete Einladung, in ihren Ausschnitt zu spähen, auf den ich in fünf Jahren nie einen Blick geworfen hatte, nicht ein einziges Mal, obwohl Situationen wie diese sich jeden Tag ergeben hatten; aus Korrektheit, glaube ich, Respekt, Anständigkeit – aber natürlich war es leicht, nicht dorthin zu schauen, wo es nichts zu sehen gab. Jetzt, da ihre Brust um ein paar Körbchengrößen zugenommen hat, fällt mein Blick ganz von selbst darauf. Und ich habe auch begriffen, was mich an dieser Situation stört: Es ist genau das, was sie verkrampfte, als sie meine Sekretärin war, nämlich ein tödliches Gefühl der Unangemessenheit, das Gefühl, dass die Dinge mein Begriffsvermögen übersteigen. Denn ich kann einfach nicht akzeptieren, dass die beiden zusammen sind. Mit anderen Worten, es ist klar, dass Annalisa all diese Weiblichkeit natürlich bereits besaß, als sie sie noch nicht kultivierte, und ich kann verstehen, dass sie sie eines Tages, indem sie sich veränderte und sich selbst verwirklichte, hervorgeholt hat. Dass sie sie jedoch für diese Frau hervorgeholt hat, *spontan*, scheint mir wirklich etwas zu sein, das meine Vorstellungskraft übersteigt. Und so entdecke ich, dass ich auch machohafte, kleinbürgerliche sexuelle Vorurteile habe – das hatte gerade noch gefehlt.

Doch es muss sein so sein, es *ist* so: Dass diese Verwandlung Annalisas aufrichtig und spontan sein soll, kann ich mir einfach nicht vorstellen. Tatsächlich kenne ich sie gut, ich weiß, dass sie eine anständige, integere Person ist, und doch gelingt es mir nicht, nicht zu glauben, dass sie nur so tut, was verdammt noch mal bedeutet, dass sie einfach nur die einzige Gelegenheit beim Schopf gepackt hat, die das soziale Umfeld, in dem es ihr bestimmt war, für den Rest ihres Lebens in einer untergeordneten Position zu bleiben, ihr zu bieten hatte: eine Person zu verführen, die viel älter, reicher und einflussreicher ist als sie, sie durch eine Art sexuelle Abhängigkeit an sich zu binden und aufzusteigen. Wenn es so wäre, dann wäre die Tatsache, dass es sich nicht um einen Mann handelt, sondern um eine Frau, nur ein unbedeutendes Detail; das, was zählt, ist, dass sie stark genug ist, den Skandal auszuhalten, aber auch schwach genug, um nicht umkehren zu können – Voraussetzungen, über die Miriam Falk Belgrado zu verfügen scheint. Und obwohl ich tief in meinem Inneren weiß, dass Annalisa kein Emporkömmling, keine Manipulatorin, keine Ausbeuterin ist, kann ich mir das leichter vorstellen als eine natürliche Beziehung zwischen einer jungen Frau mit einer zugegebenermaßen etwas rätselhaften Sexualität und einer reifen Frau, die ihre Sexualität nach Jahren stummer Unterdrückung befreit.

Diese hat inzwischen begonnen, schweigend selbst zu tippen und ihre Notizen einzugeben.

»Haben Sie die Steuernummer von diesem Pica?«, fragt Annalisa.

Na dann gute Nacht.

»Nein«, erwidere ich. »Ich kann mich ja kaum an meine eigene erinnern.«

Annalisa und die Anwältin sehen sich an. Annalisa nickt und übernimmt wieder die Kontrolle über die Tastatur.

»Der genaue Name der Firma?«

»Super Car Srl«, sage ich. »In zwei Wörtern, Super Car.«

Sie tippt, blickt auf den Bildschirm.

»Rom …«, sagt sie, ohne mich anzusehen, wie zu sich selbst.

»Ja.«

Sie tippt erneut.

»Da ist sie.«

Beide starren auf den Bildschirm, ohne ein Wort zu sagen. Annalisa fährt auf dem Touchpad hin und her. Die Anwältin schreibt weiter Dinge auf ihr Blatt Papier.

»Pica Ghaffaeghe oder Ghaffaeggho?«, fragt sie.

»Wie bitte?«

»Der Taufname Ihres Partners«, schaltet sich Annalisa ein, »lautet Raffaele oder Raffaello?«

»Raffaele. Warum?«

»Hier steht, dass er Raffaello heißt. Geboren in Rom am 10.07.1964? Wohnhaft in der Via Licio Giorgieri 28 bis?«

»Ja. Pica Raffaello.«

Schweigen. Annalisa scrollt von Zeit zu Zeit den Bildschirm, beide betrachten ihn aufmerksam. Erneut berührt Annalisa das Touchpad, erneut schreibt die Falk Belgrado. Was zum Teufel machen sie da? Ich bleibe völlig außen vor auf meiner Seite des Schreibtischs.

»Gaiano Vighginio, wegh ist das?«, fragt die Anwältin.

»Wer?«

»Gaiano Virginio.« Annalisa betont jede Silbe. »Geboren in Monte Porzio Catone am 27.01.1939, wohnhaft in der Via Pantaleo Carabellese 53/a.«

»Wegh ist das?«, fragt die Alte ungeduldig.

Virginio ...

»Er ist ...«, stammele ich, »... er ist der Rentner, der in die Firma kommt und kleine Arbeiten erledigt. Er wäscht die Wagen, fährt die Leute nach Hause ... Was hat er damit zu tun?«

»Er ist der Geschäftsführer der Firma«, lautet Annalisas überraschende Antwort.

»Von Super Car?«

»Ja. Seit ...« Sie scrollt den Bildschirm. Die Falk Belgrado macht sich weiterhin Notizen. »Seit dem 10. Juni 2011. Sehen Sie selbst ...«

Endlich. Ich habe mich nicht getraut zu fragen, dabei hatte ich Hummeln im Hintern. Ich gehe um den Schreibtisch herum, stelle mich rechts neben die Anwältin, nah genug, um ihr widerlich süßliches Parfüm zu riechen – Himbeere, vermutlich –, und blicke auf den Bildschirm.

»Sehen Sie?«, sagt Annalisa.

Mit dem Touchpad geht sie auf dem Bildschirm zur Firmengeschichte, und die Falk Belgrado schreibt.

»Bis zum 10. Juni 2011«, fährt sie fort, »war der Geschäftsführer Sbriccoli Oscar. Dann wurde er von Gaiano Virginio abgelöst.«

Erneut zittern meine Hände. Erneut schlägt mir das Herz bis zum Hals.

»Verdammte Scheiße«, murmele ich.

Virginio Geschäftsführer, ein Mittelloser. Sie haben mich dazwischengeschaltet. Seit zwei Jahren. Das heißt, in den Protokollen, die ich unterschrieb, ohne sie zu lesen, weil ich glaubte, sie enthielten nur Bilanzen, die ich mir bereits mit Cinzia angesehen hatte, segnete ich Bestellungen ab und wer weiß was sonst noch alles, ohne es zu wissen. Sie haben mich wirklich zum Betrüger gemacht. Und Cinzia. Sie muss zwangsläufig gewusst haben, dass Virginio Geschäftsführer geworden war. Ist ihr das denn nicht komisch vorgekommen? Warum hat sie nie etwas gesagt? Und warum sagt sie jetzt nichts? Ist sie ebenfalls einverstanden? Und Virginio, der heute nicht in den Autosalon gekommen ist, ist er ebenfalls verhaftet worden?

Annalisa hat inzwischen eine weitere Überprüfung begonnen, die Lello betrifft. Hier die Antwort.

»Pica Raffaello war an zwei weiteren Firmen beteiligt. Wussten Sie das?«

Tatsächlich, da sind sie: Tecnomeccanica Srl und Long John Srl.

»Die Tecnomeccanica ist die Werkstatt, das wusste ich; dort ist sein Cousin, sie richten Rallyeautos her. Von der anderen weiß ich nichts.«

Annalisa markiert, die Falk Belgrado schreibt auf.

»Die andere wurde im Juni 2011 gegründet. Sehen Sie?«

Ich sehe, ja, 6. Juni 2011. Vier Tage vor der Ablösung Oscar-Virginio.

»Und kann man auch sehen, wer die anderen Partner sind?«

»Natürlich.«

Ein Klick, und es erscheint die Seite der Long John Srl. Name, Rechtsform, Sitz, Gründungsurkunde ... Allerdings bin ich zu verwirrt, um etwas zu erkennen, und zu erschüttert, um zu begreifen.

»Geh auf den Sitz«, zischt die Falk Belgrado.

Annalisa markiert den Geschäftssitz mit dem Touchpad: ROMA (RM), VIA PANTALEO CARABELLESE 53/a, CAP 00166.

»Die Adresse von Virginio ...

»Ja.«

Annalisa scrollt nach unten, zur Liste der Geschäftsführer, und markiert: Vorstand. Anzahl der amtierenden Geschäftsführer: 1. Geschäftsführender Vorstandsvorsitzender: Gaiano Virginio, geboren in Monte Porzio Catone am 27. 01. 1939, Steuernummer GNA VGN 39A27 F590M, WOHNORT ROM (RM), VIA PANTALEO CARABELLESE 53/a, CAP 00166.

»Und die Partner?«, frage ich.

Annalisa geht wieder nach oben zur Liste der Partner. Da steht Lello. Da steht Oscar. Und dann – da sind sie, die Rumänen – Dare Molitor, Inolau Costeu, Iovan Costea, Nicodim Rotariu. *Nicodim Rotariu.*

»Verdammte Scheiße« – zum zweiten Mal, aber ich kann mich einfach nicht beherrschen. »Dieser Nicodim Rotariu wird in dem Artikel genannt, den ich vorhin gelesen habe.«

Ich bitte Annalisa, eine andere Seite zu öffnen und den Artikel der Online-Ausgabe von *Il Sole 24 Ore* zu suchen.

Da ist er.

»Sehen Sie? Nicodim Rotariu.«

Die beiden Frauen lesen den Artikel schweigend von Anfang an, immer auf die gleiche Weise, Annalisa markiert die Namen, und die Falk Belgrado schreibt sie auf ihr Blatt. Ich lese ihn ebenfalls noch mal. Die Übereinstimmung zwischen dem Namen der Operation und dem unserer Firma kommt mir noch absurder vor.

»Sehen Sie?«, sage ich. »Die Operation trägt den gleichen Namen wie unsere Firma. Supercar, allerdings in einem Wort geschrieben. Kann das was zu bedeuten haben?«

Die beiden Frauen sehen sich an, und ich habe das Gefühl, dass sie es, obwohl sie so viel konzentrierter, beherrschter und tüchtiger sind als ich, gar nicht bemerkt haben. Die Falk Belgrado schreibt »Super Car« auf ihr Blatt.

»Das weiß ich nicht«, sagt sie. »Viegheicht ist das nugh ein Zufagh.«

Sie fängt wieder an zu lesen, weil ich sie unterbrochen hatte, und als sie fertig ist, blickt sie mich unverwandt an, ohne etwas zu sagen. Ich bemerke, dass sie, seit ich dieses Zimmer betreten habe, noch nicht gelächelt hat – dabei sehe ich lieber sie an, ihre harte und schroffe Fresse, als Annalisa, der gegenüber ich ein immer bedrückenderes Schamgefühl empfinde. Abgesehen von dem, was ich über ihre Verwandlung denke, abgesehen von dem lausigen Partner, den ich mir gewählt habe, schäme ich mich zum ersten Mal auch wegen dem, was aus mir geworden ist, wegen dem, was ich getan habe, wegen der Peripherie, in der ich es getan habe, und wegen meines bescheidenen Lebens – verglichen mit dem, das ich führte, als sie für mich arbeitete. Obwohl das alles Dinge sind, die ich selbst gewählt habe, damit wir uns recht verstehen, empfinde ich ganz plötzlich unwillkürlich einen Anflug von Mitleid mit mir selbst, dasjenige, das vermutlich sie empfindet.

»Da ist noch etwas, das ich mir angeschaut habe«, sage ich zur Falk Belgrado, »bevor Sie Zeit für mich hatten und ich hereingekommen bin. Eine neue Nachricht von meinem Partner, in den Entwürfen des Accounts, von dem ich Ihnen erzählt habe. Ich konnte sie nicht bis zum Schluss lesen, aber es kam mir so vor, als würde er mir wichtige Dinge mitteilen.«

Die beiden Frauen sehen sich erneut an, verständigen sich

erneut augenblicklich über weiß der Teufel was. Annalisa öffnet eine dritte Seite auf Google.

»Bitte, Dottore«, sagt sie und stellt den Laptop vor mich.

Ich gehe in den Account. Gehe in Entwürfe.

ES BEDEUTET DASS DU GESTOHLENE AUTOS VERKAUFT HAST PIETRO ... UND JETZT IST DIE EITERBEULE GEPLATZT ... GEH NICHT ZU DEN CARABINIERI HÖR AUF MICH ... NICHT JETZT DENN ES GIBT EIN PROBLEM ... UND DAS PROBLEM IST DASS ICH MIST GEBAUT HABE ... UND VOR ALLEM DARÜBER MUSST DU BESCHEID WISSEN ... ICH HABE DEN RUMÄNEN GELD GESTOHLEN PIETRO ... DENEN MIT DENEN ICH MICH ZUSAMMENGETAN HATTE ... ICH HABE IHNEN VERSCHWIEGEN DASS ICH AUTOS VERKAUFT HABE DIE SIE MIR BESORGT HATTEN ... DAS HEISST DU HAST SIE VERKAUFT .., ES TUT MIR LEID ICH BIN EIN IDIOT GEWESEN ... ICH HOFFE DAS MAURO DICH IN SICHERHEIT BRINGT VERTRAU IHM ... SEI VORSICHTIG ... GEH NICHT ZU DEN CARABINIERI DENN SIE KÖNNTEN DICH VERHAFTEN ... REGINA COELI IST DER UNSICHERSTE ORT VON ALLEN WEIL DIE RUMÄNEN BEREITS ALLE DRIN SIND ... ABER AUCH DRAUSSEN LAUERN GEFAHREN ... FREUNDE UND VERWANDTE ... ICH VERSUCHE DIE ANGELEGENHEIT ZU REGELN SIE ENDGÜLTIG ZU BEENDEN ... ABER ICH BRAUCHE ETWAS ZEIT ... DAS EINZIG VERNÜNFTIGE WAS ICH JETZT TUN KANN IST DICH ZU WARNEN UND ZU MAURO ZU SCHICKEN ... BLEIB AUF DEM LAND ... LASS DICH NICHT SCHNAPPEN BLEIB BEI IHM ... BIS ICH DAS PROBLEM GELÖST HABE ... UND BLEIB IN KONTAKT MIT MIR.

Das ist die Antwort auf meine Fragen von gestern Abend – doch da er schreibt, dass die Rumänen alle im Knast sind, muss es heute geschrieben worden sein. Oder wusste er schon gestern, dass sie verhaftet worden sind? Und warum hatte er es mir nicht in den anderen Nachrichten gesagt?

Schweigen.

Die beiden Frauen lesen noch. Das Schamgefühl bezieht sich

jetzt auch auf die Anwältin. Wer weiß, was Annalisa ihr von mir erzählt hat, was für schöne Dinge, und jetzt komme ich mit einem solchen Schlamassel zu ihr, was wird sie von mir denken?

So, jetzt sind sie mit dem Lesen fertig. Sie blicken beide vom Bildschirm auf.

»Gibt es noch andeghe?«, fragt die Anwältin.

»Nein«, erwidere ich. »Was soll ich tun, ihm antworten?«

»Nein«, sagt die Falk Belgrado. »Vergessen Sie diesen Account. Veghtghauen Sie diesem Mann nicht.«

Annalisa sieht mich lächelnd an.

»Nehmen Sie doch Platz«, sagt sie und deutet auf meinen Stuhl, denn so dazustehen, steif wie ein Stockfisch, hilft mir in der Tat nicht, meine Angst in den Griff zu bekommen. Ich gehe um den Schreibtisch herum und setze mich. Die beiden Frauen sehen sich an.

»Dghuck migh das aus«, sagt die Anwältin.

Annalisa tippt auf der Tastatur, und ein Drucker, der in der Ecke des Büros unter dem Fenster steht, setzt sich in Gang.

»Daran habe ich auch gedacht«, sage ich, vor allem weil ich das Schweigen unerträglich finde. »Aber als Beweis ist das wohl nicht verwendbar? Und ich könnte es doch auch selbst geschrieben haben, oder? So wie diese Methode funktioniert, gibt es keine Möglichkeit zu beweisen, wer es geschrieben hat ...«

»Behaghten wigh es im Kopf«, sagt die Anwältin.

Annalisa holt den Ausdruck, legt ihn auf den Schreibtisch und setzt sich dann neben mich.

Es ist so weit. Miriam Falk Belgrado wendet ihr Wissen auf diesen schmutzigen Kriminalfall an, etwas, das sie vermutlich nie in ihrem Leben getan hat, nicht einmal zu Beginn ihrer Karriere, und wozu sie sich jetzt gezwungen sieht, weil ihre Freundin – oder sogar Frau – ihr ans Herz gelegt hat, sich um ihren ehemaligen Chef zu kümmern, ohne zu ahnen, dass er in eine derartige Schurkerei verwickelt sein könnte.

»Fangen wir mit der Feststellung an«, beginnt sie, »dass Sie sehr unvorsichtig gewesen sind. Äußerst unvorsichtig. Ich verstehe, dass Sie Ihrem Partner vertrauen und dass Ihr Partner Sie hintergangen hat, aber in diesem Fall ...«

Und hier – Achtung – passiert etwas Merkwürdiges, eine Art Magie, etwas, das, wenn Roger Federer spielt, »der Federer-Moment« genannt wird, und plötzlich öffnet es die Logik des Tennis auf ein unmögliches Ereignis, das trotzdem eintritt, *stattfindet*, weil Federer es auf einmal möglich macht. Auf die gleiche Weise ist jetzt plötzlich der Sprachfehler der Falk Belgrado verschwunden – oder besser, der Sprachfehler ist nicht verschwunden, aber die Wahrnehmung, dass es sich um einen Sprachfehler handelt, so wie jede Schwierigkeit verschwunden ist zu verstehen, was sie sagt, und jede Notwendigkeit, dass Annalisa ihr zu Hilfe eilt. Es ist nicht so, dass sie schlagartig anders spräche, reiner und korrekter, es ist eher eine Frage der Aufmerksamkeit und Konzentration, die ihre Stimme und ihr flammender Blick und ihre ganze kleine untersetzte Gestalt hinter dem Schreibtisch zu wecken vermögen. Charisma. Magnetismus. Autorität. Ein Falk-Belgrado-Moment. Dadurch ist sie, was sie ist ...

»... aber in diesem Fall haben Sie die Pflichten Ihrer Stellung vernachlässigt, und dafür sind Sie ganz allein verantwortlich. Sie haben ganz offensichtlich Protokolle unterschrieben, ohne sie zu lesen, Sie haben kein wachsames Auge auf das Verhalten Ihres Partners gehabt, und dass dieser Rentner als Geschäftsführer fungierte, lässt mich vermuten, dass auch die Bilanzen der Firma nicht in Ordnung sind, und Sie haben nicht das Recht, dies nicht zu wissen. Was ich damit sagen will, ist, dass Sie sich für diese Leichtsinnigkeit mit aller Wahrscheinlichkeit vor Gericht werden verantworten müssen. Was ich auf jeden Fall für Sie tun kann, ist Folgendes: Ich kann mir vertrauliche Informationen darüber besorgen, inwieweit die Ermittlungen auch Sie betreffen, das heißt, ob ein Haftbefehl gegen Sie erlassen worden ist oder ob nur gegen Sie ermittelt wird oder ob Sie überhaupt nicht betroffen sind, obwohl mir das wenig wahrscheinlich erscheint. Außerdem rechne ich damit, Informationen auch über das Problem zu erhalten, das ich für schwerwiegender halte, nämlich wie diese rumänischen Staatsbürger zu Ihnen stehen. Ich kann es Ihnen nicht garantieren, aber ich wiederhole, ich rechne damit. Darüber hinaus kann ich Ihnen versichern, dass ich mich bemühen werde, mir diese Informationen so schnell wie möglich zu besorgen, das heißt im Laufe des Wochenendes oder, wahrscheinlicher, bis nächsten Montag. Und wenn die Informationen positiv sind, umso besser, wenn sie dagegen negativ sind, werde ich meine ganze Überzeugungskraft bei der Staatsanwaltschaft in Rom einsetzen, damit die Maßnahmen, die gegen Sie ergriffen werden, Sie möglichst wenig einschränken und Sie vor allem keinerlei Gefahr aussetzen. Gefahren, die ich dem Staatsanwalt natürlich erläutern werde, da er sie möglicherweise nicht kennt. In der Zwischenzeit rate ich Ihnen unterzutauchen. Haben Sie einen Ort, an dem Sie die nächsten Tage verbringen können, ohne sich Gefahren auszusetzen?«

»Ja«, erwidere ich, obwohl Marta in diesem Dorf am See ist, und ich daher in Wahrheit keinen habe. Offen gesagt weiß ich nicht einmal, wo ich die Nacht verbringen soll.

»Gut, dann gehen Sie dorthin und bleiben Sie dort. Um mit mir zu sprechen, können Sie Annalisa anrufen, Sie haben ja ihre Handynummer. Und ich rate Ihnen, sie auf jeden Fall täglich anzurufen, für den Fall, dass ich mit Ihnen sprechen muss. Das ist alles.«

Schweigen. Ich hätte noch viele Fragen, viele Ängste, die mich quälen, doch während sie sprach, wurde ich immer kleiner, und ihr Ton war eindeutig viel zu endgültig, als dass ich es wagen würde, ihr zu widersprechen. Lieber die Fragen und Ängste für sich behalten und die Bühne wenigstens mit einem Minimum an Haltung verlassen.

»Professoressa«, stammle ich, »ich weiß wirklich nicht, wie ich Ihnen danken kann.«

»Sie müssen mir nicht danken«, sagt sie. »Es reicht, wenn Sie mich bezahlen.«

Und jetzt lächelt sie endlich. Das ist mit Sicherheit das teuerste Lächeln, das mir jemals geschenkt wurde, aber wenigstens lockert sich der Schraubstock der Scham. Stattdessen scheint sich jetzt, wie ich an der Art zu erkennen meine, wie sie den Blick senkt und für einen Augenblick wieder das schüchterne und befangene Mädchen wird, das ich kannte, Annalisa zu schämen – nicht zu Unrecht, würde ich sagen, da es für mich selbstverständlich war, sie zu bezahlen, und dass die Falk Belgrado das auf eine so unverfrorene Weise klarstellen wollte, war vor allem eine Botschaft, die sich an sie richtete, in der Art von *Glaub ja nicht, dass ich deinem Ex-Chef diesen Gefallen umsonst tue*. Etwas, das sie unter sich ausmachen müssen, eine Schwäche, ein Riss in dem kompakten Granitblock, den die beiden bis jetzt verkörpert haben, was mir Mut macht, auch die Schande zu gestehen, die ich bis jetzt verschwiegen habe, und mich zu befreien.

»Apropos Geld«, sage ich, »da ist noch etwas, das ich bis jetzt nicht gesagt habe und das die Situation kompliziert machen könnte. Gestern Morgen habe ich einen Wagen einem Kunden verkauft ...«

Und ich erzähle ganz offen von Jürgen und seinen Fünfhundert-Euro-Scheinen, von der Entdeckung, dass sie markiert waren, von dem Tausch, den der Hüne mir angeboten hat und den ich akzeptiert habe, und was mich das gekostet hat – alles. Annalisa und die Falk Belgrado sehen sich konsterniert an.

»Ich habe eine Straftat begangen, nicht wahr?«, frage ich.

»Ich wüghde sagen ja«, erwidert sie. Der Falk-Belgrado-Moment ist vorbei.

»Geldwäsche, stimmt's?«

»Degh kghassische Fagh.«

»Und kann das meine Lage verkomplizieren?«

»Das kommt dghauf an. Gehöght degh Wagen, den Sie veghkauft haben, zu den gestoghenen?«

»Ich habe keine Ahnung.«

»Und weghche Antwoght haben Sie sich auf die Fghage gegeben, ob diesegh Schweizegh Gaghdist in ighendeinegh Veghbindung zu Ighem Paghtnegh steht?«

»Darüber habe ich mir offen gesagt keine Gedanken gemacht.«

»Und wieso nicht?«

»Weil er nichts damit zu tun hat. Er hat einen Monat herumgeeiert, bevor er sich entschlossen hat, er hat versucht, um den Preis zu feilschen, und er war kurz davor, auf den Kauf zu verzichten. Wenn er markierte Geldscheine hatte, wird er sicherlich ebenfalls ein Verbrecher sein, aber ich versichere Ihnen, dass er sich den Wagen sehnlichst wünschte. Was immer auch dahinterstecken mag, wenn Lello ihn geschickt hätte, um mich mit den markierten Scheinen in die Klemme zu bringen, warum hat er mich dann zu dem Mann geschickt, der mir dieses Geld umtauschen konnte, das ergibt doch keinen Sinn.«

Die Falk Belgrado schweigt, denkt nach.

»Können Sie migh seinen Namen sagen?«

»Jürgen ...«

Tja, und der Nachname, wie war der noch? Ach, Moment mal, ich habe ihn zusammen mit der Telefonnummer aufgeschrieben ...

»Warten Sie einen Augenblick«, sage ich und hole den kleinen Block aus der Tasche, auf den ich die Telefonnummern aus dem Adressbuch im Handy abgeschrieben habe – vor fünf Stunden, am Grab meiner Mutter.

Da ist er ...

»Hauptmann Jürgen Búcheli, oder Buchéli«, sage ich.

Die Falk Belgrado schreibt auch diesen Namen auf ihr Blatt. Sie hält inne.

»Be u ce ha, e egh i?«, fragt sie.

»Ja.«

Sie schreibt den Namen fertig. Dann steht sie auf.

»Gut, Dottogh Paghadini«, sagt sie. »Machen Sie sich keine Soghen, ich weghde sehen, was ich tun kann.«

Sie reicht mir ihre knochige, sommersprossige Hand. Ich schüttele sie.

»Nochmals vielen Dank, Professoressa«, sage ich. »Ich bleibe also in Kontakt mit Annalisa.«

Der Händedruck ist energisch, sicher, ganz wie der von Annalisa – als hätte sie ihn ihr beigebracht. Er löst einen heftigen Schmerz im Handgelenk aus, den ich nur mit Mühe verbergen kann. Und ich denke, dass ich, da ich schon so weit gekommen bin, den Kelch vielleicht bis zur Neige leeren sollte.

»Da wäre noch eine letzte Sache«, sage ich, während ich die Hand zurückziehe. »Gestern Vormittag wurde ich erwischt, während ich etwas zu schnell fuhr, in einer Situation, die ich jetzt nicht erzählen will, und mir wurde der Führerschein entzogen. Kann das zu einem Problem werden?«

Diesmal ist die Überraschung deutlich sichtbar, selbst in einem so sphinxhaften Gesicht wie dem ihren. Sie wirft sogar Annalisa unwillkürlich einen bestürzten Blick zu.

»Pghobghlem?«, sagt sie. »Inwiefeghn?«

»Ich frage mich, ob sich diese Geschichte mit dem Führerschein, den man mir abgenommen hat, in Hinblick auf einen eventuellen Prozess irgendwie negativ auf mein Führungszeugnis auswirken kann …«

Ich habe sie verwirrt. Das ist kein großer Trost – ich muss ihr immer erbärmlicher vorkommen –, aber immerhin habe ich sie verwirrt.

»Nein«, sagt sie. »Das ist eine verwaghtungsghechtghische Sanktion, die sich nicht im Fühghungszeugnis niedeghschghägt.«

»Ah, Gott sei Dank. Entschuldigen Sie, dass ich Sie das gefragt habe, ich wollte nur sichergehen. Also dann, auf Wiedersehen.«

»Auf Wiedeghsehen.«

Sie setzt sich wieder, und Annalisa begleitet mich aus dem Büro, durch die Tür, die es von ihrem trennt. Sie schließt sorgfältig, langsam die Tür, als wäre die Anwältin in diesen drei Sekunden eingeschlafen und sie würde sich bemühen, keinen Lärm zu machen, um sie nicht zu wecken. Endlich dreht sie sich zu mir.

Ich betrachte sie in ihrem hübschen Annapurna-Kleidchen; sie ist wirklich eine schöne Frau geworden, das lässt sich nicht leugnen, mit einer starken sexuellen Ausstrahlungskraft – und erneut scheint es mir unvorstellbar zu sein, dass diese Art Pitbull da im Nebenzimmer sie geweckt hat. Woher hat sie diese Kraft bezogen? *Von wem* hat sie sie bezogen? Ich habe eine Art Flash, ich erinnere mich plötzlich, dass ich sie einmal in irgendein Geschäft geschickt habe, um ein Kleid für meine Frau abzuholen, das dem sehr ähnlich sah, das sie jetzt trägt; und ebenso plötzlich gelange ich, alle Zwischenstufen überspringend, zu dem nicht von der Hand zu weisenden Schluss, dass Annalisa Lara *imitiert*, das heißt, dass Lara die Quelle der Weiblichkeit ist, die sie zur Schau stellt. Ich sage nicht, dass sie ihr ähnelt, denn sie ähnelt ihr überhaupt nicht, ich sage nur, dass es aussieht, als bemühte sie sich, ihr zu ähneln. Die Bewegungen, die Kleidung, das Parfüm, die Art von Schönheit, die sie sich aus so vielen Möglichkeiten gewählt hat, alles könnte aus Laras Schrank stammen. Im Übrigen sahen sie sich damals, verkehrten miteinander. Lara war nicht im Geringsten eifersüchtig auf sie, und wenn ich auf dem Grunde meines gierigen Männerherzens dachte, sie sei heimlich in mich verliebt – denn ich dachte es –, dann nur deswegen, weil ich lieber an den Gemeinplatz glaubte, demzufolge Sekretärinnen sich immer in ihre Chefs verlieben, um jetzt feststellen zu müssen, dass ich gar nicht am Horizont ihrer sexuellen Interessen auftauchte. (Wenn ich so darüber nachdenke, habe ich den gleichen Fehler übrigens auch bei Cinzia gemacht, weil ich glaubte, sie sei in Lello verliebt und nicht, wie Lello immer behauptete, lesbisch.) Doch jetzt, hier, zum denkbar falschesten Zeitpunkt, habe ich das Gefühl, alles verstanden zu haben: Annalisa war nicht in mich verliebt, sie war in Lara verliebt. Aber natürlich. Solange Lara lebte und in ihrer ganzen Schönheit vor ihren Augen erstrahlte, ist sie in dem Niemandsland geblieben, in dem ich sie stets gesehen habe; und als Lara tot und ich fortgegangen war, hat sie sie als ihr Weiblichkeitsmodell erwählt, sie sich buchstäblich übergestülpt. Die einzige Möglichkeit für sie, sie zu besitzen …

Ach, wenn sich die Welt doch um mich drehte! Wenn sich die Welt um mich drehte und ich ihr exakter Mittelpunkt wäre, wäre das eine brillante Intuition. Ja, eine sehr brillante Intuition. Doch da ich in diesem Augenblick aufgewühlt und vom rechten Weg abgekommen bin und mich selbst nicht mehr erkenne und vor allem die Welt sich nicht um mich dreht, ist die Wirklichkeit mit Sicherheit viel einfacher. Ich hatte schlicht nicht erkannt, dass Annalisa lesbisch ist, und die Ereignisse, die aus ihr die Frau gemacht haben, die jetzt vor mir steht, gehen mich schlicht nichts an, und ich werde sie nie erfahren. Im Übrigen habe vielleicht nicht ich mich verändert? Schäme vielleicht nicht ich mich für das, was aus mir geworden ist? Suche vielleicht nicht ich nach Worten, um mich zu entschuldigen, mich zu rechtfertigen und mich mit einem Rest von Würde zu verabschieden?

»Annalisa …«, stammle ich.

»Ja?«, sagt sie.

»Ich wollte nur ein einfaches Leben«, sage ich. »Ich dachte, es wäre möglich, es wäre nur eine Frage von …«

»Ich weiß«, sagt Annalisa.

»Ich dachte, wenn ich diese Stadt verlasse und ein einfaches Leben führe, wäre es möglich, wieder an das zu glauben, was ich sehe, weil das hier nicht mehr möglich war. Und wie ein Dummkopf habe ich tatsächlich geglaubt …«

»Ich weiß, Dottor Paladini«, wiederholt sie sanft, »ich weiß.«

Sie drückt meinen Arm, und das reicht, dass ich jeden Augenblick losheulen will. Doch nein, nur das nicht – nicht weinen. Ich atme tief durch. Nehme mich zusammen.

»Sie sind ein anständiger Mensch«, sagt sie.

Sie lässt meinen Arm los, und ihr Griff fehlt mir schon.

»Tut mir leid, Annalisa«, sage ich. »Es tut mir leid, dass ich die Probleme habe, die ich habe, und dass ich sie hierhergebracht habe, in diese Kanzlei, und dich blamiert habe …«

»Was reden Sie denn da, Dottor Paladini? Wieso blamiert? Sie haben anscheinend vergessen, was für Typen sich an die Anwälte in dieser Stadt wenden. Sie haben lediglich der falschen Person vertraut, das ist alles. Aber machen Sie sich keine Sorgen, die Professoressa wird Ihnen helfen, sie wird Ihnen wirklich helfen. Sie hat es nicht gesagt, weil sie immer kurz angebunden ist, aber jetzt sage ich Ihnen, was sie tun wird. Sobald ich in ihr Büro zurückgekehrt bin, wird sie mich bitten, ein paar ihrer Domizilhalter in Rom zu kontaktieren, Anwälte, die ihr viel schulden und die ein, sagen wir, recht dehnbares Berufsethos haben. Sie wird sie bitten, sich die Informationen zu besorgen, die sie braucht, und sie werden sofort aktiv werden und sie ihr besorgen: Wie sie das machen, mit welchen Mitteln, will die Professoressa gar nicht wissen. Was zählt, ist, dass sie morgen oder Samstag oder Montag wissen wird, was es zu wissen gibt, und dann wird sie wissen, was zu tun sein wird. Und machen Sie sich keine Sorgen wegen des Geldes, schenken Sie dem, was sie gesagt hat, keine Beachtung. In Wirklichkeit ist sie eine sehr großzügige Frau, auch wenn sie die schlechte Angewohnheit hat, geizig wirken zu wollen.«

»Das Geld ist kein Problem, Annalisa. Ich bin nicht pleitegegangen, ich stecke nur bis zum Hals in einem Sumpf. Im Gegenteil, ich bin stolz darauf, ihr Honorar zu bezahlen, weil ich es mir noch leisten kann. Aber wenn du nicht gewesen wärst, hätte ich diese Aufmerksamkeit niemals bekommen, da ich sie nicht mehr verdiene.«

»Da irren Sie sich, Dottore Paladini. Wenn Sie diese Aufmerksamkeit nicht verdient hätten, hätten Sie sie nicht bekommen. Ich bin sicher, Sie können sich vorstellen, wie diese Stadt das, was zwischen mir und der Professoressa geschehen ist, aufgenommen hat, und ich versichere Ihnen, dass gewisse Erfahrungen einem die Augen dafür öffnen, wie selten Menschen wie Sie sind. Ich habe Sie sehr gern, glauben Sie mir, so wie ich Ihre Frau sehr gernhatte. Ich bin glücklich, Ihnen helfen zu können.«

Okay, das reicht jetzt, sonst fange ich wirklich noch zu weinen an.

»Danke«, sage ich.

Und diesmal umarmen wir uns. Ich spüre, wie ihr Körper sich an meinen schmiegt, ihre Hände sich an meinen Rücken pressen, der hauchdünne Kaschmir ihres Kleids meine Haut liebkost und ihr Meeresgeruch sich in meinem Gehirn ausbreitet. Es fühlt sich an, als umarmte ich Lara. Es dauert – ich weiß nicht – zehn, fünfzehn Sekunden, dann lösen wir uns voneinander. Annalisa wirkt auch größer, was allerdings an den Stiefeln mit Absatz liegt.

»Wären Sie so nett und geben Claudia einen Kuss von mir?«, sagt sie. »Falls sie sich noch an mich erinnert ...«

»Natürlich erinnert sie sich an dich.«

»Was für ein Mädchen ist sie geworden? Wissen Sie, dass ich sie mir überhaupt nicht vorstellen kann?«

»Sie ist schön. Sie ist schwierig, noch ein bisschen unreif. Sie ist sehr geduldig.«

»Sieht sie immer noch ihrer Mutter ähnlich?«

»Ja. Ihrer Mutter und ihrer Tante. Sie ist eindeutig eine Siciliano.«

Annalisa schweigt, den Blick auf einen unbestimmten Punkt zu meiner Rechten gerichtet. Es wäre wunderbar, jetzt ihre Gedanken lesen zu können und zu sehen, wie sie sich Claudia vorstellt.

»Also, dann ruf ich dich morgen an«, sage ich.

»Okay.«

»Nochmals vielen Dank, Annalisa.«

»Keine Ursache, Dottore.«

Und jetzt tut sie noch einmal etwas Überraschendes – etwas wirklich Überraschendes: Sie bietet mir ihre Faust, um mir zu verstehen zu geben, dass sie mich auf diese Weise verabschieden will, mit dem pound, wie Obama. Ich habe es nie ausprobiert, ich bin immer ungeschickt gewesen, schon wenn jemand nur sagte: »Schlag ein!«; und doch erwidere ich ihre Geste, als würde ich es schon immer machen, und das pound kommt ganz natürlich, schelmisch, obwohl die Orthese mein Handgelenk versteift. Annalisa lächelt, und ich lächle ebenfalls, ohne Scham jetzt; ich habe gerade eine schöne kleine Geste gemacht, die ich nie gemacht hatte. Dann begleitet sie mich zum Ausgang, und erneut wiegt sie sich in den Hüften und lässt ihre Arme harmonisch schwingen. Hinter dem Empfang ist niemand mehr. An der Tür verabschieden wir uns noch einmal – Ciao, auf Wiedersehen –, aber es ist offensichtlich, dass die wirkliche Verabschiedung dieses so ungezwungene pound gewesen ist.

Ich stehe auf der Straße und weiß nicht, wie ich mich fühle. So ist es übrigens ständig; ich glaube nicht, dass die Leute genau wissen, wie sie sich fühlen. Ich schäme mich immer noch, ich stecke immer noch im Schlamassel, ich habe immer noch das Problem, dass ich nicht weiß, wo ich die Nacht verbringen soll, aber da ist jetzt auch eine gewisse Leichtigkeit, Gnade in mir. Übrigens ist es die schönste Stunde des schönsten Tages des Jahres; die Sonne ist fast untergegangen, und der Himmel leuchtet immer noch in einem wunderschönen Licht. Es weht sogar ein für Mailand absurdes Lüftchen, das die Hitze etwas erträglicher macht. Ein platinblondes Mädchen geht an mir vorbei, in Shorts und Top, und zieht einen riesigen Trolley hinter sich her, der auf dem unregelmäßigen Pflaster wackelt. Der Q3 steht ganz in der Nähe, jenseits der Kreuzung, wo ich vorhin wie durch ein Wunder einen Parkplatz gefunden habe, einen regulären freien Parkplatz in der Via Verdi, der nur auf mich zu warten schien. Ich drücke die Taste der Fernbedienung, während ich die Kreuzung überquere, und dann drehe ich mich, weiß der Teufel warum, um und schaue hinauf zu dem Gebäude aus dem 19. Jahrhundert, das ich gerade verlassen habe. An einem Eckfenster im ersten Stock steht, ans Geländer gelehnt, überragt von dem prächtigen Giebel, Annalisa. Sie raucht – früher hat sie nicht geraucht –, vor allem aber betrachtet sie mich und winkt mir zu. Und jetzt? Ich habe ihr gerade gesagt, dass mir der Führerschein entzogen wurde; hat sie etwa gesehen, wie ich den Wagen mit der Fernbedienung geöffnet habe? Nein, denn ich habe sie in der Tasche meiner Jacke betätigt. Doch da ist wieder die Scham, da ist wieder die Angst. Sie darf nicht sehen, wie ich gemütlich ohne Führerschein wegfahre. Nicht jetzt, nicht sie. Deswegen gehe ich an dem Q3 vorbei – allerdings nicht ohne ihn wieder mit der Fernbedienung zu schließen. Da vorne ist eine Bar, eine Bar Tabacchi, zu der ich mich begebe. Bevor ich hineingehe, blicke ich erneut zu dem Gebäude, und Annalisa steht immer noch dort oben am Fenster und schaut zu mir hinunter. Ich winke ihr zu und gehe hinein. An der Kasse stehen etliche Personen an – lauter Männer ohne Begleitung, die um diese Zeit in Mailand in all diesem eloxierten Aluminium, all diesen übrig gebliebenen Tramezzini eine Traurigkeit verbreiten, die den Krimis von Scerbanenco würdig ist. Ich betrachte mich im Widerschein der gläsernen Kühlvitrine, und tatsächlich, die Lippe ist ziemlich geschwollen, auch wenn ich zum Glück kein Blut erkennen kann. Als ich an der Reihe bin, bestelle ich ein Päckchen Zigaretten und eine Coca-Cola. Anstatt sie in aller Ruhe zu trinken, wie ich es tun sollte, um Zeit zu gewinnen, trinke ich sie hastig und lasse sie halbausgetrunken stehen, mit dem Ergebnis, dass, als ich hinausgehe, Annalisa immer noch am Fenster steht. Was macht sie da nur? Die Zigarette wird längst zu Ende geraucht sein, warum verschwendet sie so ihre Zeit? Sollte sie nicht die römischen Sklaven der Falk Belgrado anrufen, die all diese Dinge über mich für sie in Erfahrung bringen werden? Jetzt zünde ich mir eine Zigarette an, das ist das Mittel, das mir bleibt, in der Hoffnung, dass sie in der Zwischenzeit hineingeht und ich in den Wagen steigen kann. Doch sie tut es nicht, sie bleibt da, und mir bleibt nichts anderes übrig, als ein paar Züge zu machen und, wie sie es von mir erwartet, in Richtung Scala zu gehen. Also gut, verdammt, dann gehe ich eben um den Block und verstecke mich hinter einer Ecke, bis sie hineingegangen ist; in meinem Leben ist nichts mehr einfach, ich muss mich damit abfinden.

Im Übrigen muss ich sowieso eine Telefonkabine finden, da ich eine Idee habe, wo ich die Nacht verbringen kann.

1

Es stimmt nicht, dass das Leben dich überrascht.
Was es vor allem tut, ist, dich an deinem Platz zu bestätigen.
Diego De Silva

»Hallo?«

»Chantal?«

»Ja?«

»Ciao. Ich bin's, Pietro.«

»Oh, Pietro. Ciao. Entschuldige, ich habe dich nicht erkannt. Wie geht es dir?«

»Gut. Und dir?«

»Gut. Bist du in Rom?«

»Tja, also, nein, ich bin nicht in Rom. Ich bin in der Nähe, in der Schweiz, und ich dachte, ich komme vorbei, wenn ich dich nicht störe.«

»Mich stören? Ich freue mich.«

»Ernsthaft, Chantal. Wenn ich störe, sag es mir, dann komme ich ein andermal.«

»Aber nein, Pietro, wo denkst du hin. Du kannst dir gar nicht vorstellen, was für ein Geschenk du mir damit machst. Anrufen ist eine Sache, eine andere, ihn hier zu verbringen.«

»Was?«

»Den Todestag. Das ist immer ein schwieriger Tag für mich, wie sicher auch für dich. Dass du kommst und ihn hier verbringst, ist ein Geschenk.

»...«

»...«

»...«

»Pietro? Bist du noch da?«

»Ja. Aber die Verbindung ist nicht gut, du warst plötzlich weg. Ich habe nicht verstanden, was du gesagt hast.«

»Ich habe gesagt, dass der Todestag morgen ... Hörst du mich?«

»Ja, jetzt schon.«

»... Der Todestag morgen ist immer ein schwieriger Tag, auch noch nach fünf Jahren.«

»Ja, natürlich ...«

»Und dass du kommst, um ihn hier zu verbringen, ist eine wunderbare Überraschung, die du mir machst, was redest du da von stören. Kommst du allein oder mit Claudia?«

»Nein, allein. Claudia ist in Mailand bei ihrer Tante geblieben.«

»Schade, ich hätte sie gern wiedergesehen. Wie geht es ihr?«

»Es geht ihr sehr gut.«

»Das ist die Hauptsache. Du machst mir wirklich ein großes Geschenk. Wann kommst du?«

»Hör zu, in Wahrheit bin ich nicht wirklich so ganz nah. Ich werde ziemlich spät ankommen, es könnte sein, dass ich dich wecke. Vielleicht sollte ich besser in ein Hotel gehen.«

»Das darfst du nicht mal im Scherz sagen. Ich werde gar nicht zu Hause sein, weil ich die Nachtschicht bei Signora Roggen-Dalpiaz mache, direkt hier gegenüber. Wenn du ankommst, ruf mich also an, dann komm ich runter und gebe dir die Schlüssel. Kommst du mit dem Auto?«

»Ja.«

»Erinnerst du dich an die Adresse? Adligenswilerstraße 31. Vom Zentrum aus folgst du den Hinweisen zum Hotel Montana, und von da sind es fünfzig Meter.«

»Ich habe ein Navi. Kein Problem.«

»Ich richte dir das Gästezimmer her. Du schläfst dich richtig aus, und morgen früh, wenn ich zurückkomme, frühstücken wir und gehen zusammen auf den Friedhof. Einverstanden?«

»Einverstanden.«

»Wir kaufen schöne Blumen, hm? Nicht die üblichen Chrysanthemen, die ich immer mitnehme.«

»Natürlich, Chantal.«

»Etwas Besonderes, einverstanden?«

»Etwas Besonderes, ja. Allerdings kann ich dich heute Abend, wenn ich ankomme, nicht anrufen, weil ich mein Handy verloren habe.«

»Oh, das tut mir leid. Aber du kannst klingeln. Roggen-Dalpiaz. Nummer 26. Direkt gegenüber. Außer der Signora Roggen-Dalpiaz, die Alzheimer hat, werde nur ich da sein.«

»Okay. Ich werde in ein paar Stunden da sein.«

»Mach dir keine Sorgen. Fahr vorsichtig.«

»Danke, Chantal.«

»Ich danke dir, Pietro.«

8

Und jetzt verzeih mir, ich habe was Schönes angerichtet
ich habe dich schwarz gefärbt, um mich nicht an dich zu erinnern.
Gatti Mézzi

Liste der kleinen schönen Dinge, die ich nie getan habe:
Einen Eisstock schießen
Tennis auf einem Grasfeld spielen
Eine Messe lesen
Einen Thunfisch fangen
Im Kilt herumlaufen
Einen Goldnugget berühren
Das Preisschild von einer Medikamentenschachtel mit einem Apothekermesser lösen
Eine Burg mit Mottarello-Eisstäbchen bauen
Weizen mähen
Bei der Ankunft am Flughafen zu dem Fahrer mit dem Schild Sigma Tau gehen und ihm weismachen, ich sei der Redner, auf den er wartet, und mich nach Hause fahren lassen
Eine Torte mit dem Spritzbeutel verzieren
In ein Soufflé stechen

Früher machte ich Listen. Das beruhigte mich. Ich wählte mir ein Thema und verbrachte die Zeit damit, mir den Kopf zu zerbrechen, um die Liste zu erstellen; dann las ich sie noch einmal, und so merkwürdig das auch klingen mag, reduziert auf eine dieser Listen (die Frauen, die ich geküsst hatte, die Fluggesellschaften, mit denen ich geflogen war, die Häuser, in denen ich gewohnt hatte, et cetera), kam mir mein Leben weniger vergeudet vor, wenn ihr versteht, was ich meine. Dann verspürte ich irgendwann kein Bedürfnis mehr, das zu tun, und hörte damit auf, doch heute Nacht habe ich es wieder getan. Todmüde und trotzdem nicht imstande zu schlafen, aufgewühlt, besorgt, im Sessel vor dem Erkerfenster im Wohnzimmer des Hauses sitzend, in dem mein Vater die letzten zehn Jahre seines Lebens gewohnt hat, habe ich diese Liste gemacht, um zu versuchen, mich ein wenig zu beruhigen – aber es hat nicht funktioniert. Vermutlich habe ich das falsche Thema gewählt; die Unruhe ist noch größer geworden, und ich konnte bis zum Morgengrauen kein Auge zutun. Und auch jetzt sagen mir offen gesagt all diese kleinen schönen Dinge, die ich nie gemacht habe, beim Wiederlesen nichts Beruhigendes und entspannen mich nicht – im Gegenteil, sie verschlimmern meine Unruhe noch. Es sind keine Wünsche. Sie beschreiben keinen Lebensplan, keine Identität. Sie bedeuten nichts.

Wenn ich sie täte, denke ich, wenn ich all diese Dinge eines nach dem anderen täte, wäre ich dann zufrieden? Wäre ich dann in Sicherheit? Oder wäre ich wenigstens mehr ich selbst – mehr als ich es jetzt bin? Wäre derjenige, der den Eisstock über das Eis gleiten lässt, derjenige, der die Torte verziert oder, als Priester gekleidet, den wundersamerweise unversehrt gebliebenen Block seiner Erinnerungen als Ministrant hervorkramt, um die *Praefatio* des Heiligen Geistes zu rezitieren, zufällig ein besserer Pietro Paladini?

Diese Frage ist lächerlich – oder? Sie ist schlicht lächerlich.

Und doch sollte sie nicht lächerlich sein, sie sollte vernünftig sein – und die Antwort sollte »ja« lauten. So zumindest funktionierte es, als ich meine therapeutischen Listen schrieb; derjenige, der einen nach dem anderen all diese Küsse erhielt oder der in diese Flugzeuge einstieg und wieder ausstieg oder der von einem dieser Häuser ins nächste umzog, war ein besserer Mensch, frei und leicht, und ihn in diesen schwierigen Augenblicken in mir wiederzufinden machte mir Mut; und wenn die Liste nicht die

Dinge betraf, die ich getan hatte, sondern diejenigen, die ich mir wünschte oder noch zu tun hatte, ähnelte das letztlich einem umgekehrten Kreuzweg, auf dem jede Station mich von einer Last oder einem Problem befreien würde, bis ich mich ebenfalls besser fühlte, am Anfang von irgendetwas. So hatte ich zum Beispiel auch, als ich vor acht Jahren Mailand verließ und nach Rom zurückkehrte mit der vagen und leuchtenden Vorstellung einer Einschränkung – Verengung der Horizonte, geringerer Verdienst und Einfluss, tägliches Aufgehen in banalen und gewöhnlichen Aufgaben, die ich damals für authentischer hielt – eine Liste kleiner schöner Dinge erstellt, die ich in meinem neuen Leben tun wollte. Sie war derjenigen, die ich heute Nacht geschrieben habe, ziemlich ähnlich, und doch radikal anders. Ich erinnere mich nicht an alles, was in ihr stand, aber ich kann sagen, dass sich fast alle Wünsche, die sie enthielt, erfüllt haben – und anders als diejenigen, die ich heute Nacht aufgelistet habe, waren es vernünftige, konkrete, identitätsstiftende Wünsche wie wieder anfangen, Tennis zu spielen, Freilandhühner zu essen, Wasser aus dem Wasserhahn zu trinken oder die Baudenkmäler zu besichtigen. Vergessen wir jetzt die Unannehmlichkeiten, in die dieses neue Leben mich katapultiert hat, halten wir uns nicht mit der Tatsache auf, dass ich mich ganz offensichtlich geirrt habe und die Lösung nicht so einfach war und auch in einfacheren Leben die Unordnung Platz findet, von der ich mich, als ich Mailand verließ, zu entfernen glaubte; in dem Augenblick und in den folgenden acht Jahren, praktisch bis vor zwei Tagen, habe ich mich, während ich die in der Liste enthaltenen Vorsätze einen nach dem anderen wahr machte, tatsächlich besser gefühlt, sodass ich, wenn ich mit schwierigen oder problematischen Situationen konfrontiert wurde – Carlos Flucht, Patricks Überfälle, die Beziehung zu Claudia –, keine Angst mehr empfunden habe, und genau deswegen habe ich aufgehört, Listen zu schreiben. Jetzt entdecke ich, dass ich nicht einmal mehr welche machen kann, da die Angst, die dadurch ausgelöst wird, sogar schlimmer ist als die, die besänftigt werden sollte – was einem der zahlreichen Tode ähnelt, die man ertragen muss, bevor man ganz stirbt.

Ich betrachte dieses Stück See jenseits der Dächer, den Uferabschnitt, den mein Vater täglich betrachtet hat, seit er Rom, Italien, uns verlassen hatte, um hier in dieser schönen und melancholischen Stadt zu sterben. Da ist ein Nebel, der den Horizont trübt; der italienische Sommer ist gestern Abend verschwunden, kaum dass ich den Sankt-Gotthard-Tunnel passiert hatte, und ein leichter Nebel lag plötzlich in der Luft, der bis hierher, bis heute Morgen anhielt. Die Gedanken, die ich zum Schweigen bringen wollte, während ich mir den Kopf zerbrach, um die Liste zu erstellen, sind immer noch alle da, bedrohlich und beunruhigend, und schweben in der Luft zusammen mit dem Geruch nach geröstetem Brot und Kaffee. Was mich am meisten beunruhigt, ist, dass ich vergessen hatte, dass heute, am 28. Juni, sein Todestag ist – und dass ich trotzdem, von einem Unfall in den nächsten schlitternd auf dieser lächerlichen Flucht, von der noch niemand etwas mitgekriegt hat, und nachdem ich innerhalb von zwei Tagen so viele Dummheiten gemacht habe wie in meinem ganzen Leben nicht, heute hier bin, um ihn zu begehen. Es ist der fünfte Todestag; an die ersten vier hatte ich mich immer erinnert und Chantal angerufen, um sie zu grüßen und ihr eine Umarmung zu schicken – doch der Gedanke, nach Luzern zu kommen, um den Tag zusammen mit ihr zu verbringen, ist mir nie auch nur im Entferntesten gekommen. Und dieses Jahr sitze ich nun, nachdem die Ausnahmezustände der letzten Tage die Erinnerung an diesen Gedenktag vollkommen ausgelöscht hatten, hier auf dem Platz meines Vaters und betrachte, was er betrachtet hat, und gleich werde ich Chantal an sein Grab begleiten.

Um ein Haar hätte meine Flucht gestern Abend an der Autobahnraststätte in Bellinzona wegen einer der erwähnten Dummheiten ein plötzliches und unrühmliches Ende gefunden. Tatsache ist, dass man, um auf den Schweizer Autobahnen fahren zu können, eine einmalige Maut für das ganze Kalenderjahr bezahlen muss – die berühmte *Vignette*, die man erwerben und an die Windschutzscheibe kleben muss. Ich sage berühmt, weil ich es, als ich in Mailand war, natürlich wusste, da ich ziemlich häufig über die Grenze in die Schweiz fuhr; allerdings kümmerte sich Annalisa darum, jedes Jahr die Vignette für mich zu kaufen, die ich lediglich an die Windschutzscheibe kleben musste; doch ich wusste es, ich wusste es genau. So wie ich auch wusste, dass die Zöllner einen an der Grenze nicht darauf hinweisen – es gibt jedoch ein Schild, das es vorschreibt, aber das ist ein Schild unter vielen und bleibt häufig unbemerkt, und diejenigen, die es nicht wissen, sehen es in der Tat nie und werden erwischt und bekommen eine Geldstrafe aufgebrummt von der Kantonspolizei. Das wusste ich alles. Und trotzdem hatte ich, nervös durch die Angst, irgendein inspirierter Zöllner könnte an der italienischen Grenze beschließen, den Fluss der Autos, die an ihm vorbeifahren, anzuhalten, um genau mich zu kontrollieren, und es gäbe einen Haftbefehl gegen mich und mein Name wäre auf den Terminals angezeigt, und daher könnte ich mich durch diesen riskanten Grenzübergang im Gefängnis wiederfinden mit dem erschwerenden Umstand des Ausreiseversuchs – mit dieser Angst im Kopf die Vignette vollkommen vergessen. Erleichtert, weil der italienische Zöllner nicht den geringsten Anschein erweckt hatte, sich für mich zu interessieren, und mich mit der Hand gegrüßt hatte, wie er es bei allen macht, fuhr ich in aller Seelenruhe vierzig Kilometer, bevor ich an einer Autobahnraststätte hielt, um mir etwas zwischen die Zähne zu schieben. Ich parkte den Wagen auf dem Parkplatz neben der Tankstelle – aus Versehen, weil das Restaurant hundert Meter weiter vorn war und seinen eigenen schönen Parkplatz gegenüber hatte; ich betrat den Laden im Erdgeschoss, folgte den Hinweisen zum Restaurant im ersten Stock, nahm ein Tablett, stellte einen abgepackten Salat und Obstsalat sowie eine dicke heiße Wurst mit Senf darauf, bezahlte in Euro und setzte mich an die Glasfront, die auf den Parkplatz ging. Das immer noch mediterrane Klima, der warme und prickelnde Abend, die mächtigen Berge, der rosa und blaue

Himmel, alles um mich herum suggerierte mir Erleichterung und Schönheit – und während ich so dasaß und mein in Zellophan verpacktes Abendessen aß, beobachtete ich eine Diskussion, die auf dem Parkplatz unter mir zwischen einem korpulenten Mann mit gelbem Haar und zwei Beamten der Kantonspolizei entflammt war. Der Mann gestikulierte dramatisch, wandte ihnen den Rücken zu, machte ein paar Schritte, um wegzugehen, kam zurück, begann erneut zu diskutieren, regte sich auf und raufte sich die Haare, während die beiden Beamten ungerührt vor ihm standen, einer mit den Papieren in der Hand, auf die er von Zeit zu Zeit einen prüfenden Blick warf, der andere die Hände in die Hüften gestemmt und den Kopf hoch erhoben wie die Person eines Videospiels. Neben ihnen zwei Autos: der BMW 1er Fünftürer in Weiß und Orange, der von der Schweizer Polizei verwendet wird, und ein weißer Mercedes-Benz B-Klasse mit schwarzem Verdeck und italienischem Kennzeichen. Ich hatte nicht den geringsten Verdacht, dass das, was da vor sich ging, auch mich betreffen könnte, und verfolgte daher weiter die stumme Diskussion, ohne mich zu beeilen, während ich darauf wartete, dass die Kellnerin mir einen lausigen Kaffee brachte. Dann stand ich vom Tisch auf und ging auf den Parkplatz hinunter, wo die drei weiterhin miteinander diskutierten. Ich näherte mich. Der Mann regte sich noch immer auf, und seine bouillonfarbene Löwenmähne wogte mit ihm wie ein Kornfeld im Wind; die beiden Polizisten, die ihn festhielten, wirkten immer strenger und unmenschlicher. Zu meiner Überraschung entdeckte ich, dass die drei aus der Nähe gesehen viel älter waren, als ich oben im Restaurant gedacht hatte; um die fünfzig die beiden Polizisten, um die vierzig der Mann, der aus der Ferne wegen seines gelben Haars jünger als dreißig ausgesehen hatte. Ganz offensichtlich kam die Diskussion schon seit geraumer Zeit nicht von der Stelle, und daher war es nicht schwer zu begreifen, worum es ging: Die Polizisten hatten dem Mann das Fehlen der Vignette auf der Windschutzscheibe vorgeworfen, der Mann hatte sich damit gerechtfertigt, er hätte von dieser Vorschrift nichts gewusst, und die Polizisten wären sogar bereit gewesen, ein Auge zuzudrücken (schließlich waren wir noch in der italienischen Schweiz), wenn der Mann die Vignette gekauft und sofort auf die Windschutzscheibe geklebt hätte. Bei der Routinekontrolle hatte sich jedoch herausgestellt, dass sein Führerschein abgelaufen war, was eine Strafanzeige und die Beschlagnahme des Fahrzeugs zur Folge hatte – Maßnahmen, auf denen die beiden Polizisten trotz der flehentlichen Bitten des Mannes unerschütterlich bestanden. Ich stürzte sofort in den Laden, um die Vignette zu kaufen, und begab mich eiligst zum Q3, den ich, wie ich gesagt hatte, irrtümlich auf dem Parkplatz neben der Tankstelle geparkt hatte, also zu meinem Glück weit weg von demjenigen des Restaurants, wo in der Zwischenzeit einer der beiden Polizisten begonnen hatte zu überprüfen, ob die Wagen die Vignette auf der Windschutzscheibe kleben hatten, während der andere die letzten Zuckungen des Mannes mit den gelben Haaren gebändigt zu haben schien und ihn nur noch im Auge behielt, während er geschlagen und verzweifelt an der Motorhaube des Mercedes-Benz B-Klasse lehnte und telefonierte. Endlich fuhr ich los, erneut in diesem Zustand adrenalingesteuerter Erregung, der in den letzten beiden Tagen mein vorherrschendes körperliches und seelisches Befinden gewesen war, während ich feststellte, dass im Gegensatz zu meiner Erregtheit um mich herum alles normal, plausibel und sogar richtig blieb: Ich war auf dem Weg nach Luzern, um den fünften Todestag meines Vaters zu begehen, und die Tatsache, dass ich ein Auto fuhr, ließ es als selbstverständlich erscheinen, dass ich einen Führerschein in der Tasche hatte. Der Gesetzwidrigkeit ein Minimum an Aufmerksamkeit zu schenken war sogar für mich zweckmäßig und angebracht, doch das Problem war, dass ich dieses Minimum an Aufmerksamkeit nicht aufzubringen vermochte, und es war das Opfer dieses Unglückseligen nötig gewesen, um mir Riesenunannehmlichkeiten zu ersparen. Und das ist auch jetzt noch so, was dazu führt, dass ich mich wie einer dieser Bäume fühle, die von der Flut entwurzelt wurden und nun mitten im Meer schwimmen, hin- und hergeworfen von Wellen und Strömungen, zerfressen vom Salzwasser. In meinem Leben scheint jetzt alles aus reinem Zufall zu geschehen (hätte ich den oder den nicht angerufen, wäre ich nicht da oder da langgefahren, hätte ich nicht gehalten in, hätte ich nicht geparkt in), und ich kann mir auch nicht vorstellen, was jetzt aus mir werden könnte, wenn das Glück mir nicht geholfen hätte. Ich weiß nicht mehr, wer ich bin, das ist der springende Punkt, wenn ich die privaten Gedenktage und die Anstandsregeln vergesse, die ich stets befolgt habe, und am Ende erkenne ich mich nicht einmal mehr in einer Liste von Wünschen wieder, die ich gerade geschrieben habe. Und verschlimmert wird diese Verwirrung noch dadurch, dass die anderen, ohne so weit zu gehen, die Schwierigkeiten zu berücksichtigen, in denen ich stecke, davon überzeugt sind, ganz genau zu wissen, wer ich lange Zeit gewesen bin, und die Versuchung, mich zu beruhigen, indem ich mich in ihrer Naivität spiegele, ist sehr groß.

Nehmen wir Chantal, die gerade aus der Küche kommt und einen Servierwagen voller Leckerbissen für das Frühstück vor sich herschiebt; für sie ist es normal, dass ich heute hier bin. Aus ihrer Sicht ist das vielleicht das Normalste, was ich tun konnte – mit Sicherheit normaler, als sie wie üblich anzurufen. Denn obwohl sie eine sanfte Frau ist, die der Welt nicht verbittert gegenübersteht, ist es doch so, dass sie in den letzten Jahren tief in ihrem Innern das Zeichen, das ich ihr am Todestag meines Vaters schickte, für etwas gefühllos hielt, und mich entschuldigte, weil sie sich dachte, dass ich weit weg und allein mit meiner Tochter wäre und bis zum Hals in Arbeit stecken würde, und ich bin überzeugt, wenn ich ihr erzählte, was ich in den letzten achtundvierzig Stunden alles angestellt habe, wäre sie imstande, alles zu entschuldigen, außer, dass ich Papa vergessen habe; das würde sie mir absolut nicht verzeihen können, es käme ihr viel ungeheuerlicher vor als die Tatsache, dass ich schmutziges Geld gewaschen und eine Frau geschlagen habe, ohne Führerschein gefahren bin und systematisch alle belogen habe, mit denen ich geredet habe. Und für sie ist es auch völlig undenkbar, dass ich heute durch reinen Zufall hier bin – und mir wird bewusst, dass ich nur dank ihrer Überzeugung ertragen kann, durch reinen Zufall hergekommen zu sein.

»Das ist ja herrlich!«, sage ich angesichts der Fülle von leckeren Dingen, die Chantal auf den Tisch stellt.

»Ich frühstücke nie so, weil ich eigentlich auf Diät bin«, sagt sie. »Aber heute muss es sein.«

Es gibt Rühreier, Pancake mit Nutella, Toast, Marmelade, Emmentaler, Orangen- und Grapefruitsaft, Kaffee, Milch, Honig, Aprikosen, Kirschen, Bananen und sogar Trauben. Sie mag auf Diät sein, denke ich, und dennoch hatte sie all diese Gottesgaben vorrätig, denn sie hat sich sofort an den Herd gestellt, nachdem sie von ihrem Nachtdienst bei Signora Roggen-Dalpiaz zurückgekommen war.

Sie steht in der Tat gut im Futter. Seit dem letzten Mal, da ich sie gesehen habe – vor genau fünf Jahren, als Papa starb –, muss sie sechs oder sieben Kilo zugenommen haben, die ihr ein pummeliges Aussehen verleihen, an das ich mich nicht erinnere. Zugenommen hat insbesondere ihr Gesicht, das ich spitz und oval in Erinnerung hatte, und jetzt ist es rund und glänzend wie ein Caciotta. Sie ist dreiundsechzig, das weiß ich sicher, denn als sie nach Mamas Tod mit Papa weggegangen ist, also 1999, war sie neunundvierzig – und Carlo und mir kam vor allem das obszön vor, dass sie nicht einmal fünfzig war.

Ich esse die warmen Pancakes mit Nutella. Sie sind köstlich. Ich habe sie sehr lange nicht mehr gegessen. In den ersten Jahren nach dem Umzug nach Rom habe ich sie auch gemacht, dreimal in der Woche, um das Frühstück mit Claudia attraktiver zu gestalten – um sieben Uhr morgens, gerade aufgewacht, als Laras Abwesenheit noch spürbarer war. Ich war gut darin geworden, ich benutzte eine kleine Pfanne mit einem Schuss Leinöl, und ich machte sie alle gleich, dick und schwammig, wie sie sein sollen.

Dann wurden meine Cholesterinwerte schlechter, und ich durfte diese Delikatesse nicht mehr essen. Ich machte die Pancakes nur noch für Claudia, aber es war nicht mehr das Gleiche, und tatsächlich wollte auch Claudia sie nicht mehr, sie sagte, sie würden ihr ebenfalls nicht gut tun. Da ich nie etwas fand, das mir nicht schaden würde, um sie zu ersetzen und den Augenblick des Frühstücks weiterhin reizvoll für sie zu halten (keine Eier mehr für mich, frisches Brot, Milch, Kakao), endete es schließlich damit, dass diese so vertraute und schöne Gewohnheit von zwei verschiedenen sehr wenig sinnlichen Gewohnheiten abgelöst wurde: Claudia zog sich ein paar Zwieback und einen Birnensaft auf dem Sofa rein und sah sich dabei *Hotel Zack & Cody* auf Disney Channel an, während ich Kaffee trank und am Computer nachschaute, wie die Dinge am Tag zuvor an der Börse gelaufen waren, wo ich meine Ersparnisse angelegt hatte, um mir erlauben zu können, nicht zu arbeiten. Und das Schöne ist, dass wir uns sofort an das anpassten, was in Wirklichkeit ein gewaltiger Verlust war. Da das noch vor der Krise von 2008 war, lief an der Börse fast immer alles gut; und da Claudia diese Serie sehr mochte, amüsierte sie sich; und so gewöhnten wir uns daran, ein paar Meter voneinander entfernt den Tag auf völlig unterschiedliche Weisen zu beginnen, die sich gegenseitig ausschlossen – etwas, das sich in den folgenden Jahren fortsetzte und immer unwiderruflicher wurde, bis heute, den 28. Juni 2013, da wir erneut ein kalorienreiches und sinnliches Frühstück zelebrieren, aber getrennt, ich hier in Luzern mit Chantal und sie in jenem Ort am See mit ihrer Tante und ihren Cousins. Vielleicht haben wir damals angefangen, uns zu verlieren, als ich aufgehört habe, Pancakes zu machen.

»Hat man dir nie gesagt, du sollst langsamer essen?«, sagt Chantal.

»Doch«, erwidere ich. »Aber das ist köstlich, und ich habe einen Riesenhunger.«

»Du bist genauso gefräßig wie dein Vater«, sagt sie und sieht mich zärtlich an.

Okay. Sie ist an genau dem Punkt angelangt, wo sie hinwollte. Übrigens wäre sie auf jeden Fall dorthin gelangt, von jedem beliebigen Argument aus, immerhin sind wir wegen ihm hier, und es ist nur logisch, dass wir von ihm sprechen.

»Papa war gefräßig?«, frage ich.

»Ein Haifisch«, erklärt sie mit solcher Bestimmtheit, dass klar ist, dass sie, sollte ich beabsichtigen, ihr zu widersprechen, über alle Elemente verfügt, um mich davon abzubringen. In Wahrheit hatte ich nicht die geringste Absicht, irgendetwas zu widerlegen; ich habe mir ganz einfach nie die Frage gestellt, ob mein Vater gefräßig war oder nicht. Das ist nichts, was ein Kind bei seinen Eltern unbedingt wahrnimmt.

»Und es tat ihm nicht gut«, fährt sie fort. »Man muss langsam essen und sorgfältig kauen, wenn man keine Magenprobleme bekommen will. Doch das konnte dein Vater nicht, es war stärker als er.«

Das ist genau der Grund, warum ich in diesen Jahren immer vermieden habe, sie zu besuchen; es gefällt mir absolut nicht, dass sie in einem so mütterlichen Ton von meinem Vater spricht, dass sie mir sagt, wie er war und wie er nicht war. Die Tatsache, dass sie ihn so intim gekannt hat und so viele Dinge über ihn weiß, die nur Mama hätte wissen dürfen, stört mich viel mehr als die Tatsache, dass sie sich sein Geld unter den Nagel gerissen hat, dass sie Sex mit ihm gehabt hat, und so weiter und so fort.

»Hör zu«, sage ich und trinke einen Schluck Kaffee, »du musst sehr müde sein. Willst du nicht ein bisschen schlafen, und wir gehen später auf den Friedhof?«

Auch sie trinkt Kaffee. Ihre Augen, die durch das Stigma der Witwenschaft etwas Durchdringendes bekommen haben, blicken mich über den Tassenrand an.

»Nein, ich bin nicht müde. Gehen wir gleich. Signora Roggen-Dalpiaz hat heute Nacht gut geschlafen, und dadurch konnte auch ich ein bisschen schlafen. Vielleicht mache ich am Nachmittag ein Nickerchen.«

Ich möchte sie fragen, warum sie immer noch eine so anstrengende Arbeit ausübt, da Papa ihr doch mehr als genug hinterlassen hat, um die Schneeflocken von ihren Schultern fernzuhalten, wie er zu sagen pflegte. Aber ich kenne ihre Antwort bereits, sie würde die Gelegenheit beim Schopf packen, um das Gespräch erneut auf Papa zu lenken. Und das …

Das Telefon klingelt im Wohnzimmer. Besser so, denke ich. Die Unterbrechung beendet diese Qual, und anschließend gehen wir auf den Friedhof.

»Entschuldige«, sagt Chantal. »Ich geh ran.«

Sie steht auf und geht in das andere Zimmer. Sie hat einen wunderbaren Gang, als hätte sie Kurse in Körperhaltung belegt. Sie muss als Mädchen sehr schön gewesen sein.

»Ja?« Ich höre ihre Stimme, ohne sie zu sehen, denn sie wird von einem Flügel der Schiebetür verdeckt.

Schweigen.

»Oh, ciao, Carlo!«, höre ich. »Wie geht es dir?«

Wie, Carlo? Carlo wer?

Schweigen.

»Mir gut«, höre ich. »Danke, das ist sehr lieb von dir.«

Und wieder das Adrenalin, die Erregung, das Herz, das bis zum Hals schlägt. Sehr lieb von wem? *Carlo wer?*

»Ich wette, du errätst nicht, wer hier ist.«

Aber hatte er nicht, war er nicht, hatte er nicht gesagt …

»Überraschung. Bleib bitte dran.«

Und jetzt erscheint sie in der Schiebetür. Kommt auf mich zu.

»Es ist Carlo«, sagt sie leise. »Ich habe ihm nicht gesagt, dass du es bist, du kannst ihn also überraschen.«

Sie ist aufgeregt wie ein kleines Mädchen wegen dieses Zusammentreffens – das ihr allerdings ebenfalls normal vorkommen muss, da es für sie normal ist, dass ich hier bin, und es normal ist, dass Carlo sie anruft. Ich versuche dagegen, die ungeheure, hämmernde und, ich weiß nicht warum, jetzt auch demütigende Verblüffung zu verbergen, die in meinen Schläfen pocht, erwidere ihr

Lächeln so gut ich kann, und gehe nach nebenan, um meinem Bruder diese Überraschung zu bereiten.

Da nur ich es sein kann, was für eine Überraschung ist das verdammt noch mal?

9

Es könnte doch sein, dass wir Brüder sind. Sehen wir mal.
Capriolo Zoppo

»Hallo.«

»Pietro?«

»Ciao, Carlo.«

»Ciao. Was tust du dort?«

»Ich war gerade in der Gegend. Wie geht es dir?«

»Gut.«

»Was machst du? Wo bist du?«

»Das Übliche.«

»Das Übliche was?«

»Das Übliche, Pietro. Wir sind am Telefon.«

»Ach ja, natürlich. Und seit wann rufst du Chantal an Papas Todestag an?«

»Das Übliche.«

»Kann man nicht einmal das sagen?«

»Nein, Pietro.«

»Okay, es ist alles geheim.

»Lass es dir von ihr erzählen.«

»Okay. Und was kann man sagen?«

»Wie es dir geht, kann man sagen. Wie es Claudia geht.«

»Claudia ist von zu Hause abgehauen, und ich stecke in der Scheiße.«

»Wie, abgehauen? Was für eine Scheiße?«

»Das Übliche.«

»Sei nicht albern.«

»Ich bin nicht albern. Aber das kann man ebenfalls nicht sagen.«

»Muss ich mir Sorgen machen?«

»Nein. Claudia ist bei Marta, und ich werde schon klarkommen.«

»Aber du steckst in der Scheiße.«

»Mehr oder weniger.«

»Und wegen dieser Scheiße bist du dort.«

»Mehr oder weniger.«

»Wenn es eine Frage des Geldes ist, bist du am richtigen Ort.«

»Es ist keine Frage des Geldes.«

»Was dann?«

»Das Übliche.«

»Okay. Dann hör zu, was ich dir sage: Lade dir eine App herunter, die Telegram heißt. Sie ist ganz neu und wie WhatsApp, aber sie kann nicht abgefangen werden. Von nun an kommunizieren wir über sie.«

»Wieso, ist Skype nicht mehr sicher?«

»Das weiß ich nicht, anscheinend nicht. Aber Telegram schon. Die Russen haben sie entwickelt, die Gespräche werden verschlüsselt und löschen sich selbst. Dort können wir in aller Ruhe chatten.«

»Chatten? Wie sprichst du denn?«

»Ich spreche verdammt noch mal, wie es mir passt. Lade dir Telegram aufs Handy herunter.

»Ich habe das Handy nicht mehr.«

»Wie, du hast es nicht mehr? Und warum?«

»Ich habe es verloren.«

»Entschuldige, hast du mir nicht neulich diese SMS geschickt?«

»Ich habe es gleich danach verloren.«

»Und wie ist das passiert?«

»Das Übliche.«

»Oh. Ach übrigens, wieso hast du mich nach Ernesto gefragt?«

»Ich habe an ihn gedacht, aber ich habe mich nicht mehr an seinen Namen erinnert.«

»Bist du wieder in Roccamare gewesen?«

»Nein.«

»Und warum hast du dann an Ernesto gedacht?«

»Ich erinnere mich nicht mehr.«

»Dann bist du also ohne Handy.«

»Ja.«

»Kauf dir wieder eins. Dort, wo du bist: Schweizer SIM-Karte, das ist besser. Und dann lädst du Telegram herunter, und wir können uns alles erzählen.«

»Jetzt habe ich keine Zeit.«

»Und woran liegt das?«

»Es liegt daran, dass ich keine Zeit habe. Ich stecke in einer mörderischen Hetze, ich habe keine Sekunde, um durchzuschnaufen, und ich muss auch noch einen Weg finden, um zu verstehen, was mit Claudia los ist.«

»Warum ist sie denn abgehauen? Habt ihr gestritten?«

»Das weiß ich nicht, Carlo, ich habe noch nicht mit ihr gesprochen. Anscheinend haben wir gestritten, auch wenn ich nicht das Gefühl hatte. Vorgestern hat sie den Zug genommen und ist zu ihrer Tante gefahren, nach Mailand, ohne mir etwas zu sagen. Mit Marta spricht sie kaum, und bei mir legt sie auf.«

»Lass sie tun, was sie will, Pietro.«

»Und wer hat ihr nie etwas verboten?«

»Lass sie gehen. Sie ist ganz patent.«

»Sie ist vor allem volljährig.«

»Eben! Und ich habe ihr noch gar nicht gratuliert. Sag ihr, sie soll Telegram herunterladen, wenigstens sie.«

»Okay. Ich werde es ihr sagen. Falls ich sie sehen sollte.«

»Und drück sie fest in meinem Namen. Sag ihr, dass ich immer an sie denke. Okay?«

»Okay.«

»Dann gehst du also heute mit Chantal auf den Friedhof.«

»Ja.«

»Ich bin auch hingegangen, weißt du.«

»Wann denn?«

»Das Übliche.«

»Verdammt, Carlo …«

»Frag Chantal, sie wird dir alles erzählen.«

»Hör mal, ich habe eine sichere Methode, um zu sprechen.«

»Ja? Und was für eine?«

»Das sag ich dir auf Telegram, sobald ich kann.«

»Wenn du Telegram hast, dann ist *das* die sichere Methode.«

»Nein. Meine ist viel besser.«

»Besser als die Russen?«

»Meine ist von al-Qaida.«

»Ach, wirklich? Und woher kennst du sie?«

»Das Übliche.«

»Okay, schon kapiert. Also, dann meld dich, sobald du kannst.«

»Okay.«

»Pass auf dich auf und halt die Ohren steif.«

»Du auch.«

»Wir hören uns auf Telegram.«

»Auf Telegram.«

»Ciao.«

»Ciao.«

10

Wittgenstein konnte nicht verstehen,
welche Schäden ein Widerspruch anrichten kann.
Benjamin Woolley

Links:

JOSEF
SCHÖNGART
1921
2009

ERNA
SPINDLER
1920
2012

Rechts:

ERNST
ROGGEN-DALPIAZ
1928
1998

Und in der Mitte er.

LUIGI
PALADINI
1929
2008

Das Erste, was ich bemerke, ist Papas Name auf dem Grabstein, er ist geschrieben wie der von Josef Schöngart, ganz nach links gerückt, offensichtlich, um Platz für den der Frau zu lassen, die einmal neben ihm beerdigt werden wird. Ich erinnerte mich nicht daran. Erna Spindler ist ihrem Mann knapp drei Jahre später gefolgt, Chantal braucht länger, da sie viel jünger ist, doch auch sie wird dort landen. Das Zweite, was ich bemerke, ist, dass der Name des Verstorbenen auf dem anderen Grabstein in der Mitte steht, als wäre nicht vorgesehen, dass andere Personen in dem Grab ihre letzte Ruhe finden. Das Dritte, was ich bemerke, ist, dass sein Doppelname Roggen-Dalpiaz derjenige der Alzheimerkranken ist, bei der Chantal die Nacht verbracht hat. Wir befinden uns an der schönsten Stelle des Friedhofs, der mit dem Panoramablick, von dem aus man eine Zunge des Sees bewundern kann, die sich zwischen die mit Wiesen und Koniferen bedeckten Hügel zwängt; es gibt hier nur drei Gräber, und auch wenn es nicht bewusst geschieht – das heißt vollkommen unabhängig von meinem Willen –, begreife ich plötzlich, wie es gekommen ist, dass Papa genau hier beerdigt worden ist. Immerhin war er ein Fremder, er kam als alter Mann in diese Stadt, er hat hier nicht gearbeitet, kannte niemanden, und Chantal ist eine Krankenschwester, die aus einem anderen Kanton kommt: Wie hat er es geschafft, einen der drei besten Plätze zu ergattern? Meiner Meinung nach hat es sich so abgespielt: Wie 1983 mit Mama ist er eines Tages mit Chantal hierhergekommen, um die Stelle auszuwählen, an der er zusammen mit Chantal beerdigt werden wollte; er hat gesehen, dass Chantal von diesem *bezaubernden Fleckchen* tief beeindruckt war, und hat beschlossen, dass ihr Grab hier sein sollte. Es gab noch zwei freie Plätze – diesen und den daneben; er wollte sie kaufen und musste feststellen, dass sie nicht frei waren, dass sie bereits vor dem Tod gekauft worden waren, wie er es auf dem Friedhof von Castiglione gemacht hatte. Ein anderer hätte sich geschlagen gegeben und ein anderes bezauberndes Fleckchen auf der anderen Seite zu den Hügeln hin gesucht – aber nicht Papa; er erkundigte sich, wer diese letzten beiden Plätze mit Aussicht gekauft hatte, und erfuhr, dass die Eheleute Schöngart, die beide noch lebten, den einen für sich selbst gekauft hatten, und Signor Ernst Roggen-Dalpiaz, der hier daneben 1998 beigesetzt worden war, den anderen für seine geliebte Schwester, die ihn bis zu seinem Tod versorgt hatte.

Nachdem er das Ehepaar Schöngart sofort ausgeschlossen hatte, konzentrierte sich Papa auf Signora Roggen-Dalpiaz, die die verletzte Gazelle der Situation zu sein schien. Seine Überlegung war die folgende: Wenn ihr Bruder für ihre Beerdigung gesorgt hatte, war es wahrscheinlich, dass sie allein auf der Welt war; und wenn ihr Bruder an sie gedacht hatte, war es ebenfalls wahrscheinlich, dass sie nicht im Geld schwamm. Unterstützt von Chantal, suchte, fand und kontaktierte er sie und vereinbarte ein Treffen. Wie er sich gedacht hatte, war sie allein, kein Mann, kein Bruder, kein Kind. Allerdings war sie wider Erwarten reicher, als er gedacht hatte, denn sie wohnte in einem Eigenheim in einer der schönsten Straße von Luzern, der Adlingenswilerstraße, wenige Meter von dem Hotel Montana entfernt, mit einem herrlichen Blick auf den See; und sie war damals auch noch nicht krank, und sie war nicht naiv, immerhin hatte sie dafür gesorgt, dass bei ihrem Treffen bei ihr zu Hause ein Anwalt zugegen war, ein Freund des Bruders. Aber Papa hatte nicht im Mindesten in Erwägung gezogen, sie könne krank oder naiv sein, da es ihm kein Vergnügen bereitete, hilflose Personen übers Ohr zu hauen, wohingegen es ihm bei aufgeweckten Personen ein geradezu diebisches Vergnügen bereitete.

Es waren also zwei Anwälte an jenem Tag anwesend: ein etwas jüngerer als Rechtsbeistand von Signora Roggen-Dalpiaz und ein älterer und laut eigener Aussage in Erwartung des Todes und dabei, seinen letzten Willen zu formulieren – Papa. Doch da war auch der Tote, der alte Ernst, und er war die eigentliche harte Nuss, da klar war, dass dieser Mann nicht auf ewig mit seiner Schwester im selben Grab zu ruhen beabsichtigte – dass er sie zwar neben sich haben wollte, aber nicht auf Tuchfühlung. Daher war es von wesentlicher Bedeutung, dass sein Standpunkt nicht angesprochen wurde, und deswegen erläuterte Papa, bevor das Gespräch auf ihn, auf seine Geschichte und das Verhältnis, das ihn mit seiner Schwester verband, kommen konnte, ohne jede Verlegenheit seine Idee: Wenn Sie, Signora Roggen-Dalpiaz, mir die Nutzungsrechte für diesen noch freien Platz verkaufen, sodass ich mich, wann immer es Gott gefallen wird, dort begraben lassen kann in der Erwartung, dass dort, ebenfalls wann immer es Gott gefallen wird, hoffen wir so spät wie möglich, meine hier anwesende geliebte Lebensgefährtin neben mir ihre letzte Ruhe finden wird, werde ich glücklich sterben, und Sie können sich immer noch zusammen mit Ihrem geliebten Bruder beerdigen lassen – und während er diese Worte sagte, schrieb er auf ein Blatt Papier die Summe, die er ihr anbot, wie er es immer tat, ohne so vulgär zu sein, sie auszusprechen. Natürlich war diese Summe höher, als man sie unter solchen Umständen gerechterweise erwarten kann, sodass der Anwalt des Vertrauens gezwungen war, sie seiner Mandantin zur Kenntnis zu bringen, in dem Bewusstsein, eine großzügige Provision einstecken zu können. Zu diesem Zeitpunkt war das Geschäft bereits in trockenen Tüchern, doch da es sich um Papa handelte, ja mehr noch, um das letzte Geschäft, das Papa vor seinem endgültigen Verfall noch erfolgreich abschloss, muss das Gespräch eine Erweiterung dahingehend erfahren haben, dass die Rede auch auf die andere Eigentumswohnung von Signora Roggen-Dalpiaz kam, in derselben Straße, im zweiten Stock des Hauses gegenüber, vermutlich unvermietet oder bewohnt von irgendeinem unbedeutenden Mieter. So muss es gewesen sein, denn das muss 2001, 2002, höchstens 2003 geschehen sein, als Papa noch in der anderen kleineren Wohnung in der Nähe des Krankenhauses wohnte und sein Alzheimer vor allem eine Ausrede war, damit man ihm seine unverzeihliche Reaktion auf Mamas Tod verzieh. (Was ich, nebenbei gesagt, getan habe, mein Bruder dagegen, wie er mir zumindest immer gesagt hat, nicht.)

Aber kehren wir ins Wohnzimmer von Signora Roggen-Dalpiaz zurück, in dem Papa zum letzten Mal sein Plädoyer hielt. In dem von ihm geführten Gespräch wurde vollkommen klar, dass diese Wohnung nach dem Tod der Eigentümerin verloren gehen würde, da sie zusammen mit derjenigen, in der sie wohnte, an irgendeinen entfernten Verwandten fallen würde, der sich seit Jahren nicht gemeldet hatte und beide sofort verkaufen würde, nachdem er sie geerbt hätte, ohne jede familiäre Rücksicht – und vor allem mit dem Beistand eines anderen Anwalts des Vertrauens. Daher musste sich Papas völlig überraschendes Angebot, sie zu kaufen, das Scheckheft in der Hand, das noch rauchte von dem Coup mit dem Friedhofsplatz und bereit war für einen noch größeren Überraschungscoup in Form eines Vorschusses, fast wie ein Gefallen ausnehmen, den Papa der Dame tat, wie die Lösung eines Problems, dem sie bis dahin keine Beachtung geschenkt hatte. Im Unterschied zu dem Angebot für den Platz auf dem Friedhof handelte es sich diesmal um eines, das – ich wette darauf – unter dem Marktwert der Immobilie lag, aber den Vorteil sofortiger Bezahlung und der Ersparnis der Maklergebühr bot und vor allem eine große Genugtuung für den Anwalt des Vertrauens, der das Haus an diesem Nachmittag mit dem Gedanken verließ, ein paar Stunden seiner Zeit der Freundschaft gewidmet zu haben, die ihn mit dem alten Ernst verbunden hatte, und mit der unerwarteten Aussicht auf einen nicht unerheblichen Verdienst.

Und so war das Ergebnis dieser Begegnung, dass Signora Roggen-Dalpiaz sich entschloss, ihren Leichnam in demselben Stück Erde vergraben zu lassen, in dem sich derjenige ihres Bruders aufgelöst hatte, mit dem Resultat, dass jeder, der diesen Ort der Welt nach ihrem Tod, also bald, aufsuchen und die beiden übereinandergeschriebenen (nebeneinander können sie nicht mehr stehen, da derjenige des Bruders in die Mitte des Grabsteins gesetzt wurde) Namen liest, genau das denken wird, was der alte Ernst nicht wollte, nämlich dass es sich um Mann und Frau handelt – während mein Vater und Chantal in eine schönere Wohnung umzogen. Es versteht sich von selbst, dass Papa am Ende der ganzen Operation einschließlich des Verkaufs der Wohnung, in der sie vorher gewohnt hatten, mit Sicherheit und mehr als reichlich die Franken wieder reingeholt hat, die er in sein Grab mit Aussicht investiert hatte.

Es ist ganz sicher so gewesen, und wenn ich ein paar erfundene Details hinzugefügt habe, dann deswegen, weil ich dermaßen deutlich vor mir sehe, wie mein Vater diesen Streich erfolgreich durchgezogen hat, dass die Einzelheiten sich ganz von allein einstellten; und auch wenn keine von ihnen der Wahrheit nahekommt, bleibt die Tatsache bestehen, dass nur ein solches Manöver eine plausible Verbindung zwischen Papa und den Indizien, die mich umgeben, herstellen kann. Ganz zu schweigen davon, dass mindestens zwei Fragen, die ohne Antwort durch meinen Kopf schwirren, eine uralte und eine ganz neue, auf diese Weise plötzlich eine erhalten: Warum (uralte Frage) sind Papa und Chantal drei Jahre, nachdem sie nach Luzern gezogen waren, umgezogen? Das sah damals wie die x-te absurde Handlung eines Mannes aus, der endgültig sich selbst verloren hatte – nicht seinen Verstand, wie man aufgrund der Krankheit, die die folgenden Jahre prägte, hätte denken können; nein, *sich selbst*, das heißt, er wurde ein Mann, der jede Haltung, jedes Gefühl, jede Gewohnheit, ja sogar den Ort aufgab, die zu einem bestimmten Augenblick seines Lebens zu ihm gehört hatten. Jetzt verstehe ich, dass es vermutlich das genaue Gegenteil war, dass es seine Rückkehr in sich selbst war, dass er sich selbst in dem Exil wiedergefunden hatte, das er sich so schonungslos auferlegt hatte. Und warum verbringt Chantal (ganz neue Frage), Krankenschwester im Ruhestand und wohlhabende Erbin, ihre Nächte damit, Signora Roggen-Dalpiaz den Schaum vor dem Mund abzuwischen? Diese, nennen wir es so, karmische Kompensation der Wohltaten, die man dank seiner skrupellosen Energie genießt, ist typisch für diejenigen, die mit meinem Vater zusammen waren. Jahrzehntelang war das Mamas Aufgabe gewesen. Und manchmal hatte es mich getroffen. Seltener auch Carlo …

Und damit sind wir beim Thema: Carlo. Wenn ich Chantal wirklich nach ihm fragen soll, dann besser hier, vor dem Grabstein unseres Vaters. So sehr ich inzwischen begriffen habe, dass ich gar nichts über die Mitglieder meiner Familie weiß, dass ich mich demütigen muss, diejenigen zu fragen, die eigentlich weniger als ich wissen müssten, so sehr gilt auch, dass meine Weise, Papa zu ehren, nicht nur darin besteht, ihn mir vorzustellen, wie er ein letztes Mal seine Nächsten manipulierte, bevor er in die Demenz abglitt, sondern auch darin, diese Demütigung auf mich zu nehmen.

»Chantal«, sage ich, »betest du?«

»Nein. Warum?«

Sie steht schweigend vor einem Grab; vielleicht betet sie.

»Ich wollte dich etwas fragen«, sage ich, während ich weiterhin den Grabstein betrachte.

»Ich höre.«

Ich könnte ebenso gut auch nichts fragen, denn es ist fast immer besser, Dinge, die man nicht weiß, auch weiterhin nicht zu wissen. Nur haben sich in letzter Zeit allzu viele Dinge, die ich nicht weiß, angehäuft, und besonders diese eine Sache scheint mir doch zu wichtig zu sein. Daher: »Wann hat Carlo sich gemeldet?«, frage ich.

Chantal schweigt ein paar Sekunden zu lang, als müsste sie darüber nachdenken, bevor sie antwortet.

»Bei mir?«, fragt sie, und ich habe das Gefühl, sie will Zeit gewinnen.

»Ja«, sage ich. »Er hat mir gesagt, er sei ebenfalls hier gewesen. Am Telefon konnte er nicht sprechen. Er hat mir gesagt, ich soll dich fragen.«

Ich drehe mich um und sehe sie an. Sie hat *eindeutig* zugenommen, ihre Arme sind fleischig, und sie hat Grübchen an den Ellbogen.

»Am ersten Todestag«, erwidert sie, ohne meinen Blick zu erwidern. »Ein paar Monate, bevor er wegging.«

Auch in diesen Worten liegt eine entwaffnende Natürlichkeit. Carlo hatte sie und Papa nicht mehr sehen wollen, seit sie 1999 hierhergekommen waren. Sein erster Todestag war 2009, zehn Jahre später; und »weggehen« ist eine sehr wohlwollende Umschreibung für »abhauen«. Das alles hat nichts Natürliches, und ich frage mich, ob Chantal sich dessen bewusst ist oder ob ihre Sichtweise der Dinge nicht ein bisschen oberflächlich ist.

»Und was hat ihn seine Meinung ändern lassen?«

Übrigens hatte ich stets das Gefühl, dass sie auch die Ungeheuerlichkeit, dass sie, die von Mama als Krankenschwester engagiert worden war, sich mit Papa zusammengetan, ihn mit sich genommen und sich – okay – liebevoll um ihn gekümmert hat, indem sie ihm bis zu seinem Tod beistand, wie Carlo und ich es nie hätten tun können, immer unterschätzt hat.

»Die Notwendigkeit«, erwidert sie.

Sie dreht sich um und sieht mich endlich an. Sie lächelt, und ihre Zähne glänzen.

»Ohne das Geld, das euer Vater ihm hinterlassen hat, hätte er nicht weggehen können.«

Eine weitere Ungeheuerlichkeit. Weiß sie, welche Wirkung diese Enthüllung auf mich hat, oder weiß sie es nicht? Begreift sie es oder nicht?

»Überrascht dich das?«

»Tja, ein bisschen schon.«

»Mich hat es damals auch überrascht. Aber euren Vater hätte es nicht überrascht. Er war sich sicher, dass dieses Geld euch früher oder später helfen würde.«

»Und wie lief das ab? Hat er dich angerufen, ist er direkt hergekommen, wie hat er es gemacht?«

»Er hat es genau wie du gemacht. Er hat am Abend vorher angerufen, hat bei mir übernachtet, und am nächsten Morgen hat er mich hierherbegleitet.«

»Wenn du einen Mann demütigen willst, brauchst du ihm nur zu sagen, dass er die Dinge genau wie sein Bruder macht.«

»Und warum? Was ist daran schlimm?«

»Nichts, das war ein Scherz. Und wie ist es weitergegangen? Hat er dir, während ihr hier wart, gesagt, dass er vorhatte, mehrere Millionen in den Sand zu setzen und mit Papas Geld nach Südamerika abzuhauen?«

»Er hat mir erzählt, in was für einer Lage er sich befindet, dass er die Gläubiger bezahlen will und danach mit dem Geld, das euer

Vater ihm hinterlassen hat, Italien verlassen will, ohne sich von den Banken ans Kreuz schlagen zu lassen.«

»Das kommt Diebstahl gleich, Chantal.«

»Die Banken bestehlen ist nicht stehlen. Es ist No...«

»Notwehr, ja. Schön gesagt. Und noch dazu von einer Schweizerin.«

Sie sieht mich verwirrt an. Sie scheint den Sarkasmus nicht verstanden zu haben.

»Es ist ungerecht, was sie ihm angetan haben«, sagt sie. »Er war nicht in Schwierigkeiten.«

»Ich weiß.«

»Es gab keinen Grund, ihn in die Pleite zu treiben.«

»Ich weiß.«

»Sie haben ihn absichtlich in die Pleite getrieben«, beharrt sie, »weil er sich geweigert hat, die Marke diesen Spaniern zu überlassen ...«

Das wusste ich wiederum nicht. Welche Spanier?

»... Wenn er dieses Geld nicht gehabt hätte, hätte er nachgeben, sich erniedrigen lassen müssen und hätte trotzdem alles verloren oder wäre im Gefängnis gelandet.«

»Ich weiß, ich weiß. Und da er ungerecht behandelt worden ist, ist er abgehauen, um Daiquiris am Strand in einer Art Steuerparadies zu trinken, das berühmt dafür ist, dass es Nazis und Schurken aus der ganzen Welt Gastfreundschaft bietet ...«

Keine Chance, sie hat keine Antenne für Sarkasmus. Sie sieht mich an, als hätte ich sie persönlich beleidigt.

»Nein, das weißt du nicht!«, sagt sie. »Das weißt du nicht! Er ist nicht deswegen dorthin gegangen.«

»Ach nein? Und weswegen dann?«

»Er ist dorthin gegangen, weil euer Vater dort Land gekauft hatte. Eines seiner visionären Geschäfte. Er hat es die ganze Zeit dort gehabt und ist gestorben, ohne etwas damit gemacht zu haben.«

Als hätte meine Verblüffung sie in Gang gesetzt, beginnt plötzlich eine Kettensäge zu bellen und lässt mich zusammenzucken.

Ein Friedhofsgärtner, der eine Hecke hinter uns beschneidet – ausgerechnet jetzt, ausgerechnet hier.

»Papa hatte Land in Uruguay?« Ich muss die Stimme erheben.

»Das sagte ich doch gerade.«

»Wie viel Land?«

»Ungefähr hundert Hektar.«

»Und wo?«

»An der Grenze zu Brasilien, am Meer.«

Sie erhebt nicht die Stimme, spricht weiterhin im gleichen Ton, mit der gleichen Natürlichkeit – mit dem Ergebnis, dass ich einige Mühe habe, sie zu verstehen.

»Und wann hatte er es gekauft?«

»Das weiß ich nicht. Als ich ihn kennengelernt habe …« – Kettensäge – »… schon seit einer Weile, aber wie ich dir sagte, hat er nichts …« – Kettensäge – »… denn um etwas damit zu machen, hätte er hinfahren müssen …« – Kettensäge – »… konnte er nicht mehr, und ihr beiden Söhne …« – Kettensäge – »… Schließlich hat er es mir überlassen, stell dir vor. Er hatte es nicht geschafft …« – Kettensäge – »… ich es schaffen.«

Also: Ich muss mich verdammt anstrengen, um zu verstehen, was sie mir sagt, und anschließend noch mehr, um es zu akzeptieren. Zum Glück macht die Kettensäge eine Pause.

Stille.

Chantal zögert, als hätte sie kein Vertrauen. Doch die Kettensäge schweigt, und das müssen wir ausnutzen.

»Red weiter«, sage ich.

»Wie der Zufall so will«, fährt sie fort, »ein paar Monate nach seinem Tod verliert mein Zwillingsbruder Jean-François sein gesamtes Vermögen. Er arbeitete bei der UBP-Gruppe in Genf als Anlageberater, und alles lief gut. Und dann kam eines Tages heraus, dass die Gruppe eine Menge Geld in die Fonds dieses amerikanischen Betrügers investiert hatte, wie heißt er noch gleich?«

»Madoff?«

»Ja, der. Es war ein Massaker, Tausende von Investoren verloren alles, unter ihnen auch Jean-François, was seine Gutgläubigkeit beweist. Doch es war nichts zu machen, obwohl er eindeutig keine Schuld hatte, nur ein kleiner Fisch war, ein Ausführender, wurde er augenblicklich gefeuert. Mit sechzig, ohne einen Franken und mit diesem Zeugnis, verstehst du, einen neuen Job zu finden, war unmöglich. Und da fiel mir dieses Land ein, und ich habe ihm vorgeschlagen, dorthin zu gehen, um zu sehen, ob man damit etwas Gewinnbringendes anfangen kann. Und so hat er seine Familie genommen und ist dorthin gezogen. Er war verzweifelt, verstehst du? Er war …«

Jetzt geht die Kettensäge wieder los, noch lauter und lästiger als zuvor. Der Friedhofsgärtner ist nähergekommen. Chantal schüttelt verärgert den Kopf.

»Was sagtest du?«

»Ich sagte, dass Jean-François dorthin gezogen ist. Und weil er tüchtig ist, hat er geologische Untersuchungen anstellen lassen und entdeckt …« – Kettensäge – »… wertvolle Mineralien. Nicht wertvoll wie Gold oder …« – Kettensäge – »… Mineralien, aus denen man Elemente gewinnt …« – Kettensäge – »… eingesetzt werden in der Elektronikindustrie, in der Autoindustrie …« – Kettensäge – »… Sie heißen seltene Erden.«

Die Kettensäge schweigt erneut.

»Wie heißen sie?«, frage ich.

»Seltene Erden«, erwidert Chantal, jede Silbe einzeln betonend. »Aber mehr weiß ich darüber nicht. Was ich weiß, ist, dass sie wertvoll sind und dass Jean-François angefangen hat, sie auf diesem Land zu fördern. Und deswegen habe ich Carlo, als er herkam, um sein Geld zu nehmen, um abzuhauen, aber nicht wusste, wo er hinsollte …«

»Das heißt, du hast ihn nach Uruguay geschickt?«

»Ich habe ihm gesagt, wie die Dinge sich verhalten, Pietro. Im Grunde gehört das Land auch euch. Ihr habt von seiner Existenz zwar nichts gewusst, aber euer Vater hat an euch gedacht, als er es kaufte. Ich habe Carlo vorgeschlagen, er könne dort zusammen mit

Jean-François arbeiten und das Geld in die Förderung der seltenen Erden investieren. Und er hat sich dazu entschlossen. Deswegen ist er nicht da, um Aperitifs zu trinken, sondern um zu arbeiten …«

»Aber er wird *gesucht*, Chantal. Verurteilt in Abwesenheit. Wie kann er da arbeiten?«

»Er hat einen anderen Namen angenommen. Dort ist es nicht schwer, eine neue Identität anzunehmen.«

»Ach ja? Er hat einen neuen Namen angenommen? Und wie heißt er jetzt?«

»Michele Campovecchio.«

»Michele Campovecchio? Was zum Kuckuck ist das denn für ein Name?«

»Er sagt, das ist der italienisierte Name seines Lieblingssängers, als er ein Kind war. Ich kenne mich da nicht aus …«

Mike Oldfield …

»O nein, Moment mal!«, rufe ich. »Nein, nein, nein! Mike Oldfield gehört mir, nicht ihm. Und er ist kein Sänger, okay? Er spielt zahlreiche Instrumente, und *ich* war sein Fan, nicht Carlo! Er fand *Tubular Bells* zum Kotzen, das sagte er immer vor allen, und alle lachten.« Die Kettensäge geht wieder los. »Er hat es sich nie ganz angehört, nicht ein Mal, für ihn war es nur die Filmmusik des *Exorzisten*. Er hörte Culture Club, Wham, dieses Diskozeug, das den Mädchen gefällt. Er hätte sich Ragazzo Giorgio nennen sollen, verstehst du? Warum hat er sich nicht Ragazzo Giorgio genannt? Oder Giorgio Michele. Oder Bambino Creolo? Oder Simone Lo Bono oder … Wollen wir ihm nicht seine Kettensäge um die Ohren hauen?«

Ich gehe entschlossen auf den Friedhofsgärtner zu, denn mir ist endgültig der Geduldsfaden gerissen.

»Hören Sie auf damit!«, befehle ich ihm.

Er schaltet die Kettensäge aus.

»Wir befinden uns auf einem Friedhof, verdammt noch mal«, sage ich auf Italienisch, ohne mich darum zu kümmern, ob er versteht oder nicht, da klar ist, was ich meine. »Wir erweisen einem

Toten die Ehre. Ein bisschen Respekt, verdammt. Können Sie nicht eine andere Hecke schneiden?«

Er sieht mich an. Er ist jung. In voller Montur mit Pagenschnitt, Overall und Schirmmütze. Er sagt nichts, aber er kann mich unmöglich nicht verstanden haben. Chantal kommt hinzu, ruhig, lächelnd, und beginnt ein kurzes Gespräch mit ihm auf Deutsch: Dringhe Dranghe. Dringhete. Dranghete. Danke, Bitte – und der Friedhofsgärtner geht …

Und jetzt stehen wir wieder vor Papas Grab, als könnten wir nur hier miteinander reden. Ohne das Gekreische dieses Dings scheint es so zu sein, als wäre die Natur dankbar wiedererwacht. Vogelgezwitscher. Blätterrauschen. Hunde, die in der Ferne bellen …

»Er mochte Mike Oldfield nicht, verstehst du?«, fahre ich fort. »Ich nahm die Bänder auf, es waren ja damals noch Tonbänder, Musikkassetten, und ich machte die Aufnahmen und schenkte sie allen, BASF C90, das heißt neunzig Minuten. Auf der Seite A nahm ich *Tubular Bells* auf, doch leider ging es nicht ganz drauf, es fehlten vier Minuten mit dem Finale; also nahm ich sie auf der Seite B auf zusammen mit *Hergest Ridge*, das kürzer ist und ganz drauf ging und in der zweiten Hälfte auch einen gesungenen Teil hat, in dieser Sprache, von der man nicht wusste, was für eine es ist, *Borla Di Ena Labato Oncota …*«

Doch leider stimmt jetzt irgendetwas nicht …

»Mike Oldfield gehörte mir«, fahre ich fort, »er *gehört* mir. Warum hat er mir auch ihn weggenommen?«

Ja, ohne die Kettensäge bin ich plötzlich schlapp. Ich hatte eben noch eine fabelhafte Wut in mir, eine wütende Eingebung, wo sind die hingekommen? Jetzt spreche ich leise, und mein Ton ist weinerlich geworden. Es sieht so aus, als jammerte ich.

»Sag nicht ›auch‹, Pietro«, sagt Chantal. »Was hat er dir denn sonst noch weggenommen? Er hat diesen Namen gewählt, weil er besser klang, aber er hat dir nichts weggenommen. Das Geld deines Vaters hat er auf den Cent genau geteilt.«

»Wen interessiert denn das Geld?«

Dabei interessiert es mich sehr. Auch ich war deswegen gekommen. Ich war gekommen, um es zu holen, einzustecken und mit nach Italien zu nehmen. Jetzt allerdings: »Ich schere mich einen Dreck um dieses Geld«, wiederhole ich.

Ich starre wieder auf das Grab. Die Gräber. Josef Schöngart. Erna Spindler. Luigi Paladini. Ernst Roggen-Dalpiaz.

»Okay«, sage ich, »*mein* Oldfield spielte besser. Okay. Aber warum hat er mir nicht die Wahrheit gesagt? Warum dir und nicht mir? Ich bin sein Bruder, verdammte Scheiße. Warum erzählt er mir so einen Scheiß, ständig, bei jeder Gelegenheit? Hatte er Angst, dass ich ihn anzeige? Was für eine Gefahr sah er in mir? Auch ich habe es ihm gesagt, weißt du, als er mich über die Situation informiert hat, ich habe ihm gesagt, zum Glück ist da Papas Geld in der Schweiz, das kommt doch jetzt sehr gelegen. Aber er hat nie etwas davon hören wollen ...«

Ich blicke ihr wieder direkt ins Gesicht. Die Kettensäge springt ein weiteres Mal an, nur stört sie nicht mehr, weil sie viel weiter entfernt ist – es gab also doch noch eine andere Hecke zu schneiden.

»Warum hat er am Tag vor seiner Flucht«, fahre ich fort, »*am Tag davor*, Chantal, als er diese ganze Geschichte mit der Mine schon seit Monaten organisiert hatte, warum hat er mir da wieder gesagt, dass er Papa nie verziehen hätte und dass er nach dem Tod unbedingt ...«

Nein, das nicht.

»Lass gut sein, komm ...«

Chantal sieht mich zärtlich an, und auch das stört mich irgendwie. Wessen Zärtlichkeit? Wer kennt sie denn? Wer ist sie? *Carlo* kennt sie, ich nicht. Soll er ihr doch sagen, wo er beerdigt werden will ... Und jetzt spüre ich, wie neben der Eifersucht – der lieben alten Eifersucht auf meinen Bruder – auch eine Art Animosität gegen sie, Chantal, hochsteigt, wegen all dem, was er von ihr dagelassen hat, wovon ich keine Ahnung habe, was aber mein Vater und auch Carlo gekannt haben – und was der eine mir schmerzhaft ins Gesicht schleudert und der andere heimlich, indem er lügt, verschleiert, prahlt, wie immer …

Liste der Märchen, die Carlo mir erzählt hat:
Diese Frau existiert für mich nicht mehr, ist das klar?
Was ich dir sagen muss: Ich werde ein kleines Restaurant am Strand eröffnen.
Dieses Geld werde ich nie anrühren.
Geh du, ich habe mit ihm abgeschlossen.

»Er schämte sich«, sagt Chantal. »Er hat dich immer bewundert. Und das sauge ich mir nicht aus den Fingern, Pietro, er hat es mir selbst gesagt. Du bist integer, du machst nie Fehler. Du bist imstande gewesen, allein eine Tochter großzuziehen, du hast gewaltige Probleme bewältigt, ohne dir die Hände schmutzig zu machen. Du bist rein und lauter, wie eure Mutter.«

Alles in Ordnung, Pietro. Alles wunderbar.
Diesmal habe ich wirklich aufgehört. Ich schwöre es.
Die heirate ich, Pietro.

»Er dagegen ist wie euer Vater: überaus großzügig, genial, aber schwach, unkorrekt, unvollkommen. Er hat notgedrungen seine Meinung geändert, doch er hat sich geschämt, es dir zu sagen.«

Ich habe aufgehört, ich schwör's dir.
Einfach so, Pietro, ein paar Mal, mit Freunden.
Nur ein Mal, ich schwör's dir.
Nur Joints, ich schwör's dir.

»Es geht ihm sehr schlecht, Pietro. Er hat Angst vor dem, was du von ihm denkst, er fühlt sich minderwertig und schämt sich deswegen. Wenn du es nicht glauben willst, dann glaube es nicht, aber du bist sein Mythos.«

Ich wusste nicht, dass sie auch dir gefällt, ich schwöre es.

Sie scheint fertig zu sein, denn sie schweigt, endlich, sie schweigt, schweigt. Aus der Entfernung fügt sich die Kettensäge perfekt in all die anderen Geräusche ein, die diese Schweizer Stille bilden. Es ist bereits heiß, die Luft ist schwüler als gestern, und der Himmel wird von einem mörderischen Dunst getrübt.

Chantal hat wohl alles gesagt, was meine Mutter mir hätte sagen sollen, wenn überhaupt, aber nicht sie.

»Gehen wir«, sage ich, »es ist spät geworden.«

Das Geld habe ich verloren, und den Ball habe ich gefunden.

11

Wir sind Entfernungsgeräte.
Douglas Coupland oder Massimiliano Governi

Ich lege auf.

Und jetzt?

Es ist fünf Uhr nachmittags, und zum ersten Mal seit ich weiß nicht wie vielen Jahren muss ich mir allein die Zeit vertreiben. Seit acht Jahren, genau gesagt – seit ich die Tage damit verbrachte, darauf zu warten, dass Claudia aus der Schule nach Hause kommt, gleich nach Laras Tod. Damals war es tatsächlich meine einzige tägliche Beschäftigung – mir die Zeit zu vertreiben, sonst nichts. Das dauerte drei Monate. Dann war es vorbei. Und ist bis heute nicht wieder vorgekommen. Vor einer Schule damals, in einem Hotelzimmer heute – was bereits ein schöner Schritt vorwärts ist, damit wir uns recht verstehen, wenn man bedenkt, wie es mir heute Morgen noch ging; ein Hotelzimmer bedeutet, dass man an der Rezeption den Ausweis zeigen kann, ohne befürchten zu müssen, gemeldet und verhaftet zu werden. Der erste echte Schritt vorwärts, seit mein Leben aus den Fugen geraten ist, die erste gute Nachricht – gekommen heute Morgen, als ich von Chantal aus Annalisa anrief, mehr aus Bequemlichkeit, da ich gerade ein Telefon zur Verfügung hatte, und weniger weil ich tatsächlich gehofft hätte, sie erreichen zu können; doch es war ihnen gelungen, eine erste wesentliche Information zu erhalten: Es gibt keinen Haftbefehl gegen mich, es wird nicht nach mir gefahndet, ich kann gehen, wohin ich will. Ich habe Annalisa nicht gesagt, dass ich in der Schweiz war – sie wird es an der Vorwahl erkannt haben –, und ich habe ihr vor allem nicht gesagt, dass ich ohne Führerschein mit dem Wagen gefahren bin. Ich habe ihr lediglich mitgeteilt, ich würde sie anrufen, sobald ich mir in Mailand ein Hotelzimmer genommen hätte, um ihr die Nummer zu geben, unter der sie mich erreichen könne, wenn weitere Informationen gekommen seien – was ich soeben getan habe. Und ein Anruf bei Marta, nur um gesagt zu bekommen, dass sie immer noch alle in Gattico sind und am Sonntag zurückkommen, und als Chantal gegen eins schlafen ging, weil sie in der Nacht erneut der Signora Roggen-Dalpiaz den Schaum vor dem Mund abwischen muss, hatte ich eine ruhige Rückfahrt nach Mailand im Q3, die Rückkehr in den glühend heißen italienischen Sommer und das Einchecken in diesem Hotel.

Das Zimmer ist groß, hell, aber eiskalt durch die Klimaanlage und fast unerträglich in seiner Designwut. Ein Ambiente, in dem auch ich eine ganze Weile gelebt habe – immer das gleiche, ob ich mich nun in Paris, in New York oder in London befand –, das mir aber jetzt, nach sieben Jahren in Tredicesimo, wirklich fremd, fast obszön vorkommt. Geben die Leute tatsächlich immer noch Hunderte von Euro für solche Zimmer aus? Oder bewohnen sie sie auf Kosten ihrer Firma? Sind die Dinge wirklich so geblieben, während mein Leben sich geändert hat? Und vor allem, hat sich mein Leben wirklich geändert, da ich ja jetzt erneut hier bin?

Ich bezahle hunderteinundsechzig Euro pro Nacht, aber nur weil durch einen glücklichen Zufall im letzten Augenblick ein Einzelzimmer frei geworden ist; die anderen Zimmer kosteten zweihundertneun bis zweihundertneunundfünfzig Euro, die Juniorsuite dreihundertneununddreißig, die Suite Superior vierhundertneunundvierzig und diejenige mit Blick auf den Dom vierhundertneunundneunzig. Frühstück inbegriffen. Parkplatz nicht. Das alles war mir vertraut, solange ich hier wohnte, doch nach den Jahren in Rom, die im Übrigen nicht schwierig für mich waren, ruhig und doch weit weg von diesem kostspieligen Tinnef, nachdem ich mit Menschen wie D. Umgang gehabt habe, mit ihrem –

tatsächlich – harten und holprigen, ständig bergauf führenden Leben, oder wie Lello, ein Schurke, gewiss, ein Unglücksmensch Verräter Lügner Dieb, aber niemals, jedenfalls nicht vor mir, angelockt von dem faden Lebensstil, der hier fast obligatorisch zu sein scheint – nach diesem Eintauchen in das echte Leben der echten Leute, für die es einfach undenkbar ist, fünfhundert Euro für eine Nacht auszugeben, hatte ich geglaubt, nie mehr hierher zurückzukehren. Doch als ich mir ein Hotel aussuchte, in dem ich auf einen Anruf warten konnte, habe ich dieses gewählt: NH President, am Largo Augusto, ein paar Schritte von San Babila entfernt, ein perfektes Beispiel für den standardisierten Luxus, der die herrschende Klasse in der ganzen Welt in eine Kolonie verwöhnter Parasiten verwandelt hat, die nicht mehr ohne einen SPA in unmittelbarer Nähe leben können. Warum habe ich es getan? Ich hasse diesen Luxus. Warum bin ich hier? Und die Antwort ist rührselig: Weil es nicht weit von meiner Wohnung liegt – derjenigen, die elf Jahre lang meine Wohnung war; ein Grund, warum ich 1) zugeben muss, wie sehr ich mir eingebildet habe, mich davon entfernt zu haben, denn all dies ist mir immer noch auf obszöne Weise vertraut, und 2) ich jetzt in die nachmittägliche Schwüle hinausgegangen bin, um meine Wohnung nach sieben Jahren wie ein Idiot von außen wiederzusehen. Und Annalisa kann ich im Augenblick nicht anrufen, da sie mir gesagt hat, dass die Professoressa weitere Informationen am Abend erwartet oder morgen oder Sonntag oder Montag.

Ich habe es nicht weit, ich muss nur die Via Cavallotti überqueren – die fast leer ist, denn um diese Nachmittagsstunde an einem Freitag Ende Juni ist niemand mehr in Zentrum von Mailand. Und tatsächlich – doch Moment mal, was ist da los? Da ist eine Baustelle vor meiner Wohnung. Ein Gerüst aus Innocenti-Rohren rankt sich an der Fassade empor, und ein rotes Schutznetz verbirgt es. Ein Holzhäuschen auf dem Bürgersteig bedeckt mit Warnschildern scheint den Zugang zur Eingangstür unmöglich zu machen. Und was ist mit dem Restaurant? Denn es gibt ein Restaurant unter meiner Wohnung, ein berühmtes Restaurant – Peppino, wo ich wer weiß wie oft gegessen habe, nicht nur Arbeitsessen, obwohl die Rechnungen immer in der Spesenabrechnung landeten. Wie machen es die Gäste, um hineinzugelangen? Ah, da ist ein Spalt, durch den zu gehen ich mich aber wohlweislich hüte, da ich genau vor der Tür des Restaurants landen würde und den Besitzer gut kenne, und auch die Kellner, wenn sie nicht gewechselt haben, und ich habe keine Lust, erkannt zu werden, während ich um meine Wohnung herumstreiche, aus der ich vor sieben Jahren ausgezogen bin. Ich überquere die Straße, aber das ist sinnlos, auch von der anderen Straßenseite aus kann ich nichts erkennen. Und auch hier gegenüber möchte ich nicht erkannt werden, denn da ist die B&B-Filiale, in der ich in den Jahren damals einiges gekauft habe, und auch sie könnten mich erkennen und ein Gespräch anfangen an diesem leeren und glühend heißen Nachmittag.

Ich gehe zurück. Meine Wohnung wiedersehen zu wollen war eine Scheißidee, um die Wahrheit zu sagen – eine Gefühlsduselei, die nicht zu der Situation passt, in der ich mich befinde. Ich lebe in einer gefährlichen Zeitblase und muss Stunden, vielleicht Tage damit verbringen, auf einen Anruf zu warten oder zumindest darauf, dass meine Tochter in die Stadt zurückkehrt; das Einzige, was ich nicht brauchen kann, ist, mich in Erinnerungen aufzureiben. Ich muss ins Hotel zurückkehren und warten und so wenig wie möglich nachdenken. Ich muss eine Beschäftigung finden, die mir erlaubt, in meinem Zimmer zu bleiben, ohne mich von der Angst überwältigen zu lassen, die mich beherrscht, die mich übermannt wie der Schlaf oder auch nur wie der Graupelschauer aus Ungeheuerlichkeiten, die sich …

Ich hab's.

Ich werde ein Buch lesen.

Aber natürlich. Ich sage mir immer, ich würde gern lesen wie damals, als ich ein Kind war, aber ich habe keine Zeit, ich habe keine Zeit, ich habe nie Zeit, doch jetzt habe ich Zeit. Da hinten sind die Buden, am Ende der Via Battisti, vor der Kirche wieheißtsienochgleich, ich erinnere mich nicht, gegenüber vom Gericht; die Buden mit gebrauchten Büchern oder besser Kioske, so heißen sie. Damals habe ich dort einen Haufen Bücher gekauft, alte Ausgaben, nicht wertvoll, aber häufig standen die Namen der Besitzer drin, in schöner Handschrift, mit Füllfederhalter geschrieben, mit Datum, Widmung, Liebeserklärungen, Schnörkeln – lauter Zeichen einer Privatheit, die nicht dafür bestimmt war, einmal in den Händen des Erstbesten, der vorbeikommt, zu landen, und doch ... Da hinten sind sie. Einmal habe ich dort ein Buch von Tommaso Landolfi gekauft, das vom Autor signiert war. Es hieß *In società*; ich habe es nie gelesen, aber ich habe es immer noch, in Rom, und wenn ich es jetzt lesen könnte – doch da ich es nicht kann, werde ich ein anderes kaufen und im Hotel lesen. Ein schönes Buch, das mich fesselt, das mich begeistert. Einen Klassiker vielleicht. Eine starke, schicksalsbeladene Geschichte – und die Zeit wird verfliegen. Da sind sie, die Kioske. Es sind zwei – ich erinnere mich an mehr –, grün, aus Holz, mit Rollen und Dächern aus Trapezblech. Die Kirche heißt, nebenbei bemerkt, San Pietro in Gessate – ich lese es auf dem Schild vor der Fassade, und genau in dem Augenblick, in dem ich es lese, erinnere ich mich daran, wie üblich; nicht ohne Grund, weil das die Kirche ist, in der wir Claudia getauft haben, aus diesem heuchlerischen Konformismus heraus, der viele Nichtgläubige wie Lara und mich dazu treibt, ihre Kinder ebenfalls taufen zu lassen. Ich erinnere mich jetzt plötzlich an einen Wirbel von Dingen an diesem Tag, in dieser Kirche: die Eltern, die sich auf dem Steinpflaster vor dem Portal versammelt hatten, den heftigen Wind, selten für Mailand, den Priester in seinem flatternden Gewand, Laras Tante Isotta, die als die einzige wirklich Gläubige in beiden Familien als Patentante in Frage kam, meine Mutter, die die Backsteinfassade betrachtete und die Ähnlichkeit mit derjenigen von Santa Maria delle Grazie bemerkte, in der sie sich gerade am Tag zuvor die *Ultima scena* angeschaut hatte ...

Schluss jetzt, weg von hier – ich sagte ja, dass ich mich nicht erinnern will, ich sagte, dass ich es mir nicht erlauben kann. Die Kioske, sagte ich. Ich nähere mich dem ersten; der Buchhändler sitzt auf einem Stuhl und liest ein Buch. Er sieht mich nicht an, er wirkt sehr gefesselt. Was liest er? Ich kann es nicht erkennen. Ist es immer noch derselbe? Und wenn ja, wird er sich an mich erinnern? Und ist dies die Bude, wo ich die Bücher gekauft habe, oder die dahinter? Mein Gott, was für eine Falle, wenn ich mich erinnere, ist es nicht gut, und wenn ich mich nicht erinnere, ist es nicht gut. Schluss jetzt, habe ich gesagt, Schluss; ich muss nur ein Buch auswählen und ins Hotel gehen, sonst nichts.

Ich gehe die Titel durch: *Allegri, gioventù* von Manlio Cancogni, *Come vivono i morti* von Derek Raymond, *Esame di coscienza di un letterato* von Renato Serra, *Ilona* von Hans Habe, das Tagebuch der Anne Frank, *Antologia della Storia e della Critica letteraria* Vol. 1 von Natalino Sapegno, *Romanzi e Novelle* von Grazia Deledda, *Savoir Vivre International*, *Avventure et disavventure della famosa Moll Flanders* von Daniel Defoe, *Cocinas Regionales Peruanas* Vol. 3, *Con gli occhi chiusi* von Federigo Tozzi, *Caro amico ti scrivo dalla TV* von Federico Scianò, *Cyrano de Bergerac* von Edmond Rostand, *Le braci* von Sándor Márai – das einzige, das ich bis jetzt gelesen habe und das mir sogar gefallen hat, es wiederzulesen, scheint mir aber keine gute Idee zu sein: Bruderverrat, unaussprechliche Geheimnisse, Hass in enger Verbindung mit Liebe, das ist genau das, wovon ich mich fernhalten muss. Nein, ich brauche ein …

Aus dem Nichts auftauchend rast ein Milchbart auf einem peperonifarbenen Skatebord auf mich zu, prallt voll gegen mich, und schon liege ich auf dem Bürgersteig. Der Junge stürzt nicht hin, er wirft mir einen Eichhörnchenblick zu und haut ab, als hätte er lediglich eine Mission erfüllt. Ich will aufstehen, aber ein stechender Schmerz durchbohrt mein Handgelenk – ich habe die Orthese im Hotel gelassen. Der Buchhändler kommt zu mir, während ich mich mühsam aufsetze, und fragt mich, wie es mir geht. Gut, erwidere ich, abgesehen von meinem Handgelenk, aber das sage ich ihm nicht, ich habe das Gefühl, mir nichts weiter getan zu haben. Der Buchhändler hilft mir beim Aufstehen, während er das Vorgefallene kommentiert: Das ist kein Leben mehr, selbst der Bürgersteig ist gefährlich geworden, die Stadt ist in der Hand dieser Leute, et cetera. Beim Fallen muss ich mich einen Augenblick an der Bude festgehalten haben, denn die Bücher liegen kunterbunt durcheinander. Eines ist zu Boden gefallen, der Mann hebt es auf, und ich weiß sofort, dass es das ist, das ich lesen werde.

Bel-Ami.

Bummbummbumm, mein Herz beginnt wie wild in meiner Brust zu schlagen. *Bel-Ami*, das heißt Marta, blutjung, wunderschön und auch ziemlich aggressiv, da ich gerade etwas getan habe, das zu den Dingen gehört, die ein Mädchen nicht besonders schätzt, das heißt, ich habe mich in ihre Schwester verliebt, nachdem ich mit ihr zusammen gewesen war. Ihr gekränkter Gesichtsausdruck, ihr feindseliges Lächeln, fast ein höhnisches Grinsen, dem es übrigens nicht gelingt, ihre Ähnlichkeit mit Natalie Wood auszulöschen, während sie mir das Päckchen reicht und darauf wartet, dass ich ihr nichtsahnend danke und es öffne und überrascht bin, um mir zu sagen, dass es das perfekte Buch für mich ist und dass ich darin die idealen Anregungen für meine Zukunft finden werde …

Da ich über das Buch das Wenige wusste, was man einfach darüber weiß, entging mir nicht, dass es eine Hundsgemeinheit von ihr war, es mir zu schenken, und deswegen habe ich es nie gelesen, ja, ich habe es sogar noch am selben Tag verloren und bin ihm in der Folge immer sorgfältig aus dem Weg gegangen; und während ich mich mit Lara verlobte und dann mit ihr zusammenzog und ihr eine Tochter machte und Marta von einer turbulenten Beziehung in die nächste stolperte und immer in dem Augenblick schwanger wurde, in dem ihre Karriere eine Wende zu nehmen schien, zu allem Überfluss auch noch immer von anderen Männern, und das Kind immer behielt, ohne dass einer der Väter beschlossen hätte, sich darum zu kümmern – oder sie ihn daran hinderte, das war nie so ganz klar –, und ich daher der einzige erwachsene Mann blieb, mit dem sie Umgang hatte und der sich um sie und ihre Kinder und ihre bürgerlichen Bedürfnisse mit einem Minimum an Beständigkeit und Vertrautheit kümmerte und andererseits nie mehr im Trüben unserer – wie soll ich sie nennen? – gescheiterten Liebe rührte, aber auch nie daran dachte, *die Dinge zu klären*, wie man zu sagen pflegt, erstickte unser harmloses Leben als Schwager und Schwägerin im Laufe der Jahre schließlich die Glut in einer fast perfekten Verdrängung.

Fast …

Ich nehme das Buch in die Hand und betrachte es. *Bel-Ami*, der Titel, mit Bindestrich. Nur Maupassant, ohne Vorname, der Autor. Garzanti per tutti. »I grandi libri«. Dreihundertfünfzig Lire. Übersetzung von Giorgio Caproni. Das Umschlagbild ist das stilisierte Porträt eines jungen Mannes mit Schnurrbart und Hut, eine, wie ich auf der Rückseite lese, Farblithographie von Toulouse-Lautrec, aufbewahrt im Museum in Albi.

Ich schlage es auf. Keine Namen, kein Datum, keine Widmung. Ich beginne zu blättern. Eine Biographie von Maupassant, die ich überspringe, und nach dem inneren Frontispiz und der Angabe »Erste Auflage August 1965« beginne ich das erste Kapitel zu lesen:

> Als die Kassiererin ihm das Kleingeld auf sein Hundertsousstück herausgegeben hatte, verließ Georges Duroy das Restaurant.
>
> Da es seine Art und auch, als ehemaliger Unteroffizier, seine Angewohnheit war, überall selbstbewusst aufzutreten, warf er sich in die Brust, fuhr sich mit der Routine des Soldaten über den Schnurrbart und ließ seinen Blick in der für gutaussehende Junggesellen typischen Art, zu schauen wie ein Falke, der auf Beute lauert, blitzschnell über die noch mit dem Essen beschäftigten Gäste kreisen.
>
> Die Frauen blickten zu ihm auf, drei kleine Arbeiterinnen, eine nicht mehr ganz junge schlampige, ungepflegte Musiklehrerin, die einen ewig staubig wirkenden Hut auf dem Kopf und

> ein allzeit schlecht sitzendes Kleid am Körper trug, sowie zwei Bürgersfrauen samt den dazugehörigen Ehemännern, allesamt Stammgäste dieser Kaschemme, wo man zu festen Preisen essen konnte.
>
> Als er auf dem Trottoir war, blieb er noch einen Augenblick stehen, um zu überlegen, was er tun sollte. Es war der 28. Juni, und für den Rest des Monats blieben ihm noch ganze drei Francs vierzig.

Was?

Ich lese noch einmal den letzten Satz:

> Es war der 28. Juni, und für den Rest des Monats blieben ihm noch ganze drei Francs vierzig.

Der achtundzwanzigste Juni. *Heute*. Das Buch, das ich in den letzten fünfzehn Jahren gemieden habe wie den Teufel, beginnt an dem Tag, an dem ich endlich beschlossen habe, es zu lesen.

> Als er draußen auf dem Trottoir war, blieb er noch einen Augenblick stehen, um zu überlegen, was er tun sollte.

Es beginnt auf einem Trottoir, und ich befinde mich auf einem Trottoir. Dieser Milchbart hatte tatsächlich eine Mission.

12

Der Gottlose flieht, auch wenn niemand ihn jagt.
Die Sprüche Salomos, 28

Annalisa überlässt mir den Poltrona-Frau-Sessel, geht um das Glastischchen herum und setzt sich auf den anderen. Sie schlägt die Beine übereinander, die glatt wie Alabaster sind.

Ich bin nicht wie Bel-Ami.

»Also«, sagt sie und öffnet die Aktenmappe aus Leder mit dem Monogramm MFB in Goldprägung. Doch dann beginnt sie die Blätter zu lesen, die sie enthält, und sagt kein Wort mehr.

Es ist Dämmerung – »die Stunde, in der sie die Gärten in ganz Europa bewässern«, fällt mir ein, obwohl ich nicht weiß, wer das gesagt hat. Vor zwei Tagen war ich zur gleichen Zeit hier gewesen, zerfressen von Angst, mit geschwollener Lippe, und hatte über Annalisas Verwandlung gestaunt; Debora, die Sekretärin, hatte mir Wasser gebracht; die Anwältin hatte sich im Nebenzimmer mit einem Mandanten unterhalten; die Erinnerung an *Bel-Ami* war in mir begraben gewesen. Heute ist Samstag, meiner Lippe geht es viel besser, und die Kanzlei ist leer; keine Falk Belgrado und auch keine Sekretärinnen oder Laufburschen; nur ich und Annalisa, wie in alten Zeiten, und ihre ungezwungene Weiblichkeit erstaunt mich nicht mehr als ihre damalige Plumpheit; und vor allem ist die Angst nicht mehr da – oder besser *diese Angst* ist nicht mehr da, denn eine andere ist an ihre Stelle getreten, die mit dem Buch zu tun hat, das ich gerade lese, und nichts mit dem, was Annalisa mir gleich sagen wird.

Für Marta allerdings war ich wie Bel-Ami.

Und wenn die Alte nicht einmal gekommen ist, so bedeutet das, dass die Situation nicht ernst ist. »Eghledige du das«, wird sie gesagt haben, angewidert von der Geringfügigkeit meines Falls.

»Also«, wiederholt Annalisa, aber wieder liest sie und sagt kein weiteres Wort.

Es ist nicht so, dass ich darauf brenne, Bescheid zu wissen. Das Einzige, was ich nicht erwarten kann, ist, ins Hotel zurückzukehren und die letzten Seiten von *Bel-Ami* zu lesen. Georges – mit dem ich nichts gemein habe – hat sich gerade ein starkes, ja ungeheuerliches Stück geleistet; er hat soeben Madame Walter gevögelt …

»Ich sag's Ihnen gleich, die Nachrichten sind sehr gut«, verkündet Annalisa und verstummt erneut, um die Seiten in der Mappe zu ordnen.

»Sie haben nichts zu befürchten«, fügt sie hinzu.

»Wirklich?«, sage ich, doch ich empfinde keine Erleichterung. Nicht die Erleichterung, die ich zu empfinden hoffte.

»Ja«, bestätigt Annalisa, »Sie können ganz beruhigt sein.«

Und sie lächelt. Heute ist sie leichter gekleidet, was bedeutet, dass sie nicht den ganzen Tag in klimatisierter Luft verbracht hat, sondern der Hitze ausgesetzt war. Sie trägt ein ärmelloses perlengraues Seidenkleidchen mit rundem Ausschnitt, das in breiten vertikalen Falten von der Brust nach unten fällt und ihre Formen verdeckt; *wie für einen Spaziergang*, fällt mir ein, durchdrungen von den Beschreibungen Maupassants. Vielleicht hat sie am Vormittag tatsächlich einen Spaziergang mit der Professoressa gemacht oder im Golfklub zu Mittag gegessen. Die Haut allerdings ist nach wie vor winterlich, als hätte sie nie ein Sonnenstrahl berührt.

»In Wirklichkeit haben wir Glück gehabt«, fährt sie fort. »Unser Mann in Rom, vielmehr unsere Männer, denn in Wirklichkeit waren es zwei, haben Zugang zu gewissen Informationen gehabt, direkt an der Quelle.«

»Das heißt die Staatsanwaltschaft?«, frage ich.

»Besser, Sie wissen es nicht.«

Dabei wäre es interessant zu wissen, wie dieser Bluthund von Anwältin es geschafft hat, sich diese Informationen zu beschaffen. Aber lassen wir es gut sein.

»Was zählt«, fährt sie fort, »ist, dass es sich um absolut sichere Informationen handelt. Deswegen sage ich, dass wir Glück gehabt haben und dass Sie ganz beruhigt sein können.«

Sie schlägt die Beine zur anderen Seite übereinander. Auch die Schuhe sind solche zum Spazierengehen: grau wie das Kleid, mit halbem Absatz, bequeme Pumps.

»Also«, fährt sie fort, »die Situation ist folgende: Die Staatsanwaltschaft in Rom, vertreten durch …« – sie senkt den Blick und liest – »… Staatsanwalt Di Molfetta und die stellvertretende Staatsanwältin Savino, die die Untersuchung leiten …« – sie blickt wieder auf – »… weiß sehr gut, dass Sie an der ganzen Geschichte unbeteiligt sind. Die Ermittlungen stützen sich auf eine große Anzahl von Abhöraktionen und Telefonüberwachungen …« – sie blickt erneut auf die Blätter – »… hunderteinundvierzig, um genau zu sein …« – sie blickt wieder zu mir – »… aus denen zu Ihrem Glück eindeutig hervorgeht, dass Sie nichts von den kriminellen Aktivitäten Ihres Partners wussten.«

»Wieso eindeutig? Immerhin habe ich die Autos verkauft …«

»Tatsächlich ist wegen Beihilfe zur Hehlerei gegen Sie ermittelt worden, aber nur …«

»Also doch. Gegen mich wird ermittelt. Also doch nicht so unbeteiligt.«

»Ja, aber die Aufnahme in den Kreis der Beschuldigten ist in diesem Fall Routine, eben weil Sie diese Autos verkauft haben. Die Anklage hat nichts mit denen zu tun, die gegen die anderen erhoben werden, und die Professoressa ist ohnehin überzeugt, dass Sie bei der Vorverhandlung auch von dieser freigesprochen werden.«

»Aber wie kann sie davon überzeugt sein, entschuldige?«

»Aus Erfahrung, nehme ich an.«

»Aber auf welcher Grundlage?«

»Auf der Grundlage dieser Dokumente, die wir uns verschaffen konnten und in denen die Staatsanwaltschaft selbst die Überzeugung äußert, dass Sie an der Geschichte unbeteiligt sind.«

»Eben, und das kommt mir komisch vor. Für gewöhnlich sind Richter Köter, die man, wenn sie einen einmal gewittert haben, nicht mehr loswird, und ausgerechnet die kommen jetzt ganz von allein zu der Einsicht, dass ich nichts damit zu tun habe. Das kommt mir zu einfach vor.«

»Aber sie sagen es ja selbst«, sagt Annalisa und bewegt leicht die Mappe, »Ihr Partner, der Steuerberater und die Rumänen, in den abgehörten Gesprächen, sie sagen es untereinander, dass Sie von all dem keine Ahnung hatten.«

»Ach ja? Und was sagen sie?«

»Sie versichern ausdrücklich, dass Sie nichts wissen und weiterhin in gutem Glauben Ihre Arbeit tun.«

»Gibt es da drin Kopien der abgehörten Gespräche? Kann ich sie sehen?«

Sie verkrampft sich. Als sie mit mir gearbeitet hatte, war sie immer verkrampft, sodass ich es nicht hätte bemerken können – doch jetzt ist sie so entspannt und weich, dass man es ganz deutlich erkennt. Sie hat sich verkrampft.

»Nein«, erwidert sie, »da sind keine Kopien der abgehörten Gespräche drin.«

»Und was ist da drin?«

Sie zögert, ein minimales Zögern, aber trotzdem ein Zögern.

»Das sind die Passagen des Ermittlungsverfahrens, in denen die Staatsanwaltschaft Ihre Position einschätzt.«

»Ah. Und könnte ich sie bitte sehen?«

Ich strecke die Hand aus. Bestürzung blitzt für einen Augenblick in ihren leicht geschminkten graugrünen Augen auf. Sie verzieht die Lippen zu einer Grimasse, die alles bedeuten könnte, in diesem Fall jedoch ganz klar Verlegenheit ausdrückt, und reicht mir die Mappe. Sie enthält ein halbes Dutzend Blätter, mehr nicht. Es sind sogar nur fünf – fünf Blätter. Die ersten beiden sind die

Notizen, die die Falk Belgrado sich vor zwei Tagen mit ihrem Montblanc gemacht hat, all die Namen und Informationen aus meinen Erzählungen und dem Artikel der Onlineausgabe von *Il Sole 24 Ore* – eine kleine, kritzelige, ungleichmäßige Handschrift –, denen eindeutig später mit Filzstift Ergänzungen hinzugefügt wurden. Mein Blick fällt auf »Gaiano Virgino – Rentner – mittellos – Strohmann«, mit Füller geschrieben, und »VERHAFTET«, mit Filzstift.

»Sie haben auch Virginio verhaftet …«, flüstere ich kaum hörbar.

»Ja«, sagt Annalisa.

Unter diesen Blättern befinden sich die Fotokopien der Dokumente aus den Akten der Staatsanwaltschaft in Rom – mit Aktenzeichen, Stempel und allem Übrigen. Weitere drei Blätter. Auf dem ersten sind zwei Passagen gelb markiert.

Ich blicke auf. Annalisa schaut mich unverwandt an.

»Die markierten Abschnitte sind diejenigen, die mich betreffen?«, frage ich.

»Ja.«

Der erste lautet wie folgt:

> … und in Rom wurden sie, außer von dem oben genannten Vertragshändler Easy & Safe, der zur Provoleri gehört, im Autohaus der Super Car Srl verkauft, die auf Pica und seinen Partner Paladino Pietro eingetragen ist und die sich spezialisiert hat auf den Entzug von Kraftfahrzeugen aus Leasing-Streitfällen und ihre anschließende Rückführung in den Gebrauchtwagenmarkt …

Und der andere:

> … gemäß einer Praxis, die die Arbeit zwischen zwei Partnern aufteilt und gut eingespielt wirkt: Pica kümmert sich um den »Entzug« der Fahrzeuge und die Formalitäten mit den Banken und den Gerichten, während Paladini für ihren Verkauf zuständig ist …

Auf dem zweiten Blatt sind zwei weitere Passagen markiert.

> … ergibt sich eindeutig, dass Paladini in den Gesprächen zwischen Pica, Sbriccoli und den Brüdern Costea nur in drei Fällen eine Verantwortung zugesprochen wird; ansonsten wird ihm bescheinigt, dass er von all den Straftatbeständen nichts gewusst hat …

und ein paar Zeilen weiter:

> … sowie in siebenundzwanzig weiteren Fällen als »Einfaltspinsel« bezeichnet.

So sieht es also aus.

Keine Erleichterung. Kein Bel-Ami.

Einfaltspinsel.

Ich kann jetzt nicht aufblicken, ich könnte Annalisas Blick nicht ertragen. Ich kann so tun, als wäre ich noch nicht zu dieser Passage gekommen, und weiterlesen – andererseits kann ich auch nicht weiter auf dieses Blatt blicken. Ich muss zu Boden sehen, ja, das ist wirklich das Einzige, was ich tun kann, einen Blick auf das blank polierte, helle Parkett werfen, aus Esche oder vielleicht kanadischem Ahorn, wie dasjenige, das wir in der Via Durini verlegt haben, als wir es erneuerten, es muss erst vor kurzem gewachst worden sein, so sehr glänzt es. Parkettboden ungarischer Art, mit Lamellen und Außenband an der Begrenzungslinie, er scheint der gleiche zu sein wie in meinem ehemaligen Wohnzimmer – was mir einen Vorwand gibt, zumindest eine Hoffnung, den Blick wieder auf das Mädchen zu richten, das vor mir sitzt.

»War das schon so«, frage ich, »oder hast du es legen lassen, als du hier eingetreten bist?«

»Was?«

»Das Parkett.«

Mein Blick ist immer noch auf den Fußboden gerichtet. Ein paar

Zierleisten sind kaffeebraun, wegen der Knoten und der Maserung, doch der Rest hat die helle Farbe von Weizen – und vor allem wirkt es wirklich neu.

»Ich habe ihn legen lassen.«

Aha! Sie hat ihn legen lassen. Das ist eine große Neuigkeit für den Einfaltspinsel. Und? Sag es, Mädchen. Zögere nicht so, gesteh alles, befrei dich, zwing mich nicht, dich mit der Frage festzunageln, die ich auf der Zunge habe – »Wann haben wir den Fußboden in der Via Durini erneuert?« –, so wie du dieses Parkett festgenagelt hast, anstatt die praktischere schwimmende Verlegung zu wählen, ohne zu wissen, was der Grund war, der diese Entscheidung bei mir zu Hause bestimmt hat, ebenso wie die Art von Parkett, dessen von dir veranlasste gewissenhafte Reproduktion wir hier bewundern können, nämlich die Bernsteinfarbe, die glänzende Lackierung, die Geometrie, das Muster ungarischer Art, das dunklere Außenband – all dies wurzelte in Laras nostalgischer Erinnerung an einen Fußboden im Haus am Comer See, in Bellagio, das über ein Jahrhundert lang dem väterlichen Zweig ihrer …

»Ich habe mich von demjenigen inspirieren lassen, das Sie für das Wohnzimmer in Ihrer Wohnung gewählt haben«, fügt sie hinzu.

Bravo, Mädchen. Dieses Geständnis ehrt dich – obwohl »inspiriert« ein Wort ist, das ich als Euphemismus bezeichnen würde, denn für mich ist es eine genaue Kopie. Auf jeden Fall danke, denn es befreit mich von der ungeheuren Scham, die mich gerade übermannt hat, und überträgt einen Teil davon auf dich, da du dir – jetzt ist es ganz klar – die Erinnerung an Lara angeeignet hast, die ich aus persönlichen Gründen, nennen wir es so, vakant zu lassen beschlossen hatte, zusammen mit dem Wenigen meines vergangenen Lebens, das daran hängen geblieben ist, und vor allem hast du dir ihre Formen angeeignet – die von Lara und von meinem Leben mit ihr. Deine Argumentation war folgende: Der Dottore hat alles zurückgelassen, um nach Rom zu den Vorstädtern zu gehen – du hast es mit eigenen Augen gesehen, als du nach Rom kamst, um mir mit dem Papierkram zu helfen, die gewöhnliche Kleidung, die Ikea-Möbel, das Linoleum in der Küche, die nicht zusammenpassenden Stühle, keine wertvollen Möbel oder andere Reliquien, keine Kontinuität –, und daher hast du diesen Überfluss an Mailänder Eleganz niemandem geraubt, er war da, strukturiert, unbenutzt, und du hast ihn dir genommen, da der Sprung, den du gemacht hast, dich gezwungen hat, in aller Eile all deine Formen in neue, adäquatere zu verwandeln, und du hast sie imitiert, nachgebildet, reproduziert, hast sie dir übergestülpt, aufgesprüht, um dich herum verstreut und unter deinen Füßen festgenagelt – das Außenband mit zwei Zierleisten nebeneinander, Lamellen, die im Innern dünner und dunkler und außen breiter und heller sind, die Köpfe einiger Nägel, die bereits gefährlich aus dem Fußboden hervortreten, wie es auch bei mir zu Hause passierte, aber das hast du nicht mehr rechtzeitig mitgekriegt, denn das Problem der Nagelung des Parketts ist, dass die Nägel mit der Zeit dazu neigen, wieder hervorzutreten, weil der darunter liegende Estrich arbeitet …

Ich blicke auf – jetzt kann ich es – und sehe, dass das Gesicht meiner ehemaligen Sekretärin deutlich gerötet ist.

»Ich habe nichts ausgewählt«, sage ich, »Lara hat alles ausgesucht. Sie hat es so geplant und bestellt bei der Parkettfirma, die kurz danach zugemacht hat und wohin du sie einmal begleitet hast. Wie hieß sie noch? An der Porta Vittoria, nein, an der Porta Tosa, der Inhaber bestand darauf, sie so zu nennen …«

»Zavattari.«

»Ja, Zavattari. Ich habe sogar nicht viel dafür bezahlt, eben weil sie zugemacht haben.«

»Sie haben nicht zugemacht, ich habe es auch dort gekauft.«

»Ach! Zavattari hat nicht zugemacht? Aber hatte der Alte sich nicht beklagt, dass der Sohn einen Hochschulabschluss gemacht hatte und die Firma nicht übernehmen wollte, die seit einem Jahrhundert existierte und von Generation zu Generation weitergegeben worden war?«

»Ja, aber dann hat der Sohn seine Meinung geändert und ist in der Firma geblieben.«

»Na, das ist ja mal eine gute Nachricht. Zavattari hat nicht zugemacht. Das alte Mailand überlebt. Das ist wirklich eine gute Nachricht ...«

Ich fühle mich tatsächlich ein bisschen besser. Nicht wegen Zavattari, damit wir uns recht verstehen, sondern weil es ein Glück ist, dass dieses Treffen mit Annalisa hier, in ihrer Kanzlei stattfindet und nicht an irgendeinem anderen Ort, an dem sie sich ebenso gut mit mir hätte verabreden können und zu dem ich ebenso geeilt wäre und die Lektüre von *Bel-Ami* unterbrochen hätte, um einen Kanaldeckel oder eine Fußleiste oder das Gras anzustarren, das aus einer Spalte im Bürgersteig sprießt, ohne den Blick wieder auf die Welt zu heben.

»Annalisa ...« – ich gebe ihr die Mappe zurück – »... ich muss dir sagen, du bist ein Engel.«

Ich schlage mit den Händen auf die Oberschenkel, in dieser etwas affektierten Geste, mit der man ankündigt, dass man im Begriff ist aufzustehen – für gewöhnlich begleitet von einem geseufzten »Okay« oder »Also dann« –, doch bevor ich wirklich aufstehe, hält Annalisa mich zurück.

»Da ist noch etwas, Dottore«, sagt sie, »das Wichtigste. Einem unserer Männer ist es gelungen, mit dem Verteidiger von Rotariu Nicodim Kontakt aufzunehmen, der bereits wegen anderer Straftaten im Gefängnis sitzt, und er hat die Versicherung bekommen, dass die Rumänen nichts gegen Sie haben, wohingegen Ihr Partner und Sbriccoli in der Klemme stecken.«

Erneut das Parkett, durch das Glas des Tischchens.

»Tja«, murmele ich, »warum sich auch mit dem *Einfaltspinsel* anlegen?«

Die Linie der Tischkante deckt sich mit derjenigen zwischen den Zierleisten.

»Danken Sie dem Himmel, dass sie Sie so genannt haben, Dottore«, sagt Annalisa. »Die Professoressa sagt, die drei Male, in denen gesagt wird, dass Sie von nichts wissen, hätten für sich allein nicht gereicht, um Sie rauszuhalten, wenn da nicht das Insistieren auf diesem Spitznamen gewesen wäre.«

Natürlich. »Beghuige du ihn, den Einfaghtspinsegh.«

Ich blicke zu ihr auf, zu ihrem unterwürfigen und mitfühlenden und verlegenen und klugen und triumphierenden Blick.

»Ja, das ist ein wahres Glück gewesen«, sage ich.

Ich stehe auf. Ich bin ein freier, nicht vorbestrafter Mann und dazu bestimmt, es auch zu bleiben – und das ist es, was zählt. Wie diese Bastarde mich genannt haben, kann mir gestohlen bleiben.

»Über den Schweizer Gardisten haben wir dagegen nichts herausgefunden.«

»Tja, der alte Jürgen. Hoffen wir, dass er nicht in der Klemme steckt.«

»Aber wenn es etwas gibt, werden wir es erfahren.«

»Natürlich«, sage ich. »Also, jetzt verabschiede ich mich wirklich von dir. Ich werde die Professoressa in den nächsten Tagen anrufen, um ihr persönlich zu danken und sie zu fragen, wie ich mich bewegen soll.«

Und ich umarme sie.

»Danke«, flüstere ich ihr ins Ohr, durch das duftende Haar, und mit dem Kinn berühre ich leicht ihren Hals.

»Keine Ursache ...«

Ich bin der Exchef dieses Mädchens, das seinen Weg gemacht hat, mir aber ergeben geblieben ist, weil ich es verdient habe. Seht euch an, wie sie mich umarmt: Das ist es, was zählt.

»Von ganzem Herzen danke«, wiederhole ich, während ihre Hände sich an meinen Rücken pressen.

Schade, dass diese Bastarde praktisch meine einzigen Freunde waren. Schade, dass meine Schwägerin mich für einen Hurensohn hält.

»Dottore«, sagt Annalisa, nachdem wir uns voneinander gelöst haben, »mir ist bewusst, dass es ein wenig spät ist, um es Ihnen zu sagen, aber wir haben heute Abend ein paar Leute zu Gast. Es wäre eine große Freude für uns, wenn Sie ebenfalls kommen könnten.«

Was, übersetzt, bedeutet: Die Professoressa konnte Sie nicht einladen, bevor sie erfahren hat, dass Sie tatsächlich nichts mit diesem Gewürm zu tun haben, aber jetzt, da sie sicher ist, sich nicht zu kompromittieren, freut sie sich, es zu tun. Oder, immer noch übersetzt, allerdings aus einer vertraulicheren Sprache: Sehen Sie, Dottore, wie ich Ihren Ruf hochgehalten habe, während Sie sich mit Personen abgaben, die Sie Einfaltspinsel nannten? Sehen Sie, wie sehr Sie dank meiner noch respektiert werden, und das, ohne die Hilfe zu berücksichtigen, die ich Ihnen gewährt habe? Meinen Sie nicht, dass ich all das verdient habe, was Sie hiergelassen haben und was ich mir genommen habe? Oder auch: Da Sie mein Spiel ja inzwischen entdeckt haben, möchte ich Ihnen zeigen, was ich mir geholt habe, indem ich sie zu ziemlich gesalzenen Preisen zurückgekauft habe, drei der Möbel, bei deren Verkauf an Antiquitätenhändler ich Ihnen damals, als Sie Mailand verlassen haben, geholfen habe, da Sie nichts mitnehmen wollten: die sizilianische Jugendstilanrichte aus Nussholz in der Küche, den klassizistischen Schreibtisch mit Intarsien und das holländische Biedermeiersofa, die Sie im Wohnzimmer hatten. Oder endlich: Lieber Dottore, wenn ich Sie zu mir nach Hause einlade – und es ist klar, dass ich das entscheide, Miriam ist Wachs in meinen Händen –, dann auch deswegen, weil ich möchte, dass Sie sehen, wie mein Leben, über das so viel geklatscht wird, aussieht, und Sie aufhören, daran Anstoß zu nehmen, und es endlich wirklich akzeptieren, denn es ist völlig klar, dass Sie es bis jetzt noch nicht getan haben. Danke.

Wie auch immer, ich bin Pietro Paladini: das Arschloch, der Einfaltspinsel, der Flüchtige – außerdem Sohn und Bruder und sogar Vater von Flüchtigen. Tut mir leid, mein Engel, aber ich kann keine Einladungen zu eleganten Abendessen annehmen, ich muss meine Flucht fortsetzen.

13

Es ist nicht leicht, grün zu sein.
Kermit, der Frosch

»Ciao, Papa.«

»Ciao, Sternchen. Wie geht's dir?«

»Gut. Und wie geht es dir?«

»Gut.«

»Das Handgelenk? Ist es schlimmer geworden?«

»Nein, nein. Es ist nur zur Vorsicht. Weißt du, beim Fahren …«

»Und die Lippe?«

»Oh, nichts weiter. Ein Stoß. Aber ist schon wieder verheilt.«

Meine Tochter ist eine Frau. »Mädchen« zu sagen würde den Schlag etwas abmildern, wäre aber irreführend; gewiss, sie ist achtzehn, was sie in jeder Hinsicht zu einem Mädchen macht – doch sie hat gerade diesen unumkehrbaren Schritt getan, der sie in eine Frau verwandelt, sie hat die Kette gesprengt, die mich zu ihrer einzigen Verbindung mit der echten Welt dort draußen machte, jenseits der zitternden Grenze der Social Networks, wo die Dinge real sind und Geld kosten, das man nicht hat, und funktionieren oder nicht funktionieren nach Gesetzen, die man nicht kennt, und das Böse jeden Augenblick hervorsprudeln kann, ohne dass man begreift warum. Es gibt Personen, die diesen Schritt niemals schaffen und von einer Abhängigkeit in die nächste wechseln, ohne dass ihnen je der Gedanke käme, auf die Kontrolle oder den Schutz der anderen zu verzichten; sie dagegen hat ihn gemacht, und obwohl es sich zweifellos um einen Schachzug gegen mich handelt und ich nicht begreifen kann, was an dem Leben, das ich ihr bot, so unerträglich ist, dass es sie in eine andere Stadt treibt und mich zwingt, ihre Tante um Fürsprache zu bitten, nur um sie treffen zu können – hier, auf ihren abgewetzten, mit indischen Tüchern bedeckten Sofas sitzend, in einer Wohnung, die uns zur Verfügung steht durch ein strategisches Ausführen ihrer beiden jüngeren Kinder zum Abendessen, während der Älteste, Giacomo, im gleichen Alter wie Claudia, in einer bestimmten Pizzeria an der Porta Ticinese auf sie wartet –, muss ich zugeben, dass es mich freut, sie so entschlossen und tollkühn zu erleben. Sie wird sich, denke ich, nie die Erpressungen und Schikanen eines Patrick Negretti gefallen lassen, wie D. es in all diesen Jahren getan hat …

»Auch du in Mailand«, sagt sie.

Das klingt sogar sarkastisch.

»Ich hatte Geschäfte zu erledigen.«

»Was für ein Zufall.«

Sie ist eindeutig sarkastisch – und wenn sie sarkastisch ist, dann ist das meine Schuld. Ich bin sarkastisch. Ihre Mutter war es bestimmt nicht. Marta dagegen schon, doch sie hat weder die Zeit noch die Gelegenheit gehabt, es unter Beweis zu stellen. Ich habe es getan, und jetzt ist sie gezwungen, meinem Beispiel zu folgen. Aber Sarkasmus ist eine Schwäche.

»Ja«, sage ich. »Allerdings bin ich nicht erst heute gekommen, und ich wusste, dass du nicht hier warst. Deine Tante hatte mir gesagt, dass ihr in diesem Ort wart, wie heißt er noch?«

»Gattico.«

Sie hat abgenommen. Sie trägt ein elastisches blaues Top und Jeansshorts. Sie ist barfuß. Nur ein Ohrring, der rechte, in dem sich das Licht des Zimmers fängt. Keine Ringe. Kein Nagellack. Nichts, was ich ihr geschenkt habe.

»In Wirklichkeit bin ich Freitagnachmittag angekommen«, fahre ich fort. »Vorher bin ich in Luzern gewesen, bei Chantal, anlässlich des Todestags von Großvater, und danach bin ich nach Mailand gekommen wegen Scherereien, die ich hatte.«

Ich versuche ruhig zu sein, versöhnlich. Wenn in ihrer Haltung etwas Herausforderndes liegt, darf ich mich nicht darauf einlassen. Es ist spät, um ihr ein gutes Beispiel zu geben, ich weiß, aber es ist auch die letzte Gelegenheit, es zu tun. Ich muss mich abfinden mit dem, was für einen Vater am schwierigsten ist, dass sie nicht mehr *mir gehört*, was bedeutet, dass sie mir nie gehört hat.

»Alles wieder in Ordnung?«, fragt sie.

»Ja.«

Übrigens ist sie von eindrucksvoller Schönheit, vor der ich in Bewunderung erstarre. Der Mund ist eindruckvoll, die Lippen sind von eindrucksvollem Rot, und auch die so breite Stirn mit dem so hohen Haaransatz, was unter geometrischen Gesichtspunkten eher ein Makel wäre – der einzige körperliche Makel ihrer Mutter und ihrer Tante –, auch die Stirn wird dadurch schön, wie sie diesen riesigen Augen Raum zu verschaffen scheint, die nach unten geschnitten sind und blau wie die Erde, vom Mond aus gesehen.

»Okay«, sage ich. »Was musst du mir sagen?«

»Ich? Nichts.«

»Du musst mir nichts sagen?«

»Nein.«

Das dünne und geschmeidige schwarze Haar, das hinten von einem komplizierten Knoten gehalten wird. Der Rücken, den neun Jahre Geräteturnen hoheitsvoll wirken lassen, und die Schultern, die vier Jahre ohne Geräteturnen weicher gemacht haben. Die schmalen Arme, die Hände, die immer in Bewegung sind …

»Du hast nur mal kurz vorbeigeschaut bei Tante Marta. Und da du schon mal dabei warst …«

»Sei nicht so sarkastisch, Sternchen. Dafür gibt es keinen Grund.«

»Und du nenn mich bitte nicht Sternchen.«

»Okay, okay.«

Doch auch wenn ich die Bewunderung beiseitelasse, die ihre Schönheit mir abnötigt, haben mir die letzten Tage gezeigt, dass ich sie nichts zu lehren habe, denn nicht einmal ich weiß, wie die Dinge funktionieren, nicht einmal ich bin imstande, den Ausbruch des Bösen vorherzusehen – und sie, auch wenn es traurig ist, es zuzugeben, entsprechend zu beschützen. Wäre es nur deswegen, dann war es richtig, mich zu verlassen.

»Ich dachte, du müsstest mir etwas sagen«, füge ich hinzu.

»Okay«, sagt sie schroff, »dann sag ich dir, dass ich nicht mehr nach Rom zurückkomme. Ich fühle mich nicht wohl in Rom. Ich habe mich dort nie wohlgefühlt.«

Es ist sicher sehr schwer für sie, den richtigen Ton zu finden, um mir zu sagen, was sie mir zu sagen hat, ohne mich zu demütigen, und ich muss mich demütigen lassen. Ich muss mich zwingen, mir gedanklich zu vergegenwärtigen, was sie mir gerade gesagt hat: In der Stadt, in der du unter dem Spitznamen »der Einfaltspinsel« bekannt bist, fühle ich mich nicht wohl.

»Ich bleibe hier«, fügt sie hinzu.

Doch jetzt meldet sich, und ich muss mich zwingen, ihn zu unterdrücken, der Impuls zu reagieren, ihr zu sagen: »He, Mädchen«, et cetera – mein gealtertes Ego als Vater, und sicher auch als Mann, zu verteidigen, das gedemütigt ist von diesem Indikativ Präsens, von diesem unreifen Sichfreimachen von der Pflicht oder auch nur der Höflichkeit, mich – verdammt noch mal – zu fragen, ob ich einverstanden bin.

»Okay«, höre ich mich sagen.

Und ich füge nichts hinzu. Im Grunde ist das die Demütigung: demütig zu sein gegenüber demjenigen, der dich demütigt.

»Ich meine nicht heute, Papa«, legt sie nach, »oder diese Woche oder diesen Sommer. Ich will hierher umziehen. Ich will hier leben. Immer.«

»Hier bei Tante Marta?«

»Ja, sie hat gesagt, dass ich darf.«

»Oh. Dann ist ja alles in Ordnung.«

Das allerdings ist nicht in Ordnung: Diese Antwort ist eben nicht frei von Sarkasmus, verzweifeltem Sarkasmus – weil ich kein Vorbild habe, an dem ich mich orientieren kann, um mich demütigen zu lassen, ohne meine verdammten guten Gründe hervorzuholen. Mir bleibt also nichts anderes übrig, als stumm zu bleiben. Mir bleibt nur das Schweigen.

Schweigen.

Schweigen.

Claudia sieht mich an, während ich schweige, und es ist vielleicht das erste Mal, dass das passiert. Das Gegenteil ist so häufig vorgekommen, dass ich sie anschaute, während sie schwieg, und wenn etwas zwischen uns zerbrochen ist, dann kann das nur daran liegen, dass …

»Das heißt, du hast nichts dagegen?«, fragt sie mich.

Andererseits haben ihre Gesichtszüge die Kindheit erst seit so kurzer Zeit hinter sich gelassen, dass sie immer noch ihre seelische Verfassung ausdrücken wie damals, als sie klein war. Ihre Augen und ihr Mund drücken ganz klar aus, dass sie verblüfft ist.

»Was soll ich dir sagen«, erwidere ich ganz ruhig. »Schließlich bist du volljährig. Es tut mir leid, dass du dich all diese Jahre nicht wohlgefühlt hast, und wenn du denkst, dass es dir besser geht, wenn du nach Mailand zurückkehrst, nein, dann habe ich nichts dagegen.«

Die Verblüffung vertreibt jetzt den mürrischen Gesichtsausdruck, den sie bis gerade eben hatte – wie fortgespült von einem Strahl kalten Wassers. Es ist bewegend zu sehen, wie leicht man sie immer noch täuschen könnte.

»Ich meine es ernst«, sage ich abschließend.

Und jetzt werden endlich die Zähne sichtbar. Ein winziges Lächeln, das sofort wieder verschwindet, doch für einen Augenblick durchzuckt ein Lichtblitz das Oval ihres Gesichts, der imstande ist, jedes menschliche Wesen zu betäuben. Es kommt mir jetzt fast so vor, als würde sie mich mit Zärtlichkeit, ja Liebe anschauen. Aber vielleicht ist das nur mein Eindruck, die Belohnung, die ich mir dafür gönne, dass ich mich demütigen lasse.

»Wo bist du hier in Mailand?«, fragt sie.

Diese Frage überrascht nun wiederum mich.

»Du meinst, wo ich schlafe?«

»Ja.«

»Im Hotel.«

»In welchem Hotel?«

Wieder verspüre ich den Impuls, sie zu fragen, warum sie mir diese Frage stellt – welche Logik, welche Überlegung dahintersteckt. Will sie anrufen, um mich zu kontrollieren? Hat sie Angst, dass ich auch hier schlafen will und ihr dadurch meine Gegenwart aufdränge, nachdem sie sich bemüht hat, sie zu eliminieren? Dass ich sie nicht, wie versprochen, nach unserem Treffen zu ihrem Cousin in die Pizzeria gehen lassen will? Doch auch diesmal gelingt es mir, mich zu beherrschen und ganz ruhig zu antworten.

»NH President. Am Largo Augusto. In der Nähe unserer alten Wohnung.«

Wenn sie misstrauisch ist, so hat sie das Recht dazu. Und ich habe die Pflicht, es zu akzeptieren, und wenn mir das mit Worten nicht gelingt, so bedeutet dass, dass ich still sein muss.

Also Schweigen. Erneut.

Claudia holt aus der Handtasche ein Zehnerpäckchen Marlboro Lights und zündet sich eine Zigarette an. Das heißt: *Sie raucht*. Wie kommt das, seit wann, sagtest du nicht immer, hast du mich nicht immer genervt warum und weshalb – nein, nichts von all dem. Claudia raucht, und ich, der ich achtzehn Jahre vor ihrer Nase geraucht habe, bin der Letzte, den das überraschen sollte. Sie raucht, aber sie inhaliert ehrlich gesagt kaum, wie es diejenigen machen, die gerade angefangen haben. Zwei kurze, zurückhaltende Züge, die sofort wieder zwischen den fast geschlossenen Lippen ausgestoßen werden. Und doch wirkt sie bereits entspannter, als hätte sie diese zwei Züge nötig gehabt, um sich zu beruhigen. Das würde mir auch helfen.

»Darf ich?«, frage ich, und als sie zustimmt – ein reizendes »Hm-Hm«, während sie den dritten Zug macht –, ziehe ich eine Zigarette aus ihrem Päckchen und zünde sie mir an.

Verkehrte Welt. Väter, die Zigaretten von ihren Töchtern schnorren.

Sie steht auf, nimmt einen Aschenbecher, der bereits voller Kippen ist, vom Tischchen und stellt ihn neben sich aufs Sofa.

»Hör zu, Papa«, sagt sie, »ich erzähle dir jetzt etwas. Einverstanden? Etwas Wichtiges.«

»Natürlich bin ich einverstanden.«

Ich nehme einen tiefen Zug an meiner Zigarette, ich fühle mich besser.

»Weißt du, warum ich in Physik durchgefallen bin?«, fragt sie. »Der wahre Grund?«

»Weil du die letzte Prüfung verpatzt hast.«

»Das ist das, was die Marchegiano sagt.«

»In Wahrheit hast du es mir gesagt.«

»Ja, okay. Aber weißt du, wie die Prüfung gelaufen ist?«

»Woher soll ich das wissen?«

Da es für mich schwierig ist, die Asche abzustreifen – ich muss aufstehen, um den Aschenbecher neben ihr zu erreichen –, und sie mich nicht auffordert, mich neben sie zu setzen, nimmt sie einen zweiten Aschenbecher von der Fensterbank und reicht ihn mir.

»Danke.«

»Ich hatte gelernt«, sagt sie. »Du weißt ja, ich bin zur Nachhilfe gegangen, ich habe in der zweiten Hälfte des Schuljahrs dreimal hintereinander ein Genügend bekommen, obwohl ich eine bessere Note verdient hatte, aber die Lehrerin hat mir nur ein Genügend gegeben. Ich hatte meine Lücken aufgeholt. Und auf diese Prüfung war ich vorbereitet.«

»Und?«

»Und die Lehrerin hat mich gebeten, über ein beliebiges Thema zu sprechen, und da habe ich mich ausgesprochen, wie ihr in Rom sagt.«

»Das heißt?«

»Das heißt, da sie mich das Thema selbst wählen ließ, habe ich beschlossen, ihr zu vertrauen, mich zu öffnen und von mir zu sprechen.«

»In einer Physikprüfung?«

»Ja.«

»Und wie kann man in einer Physikprüfung über sich sprechen?«

»Ich habe beschlossen, über die seltenen Erden zu sprechen. Du weißt, was das ist?«

Da haben wir's. Verdammt, ich kann mich nicht einen Augenblick entspannen, sofort kommt die nächste kalte Dusche. Die *seltenen Erden*. Was ist nur los? Ich habe das Gefühl, auf gut Glück vorwärtszugehen, dabei ist alles miteinander verbunden. Was ist das, eine Verschwörung? Die *Paladini Show*? Alle wissen Bescheid außer mir?

»Nein«, erwidere ich.

Claudia holt Luft und schnalzt leicht mit der Zunge, wie sie es tat, als sie klein war – ein Zeichen, dass sie sich dessen sicher ist, was sie gleich sagen wird.

»Das sind chemische Elemente des Periodensystems, die sich in Mineralien befinden, die in der Erdkruste relativ häufig vorkommen, die Tonerden und andere, an die ich mich jetzt nicht erinnere, aber in der Prüfung habe ich mich an alle erinnert. Monazit zum Beispiel. Es gibt noch viele weitere. Sie werden nur deswegen seltene Erden genannt, weil ihre Konzentration in den Mineralien, die sie enthalten, sehr gering ist, und daher ist ihre Gewinnung kompliziert und kostspielig. Das nur, um dir grosso modo zu sagen, was sie sind, und ich habe alles gewusst, auch die Dinge, die ich nach anderthalb Monaten schon wieder vergessen habe: ihre Namen, Dysprosium, Lanthan, die Unterkategorien, die Ordnungszahlen, die Mineralien, in denen sie vorkommen, die Gewinnungstechniken. Alles ...«

»Und warum ist die Prüfung dann schlecht gelaufen?«

»Weil die Lehrerin mich, als ich ihr das Thema sagte, über das ich sprechen wollte, in ihrem arroganten Ton gefragt hat: ›Und wavum gevade übev die seltenen Evden, Paladini?‹ Weil sie das r weich ausspricht, hat sie sofort gedacht, ich hätte sie gewählt, um mich über sie lustig zu machen, verstehst du?«

»Na ja, vielleicht übertreibst du da ein bisschen«, wende ich ein. »Sie kann dich nicht deswegen durchfallen lassen.«

Sie drückt die Zigarette aus (ich habe meine schon seit einer Weile ausgedrückt). Sie tut sich etwas schwer mit der brennenden Kippe, sie hat keine Erfahrung.

»Nein, natürlich nicht«, sagt sie, »aber das soll dir zeigen, wie voreingenommen sie ist. Die Antwort auf ihre Frage war einfach. Denn in den letzten dreißig Jahren hat der Einsatz der seltenen Erden eine enorme Entwicklung der Produktion von Magneten, Hybridmotoren, Solarzellen, Windturbinen, Glasfasern, Lasern, Computerbildschirmen und Smartphones erlaubt, das heißt in den gewinnbringendsten Technologien. Aber obwohl sie mehr oder weniger überall vorkommen, in Brasilien, Kalifornien, Südafrika, Russland, Indien und sogar in Italien, werden fünfundneunzig Prozent der seltenen Erden in China produziert, und dort werden sie als strategische Waffe benutzt, um die Industriepolitik aller Länder der Welt von sich abhängig zu machen. Kannst du mir folgen?«

»Ja.«

»Das war die Antwort, die die Lehrerin hören wollte.«

»Und du hast sie ihr nicht gegeben?«

Sie zieht die Augenbrauen hoch, was ihr, in Kombination mit ihren schrägen Augen, einen düsteren, sehr sinnlichen Ausdruck verleiht. Aber auch das hat sie schon immer gemacht, von klein auf, was bedeutet, dass ihr das, was sie sagt, keine Probleme bereitet. Wäre es die *Paladini Show*, hätte sie es, glaube ich, nicht gemacht.

»Nein.«

Ja, sie ist eine Frau, und als Frau hat sie sich von mir entfernt, aber ich kenne das Mädchen, das sie gewesen ist, und dieses Mädchen sendet immer noch Signale aus, die nur ich lesen kann; es ist nicht *das*, was sie im Begriff ist, mir zu sagen, es handelt sich um einen Zufall.

»Und warum?«

»Weil ich ihr die Wahrheit gesagt habe, den wahren Grund, aus dem ich beschlossen habe, über die seltenen Erden zu sprechen. Den persönlichen Grund, denn es gab einen persönlichen Grund.«

Oh, Scheiße. Dabei stimmt es. Was für einen persönlichen Grund könnte es geben, wenn nicht diesen? Ich bin also wirklich der einzige Einfaltspinsel, der von nichts eine Ahnung hat.

»Und was für einer war es?«, flüstere ich.

»Ich hab ihr geantwortet: ›Weil ich durch die Beschäftigung mit den seltenen Erden etwas sehr Wichtiges gelernt habe, das mich mein ganzes Leben begleiten wird.‹«

Oder nicht, und das ist wahrhaftig ein weiterer Zufall.

»Und sie?«

»Und sie, immer noch in ihrem arroganten Ton: ›Und was soll das sein?‹ Und da habe ich's ihr gesagt, ich habe ihr vertraut, vor der ganzen Klasse, und am Ende hat sie beschlossen, ich würde sie verarschen, und hat mir ein Unzureichend gegeben, ohne mir auch nur eine Frage zu stellen. Jetzt weißt du, wie es gelaufen ist.«

Ein absurder Zufall, gewiss, der x-te, der absurdeste von allen, der aus mir den Weltmeister der absurden Zufälle machen würde – aber möglich ist es doch; ja, es ist möglich, dass sie nichts von Carlo weiß, und dann gäbe es noch etwas Hoffnung …

»Ja, aber was hast du ihr gesagt?«, frage ich, da ich sehe, dass sie nichts mehr sagt. »Und was ist der wahre Grund?«

Sie schüttelt sich die Haare aus dem Gesicht – wann hatte sie den Knoten gelöst? – und streicht sie alle auf einer Seite nach hinten.

»Tja, also, ich habe ihn einmal gesagt, und das Ergebnis war katastrophal. Und ich möchte nicht, dass wieder was Schlimmes passiert, wenn ich ihn noch mal sage.«

Sie redet zu sehr um den heißen Brei herum. Vielleicht kann sie ihn nicht sagen, vielleicht ist es wirklich Show.

»Das heißt also, du sagst ihn mir nicht? Du erzählst mir das alles und sagst mir dann das Wichtigste nicht?«

»Doch, doch, ich sag ihn dir«, erwidert sie. »Allerdings muss ich etwas weiter ausholen, weil du nicht die Marchegiano bist. Du musst Dinge wissen, die sie nicht weiß.«

Also doch. Vielleicht sind die Fernsehkameras im Aschenbecher versteckt. Die Mikrophone in den Filtern der Zigaretten …

»Na dann erzähl es mir.«

›Also: Vor ein paar Jahren wurden ich, der Onkel, die Tante, Chantal, ihr Zwillingsbruder, dein Partner, dein Steuerberater, Virginio, deine Sekretärin und deine ehemalige Sekretärin ins Büro eines Fernsehproduzenten bestellt, der uns vorgeschlagen hat …‹«

»Ja, nur musst du mir versprechen, mich reden zu lassen, und auch wenn ich Dinge sagen werde, die dir nicht gefallen werden, bitte ich dich, mich nicht zu unterbrechen. Ich glaube, ich bin bereit, mit dir zu reden, nach all der Arbeit, die ich mit der Chianese gemacht habe, aber ich möchte sicher nicht mit dir diskutieren. Und ich bin mir sicher, dass ich, wenn ich aus irgendeinem Grund, an irgendeiner Stelle unterbrochen werde, nicht mehr weitererzählen kann. Versprichst du es?«

»Ich versprech's.«

Zum Teufel. *Paladini Show* oder absurder Zufall, das ändert wenig, ich muss immer still sein. Auch wenn …

»Eine Sache frage ich dich aber gleich«, sage ich, »um dich danach nicht zu unterbrechen. Weiß die Chianese von der Entscheidung, die du getroffen hast? Weiß sie, dass du in Mailand bei Tante Marta bleiben willst?«

»Ja.«

»Seit wann?«

»Na ja, seit einer ganzen Weile.«

Na denn. Noch eine, die Teil der Show ist. Die Chianese. Und ich bezahle sie auch noch und gehe einmal im Monat zu den unterstützenden Gesprächen, und während meine Tochter plant, von zu Hause abzuhauen, spricht sie von Doublebind und emotionalen Diskursen. Wenn sie wenigstens eine Andeutung gemacht hätte, verdammte Scheiße …

»Mach ihr deswegen keine Vorwürfe«, fügt sie hinzu. »Sie konnte es dir nicht sagen. Sie ist an die Schweigepflicht gebunden.«

»Ich habe doch gar nichts gesagt. Das war reine Neugier. Komm, erzähl. Ich versprech dir, dass ich dir zuhören werde, ohne ein Wort zu sagen.«

Und ohne, wenn möglich, zu denken, ohne zu interpretieren, ohne Vermutungen anzustellen, ohne hineinzugeheimnissen. Die Zeit ist gekommen, diese verdammte Stimme zum Schweigen zu bringen, die mich überall begleitet und alles überdeckt und verzerrt und entstellt, immer, nur um zu entdecken, dass am Ende alles ganz anders ist, als sie es erzählt …

»Also …«

Sie schlägt die Beine übereinander. Ihre langen, noch jugendlichen Flamingobeine.

»Also, alles beginnt damals, als Mama gestorben ist, klar. Ich war ein kleines Mädchen und habe überhaupt nicht begriffen, was der Tod ist. Ich meine … ich hatte begriffen, dass Mama nicht mehr da ist, das schon, nur gab es da auch all diese Geschichten, die mich getröstet haben, dass sie im Himmel wäre und dass sie uns vom Himmel aus zuschauen würde. Kurz, ich sah sie nicht mehr, aber sie sah mich, das hatte ich begriffen. Ich weiß, du hast mir das nie gesagt, das waren die anderen, deine Tante, ich kann mich an ihren Namen nicht mehr erinnern, die Katechismuslehrerinnen, die Mütter meiner Freundinnen, und mir gefiel diese Geschichte, dass Mama mir vom Himmel aus zuschaut, und ich habe mir da drum herum eine Art Phantasie gebastelt. Ich weiß nicht mehr, wann genau ich das gemacht habe, ob eine Woche danach oder einen Monat oder drei Monate, weil ich die Zeit unmittelbar nach diesem Ereignis auf sehr merkwürdige Art erlebt habe, als würde ich mich in einer Blase befinden; so wie ich mich daran erinnere, muss es sofort geschehen sein, das heißt, ich erinnere mich, dass das Erste, was ich nach Mamas Tod gedacht habe, das hier war: Okay, die Mama ist tot und schaut mir vom Himmel aus zu, *und wir bilden eine Großfamilie mit Tante Marta und den kleinen Cousins.* Ich kann dir nicht sagen, warum ich das gedacht habe, aber ich schwöre dir, das war ein ganz natürlicher Gedanke, das heißt, es war für mich ganz selbstverständlich, dass sich die Dinge so entwickeln würden.«

Das Handy klingelt. Der gleiche Klingelton wie der von Rosy Malaparte, der Teufel soll sie holen. Sie schaut auf das Display und geht ran.

»Hallo?« Sie runzelt die Stirn. »Hallo? Ich höre nichts. Hallo?«

Sie blickt erneut aufs Display, beendet das Gespräch, seufzt.

»Also«, fährt sie fort, »du hattest keine Frau, Tante Marta hatte keinen Mann, ich hatte keine Mama, Giacomo und Giovanni hatten keinen Papa, ich meine … sie hatten einen, aber eigentlich waren es zwei verschiedene Väter, und wenn sie bei ihrem Papa waren, verschwanden sie, und ich sah sie nicht mehr, und ich sah auch die Papas nicht, und auch sie sahen …«

Erneut das Handy. Diesmal drückt Claudia das Gespräch sofort weg, ohne ranzugehen, und schleudert das Handy auf das Tischchen, während sie weiterspricht.

»Für mich war der Papa einer wie du, der immer für mich da war, der mich zur Schule brachte, zum Turnen et cetera, und alle sahen dich. Und ihnen fehlte ein solcher Vater. Und ich hielt es für selbstverständlich, dass wir uns alle zu einer Großfamilie zusammenschließen würden. Auch Onkel Carlo natürlich, der allerdings kam und ging. Diese Großfamilie wäre die wahre Konsequenz aus Mamas Tod gewesen, und diese Konsequenz gefiel mir. Für mich war das etwas Fröhliches.«

Pling. Sie bekommt eine SMS. Sie schaut nicht nach und redet weiter. Ihr Gesichtsausdruck verdüstert sich.

»Du kannst dir vorstellen, wie schwer es mir gefallen ist, der Chianese gegenüber zuzugeben, dass ich nach Mamas Tod einen so fröhlichen Gedanken hatte. In den ersten anderthalb Jahren der Therapie haben wir das Thema gar nicht berührt, weil ich es vermieden habe. Ich habe ihr von den Cappuccinos erzählt, die ich getrunken habe, vom Zucker, der in den Schaum einsinkt, von der Temperatur der Milch. Ich habe nicht mitgearbeitet, ich konnte es einfach nicht. Ich meine ... tief in meinem Innern habe ich kapiert, dass dort alles begonnen hatte, aber ich konnte es nicht zugeben.«

Sie macht eine Pause. Es fällt mir enorm schwer, die Gedanken und die Fragen außen vor zu lassen, die sich aus dem, was sie gerade gesagt hat, ergeben, doch ich schaffe es.

»Jedenfalls habe ich mich«, fährt sie fort, »als du mich gefragt hast, ob ich einverstanden wäre, die Wohnung in der Via Durini zu verkaufen, erleichtert gefühlt. Endlich, dachte ich. Für mich war das ein notwendiger Schritt, weil die Wohnung in der Via Durini zu klein war, damit wir dort alle zusammen wohnen konnten. Und ich sagte dir, dass ich einverstanden bin.«

Und auch die Erinnerungen, den Schmerz, die Zärtlichkeit außen vor zu lassen.

»Und dann hast du mich nach einer Weile gefragt, ob ich einverstanden wäre, nach Rom umzuziehen, und da war ich überrascht. Das hatte ich nicht erwartet. Von Rom wusste ich nur, dass es die Stadt ist, in der du geboren wurdest und wo Onkel Carlo wohnte, und das machte sie mir vertraut. Ich hatte sie mit einem Wort assoziiert, das mir sehr gefiel, dem Wort ›romantisch‹. Ich glaubte, der Name Rom käme von romantisch, oder umgekehrt, und dieser Gedanke führte dazu, dass ich dir sagte, dass ich auch einverstanden bin, nach Rom zu ziehen. Aber ich habe immer noch an die Großfamilie geglaubt, kapiert? Ich meine, für mich war es immer noch selbstverständlich, dass wir *alle* nach Rom umziehen würden, wir beide, Tante Marta, die Cousins, und dass das besser wäre, weil auf diese Weise auch Onkel Carlo zu uns ziehen könnte. Alle in derselben Wohnung in Rom, und Mama schaut uns vom Himmel aus zu.«

Sie senkt den Blick und macht eine weitere Pause, als sähe sie alles auf den Teppich projiziert. Ihr Gesichtsausdruck wird schrecklich melancholisch. Dann hebt sie den Blick und sieht mich an.

»Jetzt beginnt der schwierigste Teil, Papa. Ich hoffe, ich schaffe es. Aber auch wenn ich stecken bleibe oder in Tränen ausbreche, unterbrich mich nicht, okay? Misch dich nicht ein, umarm mich nicht, tu einfach nichts. Okay?«

Sie ist jetzt wirklich wunderschön, atemberaubend. Leider scheint sie geboren zu sein, um melancholisch zu sein.

»Okay«, zische ich.

Sie atmet durch, ballt leicht die Fäuste und fährt fort.

»Nachdem wir in Rom waren, habe ich zwei Jahre gebraucht, um zu begreifen, was los ist. Das heißt, ich habe zwei Jahre lang weiterhin darauf gewartet, dass auch Tante Marta und die Cousins zu uns ziehen, einschließlich Marietto, der inzwischen gerade geboren worden war. Unsere Wohnung kam mir immer noch ein bisschen klein vor, aber die Gewissheit, dass wir alle zusammen sein würden, war so stark, dass ich darin kein Problem sah. Ich dachte, wenn es so weit wäre, würden wir schon die richtige Wohnung mieten, oder wir würden uns arrangieren, und meine Phantasie blieb lebendig. Und außerdem verbrachte Onkel Carlo in Rom viel mehr Zeit mit uns, was sehr gut zu meinem Plan passte. Und weil ich gelernt hatte, dass immer alles im September passiert, weil die Schule im September anfängt, Mama im September gestorben war und wir im September umgezogen waren, wartete ich in jedem September darauf, dass Tante Marta nach Rom kommen würde. Aber sie kam nicht. Jetzt wirst du mich fragen: Warum habe ich dir das alles in diesen zwei Jahren nicht erzählt? Der Grund ist immer der gleiche, ich meine, für mich stand das unumstößlich fest, immer, und deswegen war es für mich, als hätte ich dich das bereits gefragt und du hättest ja gesagt.«

Sie zögert. Es kommt mir so vor, als bemühte sie sich, nicht zu weinen.

»Ich habe nie gezweifelt, verstehst du? Ich habe nur darauf gewartet, dass es passiert. Bis zu dem Tag, an dem ich plötzlich begriffen habe, dass es nicht passieren würde. Das war an dem Tag, an dem der Onkel mir gesagt hat, dass er fortgehen würde.

Das war auch im September, glaube ich, oder vielleicht nicht, vielleicht war es im Oktober, es war schon recht kalt, und wir waren im Park der Villa Borghese, in der Motorrikscha, und hatten angehalten, um den Schlittschuhläufern zuzuschauen, die ihre Kunststücke zwischen den Kegeln machten, und plötzlich sagte der Onkel mir, er würde Italien verlassen und wir würden uns eine Weile nicht mehr sehen. Er hat mir nicht gesagt, dass er in Schwierigkeiten steckt und dass *ich ihn nicht wiedersehen würde*, das hast du mir später gesagt, aber in dem Augenblick habe ich plötzlich begriffen, dass das, worauf ich immer noch die ganze Zeit gewartet habe, nie geschehen würde. Ja, ich habe sogar begriffen, dass bereits das Gegenteil eingetreten war und dass wir alle verloren waren. Denn wir sahen Tante Marta und die Cousins so gut wie gar nicht mehr, nicht einmal mehr im Sommer, nachdem sie das Haus in Roccamare verkauft hatten. Und jetzt würde ich auch Onkel Carlo nicht mehr sehen. Aus der Traum von der Großfamilie. In welchem Jahr das war? Ich erinnere mich an den Nachmittag, als ob es gestern wäre, aber ich erinnere mich nicht, in welchem Jahr das war. In welchem Jahr ist Onkel Carlo fortgegangen?«

Es ist so weit: Die Augen beugen sich nach unten, die Lippen beginnen zu zittern …

»2009«, erwidere ich.

»2009«, wiederholt sie und schaut erneut auf den Boden. »Ich war vierzehn …«

Und sie beginnt zu weinen. Es ist kein plötzlicher Ausbruch, sondern eher ein Rinnen, als hätte sie beschlossen, sich jetzt ein wenig gehen zu lassen, um anschließend nicht überwältigt zu werden.

»Und wir kommen jetzt zum eigentlichen Problem, Papa«, sagt sie. »Mein Problem. Das, was ich in all diesen Jahren umkreist habe.«

Sie blickt tapfer hoch und sieht mich mit diesem immer noch so blauen und stolzen und unergründlichen Blick an, der nun aber auch gebeugt und durch den Tränenschleier getrübt ist.

»An dem Tag habe ich den größten Schmerz meines Lebens empfunden, verstehst du?«

Sie weint heftiger, und wie damals, als sie ein kleines Mädchen war, entstellt das Weinen sie nicht; nur die Augen bewegen sich nach unten, immer stärker, doch das Gesicht bleibt beherrscht. Sie blickt mich immer noch an, als suchte sie auf mir die Kraft, um standhaft zu bleiben.

»Es geschah nicht, als Mama gestorben ist, verstehst du? Es geschah, als die Phantasie gestorben ist, durch die ich sie ersetzt hatte.«

Sie spricht mit gebrochener Stimme, und die Tränen quellen über und laufen schnell und schwer über ihre Wangen. Der Anblick ist nicht nur quälend für mich, da ist noch mehr, und ich bin gezwungen, den Blick abzuwenden, um nicht ebenfalls in Tränen auszubrechen. Ich betrachte jetzt den Saum dieses ausgefransten Teppichs, damit das Weinen meiner Tochter weniger unerträglich wird, nur noch ersticktes Schluchzen, der einfache Klang ihres Schmerzes.

»Seit dem Tag habe ich mich schlecht gefühlt, und es hat nicht mehr aufgehört. Du hast es auch bemerkt, erinnerst du dich?«

Ich hebe mutig den Blick. Sie zieht die Nase hoch und streicht mit den Händen das Haar nach hinten. Sie hat aufgehört zu weinen.

»Denn plötzlich ist die Dottoressa Chianese aufgetaucht, obwohl du immer Stillschweigen über die Dinge breitest und niemals auch nur geahnt hast, *wie* schlecht es mir ging. Es ging mir hundsmiserabel, Papa, und das Schmerzlichste war, dass der Grund, warum ich gelitten habe, nicht der Grund war, den alle vermutet haben. Ich hatte das Gefühl, ein Ungeheuer zu sein.«

Als ich sie das Wort »Ungeheuer« aussprechen höre, kommen mir die Tränen, und ich muss schlucken und die Augen schließen, um sie zu unterdrücken. Auf sie hat diese Behauptung jedoch die gegenteilige Wirkung, sie scheint ihr Kraft zu geben.

»Ich muss sagen, dass die Chianese wirklich Geduld bewiesen

hat, denn wenn sie versucht hätte, die Dinge in all den Sitzungen, in denen ich ihr vom Cappuccino erzählte, zu erzwingen, wäre ich nicht mehr hingegangen und wäre jetzt sicher nicht imstande, Entscheidungen zu treffen und dir diese Dinge zu erzählen. Stattdessen hat sie gewartet, und irgendwann, das heißt vor zwei Jahren, konnte ich es ihr endlich sagen. Es war schwierig für mich, aber es ging mir so schlecht, dass ich es ihr dann doch sagen konnte. Ich leide nicht, weil meine Mutter gestorben ist, habe ich ihr gesagt, ich leide, weil sich die Dinge nach ihrem Tod nicht so entwickelt haben, wie ich es wollte.«

Sie schüttelt den Kopf und bemüht sich, ein gespensterhaftes Lächeln anzudeuten – das Bild des Schmerzes.

»Und obwohl sie mir erklärt hat, dass es keinen Unterschied macht, und ich begriffen habe, was sie meinte, machte es einen für mich, und zwar einen riesengroßen.«

Erneut streicht sie sich die Haare nach hinten, und erneut hatte ich nicht bemerkt, dass sie ihr wieder auf die Schultern gefallen waren. Wohin schaue ich eigentlich?

»Und dann taucht zu genau diesem Zeitpunkt Diana auf und damit doch die Perspektive einer Großfamilie, wenn auch natürlich nicht die, von der ich geträumt hatte.«

Sie trocknet sich die Augen mit der Hand. Zieht die Nase hoch. Verhärtet sich.

»Und jetzt bitte ich dich, nicht beleidigt zu sein, Papa, auch deswegen, weil ich, wie du gemerkt hast, bis jetzt aufrichtig gewesen bin, ich habe zugegeben, dass es auf einem Fehler von mir beruht, auf einer *kognitiven Verzerrung*, wie die Chianese es nennt. Ich habe es zugegeben, ich gebe es zu. Als dann aber Diana aufgetaucht ist, ich meine, ausgerechnet sie, nicht eine andere Frau, sondern sie, Diana, habe ich mich verloren gefühlt. Entschuldige die Offenheit, Papa, aber ich konnte einfach nicht begreifen, wie dir eine solche Frau gefallen kann. Glaub mir, es war keine Eifersucht, diese so naive Phantasie, in der ich dich mit Tante Marta verkuppelt habe, bedeutet, dass ich irgendwie hoffte, dich mit einer anderen Frau zusammen zu sehen. Aber sicher nicht mit einer Frau, die so … wie lautet das Wort? Die über und über mit Tattoos bedeckt ist, die so komisch redet, die ihre Kinder Kevin und Eden nennt. Wie lautet das Wort?«

Sie sieht mich an, als erwartete sie tatsächlich eine Antwort von mir.

»Das fragst du mich?«

»Ja.«

»Und warum?«

»Weil es mir nicht einfällt. Wie lautet das Wort?«

Auch hier gäbe es einiges zu erwidern, denn es liegt eine gewisse Aggressivität, Bosheit in der Frage. Ich müsste ihr sagen, überleg dir, was du sagst, Sternchen, immerhin sprichst du von einem menschlichen Wesen. Ein menschliches Wesen, das ich allerdings geschlagen habe, und auch das könnte ich ihr sagen, dass ich sie geschlagen habe und dass wir Schluss gemacht haben, und sie verblüffen. Aber ich habe ihr versprochen, genau das nicht zu tun, weil die Verblüffung sie verstummen lassen würde, während sie sich gerade bemüht, sich dem Problem zu stellen, das sie leiden lässt, und dieses Problem bin ich, ob es mir nun gefällt oder nicht.

»Vorstädterin«, erwidere ich und versuche, es wenigstens mit einem Minimum des Stolzes auszusprechen, mit dem D. es aussprechen würde, als wäre es so etwas wie eine Heimat, eine Identität. Was übrigens auch stimmt.

»Nein«, sagt Claudia, »das ist nicht das Wort, aber egal. Was ich sagen will, ist, dass es mir einen totalen Schrecken eingejagt hat, dass wir die Großfamilie, auf die ich so viele Jahre gewartet habe, mit ihr gründen sollten. Dass wir zu ihr ziehen würden, in ihr absurdes Haus, an diesem absurden Ort, mit diesen beiden Kindern, die so absurde Namen haben … Ach übrigens, Papa, Eden ist ein männlicher Vorname, kein weiblicher, und für mich war es unbegreiflich, dass du, der du auf die Momentchen geschossen hast, das nicht merkwürdig gefunden hast. Ich habe gesehen, dass du dir wie ein Wahnsinniger den Arsch aufgerissen hast, um dich um sie und diese beiden Kinder zu kümmern, und ich dachte, jetzt wird er mir sagen, dass wir *im September* zu ihr ziehen würden, und ich werde verloren sein. Ergebnis: Ich fing an zu leiden, weil Mama nicht mehr da war.«

Sie macht eine Pause, als wollte sie sich vergewissern, dass ihre letzte Behauptung ins Schwarze getroffen hatte. Dann fährt sie fort.

»Plötzlich, nach, ich weiß nicht, fünf Jahren? Plötzlich hat mir Mama ganz furchtbar gefehlt, allein schon, wenn ich daran dachte, dass du mit einer Frau zusammen warst, die so anders als sie war … Aber auch *endlich*, wie die Chianese sagte. Denn für sie war es etwas Positives, Befreiendes, und sie hatte recht, weil ich jetzt wenigstens aus dem richtigen Grund litt. Allerdings hat das zu einem neuen Problem geführt, einer neuen Verzerrung, ich habe angefangen, dich zu hassen und mich schuldig zu fühlen.«

Oh, was mag ich jetzt für einen Gesichtsausdruck haben? Ich spüre, dass in meinem Gesicht irgendetwas passiert ist, aber ich habe keine Ahnung, wie das Ergebnis aussehen könnte. Ich habe das Gefühl, dass meine Gesichtszüge entgleist sind. Es ist allerdings nur ein Gefühl, da Claudia weiterredet wie vorher.

»Denn, siehst du, ich weiß, dass das, was ich sage, ungerecht ist, ich weiß, dass du ein guter Mensch bist und das Recht hast, zusammen zu sein, mit wem du willst, und ich weiß auch, dass die Jahre nach Mamas Tod sehr schwierig für dich gewesen sein müssen, während ich auf die Großfamilie gewartet habe: Allein, ganz auf mich konzentriert, darauf, immer deine Pflicht zu tun, ohne je an dich zu denken und ohne zu wissen, dass du … Ich meine, du wusstest nicht, wie das alles enden würde, nicht wahr? Du hast dich um mich gekümmert, ohne zu wissen, ob du … na ja, ein neues Leben anfangen könntest, entschuldige den Gemeinplatz, aber mir fällt nichts anderes ein. Das alles weiß ich, und leider wusste ich es auch, während ich dich hasste, und während ich dich hasste, kam ich mir erneut wie ein Ungeheuer vor. Und ich fing an, daran zu denken, von zu Hause abzuhauen.«

Nachdem sie die Krise überwunden hat, hat Claudia ganz offensichtlich den Zustand einer Art *disclosing euphoria* erreicht, da sie mir gewisse Dinge sagt, ohne irgendwelche Rücksicht zu nehmen, und sich überhaupt keine Gedanken darüber zu machen scheint, wie sie auf mich wirken könnten: »Schrecken«, »dich hassen«, »von zu Hause weglaufen« sind mit voller Wucht ausgeführte Peitschenhiebe, und ich bemühe mich, sie einzustecken, ohne sie zu unterbrechen, aber sie tun weh.

»Ich habe es der Chianese gesagt, weil ich ihr inzwischen vertraue, und nur weil sie mir geraten hat, es nicht zu tun, bin ich nicht abgehauen. Sie hat mich zum Nachdenken gebracht. Sie hat mir erklärt, dass ich nicht weglaufen könne, weil ich minderjährig sei und du mir nichts Schlimmes angetan hättest, und wo ich auch immer hingehen würde, man würde mich immer zu dir zurückbringen. Sie drängte mich eher, mit dir zu reden, dir diese Dinge zu sagen, doch das konnte ich nicht, denn jedes Mal, wenn wir miteinander sprachen seit dem Tag mit dem Onkel im Park der Villa Borghese, hatte ich Angst, du könntest mir erneut etwas vormachen, und ich sage noch einmal, wohl wissend, dass du mir nie etwas vorgemacht hast, dass ich mir selbst etwas vorgemacht habe ...«

Oh, es ist wirklich hart, sich diese Dinge anhören zu müssen. Und es ist umso schwerer, weil ich, wie ich schon sagte, keine Vorbilder dafür habe, mich demütigen zu lassen. Ich hätte mich nie getraut, meinem Vater solche Dinge zu sagen, aber wenn ich es ganz zaghaft versucht hätte, wäre er niemals stumm geblieben, nicht einmal, wenn er es vor Gott geschworen hätte, und wir hätten uns fürchterlich gestritten. Zwischen uns funktionierte das alles nicht, es hat sich immer in Anlässe zum Streiten verwandelt, und Streiten war ein gutes Mittel, sich von solchen Enthüllungen fernzuhalten – sodass ich, sollte ich jetzt sagen, was zwischen uns nicht funktionierte, es gar nicht sagen könnte. Wir stritten, das war es, was nicht funktionierte, das war das Problem. Hier dagegen gibt es eine Aufrichtigkeit, die niederschmettert.

»Ich habe zwei Jahre lang durchgehalten. Ich habe gewartet, bis ich volljährig wurde. Allerdings hast du in der Zwischenzeit nie davon gesprochen, mit Diana zusammenzuziehen, und hast dir weiterhin wie ein Wahnsinniger den Arsch aufgerissen, um für mich da zu sein und auch für sie, ohne die Dinge je zu vermischen. Und deswegen fühlte ich mich, obwohl es mir schlecht ging und Mama mir fehlte, dir gegenüber noch schuldiger. Es war ein Teufelskreis. Es ging mir schlecht, und ich wollte abhauen, doch kaum dachte ich daran abzuhauen, fühlte ich mich schuldig, weil ich dachte, ich würde dich allein lassen, um mir hier ein bequemes Leben zu machen. Vorausgesetzt natürlich, dass Tante Marta mich aufnehmen würde, und ich möchte, dass klar ist, dass sie nie etwas gewusst hat, weder von meinen Phantasien über sie noch von meinen Fluchtplänen, okay? Bitte mach ihr keine Vorwürfe, denn sie hat von all dem erst gestern Abend erfahren. Aber es ging mir immer schlechter.«

Ich zünde mir eine zweite Zigarette an, irgendetwas muss ich tun. Claudia – bravo – macht es mir nicht nach. Sie streicht sich weiterhin die Haare nach hinten, und ich kann mich weiterhin nicht erinnern, wann sie sie nach vorn hat fallen lasen.

»Und jetzt kommen wir zu der Physikprüfung, wir müssen auf sie zu sprechen kommen, okay? Im April bin ich volljährig geworden, und von da an konnte ich per Gesetz tun, was ich wollte, aber ich wollte natürlich das Schuljahr beenden, und ich wollte es gut beenden, ohne in einem Fach durchzufallen. Deswegen habe ich gelernt, um meine Lücken aufzuholen, ins letzte Schuljahr zu kommen und mit reinem Gewissen zu gehen, weil ich bis zum Schluss meine Pflicht getan haben wollte. Damit du es weißt, Papa, um dich zu verlassen, hatte ich beschlossen, mich so zu verhalten, wie du dich verhalten hättest. Du bist das einzige Vorbild, das ich habe, und ich nehme dich sogar zum Vorbild dafür, wie man es anstellt, dich zu verlassen.«

Plötzlich bricht sie erneut in Tränen aus. Ein heftiger Ausbruch diesmal, unvermutet: echte Schluchzer, die sie zwingen, den Kopf zu senken und sich mit der Hand durchs Haar zu fahren. Ich denke: Wenn sie schon so weinen muss, nur weil sie die Worte »dich verlassen« ausspricht, bedeutet das, dass sie mich wirklich verlassen hat – das heißt, dass sie nie mehr zu mir zurückkehren wird, dass unser gemeinsames Leben vorbei ist. Doch das ist noch nicht einmal das Schlimmste; das Schlimmste ist ihre Hand, die sich hebt und mir, während sie hemmungslos mit gesenktem Kopf weint, bedeutet, nichts zu tun und sie in Ruhe zu lassen. Ich gehorche, drücke die Zigarette im Aschenbecher aus und schaue ihr zu, wie sie ganz allmählich aufhört zu weinen, sich beruhigt, sich wieder fängt, ihre Augen trocknet und die Nase hochzieht.

»Entschuldige«, flüstert sie.

Sie atmet tief durch, zieht erneut die Nase hoch und bemüht sich zu lächeln, auf eine Weise jedoch, die noch qualvoller anzusehen ist als ihr Weinen. Sie ist zäh, hält durch und fängt wieder an zu sprechen.

»Du hast bemerkt, dass es mir nicht gut ging, und obwohl du es wie üblich heruntergespielt hast und nicht die blasseste Ahnung hattest, wie es um mich stand, fand ich es rührend, dass du in mein Zimmer kamst und mit mir gesprochen und dich bemüht und mir Ratschläge gegeben hast. Du hast mir gesagt, ich wäre zu verschlossen, richtig? Ich müsste mich öffnen, den anderen vertrauen, weniger misstrauisch sein, sagtest du, du hast dieses Wort gebraucht, *misstrauisch*, und in gewisser Weise war das alles richtig und stimmte mit dem überein, was die Chianese mir gesagt hat. Und damit, und deswegen habe ich dich gebeten, heute nichts zu sagen und nur zuzuhören, selbst mit diesen ganz einfachen Dingen, die du mir gesagt hast und die so gar nichts mit dem Problem zu tun hatten, hast du es trotzdem geschafft, dass mir Zweifel gekommen sind, und ich habe angefangen, mir zu sagen, dass ich das Gymnasium letzten Endes auch hier in Rom fertig machen und dann im nächsten Jahr nach Mailand an die Universität gehen könnte, oder ins Ausland, wie du es gern gesehen hättest.«

Sie sagt diese Dinge, als wären sie das Traurigste, was sie bis jetzt gesagt hat. Als wäre das der Tiefpunkt der Geschichte, die sie erzählt.

»Und nicht nur das«, fährt sie fort. »Ich habe tatsächlich versucht, mich etwas mehr zu öffnen. Ich habe es mit meinen Freundinnen versucht und sogar mit diesem Jungen, Fredy, den du sofort als meinen Freund bezeichnet hast, während wir nur ein paar Mal miteinander ausgegangen waren. Aber bei diesen wenigen Malen habe ich mich ein bisschen geöffnet, und es hat mir sogar gut getan. Und diese Prüfung ist einer dieser Versuche gewesen, mich zu öffnen, der falschesten Person gegenüber, der Marchegiano, meiner Lehrerin, die mich hasste, wie sie praktisch alle Mädchen hasst, die nicht hässlich wie die Nacht sind. Ich hatte es nicht etwa geplant, damit das klar ist, ich hatte fleißig gelernt, einschließlich der seltenen Erden, die das schwierigste Thema von allen waren, das letzte im Lehrstoff, das diejenigen, die keine schlechten Noten auszubügeln hatten, gar nicht zur Kenntnis genommen haben. Ich war gut genug vorbereitet, um ein Zufriedenstellend zu bekommen, das heißt Genügend, denn sie hat mir immer eine Note schlechter gegeben, und im Juni weiterzukommen. Ach, ich muss dazusagen, dass es keine angesagte Prüfung war; ich war seit zehn Tagen bereit, ich wusste, dass sie mich früher oder später prüfen würde, aber ich wusste nicht wann. An dem Tag ruft sie mich auf. Zu meiner Überraschung, was sie sonst nie tut, bittet sie mich, ein Thema zu wählen, und ich wähle die seltenen Erden, aber zu dem Zeitpunkt habe ich nicht die Absicht, mich der Physiklehrerin gegenüber zu öffnen, verstehst du? Ich will nur eine gute Prüfung machen, sonst nichts. Doch dann fragt sie mich, wavum gewade die seltenen Evden, und da beschließe ich in dem Augenblick, bevor ich ihr antworte, ihr die Wahrheit zu sagen. Und nicht nur das: In diesem Bruchteil einer Sekunde, gequält von widerstreitenden Gedanken und auch Gefühlen, denn ich fühle mich vorbereitet, fühle mich aber nach wie vor nicht gut und trotzdem etwas erleichtert, weil ich abhauen werde, aber ich fühle mich auch schuldig, als hätte ich es bereits getan, und mir sitzt noch immer der Schrecken in den Knochen, mit Diana zusammenleben zu müssen, aber mir ist auch bewusst, dass diese Möglichkeit nie auch nur erwähnt worden ist, in diesem Augenblick, sagte ich, kam mir eine verrückte und, wie ich es sehe, romantische Idee, und ich habe ein Spiel gespielt. Ich habe mir gesagt: Jetzt sage ich ihr die reine Wahrheit, und dafür öffne ich mich dieser Schlampe hier vor allen, und wenn es gut geht und sie es schätzt und ich nicht nur meine schlechte Note ausgebügelt, sondern auch noch endlich eine Beziehung zu ihr aufgebaut habe, auf die ich nicht den geringsten Wert lege, damit das klar ist, was aber bedeuten würde, dass es wirklich viel zu sehr an mir liegt, dass ich mich schlecht fühle, dann werde ich nicht abhauen; ich werde mit Papa reden, ich werde mich auch ihm öffnen, ihm alles erzählen, all das, was ich dir jetzt erzähle, und wir werden gemeinsam eine Entscheidung treffen. Denn vielleicht, dachte ich, laufen die Dinge zwischen ihm und Diana doch nicht so gut, da er immer noch nicht davon redet zusammenzuziehen, vielleicht leidet er ja auch unter dieser Situation, und vielleicht kehren wir am Ende ja gemeinsam *im September* nach Mailand zurück. Das habe ich gedacht in diesem Bruchteil einer Sekunde, bevor ich geantwortet habe. Und dann habe ich geantwortet.«

»Und was hast du ihr gesagt?«

»Ich habe ihr gesagt, dass mich die seltenen Erden interessieren, weil ihre Gewinnung die Zerstörung der Minerale bedingt, die sie enthalten. Wir haben ein Monazitkristall, habe ich ihr gesagt, das an sich nicht selten ist, das aber eine seltene Erde enthält, die Dysprosium heißt. Auf Griechisch, habe ich ihr gesagt, bedeutet Monazit »Solitär«, und Dysprosium »schwer zu erreichen« (was ich ihr, nebenbei gesagt, nicht gesagt habe und was auch nicht in den Büchern steht, aber ich habe es auf Wikipedia gefunden). Deswegen, habe ich ihr gesagt, geht man von einem Solitär aus, der für sich gesehen ziemlich gewöhnlich ist, um etwas zu erhalten, das selten und schwer zu erreichen ist; und um diese Seltenheit zu erhalten, wird der Solitär zerstört, da die Verfahren der Gewinnung der seltenen Erden die Eliminierung aller anderen Bestandteile durch Säuren oder andere sehr aggressive Substanzen bedingen. Daher existiert der Solitär nicht mehr, sobald es gelungen ist, an das schwer zu erreichende Element heranzukommen. Und das, habe ich ihr gesagt, ist mehr oder weniger das, was auch den Menschen passiert, wenn sie eine Erfahrung machen, die ihr Leben einzigartig macht, wie die Liebe oder die Kunst oder die Therapie oder, denke ich, der Glaube. Und deswegen interessieren mich die seltenen Erden, habe ich ihr gesagt: Weil sie mich lehren, dass ich, wenn ich etwas bekommen will, das schwer zu erreichen ist, den Solitär, der es enthält, zerstören muss.«

Ich bin niedergeschmettert. Ich habe noch nie jemandem so aufmerksam zugehört und bemerke, dass zuhören unendlich viel anstrengender ist als reden. Doch wie ich mich jetzt fühle, zählt nicht. Zählt nicht mehr. Was zählt, ist, dass ich jetzt tatsächlich das Gefühl habe, sie zu sein, was mir seit vielen Jahren nicht mehr passiert ist; seit sie ein Mädchen war und wir uns täglich umarmten und küssten und berührten, war diese Wesensgleichheit etwas vor allem Körperliches, Natürliches. Und jetzt geschieht es ohne den geringsten Kontakt, ja im Augenblick der größten Entfernung zwischen uns, erneut: Ich habe ihr so ruhig zugehört, dass ich das Gefühl habe, ich habe ihr meinen Schmerz erzählt und geweint und mich aufgeheitert.

»Und die Marchegiano?«, frage ich.

Sie lächelt. Diesmal ist es ein echtes, offenes, strahlendes Lächeln.

»Sie hat mir gesagt, ich hätte einen Vortrag für den Philosophielehrer gehalten, in Physik müsse sie mir aber ein Unzureichend geben. Die blöde Kuh. Was mich, angesichts dessen, was ich mit meiner Frage verbunden habe, auch wenn es dir idiotisch vorkommen mag, überzeugt hat, dass ich abhauen musste, ohne dir etwas zu sagen, und dich vor vollendete Tatsache stellen musste.«

Sie kratzt sich am Kopf wie ein kleines Mädchen. Sie hat sich immer noch zahlreiche kindliche Bewegungen und Gesten bewahrt.

»Dann war das Schuljahr zu Ende, und ich habe angefangen, mir zu sagen, morgen hau ich ab, morgen hau ich ab, aber ich konnte mich nicht entschließen, ich habe mit dem Nachhilfeunterricht angefangen und gedacht, jetzt stellt sich heraus, dass mir der Mut fehlt, und es wird mir für immer schlecht gehen. Dann hatten wir neulich Abend diese Diskussion, weil du mit Diana und mir zum Abendessen ausgehen wolltest, und du hattest so absolut keine Ahnung, was in meinem Kopf vorging, dass ich die Situation als unerträglich empfand und abgehauen bin. Ich bin hierher zur Tante gekommen und habe ihr gesagt, wir hätten uns gestritten und ich hätte das Bedürfnis, eine Weile bei ihr zu bleiben. Sonst habe ich ihr nichts gesagt, und sie war wirklich super. Sie hat mir keine Fragen gestellt, sie hat nur gesagt, bleib, solange du willst, und hat es sogar auf sich genommen, dir Bescheid zu geben. Sie ist wirklich der einzige Mensch, bei dem ich das Gefühl habe, Mama nah zu sein, vielleicht weil sie ihr so sehr ähnelt. Dann sind wir mit den Cousins nach Gattico gefahren, und dort haben wir gestern Abend miteinander geredet, und ich habe ihr alles erzählt. Das war das erste Mal, dass ich diese Dinge vor jemandem ausgesprochen habe, der nicht die Dottoressa Chianese war, und ich habe mich sofort besser gefühlt. Am Ende hat die Tante mir gesagt, dass sie mich auch ohne deine Zustimmung bei sich aufnehmen würde, unter der Bedingung, dass ich dir erzählen würde, was ich ihr erzählt habe, ohne vor dir wegzulaufen oder das Gespräch wegzudrücken, wie ich es neulich gemacht habe, wofür ich mich entschuldige. Das ist alles.«

Ich bin völlig erschlagen. Ich bin bewegt. Ich bin, ich bin, ich bin … Doch erneut ist es nicht von Bedeutung, was ich bin, denn erste und dritte Person verschmelzen jetzt, und daher sprudelt das, was ich aus mir hervorsprudeln fühle, in Wirklichkeit aus ihr hervor. So hasse ich zum Beispiel mit all meiner Kraft die Professoressa Marchegiano: eine schöne Gemeinheit, ein Mädchen nach so einem Vortrag durchfallen zu lassen. Und ich will zum Beispiel wieder in Mailand leben. Ich möchte sie umarmen, und das ist schön, denn es bedeutet, dass sie mich gern umarmen würde – aber ich komme nicht dazu, weil Claudia noch nicht fertig ist.

»Nein, warte, Papa«, sagt sie, »das ist nicht alles.«

Wir sind noch nicht fertig.

»Da ist noch etwas. Etwas, das vorhin passiert ist, während wir redeten, und da wir schon mal dabei sind, will ich dir auch das noch sagen. Allerdings musst du mir noch etwas versprechen.«

»Was?«

»Du musst mir versprechen, die Wahrheit zu sagen. Ich habe es getan, und jetzt musst du es auch tun. Versprichst du es?«

»Ich verspreche es.«

Ich lege eine Hand auf meine Brust, wie ein verdammter Theaterschauspieler, in einer Geste, die ich in meinem ganzen Leben noch nie gemacht habe, weil es keinen Grund dazu gab. Vielleicht bin ich nicht mehr ich. Vielleicht. Endlich.

»Vorhin«, sagt sie, »als du mir gesagt hast, dass du im Hotel wohnst, habe ich dich gefragt, in welchem. Erinnerst du dich?

»Ja.«

»Das war in der Tat eine etwas komische Frage, aber Tatsache ist, dass ich neulich, bevor ich den Zug nach Mailand genommen habe, noch nicht wusste, ob Tante Marta mich hierbehalten würde oder nicht. Sie hätte sich auch weigern können, sich aus Gründen, die ich nicht kannte, auf deine Seite stellen können. Ehrlich gesagt wusste ich nicht einmal, ob sie da war, da ich sie nicht angerufen hatte, um ihr Bescheid zu sagen, aus Angst, sie könnte versuchen, es mir auszureden. Deswegen war ich, bevor ich losfuhr, nicht sicher, ob ich wirklich bei ihr bleiben könnte, und habe mir im Internet Hotels angeschaut. Ich bin auf Google gegangen und habe ›Mailand Hotel Via Durini‹« eingetippt, und auf der Karte, die erschienen ist, war das *erste* Hotel auf der Liste, dasjenige, das unserer Wohnung am nächsten lag, eben das NH President am Largo Augusto. Das, in dem du abgestiegen bist. Allerdings habe ich dann die Preise gesehen, und, Scheiße, ich habe begriffen, dass ich es mir nicht würde leisten können. Was bezahlst du für ein Zimmer dort?«

Ihre Augen sind vom Weinen gerötet, wirken jetzt jedoch heiterer und freier.

»Hunderteinundsechzig pro Nacht.«

»Na ja, das ist immer noch sehr viel, aber mir wurde angezeigt, dass die Zimmer, auch die Einzelzimmer, in dem Hotel alle mehr als zweihundert Euro pro Nacht kosten.«

»Ich habe Glück gehabt, es wurde im letzten Augenblick ein Einzelzimmer frei, und sie haben es mir billiger gegeben.«

»Ah, deswegen. Jedenfalls, als du mir vorhin gesagt hast, du wärst im Hotel, ist mir die verrückte Idee gekommen … ich meine … du hattest doch das gleiche Problem wie ich, oder? Nach welchem Kriterium wählt man ein Hotel, wenn man in eine Stadt zurückkehrt, in der man so viele Jahre gewohnt hat? Ich habe entdeckt, dass ich es mir nicht leisten konnte, aber für mich war das Kriterium ganz einfach: das, das am nächsten bei der Wohnung liegt, in der ich gewohnt habe. Und deswegen ist mir vorhin, als du mir gesagt hast, dass du im Hotel wohnst, durch den Kopf gegangen, dass du es dir leisten konntest, und auch wenn es absurd war – wie viele Hotels wird es in Mailand geben? –, habe ich mir ein kleines romantisches Spielchen ausgedacht: Es wird nicht so sein, dachte ich, aber wenn er doch in genau das Hotel gegangen ist, dann könnte man doch sagen … et cetera et cetera.«

Sie senkt den Blick. Oder habe ich ihn gesenkt?

»Was bedeutet et cetera et cetera?«

Sie wird rot. Oder werde ich rot?

»Tja, ich weiß nicht. Ich hatte keine Zeit, darüber nachzugrübeln. Aber es wäre doch ein Zeichen, oder? Ein positives Zeichen.«

Wir stehen jetzt beide. Wann sind wir aufgestanden?

»Nun, vielleicht ist es wirklich nur ein Zufall, oder es ist keiner, und das weißt nur du. Ich habe dir mit Absicht gesagt, dass du aufrichtig sein musst.«

Sie holt Luft. Ich ebenfalls.

»Warum bist du ausgerechnet in dieses Hotel gegangen?«

Als Claudia auf die Welt kam, war ich da. Die Wehen haben sehr lange gedauert, den ganzen Nachmittag und Abend, bis Claudia sich eine Minute vor Mitternacht entschloss herauszukommen. Die Hebamme nahm sie, durchtrennte die Nabelschnur, reinigte sie vom Blut und legte sie auf den Bauch von Lara, die allerdings völlig fertig war und es gar nicht mitbekam. Deswegen nahm sie sie wieder hoch und gab sie mir, und so hatte ich sie auf dem Arm. Ich betrachtete sie; sie war lang, ruhig, hatte eine graue, schrumplige Haut und die Augen geschlossen. Die Hebamme ließ mich sie ein paar Sekunden betrachten, sagte dann, ich solle ihr ins Nebenzimmer folgen, und ging los. Ich folgte ihr, während ich immer noch das kleine Mädchen betrachtete, doch als wir in der Tür waren, öffnete Claudia die Augen; ein blauer Strahl schoss aus dem Spalt, der sich zwischen den Lidern öffnete, wie ein außerirdischer, mineralischer Lichtblitz von beeindruckender Intensität, und ich war dermaßen verblüfft, dass ich abrupt stehen blieb. Eine Sekunde später krachte in der Mitte des Flurs, durch den ich hätte gehen müssen, genau an der Stelle, an der ich mich befunden hätte, wenn ich nicht stehen geblieben wäre, um meiner Tochter zuzusehen, wie sie die Augen öffnet, ein großes Stück der Zwischendecke mit einem wahnsinnigen Knall herunter, und ein mächtiger Schauer prasselte zu Boden. Während ringsumher Panik ausbrach, blieb ich ruhig stehen, fassungslos, unverletzt, unverwundbar, und Claudia richtete ihren ersten kobaltblauen Blick auf mich. Ihr Gesichtsausdruck war sphinxhaft, streng, ganz und gar nicht der eines Säuglings. Sie hatte noch keinen Laut von sich gegeben und schien sich schon ein Urteil über mich zu bilden.

Später wurde mir gesagt, dass das Gewicht des Materials, das heruntergefallen war, mehr als fünfundzwanzig Kilo betragen hätte. Wer hat wen gerettet, sagt es mir, bei unserer ersten Begegnung?

»Et cetera et cetera«, sage ich, sagt sie, sagen wir.

Ich umarme sie, endlich. Oder umarmt sie mich?

14

Töte den oder küsse, der dir im Herzen stand.
Attila József

Leche
Pan Bauleto
Riso
Riso indio
Spagueti n. 12
Spaguetini n. 11
Tortilloni
Cornfleix
Biscoti
Te e Camomila
Azucar de cana
Azucar tóxico
Nutela
Fete
Olio frito
Amburguesas
Sale
Pulpa de pomidoro
Jugos
Pepsi
Cerveza
Dixan lavadora
Lisoform bagno e parké
Fairi piatti

Scotecasa
Carta igienica
Bolsas de la ruera
Swiffer
Transparente
Almonium

Im Pam. Meine persönliche Art von Hedschra hat mich schließlich an den für mich ungastlichsten und verstörendsten Ort der Erde geführt. Seit Jahren mache ich den Großeinkauf online und den täglichen in Läden, um der Angst zu entgehen, die Supermärkte mir machen; aber es gab keine andere Möglichkeit, um mit Marta zu reden – und wie es scheint, führt meine Flucht zu ihr.

Doch Marta ist eine sehr beschäftigte Frau geworden. Seit sie ihr Leben in Ordnung gebracht hat, hat sie keine Zeit mehr für das, was ihre Hauptbeschäftigung zu sein schien, nämlich reden, ja *diskutieren*, erbittert, bis zur Erschöpfung, immer – um dann trotzdem am Ende unüberlegte Entscheidungen zu treffen und anschließend gezwungen zu sein, sie zu überdenken. Und dass sie es in Ordnung gebracht hat, daran besteht kein Zweifel; sie ist jetzt eine beschäftigte, organisierte Frau, und mit ihr zu reden ist ein Luxus geworden. Heute Morgen zum Beispiel hatte sie nur dieses Zeitfenster, vorher musste sie Marietto zu seinem Sommerlager bringen, um elf muss sie zur Arbeit, und nach der Arbeit muss sie Marietto abholen, nach Hause bringen und sich ums Abendessen kümmern – und in diesem Zeitfenster musste sie notgedrungen einkaufen. (Auch die Arbeit, nebenbei gesagt die erste normale, nicht befristete Arbeit in ihrem Leben, sagt viel aus über ihre Verwandlung; sie arbeitet als Kamerafrau bei Telelombardia, das heißt, sie ist auf die andere Seite der Fernsehkamera gewechselt.)

Deswegen bin ich jetzt hier, im Pam, mit der Liste in der Hand, die Piedad, ihre Hausangestellte aus der Dominikanischen Republik, erstellt hatte. Benommen vom pausenlosen Piepsen der Kassen, verloren zwischen diesen Unmengen geruchloser Waren, folge ich ihr, an den Einkaufswagen geklammert, voller Angst, mich zu verlaufen, ohne dass ich bis jetzt auch nur ein Wort mit ihr wechseln konnte. Sie dagegen ist in ihrem Element, sie bewegt sich elegant in diesem für mich absurden Raum – praktisch, entspannt, effizient; sie vergleicht die Preise, schaut sich die Angebote an, überprüft die Haltbarkeitsdaten, geduldig und ohne am Handy zu hängen. Es scheint sich weniger um eine Verwandlung als um eine biopsychische Revolution zu handeln. Im Augenblick prüft sie die verschiedenen Cornflakes-Packungen – Vollkorn, mit Erdbeeren, mit Schokolade, klassisch –, und es ist deutlich zu erkennen, dass es ihr Spaß macht, all diese Zeit zu verschwenden, um die richtige auszuwählen und in den Einkaufswagen zu legen.

»Findest du dich eigentlich auf dieser Liste zurecht?«, frage ich, nur um etwas zu sagen.

»Natürlich.«

»*Fete:* Was ist das?«

»Zwieback.«

»Oh. Und *azucar tóxico*?«

»Weißer Zucker. Bevor sie nach Italien kam, hat Piedad in einer Raffinerie gearbeitet, und sie sagt, dass der raffinierte Zucker Gift ist. Das sagen auch die Diabetologen …«

»Und warum kaufst du ihn dann?«

»Weil ich die Kinder einfach nicht dazu kriegen kann, den Rohrzucker zu mögen.«

»Ich mag ihn auch nicht«, sage ich. »Und was heißt *almonium*?«

»Alufolie.«

»Tja, also das ist wirklich eine andere Sprache. Ein Jargon zwischen euch.«

Martas Gesicht nimmt einen schelmischen Gesichtsausdruck an, der sehr mädchenhaft ist – das strahlende, spontane Mädchen, das sie nie gewesen ist.

»Ach komm, das ist doch ganz gut zu verstehen! Sie vermischt, sie erfindet, aber am Ende versteht man es. Man braucht bloß ein bisschen Phantasie.«

»Dann bedeutet *olio frito* also Öl zum Braten?«

»Genau.«

»Und *bolsas de la ruera* sind Müllbeutel?«

»Siehst du, wie gut du es verstehst?«

»Das heißt, sie verwendet auch Dialekt?«

»Natürlich. *Ruera* klingt auch ein bisschen spanisch.«

Sie lächelt. Das gleiche strahlende, seltene und daher kostbare Lächeln wie Claudia – eine Art Stammeszeichen.

»Eine Verrückte«, sage ich.

»Gott segne sie. Ohne sie wüsste ich nicht, wie ich es schaffen sollte.«

Und ihre Schönheit: Wie hat sie es geschafft, sie auf diese Weise zu verwandeln, sie zu reinigen? Sie wirkt wie ein Stückchen blauer Himmel, das eine Lücke zwischen den Wolken gefunden hat. Martas Schönheit ist immer irgendwie chaotisch gewesen, überhitzt, provozierend, eine konvulsivische Einladung, reinzubeißen und zu bereuen, ja mehr noch, reinzubeißen und zu flüchten, einer Meinung nach, die ich selber in Umlauf gebracht habe und die dann von allen Männern wiederholt wurde, die sie gehabt hat. Jetzt dagegen ist sie wirklich eine andere; immer noch schlank, trotz der Kinder, aber nicht mehr so straff wie ein Krieger, nicht mehr agil, herausfordernd, kampfbereit, sondern sanft, beruhigend und geradezu nachgiebig – was Marta gewiss nie gewesen ist –, wirkt sie sogar recht unauffällig.

»Wir teilen sie uns mit zwei anderen Familien im Haus«, fügt sie hinzu. »Dadurch kostet sie uns wenig, und sie verdient gut. Aber es ist vor allem ihre Art, die Dinge zu tun, die dein Leben verändert, die Fröhlichkeit, die sie verbreitet. Und wie sie kocht …«

Und schon ist sie wieder unterwegs. Sie geht schnell an den Regalen mit dem abgepackten Brot vorbei, und ich hinterher …

»Aber wie kommst du finanziell zurecht?«, frage ich.

»Gut«, erwidert sie und wirft zwei Packungen Toastbrot und eine Packung Cracker und Brot für Hamburger in den Einkaufswagen, die nicht auf der Liste stehen. »Mit einer festen Arbeit sieht es ganz anders aus.«

Nicht ein Wort über die Revolution, auch hier, mit Fernsehkameras umzugehen, Befehle auszuführen, hart zu arbeiten, nachdem sie jahrelang Moderatorin gewesen war, dann im Fernsehen hospitiert und ein Schauspielstudium absolviert hatte und aufgetreten war, in mittelgroßen, kleinen und kleinsten Rollen, sich Hoffnungen, dann keine mehr gemacht hatte und letztlich immer gescheitert war. Jetzt ist eine feste Arbeit das, was sie befriedigt.

»Und die Väter der Jungs? Wie verhalten sie sich?«

»Wie üblich. Sie tun, was sie können.«

»Sie geben dir doch Geld? Sehen sie die Kinder?«

»Da findest du die ganze Bandbreite. Leonardo zahlt mir relativ viel, aber er ist in Paris, deswegen …«

»Leonardo ist der Vater von …?«

»Von Giacomo. Der Choreograph. Er hat eine französische Frau, einen weiteren Sohn und verdient gut, nur ist er nach Paris gezogen, und Giacomo sieht ihn nie. Cesare lebt auf dem Land in der Nähe von Monza mit seiner Lebensgefährtin und einer kleinen Tochter; er gibt mir etwas weniger Geld, dafür ist er etwas mehr mit Giovanni zusammen. Lorenzo …« – sie lacht – »… ist, nein, möchte Maler sein; er gibt mir nichts, weil er null verdient, lebt immer noch bei seinen Eltern und ist viel mit Marietto zusammen, was eine Art Wunder ist, wenn man bedenkt, wie es angefangen hat.«

»Wie alt ist er jetzt?«

Sie bleibt vor den Keksen stehen.

»Zweiunddreißig? Ja, zweiunddreißig.«

»Scheiße, wie alt war er denn, als …?«

»Dreiundzwanzig.« Sie nimmt eine Schachtel Pavesini in die Hand. »Welche Kekse mag Claudia?«

»Die Pan di Stelle«, erwidere ich. »Glaube ich zumindest. Ich habe sie immer gekauft, ich habe sie nie gegessen, und sie waren immer aufgegessen, daher …«

Ich spreche jetzt in der Vergangenheit über Claudia. Marta stellt die Pavesini zurück und nimmt die Pan di Stelle.

»Mag sie Waffeln? Sie hat ein wenig abgenommen, ich glaube, sie braucht Kalorien …«

»Mit Schokolade schon«, erwidere ich.

Sie legt auch zwei Packungen Schokoladenwaffeln in den Einkaufswagen und geht weiter; ich muss mich damit abfinden, mit ihr zu reden, während ich hinter ihr herlaufe.

»Hör mal«, sage ich. »Hast du heute Morgen mit ihr gesprochen?«

»Nein. Sie hat noch geschlafen.«

Sie bleibt erneut stehen. Kramt in der Handtasche, holt das Handy heraus und fummelt daran herum.

»Aber heute Nacht hat sie mir das geschickt«, sagt sie.

Sie gibt mir das Handy. Das Glas des Displays ist zerbrochen und wird mit Tesafilm zusammengehalten. Ich lese die Nachricht. Von Claudia, gesendet in der Nacht um Viertel nach zwei – während ich mich, gequält von Schuldgefühlen in meinem Hotelzimmer, das sich als so entscheidend erwiesen hat, zwischen den Laken herumwälzte. Ohne Interpunktion und jeder Satz eine neue Zeile, wirkt sie wie ein Haiku:

Tante danke
du hattest recht
ich bin glücklich
sehr glücklich

»Sieh mal an«, sage ich.

Ich gebe Marta das Handy zurück, und sie steckt es wieder in ihre Handtasche.

»Gibst du mir bitte für einen Augenblick die Liste?«, sagt sie.

Ich reiche ihr die Liste. Sie betrachtet sie, gibt sie mir zurück und geht zur Fleischtheke – es nimmt kein Ende. Und ich hinterher …

»Und was hast du ihr gesagt, um sie so glücklich zu machen?«, fragt sie, ohne stehen zu bleiben.

»Ich? Nichts. Sie hat die ganze Zeit geredet.«

»Hat sie dir alles erzählt?«

»Ich glaube schon.«

Sie bleibt stehen und betrachtet prüfend die abgepackten Hamburger. Zweier-, Viererpackungen, Rind, Huhn, Schwein, Pute, mit Oliven, mit Artischocken. Doch dann blickt sie plötzlich auf und sieht mich unverwandt an – völlig unerwartet für mich.

»Und wie hast du dich dabei gefühlt?«, fragt sie.

»Na ja«, erwidere ich, »es hat mich ganz schön fertig gemacht.«

Und weil ich nicht weitersprechen kann und sie nicht aufhört, mich anzustarren, betrachte ich jetzt die Hamburger. Mein Blick fällt sofort auf eine Packung mit Würsten, die jedoch die Aufschrift trägt: »Hamburger vom Chianina-Rind × 2 (250 g, 3,60 €, Kilopreis 14,40 €)«. Daneben weitere Packungen mit der gleichen Beschriftung, die allerdings tatsächlich zwei Hamburger enthalten. Etwas weiter dagegen die Würste mit der korrekten Aufschrift: »Würste vom Chianina-Rind und toskanischen Schwein (600 g, 6,54 €, Kilopreis 10,90 €)«.

»Schau mal«, sage ich, »hier haben sie sich geirrt.«

Ich zeige Marta die vertauschten Etiketten.

»Siehst du? Würste zum Preis von Hamburgern. Das sind fast vier Euro Unterschied.«

Ich deute auf die Preise, das Gewicht, alles.

»Man muss es ihnen sagen«, füge ich hinzu. »An wen muss man sich wenden? Es gibt doch sicher einen Verantwortlichen, einen Leiter …«

Marta sieht mich zärtlich, *geduldig* an – und das ist ein weiteres Wort, das man früher nicht mit ihr verband: geduldig.

»Dann bist du also einverstanden, dass sie bei mir lebt?«, fragt sie.

Sie sieht mich immer noch so an, wie sie mich in der Vergangenheit angesehen hat, das heißt, als würde sie mich besser kennen als jeder andere – doch das stört mich komischerweise nicht, es beunruhigt mich nicht, macht mich nicht verlegen. Sie behandelt mich noch immer, als gehörte ich ihr, aber sie weckt nicht den Wunsch in mir, in den Wald zu laufen wie ein Fuchs, der von Hunden gehetzt wird.

»Ja, natürlich.«

Sie legt drei Packungen mit Hamburgern in den Einkaufswagen, und auch zwei mit Würsten, da sie schon mal dabei ist – aber mit der richtigen Preisauszeichnung.

»Dann melde ich sie in der Schule an. Sie will auf Giacomos Gymnasium gehen. Das ist eine gute Schule. Vielleicht kommen sie ja in dieselbe Klasse.«

»Gut, nur vorher muss sie die Nachprüfung machen.«

Eine Packung Pancetta, in kleine Würfel geschnitten. Zwei mit Lammfleischspießen. Eine mit Hackfleisch. Warum lässt sie sich eine Liste schreiben, wenn sie dann derart improvisiert? Und was ist mit dem Gesundheitsbewusstsein, den diätetischen Produkten, den biologischen Produkten? Zerstört bei der Gewinnung ihrer neuen Schönheit?

»Ich habe mich informiert«, sagt sie, »die Anmeldung ist trotzdem möglich. Sie macht die Prüfung in Rom, und wenn sie besteht, wird sie ins letzte Schuljahr aufgenommen, ansonsten wiederholt sie die vorletzte Klasse. Aber sie wird ganz sicher bestehen, dieses Mädchen ist intelligent.«

Schluss mit dem Fleisch, wir gehen weiter. Jetzt die Pasta. Marta nimmt mir die Liste aus der Hand und beginnt zu lesen. Sie findet sofort die Spaghetti, die Spaghettini, die Tortiglioni, etwas weiter den Reis, noch etwas weiter den Basmatireis – das heißt, vermute ich, den *riso indio* von der Liste. Dann, im selben Regal, den Rohrzucker, den »giftigen«, Nutella, Salz, Mehl, Backpulver – in großer Eile nun, als hätte sie plötzlich bemerkt, dass sie spät dran ist. Und sie geht weiter, ohne mir die Gelegenheit zu geben, das Gespräch fortzusetzen, jetzt an den Haushaltsartikeln entlang (Swiffer, Reinigungsmittel, Küchenrollen, Räucherspiralen gegen Insekten) bis zum Mineralwasser. Ich kann gerade nichts sagen, und es ist nicht meine Schuld. »Ich wollte es dir sagen …« – auf dem Totenbett – »… an jenem Tag, im Supermarkt, erinnerst du dich? Aber du bist ständig hierhin und dorthin gelaufen, um deine Einkäufe zu machen …«

Sie mustert prüfend die Etiketten der Wasserflaschen. »Ich wollte es dir sagen, aber du hast den Mineralstoffgehalt des Mineralwassers kontrolliert …«

»Marta, hör mir zu!«, sage ich. »Bitte vergiss diese Flaschen. Schau mich an!«

Ich fasse ihr Handgelenk, ohne zu drücken, und lasse es wieder los, als sie mich anschaut.

Sie ist etwas überrascht.

»Ich habe beschlossen, ebenfalls nach Mailand zurückzukehren«, sage ich.

Sehr überrascht.

»Nach Mailand? Du? Und wann?«

»Wann ich zurückkomme oder wann ich das beschlossen habe?«

»Beides …«

»Das habe ich heute Nacht beschlossen. Und ich könnte bereits im September zurückkommen.«

»Wie das? Und deine Arbeit?«

»Die Arbeit habe ich nicht mehr. Vorbei.«

»Wie vorbei?«

»Aus und vorbei. Das ist eine lange Geschichte, mein Partner hat ziemlichen Mist gebaut, und ich muss lediglich versuchen, möglichst unbeschadet aus der Geschichte herauszukommen, und danach habe ich keinen Grund mehr, in Rom zu bleiben.«

»Aber, entschuldige, was ist mit …«

»Mit Diana ist, dass wir nicht mehr zusammen sind.«

»Und seit wann?«

»Das ist noch nicht lange her.«

»Aber Claudia hat mir doch erzählt, ihr wolltet neulich mit ihr abendessen gehen?«

»Das ist gerade erst passiert.«

»Okay, ihr habt gestritten. Aber vielleicht vertragt ihr euch ja wieder.«

»Nein. Wir vertragen uns nicht wieder. Ich habe sie geschlagen.«

»Du? Wie, geschlagen?«

»Geschlagen, Marta. Eine reingehauen. Ihr die Fresse poliert. Wenn man so etwas tut, führt kein Weg mehr zurück.«

Sie betrachtet sofort meine geschwollene Lippe und führt ihre Hand zum Mund – fassungslos natürlich, aber auch sichtlich amüsiert. Man könnte meinen, sie wollte jeden Augenblick in Gelächter ausbrechen und hätte Mühe, sich zu beherrschen.

»Dann kommt das auch von …?« Sie deutet mit dem Kinn auf meinen Mund.

»Ja«, sage ich, »es hat mit Handgreiflichkeiten geendet.«

Sie presst die Lippen zusammen, was ihre Verblüffung noch betont, da es ihr peinlich ist zu zeigen, dass sie am liebsten lachen würde – und ich schweige, ja, mache eine lange Pause, um meinen Mut zusammenzunehmen, denn das ist jetzt etwas anderes: Ich habe erreicht, was ich erreichen wollte, doch jetzt wird es schwierig.

»Ich sagte, ich habe beschlossen, aus zwei Gründen nach Mailand zurückzukehren«, fahre ich fort, »abgesehen von der Tatsache, dass Claudia hier sein wird, was an sich schon ein guter Grund ist. Aber glaube nicht, ich hätte die Absicht, ihre Flucht herunterzuspielen. Ich habe nicht beschlossen, nach Mailand zurückzukehren, damit sie wieder bei mir wohnt. Sagen wir, ich interpretiere ihren Entschluss als Anregung, okay? Als Hinweis auf den Ort in der Welt, wo ich am besten wäre. Sie will bei dir wohnen, und sie wird bei dir wohnen. Ich werde allein wohnen. Die einzige Bedingung, die ich stelle, ist, dass du Geld von mir annimmst, und damit meine ich dich persönlich, regelmäßig, abgesehen von Claudias Bedürfnissen, denn ich will nicht, dass diese Geschichte dich auch nur im Mindesten belastet. Im Gegenteil, ich möchte, und auch hierin folge ich Claudias Anregung, dass du die Situation der ganzen Großfamilie, wie sie sie nennt, verbesserst. Akzeptierst du?«

Sie blickt mich mit einem leicht verwirrten Gesichtsaudruck an – der ihr übrigens sehr gut steht und sie schutzlos wirken lässt.

»Entschuldige«, sagt sie, »das habe ich nicht verstanden. Um was bittest du mich da?«

»Ich bitte nicht, ich stelle eine Bedingung. Akzeptierst du, Marta Siciliano, damit ich zustimme, dass meine Tochter bei dir einzieht, dass ich in erheblichem Umfang zu deinen allgemeinen Kosten wie Rechnungen, Essen, Putzen und Miete beitrage?«

Marta schüttelt den Kopf, und eine Haarsträhne fällt auf ihren Mund. Sie pustet sie weg.

»Was redest du da?«, sagt sie. »Was für eine Miete? Das Haus gehört mir.«

»Perfekt. Ich nehme das für ein Ja. Wir werden dann noch festlegen, wie hoch mein Zuschuss sein wird. Abgesehen davon habe ich aus zwei weiteren guten Gründen beschlossen, nach Mailand zurückzukommen. Willst du sie hören?«

»Ja.«

Ich hole Luft.

»Der erste ist, dass alle mich hier sehr gernhaben. Es ist unglaublich, aber alle behandeln mich immer noch so, wie sie mich früher behandelt haben, als hätte ich in diesen Jahren nichts anderes gemacht, als mir weiterhin die Wertschätzung und den Respekt der Leute zu verdienen. Sie halten mich für einen guten Menschen, verstehst du? Und ich kann mir meine Zukunft viel eher an einem Ort vorstellen, wo die Leute mich respektieren, anstatt mich übers Ohr zu hauen oder mich wie ein Arschloch zu behandeln.«

Ich mache erneut eine Pause. Den ersten Grund zu nennen war leicht. Doch mit dem zweiten wird es jetzt schwierig.

»Der zweite Grund ist, dass du hier bist, und du bist der einzige Mensch auf der Welt, der weiß, dass es nicht stimmt.«

»Dass was nicht stimmt?«

»Dass ich ein guter Mensch bin. Du weißt, dass ich ein elender Kerl bin. Und ich will dich von nun an regelmäßig sehen und mich um dich und deine Söhne kümmern, nicht nur, weil ich euch gernhabe, sondern vor allem, um mich nie mehr von dem zu distanzieren, was ich wirklich bin, und von all dem Unglück, das ich verursacht habe.«

So, jetzt habe ich es gesagt. Wie viele Jahre hat Marta auf diesen Augenblick gewartet? Auch wenn sie vielleicht schon seit geraumer Zeit aufgehört hat, darauf zu warten, wie viele Jahre sind vergangen, ohne dass ich ihr auch nur den Hauch einer Gelegenheit geboten hätte, es von mir zu hören?

Sie blickt mich jetzt unverwandt an, sieht mich eindringlich an; ihre haselnussbraunen Augen, die so ruhig waren, sind jetzt wieder leidenschaftlich und aggressiv, wie sie es früher gewesen sind, als sie mich in die Flucht schlugen.

»Und was für ein Unglück hast du verursacht?«

Tatsache ist, dass ich mich nicht sehr gut fühle. Ich versuche erneut Luft zu holen, aber an diesem Ort ist die Luft knapp.

»Marta, das weißt du«, sage ich. »Was verlangst du von mir? Ich habe dir gesagt, dass ich ein elender Kerl bin, soll ich dir wirklich auch noch sagen warum?«

Sie senkt den Kopf mit einer leichten Bewegung des Halses, die jeder hier drin, sollte er uns beobachten, aber hier achtet keiner auf den anderen, denn Supermärkte sind unmenschliche Orte, an denen man sich anrempelt, sich auf die Füße tritt, sich gegenseitig die Luft wegnimmt, aber nicht auf den anderen achtet –, die *jeder* als eine Geste der Kapitulation interpretieren würde. Sie fängt wieder an, den Mineralstoffgehalt des Mineralwassers zu kontrollieren, dann sagt sie plötzlich: »Ich glaube, es würde nichts nutzen, wenn du es nicht sagst.«

Das heißt, man verbringt sein Leben damit, die Dinge, derer man sich schuldig gemacht hat, zu verheimlichen, zu vergessen, zu verdrängen, und dann muss man sie plötzlich nicht nur alle wieder auf sich nehmen, sondern muss auch noch spezifizieren, was für welche es waren, *eine Liste machen* – in der Mineralwasserabteilung eines Supermarkts.

»Ich weiß nicht, ob ich das kann, Marta«, zische ich.

Dies ist nicht gerade der ideale Ort dafür, wenigstens nicht für mich. Mit dieser schlechten Luft, diesen Alten in kurzen Hosen, die ihre Einkaufswagen mit dem Geld ihrer Rente füllen, und diesem pausenlosen Gepiepse der Kassen.

»Versuch es«, sagt sie, hebt den Kopf und sieht mich an.

Zum Teufel auch. Schließlich geht es ja nur darum, die Wahrheit zu sagen. Eins, zwei, drei: »Lara ist mit siebenunddreißig gestorben, ohne jemals glücklich gewesen zu sein. Sie war schön, sympathisch, intelligent, alles, sie hatte *das Recht*, glücklich zu sein, aber sie ist es nie gewesen, und du weißt, warum. Du weißt, dass ich sie nicht geliebt habe, dass ich sie nie geliebt habe, dass ich nur so getan habe, als würde ich sie lieben, denn ich bin ein Feigling, und auch weil es leicht war vorzutäuschen, eine Frau wie sie zu lieben, und dadurch vorzutäuschen, der gute Mensch zu sein, der ich nie gewesen bin. Sie war mein Versteck. All das wusstest du, aber reden wir Klartext, sie wusste es auch, sie kann es unmöglich nicht gewusst haben, und niemand wird mir je ausreden können, dass ...«

Ja, ich fühle mich schlecht. Ich wusste es. Ich darf nicht an solche Orte gehen. Und vor allem darf ich nicht hierhergehen, um auszugraben, was ich jahrelang sorgfältig geheim zu halten versucht habe. Ja, mir dreht sich alles im Kopf, das Blut fällt in sich zusammen in meinen Adern, als wäre es Sand, meine Schläfen pochen wie wild, mir zittern die Hände, die Beine, die Lider, ich habe ein Pfeifen in den Ohren. Nichts weiter, ich kann mich nur nicht auf den Beinen halten. Ich muss mich setzen.

»Was hast du?« Martas Stimme, besorgt.

Ich mache eine Handbewegung, um ihr zu bedeuten, es ist nichts, aber ich muss mich auf den Boden setzen. Ich bemühe mich zu atmen, bekomme jedoch keine Luft. Ich bin kurz davor, ohnmächtig zu werden. Ja, ohnmächtig zu werden ist für mich schon immer der Fluchtweg gewesen, um mich davonzustehlen, wenn die Situation unerträglich wird, und um meinen Schuldgefühlen zu entkommen. »Der Arme, er ist ohnmächtig geworden ...«

»Pietro, was hast du? Das Herz?«

»Nein, es ist nicht das Herz ...«

Marta beugt sich über mich, aber ich sehe sie und sehe sie nicht. Ich sehe eher Mama, ihr bemehltes Gesicht, während sie Blätterteig macht und sich dabei die Komödie von Gilberto Govi im Fernsehen anschaut. In meinem Gehirn bläht sich eine Blase auf, und ein Elefant drückt auf meine Brust. Wenn ich die Augen schließe, ist es aus: Ich werde ohnmächtig – oder sterbe vielleicht, denn es könnte tatsächlich ein kleiner Infarkt sein –, und alles ist vorbei. Doch diesmal möchte ich nicht, dass alles vorbei ist, verdammt noch mal – nicht so, erneut, wie immer, unter den Teppich gekehrt.

»Bitte setz dich neben mich«, flüstere ich.

Marta gehorcht und setzt sich neben mich auf den Boden. Um uns herum ragen Berge von Mineralwasserflaschen in die Höhe – von all denen hier plus, so kommt es mir vor, denen, die im Lager sind, plus denen, die in den Lieferwagen ankommen, plus denen, die man in den Supermärkten auf der ganzen Welt findet; wir sind die einzigen Stücke lebendigen Fleischs in einem Ozean aus Plastik. Ich atme mühsam, mit offenem Mund, wie mein armer Dylan, als er zu leiden begann und ich ihn zum Tierarzt bringen musste, um ihn einschläfern zu lassen. Die Schläfen pochen immer heftiger, und jetzt wird mir auch noch übel. Wenn ich die Augen schließen und mich gehen lassen würde, würde das alles vorbei sein.

»Es ist nichts«, sage ich. »Nur lass mich nicht ohnmächtig werden.«

»Und was soll ich tun?«

»Ich weiß nicht, lass dir was einfallen.«

Marta kramt in ihrer Handtasche. Gnocchi, das hat Mama gemacht, keinen Blätterteig, Gnocchi. Ohnmächtig werden, das wäre jetzt perfekt. Ich würde für ein paar Sekunden in ihre Küche zurückkehren, zu ihr, im schönsten Augenblick meines Lebens, und alles würde dann wieder von vorn beginnen an einem anderen Ort der Welt, in einer anderen Zeit, und das Unglück, das ich verursacht habe, würde wieder begraben sein, wie es immer war. Doch Marta reicht mir etwas Violettes, und die Neugier auf diese so unerwartete Farbe hält mich wach.

»Hier«, sagt sie. »Riech daran.«

Ein rundes Fläschchen und darin eine violette Flüssigkeit.

»Was ist das?«

»Mein Parfüm. Ich versprühe jetzt etwas, und du atmest kräftig ein.«

»Was denn, du läufst mit Parfüm in der Handtasche herum?«

»Ich habe es gerade gekauft. Komm, bist du bereit?«

»Was? Du kaufst Parfüm im Pam?«

»Was geht dich das an? Komm, nicht reden, einatmen.«

»Solange du redest, werde ich nicht ohnmächtig. Antworte mir: *Du kaufst Parfüm bei Pam?*«

»Ich habe es gekauft, bevor ich herkam, Dummkopf. Es kostet achtundsiebzig Euro. Komm, atme ein, nerv nicht ...«

Marta drückt auf den Zerstäuber, direkt unter meinen Nasenlöchern, und ich atme ein. Zu stark, am Anfang beißt es furchtbar in der Nase, fast wie ein elektrischer Schlag, der mir den Gnadenstoß zu geben scheint. Aber es ist sofort vorbei, und jetzt versinke ich in einem sanften Blumenduft, süß und frisch. Feldblumen, würde ich sagen, oder weiße Tuberosen, als käme er direkt vom Grab von – aber nein, was sage ich da verdammt noch mal, ich muss endlich damit aufhören, das ist eine Mystifikation, auf diese Weise habe ich das Unglück verursacht. Im Leben gibt es nicht nur Zufälle, verdammt, und das Neue darf nicht immer am Alten scheitern. Ein süßer und frischer Blumenduft, Punkt.

»Wie geht's? Bist du ohnmächtig geworden?«

»Nein. Es geht besser.«

Und das Schöne ist, es ist wahr, es geht mir besser. Ich atme durch, und der Schraubstock um meine Brust lockert sich, die Luft dringt in die Lungen, und ich habe das heilbringende Gefühl, einen Haufen Dinge zu wissen. Nicht, mich an sie zu erinnern, sondern *sie zu wissen* – was etwas anderes ist, denn das Gedächtnis kann man täuschen, manipulieren oder verlieren, aber das Bewusstsein nicht, nicht, wenn man nicht ohnmächtig wird. Ich weiß beispielsweise, dass das nicht Martas Parfüm ist.

»Das ist nicht dein Parfüm«, sage ich.

»Ich habe es gewechselt. Wie geht's dir?«

Ich weiß, dass Gilberto Govi an der Stelle der Komödie, an der Mama in Gelächter ausbricht, sagt, dass man, wenn man durch den Regen läuft, auch das Wasser abbekommt, das anderswo fällt.

»Und warum hast du es gewechselt?«

»Darum. Atme noch mal ein, los!«

Sie sprüht, ich atme, vorsichtiger diesmal, um das Beißen zu vermeiden – und ich weiß, dass, als das kleine Mädchen sich die Hand eingeklemmt hatte, nicht ich die Tür geöffnet habe.

»Wie hieß das alte, das wir dir zu Weihnachten geschenkt haben?«

Ich weiß, dass das Stichwort, unter dem die Kombination des Safes im Adressbuch des Büros eingetragen war, »Frustalupi« lautete, weil Lello ein leidenschaftlicher Lazio-Fan war und dieser Frustalupi in den siebziger Jahren ein Mittelfeldspieler von Lazio gewesen war, der nie den Ball verlor, weswegen man sagte, ihm den Ball zu geben sei, als würde man ihn in den Safe legen. Ich weiß, dass *scansamose* das Spruchband ist, das die Anhänger von Lazio im Olimpico gespannt hatten, als Lazio vor ein paar Jahren gegen Inter spielte, um die eigene Mannschaft zu drängen, sich besiegen zu lassen und zu verhindern, dass Rom Meister wird. Und dass *lomamelda* ein weiteres Spruchband ist, das bei einem Finale des italienischen Supercups gespannt wurde, das aus irgendeinem Grund in Peking ausgetragen wurde zwischen Lazio, der die Coppa Italia gewonnen hatte, und Inter, der Meister geworden war, und die Ultras von Lazio waren achttausend Kilometer gereist, um natürlich bei der Mannschaft zu sein, sie anzufeuern et cetera, aber auch und laut Lello *vor allem*, um die Anhänger des AS Rom von China aus mit diesem Spruchband zu beleidigen. Lomamelda. Loma melda. Roma merda. Und ich weiß, dass ich all das absichtlich vergessen hatte, weil es ziemlich eindeutig beweist, dass Lello ein Riesenarschloch ist und ich ihm niemals hätte vertrauen dürfen, aber ihm nicht zu vertrauen, hätte alles kompliziert gemacht, was ich vereinfachen wollte, um meine Flucht mit objektiven, existentiellen, historischen und sogar politischen Gründen zu decken – diese Leier von der freiwilligen Einfachheit, von der Ablehnung des Reichtums und der Tarnung in der Peripherie ...

»Eau d'Issey. Komm, atme noch mal ein.«

»Das heißt, dein Parfüm hieß Odissea?«

Marta sprüht erneut, ich atme ein, und ich weiß, dass ich immer vor ihr geflohen bin, denn auf meine gemeine und verrückte und erschrockene und katastrophale Weise habe ich immer nur sie geliebt, seit der ersten Nacht, die wir zusammen verbracht haben, seit dem ersten Vampirbiss, den sie mir in den Hals gegeben hat, die Eckzähne hineinschlagend und alle Nerven herausreißend, als wollte sie wirklich ein Stück Fleisch herausbeißen und mir das Blut aussaugen und mich anstecken, und für einen Augenblick habe ich wirklich geglaubt, sie wollte es tun, ich habe sie tatsächlich für fähig gehalten, es zu tun, und ich habe in ihren Armen gezittert wie ein Hamster, verloren in ihrem Odissea ...

»Nein. Eau d Apostroph Issey. Issey-Wasser. Atme, los!«

»Oh. Und wie heißt dieses neue?«

»Éclat d'Arpège. Wie geht's dir?«

»Besser ...«

Es geht mir tatsächlich besser, jetzt werde ich nicht mehr ohnmächtig. Und dennoch geht es mir unendlich viel schlechter, als wenn ich ohnmächtig geworden wäre, da sie jetzt hier neben mir sitzt, und ihre Schwester ist tot, und ihr Leben hat sich so entwickelt, wie es sich entwickelt hat, und das ist meine Schuld.

»Marta ...«

Ich ziehe mich ein wenig hoch, denn am Ende hatte ich fast gelegen, aber Marta hält mich mit einer – wie es mir vorkommt – bionischen Kraft fest.

»Es geht dir gerade einigermaßen gut«, sagt sie. »Aber bleiben wir noch ein bisschen sitzen, okay? Ganz ruhig.«

Natürlich. Warum nicht? Die Leute vermeiden immer noch, uns anzuschauen, es ist unglaublich. Wir sitzen auf dem Boden in einem Supermarkt, umgeben von einer Parfümwolke, wir sind ganz eindeutig etwas, das nicht normal ist und zumindest Neugier wecken müsste, doch wir werden ignoriert. Alle tun, als wäre nichts geschehen, und jetzt kommt es mir abnorm, ungeheuerlich vor, nachdem ich mein ganzes Leben so getan habe, als wäre nichts geschehen.

»Es geht mir gut«, sage ich. »Ehrlich.«

Ich atme regelmäßig, ich habe kein Pfeifen mehr im Ohr, meine Schläfen pochen nicht mehr. Doch ich muss meine Arbeit beenden, und vielleicht wird alles wieder von vorn anfangen und ich werde durchhalten müssen.

»Weißt du«, sage ich, »ich habe *Bel-Ami* gelesen.«

Sie steckt das Parfümfläschchen in die Handtasche zurück.

»Das hast du gut gemacht. Es ist wunderschön.«

Keinerlei Gefühlsregung in ihrem Blick, als spräche sie von irgendeinem Buch.

»Ich habe es erst jetzt gelesen ...«

In Wirklichkeit geht es mir gar nicht gut. Meine Hände zittern immer noch, ich bin noch immer benommen und sehr schwach. Wenn ich zu abrupt aufstehen würde, könnte ich immer noch ...

»Du Glücklicher.« Sie lächelt. »Ich dagegen habe es vor langer Zeit gelesen.«

Erneut keinerlei Gefühlsregung, als erinnere sie sich nicht einmal, was das Buch für sie, für uns bedeutet. Kann es sein, dass sie sich nicht erinnert hat? Ich bin durcheinander, die Luft ist durcheinander, alle sind durcheinander – außer ihr.

»Marta, ich bin ein Ekel gewesen. Lass es mich sagen. All diese

Jahre hast du zugelassen, als Halbverrückte zu gelten, überdreht, unzuverlässig, nur um mich von dir fernzuhalten, aber zugleich war ich der einzige Mann, dem es bestimmt war, *in deiner Nähe* zu bleiben, und trotzdem bin ich ebenfalls abgehauen wie alle anderen, und dennoch immer da, ganz in deiner Nähe. Und genau dieser Schritt ist meine Schuld, Marta, meine unverzeihliche Schuld, denn dieser Schritt hieß ...«

Ihre Hand legt sich auf meinen Mund.

»Schluss. Du hast es bereits gesagt.«

Ich entferne ihre Hand, und sie wehrt sich nicht.

»Nein, ich habe es nicht gesagt. Und wenn ich es nicht sage, zählt es nicht.«

Es geht mir erneut schlecht, aber auch das zählt nicht.

»Lara ist gestorben, und ich habe nicht gelitten, verstehst du? Ich habe sie nicht geliebt, ich konnte keine Trauer empfinden. Ich habe mein Leben auf einer Verstellung aufgebaut und auf der Naivität der anderen. Von wegen kognitive Verzerrung. Alle mussten es ausbaden, zuallererst sie natürlich, und Claudia, und du, bis hin zu Diana und ihren beiden Kindern, die mich liebgewonnen haben und jetzt ebenfalls leiden, weil sie mich nicht mehr sehen werden. Und sie werden viel mehr leiden als ich, so wie ihr alle immer mehr als ich gelitten habt, ob ihr es nun gezeigt oder für euch behalten habt, ob ihr geblieben seid, um mir beizustehen, oder ob ihr von zu Hause abgehauen seid, ob ihr mich geohrfeigt habt oder ob euch buchstäblich die Bauchschlagader geplatzt ist aufgrund des tiefen Kummers, den ...«

Marta legt mir erneut die Hand auf den Mund, und diesmal drückt sie zu, und jetzt tut mir auch die Lippe weh.

»Schluss, Pietro. Das reicht.«

Sie lächelt, ruhig, aber auch bestimmt, und presst weiterhin ihre Hand auf meinen Mund. Und sie hat ja recht, ich habe es fast gesagt. Es ganz zu sagen würde nur bedeuten, Unglück auf Unglück zu häufen. Wir sitzen hier auf dem Boden in einem Supermarkt, wir sind das, was von der Großfamilie übrig ist, die ich mir, ihr,

Lara und Claudia verweigert habe, und ich habe fast gesagt, was uns an Unsagbarem vereint, zugleich aber auch trennt. Angesichts der Wirkung, die das auf mich hat, hat Marta recht, mich zum Schweigen zu bringen, und um nicht auch mich auf dem Gewissen zu haben, sollte ich tot umfallen.

Das ist Klugheit.

»Du hast dich wirklich verändert«, sage ich, als sie die Hand von meinem Mund nimmt.

»Das sagte ich doch«, erwidert sie. »Aber du glaubst mir ja nicht.«

In der Zwischenzeit hat uns jemand bemerkt. Ein alter Mann mit einem von Haargefäßen gemaserten Vollmondgesicht starrt auf uns herunter, vor seinem überquellenden Einkaufswagen stehend. In Wirklichkeit sieht er mich an, nicht Marta, schüttelt leicht den Kopf und runzelt fragend die Stirn, als wollte er sagen: »Was ist los?« Auf der Hose des Trainingsanzugs hat er auf der Höhe der Leiste, das heißt mehr oder weniger auf der Höhe meiner Augen einen dunklen Fleck – Schweiß? *Urin*? Mit einer Handbewegung, von der ich hoffe, dass sie beredt genug ist, versuche ich ihm zu bedeuten, dass alles in Ordnung ist, dass er sich keine Sorgen machen muss, dass wir nichts brauchen, erst recht nicht von einem Mann, der sich gerade angepisst hat; und er scheint zu verstehen, denn er nickt, nimmt eine Flasche Mineralwasser vom Boden, stellt sie in den Einkaufswagen und geht weiter mit einer Würde und Natürlichkeit, die ich, hätte ich einen Fleck wie er, niemals aufbringen würde. Ich sehe ihm nach, bis er hinter der Wand der Milchprodukte verschwindet, ohne sich umzudrehen und uns ein letztes Mal anzusehen, wie ich es getan hätte.

Marta hat die ganze Zeit unbeteiligt dagesessen. Als erfahrene Supermarktbesucherin hat sie sich nicht für den Alten interessiert, vielleicht hat sie ihn nicht einmal bemerkt. Ganz auf die Sache konzentriert, betrachtet sie die Ware, prüft die Qualität der Ware – und die Ware bin in diesem Fall ich. Sie holt Luft, um etwas zu sagen, doch ich habe ebenfalls Luft geholt, und meine Worte kommen ihren zuvor.

»Es geht mir sehr schlecht«, sage ich. »Sehr schlecht. Nicht körperlich, körperlich geht es mir gut. Es geht mir schlecht in der Welt.«

Marta sieht mich schweigend an. Was hätte sie gesagt, wenn ich nicht als Erster gesprochen hätte? Ich werde es nie wissen.

»Dir ist es auch sehr schlecht gegangen, stimmt's?«

Sie senkt den Blick.

»Ja.«

»Aus dem gleichen Grund, stimmt's?«

»Ja.«

Es ist unmöglich geworden, sich anzusehen. Hätte sie den Blick nicht gesenkt, hätte ich es getan.

»Aber jetzt geht es dir nicht mehr so schlecht, stimmt's?«

»Hm hm.«

Sie nickt, und in dieser Geste, mit gesenktem Kopf auf dem Boden sitzend, wirkt sie wie Claudia gestern Abend, als sie weinte.

»Das sieht man«, sage ich. »Du hast den Solitär zerstört.«

Sie blickt überrascht auf.

»Was?«

»Hat Claudia dir erzählt, wieso sie durchgefallen ist?«

»Nein …«

Okay. Auch ich weiß etwas, das die anderen nicht wissen.

»Nichts weiter. Ich sagte, dass du ein bisschen Frieden gefunden hast.«

Sie lächelt, zuckt die Achseln und senkt erneut den Kopf.

»Mehr oder weniger«, sagt sie.

»Und wie hast du das gemacht?«

Sie blickt auf, als wäre meine Frage zweideutig und als müsste sie mir ins Gesicht schauen, um sie zu verstehen.

»Ich will auch ein bisschen Frieden finden. Wie macht man das? Ich kenne nur die Bel-Ami-Methode. Aber sie funktioniert nicht …«

Sie schüttelt den Kopf. Sie ist jetzt demütig geworden. Ihre Schönheit ist demütig geworden.

»Ich weiß nicht, wie man das macht, Pietro«, sagt sie. Ich habe sie alle ausprobiert, jahrelang, aber es hat sich nichts geändert: Reue, Wut, Unglück; Reue, Wut, Unglück ...«

Erneut, in einer Pose, die jetzt feierlich wirkt und wie eine Erinnerung, diese schelmische Geste des Wegpustens der Haare, die ihr ins Gesicht fallen.

»Und im letzten Sommer habe ich dann diese Reise nach Island gemacht«, fährt sie fort, »und das hat alles geändert.«

»Und darf man erfahren, was auf dieser Reise passiert ist?«

»Mir ist etwas Verrücktes passiert, Pietro. Etwas Verrücktes.«

»Und warum hast du mir das nie erzählt?«

»Ich hätte es dir schon erzählt, nur wir haben uns ja nicht mehr gesehen. Als ich zurückkam, war es schon Anfang September, und seitdem haben wir nur telefoniert. Wir sehen uns erst jetzt wieder. Nicht einmal Weihnachten ...«

»Tja, ich weiß. Dylan war todkrank, ich konnte nicht weg.«

»Ich habe schon verstanden, aber dann beschwer dich nicht, dass ich dir eine Sache wie diese nicht erzähle. Am Telefon konnte ich es nicht.«

»Dann erzähl sie mir jetzt!«

Marta öffnet ihre Handtasche und kramt darin. Sie nimmt ein abgewetztes Moleskine-Notizbuch heraus. Blättert darin. Findet einen zweimal gefalteten Zeitungsausschnitt. Sie faltet ihn auseinander und gibt ihn mir.

»Ich bin in der Zeitung gelandet«, sagt sie.

Ich betrachte den Auschnitt. Er ist auf Englisch. Mit Kugelschreiber steht da in einer unbekannten Handschrift »Iceland Review 08/27/2012«. In der Mitte ist ein Foto eines zerklüfteten Gebirges mit Bergspitzen und Schluchten und einem Wasserfall unter einem stahlgrauen Himmel.

Lost Woman Looks for Herself in Iceland's Highlands

A foreign tourist was reported missing in the volcanic canyon Eldgjá in the southern highlands on Saturday afternoon after she failed to …

»Hör mal …« – ihre Stimme – »… entschuldige, wenn ich dich unterbreche. Einen Rat kann ich dir geben.«

»In welcher Hinsicht?«

»In Hinsicht darauf, wie du ein bisschen Frieden finden kannst. Setz ein ›vielleicht‹ davor.«

»Wovor?«

»Vor diese Sache.«

»Welche Sache?«

»Diejenige, wegen der es dir in der Welt schlecht geht.«

»Diejenige, die du mich nicht hast sagen lassen?«

Anstatt mir zu antworten, schaut sie mich lächelnd von der Seite an, mit einem vertrauten und doch auch geheimnisvollen Gesichtsausdruck, den zu entschlüsseln ich mich nicht traue. Ich werde mich von nun an überhaupt nicht mehr trauen, etwas zu entschlüsseln. Ihre Schönheit leuchtet wie ein Edelstein, auf den ein Sonnenstrahl trifft, und auch das tut mir weh.

15

Willst du zu dem gelangen, was du nicht weißt,
musst du hingehen, wo du nichts weißt.
Juan de la Cruz

Vermisste Frau sucht sich selbst im isländischen Hochland

Eine ausländische Touristin wurde in der Vulkanschlucht Eldgjá im Hochland im Süden für vermisst erklärt, nachdem sie am vergangenen Samstagnachmittag nicht zu ihrem Pullman zurückgekehrt war. Der Fahrer wartete ungefähr eine Stunde, bevor er die Polizei verständigte und den Ausflug fortsetzte. Der Rettungsdienst wurde sofort losgeschickt. Die Suche wurde um 3 Uhr nachts abgebrochen, als entdeckt wurde, dass die als vermisst gemeldete Frau die ganze Zeit in dem Pullman gewesen war und sogar an der Suche nach sich selbst teilgenommen hatte, wie mbl.is schreibt.

Bevor sie nach dem Halt in Eldgjá wieder in den Pullman stieg, hatte sie sich umgezogen und frisch gemacht, und die anderen Passagiere hatten sie nicht wiedererkannt.

Laut den von der Küstenwache gesammelten Informationen sollte ein Hubschrauber in das Gebiet geschickt werden, um den Rettungskräften zu helfen, und nur die schlechten Wetterverhältnisse hatten den Start verhindert. An die fünfzig Personen hatten sich an der Suche beteiligt, zu Fuß und in Fahrzeugen. Der Polizeichef von Hvolsvöllur, Sveinn K. Rúnarsson, erklärte mbl.is gegenüber, dass die Frau keine Schuld an dem Irrtum trifft; die Personen in dem Pullman waren nicht korrekt abgezählt worden. Die Frau hatte sich in der Beschreibung, die von ihr gegeben worden war, nicht wiedererkannt und »wusste nicht, dass sie als vermisst galt«.

FLUCHTWEGE

(Prato – Rom, 2011–2014)

Liste der Personen, denen der Autor danken möchte für die Hilfe, den Beistand, die Geduld, die Ideen, die Hinweise, die Ratschläge, die Genehmigungen und die Informationen, die sie ihm beim Schreiben dieses Buchs zuteilwerden ließen:

Manuela
Lucio
Umberto
Gianni
Nina
Giovanni
Valeria
Elisabetta Sgarbi
Beppe Candela
Lorenzo Cherubini
Francesca Valiani
Nanni Moretti
Luca Petrucci
Luigi Ferrarella
Eugenio Lio
Edoardo Nesi
Stefano Bartolini
Mario Desiati

Edoardo Albinati
Francesca d'Aloja
Marco Risi
Gianna Nannini
Edoardo Marzocchi
Pierluigi Amata
Christian Calì
Davide Giovannini
Laura Paolucci
Domenico Procacci
Paolo Carbonati
Tiziana Monachini
Luigi Cavallari
Ester Cavallari
Leopoldo Fabiani
Massimo Mazzoni
Bambi Lazzati
Andrea Garello
Beppe Inverni
Beppe Del Greco
Marius Aradi
Maura Rudalli
Nicola Liguori

Die Redaktion dieses Romans lag in den Händen von Massimiliano Governi.

Die erzählten Ereignisse sind Produkt der Phantasie, ebenso wie die Nachnamen der Protagonisten – viele von ihnen wurden aus denen ausgewählt, die von Prominenten abgelegt wurden, die lieber einen Künstlernamen benutzten. Eventuelle Fälle von Namensgleichheit sind rein zufällig.

Der Artikel aus der *Iceland Review* hingegen ist echt, einschließlich des Datums, und wird hier mit freundlicher Genehmigung der Zeitschrift wiedergegeben.

Die in Kapitel 10 des ersten Teils erzählte Geschichte ist nicht auf dem Mist des Autors gewachsen; sie ist eine Coverversion des großartigen autobiographischen Monologs von Emanuele Salce aus seinem Stück *Mumble mumble, ovvero confessioni di un orfano d'arte* (von Emanuele Salce und Andrea Pergolari). Neben dem Dank für die Erlaubnis, ihn umzuschreiben, drückt der Autor ihm auch seine uneingeschränkte Bewunderung aus.

Die beiden im Text erwähnten Handynummern entsprechen SIM-Karten des Autors – falls es einem verrückten Leser einfallen sollte, sie anzurufen. Die Festnetznummer existiert nicht.

Eine weitere Information für den verrückten Leser: Es ist sinnlos, sich in den im Text genannten Gmail-Account einzuloggen, da er ebenfalls nicht existiert.

Dylan Orsulič Zimmerman, der Hund des Autors, ist am 4. Juni 2014 im Alter von achtzehn Jahren gestorben. Hätte es einen Sinn, wäre dieser Roman auch ihm gewidmet.